분노의 포도

J. E. 스타인벡 지음
전형기 옮김

범우사

차 례 (상권)

이 책을 읽는 분에게

존 어니스트 스타인벡(John Ernest Steinbeck)은 1902년 2월 27일 캘리포니아 주 몬테레이 군 샐리너스에서 태어났다. 샐리너스는 샌프란시스코의 남쪽에 있는 캘리포니아 서부의 소도시로, 샐리너스 강 하류지대에 위치하며 이 강이 이루고 있는 샐리너스 분지를 배경으로 한 지역이다.

이 기름진 대농장 지대의 자연 경관과 이 분지에서의 생활이 스타인벡 문학에 커다란 영향을 주었음은 말할 것도 없으며, 그의 단편집 《빨간 망아지 *The Red Pony*》의 소년 주인공은 소년 시절 작자의 생활과 감정을 정직하게 그린 것이다.

수많은 장·단편 가운데에서도 그의 회심의 대작 《분노의 포도 *The Grapes of Wrath*》가 출판된 것은 1939년 4월로서, 처음에는 《레튀스버그 사건 *L'Affaire Lettuceberg*》이라는 가제로 전년 6월까지 탈고한 것이었으나 만족스럽지 못했으므로 전면 개작한 것이다.

현실성이 강한 제재 때문에 처음에는 문학적 가치보다는 파격적인 다큐멘테이션〔기록〕의 박력이 오히려 독자들의 흥미를 불러일으켰던 것은 사실이나, 얼마 가지 않아 문제작으로서 베스트셀러 제1위를 차지하고 연간 총출판부수 43만 부를 돌파하면서 1930년대 후반의 최고 기록을 남겼다.

사회적인 반향도 커서 스토우 부인의 《엉클 톰스 캐빈》과 비견할 만한 센세이션을 일으키기도 했다.

한편 현실 폭로적인 내용이 문제가 되어 여론의 세찬 비난에 부딪히기도 했다.

그러나 유럽 각국어로 번역되어 기록적인 베스트셀러가 되었으며 영화 원작료만으로도 7만 5천 달러를 받았고, 1939년도 미국「서적상조합상」, 같은 해에「퓰리처상」 등을 차지했다.

1962년 10월 25일, 스웨덴 아카데미는 1962년도「노벨문학상」을 스타인 벡에게 수여하고, 그의 문학에서의 유머와 사회인식, 그리고 리얼리스틱 하고 풍부한 상상력 등 그 문학성을 높이 인정하였다. 수상의 직접 대상 작품이《불만의 겨울 *The Winter of Our Discontent*》인 것은 세인들에 게는 다소 의외감이 없지 않았지만, 이로써 그는 미국에서 여섯 번째 노 벨상 수상 작가가 되었으며, 그 작품은 당시 33개 국어로 번역되었다.

1929년의 주가 대폭락과 그에 따른 경제 공황의 영향으로 세계적인 불 황 시대를 맞이했던 1930년대의 여러 가지 사회적 상황을 포착하고 있는 스타인벡의 대표작《분노의 포도》는, 인간의 죄악을 정직하고 끈질긴 기 록적 수법을 통해 추적하고 있다는 면보다는 오히려 인간 존재의 적정한 자세를 추구하고 있다는 면에서 작품의 의도가 이해되어야 할 것이다. 즉, 휘트먼의 평등주의, 토머스 제퍼슨의 농본주의, 그리고 윌리엄 제임 스나 존 듀이의 프래그머티즘 등 작품 속에서 전통적인 미국적 사상의 창조적 발전을 찾을 수가 있는데, 이것이 곧 예술성의 기반을 형성함으 로써 이 작품이 단순한 기록이나 선전물로 그치지 않게 하는 것이다.

독특한 구성으로서 특히 주목할 만한 '중간장'〔전 30장 중 16장〕은 도스 파소스의《*U.S.A.*》에 있어서의 '뉴스 리일' 수법을 연상케 하며, 사회 적·경제적·역사적 상황의 설명이나 스케치이면서도 단순한 소재 기록 에 그치지 않고 시적 스타일을 가지면서 다음 전개 부분과 유기적으로 연결되고 있다.《분노의 포도》는 이와 같이 그 긴밀한 구성면에서도 예 술적인 의도가 충분히 엿보이는 작품이라 하겠다.

1985년 3월　옮긴이

분노의 포도

The Grapes of Wrath

제 1 장

　오클라호마의 넓은 황토 벌판과 군데군데 거무스름한 잿빛 평원 위에 마지막 빗줄기가 지나갔다. 그러나 지난 장마가 할퀸 상처를 더 깊이 파헤치지는 않았다. 도랑을 이루며 흘러간 자국 위를 쟁기와 보습이 가로지르며 몇 번이고 파고 지나갔다. 비는 옥수수 잎을 부쩍 키워 주었고 도로 양쪽에 잡초마저 우거지게 해, 검붉은 황토 벌판은 다시 초록색 이불 속에 가리워지고 있었다. 5월도 저물어 가자 하늘빛은 차츰 색이 엷어지더니 봄철에는 높이 걸려 있던 구름도 사라져 갔다. 무성하게 뻗어 오르는 옥수수밭에 따가운 햇볕이 내리쬐면 칼날처럼 뻗어 오르는 옥수수 잎사귀 가장자리마다 갈색 무늬가 줄지어 퍼져 갔다. 구름이 나타났다가 사라지더니, 다시는 나타나지 않았다. 잡초들도 점점 검푸른 색깔을 띠어갔으나 그다지 극성스러운 변화는 아니었다. 땅거죽에는 엷고 딱딱한 껍데기가 입혀졌고 하늘빛이 엷어지면서 대지도 색을 잃어갔다. 빨간 황토는 보랏빛을 띠어갔고 잿빛이었던 땅은 희끄무레해졌다.

　장마에 패인 골짜기에는 바짝 말라붙은 토사에 먼지가 깔려 땅쥐들과 개미, 함정벌레들이 소규모의 흙사태를 일으키고 있었다. 따가운 해가 하루하루 그 위력을 더해 가면서 작은 옥수수 나무들은 그 뻣뻣하고 꼿꼿한 기운을 잃고 점점 꾸부정하게 처져 갔다. 이윽고 7월로 접어들자 땡볕은 더욱 맹위를 떨쳤다. 옥수수 잎사귀의 갈색 무늬가 점점 커지면서 가운데 줄기에까지 번져 나갔다. 잡초들은 바람에 나부끼다가 점점 뿌리 쪽으로 움츠러들었다. 바람은 가벼워지고 하늘은 파란색을 더해 갔으며 대지는 점점 색을 잃어갔다.

짐차들이 지나가면서 차바퀴들로 길바닥을 할퀴고 말발굽에서 흙덩어리를 떨어뜨려, 도로에는 온통 먼지가 일고 있었다. 지나가는 것은 무엇이나 먼지를 한바탕 공중에 날려놓고 있었다. 사람만 걸어가도 뿌연 먼지가 허리까지 날렸고 마차는 울타리 위에까지 먼지를 끼얹었으며 자동차라도 한 대 지나가면 그 뒤에는 구름 같은 먼지 꼬리가 부풀어 올랐다. 한번 흩어진 먼지가 가라앉으려면 한참이나 시간이 지나야 했다.

6월 중순쯤에 접어들면 텍사스와 멕시코만 쪽으로부터 커다란 구름이 올라왔다. 높고 두꺼운 구름들이었다. 그러면 논밭에서 일하던 사람들은 하늘을 올려다 보고 구름 냄새를 맡아보면서 침칠을 한 손가락을 치켜들고 풍향을 재어보곤 했다. 구름이 밀려오면 말들도 들떴다. 빗기를 머금은 구름이 한두 방울 비를 떨어뜨리다가는 곧 다른 쪽으로 옮아갔다. 구름이 지나간 자리에는 다시 파란 하늘이 얼굴을 내밀고 햇살을 뿌렸다. 빗방울이 들겼던 토사 위에는 작은 구멍이 뚫려 곰보가 나고 옥수수 잎새마다 맑은 빗방울이 맺히는 것이 고작이었다.

구름이 지나가고 나면 산들바람이 불어와 구름을 점점 북쪽으로 밀어올렸다. 햇빛에 말라가는 옥수수를 흔들어 바삭바삭 소리를 내게 하는 훈풍이었다. 하루가 지나자 바람은 더욱 세졌다. 간간이 돌풍을 동반하며 끊임없이 계속 불어댔다. 먼지가 도로에서 회오리바람을 일으키며 밭 가장자리의 잡초 위에 내려앉았다. 조금 떨어진 밭 위에까지 흩날려 오기도 했다. 바람이 더욱 거세지면 이제는 옥수수밭의 비가 파놓은 곰보자국 위에까지 불어닥쳤다. 먼지 때문에 하늘색은 점점 탁해지고, 바람이 대지 위를 훑어가듯 불어제쳐 먼지와 토사 가루를 마구 흩날렸다. 바람은 더욱 거세졌다. 비에 패인 땅바닥에서 먼지가 솟아올라 마치 거무스름한 연기처럼 느릿느릿 피어올랐다. 옥수수 나뭇잎들이 바람을 부수면서 바삭거렸다. 곱디고운 먼지들은 다시 땅바닥에 내려앉지 않고 어디론가 어둑어둑해지는 하늘 속으로 사라져 갔다.

바람이 다시 세차게 불었다. 자갈밭을 스치면서 지푸라기와 떨어진 나뭇잎, 흙덩어리 같은 것을 날리니, 들판 위를 지나가는 바람의 방향을 눈으로 보듯 알 수 있었다. 그 속에서 하늘빛이 어두워져 갔고 해가 붉은 빛을 던지자 공기는 점점 서늘해졌다. 밤 사이에 바람이 더욱 세차게 줄달음질치며 벌판을 쓸더니 옥수수나무의 작은 뿌리들을 뽑아 제쳤다. 옥수수나무는 가냘픈 잎사귀로 거센 바람을 맞아 안간힘으로 싸웠다. 그러나 숨쉴 사이도 없이 몰아붙이는 바람에 뿌리가 뽑혀 줄기가 하나씩 넘어지며 바람 부는 방향으로 몸을 눕혀 갔다.

새벽이 되었으나 해는 뜨지 않았다. 잿빛 하늘 속에 불그스름한 해가 가리워져 마치 석양처럼 희미한 붉은 원을 그리고 있을 뿐이었다.   음산한 하루가 지나더니 아침의 석양은 밤의 어둠으로 변해 버렸고, 바람은 윙윙 소리를 내며 떨어진 옥수수나무 위를 휩쓸었다.

사람들은 남녀 할 것 없이 집안에만 옹기종기 몰려 있었다. 밖에 나갈 때에는 코 위에 손수건을 싸맸고 눈에는 먼지를 막는 안경을 써야 했다.

밤이 되자 칠흑같이 어두워졌다. 별은 하늘의 먼지와 구름에 가리워 보이지 않았고 창문에 비치는 불빛들도 집 마당 안까지만 비칠 뿐이었다. 하늘에는 바람에 날린 먼지가 고루 퍼져 공기와 먼지의 조화를 이루고 있었다. 집집마다 창과 문을 꼭꼭 걸어 잠그고 문틈에 헝겊쪼가리를 틀어 막았지만, 어디로 들어왔는지 눈에 보이지 않는 먼지가 새어들어 마치 꽃가루처럼 의자와 탁자와 접시 위에 쌓였다. 사람들은 어깨에 앉은 먼지를 툭툭 털었고, 문지방에는 먼지가 가느다란 줄을 지으며 쌓이고 있었다.

밤이 이슥해지면서 바람은 벌판을 쓸었고 사방에 정적이 깔렸다. 먼지 섞인 공기는 안개나 구름보다도 들판의 소음을 더욱 완전히 감싸 버렸다. 집안에 갇힌 채 누워 있는 사람들은 바람소리가 잦아드는 것을 기다리고 있었다. 돌풍이 멎자 그들은 자리에서 일어났다. 그들은 조용히 밤의 적막에 귀를 기울였다.

이윽고 닭이 울었다. 여기저기서 울어대는 닭들의 목청이 가라앉으면서, 사람들은 집안에서 부산하게 움직이기 시작했고 아침 맞을 채비를 서둘렀다. 공중에 들뜬 먼지가 다 가라앉으려면 상당한 시간이 걸려야 한다는 것을 그들은 잘 알고 있었다. 먼동이 트자 공중의 먼지는 안개처럼 자욱하게 깔렸고, 그 속으로 비쳐드는 아침 햇살은 마치 선혈처럼 붉은 색으로 물들어 있었다. 먼지는 하루종일, 그리고 그 다음날에까지 걸쳐 조금씩 가라앉았다. 그것은 마치 부드러운 담요인 양 땅위에 고루 깔렸다. 옥수수 위에도, 울타리 위에도, 그리고 전기줄 위에도 소복하게 쌓였다. 지붕마다 먼지가 입혀졌고 잡초와 나무들도 뿌연 담요에 감싸여 있었다.

사람들은 집 밖으로 나오면서 손으로 코를 막은 채 후덥지근한 공기 냄새를 맡고 있었다. 개구장이들이 쏟아져 나왔으나 비가 걷혔는데도 소리치고 뛰어 놀지 않았다. 남자들은 울타리 옆에 우두커니 서서 다 망가진 옥수수 밭을 내다 보고 있었다. 바람에 쓰러진 옥수수는 뿌연 먼지를 뒤집어쓰고 시들어 가고 있었다. 그들은 시무룩한 채 그저 멍청한 표정들만 짓고 있었다. 아낙네들도 나와서 남자들 옆에 서성거리며 남편한테 무슨 호통이나 당하지 않을까 싶어 조심스럽게 남자들의 눈치만 살피고 있었다. 남자들의 표정에서 무언가 한 가닥 희망의 빛이라도 읽을 수 있다면 그까짓 옥수수쯤은 아무래도 상관없는 일이었다.

아이들은 옹기종기 모여서 맨발 발가락으로 먼지 바닥 위에다 그림을 그리며 엄마 아빠들이 한바탕 터지지나 않나 살피고 있었다. 그놈들은 어른들 쪽을 살금살금 훑어보면서 발가락을 조심스럽게 놀리고 있었다. 말들이 물통에 다가와 물위에 앉은 먼지를 불어 내느라고 툴툴거렸다.

물끄러미 서있던 남자들의 얼굴에서 한참만에 낭패스런 표정이 가시고 오히려 무언가 독을 품은 반항적인 표정이 떠올랐다. 여자들은 이제는 되었다 싶었다. 한바탕의 공포는 사라진 것이다. 그래서 여자들이 입을 열었다. "어떻게 하면 좋지요?" 남자들의 대꾸는 퉁명스러웠다. "나도 모르겠어." 그러나 이만하면 으레 괜찮은 편이었다. 그만하면 괜찮다는 것쯤 여자들도 알고 또 옆에서 지켜보고 있는 아이들까지도 충분히 알고 있었다. 남자들의 태도가 이 정도라면 그다지 큰 걱정은 하지 않아도 된다는 사실을 아이들이나 여자들이나 너무나도 잘 터득하고 있는 것이다.

    아낙네들은 들어가서 집안일을 시작했고 아이들은 살살 장난을 시작했
다. 점점 하늘의 붉은 빛이 엷어져 갔다. 해는 먼지로 뒤덮인 들판에 내
리쬐었다. 남자들은 문간에 쭈그리고 앉아서 나무때기나 돌멩이를 만지
작거리며 그저 골똘히 궁리만 하고 있었다.

제 2 장

　큼직한 트럭 한 대가 길가 작은 음식점 앞에 와서 섰다. 수직으로 뻗은 배기판이 가느다란 소리를 내며 눈에 보일락말락하는 엷은 잿빛 배기가스를 뿜어냈다. 빨간 페인트칠이 선명한 신품 차였고 양쪽 옆구리에는 10여 인치나 되는 큼직한 글씨로 '오클라호마 운수회사'를 표시하고 있었다. 이중 바퀴로 된 타이어도 새것이었다. 청동으로 된 커다란 맹꽁이 자물쇠 하나가 뒷문에 불쑥 튀어나와 걸려 있었다.

　커튼을 친 음식점 안에서 나지막하게 라디오 소리가 울리고 있었다. 듣는 사람도 없이 그저 틀어 놓은 조용한 춤곡이었다. 조그만 통풍기가 문간 위에서 시끄럽지 않을 만한 소리를 내며 돌고 있었고, 파리들은 문지방과 창가에서 윙윙거리며 커튼에 부딪치고 있었다. 식당 안에는 트럭 운전사로 보이는 남자 하나가 카운터에 팔꿈치를 괴고 걸터앉아 자기 앞에 놓인 커피잔 너머로, 혼자서 시중 들고 있는 바싹 야윈 여급을 건너다 보고 있었다.

　남자는 이런 데서 흔히 주고받는 그런 말투로 그녀에게 말을 건넸다. "그 친구를 한 석 달 전에 보았는데 말야, 어디 수술을 받았다더군. 무얼 잘라 냈다는데 무슨 수술인지 듣고도 잊어버렸어." 그녀가 대답했다. "저는 바로 요 얼마 전에 만난 걸요? 한 일주일도 안 돼요. 신수가 훤하시던데요. 술만 많이 마시지 않는다면 참 좋은 분이세요." 이따금씩 파리들이 미닫이문에서 윙윙거리며 날았다. 커피 주전자가 김을 푹푹 내뿜었다. 여급은 뒤를 돌아보지도 않고 뒷손질로 불을 껐다.

　밖에서 한 남자가 한길을 따라 걸어오더니 길을 건너 트럭 있는 쪽으로 다가왔다. 그는 천천히 자동차 앞쪽에 다가서서 번쩍거리는 팬더에 손을 얹고 차창에 나붙어 있는 '편승 사절'이란 딱지를 쳐다 보았다. 잠시 그는 가던 길을 다시 걸어갈 듯하더니 음식점 건너편에 세워둔 트럭 발판에 주저앉았다. 그는 서른이 채 안 넘어 보였다. 눈은 짙은 흑갈색이었고 눈동자는 다색(茶色)이었다. 광대뼈가 불쑥 튀어나와 있었고 입 언저리에는 크고 깊은 주름이 곡선을 이루고 있었다. 윗입술이 유난히 길었다. 이가 앞으로 뻐드러져 있어 다문 입의 윗입술이 팽팽하게 퍼져 있었다. 마디 굵은 거친 손의 손가락들은 모두 굵직굵직했고, 손톱은 작은 조개 껍데기만큼이나 두꺼웠다. 엄지손가락과 둘째 손가락 사이와 손바닥에는 온통 못이 박혀 있었다.

그는 새 옷을 걸치고 있었다. 옷 전체가 싸구려이지만 새것이었다. 회색 모자까지도 새것이어서 차양도 빳빳하고 단추도 제대로 달려 있었다. 모자를 쓰다 보면 그럭저럭 보따리나 수건 또는 손수건으로도 쓰게 되는 것이며, 그러다 보면 불룩하게 튀어나오거나 모양이 일그러지기 마련인 것이다. 양복은 값싸고 빳빳한 천으로 만들어지긴 했으나 아주 새것이어서 바지주름이 꼿꼿하게 서있었다. 굵은 줄무늬의 파란색 삼베 와이셔츠도 풀을 먹여 빳빳하고 매끈하게 다려져 있었다. 그는 키가 훤칠하게 큰 편이었는데, 양복 저고리는 너무 크고 바지는 너무 짧았다.

저고리의 어깨선이 팔쪽으로 처져 있는데도 불구하고 소매 기장은 너무 짧았고 저고리 앞섶은 가슴 앞에서 제멋대로 펄럭이고 있었다. 신발은 군화 종류의 새 갈색 구두를 신고 있었는데, 바닥에는 징이 박혀 있었고 뒤축에는 닳지 않도록 반원 모양의 말굽 같은 쇠를 달고 있었다. 이 남자는 길가에 앉은 채 모자를 벗어 얼굴을 훔쳤다. 그러더니 모자를 다시 쓰고 차양을 한 번 잡아당겼다. 그렇게 해서 모자 차양은 점점 모양이 찌그러져 가는 법이다. 그는 발을 한 번 힐끔 쳐다 보더니 허리를 굽혀 구두끈을 끄르고는 그대로 다시 매지 않았다. 그의 머리 위로 트럭의 디젤 엔진이 뿜어내는 뿌연 연기가 가늘게 소리를 내고 있었다.

음악이 멎었다. 이제 라디오에서는 남자의 굵직한 목소리가 들려 왔으나 여급은 음악이 다 끝났다는 것도 모르는지 그것을 끄지도 않고 있었다. 그녀는 손가락으로 더듬거리다가 귀밑에 무언가 묻어있는 것을 발견한 모양이었다. 그녀는 트럭 운전사가 눈치채지 못하도록 카운터 뒤에 있는 거울을 들여다 보며 머리를 만지작거리는 척했다. 운전사가 말을 걸었다. "쇼오니 시[오클라호마 주 동남쪽 38마일 위치]에서 말야, 굉장한 무도회가 있었던 모양이야. 사람이 죽고 그랬다나 봐. 그런 얘기 못 들었나?"

"아아뇨?" 여급은 간단히 대답하며 귀밑에 달린 사마귀 같은 것을 만지작거렸다.

밖에 앉아 있던 남자가 일어서더니 트럭 엔진 뚜껑 위를 건너다 보고 나서 잠시 식당 쪽으로 시선을 보냈다. 그러더니 다시 주저앉아 옆 호주머니에서 담배 쌈지와 종이 다발을 꺼냈다. 그는 천천히 그리고 단단하게 담배 한 대를 말아 침칠을 했다. 담배에다 불을 붙이고 나서 타고 있는 성냥을 발치의 먼지 속에 쑤셔 넣었다. 열두 시가 가까워지자 햇빛이 트럭 그림자 속으로 비쳐 들었다.

식당 안에서 계산을 마친 트럭 운전사는 5센트짜리 동전 두 개를 슬롯머신에 넣었다. 기계가 빙글빙글 돌고 나서 아무 점수도 안 나오자 그는 여급에게 말했다. "아무것도 나오지 않게 기계를 맞추어 놓았군."

그러자 그녀가 대답했다. "조금 아까 웬 사람이, 잭 포트가 나와 몽땅 따갔어요. 두 시간도 안 돼요. 3달러 80센트나 가져간 걸요. 이번에는 언제쯤 돌아오세요?"

남자는 나가다말고 미닫이 문간에 선 채 말했다. "한 일주일에서 열흘쯤 걸릴 거야. 탈사 시[오클라호마 주 북동부]까지 가야 하니까 그렇게 빨리는 못 돌아올 것 같애."

그녀가 심술이 난듯 말했다. "파리 들어와요. 얼른 나가시든지 들어오시든지 하세요."

"잘 있어, 그럼."

그는 돌아서며 말했다. 미닫이문이 그의 등뒤에서 쾅하고 닫혔다. 그는 땡볕에 서서 껌껍데기를 벗겼다. 그는 체구가 육중한데다가 어깨가 떡 벌어졌고 배가 불룩하게 나와 있었다. 얼굴은 불그스름하니 혈색이 좋았고 갸름하게 생긴 파란 눈은 언제나 날카로운 빛을 띠고 있었다.

그는 군복 바지에다 레이스가 달린 장화구두를 신고 있었다. 껌을 입 가에 치켜들고 서서 그는 미닫이 뒤로 소리를 질렀다. "요다음에 내가 알면 미안하게 될 짓은 아예 하지 말아요." 여급은 뒤쪽 벽에 붙은 거울 앞에 돌아서 있었다. 그녀는 무언가 중얼거렸고, 트럭 운전사는 입을 쩍 쩍 벌리면서 껌을 질근거려 씹었다. 그는 그 크고 빨간 트럭 쪽으로 걸 어가면서 입 속에서 껌을 돌돌 말아 혀밑으로 굴렸다.

히치 하이커〔편승 여행자〕는 벌떡 일어나서 음식점 유리창 속으로 시선 을 보내고 있었다.

"저, 기사 양반, 편승 좀 할 수 있을까요?"

운전사가 잽싸게 뒤로 돌아보며 말했다. "저기에 붙어 있는 '편승 사 절' 딱지를 못 보았소?"

"물론 보았지요. 하지만 돈 많은 주인놈들이 그런 딱지를 붙이라고 해도 마음씨 좋은 기사들은 더러 태워 주지 않소?"

운전사는 천천히 트럭 안으로 기어오르면서 이 말을 곰곰이 생각해 보 았다. 지금 만일 거절을 한다면 자기는 마음씨가 좋은 사람도 못 될 뿐 만 아니라 억지로 마음에도 없는 딱지를 붙이고 다니면서 사람들을 마음 대로 태워 주지도 못하는 못난 사람이 될 것이 아닌가? 만약 이 자를 태 워 준다면 자기는 저절로 마음씨 좋은 기사가 될 것이고 돈 많은 놈들이 함부로 다루지 못하는 사람이 될 수도 있었다. 그는 자신이 꾐에 유혹당 하고 있다는 것을 알고는 있었지만 그걸 빠져 나갈 방도가 없었다. 게다 가 그는 어떻게든 좋은 사람이 되고 싶었다. 그는 식당 쪽을 다시 한번 힐끗 쳐다 보고는 이렇게 말했다. "저쪽 모퉁이를 돌아갈 때까지 자동차 발판에 매달려 있다가 나중에 안으로 들어와요."

편승을 하게 된 남자는 껑충 뛰어내리더니 차 문밖 발판에 매달렸다. 모터에 발동이 걸리면서 차가 털털거리더니 기어가 철컥하며 차가 떠났다. 기어가 1단계, 2단계, 3단계 걸리고 차가 제법 속력을 내더니 4단계가 걸렸다. 밖에 매달린 남자의 발밑으로 고속도로 길바닥이 어지럽게 지나갔다. 첫번째 커브가 나타날 때까지는 대략 1마일이나 가야 했다. 트럭이 속력을 늦추었다. 밖의 남자는 쭈그리고 앉아 있던 발판에서 일어나 문을 열고 운전사 옆 자리로 슬쩍 들어가 앉았다. 운전사는 눈을 가늘게 뜨고 그를 쳐다 보았다. 여러 가지 생각이나 인상이 머리 속에서 정리되기 전에 그것들을 입 안에서 이리저리 분류하고 정리라도 하는 것처럼 그는 껌만 씹고 있었다. 우선 이 남자가 쓰고 있는 새 모자에 운전사의 눈이 갔고 차츰 새 옷과 새 신발로 시선이 내려갔다. 편승한 남자는 의자 뒤에다 편안하게 등을 기댄 채 모자를 벗더니 그 모자로 땀이 난 이마와 턱을 문질렀다.

"다리가 아파서 죽을 뻔했는데, 고맙소, 형씨." 그가 말했다.

"구두가 새것이군요?" 그의 목소리는 눈초리와 마찬가지로 무언가 궁금해 하는 듯한 기미를 띠고 있었다. "새 구두를 신고 길을 나섰으니 다리가 아플 수밖에. 더군다나 이렇게 더운 날씨에."

편승한 남자는 먼지가 뿌옇게 내려앉은 자기 구두를 내려다 보았다. "이것밖에 신을 구두가 없으니 어쩌겠소?"

운전사는 길 앞쪽을 힐끗 바라보더니 속력을 좀더 내면서 물었다. "멀리까지 가시오?"

"다리만 안 아프면 걸어갔을 거요."

운전사의 질문은 무언가 알아내려는 듯한 말투였다. 그는 편승객에게 이 말 저 말을 시켜 함정을 파놓고 실마리를 잡으려 했다.

"일자리를 구하러 가는 길이오?"

"아아니오, 우리 아버지가 40에이커 정도의 땅에 농사를 짓고 있어요. 아주 여러 해 됐지요."

운전사는 곡식이 반쯤 쓰러진 채 먼지가 뿌옇게 쌓여 있는 양쪽 길가의 들판을 의미있게 바라보았다. 작은 경립종 옥수수가 토사를 뒤집어 쓴 채 불쑥불쑥 나와 있었다. 운전사는 마치 혼잣말처럼 지껄였다. "40

에이커나 부치면서 토사에 밀려나지도 않고 트랙터나 불도저에 쫓겨나지도 않았군요?"

"물론 소식을 못 들은 지가 오래 됐다오." 편승한 남자가 대꾸했다.

"터주대감이시군." 운전사가 중얼거렸다. 벌 한 마리가 날아 들어와 차창에다 몸을 부딪치며 윙윙거렸다. 운전사가 손으로 벌을 살살 몰아 창밖으로 날려 버렸다. "요샌 소작인들이 계속 쫓겨나는 판이라구요." 그가 말했다. "불도저 한 대만 들이대면 여남은 세대는 밀려나거든. 온통 불도저 천지가 됐소. 마구 파헤쳐서 소작인들을 밀어대잖소? 당신 아버지는 어떻게 해서 아직까지 붙어 있는지 모르지만." 그의 혓바닥과 입이 잠시 잊고 있던 껌을 씹느라 바삐 움직였다. 껌을 굴리면서 질근거렸다. 입을 쩍쩍일 때마다 그 속에서 뒹구는 껌이 드러나 보였다.

"글쎄요, 요즈음은 전혀 소식을 못들었지요. 나도 편지는 안 쓰지만 우리 아버지도 여간해서 안 쓰는 양반이라오." 그리곤 재빨리 덧붙였다. "물론 글자를 몰라서 그러는 건 아니지만 말이오."

"객지에서 취직을 하고 있었소?" 우연히 건네는 말처럼 했지만 이것도 상대방을 떠보려는 의도가 분명했다. 그는 좌우의 들판과 볕이 내리쬐는 하늘을 둘러보더니 씹던 껌을 볼 한쪽으로 몰아넣고 창밖으로 침을 탁 뱉았다.

"그렇죠." 편승한 남자가 말했다.

"그런 줄 알았소. 당신 손을 보아하니 곡괭이나 도끼 아니면 큰 망치라도 휘둘렀던 사람 같은데, 참 대단하군요."

편승한 남자가 그를 힐끗 쳐다 보았다. 트럭 바퀴가 길바닥과 마찰하는 소리가 요란했다.

"얘기를 정말 듣고 싶으시오? 그럼, 내 이야기를 할 테니 그렇게 당신 혼자 마음대로 추측하진 마시오."

"뭐 그렇게 언짢게 생각지는 마오. 내가 무슨 신원 조사를 하고 있는 것은 아니니까."

"그까짓 거 말 못할 것도 없지요. 아무것도 감추고 싶지 않으니까."

"이거 봐요, 젊은이. 뭐, 달리 생각하진 말라니까 그래. 난 그저 궁금해서 물어본 것 뿐이오. 그런 얘기라도 하면서 가야 심심풀이가 되지 않겠소?"

"뭐든지 다 얘기합시다. 내 이름은 조우드요, 톰 조우드. 아버지는 노인 톰 조우드구요."

그의 눈은 잠시 생각에 잠긴 듯 운전사를 바라보았다.

"언짢게 생각하지 말아요. 내게 딴 뜻이 있었던 건 아니니까."

"나도 다른 뜻은 없어요." 조우드가 말했다.

"나도 이젠 아무한테도 피해를 끼치지 않고 살아가야겠다고 생각하고 있는 사람이오." 여기서 말을 멈춘 그는 잠시 말라가는 들판과 뜨거운 뙤약볕을 받고 있는 물가의 굶주린 나뭇가지를 멍청히 바라보았다. 그러다가 옆 호주머니에서 담배 쌈지와 종이를 꺼내 담뱃가루가 바람에 날리지 않도록 양무릎으로 가리고 담배 한 대를 말았다.

운전사는 풀을 씹는 황소처럼 율동적으로 그리고 생각에 잠겨 껌을 씹었다. 그는 지금까지 주고받은 대화 내용이 다 사라지고 잊혀지게 될 때까지 한참 뜸을 들이고 입을 열지 않았다. 드디어 분위기가 다시 가라앉은 듯싶으니까 그가 입을 열었다. "트럭을 몰아보지 않은 사람은 이것이 어떤 생활인지 모를 거요. 차주들은 사람 태우는 것을 질색으로 여기거든. 그러니까 운전사는 혼자 얌전히 앉아 차만 몰아야지, 모가지가 달아나지 않으려면 지금같이 사람을 태워서는 안 된다오."

"그렇겠군요." 조우드가 말했다.

"트럭을 몰면서 좀 괴상한 짓을 하는 친구들도 있지요. 어떤 친구는 되지도 않는 시를 짓는답시고 무료한 시간을 달래는 사람도 있단 말야." 그렇게 말하면서 운전사는 조우드가 재미있게 듣고 있는지 또는 놀라는지 살짝 눈치를 살폈다. 조우드는 묵묵히 앞만 내다 보고 있었다. 솟아올랐다 꺼졌다 하며 부드럽게 춤을 추는 듯한 고속도로에만 시선을 보내고 있었다. 운전사가 다시 말을 이었다. "그 친구가 지었다는 시 한 편을 기억하고 있는데 말야, 온 세상을 돌아다니면서 마시고 놀고 까부는 자기와 몇몇 친구놈들의 얘기였소. 줄줄이 다 외울 수는 없지만, 예수 그리스도도 모를 말들만 잔뜩 늘어놓았더군. 이런 대목이 있었소. '아, 거기서 우리는 깜둥이를 보았다. 깜둥이의 방아쇠〔남근을 의미함〕는 코끼리의 코보다도 고래의 몸체보다도 더 컸다.' 그런데 말야, 그 프로보스시스란 코끼리의 코가 아닌가? 그 친구 사전까지 갖고 다니더군. 차를 세워 놓고 커피나 파이를 먹을 때도 그 사전을 펴보곤 하더란 말이오. 나도 보여주길래 한 번 보았소." 그는 혼자만 연설을 하고 있는 것이 좀 쓸쓸했는지 여기서 말을 멈췄다. 슬쩍 조우드의 눈치를 살폈지만 조우드는 잠자코만 있었다. 운전사는 몸이 달아 조우드를 대화에 끌어들이려고 했다. "이렇게 허황된 소리를 지껄이는 놈을 본 적이 있소?"

"설교사들이나 그렇죠." 조우드가 말했다.

"터무니없는 소리를 지껄이는 놈을 보고 있노라면 정말 신경질이 나지. 물론 설교사 같은 사람들이야 허튼 농담을 하는 것이 아니니까 문제는 다르지. 그 허풍선이 같은 놈은 정말 웃기는 놈이야. 제가 아무리 큰 소리를 쳐도 사람들은 코방귀도 안 뀌는데 그놈은 혼자서 떠들어대니 말이야. 그렇다고 자기가 굉장한 무어나 되는 체하고 억지로 멋을 부리지도 않거든." 운전사는 다소 속이 풀린 모양이었다. 적어도 조우드가 듣고 있기는 했으니까. 그는 길모퉁이를 한번 호기있게 삥 돌았다. 그 바람에 트럭 타이어가 째지는 소리를 냈다. 그가 다시 말을 이었다.

"아까도 말했지만 트럭 모는 놈치고 희한한 짓 안 하는 놈 없더라구. 또 그렇게 놀지 않을 수도 없지만 말야. 이렇게 운전대에만 얌전하게 앉아 타이어 밑에 깔리는 길바닥만 쳐다보고 있다가는 돌아버릴 거야. 어떤 친구가 한번은 그러더군. 트럭 운전사들은 노상 먹는 타령이라구. 언제나 길바닥의 햄버거 집에만 매달려 있다고 말야."

"그런데 잘 들어가더군요." 조우드가 맞장구를 쳐주었다.

"그렇지. 하지만 반드시 먹으려만 들어가는 건 아니라구요. 진짜 배가 고플 때는 별로 없어요. 다만 차를 달리는 것이 신물이 나서 잠깐 머무는 것뿐이지요. 간이 휴게소 같은 데가 차를 멈출 수 있는 유일한 곳이니까. 그런데다 차를 세워 놓고 들어가면 무언가 주문을 해야 카운터 뒤에 있는 아가씨하고 허튼 말수작이라도 한두어 마디 해볼 거 아니겠소? 그러니 그저 커피 한 잔하고 파이라도 한 조각 시켜 놓고 그럭저럭 한숨 돌리고 나오는 거죠.” 그는 껌을 천천히 씹어 가며 입안에서 이리저리 굴렸다.

“힘든 직업일 거요.” 조우드가 억양 없는 말투로 대꾸했다.

운전사는 자기가 비웃음이라도 사지 않았나 싶었는지 얼른 그를 쳐다보았다.

“절대로 신선 노름은 아니지.” 운전사가 퉁명스럽게 말했다. “여덟 시간이나 열 시간 아니면 열네 시간쯤이라도 그저 이렇게 앉아만 있으면 되니 누워서 떡먹기같이 보일는지 모르지만 천만의 말씀이지. 온 신경을 길바닥에 쏟다 보면 무언가 하지 않고는 못 배기는 법이오. 하다 못해 노래를 부르거나 휘파람이라도 불어야 해요. 회사에서는 우리에게 라디오도 못 가지고 다니게 하지만 더러 술병까지 몰래 차고 다니는 놈도 있지요. 하지만 그런다간 오래 붙어 있질 못하죠.” 그러더니 그는 마지막 말에 가서 제법 허세를 보였다. “나야 일을 완전히 마칠 때까지는 절대로 술 같은 건 입에 대지도 않으니까.”

“그렇소?” 조우드가 물었다.

“아무렴. 나도 남들처럼 출세를 해야 할 게 아니오? 그래서 나도 그 통신대학 강좌나 하나 들어볼까 생각 중이오. 기계공학쯤은 별로 힘들지 않을 것 같은데 책이나 몇 권 집에서 들여다 보면 되지 않겠소? 그걸 궁리중이오. 그럼 이제 나도 트럭 운전사는 그만두어야지. 트럭 같은 것은 다른 놈들이나 끌라고 말야.”

조우드는 웃옷 옆 호주머니에서 위스키 병을 꺼냈다. “진짜 한 모금도 안 하실래요?” 그는 지분거리는 듯한 목소리로 말했다.

“아니요, 안 하겠소. 입에 대지도 않을 테요. 매일 술만 마시다가는 언제 공부를 하겠소?”

조우드는 병마개를 따 한두어 모금을 얼른 삼켰다. 그리고는 다시 마개를 닫아 주머니에 도로 집어넣었다. 위스키의 화끈한 향내가 차 안을 채웠다. "형씨는 영 여유가 없어 보이는데 웬일이시오? 애인도 하나 없으시오?" 조우드가 말했다.

"있긴 있지만 우선 출세를 해야겠소. 그래서 오래 전부터 마음을 단단히 먹고 있는 거요."

술기운이 돌면서 조우드는 기분이 좀 느슨해지는 듯했다. 그는 담배를 또 한 대 말아 피워 물었다. "나 같은 놈이야 이제 장래에 대해 더이상 기대를 걸 만한 팔자도 못 되는 것 같소." 그가 말했다.

운전사가 재빨리 말을 받았다. "나는 술 같은 건 아예 생각도 안 하니까. 마음을 수양하기 위해 한 2년 전부터 그런 생활 신조를 지키고 있소." 그는 오른손으로 핸들을 한번 쓰다듬더니 말을 이었다. "길을 가다가 지나가는 사람을 보면 그를 한번 쳐다 보죠. 그리고 차가 그를 지나쳐 버린 다음 나는 그 사람에 관한 모든 것을 기억해 보는 버릇이 있죠. 어떤 옷을 입었고 어떤 신발과 모자를 신고 썼으며 걸음걸이가 어떻고 키나 체격이 어떻고 얼굴에 어떤 상처가 있었던가 하는 식으로 말이오. 그런 짓을 참 잘해요. 머리속에 그 사람의 그림을 한번 그려 보는 거지. 어떤 때는 내가 지문감별(指紋鑑別) 전문가가 되는 게 제격이 아닌가도 생각하는데, 내 기억력이 얼마나 좋은지를 당신이 안다면 깜짝 놀라실 거요."

조우드는 술병을 꺼내 또 한 모금 훌쩍 삼켰다. 그는 멋드러지게 피우던 담배의 마지막 연기 한 모금을 길게 빨고 나서 못이 박힌 엄지손가락과 두 번째 손가락으로 아직 타고 있는 꽁초를 비벼 껐다. 꽁초의 끄트머리를 문지르더니 창밖으로 던져 바람에 날려버렸다. 대형 타이어가 길바닥에 끌리면서 요란한 소리를 냈다. 앞만 물끄러미 응시하고 있던 조우드의 잔잔하고 까만 눈에 재미있다는 듯한 표정이 일었다. 운전사는 별말이 없더니 다소 초조한 듯 건너다 보았다. 드디어 조우드의 윗입술이 벌쭉 웃으며 이를 드러내더니 가볍게 킬킬거리며 어깨를 흔들었다.

"그렇게 되기까지에는 시간깨나 오래 걸렸겠소, 형씨."

운전사는 돌아보지 않았다. "그렇게 되다니, 어떻게 된다는 말이오?"

조우드의 입술은 그 기다란 치열(齒列)을 가린 채 좀처럼 벌어지지 않았다. 그러더니 그는 마치 개가 그러듯 혓바닥으로 입술을 핥았다. 입술 좌우로 두 번을 핥았다. 그가 거친 목소리로 말했다. "무슨 말인지 다 알면서 뭘 그러슈? 내가 차에 올라탈 때 나를 위아래로 훑어보는 것을 내가 보았단 말이오." 운전사는 앞만 똑바로 보면서 핸들을 꽉 쥐고 있었다. 너무나 꽉 쥐어서 손바닥의 살이 불룩 튕겨지고 손등에는 핏기가 가셨다. 조우드가 말을 이었다. "내가 지금 어디서 나온 사람인지 다 알고 있지요?" 운전사는 대답이 없었다. "모르시오?" 조우드가 다시 추궁했다.

"글쎄, 알 것 같소. 아마…… 하지만 그런 건 내가 알 바 아니지. 나는 남의 일에 참견하지는 않으니까." 그러더니 그의 말이 더듬더듬 굴러 떨어지듯 이어졌다. "남이야 무얼 하든 내가 알 게 뭐람." 그는 갑자기 말을 멈추고 기다렸다. 그의 손은 아직도 핸들을 움켜쥐고 있었다.

메뚜기 한 마리가 창으로 날아들어 오더니 계기대 위에 올라앉아서 앙상하게 각진 두 다리로 날개를 부벼대기 시작했다. 조우드가 손을 뻗어 손가락으로 메뚜기 대가리를 꾹 눌러 짜부려뜨려 가지고 창밖 바람에 날려버렸다. 조우드는 손가락에 묻은 메뚜기의 조각을 털어 내면서 또 킬킬거렸다.

"형씨는 나를 잘못 보았소." 그가 입을 열었다. "그까짓 거 말 못 할 것도 없지요. 나는 맥 알레스터〔오클라호마 주 남동부〕에서 오는 길이오. 거기에 4년이나 있었지요. 이 옷도 거기에서 나올 때 준 옷이지요. 그까짓 거 세상 사람들이 다 알아도 상관없는 일이오. 그래서 지금 아버지한테 찾아가는 거구. 일자리를 찾겠다는 거짓말 같은 건 할 필요도 없다구요."

듣고 있던 운전사가 말을 가로챘다. "홍, 그야 어쨌든 내가 알 바 아니지. 나야 남의 일을 꼬치꼬치 캐고 싶어하는 사람은 아니니까."

"그야 물론 그럴 거요." 조우드가 말했다. "허나 형씨는 그 큼직한 코를 8마일이나 앞으로 쑥 내밀고 있던데? 그 큰 코를 채소밭의 양처럼 나한테 들이대고 샅샅이 냄새를 맡지 않았소?"

운전사의 얼굴이 굳어졌다. "이봐 젊은이, 당신은 날 잘못 보았소." 그가 힘없이 항변했다.

조우드는 그를 보고 씩 웃었다. "형씨는 참 고맙게 해주었소. 나를 태워 주었으니 말이오. 그래, 나는 형무소에서 복역을 했소. 그게 무어가 어떻다는 거요. 아마 형씨는 내가 왜 형무소에 갔는지 궁금할 거요. 안 그렇소?"

"그까짓 거 내가 알 바 없다니까."

"물론 형씨야, 트럭이나 끌면 됐지 다른 일은 알 바 없을 거요. 자, 저 도로 앞을 보시오."

"그래서?"

"나는 저기서 내릴 사람이오. 물론 형씨는 내가 무슨 짓을 한 사람인지 알고 싶어서 몸이 달지 모르지만, 나는 사람을 그렇게 곤혹스럽게 만드는 사람은 아니란 말이오." 모터의 윙윙거리는 소리가 다소 낮아지고 타이어의 마찰음이 누그러졌다. 조우드는 술병을 꺼내 또 한 모금을 훌쩍 마셨다. 트럭이 슬금슬금 멈추었다. 고속도로와 직각 방향으로 포장이 되어 있지 않은 도로가 나타났다. 조우드는 껑충 뛰어내려서 차창 옆에 섰다. 수직으로 꼿꼿하게 서있는 배기관이 보일락말락 푸르스름한 연기를 뿜어내고 있었다. 조우드는 운전사 쪽으로 몸을 기울이면서 말했다. "살인죄였소. 살인죄가 무언지 알지요? 내가 사람을 죽였단 말이오. 7년 선고를 받았었는데 얌전하게 굴었다고 해서 4년 만에 나온 거요."

운전사의 눈이 새삼스레 조우드의 얼굴을 기억하려는 듯 훑어보았다. "나는 당신한테 그런 거 알자고 한 게 아니라니까. 난 남의 일에는 관심도 없는 사람이오."

"형씨는 살인범하고 같이 차를 탔다는 이야기를 여기서 텍소라〔오클라호마 주의 가장 서쪽 마을〕까지 가는 도중 만나는 사람마다 알려주구려." 그가 씩 웃었다. "잘 가시오. 형씨는 참 좋은 분이오. 하지만 형씨도 감옥

같은 데에 조금만 있어 보오. 남이 묻는 말의 진의가 무엇인지 하나에서 열까지 빈틈없이 알 수 있을 테니까. 형씨가 입을 처음 벌렸을 때 무엇이 알고 싶은지 그 신호를 내가 다 간파했었다는 말이오." 그는 차의 문을 손바닥으로 한 번 찰싹 때렸다. "태워 줘서 고마웠소. 그럼 잘 가시오." 그는 돌아서서 흙바닥 길 쪽으로 어기적어기적 걸어가 버렸다.

잠시 동안 운전사는 조우드의 등 뒤를 지켜보고 있더니 소리쳤다. "잘 가요!" 조우드는 뒤돌아 보지도 않은 채 손을 흔들었다. 곧 이어 모터가 으르렁거리고 기어가 찰카닥거리더니, 덩치 큰 빨간 트럭은 육중하게 굴러갔다.

제 3 장

　　콘크리트로 된 고속도로 가장자리에 말라 비틀어진 잡초가 깔려 있었다. 잡초 꼭대기마다 보리 이삭들이 날리고 있었다. 지나가는 개들의 몸뚱이 털에 달라붙기에 꼭 알맞았다. 둑새풀이 말굽 위에 엉겨 붙었고 클로버의 수술은 양털에 다닥다닥 달라붙었다. 사방에 흩날려 번식할 기회를 기다리고 있는 작은 생명들이었다. 잡초 수술에 매달린 씨앗 하나하나는 저마다 다른 곳으로 퍼져갈 준비를 갖추고 바람이 부는 대로 작은 날개와 가시 창살을 들어 손짓하면서 짐승들이나 바람이나 남자의 바짓가랑이나 여자의 치맛자락을 고대하고 있었다. 비록 수동적이긴 하지만 모두가 움직일 수 있는 태세를 갖추고 있었고 가만히 있는 듯하면서도 활발한 생동력의 근원을 내포하고 있었다.

　　해가 잡초 위로 뜨겁게 내리쬐면 풀숲 아래 그늘 속에서는 벌레들이 바삐 움직였다. 개미들, 그리고 개미덫을 만드는 개미귀신들, 공중으로 날아 그 노란 날개를 한 번이라도 펼떡여 보려는 메뚜기들, 작은 아르마딜로처럼 꺼떡꺼떡거리고 돌아다니는 쥐며느리들이었다.

　　길가 풀밭 위로 땅거북 한 마리가 엉금엉금 기어왔다. 몸을 뒤척거리면서 풀 위에 둥그런 잔등을 질질 끌고 있었다. 딱딱한 다리와 노란 발톱이 달린 발들은, 걸음을 걷고 있다기보다 등 위 껍데기만을 들고 천천히 끌고 있는 형상이었다. 보리 이삭이 땅거북의 잔등에서 미끄러져 떨어졌고, 클로버 수술도 그 위에 올라앉았다가는 곧 땅에서 떨어져 버렸다. 그 뾰족한 주둥이는 반쯤 벌어져 있었고, 마치 손톱처럼 이마 밑에 붙어 있는 우습게 생긴 눈은 사납게 앞을 쏘아보고 있었다. 땅거북은 짓밟힌 풀 자국을 뒤에 남기면서 풀밭 위를 걸어 고속도로의 둑 있는 데까지 진출했다.

잠시 그는 고개를 치켜든 채 멈추었다. 눈을 껌벅이면서 위아래를 훑어보았다. 드디어 둑을 기어오르기 시작했다. 발톱이 달린 앞발을 앞으로 뻗었으나 꼭대기까지는 미치지 못했다. 뒷발로 무거운 껍데기를 밀어올렸다. 풀과 자갈 위에서 뒤뚱거리고 있었다. 둑이 점점 험해지자 땅거북은 더욱 기를 썼다. 쭉 뻗은 뒷다리가 미끄러지고 다시 버티면서 껍데기를 들어올리고, 목은 뻗을 수 있는 한 뻗어 뿔난 고개를 내밀었다. 조금씩 조금씩 땅거북의 무거운 등이 둑 위로 기어올랐으나, 마침내 절벽 하나가 그의 앞을 가로막았다. 높이가 4인치나 되며 콘크리트 벽으로 된 고속도로의 양쪽 모서리였다. 땅거북의 몸뚱이는 부분부분이 따로 노는 것처럼, 뒷다리는 등껍데기를 밀어올리고 고개는 불쑥 치켜들려져 벽 위로 시멘트의 넓고 미끄러운 바닥을 내다 보고 있었다. 드디어 두 앞발이 벽의 꼭대기에 매달려 버티면서 몸집을 천천히 들어올렸다. 몸의 앞부분이 벽 위에 가까스로 올라섰다. 땅거북은 잠시 숨을 돌리는 듯했다.

빨간 개미 한 마리가 땅거북의 등 밑으로 들어갔다. 연한 살이 있는 데까지 들어갔다. 땅거북은 갑자기 고개와 다리를 몸 속으로 쑥 집어넣었다. 딱딱한 꼬리는 옆으로 비스듬하게 말려들어 갔다. 빨간 개미는 땅거북의 몸뚱이와 다리 사이에서 짜부라져 버렸다. 보리 이삭 하나가 땅거북의 앞다리에 걸려 등밑에 박혔다.

잠시 땅거북은 가만히 있는 듯하더니, 고개를 슬슬 빼고 늙어서 쭈글쭈글한 것처럼 우습게 생긴 눈으로 사방을 두리번거리며 다리와 꼬리까지 내밀었다. 뒷다리에 코끼리 다리이기라도 한 양 힘을 주며 기를 썼다. 등껍데기를 비스듬하게 기울였지만 앞발이 시멘트 바닥에 미치지 못했다. 그러나 뒷다리로 계속 힘을 주면서 몸집을 들어올려 마침내 몸의 균형을 잡고나서, 전신을 아래로 기울이면서 앞발로 시멘트 바닥을 할퀴고 몸통을 내려놓았다. 그러나 보리 이삭 줄기는 땅거북의 앞다리에 감긴 채 떨어지지 않고 있었다.

이제는 걸음이 편했다. 다리 전부가 제대로 놀았고 잔등은 치켜들린 채 이쪽저쪽으로 뒤뚱거렸다. 한 40세 가량 되어 보이는 여자가 세단을 몰고 다가왔다. 그녀는 땅거북을 보자 오른쪽으로 급커브를 틀어 옆으로 비켰다. 바퀴가 금속성 소리를 내면서 구름 같은 먼지를 일으켰다. 바퀴 두 개가 잠시 떴다가 내려앉았고, 차는 다시 제 길에 들어서서 미끄러져 갔다. 아까보다는 좀 느리게 달려갔다. 땅거북은 껍데기 속에서 몸을 움츠리고 있다가 다시 나와 걸음을 빨리했다. 고속도로 바닥은 찌는 듯이 뜨거웠다.

이번에는 좀 작은 트럭 한 대가 다가왔다. 가까이 오면서 운전사가 땅거북을 보더니 땅거북을 겨냥하고 차를 틀었다. 앞바퀴가 땅거북의 잔등 한쪽 모서리를 깔았다. 마치 티들리 윙크〔작은 원판의 한쪽 끝을 튕겨서 앞에 있는 컵에 집어넣는 놀이〕처럼 땅거북을 튕겨 올려 동전같이 굴려 고속도로 밖으로 내동댕이쳐 버렸다. 트럭은 제 자리에 들어서서 다시 속력을 내고 달려 갔다.

벌렁 나자빠진 땅거북은 한참 동안이나 움츠려 있었다. 그러다가 무엇을 붙잡으려는 듯이 다리를 공중에 뻗어 허우적거렸다. 앞발이 석영 조각 하나를 붙잡았다. 등판이 조금씩 끌어올려져 드디어 자세를 뒤집고 일어섰다. 보리 이삭이 떨어져서 뾰족한 씨알 세 개가 땅속에 박혔다. 땅거북은 둑 아래로 다친 몸을 질질 끌고 지나가면서 딱딱한 등껍데기로 보리 씨알 위에 흙가루를 뿌렸다. 그리고는 흙길에 들어서서 비틀비틀 걸어갔다.

등껍데기가 토사 속을 지나가면서 가느다란 파도 모양의 홈을 남기고 있었다 그 쭈글쭈글하고 우습게 생긴 눈은 곧장 앞만을 내다본 채 뾰족한 주둥이를 뺄쭉거리고 있었다. 노란 발가락에 달린 발톱이 흙가루 속에서 살짝 미끄러졌다.

제 4 장

트럭의 발동이 걸리고 기어도 제꺽제꺽 걸린 뒤 고무 타이어가 길바닥에 마찰음을 내면서 달리는 소리가 들리자 조우드는 잠시 걸음을 멈추고 돌아서서 차가 완전히 보이지 않을 때까지 지켜보고 있었다.

트럭이 아주 보이지 않게 되었어도 그는 멍청히 그쪽의 파란 하늘을 쳐다보고 있었다. 무언가 생각에 잠겨서 그는 호주머니에서 술병을 꺼내 뚜껑을 열고 위스키 한 모금을 기술적으로 빨았다. 혀끝을 병 안으로 집어넣었다가 다시 자기 입술을 핥는 것이다. 위스키 향기를 조금도 놓치지 않기 위해서였다. 그는 조금 전에 들은 말을 다시 한번 중얼거려 보았다.

"거기서 우리는 한 깜둥이를 보았지……." 거기까지가 그가 외울 수 있는 전부였다. 한참만에 그는 돌아서서 국도 옆으로 나있는 들길 쪽으로 향했다. 해는 따갑게 내리쬐고 바람도 없이 먼지만 가라앉아 있었다. 길바닥에는 차가 지나간 자리마다 홈이 파여, 그 움푹한 곳에 먼지가 쌓여 있었다. 그가 몇 발자국을 떼자 밀가루같이 고운 먼지가 그의 노란 새 구두 앞에서 폴싹폴싹 솟았다. 새 구두의 노란 빛깔이 잿빛 먼지에 덮여 차츰 색을 잃어 갔다.

그는 허리를 굽혀 신발끈을 풀어 한 짝씩 벗었다. 그러고 나서 축축한 맨발로 푹신하게 기분 좋은 흙먼지 속을 걸어 보았다. 먼지 가루가 발가락 사이에 끼어 붙었고 젖었던 발이 꼬돌꼬돌해졌다. 웃옷을 벗어서 신발을 돌돌 말아 싸가지고 겨드랑이에 끼었다. 그런 채로 그는 길을 올라갔다. 그가 지나가는 발걸음마다 흙먼지가 구름처럼 솟아올랐다.

길의 오른쪽은 울타리로 막혀 있었다. 두 가닥의 철조망이 버드나무 말뚝에 매여 있었다. 버드나무 말뚝들은 아무렇게나 꼬부라져 있었고 가지가 잘 다듬어지지도 않은 것들이었다. 알맞은 높이에서 나뭇가지가 갈라져 있는 자리마다 철조망 줄이 걸려 있었다. 그리고 가지 가랑이가 없는 자리에는 녹슨 철사가 철조망과 나무를 옭아매 놓고 있었다. 울타리 안에는 바람과 더위와 가뭄에 시달린 옥수수밭이 펼쳐 있었고 그 잎사귀와 줄기가 맞닿는 우묵한 자리에는 먼지가 가득가득 쌓여 있었다.

조우드는 먼지 구름을 일으키면서 터벅터벅 걸었다. 그는 몇 발짝앞에서 잔등을 높이 세우고 먼지 속을 느릿느릿 기어가는 땅거북 한 마리를 보았다. 땅거북의 다리가 뻣뻣하게 움직이고 있었다. 조우드는 걸음을 멈추고 그것을 지켜 보았다. 그의 몸 그림자가 땅거북 위를 덮었다. 그 순간 땅거북의 고개와 다리가 싹 움츠러 들어갔고 짤막한 꼬리마저 옆으로 비스듬하게 말려 껍데기 아래로 들어가 버렸다. 조우드는 땅거북을 집어 잦혀 보았다. 잔등은 먼지 색깔처럼 회갈색이었으나 뱃가죽은 미끈한 노란색으로 부드럽고 깨끗했다. 그는 보따리를 겨드랑 밑으로 바싹 추어 올리고 부드러운 뱃가죽을 손가락으로 쓰다듬으면서 눌러 보았다.

잔등보다 훨씬 부드러웠다. 딱딱한 대가리가 불쑥 나오더니 자기 배를 누르고 있는 손가락을 쳐다보고 나서 네 다리를 허우적거렸다. 땅거북은 조우드의 손에 오줌을 싸면서 안간힘을 쓰고 빠져 나가려고 했다. 조우드는 땅거북을 다시 뒤집어서 그것을 신발과 함께 보따리에 말아쌌다. 그는 그것이 자기 겨드랑 밑에서 발버둥치는 것을 간지럽게 느낄 수 있었다. 그는 고운 먼지 가루 속을 살살 끌면서 걸음을 좀 빨리했다.

저만큼 길가 앞쪽에 바싹 마른 버드나무가 먼지를 뒤집어 쓴 채 얄팍한 그늘을 던지고 있었다. 앙상한 버드나무 가지가 마치 털갈이를 하는 닭처럼 너덜너덜한 잎사귀를 달고 길 위에 늘어져 있는 것이 눈에 띄었다. 조우드는 이제 땀이 났다. 파란색 셔츠의 등뒤와 팔 아래에 시커멓게 땀이 배어났다. 모자 차양을 잡아당겨서 가운데를 오그라뜨렸다.

뻣뻣한 차양 속의 라이너가 형편없이 쭈그러져서 이제는 새 모자 같지가 않았다. 저만큼 있는 버드나무의 그림자를 향해서 그의 발걸음은 더욱 빨라졌다. 그래도 나무가 있으니 웬만한 그늘은 있을 성싶었다. 해가 하늘 꼭대기를 이미 지났으니 하다 못해 나무 둥우리가 던지는 한 가닥의 그늘이라도 꼭 있으려니 생각했다. 해는 그의 목덜미를 따갑게 내리쬐었고 이제 그의 머리 속에서는 웅웅거리는 소리까지 들리는 듯했다. 나무의 밑둥은 보이지 않았다. 평지와는 다른 좀 우묵한 곳에 괸 물 웅덩이 같은 데에 서있는 나무였다.

조우드는 해 쪽을 향하여 걸음을 빨리빨리 옮기면서 이제 내리막길을 내려갔다. 그는 찬찬히 살피며 걸음을 다소 늦추었다. 나무 둥우리가 던지는 하나밖에 없는 그늘을 벌써 다른 사람이 차지하고 있었던 것이다. 웬 남자가 나무 둥우리에 등을 기댄 채 땅바닥에 앉아 있었다. 두 다리를 꼬고 앉아서 한쪽 발은 신을 벗은 채 자기 머리 높이까지 치켜들고 있었다. 그 남자는 조우드가 다가오는 소리를 듣지도 못하고 '네 그래요, 그 아기는 내 아기예요(구유에 누운 아기 예수)'의 곡조를 엄숙하게 휘파람으로 불고 있었다. 그의 뻗은 발은 템포를 맞추며 천천히 위아래로 흔들렸다. 그 노래는 춤곡은 아니었다. 그는 휘파람을 멈추더니 편안한 테너 목청으로 노래를 구성지게 부르기 시작했다.

네, 그래요, 그는 나의 구세주.
예수는 나의 구세주예요.
예수는 이제 나의 구세주예요.
땅 위에서는 마귀가 사라지고 예수는 이제 나의 구세주예요.

나뭇잎이 드문드문 붙어 있는 나무의 엉성하게 드리워진 그늘 속으로 조우드가 들어섰다. 그 남자는 그것도 모르고 있다가 노래를 멈추고 고개를 돌렸다. 갸름한 얼굴이었다. 뼈가 튀어나오고 팽팽하게 빤질거리는 얼굴이 셀러리 줄기처럼 질기게 생긴 목 위에 달려 있었다. 묵직하게 생긴 눈알이 툭 튀어나오고 원색의 빨간 눈꺼풀이 팽팽하게 눈알을 덮고

있었다. 볼은 갈색으로 반질반질하니 털도 하나 없고, 불룩하게 내밀려
진 입은 두툼한 것이 우습기도 하고 육감적이기도 했다. 뾰족하고 딱딱
하게 생긴 코 위의 가죽이 하도 팽팽하게 당겨서 콧날 위의 양미간이 희
끄무레하게 보였다. 얼굴엔 땀이 흘려 내리지 않았고 흰칠하고 하얀 이
마에도 땀 한 방울 맺혀 있지 않았다. 무던히도 높은 이마였다. 관자놀
이 언저리에는 가는 혈관들이 푸릇푸릇하게 줄을 긋고 있었다. 얼굴 전
체의 거의 반 이상이 눈 위에 붙어 있었다. 뻣뻣한 회색 머리는 손가락
으로 빗어 올린 듯 이마에서 뒤로 젖혀 있었다. 옷은 작업복에다 청색
와이셔츠였다. 놋쇠로 만든 단추가 달린 대님천의 웃옷과 위쪽이 찌그
러진 펠트 모자 비슷한 형편없이 낡은 갈색 모자가 옆의 땅바닥에 놓여
있었다. 바로 옆에는 아무렇게나 벗어던져 놓은 고무창이 달린 즈크 운
동화가 뽀얀 먼지를 뒤집어쓰고 나동그라져 있었다.

그 남자는 한참 동안이나 조우드를 쳐다 보았다. 햇빛이 그의 갈색 눈
동자 속에 깊이 스며드는 것처럼 느껴졌다. 빛이 동공 속에 금빛 반점들
을 만들고 있었다.

조우드는 얼룩얼룩한 그늘 속에 가만히 서있었다. 그는 모자를 벗어서
그것으로 땀이 난 얼굴을 한 번 훔치고 나서 모자와 둘둘 말아놓은 저고
리를 땅에 떨어뜨렸다.

짙은 그늘 속에 있던 남자는 꼬고 있던 다리를 내려놓고 발가락으로
땅을 팠다.

조우드가 먼저 입을 열었다. "제기랄 것, 더럽게도 덥군." 앉아 있던
남자가 심문하는 듯한 눈초리로 쏘아보았다. "그런데 당신, 톰 조우드
아니오? 그 톰 노인의 아들 말이오."

"그렇습니다." 조우드가 말했다. "지금 집에 돌아가는 길이지요."

"자네는 아마 날 기억하지 못할 거야." 하면서 그 남자는 얼굴에 미소
를 띄우고 말 이빨 같은 넓적한 치아를 드러내 보였다. "암, 날 기억할
수 없지. 내가 자네한테 성경을 가르쳐 주던 때 자네는 언제나 계집애들
의 뒷머리카락만 뽑느라고 정신 없었거든. 계집애들 머리카락을 뽑는 데

에만 정신이 팔려 있었단 말야. 자네는 전혀 기억이 없겠지만 나는 다 기억하고 있어요. 자네하고 그 계집애하고 둘이서 예배당에 왔지. 그 머리카락 때문에 말이야. 그래서 당장에 저수지 물가에 데리고 가서 둘을 세례시켜 버렸지. 마치 두 마리의 고양이들처럼 발버둥을 치고 아우성이더군."

조우드는 눈을 내리깔고 그를 지켜보고 있다가 피식 웃었다. "옳지, 아저씨는 그 설교사시군요, 설교사. 바로 조금 전에 저는 아저씨의 얘기를 어떤 사람한테 들려 주던 참이었지요."

"그래 내가 설교사였지." 그 남자가 심각한 어조로 말했다. "짐 케이시 목사였지. 버닝 부셔 교파〔구약성서 〈출애굽기〉 3장 2절의 고사를 신조로 하는 스코틀랜드의 교회〕의. 예수의 이름을 외치면서 큰소리로 떠들어 댔었지. 회개하러 온 사람들을 저수지에 잔뜩 집어넣어 와글와글하게 하여 그 사람들의 반쯤은 익사할 뻔 했단 말이야. 하지만 그것도 이젠 다 옛날 이야기야." 그는 한숨을 내쉬었다. "이제는 그저 짐 케이시에 불과해. 목사니 설교사니 하는 따위의 칭호는 이제 없어졌지. 죄악에 물든 생각만 잔뜩 가지게 되었고. 하지만 그런 생각들도 어떻게 보면 다 일리가 있는 것 같단 말이야."

조우드가 말했다. "그런 이상한 생각을 자꾸·하게 되면 점점 말려들기 마련이지요. 나도 기억이 납니다. 아저씨는 아주 재미있는 집회를 열어 주곤 했어요. 한번은 아저씨가 어슬렁어슬렁 걸어다니면서 소리를 고래고래 지르며 설교를 하던 일이 생각나요. 아주 멋있다고 생각했지요. 우리 할머니 말씀이 아저씨는 성령에 사로잡혔다고 하더군요." 조우드는 똘똘 말아놓은 저고리를 뒤져서 술병을 꺼냈다. 땅거북이 꿈틀거렸으나 그는 그것을 꼭 싸버렸다.

그는 병마개를 따고 병을 내밀었다. "한 모금 하시겠소?"

케이시는 병을 받아 들고 그것을 멀거니 쳐다 보았다. "나는 이제 설교는 집어치웠어. 성령이라는 것도 사람한테 오래 붙어 있는 게 아니거든. 더군다나 나한테는 이제 그런 건 다 없어졌어. 물론 이따금씩 그런 생각이 들기도 하고, 그래서 나는 새삼스럽게 집회 같은 것을 열 때도 있지. 또 사람들이 음식을 차려 놓으면 내가 가서 강복을 하기도 하지. 하지만 전처럼 내 마음이 움직여지지가 않는단 말이야. 그저 사람들이 해달라니까 해주는 것뿐이야."

조우드는 모자로 얼굴을 또 한 번 훔쳤다. "아저씨는 술도 한 모금 안할 만큼 그렇게 지독한 예수쟁이는 아니겠지요?" 그가 물었다.

케이시는 술병을 쳐다보고 나서 병을 기울여 세 모금이나 깊게 들이마셨다. "크으, 그 술맛 참 좋다." 그가 말했다.

"괜찮을 거요. 양주 공장에서 나온 거니깐. 1달러나 하던데요."

케이시는 한 모금을 더 마시고야 술병을 돌려 주었다. "아, 술맛 참좋다!" 그는 연신 소리쳤다.

조우드는 그로부터 술병을 받아 들고 예의상 술병 주둥이를 소매로 닦지도 않고 자기 역시 들이마셨다. 그는 쭈그리고 앉아서 저고리를 말아놓은 위에다 병을 똑바로 세워 놓았다. 그리고는 손가락으로 더듬거려 작은 나뭇가지 하나를 주워서 땅바닥에다 낙서를 하기 시작했다. 땅바닥에서 나뭇잎을 치우고 흙을 편평하게 고르더니 사각형, 삼각형, 동그라미 따위를 생각나는 대로 그렸다. "아저씨를 한참 동안 못 본 것 같군요." 그가 중얼거렸다.

"나는 아무하고도 안 만났어." 설교사가 말했다. "나는 혼자 떠나 버렸지. 혼자 앉아서 생각만 했지. 아직도 마음속에 강한 믿음이 없는 것은 아니지만 옛날 같지는 않아. 옛날처럼 모든 일에 대해서 그렇게 확신을 가질 수가 없단 말씀이야." 그는 몸을 좀더 꼿꼿하게 하고 나무에 기대었다. 뼈마디가 굵은 그의 손이 마치 다람쥐처럼 작업복 호주머니를 뒤지더니 까맣게 찌든 씹는 담뱃덩어리를 꺼냈다. 거기에서 지푸라기와 호주머니 속 먼지 같은 것들을 조심스럽게 뜯어내고 나서 한쪽 조각을 입 속에 집어넣었다. 그의 손이 조우드에게 담뱃 덩어리를 내밀자 조우드는 안 씹겠다는 시늉으로 나무때기를 가로 흔들었다. 땅거북이 옷 속에서 꿈틀거렸다. 케이시가 꿈틀거리는 옷을 보면서 물었다. "그게 뭐야? 병아린가? 숨막혀 죽지 않겠어?"

　조우드는 웃옷을 더 단단하게 말았다. "오래 묵은 땅거북이에요." 그가 대답했다. "오다가 길에서 잡았지요. 늙은 불도저예요. 동생한테 갖다 줄까 해서 잡았어요. 꼬마들은 땅거북을 좋아하거든요."

　설교사는 천천히 고개를 끄덕였다. "개구쟁이놈들은 누구나 땅거북을 만져 본 일이 있을 거야. 하지만 아무도 땅거북을 키울 수는 없지. 애들은 그놈을 잡아두고 키우려고 애를 쓰지만 그놈은 아무리 가두어 놓아도 기를 쓰고 비비적거리면서 어디론가 가버리거든. 꼭 나같이 말야. 옛날에 내가 가졌던 그 그리운 믿음을 이제는 두번 다시 되찾지 못할 거야. 하지만 나는 그것을 단념하지 못하고 애만 태우다가 나중에는 산산조각이 난 내 믿음을 발견하게 될 뿐이거든. 때때로 성령이 내 마음에 찾아들기도 하지만 나는 아무것도 설교할 건덕지를 찾아내지 못해. 사람들을 인도하라는 하느님의 계시를 느끼기는 하지만 그들을 어디로 이끌고 가야 할지를 모른단 말씀이야."

　"아무데나 끌고 다니면 되잖아요?" 조우드가 말했다. "저수지 물속에다 집어넣으세요. 그리고 그들도 아저씨와 똑같이 생각하지 않으면 다 지옥에 떨어져서 불에 타죽는다고 하세요. 그들을 인도할 방향 따위는 무엇 때문에 생각할 필요가 있어요? 그저 끌고만 가면 되는 거 아녜요?" 꼿꼿한 나무 둥우리의 그늘이 나뭇가지로 낙서할 자리를 새로 만들었다. 두꺼운 털로 뒤덮인 셰퍼드 개 한 마리가 고개를 늘어뜨리고 혀를 내밀어 침을 질질 홀리면서 길 쪽에서 껑충거리고 뛰어왔다. 꼬리가 힘없이 꼬부라졌고 숨을 헐떡거렸다. 조우드가 개 쪽으로 휘파람을 불어보았지만 개는 고개만 좀더 떨군 채 어떤 뚜렷한 목적지라도 있는 것처럼 더 빨리 뛰어가 버렸다. "그놈은 어딘가 갈 데가 있군요." 조우드가 짓궂게 말했다. "아마 제집에나 가겠지요."

　설교사는 그 화제를 놓치지 않았다. "어디든 가겠지." 그도 같은 말을 했다. "그럼, 갈 데가 있을 거야. 그런데 나는 무언가? 나는 어디로 가고 있는 건지 알 수가 없단 말씀이야? 내 말 좀 들어보게. 옛날에는 나도 사방을 뛰어다니면서 사람들을 붙들고 떠들며 전도를 하고 했잖았겠어. 사람들이 기절해서 넘어질 때까지 말야. 그리고 개중에는 끌어내기 위해서 세례를 해준 사람들도 있었지. 끌어내서 무얼 했느냐구? 처녀를 풀밭에 끌고 들어가서 나쁜 짓을 했지. 그것도 매번 그러는 거야. 그러고 나면 내가 잘못했다는 생각이 들어서 열심히 기도를 드리지. 기도를 해봤자 아무 효과도 없지만 말야. 나중엔 사람들도 나도, 또 성령이 충만해지면 똑같은 짓을 되풀이하곤 하는 거야.   그래서 나는 이제 도저히 구제받을 가망도 없는 놈이거니 생각했지. 아주 저주받은 위선자라고 말야. 물론 그렇게 되려고 마음 먹었던 것은 아니었지만."

조우드는 피식 웃었다. 그는 긴 치열을 드러내면서 혀로 윗입술과 아랫입술을 핥았다. "계집애들을 밀어 눕히는 데에는 열광적인 집회같이 좋은 것이 없지요." 그가 말했다. "나도 그런 경험은 있지요."

케이시는 흥분해서 몸을 앞으로 굽히며 말했다. "그래서 말야, 만사가 언제나 그런 식이라는 것을 발견하고 나는 생각하기 시작했어." 그는 주먹으로 툭툭 치는 몸짓을 하면서 뼈마디 굵은 손을 위아래로 흔들었다. "이렇게 생각한 거야. 자, 내가 여기서 이렇게 하느님의 말씀을 설교하고 있고 그 말씀에 열을 올리는 사람들은 저렇게 소리치고 뛰고 있다. 그런데 처녀애들을 데리고 자는 것은 악마가 시키는 나쁜 일이라고 사람들은 말하고 있지만, 처녀들이 은총을 많이 받으면 받을수록 더 풀밭으로 끌려가고 싶어 안달이니 그것 참 이상한 일이라고 말야. 그래서 생각하기를, 여자가 성령으로 완전히 충만해 버려 그 성령이 코나 귓구멍으로 넘쳐 나올 정도가 되면, 욕을 해서 안 됐지만, 그 제기랄 놈의 악마가 어떡해서 들어올 수가 있겠느냐구 말야. 악마가 도저히 들어갈 수 없을 것으로 생각하겠지? 그런데 웬걸, 악마가 먼저 와있단 말이거든." 그는 흥분한 나머지 눈에 광채를 띠었다. 그는 한동안 담배를 질근거려 씹고 있더니 먼지 바닥에다 침을 탁 뱉았다. 침 덩어리는 때굴때굴 구르며 먼지 가루를 뭉쳐 내 마치 조그만 알약만하게 되었다.

설교사는 손을 쭉 뻗어 마치 책이라도 읽듯이 손바닥을 들여다 보았다. "자, 내가 거기에 있잖아?" 그는 조용히 말을 이었다. "모든 사람들의 영혼을 내 손아귀에 움켜잡고 내가 거기에 있으면 말야. 그 사람들의 영혼에 대해서 내가 책임이 있단 말이야. 그러니 그 책임감을 뼈저리게 의식하지 않을 수 없는데, 그런데도 언제나 나는 여자애들을 데리고 가서 자게 된단 말야." 그는 조우드 쪽을 건너다 보았다. 그의 얼굴은 어쩌면 좋겠느냐는 듯 난감한 표정이 되어있었다. 무언가 좀 도와 달라는 듯한 얼굴이었다.

조우드는 조용히 먼지 바닥 위에다 여자의 몸뚱이를 그리고 있었다. 젖가슴과 엉덩이와 아랫부분을 그렸다.

"결국 나는 설교사가 아니었는지도 몰라." 그가 말을 이었다. "나는 잡을 수 있는 경우에는 어떤 여자도 결코 놓치치 않았어. 그래서 그걸 일단 손에 넣으면 참 즐겁거든. 이러니저러니 딴 생각은 일체 할 필요도 없단 말이야. 자네 같은 사람은 물론 설교사가 아니니까 괜찮지만 말야." 케이시는 같은 이야기를 물고 늘어졌다. "자네한테 여자는 그저 여자에 불과하겠지. 그 이상 아무것도 아니지. 하지만 여자란 나에게는 하나의 신성한 그릇 같은 존재란 말야. 나는 그들의 영혼을 구한답시고 떠들어야 했던 사람이야. 나는 그 모든 책임을 뒤집어쓰고 성령을 팔면서 빈말만으로 입에 거품을 물면서 그 여자들을 데리고 풀밭으로 끌고 들어갔단 말이야."

"제기랄, 나도 설교사나 했더라면 좋았을 걸 그랬는데." 조우드가 말했다. 그는 담배 쌈지와 종이를 꺼내 담배 한 개비를 말았다. 담배에 불을 붙이고 뿜어낸 연기 속에서 눈을 가늘게 뜨고 설교사를 쳐다 보았다. "여자 맛을 못 본 지도 꽤 오래 되는데." 그가 중얼거렸다. "아저씨 같은 사람 따라가려면 까마득하군요."

케이시가 말을 이었다. "그래서 말이야. 하도 걱정이 돼서 나중에는 잠도 안 오더라구. 번번이 결심을 하긴 하지. '이번에 설교를 하러 가서는 어떤 일이 있더라도 그짓을 하지 말아야지' 하구 말야. 그런데 그 말을 뇌까리고 나서 침도 마르기 전에 나는 그 짓을 저지르고 있는 자신을 발견한단 말이야.”

　“장가를 드시지 그래요?” 조우드가 말했다. “설교사 한 분이 부인하고 함께 우리 집에 묵고 간 일이 있었는데 말예요, 여호와 교파였어요. 우리집 곳간 앞뜰에서 집회를 열고 우리 이층에서 잤지요. 우리 꼬마들은 장난치느라고 몰래 엿듣거든요. 매일 밤 집회가 끝나면 그 설교사의 부인은 되게 쿵쿵거리며 방아를 찧더군요.”

　“그렇게 얘기해 주니 고맙네.” 케이시가 말했다. “그런 게 바로 내가 아닌가 하고 늘 생각했으니까. 그 정신적인 고통을 견디다 못해 나는 홀연히 떠나버린 거야. 혼자 떠나서 머리가 돌 정도로 여자 생각만 한 거야.” 그는 두 다리를 꼬아올려 마른 먼지가 덮여 있는 발가락을 긁었다. “혼자 중얼거리는 거야. 나는 무엇 때문에 이렇게 괴로워해야 하느냐고 말야. 여자를 밀어 땅바닥에 굴리는 일 때문이냐고 말야. 그리고는 혼자 자문자답하지. 아니다, 그건 다르다, 죄악이라는 의식 때문이다. 그렇게 중얼거리다가는 또 생각하는 거야. 인간이란 죄악을 범하지 않기 위해서 아무리 조그만 증거라도 보이지 않으면 안 되는 것이며, 그래서 하느님에 대한 생각으로 가슴이 벅차 있어야 함에도 불구하고 죄의식 같은 것에 사로잡혀야 한다는 것은 도대체 어떻게 된 영문일까? 그런 때 바지의 단추를 만지작거리고 있어야 한다는 것은 도대체 어떻게 된 일인가 하고 말야.” 그는 마치 하나하나의 생각을 가지런히 정돈이라도 하듯 두 개의 손가락을 리듬에 맞추어 손바닥에 올려놓았다.

　“아마 그건 죄악이라는 것은 아닐 거야. 모르긴 모르지만 인간이란 아마 그런 존재일 거란 말이야. 어쩌면 우리는 아무 의미도 모르면서 지옥이라고 하는 관념적인 것을 우리로부터 추방해야 한다고 몸부림치고 있는 것일 거야. 그리고 여자 신도들 중에는 석 자나 되는 철사 다발 같은 것으로 자기 몸을 마구 두들기고 있는 사람도 있는데, 그런 게 다 알 수 없는 일들이야. 아마 자기를 아프게 하고 싶었겠지. 그래서 나도 자신을 좀 아프게 해볼 생각을 한 거야. 그런 생각이 들어서　나는 혼자 나무 밑에 가서 누웠지. 깜빡 잠이 들었다가 밤이 되어 정신을 차리고 보니 사방이 깜깜하잖겠어? 가까이에 이리란 놈이 한 마리 울고 있더군. 나도 모르는 사이에 내가 소리를 지르고 있었던 모양이야. '제기랄, 죄악은 무슨 놈의 죄악이 있단 말이야! 무슨 놈의 선이 있고! 그저 인간이 살아가는 그대로가 있을 뿐이지. 모든 것이 다 같은 얘기야. 사람들이 하는 일 가운데에 괜찮은 일도 있고 언짢은 일도 있는 정도겠지. 허나 그것도 다 말하기 나름이야!'" 그는 말을 멈추고 자기의 생각을 두었던 손바닥으로부터 눈을 들어 조우드를 올려다 보았다.

조우드는 빙그레 웃고 있었지만 그의 눈에는 예리하고 흥미있다는 빛이 감돌았다. "당신은 여자를 샅샅이 연구했군요. 그래서 여자라면 모르는 것이 없이 다 알 정도로 도사가 된 모양이군요." 그가 말했다.

케이시가 다시 입을 열었다. 그의 목소리는 고통과 혼란의 갈등을 담아 울리고 있었다. "그래서 나는 생각한 거야. '이 하느님의 말씀이란 무얼까?' '그건 사랑 바로 그거다. 나는 사람을 너무 사랑하기 때문에 때때로 내 자신을 파멸시키기에 알맞은 거다.' 그리고는 또 자문자답하지. '너는 도대체 예수를 사랑하는가?' 나는 생각해 보고 또 생각해 보다가 드디어 결론을 내리는 거야. '아니다, 나는 예수라는 이름을 가진 사람은 알지 못한다. 그런 저런 이야기를 나는 많이 알고는 있지만 내가 사랑하는 것은 오직 인간뿐이다. 그래서 나는 가끔 내 자신을 파멸시키기에 알맞을 만큼 그들을 지나치게 사랑하는 거다. 그리고 나는 그들을 행복하게 만들어 주고 싶다. 그래서 그들을 행복하게 해주리라고 생각되는 것들을 나는 설교해 왔던 거다.' 그런 생각을 하면서 나는 엄청나게 많은 것들을 떠벌리며 살아왔던 거야. 아마 자네는 내가 상소리를 하는 것이 이상하게 들릴지 모르지만, 글쎄 그런 상소리들이 이제 내게는 더 이상 나쁘게 느껴지지 않아. 그건 다 사람들이 쓰는 말들이고 사람들은 그런 말을 가지고 무슨 흉악한 내용을 말하는 건 아니잖나? 여하튼 나는 내가 생각해 낸 것을 한 가지만 자네한테 알려 주지. 그건 어쩌면 설교사가 하는 말 치고는 가장 비종교적인 말일 거야. 그리고 내가 그런 생각을 했고 또 그런 것을 신봉하고 있는 이상, 나는 이제 설교사라고 할 수는 없어."

"그게 뭔데요?"

케이시는 좀 겸연쩍게 그를 쳐다 보았다. "좀 밸이 꼴리는 소리가 되더라도 골내지 말라구, 응?"

"나는 내 코가 떨어져 나가기 전에는 골은 안 내요." 조우드가 말했다. "어떤 생각을 했는데요?"

"나는 성령과 그리스도의 길을 생각했지. 생각하기를, 왜 우리는 모든 것을 하느님이나 예수한테 걸고 넘어져야 하느냐 이거야. 우리가 사랑하는 것은 모든 남자들, 그리고 모든 여자들이란 말야. 그렇다면 그게 바로 성령이고 인간의 영혼이고, 그리고 현재와 관계가 있는 모든 인간사가 아닌가! 아마 모든 사람들이 다 자기의 일부분으로서 영혼이라는 것을 가지고 있을 거란 말야. 나는 그렇게 하고 앉아서 생각해 본 거야. 그러다가 갑자기 그걸 깨닫게 된 거야. 나는 그것을 철저히 깨우쳤고, 그것은 진리이고 또 지금도 그것을 믿고 있어."

조우드는 시선을 아래로 깔았다. 설교사의 눈 속에 어리고 있는 적나라한 순직성을 도저히 마주 볼 수가 없었다. "당신은 그런 생각을 가지고는 교회를 이끌고 나갈 수가 없을 거예요." 그가 말했다. "설교사로서 만일 당신이 그런 생각을 가지고 있다면 사람들은 당신을 동네에서 쫓아내고 말 거요. 뛰고 소리치고 하는 것, 그게 바로 사람들이 좋아하는 것이니까. 그걸 해야 사람들은 기분이 상승하기 마련이지요. 우리 할머니가 한번 떠들어대기 시작하면 아마 당신은 감당도 못 할 거요. 그 노인네는 지금도 덩치 큰 남자 집사 하나쯤은 주먹으로 때려 눕힐 테니까."

케이시는 생각에 잠겨 쳐다 보았다. "내가 한 가지 물어보고 싶은 게 있네." 그가 말했다. "내가 고민하고 있는 문젠데 말야?"

"얘기해 보세요. 내가 대답할 만한 것이면 할 테니까요?"

"그래." 설교사가 천천히 말했다. "내 자신이 완전히 하느님의 집안에서 살고 있을 때 세례를 준 자네가 바로 여기 있단 말이야. 그날 내 입에서는 예수의 말씀이 몇 마디 튀어나왔을 거야. 자네는 계집애들 머리카락을 뽑는 데에만 정신이 팔렸었으니 기억이 날 리가 없지만 말야."

"나도 기억해요." 조우드가 말했다. "그애 이름이 수지 리틀이었지요. 그러고 나서 한 1년쯤 뒤에 그애가 내 손가락을 꼭 깨물어 버렸어요."

"그래, 내 세례를 받고 무슨 좋은 수라도 생기던가? 자네 생활이 좀 달라지던가?"

조우드는 생각해 보았다. "아아니요, 아무것도 다른 것은 못 느끼겠던데요."

"그럼, 무어 잘못된 것은 없던가? 잘 생각해 봐."

조우드는 술병을 꺼내 한 모금을 훌쩍 마셨다. "뭐 좋고 나쁘고 아무것도 없습디다. 그냥 재미가 있더군요." 그는 술병을 설교사에게 건네주었다.

그는 한숨을 내쉬고 나서 한 모금 마셨다. 병 속의 위스키가 쑥 내려간 것을 보면서 그는 아주 조금만 더 마셨다. "어, 참 좋다." 그는 중얼거렸다. "나는 남들에게 좋은 일 한답시고 그런 짓들을 했지만 그게 혹시 사람들에게 어떤 나쁜 영향을 주지 않았나 해서 늘 신경을 써왔다네."

조우드가 자기의 웃옷을 쳐다 보니 땅거북은 옷을 헤치고 나와 처음에 조우드가 그것을 잡았던 길 쪽으로 달아나고 있었다. 그는 한동안 그것을 지켜 보더니 벌떡 일어서서 땅거북을 집어다가 웃옷에 다시 쌌다.

"꼬마들한테 갖다 줄 선물이 아무것도 없는데 이거라도 가져가야지." 그는 중얼거렸다.

"그것 참 묘한 일인데?" 설교사가 말했다. "자네가 여기 오기 바로 전에 나는 자네 아버님 생각을 하고 있었거든? 한번 찾아가 뵐까 하고 말야. 그 영감은 하느님에 대해서 관심도 없는 사람이라고 늘 생각했는데, 지금은 어떠신가?"

"지금 어떻게 지내시는지 모르지요. 내가 집을 나온 지가 4년이나 되었으니까."

"편지도 안 하시나?"

조우드는 난처했다. "아버지는 편지 같은 걸 하는 양반이 아녜요. 그저 인사치레나 하기 위해 편지를 쓰는 일은 절대로 없지요. 당신 이름을 사인할 때 보면 누구보다도 멋지게 하시면서 말이죠. 연필에 침을 칠해 가면서. 하지만 여태까지 편지 한 장 띄우지 않으시더군요. 그러면서 늘 '입으로 말할 수 없는 경우라면 일부러 연필까지 들고 끄적거릴 필요는 없는 것'이라고 하시거든요."

"어디 객지에라도 돌아다녔나?" 케이시가 물었다.

조우드는 이상하다는 듯 그를 쳐다 보았다. "내 얘기 못 들었어요? 신문에 온통 떠들썩했는데."

"아아니? 무슨 일인데?" 그는 한쪽 다리를 다른 쪽에 올려놓고 등을 나무에 기댄 채 자세를 더욱 가라앉혔다. 한나절이 성큼성큼 다가왔고 햇빛은 더욱 맹위를 더해 갔다.

조우드는 불쾌하지 않게 말했다. "아저씨한테 지금 다 털어놓아 버리는 게 낫겠군요. 하지만 만약 지금도 설교를 하고 돌아다니신다면 애기를 안 할 거예요. 나를 위해서 또 기도를 하시려고 할 테니까요." 그는 술병에 마지막 남은 것을 쭉 들이키고는 병을 던져 버렸다. 그 납작한 갈색 병은 먼지 바닥 위에 가볍게 나동그라졌다. "나는 지난 4년 동안 맥 알레스터 형무소에 있었지요."

케이시가 몸을 휙 돌렸다. 그의 이맛살이 찌푸려지니까 그 높은 이마가 더 높아 보였다. "나한테 그런 얘기 하고 싶지 않았나? 자기가 무슨 나쁜 짓을 했다면 아무것도 묻지 않겠네."

"그런 짓이라면 지금도 또 할 거예요." 조우드가 말했다. "무어냐면, 싸움을 하다가 한 놈을 죽였지요. 춤을 추다가 다들 취해 있었어요. 그 녀석이 나한테 칼을 들이대더군요. 그래서 얼떨결에 옆에 있던 삽으로 녀석을 쳤지요. 그게 머리통에 정통으로 맞아버렸어요."

케이시의 눈썹이 도로 제자리를 찾았다. "그럼 자네는 아무것도 부끄럽게 생각하지 않는단 말인가?"

"그럼요. 난 부끄러운 건 없어요." 조우드가 말했다. "상대가 칼을 가졌었기 때문에 7년밖에 안 받았지요. 그런데 그것도 4년 만에 나왔어요. 가석방으로."

"그럼 자네는 집안 식구들 소식을 4년 동안이나 못 들었나?"

"아, 듣긴 들었지요. 한 2년 전에 어머니가 엽서를 보냈더군요. 그리고 지난 크리스마스 때는 할머니가 카드를 보내시고, 그래서 같은 감방에 있던 놈들이 한바탕 웃었지요. 카드에는 크리스마스 트리가 있고 눈같이 번쩍번쩍하는 걸 그려 놓았더군요. 이런 시 구절도 들어 있구요.

> 사랑하는 조우드, 메리 크리스마스,
> 온화한 예수, 순한 예수,
> 크리스마스 트리의 아래에
> 거기에 할미의 선물을 보낸다.

아마 할머니는 이것을 한 번도 읽어 보지 않으셨을 거예요. 장사가 와서 사라고 하니까 아무거나 제일 뻔쩍뻔쩍하는 것을 하나 골라 보내셨겠지요. 우리 감방에 있던 놈들이 배꼽을 쥐고 웃더군요. 그 뒤로 그놈들은 나만 보면 온화한 예수라고 놀렸지요. 할머니는 그걸 가지고 나를 웃기려고 하신 것은 아니었을 것이고 그저 카드가 하도 고와서 읽어볼 필요도 없이 보냈을 거예요. 할머니는 내가 감옥에 들어가던 해에 안경을 잃어버리셨는데 아마 그 뒤에도 못 찾으셨을 거예요."

"맥 알레스터에서는 지낼 만하던가?" 케이시가 물었다.

"아, 괜찮았어요. 급식도 제대로 해주고 옷도 잘 빨아주고 목욕할 데도 있고 해서 어떤 점으로는 썩 좋았어요. 여자가 없어서 곤란했지만."

갑자기 그는 웃어댔다. "가석방이 되어 나간 놈이 있었는데 한 달쯤 있다가 다시 들어왔어요. 가석방 조건을 왜 또 위반했느냐고 한 놈이 물으니까 그놈 말이 걸작이었지요. '제기랄, 집에 가나니까 편리한 시설이 하나도 없더군. 전기도 없고 샤워할 목욕탕도 없고 읽을 책도 없는데다 먹는 건 형편없더군' 하는 거예요. 그래서 여러 가지 시설이 편리하고 끼니라도 제대로 먹을 수 있는 그곳으로 돌아왔다는군요. 넓은 세상에 나가서 무슨 일을 할까 하고 생각하는 게 퍽 외롭게 느껴져서 하루는 자동차를 훔치고 다시 붙들려 들어왔대요."

조우드는 담배를 꺼내서 쌈지 안에서 갈색 종이를 입으로 불어내 한 대를 말았다. "그놈 말이 옳았어요." 그는 말했다. "어젯밤 나도 어디 가서 자야 하나 하고 생각하니 겁이 나더군요. 감방에 있는 침상을 생각해 보기도 하고, 나하고 같은 방을 쓰고 있던 그놈은 지금쯤 무얼 하고 있을까 하는 생각도 들더군요. 나하고 몇 놈들이 어울려서 현악단을 만들어 보기도 했죠. 제법 잘들 했어요. 그래서 한 놈이 라디오에 출연하자고까지 한 걸요. 또 오늘 아침에는 몇 시에 일어나야 하는 건지를 모르겠더군요. 그냥 누워서 종소리가 울리기만 기다렸죠."

케이시가 킬킬거렸다. "사람은 무엇이든지 몸에 배는가 보지? 하도 듣다 보면 목공소의 톱소리도 안 들리니까."

먼지가 섞여 누르스름한 한나절의 햇빛이 땅위에 황금빛을 던지고 있었다. 옥수수 줄기가 노랗게 물들었다. 제비들 한 떼가 어디론가 물을 찾아 머리 위로 날아갔다. 조우드의 웃옷 속에 있던 땅거북은 다시 한번 탈출 공작을 펴고 있었다. 조우드는 모자 차양을 오그라뜨렸다. 그의 모자는 이제 뾰족하게 튀어나온 까마귀의 주둥이 같은 모양이 되었다.

"이제 슬슬 가봐야겠는데. 햇빛 받는 것은 좋아하지 않지만, 인제 그렇게 따갑지는 않겠군요." 그가 말했다.

케이시도 함께 일어섰다. "톰 영감을 본 지도 꽤 오래 됐군." 그가 말했다. "여하튼 그 영감을 한번 찾아보려던 참이었어. 자네 집안 사람들에게 오랫 동안 예수의 말씀을 떠들어 왔지만, 가끔 밥이나 한 끼씩 얻어먹었지 현금이나 다른 것은 아무것도 신세를 져본 일이 없었네."

"같이 갑시다." 조우드가 말했다. "아버지도 반가워하실 거예요. 당신은 설교사치고는 식성이 너무 좋다고 아버지가 늘 얘기하시더군요." 그는 웃옷을 집어들고 신발과 땅거북을 다시 한번 단단히 말아 쌌다.

케이시는 자기의 즈크 운동화를 끌어다가 맨발에 꿰어 신었다. "우리는 자네 같은 뱃심은 없네. 먼지 바닥 속에는 언제나 철사나 유리 조각 같은 것이 있는 것 같아서 겁이 난단 말이야. 발가락을 찔리는 게 나는 제일 싫거든.”

그들은 나무 그늘 가장자리에서 잠시 머뭇거리더니 해안 쪽을 향해 헤엄쳐 나가는 사람들처럼 따가운 햇빛 속으로 뛰어들었다. 처음에는 제법 빨리 걸었으나 얼마 안 가서 걸음을 늦추었다. 이제 옥수수 줄기가 비스듬하게 그림자를 던지기 시작했다. 공중에는 새로 일어난 먼지 가루 냄새가 차있었다. 옥수수밭이 끝나고 검푸른 목화밭이 나왔다. 엷은 먼지 안개 속으로 검푸른 잎사귀들이 줄지어 있었다. 바야흐로 목화의 꼬투리가 열리기 시작하고 있었다. 나무 자란 모양이 고르지 못했다. 물기가 있는 아래쪽 지대는 다소 무성했지만 높은 지대에서는 드문드문 서있었다. 나무들은 마치 태양과 싸우고 있는 듯했다. 지평선 저쪽으로는 담갈색으로 물들어 있어 잘 보이지도 않았다. 맨흙바닥 도로가 오르락내리락하면서 그들 앞에 펼쳐졌다. 시내가 흐르는 옆 서쪽 가장자리를 따라 버드나무가 줄지어 서있었다. 북서쪽으로는 아무것도 나있지 않은 공터가 뻗어있었고, 그 끝에 엉성한 숲이 희미하게 보였다.

그러나 햇빛에 바싹 마른 먼지 가루 냄새가 공중에 차서 공기는 건조했다. 콧구멍 속이 딱딱하게 말라붙었고 눈에서는 안구가 건조하지 않도록 눈물이 찐득거렸다. 케이시가 입을 열었다. “먼지가 일기 시작할 때까지는 옥수수 농사도 그럭저럭 잘 되어 갔었는데, 저놈의 먼지 때문에 작물 피해가 막심하단 말야.”

“해마다 그러지요.” 조우드가 말했다. “해마다 그랬던 생각이 나요. 처음에는 잘 나가다가 거둬들일 때 보면 형편없거든요. 할아버지가 그러는데 이 땅도 처음 5년 동안은 괜찮았대요. 잡초도 많이 자라고 하던 때 말이에요.” 길은 약간 내리막으로 뻗더니 이윽고 다시 고갯길이 나섰다.

케이시가 말했다. “톰 영감네 집은 인제 여기서 1마일도 안 될 거야. 저 세 번째 고개 너머가 아니었던가?”

“그렇지요.” 조우드가 말했다. “아버지도 그 집을 남한테서 빼앗았지만……, 어쨌든 남한테 빼앗기지만 않았다면 거기에 계실 거예요.”

“아버지가 그걸 훔쳤었나?”

“그럼요. 여기서 동쪽으로 한 1마일 반쯤 떨어진 곳에 있는 것을 보고 그걸 끌어온 거예요. 한 세대가 살고 있다가 다른 데로 가버렸더군요. 할아버지하고 아버지하고 우리 형 노아하고 가서 집채 전부를 가져오려고 했지만 너무 커서 일부만 끌어왔대요. 그래서 집 한쪽 끄트머리가 그렇게 괴상하게 생긴 거지요. 그것도 두 번으로 나누어, 말 열두 필과 노새 두 마리를 동원해서 끌어왔지요. 한쪽을 갖다 놓고 다시 또 한쪽을 가지러 갔더니 벌써 윙크 맨리네 식구들이 애들을 데리고 와서 가져가 버렸더군요. 아버지와 할아버지는 몹시 속이 상했지만 얼마 뒤에 윙크 아저씨하고 같이 대포를 나누면서 그 얘기들을 하면서 배꼽을 쥐었대요. 윙크 씨 말이 걸작이지요. 자기네 집은 씨를 받는다나요? 그래서 우리 집을 자기네 집에 갖다 합치면 거기서 대궐 같은 집이 여러 채 나올 거래요. 그 윙크 씨도 술만 들어갔다 하면 꽤 유쾌한 사람이었지요. 그런 일이 있은 다음부터 그 아저씨하고 우리 아버지, 할아버지하고는 아주 친해졌어요. 기회만 있으면 같이 어울려서 대포를 하셨지요.”

“톰 영감도 참 유쾌한 분이지.” 케이시가 동감을 표시했다. 그들은 내리막길 골짜기 아래까지 먼지를 일으키며 걸어가다가 오르막길에 이르러서 다시 걸음을 늦추었다. 케이시는 소매로 이마를 한번 훔치더니 꼭대기가 납작한 모자를 다시 썼다. “그렇고말고.” 그는 같은 말을 되풀이했다. “톰 영감은 참 좋은 사람이지. 하느님을 모르는 사람치고 그런 영감도 없지. 어쩌다가 집회 같은 데서 그 영감을 만날 때도 있었는데 아마 성령의 물이 살짝 들락말락할 때였던 모양이야. 껑충껑충 뛰는데, 한 여남은 자씩은 뛰더군. 그 영감이 성령에 충만해서 흥분해 있을 때에는 깔려서 짓밟히지 않으려고 재빨리 피해야 할 정도였지. 마구간에 매어놓은 씨암말처럼 날뛰었으니까 말야.”

두 사람은 다음 고개 마루에 올라섰다. 길은 오래 된 시내 골짜기로 내려가고 있었다. 보기 싫게 아무렇게나 울퉁불퉁하게 생긴 길이 좌우 양쪽 산허리에서 흘러내린 물 때문에 여기저기 패여 있었다. 징검다리처럼 놓여 있는 돌멩이 몇 개를 디디며 조우드는 맨발로 도랑을 건넜다.

조우드가 말했다. "당신은 우리 아버지 애기만 하시지만, 우리 존 삼촌이 폴크네 집에서 세례를 받을 때의 그 광경은 못 보셨을 거요. 삼촌은 정말 높이 뛰었거든요. 피아노만큼 높은 나무도 막 뛰어넘었으니간요. 앞으로 뛰고 뒤로 뛰고, 꼭 달밤에 날뛰는 개나 늑대 같더군요. 우리 아버지가 그 꼴을 보셨어요. 아버지 말이, 삼촌이 우리 고을에서는 제일 잘 뛰는 예수쟁이일지 모르지만 자기만은 못 하다는 거예요. 그러면서 아버지는 삼촌이 뛰어넘은 것보다 두 배나 높은 나무를 고르더니 마치 깨진 유리병 위에 뒹구는 수퇘지의 멱따는 소리 같은 고함을 지르면서 그 나무를 향해 달려 갔어요. 나무를 뛰어넘고 나서 다리를 부러뜨렸지요. 그 바람에 아버지한테서 성령이 싹 달아나 버렸지요. 설교사가 와서 아버지의 마음에 다시 성령이 깃들도록 기도를 해주겠다니까 아버지는 질색을 하는 거예요. 그저 용한 의사한테나 찾아가고 싶어 했지만 의사가 어디 있어야지요. 떠돌이 치과 의사가 하나 있더군요. 결국 그 사람이 아버지 다리를 맞추어 주었지요. 여하튼 설교사가 기도는 해주었지만."

그들은 도랑 건너편에 있는 작은 언덕배기를 올랐다. 해도 많이 기울어 있어 햇볕이 그렇게 따갑지는 않았다. 바람은 아직 뜨거웠지만 그래도 열기는 많이 가셨다. 구부러진 말뚝에 박은 철조망은 아직도 길을 따라 걸려 있었다. 오른쪽으로는 철조망이 목화밭 너머에까지 쳐져 있었고, 좌우 양쪽으로 다 같이 초록색의 목화나무 잎사귀가 뿌옇게 먼지를 뒤집어쓰고 햇빛에 말라가고 있었다.

조우드는 자기네 밭을 경계짓고 있는 울타리를 가리켰다. "저게 우리 밭 경계선이오. 사실 우리는 울타리 같은 건 칠 필요도 없었지요. 그런데 철조망이 막상 쳐지니까 아버지는 또 저렇게 쳐두는 걸 좋아하시더군요. 아버지 말이, 40에이커면 40에이커가 어디까지라는 뚜렷한 기분을 느낄 수 있다는 거예요. 울타리 같은 건 칠 생각도 없었는데, 어느 날

밤에 우연히 존 삼촌이 차에다 철조망 여섯 타래를 싣고 오셨어요. 돼지 새끼 한 마리하고 바꾸자면서, 그 철조망을 아버지한테 쓰라고 주었지요. 그런 걸 어디서 얻었는지는 모르겠더군요." 두 사람은 오르막길을 천천히 올라갔다. 부드럽고 푹신푹신한 먼지 속을 걸으면서 발바닥에 대지의 촉감을 느꼈다. 조우드의 눈은 마음속에 살아나고 있는 옛 기억을 응시하고 있었다. 혼자 속으로 웃고 있는 것 같았다. "존 삼촌은 참 엉뚱한 사람이었어요." 그가 말했다. "그 돼지 새끼를 가지고 하는 짓을 보면 꼭 미친 사람 같아요." 그는 킬킬거리면서 걸음을 옮겼다.

짐 케이시는 무슨 말이 나오나 해서 잔뜩 기다렸다. 그런데 조우드의 이야기는 좀처럼 이어지지 않았다. 케이시는 한참 동안을 그냥 기다려 보다가 마침내 볼멘 목소리로 물었다. "그래서 그 돼지 새끼를 가지고 어떻게 했어?"

"흥, 그 돼지 새끼를 말이오, 그 자리에서 그냥 잡아 버리더군요. 그리고는 어머니에게 스토브에 불을 피우라고 하더니, 돼지고기는 썰어서 프라이팬에 넣고 갈비하고 다리는 가마솥에 집어넣었어요. 갈비가 다 익을 때까지 고기를 먹고 또 다리가 다 익을 때까지 갈비를 먹더군요. 그리고 나서는 또 다리를 들고 뜯었어요. 큼직한 뒷다리를 들고 듬뿍 입안에 처넣었어요. 아직 꼬마였던 우리들이 옹기종기 모여서 보고 있으니까 우리한테는 조금씩 나누어 주었는데, 아버지에게는 주지 않더군요. 그렇게 한참을 먹더니 어지간히 배가 찼던지 손을 털고 가서 자더군요. 삼촌이 잠이 든 사이에 우리들하고 아버지는 남은 다리를 다 먹어치웠지요. 다음날 아침에 삼촌이 일어나더니 나머지 다리 한쪽을 또 가마 솥에 넣고 삶을 차비를 하는 거예요. 그걸 보고 아버지가 '야, 존. 넌 그 돼지 한 마리를 몽땅 다 먹어치울 셈이냐?' 하니까 삼촌이 하는 말이 '응, 그래, 톰. 나는 돼지고기에 굶주려서 좀 먹어야겠어. 입맛 날 때 다 먹어야 할 텐데. 다 먹기도 전에 상할까봐 걱정이야. 형도 접시나 하나 갖다가 좀 담아서 먹고 그 대신 철조망 한두어 타래쯤 도로 내놓는 게 좋을 거야' 하는 거예요. 아무리 그래도 아버지가 그렇게 어리석은 사람은 아니지요. 삼촌이 먹고 싶은 대로 먹도록 내버려 두는 거예요. 돼지고기에 질리도록 실컷 먹게 놔두니까 삼촌은 절반을 조금 더 먹었을까말까 할 때쯤 돼서 차를 몰고 가버렸어요. 아버지가 '나머지는 소금에 절였다가 먹지 그래?' 했지만 삼촌은 그런 짓은 안 하더군요. 삼촌이 돼지고기를 먹을 때에는 한 마리를 통째로 먹었지만, 다 먹고 나서는 늘 돼지고기를 옆에 놓아두려고도 하지 않았어요. 삼촌이 가버리고 나자, 남은 것은 소금에 절여서 놓아두고 조금씩 먹었지요."

케이시가 말했다. "내가 아직 설교라도 하고 다니는 주제라면 그런 데서 무언가 교훈을 얻어서 자네한테 일러주겠지만 인제 그런 일은 다 폐업했으니 그만두겠네. 자네는 삼촌이 왜 그런 짓을 했다고 생각하나?"

"그야 모르지요." 조우드가 말했다. "아마 돼지고기가 굉장히 먹고 싶었겠지요. 나도 지금 돼지고기 생각을 하니 먹고 싶어지는데요. 나는 4년 동안에 돼지 불고기를 꼭 네 점 먹었어요. 크리스마스 때마다 한 점씩 말이에요."

케이시가 제법 생각을 짜낸 듯이 말했다. "자네가 가면 아마 톰 영감은 성경에 나오는 방탕한 아들〔누가복음 제 15장 제 14절 이하의 고사. 집에 돌아온 탕아를 위하여 아버지가 살찐 소를 잡는다〕에게 했듯이 살찐 송아지를 한 마리 잡을 걸세."

조우드는 가소롭다는 듯이 웃었다. "당신은 우리 아버지를 몰라요. 아버지가 병아리라도 한 마리 잡는다면, 비명 소리는 아버지가 내지 병아리가 내진 않을 거예요. 아버지는 그런 걸 참 몰라요. 답답하다구요. 언제나 크리스마스에 먹는다고 돼지를 키우는데, 9월쯤 되면 돼지가 무슨 병이 들어 죽어버리거든요. 그래서 고기는 구경도 못 하게 되지요. 삼촌은 돼지고기가 먹고 싶으면 기어이 먹어요. 어떻게든지 먹거든요."

그들은 꼬불꼬불한 언덕길을 거의 다 올라섰다. 눈 아래에 조우드의 집이 보였다. "좀 달라졌는데요?" 그가 말했다. "저 집 좀 보세요. 무슨 일이 있었군요. 사람이 하나도 안 보이는데요?" 두 사람은 그대로 서서 옹기종기 모여 있는 집들을 내려다 보았다.

제 5 장

지주들이 뻔질나게 들락거렸고 지주의 대리인들은 더 자주 드나들었다. 그들은 상자갑 같은 차를 타고 와 손가락으로 마른 땅을 만져 보곤 했다. 때로는 토양 검사를 하기 위해서 커다란 송곳같이 생긴 연장을 땅속에 찔러 보기도 했다. 상자갑 자동차가 들판을 누비고 찾아올 때에 소작인들은 햇빛에 찌든 문간 뜰에 나와 불안한 시선으로 그들을 지켜보고 있었다. 마침내 지주들이 소작인들의 문간에까지 차를 몰고 와서 차창 밖으로 소작인들과 이야기를 나누었다. 소작인들은 한동안 차창 밖에서 서성거리다가, 나중에는 땅바닥에 쭈그리고 앉아 주워온 나뭇가지로 땅바닥에 낙서를 끄적거렸다.

열린 대문 틈으로 아낙네들이 내다 보고 있었고, 아낙네들 뒤에는 아이들이 매달려 있었다. 옥수수 같은 머리를 한 아이들이 눈을 멀뚱거리고 맨발을 비비면서 발가락으로 땅바닥에 그림 장난을 하고 있었다. 아낙네들과 아이들은 동네 남자들이 지주들과 이야기를 나누고 있는 모습을 말없이 물끄러미 지켜보고만 있었다.

어떤 지주들은 자기들이 해야 하는 일이 그들이 원했던 일은 아니었는지 몹시 친절했고, 또 어떤 지주들은 잔인한 일을 하는 것이 싫었는지 억지로 화를 내기도 했다. 또 어떤 사람들은 아주 냉정했다. 그런 사람들은 냉정의 이치를 터득하지 않고는 지주 노릇을 할 수 없다는 것을 벌써 오래 전에 깨닫고 있는 듯했다. 여하튼 그들 모두는 자신들보다 더 크고 힘센 무엇에 이끌리고 있는 것이었다. 어떤 사람들은 자기들이 하지 않으면 안 되는 수학적 타산이 싫은 것 같았고, 어떤 사람들은 겁을 내는 것 같았으며, 어떤 사람들은 그런 수학을 숭배하는 것 같았다. 수학 공식대로만 하면 골치 아픈 생각이나 감정으로부터 해방될 수 있었던 것이다. 만약 은행이나 금융회사인 경우, 지주들은 그것을 팔면서 이렇게 말했다. '은행에서, 또는 회사에서, 사정상 필요해서, 요구해서, 주장해서, 회수하지 않을 수 없어서' 등등이었다. 마치 은행이나 회사가 생각이나 감정을 가진 무슨 괴물이나 되는 존재여서 자기들에게 고약한 일을 하도록 강요하고 있다는 말투였다. 그래서 자기네 같은 대리인들은 은행이나 회사를 대신해서 어떤 책임을 떠맡을 수 없다는 태도였다. 자기들은 그저 시키는 대로만 하는 대리인이며, 은행이나 회사는 어떤 불가항력의 기계 같은 조직체로서 모든 것을 지배한다는 그런 식이었다. 그들 가운데 어떤 사람들은 이런 냉정하고 강력한 지배자의 심부름꾼이라는 것을 자랑스러워하는 자도 있었다. 그들은 차안에 탄 채 소작인들에게 설명을 해댔다. "땅이 몹시 메말라 있다는 건 잘들 아실 거요. 목화가 땅의 피를 쪽쪽 빨아먹으니까 이렇게 황폐해 가는 거요. 참 용케도 오래 버티셨소. 안 그렇소?"

쭈그리고 앉은 소작인들은 고개를 끄덕였다. 그렇다고 어찌했으면 좋을지를 아는 것은 아니어서 어리둥절한 채 그저 먼지 바닥에다 낙서만 하고 있었다. 물론 그들도 너무나 잘 아는 이야기였다. 그러나 어찌하랴. 만약 먼지만 날지 않는다면, 먼지가 그냥 땅바닥에 붙어있어만 준다면 농사가 그렇게 안 되지는 않을 텐데.

지주 대리인들은 설명을 계속하면서 자기들이 말하고자 하는 요점으로 이끌어 갔다. "당신들도 알다시피 땅은 점점 피폐해 가지 않소? 목화가 땅으로부터 자양분과 피를 다 빨아먹으니 그럴 수밖에."

쭈그리고 있는 사람들이 머리를 조아렸다. 그들도 다 알고 있는 일이었다. 누구나 다 알고 있는 일이었다. 작물을 윤작만 할 수 있어도 토양에 자양분과 기름기가 어느 정도는 유지될 수 있을 텐데.

어차피 때는 이미 늦어버렸다. 대리인들은 자기들보다 더 힘이 센 그 괴물이 어떻게 생각하고 있으며 형편이 어떻게 돌아가고 있는가를 열심히 설명했다. 누구든지 농사를 지어먹고 살고 또 세금만 제대로 낼 수 있으면 계속 갈아먹으라는 것이었다. 누구든지 그렇게 할 수만 있으면 하라는 것이었다.

그렇게 할 수는 있을 것이다. 그러나 그러다가는 얼마 안 가서 농사를 망치고 은행으로부터 돈을 빌어야 할 것이다.

"하지만 아시겠소? 은행이나 회사라는 곳은 그런 일은 못 해주는 데요. 요 괴물들은 공기로 숨쉬는 것도 아니고 고기를 먹고 사는 것도 아니오. 무얼 가지고 사느냐면 말이오. 이익을 숨으로 들이마시고 돈과 이자를 먹고 산단 말이오. 그놈이 돈이나 이자를 못 먹으면 그냥 죽어요. 당신들이 숨 못 쉬고 고기 못 먹으면 죽듯이 말이오. 참 슬픈 이야기지만 사실이 그런 거요. 꼭 그렇다니까요."

쭈그리고 앉은 사람들은 그 말을 잘 알아들으려는 듯이 눈을 쳐들었다. 조금만 더 버텨볼 수는 없을까? 혹시 내년이라도 풍년이 들어 세월이 좀더 나아질지도 모르는 일이 아닌가! 내년에 목화를 얼마나 거두게 될지는 물론 알 수 없는 일이었다. 아무리 전쟁이 많이 일어난다 해도 목화 값이 얼마가 될지는 아무도 모른다. 목화는 폭발물을 만드는 원료가 아닌가? 그리고 군복도 만들고…… 제기랄 전쟁이나 자꾸 일어나라. 그래서 목화 값이 천장만큼만 올라가라. 바로 내년에라도 그렇게 되지 말란 법이 어디 있겠는가. 그들은 멀뚱멀뚱한 얼굴들을 치켜들었다.

그걸 바라보고 있을 수는 없는 일이 아닌가? 은행이라는 괴물은 항상 끊임없이 이익을 먹어야 한다. 잠시도 그냥 기다릴 수는 없다. 그러면 죽게 되니까……. 그렇다. 세금은 계속 밀어닥칠 것이다. 괴물은 잠시라도 성장을 중지하면 죽는다. 그래서 그것은 한 가지 크기로 남아있는 법이 없다.

부드러운 손가락들이 차창을 가볍게 두들기기 시작했으나, 투박한 손가락들은 나무때기를 움켜잡고 낙서만 계속하고 있었다. 햇빛에 찌든 소작인 농가의 문간에서는, 아낙네들이 한숨을 쉬면서 이쪽 발 저쪽 발을 옮겨 놓으며 발가락을 놀리고 서있었다. 개들이 나와서 자동차 주위를 맴돌며 냄새를 맡다가 네 바퀴마다에 하나씩하나씩 오줌을 쌌다. 닭들은 양지 바른 먼지 바닥에 앉아서 피부 속 먼지까지 털어내느라 날개를 퍼덕였다. 조그마한 돼지우리 속 먹다 남긴 구정물 위에는 돼지가 무언가 공기가 이상하다는 듯 꿀꿀거리고 있었다.

쭈그리고 앉은 사람들이 다시 고개를 떨구었다. 당신들은 우리를 보고 어떻게 하란 말인가? 더 내놓을 양식도 없지 않은가? 우리는 반(半) 기아상태다. 애들은 언제나 굶주리고 있다. 옷도 없어서 입은 것은 모두 누더기다. 한 동네 사람들 모두가 다 같은 몰골이기에 망정이지, 아니라면 너무 창피해서 다른 사람들과 만나지도 못할 정도다.

드디어 대리인들은 결론을 내릴 단계에 이르렀다. 소작제도는 이제 제대로 운영될 수 없는 시대다. 한 사람이 트랙터를 운전하면 열 서너 세대의 일을 한꺼번에 해낼 수 있다. 그 사람 하나에게 품삯을 주고 작물을 다 거둬들이면 되는 것이다. 이제 그런 식으로 해야 한다. 우리도 그렇게 하기는 매우 괴롭다. 하지만 지금 그 괴물이 병들었다. 괴물의 신변에 이상이 생긴 것이다.

그러나 어차피 목화 때문에 땅은 망쳐질 게 아닌가? 물론 알고 있다. 그러니 땅이 죽어버리기 전에 빨리 목화를 따야 한다. 그런 다음에 땅을 팔겠다. 동부에 사는 많은 사람들이 땅을 사고 싶어 할 것이다.

소작인들은 기가 막혀서 지주들을 올려다 보았다. 그럼 우리는 어찌 될 것인가? 어떻게 먹고 살아야 한단 말인가?

당신들은 이 땅을 떠나야 한다. 쟁기가 바로 당신네 앞마당을 긁고 지나갈 것이다.

쭈그리고 앉았던 사람들은 이제야 제정신이 나는지 노기를 띠며 벌떡 일어섰다. 할아버지가 처음에 이 땅을 갈기 시작했었다. 인디언들을 죽이고 쫓아냈던 것이다. 아버지도 여기서 태어났다. 그도 잡초와 뱀과 싸워왔다. 그러다가 어느 핸가 몹시 가물어 아버지는 돈을 약간 빚내야 했었다. 우리도 모두 여기서 태어났다. 바로 저기 저집 안에서 우리 아이들이 다 태어나고 커왔다. 그래서 아버지는 또 빚을 져야 했다. 그러다가 땅의 소유권이 은행으로 넘어가게 되었다. 그러나 우리는 여기를 떠나지 못하고 피땀 흘려 지은 농사의 일부만을 얻어 먹으면서도 살아온 것이다.

우리 대리인들도 그건 다 잘 아는 얘기다. 그러나 은행이 그러는 거지, 우리가 하는 일이 아니다. 은행은 사람이 아니다. 그리고 몇만 에이커씩 땅을 가지고 있는 지주들 역시 우리 보통사람들과 같지는 않다. 그들은 다 괴물들이다.

물론 그렇겠지. 허나 우리 소작인들 생각으로는 이건 바로 우리 땅이다. 우리가 이 땅을 측량하고 나누고 갈았다. 우리는 이 땅에서 태어나 이 땅에서 죽어온 사람들이다. 이제 쓸데없는 불모의 땅이 되어 버렸을지라도 이것은 우리 땅이다. 여기서 태어났고 여기서 일생 동안 일했고 그리고 여기서 죽어왔다는 사실, 그것이 바로 이 땅에 대한 우리들의 소유권이다. 그것이 진짜 소유권이지 숫자 나부랑이 몇 개 적어놓은 종이쪽지가 소유권은 아니다.

참 안된 일이지만 우리가 하는 짓이 아니다. 그 괴물이 문제다. 은행이란 놈은 사람 같지가 않단 말이다.

하지만 그 은행이란 것도 다 사람들이 하는 노릇이 아닌가?

아니지. 당신들이 바로 그걸 잘못 생각하는 거야. 그게 틀린 생각이다. 은행은 사람이 아닌 다른 물건이다. 공교로운 일이지만 은행에 있는 사람들은 은행이 하는 일을 다 싫어한다. 그러면서도 은행은 그것대로 일을 해나가지. 은행은 말하자면 사람 이상의 어떤 존재다. 바로 괴물이다. 그래서 인간이 만들어 낸 것이면서도 인간이 마음대로 다스릴 수 없는 괴상한 물건이라니깐.

소작인들은 핏대를 세운다. 우리 할아버지가 인디언들을 죽였고 아버지는 논밭에서 뱀과 싸웠다. 어쩌면 우리는 은행도 죽일 수 있을 것이다. 은행은 인디언이나 뱀보다 더 고약한 상대일지는 모르지만, 우리도 할아버지와 아버지처럼 우리 땅을 지키기 위해 그렇게 싸우지 않으면 안 되겠다.

지주 대리인들도 핏대를 낸다. 당신들은 어차피 떠나야 한다.

하지만 이건 우리 땅인데?

아니다, 은행이라는 그 괴물이 땅 임자다. 당신들은 가야 한다.

그렇다면 우리도 총을 가져오겠다. 인디언들이 쳐들어 왔을 때 우리 할아버지가 그랬듯이. 그러면 어쩔 테냐?

우선 처음에는 집달리가 나올 것이다. 그리고 나중에는 군대가 투입될 것이다. 당신들이 계속 버티고 안 나간다면 당신들은 남의 재산을 훔치는 것이 될 것이고, 그 때문에 사람을 죽인다면 살인범이 될 것이다. 그 괴물은 사람은 아니지만 사람을 마음대로 조종할 수 있는 힘이 있다.

그래, 우리가 간다고 하자. 어디로 가야 하랴? 어떻게 가야 하랴? 우리는 돈 한푼 없는 사람들이다.

참으로 안된 일이다. 그렇다고 5만 에이커의 땅 임자인 은행이 그 책임을 질 수는 없잖은가? 당신들은 남의 땅에 들어있는 것이다. 일단 주 경계선만 넘으면 당신들은 목화를 딸 수가 있을 거다. 또 무언가 도움을 받아서 살 수도 있을지 모르고, 서부 캘리포니아로 가보는 것이 어떨까. 일자리도 많고 1년 내내 춥지도 않은 곳이니까. 아무데나 가서 오렌지 따는 일을 하면 되잖은가? 거기는 농업 지역이니까 어디를 가든지 농사일이 있지. 그쪽으로 가보는 게 좋을 것이다. 지주 대리인들은 이런 말을 남기고는 차를 몰고 가버렸다.

소작인들은 다시 땅바닥에 쭈그리고 앉아 먼지 위에다 그림도 그려보고 숫자도 써보면서 공상만 했다. 햇빛에 거무튀튀하게 그을은 얼굴들은 침울했고 눈빛만이 초롱초롱했다. 아낙네들이 문간 뒤에서 나와 조심스럽게 남자들 쪽으로 다가갔다. 아이들은 금방이라도 달아날 태세를 갖추면서 아낙네들 뒤에 매달렸다. 좀 큰 사내 녀석들은 옆에 가서 같이 쭈그리고 앉았다. 그래야 어른이 되는 법이니까. 한참 만에 여자들이 입을 열었다. 그 사람들이 무어라고 해요?

그러면 남자들은 말없이 한참 동안을 올려다 보고만 있었다. 그들의 눈에는 고통스런 빛이 뭉게뭉게 피어오르고 있었다. 땅을 내놓으래. 트랙터가 들이닥치고 감독관이 온대, 공장같이 말야.

그럼 어디로 가요? 여자들이 입을 모았다.

누가 알아, 누가 알아?

여자들은 눈치 빠르게 애들을 앞세우고 집안으로 들어가 버렸다. 그렇게 곤란한 일로 속이 상해 있는 남자들이라면 자기들이 사랑하는 식구들한테라도 언제 노여움을 폭발시킬지 모른다는 것을 여자들은 너무나 잘 알고 있었다. 그래서 그들은 남자들끼리 먼지 바닥에 앉아 걱정을 하든 궁리를 하든 마음대로 하도록 놔두고 들어가 버렸다.

얼마 뒤에 소작인은 주위를 둘러보았다. 10년 전에 박아놓은 펌프가 있었다. 손잡이는 오리 목처럼 생겼고 물꼭지에는 쇠로 꽃무늬가 새겨져 있었다. 또 한 옆에는 닭을 천 마리는 잡았을 작두들이 있었고, 헛간 안쪽으로 세워둔 괭이와 그 위 서까래에 걸려 있는 특허품의 옥수수 저장 상자가 눈에 띄었다.

집안에 들어온 아이들이 여자들 주위로 우르르 몰려들었다. 인제 어떡하는 거야, 엄마? 어디로 갈 거야?

여자들이 대답했다. 아직 모른단다. 밖에 나가서 놀아라. 아빠 있는 데에는 가까이 가지 말고. 가까이 갔다가는 경을 칠라. 그러면서 아낙네들은 일만 계속했다. 일을 하면서도 그들은 먼지 바닥에 쭈그리고 앉아서 걱정하고 궁리하고 있는 남자들의 눈치를 살폈다.

트랙터들이 길을 넘어 들판으로 들어왔다. 벌레같이 생긴 커다란 기계가 엉금엉금 기어들었는데 벌레치고는 믿을 수 없을 만큼 힘이 센 벌레였다. 땅을 굴러오면서 흙을 파헤치고는 흙을 긁어모았다. 디젤 트랙터들은 멎어있을 때에는 털털거리고 움직일 때에는 천둥 같은 소리를 질렀다. 그러다가는 또 으르렁거리면서 잠잠해졌다. 들창코같이 생긴 괴물들이 흙먼지를 말아올리고 흙먼지 속으로 코를 들이민 채 가로 갔다가 세로 갔다가 울타리를 들이받고, 집 안뜰을 뚫고 돌진했다가 개울이고 도랑이고 할 것 없이 직선으로 누비고 다녔다. 그놈들은 땅 위를 달리는 것이 아니라 지나갈 자리를 스스로 만들어 깔고 그 위를 굴러갔다. 그놈들은 언덕이든 골짜기든 가리지 않았다. 물줄기든 울타리든 심지어 집이라도 상관하지 않았다.

운전대의 쇠의자에 앉은 사람도 사람 같지가 않았다. 손에는 장갑을 끼고 휘둥그런 눈알에다 방진 마스크를 고무로 만들어 코와 입 위에까지 덮어쓰고 있는 사람은 마치 그 괴물의 일부이며 앉아있는 로봇 같았다. 괴물이 돌아가면서 내는 천둥 소리가 들판 위에 진동했고 그 소리와 공기와 흙은 한덩어리가 되어 천지를 한꺼번에 진동시켰다. 운전사도 그것을 조절하지는 못했다. 여남은 개의 농장을 부수면서 그저 곧장 갔다가 곧장 돌아오곤 했다.

운전대의 조절 장치를 한번 잡아당기면 트랙터의 방향을 좀 바꿀 수도 있으련만 운전사의 손은 그걸 하지 못했다. 왜냐하면, 그 트랙터를 만든 괴물이, 그 트랙터를 거기에 내보낸 괴물이 벌써 그 운전사의 손과 머리와 근육을 그렇게 만들어 버렸기 때문이다. 그의 마음을 돌려 놓았고 그의 입에 재갈을 물렸고 그의 감각을 마비시켰고 그의 항의를 입막아 버렸던 것이다. 그는 있는 그대로의 땅을 보지도 냄새 맡지도 못했고, 그의 발은 땅위를 디딜 수도 없었으며 대지의 훈훈함과 무한한 힘을 느낄 수도 없었다. 그저 쇠의자에 앉아서 쇠페달만 밟고 있었다.

그는 일을 하고 있는 자신의 능력을 대견해 하지도 않았고 스스로를 채찍질하거나 분발하거나 욕을 하거나 화를 내거나 아니면 힘을 더 내거나 하지도 못했다. 때문에 그는 자기 자신에 대해 의기를 돋울 수도 저주를 할 수도 없었다. 그는 땅을 아는 것도 사랑하는 것도 믿는 것도 바라는 것도 아무것도 아니었다. 만약 씨앗이 떨어졌다가 싹이 나지 않으면 그것으로 그만이었다. 만약 갓 나온 작물이 가뭄에 말라죽거나 홍수나 비에 씻겨내려 가도 그것이 트랙터와 아무런 상관이 없듯 그에게도 아무렇지 않은 일이었다.

은행도 땅을 사랑하진 않았지만, 그도 땅을 사랑하지 않기는 마찬가지였다. 그는 트랙터의 힘을 찬미하고 기계화된 그 외모와 어마어마한 성능과 우렁찬 기통의 소음을 놀랍게 생각할는지 모르지만, 그것은 자기의 트랙터가 아니었다. 트랙터 뒤에는 삽날이 번뜩이면서 굴렀고, 흙을 두들겨 깼다. 땅을 가는 것이 아니라 수술하는 것이었다. 파헤쳐진 흙을 오른쪽으로 밀어붙이면 두 번째 줄의 삽날이 받아 흙을 고르면서 왼쪽으로 보냈다. 삽날은 흙에 갈려서 번쩍번쩍 광이 났다. 써레가 원판 뒤에 끌려 톱니처럼 맞추어져 있기 때문에 작은 흙덩어리들이 몽글게 부서지며 땅이 부드럽게 골라졌다. 써레 뒤에는 기다란 씨앗 받는 장치가 되어 있었다. 주물 공장에서 꼿꼿하게 세워 놓은 열두 개의 강철 음경들이 기어가 조절하는 시간에 맞추어 규칙적으로 흙을 강간하고 있었다.

아무런 정열이나 감흥도 없이 그저 기계적으로 강간하면서 톱니 장치로써 사정을 계속했다. 운전사는 쇠의자에 앉아 자기 자신이 만든 것도 아닌 그 똑바른 선과, 자기 것도 아니고 자기가 사랑하지도 않는 그 기계와, 자기가 마음대로 할 수도 없는 그 기계의 성능을 막연히 자랑스러워하고 있었다. 다 자라난 작물을 거둬들이게 될 때에도 햇볕에 뜨거워진 흙덩어리를 손가락으로 만져보는 사람은 아무도 없었고 손가락 사이로 흙을 털어보는 사람조차 없었다. 아무도 씨앗 하나 만져보지 않았고 자라는 곡식을 대견스러워하지도 않았다. 사람들은 자기들이 가꾸지도 않은 것을 먹었고, 자기들이 먹는 빵과는 아무런 관계도 없었다.

땅은 쇠붙이 밑에 깔려 고통을 견디었고 쇠붙이 밑에서 점점 죽어갔다. 왜냐하면, 그것은 사랑도 미움도 받지 못했을 뿐 아니라 기도나 저주조차도 못 받았기 때문이다.

정오가 되면 운전사는 이따금 소작인들의 농가 근처에서 기계를 멈추고 점심 보따리를 열었다. 은박 종이에 싼 샌드위치였다. 흰 빵에다 피클·치즈·햄, 그리고 기계의 부속품처럼 구워낸 파이 한 조각이었다. 그는 그걸 맛없게 먹었다. 아직 철거하지 않고 있던 소작인들이 몰려나와 그를 보면서 그가 눈가리개와 고무로 만든 방진 마스크를 벗는 것을 보고 의아한 표정들을 지었다.

운전사의 두 눈 언저리에는 하얀 동그라미가 그려져 있고 코와 입가에도 큼직한 원이 그려져 있었다. 트랙터의 배기통은 계속 펑펑거렸다. 연료가 하도 싸기 때문에 디젤기관을 새로 발동시키는 것보다는 엔진을 그냥 넣어두는 것이 더 효과적이었던 것이다.

호기심에 찬 개구쟁이들이 우르르 몰려들었고 남루한 옷들을 걸치고 서서 도넛을 먹으며 지켜보고 있었다. 아이들은 군침을 삼키면서 운전사가 펴놓은 점심 보따리를 쳐다 보았다. 피클·치즈·햄 냄새가 잔뜩 주리고 있던 아이들의 코를 간지럽혔다. 아이들은 운전사에게 말을 걸지는 않았다. 그의 손이 음식을 날라다가 입에 집어넣는 동작만을 그저 지켜보고 있었다. 음식을 씹는 그의 입을 보는 것이 아니라 샌드위치를 들고 있는 그의 손을 보는 것이었다. 얼마 뒤 아직까지 철거를 못한 소작인 하나가 나와 트랙터 옆 그늘에 쭈그리고 앉았다.

"오오라, 자네는 조우 데이비스의 아들이 아닌가?"

"그래요." 운전사가 말했다.

"자네는 하필 왜 이런 일을 하고 있는가? 자네와 똑같은 사람들을 울려 가면서 말일세."

"일당 3달러예요. 죽어라고 땅만 파도 밥도 제대로 못 얻어먹는 것 엔 이제 진절머리가 났어요. 나도 처자식이 있어요. 우리도 먹어야지요. 일당 3달러예요. 그것도 매일 꼬박꼬박 받거든요."

"그렇겠군." 소작인이 말했다. " 하지만 자네가 받는 3달러 때문에 한 20호나 되는 이 동네 농민들이 밥을 굶게 되지 않나? 약 백 명이나 되는 사람들이 자네의 그 3달러 때문에 길바닥에 나가서 헤매야 하니 그래도 괜찮은가?"

운전사가 대답했다. "거기까지 생각할 여유도 없습니다. 내 새끼를 생각하기도 바쁜 판이라구요. 하루에 3달러예요. 그것도 매일매일 제대로 들어와요. 세상이 달라졌어요. 모르세요? 인제는 몇천 몇만 에이커의 땅에 트랙터라도 굴리지 않으면, 농사지어 가지고 먹고 산다는 건 도저히 불가능하지 않습니까? 여하튼 농사는 우리 같은 조무래기는 못 해먹겠어요. 당신도 포드 자동차 회사나 전화 회사 같은 것을 차릴 수 없으니까 호미 자루를 못 버리는 거 아녜요? 요즘 세상에 농사라는 것은 그런 거라구요. 아무리 농사를 지어봤자 별볼일 없어요. 당신도 어서 아무데나 가서 일당 3달러짜리 일을 찾아보세요. 그 수밖에 없을 거예요."

소작인은 곰곰 생각해 보았다. '참으로 이상한 일이구나. 누구든지 재산이 조금 있으면 그 재산이 바로 그 인간이 된다. 그것은 바로 그 인간의 일부요, 그 인간과 같은 것이 된다. 사람이 재산을 가져야만 그 재산을 디디고 걸어다니고 행세하고 그걸 조정하고, 일이 잘 안 되면 속을 썩이고 잘 되면 기뻐하고 하니 그 재산이 바로 그 사람이 아닌가! 어떻게 보면 사람은 재산이 있음으로 해서 실제 이상으로 더 훌륭해 보이기도 한다. 비록 일에 실패를 하는 한이 있더라도 재산이 있으면 위대한 것이다. 정말 그렇다.'

소작인은 계속 생각에 잠겼다. '하지만 땅에 대해서 알지도 못하고 손가락으로 흙 한번 만져볼 시간도 없는 그런 사람에게 땅을 가지게 한들 그가 그 땅위를 걸어다닐 리도 없을 텐데, 어떻게 그 땅이 바로 그 사람이 된단 말인가. 그 사람은 자기가 하고 싶은 일을 마음대로 할 수도 없고 하고 싶은 생각도 마음대로 하지 못할 텐데, 그 재산이 바로 그 사람이라고 해도 재산이 오히려 사람보다 힘이 더 센 것이다. 사람은 조그마할 뿐 그렇게 클 수가 없다. 그가 가지고 있는 물건만이 큰 것이다. 그렇다면 사람은 오히려 자기 재산에 대한 노예가 아니겠는가. 그도 그럴 법한 일이군.'

운전사는 파이를 깨물더니 부스러기를 내버렸다. "세상이 달라졌다구요. 아시겠어요? 그런 생각만 하고 있어봤자 자식들 입에 풀칠도 못 해 줘요. 당신도 일당 3달러를 벌어보세요. 그래서 자식들 굶기지나 마세요. 당신이 남의 자식 걱정까지 할 필요는 없는 거예요. 당신 자식들이나 생각해야지. 그런 얘길 하면 인심은 얻겠지요. 하지만 일당 3달러는 못 얻을 거요. 그저 일당 3달러만 생각해야지, 다른 생각을 하다가는 높은 양반들이 아무도 당신한테 3달러는 안 줄 거예요."

"자네의 3달러 때문에 백 명이나 되는 우리 마을 사람들이 길바닥으로 쫓겨났다고. 우리는 어디로 가야 하나, 이 사람아."

"그 말을 들으니 생각이 나는군요." 운전사가 말했다. "당신도 빨리 나가는 게 좋을 거요. 밥먹고 나서 당신네 마당을 밀어붙여야 하거든요."

"자네는 오늘 아침에 우물을 메워 버리지 않았나?"

"알고 있어요. 하지만 줄을 똑바로 맞춰야 하거든요. 조금 있다가는 마당 안으로 들어가야 한다니까요. 줄을 똑바로 맞춰야 해요. 당신은 우리 아버지 조우 데이비스를 잘 아시니까 말해 주지만, 나는 명령을 받았어요. 만약 아직 철거하지 않은 집이 있을 경우 내가 옆을 바싹 밀어붙여 그 집이 우물 속에라도 처박힌다면, 나는 2달러를 더 받게 될 수도 있단 말이오. 우리집 막내놈이 아직 신발이 없거든요."

"이 사람아, 그 집은 바로 내 손으로 지은 집일세. 처마를 달려고 굽은 못을 펴고 서까래를 짐 꾸리는 철사로 얽어매 놓고 말일세. 그건 내 집이야. 내가 지은 거야. 자네가 그걸 쓰러뜨려 봐. 내가 창에서 총을 겨누고 있을 테니. 집 근처에 얼씬만 했다가는 토끼 사냥 하듯이 쏘아버릴 테니까."

"내가 그러는 게 아니라구요. 나도 어떻게 할 도리가 없어요. 내가 그 일을 안 하면 일자리에서 쫓겨나야 해요. 그리고 이거 보세요. 설사 당신이 나를 죽인다고 해도 당신은 잡혀서 교수형을 받을 거예요. 아니 그보다도, 당신이 교수형을 당하기 훨씬 전에 다른 놈이 또 트랙터를 몰고 찾아올 거예요. 그놈이 당신 집을 무너뜨릴 거라구요. 그러니 아무 죄도 없는 놈을 공연히 죽이지는 마시오."

"그건 그렇겠네." 소작인이 말했다. "그런데 누가 자네한테 명령을 내렸나? 나는 그놈을 찾아가야겠어. 그놈이야말로 죽일 놈이야."

"그것도 당신 생각이 틀렸어요. 그 사람은 은행으로부터 또 명령을 받았거든요. 은행에서 그 사람한테 하는 말이 '그 사람들을 철수시켜라, 그렇지 못하면 은행을 그만두어라' 그런 식이라구요."

"그래, 은행에는 은행 총재가 있을 것이고 또 이사진이 있을 거야. 총에다 탄환을 재어가지고 내가 한번 은행으로 가봐야겠네.”

운전사가 말했다. “어떤 사람이 그러는데 은행은 또 은행대로 동부에서 명령을 받는답니다. 명령이란 ‘토지에서 이익을 올려라. 그렇지 않으면 은행을 폐쇄하겠다’ 라는 으름장인 모양이에요.”

“그런 식으로 가다가는 한이 없으리고? 그럼 어느 놈을 쏘아야 한단 말인가? 나는 나를 굶어죽게 하는 놈을 쏘아 죽이기 전에 내가 먼저 굶어죽고 싶지는 않네!”

“난들 어떻게 압니까? 결국 쏘아죽일 놈이 없을지도 모르지요. 결국 쏘아죽일 놈은 사람이 아닐지도 모르구요. 아마 당신 말대로 이런 짓을 하고 있는 놈은 물건이나 재산일 거예요. 여하튼 나는 당신한테 내가 받은 명령을 전달했어요.”

“나도 좀 생각해 보아야겠네.” 소작인이 말했다. “우리 모두가 다 생각을 좀 해보아야겠단 말이야. 어떻게든지 못하게 할 방법을 찾아야지. 이건 천둥이나 지진 같은 천재지변도 아닐 테고 다 우리 사람들이 만들어 낸 일이니까……. 그러니까 반드시 우리가 손을 쓰면 가능한 방법이 있을 거란 말이야.” 소작인은 자기 집 문간에 앉았고 운전사는 엔진소리를 내면서 기계를 몰고 가버렸다.

바퀴 판이 꾸불꾸불 떨어지고 써레가 돌면서 파종기의 꼭지가 땅속을 뚫고 들어갔다. 그 집의 앞마당을 트랙터가 밀어붙였다. 하도 밟아서 딱딱하게 다져졌던 땅바닥이 이제는 씨를 뿌린 밭같이 되었다. 트랙터가 다시 똑바로 돌아왔다. 아직 남은 마당은 열자 정도밖에 안 되었다. 트랙터가 다시 돌아왔다. 트랙터의 쇠로 된 보호판이 집채 모서리를 스쳤다 벽이 한쪽 부서지며 그 작은 집은 기초부터 흔들렸다. 집은 비스듬히 누웠다가 빈대처럼 짜부라졌다. 운전사는 눈가리개와 방진 마스크를 하고 있었다. 트랙터는 직선을 그으면서 나아갔다. 트랙터의 소음과 함께 땅이 진동했다. 소작인은 손에 총을 든 채 그것을 지켜보고 있었다. 그의 부인은 옆에 달라붙어 있었고 아이들은 여자 뒤에 말없이 서있었다. 그들 모두가 지나가는 트랙터의 뒤를 응시하고 있었다.

제 6 장

설교사 케이시와 톰 조우드는 언덕 마루에 올라서서 조우드의 옛 집터를 내려다 보고 있었다. 칠도 안 한 그 작은 집은 한쪽 모서리가 부서진데다 집채가 기초부터 밀려나 한쪽으로 기울어져 있었다. 집 앞쪽의 벙어리 창문들은 지평선보다 좀 위쪽 하늘을 내다 보고 있었다. 울타리가 없어졌고 마당 가운데와 집채 바람벽에까지 목화가 심겨 있었다.

곳간 주위에까지도 목화나무가 있었다. 바깥채가 한쪽으로 기울었고 거기에 기대서서 목화가 자라고 있었다. 뛰어노는 어린애들의 맨발과 말 발굽에 짓밟히고 넓적한 마차 바퀴에 깔려 단단하게 다져져 있던 앞마당에도 검푸른 목화가 자라고 있었다. 조우드는 마구간 옆에 서있는 앙상한 버드나무와 펌프가 있던 자리에 아직 남아있는 콘크리트 바닥을 한동안 묵묵히 응시하고 있었다. "제기랄 것!" 마침내 그가 내뱉듯이 말했다. "갑자기 귀신이 튀어나왔군. 사람이라곤 개미 새끼 한 마리 없고." 그는 빠른 걸음으로 언덕을 내려가기 시작했다.

케이시도 그의 뒤를 따랐다. 그는 버려둔 채로 있는 곳간 속을 들여다 보았다. 바닥에는 약간의 짚이 흩어져 있을 뿐이었다. 그리고 나서 구석에 있는 마구간을 들여다 보았다. 그가 안을 들여다 보자 바닥에서 무엇이 바스락하더니 쥐 새끼들이 밀짚 밑으로 숨어버렸다. 조우드는 본채에 잇대어 지은 농기구 저장 헛간의 입구에까지 가보았다. 연장이라고는 한 가지도 없었다. 깨진 쟁기 끝 조각과 건초 다발을 묶는 철사가 한쪽 구석에 보였고, 풀칼퀴에서 떨어진 쇠바퀴와 쥐가 갉아먹은 노새의 목걸이, 그리고 납작하게 생긴 기름 깡통이 흙과 기름에 범벅이 되어 찌그러져 있었고, 다 찢어진 작업복 하나가 못에 걸려 있었다. "아무것도 남은 게 없군." 조우드가 말했다. "연장도 좋은 게 꽤 많았는데, 아무것도 남기지 않고 싹 가져 갔군요."

케이시가 말했다. "만약 내가 아직도 설교사라면 하느님이 어떻게 하신 일이라고 하겠는데 이제는 무슨 일이 있었는지 알 수가 없군. 그래. 나도 객지에 나가 있어서 아무 얘기도 못 들었거든." 그들은 콘크리트가 깔린 우물터로 갔다. 목화나무들을 헤치고 나가야만 했다. 목화송이가 열리고 있었고 땅은 파헤쳐져 있었다.

"목화를 여기까지 심는 일은 없었는데요." 조우드가 말했다. "여기는 언제나 깨끗이 비워 두었지요. 여기다 심었다가는 말을 꺼낼 때 다 밟아 버리라구요?" 그들은 물기 하나 없는 여물통 가까이에서 발을 멈추었다. 여물통 밑에서 마땅히 자라고 있어야 할 잡초도 없었고, 오래 전부터 써 온 여물통의 두꺼운 나무는 바싹 말라 금이 가있었다. 우물 뚜껑 위에는 펌프를 붙들어 맸던 빗장이 있었는데, 그 철사에 녹이 슬어 나사가 다 빠져 나가고 없었다.

조우드는 우물 속을 들여다 보았다. 안에다 침을 한 번 탁 뱉고 나서 귀를 기울여 보고 흙덩어리를 떨어뜨리고 귀를 대보았다. "물이 참 좋았는데." 그가 말했다. "물소리가 안 들리는데요?" 그는 집안에 들어갈 마음이 안 내키는 것 같았다. 흙덩어리만 몇 개를 계속 넣어보았다. "아마 다 죽어버린 모양이군요." 그가 말했다.

"하지만 무슨 말이라도 들었어야 하잖아요. 어떤 얘기라도 내가 들었어야 할 거 아녜요?"

"혹시 집 안에다 무슨 편지라도 적어 두었는지 모르겠네. 자네가 출감하리라는 것을 식구들이 알고 있었을까?"

"글쎄요." 조우드가 말했다. "모르긴 하지만 아마 몰랐을 거예요. 나 자신도 한 일주일 전까지는 몰랐으니까요."

"어디 집 안에 한번 들어가 보세. 모양이 완전히 짜부라졌군. 무엇인가 와서 집을 한 번 후려친 것 같은데?" 그들은 천천히 가라앉아 가는 집 쪽으로 다가갔다. 현관 지붕을 받치고 있는 두 개의 기둥이 밀려 지붕이 한쪽으로 떨어져 내리고 있었으며 집의 한쪽 구석은 부서져 있었다. 내려앉은 목재들이 포개져 흩어진 속에서 그들은 구석방을 볼 수 있었다. 앞문이 안쪽으로 활짝 열려 있었고, 튼튼한 문짝이 가죽으로 된 돌쩌귀에 매달려 있었다.

조우드는 계단에 올라가 섰다. 가로 세로 12인치짜리 각목으로 만들어진 계단이었다. "계단은 이렇게 멀쩡히 남아있는데." 그가 말했다. "사람들은 온데 간데가 없으니, 참. 어머니는 돌아가셨군요." 그는 현관에 낮게 걸려 있는 문짝을 가리켰다. "만일 어머니가 아무데라도 계신다면 저 문에 반드시 빗장이 걸려 있을 테니까요." 어머니가 언제나 챙기는 일이었지요. "꼭 문단속을 하셨어요." 그는 눈시울이 뜨거워졌다.

"우리집 돼지가 옆집 제이콥네 집에 건너가서 그집 어린애를 잡아먹은 뒤로는 말이에요. 마침 밀리 제이콥네 내외가 곳간에 가있었대요. 그 여자가 방안에 들어와 보니까 돼지란 놈은 아직도 어린애를 먹고 있더래요. 그 아줌마는 마침 임신중이었는데 그걸 보고 정신이 돌아버렸대요. 그 뒤로 별짓을 다 해도 낫지 못하고 아주 돌아버렸어요. 그래서 어머니는 한 가지 교훈을 얻었어요. 어머니 자신이 집 안에 있을 때 이외에는 절대로 돼지우리 문을 열어두지 않았지요. 한 번도 잊어버린 적이 없었어요. 암만 해도 모두들 어디로 가버렸거나 아니면 다 죽은 거예요."

그는 부서진 현관으로 기어올라 가 부엌 안을 들여다 보았다. 유리창이 깨져 나갔고 밖에서 날아들어 온 돌멩이들이 바닥에 널려 있었다. 마룻바닥과 벽돌은 문으로부터 반대쪽으로 기울어져 있었다. 틈으로 새어 들어 온 먼지가 선반에 쌓여 있었다. 조우드는 깨진 유리창과 돌멩이를 가리키면서 말했다. "개구쟁이놈들 같으니! 그 녀석들은 유리창만 깨라면 몇십 리 밖에라도 찾아갈 거야. 나도 어릴 때 마찬가지였지요. 언제 집에 사람이 없는지 그 녀석들은 귀신같이 알거든요. 사람들이 집을 나가면 애들은 그 장난부터 하지요."

부엌에는 세간살이가 하나도 없이 텅 비어있었다. 스토브가 없어졌고 벽에 뚫린 동그란 연통구멍이 햇빛을 들여보내고 있었다. 설겆이대에는 낡은 병마개 따개가 뒹굴고 있고 나무 손잡이가 도망간 부러진 포크가 하나 있었다. 조우드는 조심스럽게 방안으로 들어갔다. 마룻바닥이 그의 무게에 눌려 신음 소리를 냈다. 『필라델피아 일보』한 장이 벽과 마룻바닥 사이에 처박혀서 누렇게 찌들어 말려 들어가 있었다. 침실 안을 들여다 보았다. 침대도 의자도 아무것도 없었다. 벽에는 천연색으로 된 인디언 처녀의 그림이 한 장 걸려 있고, 빨간 날개라는 제목까지 붙어있었다. 침대의 쇠다리가 벽에 기대어 세워져 있고, 한쪽 구석에는 단추가 달린 여자의 뾰족 구두가 발가락 쪽은 뒤틀리고 발목 들어가는 부분은 찢겨진 채 널브러져 있었다.

조우드는 그것을 집 들고 들여다 보았다. "이건 기억이 나는군." 그가 중얼거렸다. 어머니가 신던 건데. 이젠 다 해어졌지만 어머니는 그걸 퍽 좋아했어요. 몇 해를 두고두고 신었어요. 정말 모두들 가버렸군요. 세간살이까지 있는 대로 다 가지고."

해가 뉘엿뉘엿 기울어 각진 창을 통해 비쳐 들었다. 깨진 유리 조각들의 모서리에 햇빛이 부딪혀 번쩍거렸다. 한참만에 조우드는 돌아서서 밖으로 나와 현관을 건넜다. 그는 현관 끝에 앉아서 12인치짜리 각목 위에다 맨발을 올렸다. 저녁 빛이 들판에 깔렸다. 목화나무들이 기다란 그림자를 땅바닥에 던졌다. 잎사귀가 다 떨어진 버드나무 한 그루도 긴 그림자를 깔았다.

케이시가 조우드 옆에 앉았다. "집에서 아무 소식도 못 받았나?"

"아아뇨. 아까도 말했지만 우리집 식구들은 편지 쓰는 사람들이 아닌 걸요. 아버지도 글은 아는데 편지는 안 써요. 편지를 좋아하지 않아요. 편지 쓰는 일이라면 질색을 하지요. 카탈로그 주문이라면 누구보다도 잘 하면서 편지는 이 세상 어느 누구한테라도 죽어라고 안 하는 성질이에요." 그들은 나란히 앉아서 먼 곳에 시선을 보내고 있었다. 조우드는 저고리를 자기 옆 현관 바닥에 내려놓았다. 한쪽 손으로는 담배를 한 대 말아 침을 칠하고 불을 붙였다. 한 모금을 깊숙이 들이마시고는 콧구멍으로 연기를 내뿜었다. "무언가 잘못된 모양인데요." 그가 입을 열었다. "뭐가 뭔지 전혀 모르겠지만, 좌우간 무엇이 잘못된 것만은 확실해요. 이 집이 이렇게 헐리고 사람들은 온데 간데가 없으니 말이에요."

케이시가 말했다. "바로 저 건너편에 관개 수로가 있었지. 그전에 내가 세례를 주던 데 말이야. 자네는 약아 빠지지는 못했어도 아주 거칠었어. 꼭 불독처럼 그 계집애의 머리카락에만 매달려 뽑으려고 기를 썼단 말이야. 자네들 둘을 성신의 이름으로 세례를 주었지. 발버둥을 치고 매달리더군. 톰 영감이 자네를 물속에 넣고 세례를 주라고 하더군. 그래서 내가 자네 고개를 물속에 처박으니 입에서 거품을 내뿜으며 그제서야 계집애의 머리채를 놓더라니까. 약지는 못해도 고집이 세고 우직하기가 이를 데 없었지. 그런 사람이 커서도 곧은 정신을 갖게 되는 수가 많지."

바싹 말라빠진 회색 고양이 한 마리가 곳간에서 살금살금 기어나와 목화나무 사이를 헤치고 현관 끝에까지 왔다. 사뿐 현관 위로 뛰어오르더니 땅바닥에 배를 까는 것처럼 하면서 두 사람이 있는 쪽으로 살살 기어왔다. 고양이는 두 사람 사이의 바로 뒤까지 와서 앉았다. 꼬리를 똑바로 펴서 납작하게 깔았다. 꼬리의 맨끝 쪽 부분이 약간 떨렸다. 고양이는 그렇게 앉아서 사람들이 내다 보고 있는 같은 방향으로 멀리 시선을 보내고 있었다.

조우드는 뒤를 돌아보았다. "어럽쇼! 이놈 좀 보게? 누군가 집에 남아있었군." 그는 소리를 치면서 손을 내밀었다. 고양이는 잡히지 않을 만큼 달아나 다시 앉더니 한쪽 발을 치켜들고 핥았다. 조우드의 얼굴은 그놈을 쳐다보며 어리둥절한 표정이 되었다. "무슨 영문인지 이제야 알았군." 그가 외쳤다. "저놈을 보니까 생각이 나는군요."

"무언가 잘못되어도 많이 잘못된 것 같은걸." 케이시가 말했다.

"아니, 우리 집만 그런 것은 아니로군요. 이 고양이도 사람들을 따라서 들어온 것은 아니니깐요. 랜스네 고양이 같은데. 집이 이렇게 비어있으면 왜 사람들이 와서 목재 같은 것을 뜯어가지 않겠어요? 한 몇 달 동안 이 근처에는 사람들이 없었던 모양이에요. 그러니까 목재를 훔쳐가는 사람도 없었을 거고. 저 곳간에도 고급 판자가 있고 집 안에도 쓸 만한 판자가 많거든요. 창틀 같은 것도 누구 하나 손도 대지 않았잖아요? 그거 이상하지요? 그래서 이상하다 했는데, 무슨 영문인지 말이요?"

"그래서 어떻게 된 거라고 생각하나?" 케이시는 계단을 내려서서 즈크 운동화를 벗더니 그 긴 발가락을 꼼지락거렸다.

"그야 알 수 없지요. 하지만 동네가 텅텅 빈 것 같군요. 만약 사람이 산다면 저 좋은 판자나 목재가 남아나겠어요? 한번은 그런 일이 있었지요. 엘버트 랜스네가 식구들을 데리고, 애들하고 심지어 개까지 모조리 데리고, 어느 해 크리스마스던가 오클라호마 시에 가더군요. 그래서 동네 사람들은 엘버트가 아무 말 없이 이사를 가버린 것이라고 생각했어요. 사실 그들은 사촌들 집에 다니러 간 것인데, 사람들 생각에는 그가 무슨 빚을 졌거나 아니면 어떤 여자한테 들볶인다는 것이었지요. 한 일주일 만에 엘버트가 돌아와 보니 집에는 아무것도 남은 것이 없었지요. 스토브가 없어지고 침대가 없어지고 창틀이 없어지고 심지어는 집 남쪽 부분의 판자 재목이 여덟 자나 떨어져 나가 집 안이 훤히 들여다 보일 정도였어요. 그가 차를 몰고 집에 돌아온 것은 마침 뮤리 그레이브스가 문짝과 펌프를 가지고 막 나가려고 할 때였지요. 엘버트는 자기 물건들을 도로 찾느라고 한 보름 동안이나 이웃으로 차를 몰고 돌아다녀야 했지요."

케이시는 자기 발가락을 기분 좋게 긁었다. "아무도 그와 다툰 사람은 없었나? 모두 물건들을 선선히 내주었나?"

"그럼요. 사람들은 훔치려고 한 것은 아니었으니까요. 그가 그냥 버리고 간 줄로만 알고 가져간 것이었지요. 소파의 베개 하나만 빼놓고는 다 되찾았어요. 인디언 그림이 그려 있는 비로드였대요. 엘버트는 우리 할아버지가 가져갔다고 우겼지요. 할아버지가 인디언의 피가 섞였기 때문에 그것을 가지고 싶어했다고요. 할아버지는 그것을 가지기는 가졌지만 거기에 있는 그림은 거들떠 보지도 않던데요. 그냥 그것을 좋아했어요. 늘 들고 다니면서 아무데나 앉을 때는 그걸 깔고 앉았지요. 그걸 막무가 내로 안 돌려주더군요. 할아버지는 '이 베개를 찾아가고 싶으면 와서 가져가라고 해. 하지만 오려거든 총을 들고 오는 게 좋을 거야. 그냥 와서 베개를 가지고 이러니저러니했다가는 그놈의 냄새나는 대갈통을 부숴 줄 테니까' 하고 얼러댔어요. 그래서 결국에는 엘버트가 그 베개를 할아버지에게 선물하는 것으로 단념하고 말았지요. 할아버지는 그것 때문에 한 가지 아이디어를 얻었지요. 닭털을 모으기 시작한 거예요. 자기 침대를 몽땅 닭털로 만들겠다고 했어요. 결국 닭털 침대는 못 만들고 말았지만요. 언젠가는 아버지가 마루 밑에 침입해 들어온 스컹크 때문에 그 사실을 알게 되었지요. 닭털 냄새를 맡고 들어온 그놈을 아버지가 넓이 2인치 두께 4인치짜리 각목으로 때려 잡았어요. 그리고 어머니는 할아버지가 모아놓은 닭털을 모조리 불태워 버렸지요. 식구들이 안심하고 집 안에서 살 수 있게끔 말이에요." 조우드가 웃었다. "할아버지는 정말 고집불통의 벽창호였어요. 그 인디언 베개를 깔고 앉아서 한다는 말이, '엘버트란 놈, 어디 와서 가져가 보라구 해. 오기만 했단 봐라. 그 애송이 같은 놈 모가지를 비틀어 바짓가랑이를 짜듯 돌려 줄 테니' 하는 거예요."

고양이가 다시 살금살금 두 사람 사이로 기어왔다. 꼬리를 땅바닥에 납작 깔고 수염을 흔들고 있었다. 해가 지평선 위에 낮게 걸리고 먼지 섞인 하늘은 보라색으로 물들었다. 고양이는 슬슬 눈치를 살피면서 다리를 뻗어 조우드의 저고리 끝을 만져 보았다. 그가 갑자기 몸을 돌리면서 소리쳤다. "아이구, 땅거북을 깜빡 잊었었군. 그놈을 아주 꽁꽁 묶어서 죽일 생각은 아니었는데." 그는 땅거북을 꺼내 마루 밑에 집어넣었다. 그런데 얼마 안 있어 땅거북은 다시 나와 처음부터 그랬듯 남서쪽을 향해 달아나려 했다. 고양이가 땅거북 쪽으로 깡총 뛰더니 뻗어나온 머리를 덮치고 움직이는 발을 갈겼다. 그 늙고 딴딴하고 우습게 생긴 땅거북은 머리를 쑥 들이밀어 버렸다. 꼬리까지 등껍데기 밑으로 말아넣어 버렸다. 머리와 꼬리가 나오기를 기다리다 지쳐 드디어 고양이가 가버리자, 땅거북은 다시 남서쪽으로 도망치기 시작했다.

톰 조우드와 설교사는 땅거북이 도망가는 것을 지켜 보았다. 땅거북은 다리를 흔들면서 무겁고 높은 등을 치켜든 채 남서쪽을 향해 갔다. 고양이가 얼마만큼 뒤를 쫓아가다가 한 여남은 발짝을 두고 제 잔등을 활 모양으로 치켜들며 하품을 늘어지게 하더니, 앉아있는 남자들 쪽으로 돌아 왔다.

"대관절 저놈은 어디를 가는 것일까요?" 조우드가 말했다. "여태까지 땅거북을 많이 보았지만, 그놈들은 언제나 어느 쪽을 향해서 가고 있거든요. 꼭 가고 싶은 방향이 뚜렷이 있는 놈들 같다구요." 회색 고양이는 다시 두 사람의 등뒤 가운데에 와서 앉았다. 그리고는 천천히 눈을 깜빡거렸다. 어깨 아래 벼룩이 붙었는지 몸을 앞으로 숙여 긁더니 다음에는 한쪽 발을 들어 자세히 살피고 나서 두 발을 앞뒤로 들락날락 움직였다. 그리고는 새빨간 혓바닥으로 발톱 밑의 살을 핥았다. 붉은 해가 지평선에 닿아 해파리처럼 사방으로 퍼져 나갔다. 해 언저리의 하늘은 조금 아까보다 더 밝고 생기가 있어 보였다. 조우드는 저고리에서 노란색 신발을 끌러내고 손바닥으로 발에 묻은 먼지를 툭툭 털어내더니 맨발을 신 속에 쑤셔 넣었다.

들판 저쪽을 바라보고 있던 설교사가 말했다. "저기 누가 오는데? 저 아래쪽 말이야, 목화밭 속으로."

조우드는 케이시의 손가락이 가리키는 쪽을 쳐다 보았다. "누가 걸어 오는군요." 그가 말했다. "먼지를 일으키면서 오기 때문에 누군지 잘 보이지 않는데요? 도대체 어떤 놈일까?" 그들은 저녁놀 속에서 점점 가까이 접근해 오고 있는 물체를 지켜 보았다. 그 사람의 발길에 일어나는 먼지가 저녁 햇빛에 물들어 불그스름했다. "남자군요." 조우드가 말했다. 그 남자는 점점 가까워졌다. 그가 곳간 옆을 지나치려 할 때 조우드가 말했다. "아, 저 사람이로구먼. 당신도 저 사람 아시죠? 뮤리 그레이브스예요." 그러다가 그는 그 남자 쪽을 향해 소리를 질렀다. "어어이, 뮤리! 오랜만이네."

다가오던 남자가 그 자리에 섰다. 자기 이름을 부르는 소리에 깜짝놀란 모양이었다. 그러더니 갑자기 걸음을 빨리해 다가왔다. 좀 작달막하고 야윈 남자였다. 몸 놀리는 품이 꽤 기민했다. 손에는 봇짐을 들고 있었다. 무릎과 엉덩판이 닳아서 색이 많이 바랜 청바지와 얼룩얼룩한 무늬의 때묻은 검정색 웃옷을 입고 있었다. 뒤쪽에 구멍이 난 소매가 어깨 밑으로 처져 있고 팔꿈치는 누덕누덕 해져 있었다. 그의 까만 모자도 웃옷만큼이나 더러웠다. 모자에 달린 띠가 반이나 떨어져서 걸음을 옮길 때마다 위아래로 나풀거렸다. 얼굴은 아직 매끈하고 주름살도 없었으나 마치 악동과도 같은 짓궂은 표정을 짓고 있었다. 조그만 입이 야무지게 다물어져 있고, 작은 눈이 반은 찡그려지고 반은 골난 사람처럼 사나운 빛을 담고 있었다.

"뮤리 생각나지요?" 조우드가 가만히 설교사에게 말했다.

"거 누구요?" 다가오던 남자가 소리쳤다. 조우드는 대답을 하지 않았다. 뮤리가 다가왔다. 아주 바싹 다가와서야 그는 두 사람의 얼굴을 알아보았다. "어럽쇼, 이거 톰 조우드 아닌가? 언제 나왔나, 톰?" 그가 말했다.

"그저께." 조우드가 말했다. "집에까지 무전 여행을 하느라고 시간이 좀 걸렸지. 와보니 이게 뭐야? 우리집은 다 어디로 갔나. 뮤리? 그리고 이 집은 왜 이 꼴이 되었나? 안마당까지 목화나무가 무성하고 말일세."

"정말, 내가 오길 다행이네." 뮤리가 말했다. "톰 영감님이 몹시도 걱정을 하셨다네. 자네 아버님 말이야. 자네 집에서 이사할 채비를 하고 있을 때 마침 내가 저 부엌에 들렀었지. '나는 떠나지 않겠습니다' 라고 했더니 말이야, 자네 아버님이 자네 걱정을 하시더군. '그녀석이 집에 와서 아무도 없으면 깜짝 놀랄 텐데' 하시더라구. 그래서 '편지를 보내시지요' 그랬더니, '그래야겠구나. 어디 한번 생각해 보겠지만 만약 내가 편지를 못 하면 자네라도 가끔 와서 혹시 톰 녀석이 돌아오지 않았나 좀 살펴보게' 하시길래, '그러겠습니다. 세상이 다 꽁꽁 얼어붙을 때까지라도 저는 여길 안 떠나겠습니다. 그레이브스라는 이름을 가진 놈들을 이 고장에서 쫓아낼 놈은 아무도 없어요' 했단 말이야. 그리고 또 사실 아직은 어느 놈도 나를 쫓아내지는 못했거든.”

조우드는 몸이 달았다. “우리집 식구는 다 어딜 갔지? 자네 얘기는 좀 있다가 하고 우리집 식구들이 어디 있는지부터 알려 주게.”

“은행 놈들이 와서 동네를 트랙터로 밀어붙이려고 할 때 말야, 처음엔 자네 집에서도 끝까지 철수를 안 하고 버텨 볼 생각이었지. 자네 할아버지가 총을 들고 나와 트랙터의 헤드라이트를 쏘아 버리기까지 했다네. 그래도 트랙터는 끄떡없이 돌아가더군. 자네 할아버지도 그 트랙터의 운전사를 죽이려고 하시지는 않았지. 그게 윌리 필리였다네. 윌리 녀석이 그걸 알고 계속 트랙터를 몰아붙여 자네 집을 이 모양으로 부숴 놓고 동네를 마구 흔들어 놓았지. 꼭 개가 고양이를 물고 흔드는 것 같더군. 자네 아버지도 나중에는 안 되겠다 싶었던지 단념하셨어. 이젠 그전 같지 않으시더란 말이야.”

“우리집이 다 어디로 갔느냔 말이야?” 조우드는 거의 화를 내고 있었다.

“자네, 찬찬히 내 말을 들어 보게나. 자네 삼촌 존의 차로 세 번이나 짐을 날랐다네. 스토브하고 펌프하고 침대하고를 다 날라 가느라고 말야. 꼬마들이랑 자네 할머니 할아버지랑은 모두 침대 머리 판자 쪽에 기대 앉고, 자네 형 노아는 담배를 뻐끔뻐끔 피우며 차 밑으로 침을 탁탁 뱉아가며 차에 실려 가는 그 광경을 자네가 못 보았다니⋯⋯.” 조우드가 무언가 대꾸를 하려고 막 입을 열었으나 뮤리는 틈을 주지 않고 덧붙였다. “다들 자네 삼촌네 집에 가있을 거야.”

“아이고, 그 많은 식구가 다 거기 가있단 말야? 거기서 무얼 하길래? 이봐 뮤리, 조금만 더 얘기해 봐. 잠깐만 더 얘기하고 가라구. 그래 거기서 다들 무얼 한대?”

“목화를 따고 있지, 다들 말야. 심지어는 어린애들하고 자네 할아버지까지 동원해서 돈을 좀 모아서 서부로 가려는 거지. 차를 한 대 마련해 가지고 먹고 살기가 좀 편하다는 서부로 가겠대. 여기서는 아무것도 못 하니까. 한 마지기 목화를 따면 50센트밖에 못 받는다는데, 그것도 서로 하려고 아우성이라지 뭔가."

"그래, 아직 떠나지는 않았나?"

"아직은 안 떠났을 거야. 내가 알기로는 아직 있을 거야. 내가 마지막 소식을 들은 게 나흘 전이었어. 자네 형 노아가 토끼 잡으러 나온 걸 만났지. 한 보름 안에 떠날 거라고 그러더군. 자네 삼촌도 기한부 철거 통지서를 받았대. 거기까지 8마일이니 걸어가서 다들 만나보게. 아마 땅굴 속에서 겨울을 나는 들쥐처럼 온통 찡겨 지내고 있을 거야."

"알았네." 조우드가 말했다. "자, 그럼 가보게. 자네는 하나도 변하지 않았네, 이 사람아. 동문서답하는 게 꼭 옛날 그대로군 그래."

뮤리도 지지 않고 대들었다. "자네는 뭐 달라진 줄 알아? 건방지기 짝이 없는 애송이가 아니었나? 지금도 그대로란 말이야. 설마 나한테 훈계를 할 셈은 아니겠지?"

조우드가 씩 웃었다. "그럴 리가 있는가. 깨진 유리병 조각을 잔뜩 쌓아놓고 그 속에다 대가리를 처박겠다 한들 누가 자넬 말리겠나? 자네는 여기 이 설교사를 모르는가? 케이시 목사님 말야."

"알고말고. 모를 리가 있나." 케이시가 일어났다. 두 사람은 악수를 나누었다. "또 뵙게 되어 반갑습니다." 뮤리가 말했다. "꽤 오랫동안 안 보이시던데요?"

"괜히 좀 싱숭생숭해서 떠나 있었지." 케이시가 말했다. "그런데 여긴 무슨 일이 있었나? 왜 멀쩡한 사람들을 그렇게 쫓아낸 거지?"

뮤리의 입이 꼭 다물어졌다. 윗입술 한가운데 꼭지가 아랫입술에까지 내려와 닿았다. 그는 얼굴을 찡그리며 내뱉듯이 말했다. "개새끼들, 더러운 개새끼들, 어디 두고 보라구요. 나는 안 떠날 테니까. 나는 못 쫓아낼 걸요. 아무리 쫓아내 보았자 또 돌아올 거요. 나를 땅속에 묻어버리면 조용해질 거라고 생각한다면 나도 적어도 놈들 두서넛은 같이 데리고 갈 거요." 하면서 그는 옆구리 호주머니 안에 있는 묵직한 물건을 쓰다듬었다. "나는 죽어도 안 갑니다. 우리 아버지가 50년 전에 일구어 놓은 땅을 왜 버려요? 나는 못 가요."

　　조우드가 말했다. "이렇게 다 쫓아내서 어쩌겠다는 거야?"

　　"그래, 그거야. 그놈들은 이러니저러니 떠들어 대더라구. 자네도 알지만 지난 몇 해 동안 흉년이 겹쳤잖아. 흙먼지가 불어와서 농사란 농사는 다 망쳐놓고 개미 똥구멍을 막을 만큼도 거둬들이지 못했잖았어? 그러다 보니 너나 할 것 없이 식료품 집에 빚이 밀릴 수밖에. 그거 얼마나 고약한지 잘 알잖나. 그러자 지주놈들이 한다는 소리가 '인제 소작인들을 더 이상 못 두겠다'는 거야. '소작인들이 거두는 그 얼마 안 되는 수확쯤 몽땅 들어와 봤자 시원치 않다' 이거지. 그러니까 자기들 땅을 몽땅 한 덩어리로 합치면 그래도 다소나마 이윤을 바라볼 수 있다는 거야. 그러면서 트랙터를 들이밀고 소작인들을 다 쫓아냈지. 나만 빼놓고는 몽땅 말이야. 나야말로 죽어도 못 가겠어. 이봐 톰, 자넨 나를 잘 알지. 자네야 누구보다도 나를 잘 알지 않나?"

　　"그렇구말구, 이 사람아." 조우드가 말했다.

　　"나도 바보 천치는 아니네. 나도 이 땅이 아무짝에도 못 쓴다는 것은 알고 있다구. 소 먹일 풀이나 뜯을까, 달리 무엇에 쓰겠나? 이런 땅은 아예 개간하지 말았어야 하는 거야. 게다가 이제 목화까지 심어서 땅 속의 기름은 완전히 말라버렸단 말야. 만약 그놈들이 날더러 나가라고만 안 했더라면 난 아마 지금쯤은 캘리포니아에 가있을지도 몰라. 포도나 따먹고 마음내키면 오렌지 따는 일이나 하면서 말야. 그런데 그 개새끼들이 나보고 나가라 이거야. 하지만 그쪽에서 나가라고 나오면 나는 못 나가겠다 이거야. 안 그래?"

　　"옳은 얘기네." 조우드가 맞장구를 쳤다. "우리 아버지가 어떻게 그리도 쉽게 가셨는지. 그리고 우리 할아버지가 어떻게 아무도 안 죽였는지 참 이상하군. 그 양반은 누구 말을 듣는 법이 없지 않은가. 또 우리 어머닌들 누가 감히 함부로 한단 말인가. 한번은 말야, 우리 어머니가 통조림 장수하고 다투는 걸 본 일이 있어. 보니까 산 닭을 가지고 장사치를 막 때리는 거야. 닭을 잡느라고 한 손에는 닭을 잡고 또 한 손에는 도끼를 들고 있다가 싸움이 붙는 바람에, 장사치를 도끼로 찍는다면서 어느 손이 어느 손인 줄도 모르고 계속 닭으로 그 사람을 갈겨대는 거야. 싸움이 간신히 끝난 다음에 보니까 닭은 먹지도 못하게 되었더라구. 어머니 손에는 닭다리 두 개만 남아 있더라니까. 할아버지는 하도 웃다가 엉덩뼈가 빠질 뻔했지. 그런 양반들이 어떻게 그리도 쉽게 가버렸단 말인가?"

"그 회사에서 나온 녀석이 주둥아릴 놀리는데 말야. 참 뻔질뻔질하게도 생겼더군. '당신네들은 어서 나가야 할 거요. 내가 그렇게 하는 건 아니지만 말이오.' 하더라구. 그래서 내가 그랬지. '그럼 누가 시키는 거요? 내가 찾아 쫓아가서 그놈의 모가지를 비틀어 놓을 테니.' '그건 쇼오니라는 토지 축산 회사요. 나야 회사에서 명령을 받고 나온 것뿐이지요.' '그 쇼오니 회사라는 게 어느 놈이오?' '그건 사람이 아니라오. 그냥 회사지요.' 제기랄, 그런 식으로 사람을 미치게 하는 거야. 결국 한 대 쥐어박아 줄 놈이 하나도 없더라구. 다들 그 표적이 될 만한 놈을 찾느라고 흥분하다가 나중에는 지쳐 버렸지. 하지만 나는 그런 일이라면 지치지 않지, 절대로. 물고 늘어질 거야. 도대체 모든 것이 다 틀려 먹었어."

거대한 해가 서쪽 지평선에 어슬렁거리더니 꼴깍 넘어가 아주 보이지 않게 되었다. 해 넘어간 자리의 하늘은 찬란하게 물들었고 갈기갈기 찢어진 구름들은 마치 붉은 누더기처럼 언저리에 걸렸다. 동쪽 지평선 쪽으로부터 어둑어둑한 빛이 서서히 하늘 위쪽으로 덮쳐 왔고 땅위에는 땅거미가 깔렸다. 저녁 별들이 하나 둘씩 나타났다. 회색 고양이는 열린 공간 쪽으로 기어가더니 마치 그림자처럼 안으로 사라졌다.

조우드가 말했다. "8마일씩이나 되는 존 삼촌네 집까지 오늘 밤에 걸어가기는 틀렸고 또 배도 고프고 하니, 자네 집에서 좀 신세를 져야겠네. 여기서 1마일밖에 안 되잖나?"

"거기 가보았자 소용없다네." 뮤리가 난처한 듯 말했다. "우리 집사람하고 애들하고 처남하고는 벌써 다 싸 짊어지고 캘리포니아로 가버렸지. 먹을 것도 없고. 다들 나만큼 흥분하진 않더군. 그래서 가버린 거야. 집에 가봐도 먹을 것이 아무것도 없다고."

설교사가 흥분해서 말했다. "자네도 같이 가지 그랬나. 처자하고까지 헤어져서 어쩔 셈인가?"

"어쩔 수 없더군요." 뮤리 그레이브스가 말했다. "왜 그런지 못 따라 나서겠어요."

"아이 참, 배고파 죽겠는데." 조우드가 말했다. "4년 동안이나 내내 제때에 밥을 먹어 왔는데. 뱃속에서 아우성을 치는군. 자네는 무얼 먹을 건가, 뮤리? 여태까지 무얼 먹고 살아왔지?"

뮤리는 다소 겸연쩍게 말했다. "얼마 동안은 개구리도 먹고 다람쥐도 먹고 또 마아못 같은 것도 먹었지. 어쩔 수 없었어. 하지만 지금은 마른 시내 바닥 수풀 속에 철사로 덫을 하나 만들어 놓았다네. 토끼도 걸리고 멧닭도 걸리고 스컹크나 너구리 같은 것도 걸리지." 그는 아래로 손을 뻗어 봇짐을 집더니 그것을 현관 바닥에 털어놓았다. 토끼 두 마리가 떨어져 나오더니 비틀거렸다. 아주 부드럽고 털이 보송보송했다.

"야아, 그것 참 희한하군." 조우드가 말했다. "싱싱한 고기를 먹어 본 지도 4년이 넘었구나."

케이시가 한 마리를 잡아 손으로 치켜들었다. "같이 좀 나누어 먹겠나?" 그가 말했다.

뮤리는 난처해서 어쩔 줄을 몰랐다. "그러지 어쩌겠습니까." 그는 자기가 한 말이 좀 어색하게 느껴졌는지 변명을 했다. "그런 말이 아니라 내 말은, 가령 한 사람은 먹을 것이 있고 또 한 사람은 먹을 것이 없을 때 먹을 것이 있는 쪽에서는 말을 함부로 할 수가 없다는 거죠. 가령 나 같은 경우 내가 이 토끼를 다른 데로 들고 가서 나 혼자서 먹어 치운다든가 할 수는 없지 않겠어요? 안 그래요?"

"옳은 얘기네." 케이시가 말했다. "무슨 말인지 알겠어. 이보게 톰, 뮤리는 말귀를 알아듣는군. 이 사람은 손에 무언가 가지고 있는데, 그건 이 사람한테 너무 크고 또 나한테도 너무 크단 말야."

조우드는 두 손을 싹싹 비볐다. "누구 칼 가진 사람 없어? 어디 이 애

꿎은 토끼나 좀 먹어볼까? 어디 보자.”

뮤리는 바지 주머니에 손을 집어넣더니 뿔로 된 손잡이가 달린 큼직한 창칼을 꺼냈다. 조우드가 그걸 받아들고 칼날을 펴서 코에 대고 냄새를 맡아보았다. 그는 몇 번인가, 칼날을 땅속에 쑤셔 넣었다가 뺐다가 하면서 냄새를 맡았다. 그리고 나서 바짓가랑이에다 한 번씩 닦더니 엄지손가락으로 날을 만져 보았다.

뮤리는 엉덩이 주머니에서 물병을 꺼내 그걸 현관 바닥에 내려놓았다. “자, 그 물 마음대로 쓰라구.” 그가 말했다. “그게 다야. 여기 있던 우물은 메워졌어.”

톰은 토끼 한 마리를 집어 들었다. “두 사람 중에 아무나 곳간에 가서 철사를 좀 가져와야겠어. 이 집에서 뜯겨진 판자 쪼가리로 불을 좀 피우고 말야.” 그는 죽은 토끼를 쳐다 보았다. “토끼처럼 요리하기 쉬운 것도 없지.” 그가 말했다. 그는 등허리쪽의 가죽을 쳐들고 구멍에다 손가락을 집어넣더니 가죽을 쭉 잡아 뜯었다. 가죽은 마치 양말처럼 벗겨져 목 부분까지 내려왔다. 다음에는 다리에서 발목까지 벗겼다. 조우드는 다시 칼을 들고 머리와 다리를 잘라냈다. 가죽을 내려놓고 갈비를 주욱 찢어 내장을 가죽 위에 떨어냈다. 그리고 지저분한 것은 몽땅 풀밭에다 던져 버렸다. 이제 깨끗한 살덩어리만 남은 셈이었다. 조우드는 다리를 썰어내고 등심살을 두 쪽으로 갈랐다. 케이시가 철사 꾸러미를 찾아 가지고 나오자 조우드는 두 번째 토끼를 집어 들었다. “자, 불을 좀 피우고 고기를 얹읍시다. 이놈의 배는 왜 이렇게도 고픈고!” 그는 또 한 마리의 토끼를 깨끗이 씻어 고기를 발라내고 철사에 걸었다. 뮤리와 케이시는 짜부라진 집의 한쪽 구석에서 판자 조각을 떼어내다가 불을 피우고 양쪽에다 철사를 걸 말뚝을 박았다.

뮤리가 조우드 쪽으로 돌아왔다. “그 토끼에 혹시 부스럼 같은 게 있나 잘좀 보라구.” 그가 말했다. “부스럼 달린 토끼 고기는 아주 질색이야.” 그는 호주머니에서 작은 보자기를 꺼내 현관 바닥에 깔았다.

조우드가 말했다. “이 녀석은 부스럼은 커녕 비단같이 깨끗한데. 그런데 말야, 자네 소금 좀 있나? 그리고 혹시 접시 같은 거 몇 개하고 텐트 같은 거 호주머니에 넣어 가지고 다니지 않나?" 그는 손에 소금을 쏟아 그것을 불 위에 걸린 고기 조각에다 뿌렸다.

불은 푸드득푸드득 타오르며 집채 위에 그림자를 던졌다. 바싹 마른 판자 조각이 바스락 소리를 내면서 탔다. 이제 하늘은 거의 깜깜했고 별들만 날카롭게 반짝이고 있었다. 회색 고양이가 곳간에서 야옹 소리를 지르며 불 쪽으로 뛰어오더니 불 가까이 다가와서는 갑자기 방향을 틀어 토끼 내장을 버려둔 쪽으로 달려갔다. 고양이는 열심히 씹고 삼키고 했다. 토끼 내장이 고양이 입에 걸려 대롱대롱 매달렸다.

케이시는 땅바닥에 앉아 불속에 나무를 지피고 있었다. 뜯긴 나무 판자 조각을 불속에 집어넣기도 하고 기다란 판자가 타들어 가면 끄트머리를 잡고 안으로 밀어넣기도 했다. 저녁 박쥐들이 들락거리는 것이 불빛 속에서 힐끗 보였다. 고양이는 쭈그리고 물러나 앉더니 입술을 핥으면서 얼굴과 볼의 수염을 쓰다듬었다.

조우드는 두 손으로 토끼 고기가 걸린 철사를 들고 불 쪽으로 왔다. "여보게, 뮤리, 한쪽을 잡게. 철사 끝을 그쪽 말뚝에다 걸어봐. 그래, 됐어! 인제 줄을 좀 팽팽하게 당겨. 불이 다 탈 때까지 기다려야 할 텐데 난 못 기다리겠는걸." 그는 철사를 팽팽하게 하더니 나무때기를 하나 집어다가 고기에 불이 잘 닿도록 쭉 밀었다. 불꽃이 펄럭이며 고기를 감싸고 타올랐다. 고기의 거죽이 단단해지면서 번들거렸다. 조우드는 불가에 앉아 나무때기를 가지고 고기를 이리저리 뒤적거렸다. 불에 달구어진 철사에서 자국이 남지 않도록 하려는 것이었다. "이건 걸직한 파티인걸." 그가 말했다. "소금도 물도 토끼 고기도 다 뮤리가 가져왔으니 말이야. 혹시 자네 호주머니 속에 옥수수가루 한 주먹 가지고 있지 않나 모르겠네. 그거만 있으면 아주 제대로 된 건데 말이야."

뮤리가 불 너머로 말했다. "당신들은 내가 이런 식으로 사는 걸 보고 좀 돌지 않았나 의심할 거야."

"돌았다구? 천만에." 조우드가 말했다. "만약 자네가 돌았다면 이 세상에 안 돈 사람은 하나도 없을 걸세."

"그런데 말이야, 참 이상한 일이지?" 뮤리가 말을 이었다. "그놈들이 날더러 철거하라고 하는 말을 들으니까 무언가 좀 이상한 생각이 들면서 내 자신이 좀 어떻게 달라지는 것 같더란 말이야. 우선 말이야, 아무데나 쳐들어가서 아무 놈이나 닥치는 대로 죽여 버리고 싶더라니까. 그런데 우리 식구들은 다 서부로 가버리고, 나만 혼자서 이렇게 방랑하고 있지 않나? 그저 이 근처만 왔다갔다하면서 멀리도 가지 않는 거야. 잠도 여태까지 여기서 잤고 오늘밤도 여기서 잘 거야. 지금도 잠자러 오는 길이었지. 그래서 나는 혼자 생각한다네. '내가 여기 남아서 이렇게 지키고 있어야 모든 사람들이 돌아왔을 때 모든 것이 다 제대로 돌아가겠지' 하고 말이야. 그러나 그건 사실이 아니라구. 사실이 아닌 것을 알았어. 여기서 내가 지키는 것도 돌보는 것도 아무것도 없다는 걸 말이야. 또 아무도 돌아오지 않을 거란 말이야. 괜히 나 혼자서 공동 묘지에 나타나는 귀신처럼 방랑하고 있는 거지."

"사람은 살던 곳에 정이 드는 법이잖나? 떠나기도 어려운 일이지." 케이시가 말했다. "또 자기가 가지고 있던 사고방식이 점점 고정되어 가니까 그걸 버린다는 것도 그리 쉬운 일은 아니라네. 나도 이젠 설교사가 아니네만 내가 늘 기도하고 있는 것이 아닌가 하는 생각이 들거든. 내가 현재 하고 있는 일에 대해서 구체적인 의식도 없이 말야."

조우드는 철사에 걸린 고기 조각을 뒤집어 놓았다. 이제 고기 기름이 한두어 방울씩 떨어졌다. 불속에 한 방울이 떨어질 때마다 불꽃이 후루룩 피어올랐다. 매끈한 고기 껍질이 오그라들면서 약간 갈색으로 눌었다. "냄새 좀 맡아 봐." 조우드가 말했다. "이렇게 꾸부리고 냄새만 좀 맡아 보라구!"

뮤리가 말을 이었다. "꼭 공동 묘지에 출몰하는 귀신처럼 말야, 나는 이 난리가 일어나고 있는 주변만 맴돌고 있다구. 우리 40에이커짜리 땅 옆에 그런 장소가 하나 있어. 물이 말라붙은 시내 속에 수풀이 하나 있단 말이야. 내가 처음으로 계집애하고 잔 데가 바로 거기였지. 열네 살

때였으니까 마치 숫사슴처럼 발을 구르고 뛰고 코를 골고 숫염소처럼 날뛰었지. 그래서 거기 땅바닥에 누워서 뒹굴다 보니 옛날에 있었던 일들이 하나하나 새삼스럽게 떠오르는 거야. 거긴 말야, 우리 아버지가 황소한테 찔려 죽은 곳간 바로 옆에 있는 골짜기야. 지금도 그 땅바닥에는 우리 아버지 피가 묻어있지. 틀림없이 묻어있을 거야. 아무도 그 피를 닦아낸 사람은 없었으니까, 여태까지. 그래 나는 그 땅바닥을 손으로 만져 보았지. 우리 아버지가 흘린 피가 그 일부분을 이루고 있는 땅이지." 그는 흥분해서 잠시 말을 멈췄다. "당신들은 나를 돌았다고 생각하겠지?"

조우드는 고기를 뒤적거렸다. 그의 눈은 깊은 생각에 잠겨 있었다. 케이시는 발을 쭈그려 세우고 불속을 응시하고 있었다. 사람들로부터 여남은 발치 뒤에 배가 불러진 고양이가 앉아 있었다. 기다란 회색 꼬리가 얌전하게 밀려 앞발 주위에 놓여 있었다. 큰 부엉이 한 마리가 머리 위를 날며 소리내어 울었다. 나무가 타는 불빛 아래쪽 하얀 부분과 위쪽 펄럭이는 불꽃이 환히 드러나 보였다.

"아니네, 뮤리." 케이시가 말했다. "자넨 고독한 거야. 사람이 이상해진 것은 아니네."

뮤리의 똘똘 뭉친 자그마한 얼굴은 야무졌다. "그 피가 아직 묻어 있는 그 땅에 나는 손을 얹어보았어. 그랬더니 아버지 가슴에 뚫린 구멍 속으로 아버지가 보이는 거야. 아버지는 바로 그 당시처럼 내 손에다 대고 몸을 떨더군. 그리고는 손발을 뻗고 도로 누워 버리는 것이 보이더라구. 흰자위만 보이던 상처투성이가 된 그 눈이 그렇게 조용히 누워 있으니까 점점 맑아지면서 위쪽을 쳐다보는 거야. 그리고 나는 조그만 꼬마니까 거기에 그냥 앉아서 울지도 않고 아무것도 안 하고 그냥 앉아 있었지." 그는 고개를 마구 흔들었다. 조우드는 고기를 자꾸 뒤집어 놓았다. "그리고 나서 나는 조우 녀석이 태어난 방에 들어갔네. 침대도 하나 없었지만 방은 방이었지. 모든 것이 그전 그대로더군. 바로 그 일이 있었던 그 자리였으니까. 조우가 바로 거기서 세상에 나온 거야. 녀석은 한

번 크게 헐떡거리더니 10리 밖 동네가 떠나가도록 큰소리를 내고 우는 거야. 어린애 할머니가 거기 섰다가 하는 말이 '옳다구나, 고추다. 야, 그놈 참 잘났다.' 같은 소리를 몇번이고 되풀이하더군. 애 할머니는 하도 기분이 좋아서 그날 밤 찻잔을 세 개나 깼지."

조우드가 목을 가다듬더니 말했다. "이제 그만 먹는 게 좋겠어."

"고기가 아주 물씬 익게 놔둬. 잘 익어서 아주 새까맣게 되도록 말야." 뮤리가 짜증스럽게 말했다. "난 얘기 좀 해야겠어. 그동안 아무하고도 얘기를 못 해보았단 말이야. 만약 내가 돌았으면 돌았지 뭐. 그럼 됐잖아? 한밤중에 이웃집에 넘어들어 가는 공동묘지의 귀신처럼 말야. 피터네 집이고 제이콥네 집이고 랜스네 집이고 조우드네 집이고 간에 말야. 집들은 모두 깜깜해서 꼭 형편없는 쥐 상자같이 서있었지. 하지만 그 안에서는 즐거운 모임도 있었고 무도회도 있었지. 집회도 있었고 열광적인 기도회도 있었고 말야. 집집마다 시집가고 장가가는 경사들을 치렀지. 그런데 나는 말야, 갑자기 도회지에 들어가서 사람들을 죽이고 싶어지더군. 그놈들은 선량한 사람들을 정든 땅에서 트랙터로 밀어붙이고 어떻게 하자는 거야? 그놈들 배를 채우면 그 배가 안전할 줄 알아? 그놈들은 우리 아버지를 땅바닥에서 죽게 하고 조우를 그런 데서 첫울음을 울게 하고 나로 하여금 한밤중에 수풀 속에서 염소처럼 날뛰게 하지 않았냐 말야. 그래 가지고 무얼 얻어먹자는 거야? 이 땅이 아무짝에도 못 쓴다는 것은 누구나 다 아는 사실이야. 지난 몇 해 동안 여기서 곡식을 거둔 사람은 아무도 없었어. 그런데 그 개새끼들이 사무실 책상에 앉아 주판만 놓으면서 사람들 목숨을 잘라 놓았잖아. 사람들 모가지를 댕강 잘라 놓은 거지 뭐야? 우리가 살고 있는 고장은 바로 우리들 자신이야. 짐을 잔뜩 쟁여 실은 짐차 위에 끼여 고독한 길바닥으로 쫓겨난 사람은 이미 제대로 사는 것이 아니라고. 이제 더 이상 산 목숨들이 아니라고. 그 개새끼들이 사람들을 그렇게 죽여 놓은 거야." 그는 말을 멈췄으나 그의 가느다란 입술은 아직도 씰룩거렸고 가슴은 두근거렸다. 그는 앉은 채로 불빛에 자기 손을 비추어 보았다. "나는 그동안 너무도 오래 사람들하고 얘기를 못 해보았어.” 그는 사과하듯 말했다. “늘 공동 묘지의 귀신처럼 숨어 다니기만 하느라고 말야.”

케이시가 기다란 판자들을 불속에 밀어넣었다. 불꽃이 판자때기를 핥으면서 고기 위로 다시 치솟았다. 서늘한 밤 공기가 목조 부분을 식혀 좀 오그라드는지 집채에서 삐걱거리는 소리가 크게 들려왔다. 케이시가 조용히 말했다. “나도 길바닥으로 쫓겨난 사람들을 만나 봐야겠군. 왜 그런지 꼭 만나 보아야 할 것 같아. 어떤 설교로써도 해줄 수 없는 무슨 도움이 필요할 거야. 그 사람들의 목숨은 죽은 거야. 그런 때 하느님의 희망이 다 무슨 소용이 있겠나? 자기들의 영혼이 침체해서 슬픈 사람들에게 성령이 무슨 뜻이 있겠어? 그저 무언가 한 가지라도 도움이 필요할 거야. 그 사람들은 죽을 수 있는 여유가 생길 때까지는 어떻게든지 살아야 한다고.”

조우드가 신경질적으로 소리쳤다. “제기랄, 이제 그만 먹자구. 이러다가는 이 토끼가 쥐새끼만해지겠는걸! 이거 좀 보아! 냄새 좀 맡아 보라고.” 그는 껑충 일어서더니 철사에 뀀 고기를 쭉 밀어서 불길이 닿지 않는 데로 옮겨 놓았다. 그는 뮤리의 칼을 들고 고기 한 덩어리를 썰어 철사에서 떼어 냈다. “자, 설교사님 거요.” 그가 말했다.

“이젠 설교사 아니라구 했잖나?”

“그럼, 이것은 그분에게.” 그는 또 한 조각을 떼어냈다. “자, 이건 뮤리, 자네 먹게. 먹지도 못할 만큼 화가 난 건 아니겠지. 이건 숫토끼로군. 불독 숫놈보다 더 세다는 놈이야.” 그는 물러나 앉아 긴 이로 고기를 물어 뜯었다. 한 조각을 크게 뜯어서 지근지근 씹었다. “아아, 이 바삭거리는 소리 좀 들어봐” 하면서 그는 또 한 입을 정신없이 뜯었다.

뮤리는 아직도 고기를 들고 앉아 쳐다 보고만 있었다. “내가 얘기를 그런 식으로 하지 않았어야 할 걸 그랬어.” 그가 입을 열었다. “그런 생각은 혼자만 머리속에 넣어 두어야 하는 건지도 몰라.”

케이시가 입에 고기를 한입 문채 건너다 보았다. 고기를 지근지근 씹다가 목구멍으로 넘길 때면 목줄기가 불룩거렸다. “아냐, 그런 건 얘기를 해야지." 그가 말했다. "고민이 있는 사람도 어쩌다가 이야기를 시원하게 해버리면 고민을 입 밖으로 털어내서 한결 후련해지는 법이지. 사람을 죽인 사람도 그 이야기를 털어 놓음으로써 다시는 살인을 안 하게 되듯이 말야. 여태까지 자네가 한 말은 다 옳았네. 하지만 되도록이면 사람을 해치지는 말게." 이렇게 말하고서 그는 토끼 고기를 또 한 점 뜯어 물었다. 조우드는 불속에 뼈다귀를 던지면서 일어나더니 철사에서 고기를 더 뜯어냈다. 이제 뮤리도 천천히 먹기 시작했다. 그의 신경질적인 눈이 두 사람을 번갈아 쳐다 보았다. 조우드는 마치 짐승처럼 얼굴을 찌푸리고 정신없이 먹고 있었다. 입가에는 고기 기름이 둥그렇게 원을 그리고 있었다.

뮤리는 한참 동안이나 그를 쳐다 보았다. 그러더니 고기를 들고 있던 손을 내리면서 초조한 빛으로 말했다. "여보게, 톰."

조우드는 그를 올려다 보면서도 계속 고기를 씹었다. "응?" 그의 불룩한 입에서 겨우 대답이 나왔다.

"톰, 자네는 내가 사람 죽이겠다는 말을 꺼내서 기분 나쁘게 생각한 건 아니지? 설마 내 말에 화가 나지는 않았겠지?"

"천만에." 조우드가 말했다. "내가 왜 화를 내? 그건 다 옛날에 한번 지나간 일에 불과한 거야."

"자네가 잘못한 것이 아니라는 건 누구나 다 아는 사실이야." 뮤리가 말했다. "턴불 영감은 자네가 나오기만 하면 죽여버리겠다고 벼르고 있었지. 어느 놈이 자기 아들을 감히 죽였냐고 말야. 하지만 동네 사람들이 다 나서서 그러지 말라고 간신히 타일렀다네."

"우린 취중이었어." 조우드가 가볍게 말했다. "춤을 추다가 취해 버렸지. 어떻게 해서 싸움이 시작되었는지 모르지만 갑자기 칼이 들어오지 않겠나? 술이 번쩍 깨더군. 정신을 차리고 쳐다 보니까 허브란 놈이 칼을 들이대고 두 번째로 달려드는 거야. 그 학교 벽에 공교롭게도 그놈의 삽이 서있더라고. 그래, 냉큼 그것을 움켜쥐고 다짜고짜로 그 녀석의 대갈통을 부숴버렸지. 허브 녀석 하고는 그전에 아무 감정도 없었어. 아주 좋은 놈이었지 않나? 꼬마 때부터 내 여동생 로자샤안 꽁무니만 따라다 녔지. 난 그 녀석을 참 좋아했다구."

"동네 사람들이 다 그런 얘기를 허브네 아버지한테 해주고 해서 나중에는 진정을 시켰어. 누가 그러는데 말야, 턴불 영감의 모계 쪽으로 해트필드〔옛날 서버지니아의 한 가문으로 켄터키 주의 마코이 가문과 1880년 이래 원수가 되어 살해 사건을 되풀이했다〕의 피가 섞였다나봐. 그래서 그 피를 더럽히지 않고 살아야 한다나? 난 그런 거 다 모르는 얘기지만 말야. 좌우간 그 영감은 가족들을 다 데리고 한 반년 전에 캘리포니아로 가버렸지."

조우드는 철사로부터 마지막 남은 토끼 고기를 뜯어 두 사람에게 돌렸다. 그는 뒤로 물러 앉아서 이젠 여유 있게 먹고 있었다. 천천히 씹으면서 입가에 묻은 기름을 소매로 훔쳐 냈다. 반쯤 감긴 그의 시커먼 눈은 꺼져가는 불을 들여다 보며 생각에 잠겼다. "다들 서부로 가는군." 그가 말했다. "나는 가출옥이니까 여러 가지 까다로운 걸 지켜야 돼. 우리 주에서 떠나지 못해."

"가출옥?" 그가 물었다. "나도 그런 소리 들어본 적은 있어. 그게 어떻게 되는 거지?"

"좀 일찍 나온 거야. 3년 일찍. 그래서 꼭 지켜야 할 조건들이 있어. 지키지 않으면 도로 끌려가야 해. 그리고 또 가끔씩 출두해서 신고를 해야 돼."

"그래, 맥 알레스터 형무소에서는 어떻게 지냈나? 우리 여편네 사촌 오빠도 그 형무소에 있었는데 아주 죽을 뻔했나 보던데."

"아냐, 그렇게 나쁘진 않았어." 조우드가 말했다. "다른 데하고 그렇게 차이도 없어. 그야 물론 일을 저지르거나 얌전하게 굴지 않았다가는 곤욕을 치르기도 하지만 말야. 간수들한테 잘못 걸려 들지만 않으면 아무 일 없이 지낼 수 있어. 한번 걸렸다 하면 죽어나지. 나는 별일 없이 지냈다구. 그저 보통 사람들처럼 내 할 일만 얌전하게 한 거야. 글 쓰는 것도 제법 배우고 말야. 글만 쓰는 게 아니라 새 같은 것도 그렸지. 연필로 한번 쓱 갈겨서 새를 멋지게 그려내는 걸 보면 우리 아버지는 아마 몹시 싫어할 거야. 그런 거 하는 걸 보면 그 영감 꽤나 노발대발할걸. 글 쓰는 것도 싫어하는 데야 뭐, 말 다했지. 글 쓰는 걸 보면 좀 겁이 나는 모양이야. 누구든지 우리 아버지 앞에서 글을 쓰다가는 영락없이 한바탕 얻어맞는단 말이야."

"형무소 놈들이 사람을 때리거나 뭐 그러지는 않던가?"

"아냐, 난 그저 내 할 일만 하고 있었지. 물론 4년 동안이나 똑같은 일만 되풀이하다 보면 지루하고 짜증도 나지만 말야. 무언가 부끄러운 일을 하고 그런 데를 들어온 사람은 좀 반성도 하게 될 거야. 하지만 나는 지금이라도 허브 턴불 녀석이 칼을 들고 나한테 대든다면 같은 삽으로 또 한번 대가리를 부숴 버릴 거야."

"그야 누구든 그렇지." 뮤리가 말했다. 설교사는 불속을 응시하고 있었다. 그의 높은 이마가 어둠 속에서 하얗게 드러나 보였다. 작은 불꽃들이 펄럭거리면서 그의 목줄기 힘줄을 비추었다. 무릎을 얼싸안고 있는 그의 손은 손가락을 하나하나 잡아당기면서 뚝뚝 소리를 내고 있었다.

조우드는 마지막으로 뜯은 뼈다귀를 불속에 던져 넣고 혓바닥으로 손가락을 핥더니 손을 바짓가랑이에 쓱쓱 닦았다. 그는 벌떡 일어나서 현관 바닥에 놓아둔 물병을 가져다가 조금만 마시고는 두 사람에게 돌리고 다시 앉았다. 그가 말을 계속했다. "무엇보다 제일 괴로운 건 말야, 그게 도시 무슨 뜻이 있는 일인지, 왜 그렇게 해야 하는 건지를 모르겠단 말야. 전혀 무의미한 것 같애. 가령 번개가 쳐서 황소가 쓰러지거나 물난리가 나거나 하면 무엇 때문에 그런 일이 일어나는지 그 의미를 따질 사람은 없지 않나. 똑같은 얘기라고. 사람들이 우르르 몰려와서 멀쩡한 사람을 잡아다가 4년씩이나 가두어 두겠다면 그래도 무언가 뜻이 있어야 할 게 아닌가? 사람이란 일을 생각해 내고 꾸며 내는 동물인가봐. 나를 4년씩이나 붙들어다 놓고 가두어 먹였거든? 그랬으면 그런 짓을 또 하다가는 처벌을 받을 테니 그것이 무서워서라도 내가 다시는 그런 짓을 못하게끔 만들어 놓아야 할 거 아냐?" 그는 잠시 멈추더니 다시 말을 이었다. "그런데 만약 허브나 다른 놈이 또 대들면 나는 지금이라도 똑같은 짓을 할 거거든. 앞뒤를 가리기도 전에 해치울 거라구. 더군다나 술이나 한잔 들어가면 말야. 그런 무의미한 짓을 당하고 있다는 게 괴롭지 무언가.”

뮤리가 말했다. “재판관이 그래도 가벼운 언도를 내린 것은 자네가 전적으로 잘못한 것이 아니니까 그랬겠지.”

조우드가 대답했다. “맥 알레스터 감옥에 한 친구가 있었는데, 그 친구는 종신형이야. 늘 공부만 하고 있는 사람인데 소장의 비서격이었어. 소장의 편지도 써주고 뭐든지 그런 서류 심부름을 하는 거야. 머리도 굉장히 좋고 늘 법률 서적 같은 것만 읽고 있어. 하도 법률을 잘 아는 것 같아서 한 번은 내가 말을 걸었지. 그랬더니 그런 책 나부랑이를 아무리 읽어 보았자 다 소용없다는 거야. 자기는 옛날부터 그때까지 형무소에 관한 책이란 책은 모조리 다 읽어 보았는데, 처음에 한두어 가지 읽을 때보다 읽으면 읽을수록 더 무의미해진다는 거야. 이 형무소 제도라는 것은 이제 도저히 개선할 수 없을 정도로 타락하고 있어서, 아무도 그것을 막을 수도 없고 어떻게 시정하거나 좀더 합리적인 것으로 만들 수도 없게까지 되어버렸다는 거지. 그러니 제발 법률에 관한 서적 나부랑이는 읽지 말라고 신신당부를 하는 거야. 그런 거나 읽다가는 점점 더 머리만 뒤죽박죽이 될 뿐더러 정부에서 일하는 놈들에 대해 존경심만 없어지게 된다는 거지.”

“나야 지금도 그런 놈들을 눈곱만치도 존경하지 않으니까.” 뮤리가 말했다. “우리가 가지고 있는 유일한 정부가 한다는 짓이란 그저 우리 농사꾼들한테 기대서 그 ‘빠듯한 이윤’이나 뜯으려는 것뿐이거든. 그런데 말야, 어떻게 생각해야 할지 알 수 없는 일이 한 가지 있더군. 불도저를 몰고 왔던 그 윌리 필리란 놈 말야. 자기 같은 농사꾼들이 뼈빠지게 갈아오던 이 땅위에서 마치 허수아비 왕초처럼 군림하려고 들더란 말야. 그건 암만 생각해도 모르겠더군. 다른 고장에서 온 놈이 그런다면 그럴 수도 있겠다지만 윌리는 바로 여기 토박이가 아닌가. 하도 이상해서 내가 달려갔지. 달려가서 너 왜 그러느냐고 했더니 화를 발끈 내는 거야.

그 녀석 말이, '나 애새끼가 둘씩이나 있고 여편네에다 장모까지 있어, 왜 이래? 먹고 살아야 할 게 아냐?' 하면서 펄펄 뛰는 거야. '뭐니뭐니 해도 우선 내 처자 생각부터 해야지 어쩌겠나? 다른 사람들이야 어떻게 하든 그건 자기들이 알아서 할 일이구.' 그러면서 녀석은 마음 한 구석에 좀 부끄러운 생각이 들어서 그랬는지 더 화를 내는 것 같더군."

짐 케이시는 까막까막 죽어가는 불을 응시하고 있었다. 그의 눈동자는 더 커졌고 목줄기의 힘살이 더 높아졌다. 갑자기 그가 소리를 질렀다. "알겠다! 사람한테 털끝만치라도 영혼이라는 것이 있다면 나한테도 있겠지! 번갯불처럼 머리에 떠오르는구나!" 그는 벌떡 일어서서 고개를 끄덕이며 앞뒤로 왔다갔다 했다. "한때는 내가 천막을 치고 매일 밤 5백 명씩 사람을 끌어들이기도 했었지. 자네들은 나를 만나지도 못했던 때야." 그는 말을 멈추고 두 사람 쪽을 바라보았다. "자네들, 내가 이 지방에서 곳간이고 들판이고 아무데서나 설교를 할 때 내가 성금 걷는 것 본 일 있나?"

"그거 정말 안 거두시더군요." 뮤리가 말했다. "이 고장 사람들은 성금을 안 내는 것이 버릇이 되어서 으레 그런 것인 줄로만 알기 때문에 다른 데서 설교사가 와서 모자를 돌리거나 하면 좀 화를 내기도 하지요. 정말 그래요."

"나도 먹는 것은 좀 얻어 먹었지." 케이시가 말했다. 양복 바지가 다 떨어지면 바지도 얻어 입고, 여기저기 돌아다니다 보면 헌 구두도 한 켤레씩 얻어 신었지. 하지만 내가 천막을 치고 있을 때는 그렇지 않았다구. 어떤 날은 말야, 재수가 좋으면 10달러고 20달러고 막 들어왔으니까. 그렇게 하다 보니까 별로 기분이 좋지 않더군. 그래서 집어 치웠지. 그랬더니 오히려 한동안은 기분이 개운하더군. 이제 그게 왜그랬는지 조금 알 것 같아. 내가 그걸 말로 표현할 수 있을지 어쩔지는 몰라도, 여하튼 꼭 그걸 설명할 것까지도 없지만 말야. 설교사에게도 어떤 타고난 자질 같은 것이 있는지 모르지만 어쩌면 설교를 다시 할 수 있을 것도 같군. 길바닥에 쓸쓸히 내팽개쳐진 사람들, 땅도 없고 돌아갈 집도 없는 사람들. 그 사람들도 어떤 집이 있어야 하지 않겠나? 어쩌면……."

그는 불 위로 일어섰다. 그의 목줄기 힘줄들이 마치 조각처럼 불끈 솟아올랐고 불빛이 그의 눈동자 깊숙이 박혀서 빨간 불꽃을 사르고 있었다. 그는 선 채로 불만 내려다 보고 있었다. 그의 얼굴은 마치 무엇에 귀를 기울이듯 긴장해 있었다. 무언가 생각을 찾아 가다듬고 설명하려고 휘적거리던 그의 손이 잠잠해지더니 이윽고 호주머니 속으로 기어들어 갔다. 박쥐들이 푸드덕거리며 불 있는 데를 들락거렸고 물결처럼 부드러운 매의 울음 소리가 들판 저쪽에서 들려왔다.

톰은 가만히 호주머니에 손을 넣어서 담배 쌈지를 꺼내 담배 한 대를 천천히 말았다. 그는 담배를 말면서 줄곧 불 쪽으로만 시선을 보내고 있었다. 그는 설교사가 떠드는 말은 전혀 무시하고 있었다. 그런 건 주의해서 들을 필요도 없는 그 사람의 사생활에 관한 것이려니 해서 거들떠 보지도 않고 있다가 입을 열었다. "나는 감방에서 말야, 매일 밤 그런 생각을 했어. 내가 집에 돌아갈 때에는 모든 것이 어떻게 달라져 있을까 하고. 어쩌면 할아버지 할머니는 돌아가시고 새로 난 꼬마들이 있겠지. 아마 아버지도 그전같이 거칠지는 않을 거구, 어머니도 이제는 뒷전에 물러나서 주로 집안일은 로자샤안이 하겠지 하고 말야. 적어도 모든 것이 그전 같지는 않을 것 같더군. 자, 오늘은 여기서 자야지 별수 없겠군. 날이 밝으면 바로 존 삼촌네 집으로 떠나야지. 여하튼 가봐야지. 당신도 같이 가시지 그래요, 케이시 아저씨?"

설교사는 아직도 불속만 내려다 보고 있었다. 그가 천천히 입을 열었다. "그래, 나도 같이 가겠어. 그리고 자네 가족들이 길을 떠나면 나도 같이 따라가겠어. 사람들이 길바닥에 있으면 나도 그들과 같이 길바닥에 있어야지."

"그것 참 잘됐어요. 어머니는 언제나 당신을 좋아하더군요. 당신은 믿을 수 있는 설교사라는 거예요. 로자샤안은 그때는 아직 어렸지요." 하더니 그는 고개를 돌렸다. "뮤리, 자네도 우리하고 같이 안 가겠나?" 뮤리는 그들이 걸어왔던 길 쪽으로 시선을 보내고 있었다.

"같이 가볼 생각이 있나, 뮤리?" 조우드가 거듭 물었다.

"흥, 난 관두겠어. 난 아무데도 안 갈래. 갈 데도 없구. 저기 올라갔다 내려갔다 하는 불 좀 보라구. 저건 아마 이 목화밭의 감독관일 거야. 누군가가 아마 우리가 피운 이 불을 본 모양이군."

톰은 그쪽을 보았다. 불빛이 언덕 너머 이쪽을 향해서 가까워 오고 있었다. "우리가 뭐 해로운 일 한 건 없잖아?" 그가 말했다. "그냥 여기에 이렇게 앉아서 아무 짓도 안 했잖아?"

뮤리가 킬킬거리며 웃었다. "아냐, 우린 여기에 있기만 해도 안 되는 거라구. 남의 토지에 침입한 거니까. 우린 이렇게 앉아 있을 수 없어. 그놈들은 나를 잡으려고 두 달 동안이나 기를 썼단 말야. 자, 저기 보게. 만약 저게 이쪽으로 오는 자동차일 것 같으면 우린 얼른 목화밭에 들어가서 숨어야 해. 멀리까지 갈 건 없어. 그리고 그놈들이 찾는 꼴을 좀 보자구. 밭이랑마다 하나하나 다 찾아야 하겠지. 그래도 상관없으니까 그냥 고개만 숙이고 있으면 돼."

조우드가 물었다. "이 사람아, 뮤리, 자네 어떻게 된 거야? 숨바꼭질 같은 건 아예 안 했었잖아. 자네는 아주 거칠었거든."

뮤리는 다가오는 불빛을 지켜 보았다. "그래, 늑대만큼이나 거칠었지." 그가 말했다. "난 늑대만큼이나 거칠었어. 하지만 이제는 족제비로 승격했다네. 자네가 사냥꾼의 입장이 될 때면 자네는 강한 거야. 아무도 손대지 못하거든. 하지만 사냥을 당해야 할 때는 얘기가 달라지는 거야. 무언가 변화가 오지. 즉 약해지는 거야. 사나운 성질은 남았을지 몰라도 역시 약해질 수밖에 없어. 내가 사냥감으로 쫓기고 있는 지도 꽤 오래됐어. 나는 이제 사냥꾼이 아니라네. 어둠 속에서 한 놈쯤 쏘아 죽일 수 있을진 몰라도 울타리 말뚝을 뽑아 들고 사람 대가리를 후려치지는 못하게 됐어. 내 자신에게나 자네에게나 쓸데없는 짓을 해보일 필요가 없는 거야. 바로 그런 거야."

"그럼, 자넨 어서 가서 숨게." 조우드가 말했다. "나하고 케이시하고 저 새끼들한테 몇 마디 해줄 테니." 불빛은 많이 가까워졌다. 하늘 속을

비췄다가 사라지고 사라졌다가는 다시 솟아올랐다. 세 사람이 다 지켜보
았다.

　뮤리가 말했다. "사냥을 당한다는 것에는 또 한 가지 문제가 있어. 그
모든 위험성에 대해서 생각을 해야 하거든. 사냥을 하는 입장이라면 그
런 건 생각할 필요도 없고 무서워할 것도 없지. 자네가 말했듯이 만약
자네도 무슨 문제가 일어나면 다시 맥 알레스터로 되돌아가서 나머지 형
기를 마쳐야 한다며?"

　"그렇다나 봐." 조우드가 말했다. "나올 때 들은 얘기였어. 하지만 여
기에 이렇게 앉아서 땅바닥에서 잠자는 게 무슨 문제가 되는 건 아니잖
나? 아무런 잘못된 일도 아닐 테고, 술에 취해서 난동을 부리거나 하는
것과는 다르지 않나?"

　뮤리가 웃었다. "두고 보면 알 걸세. 여기 가만히 앉아 있으면 저 차
가 올 걸세. 아마 윌리 필리일지도 몰라. 그놈은 지금 보안관보가 되어
있지. '왜 이렇게 남의 땅에 무단 침입하고 있는 거야?' 아마 그 녀석이
그럴 걸세. 자네도 알겠지만 그 녀석 원래 아무것도 아닌 것이 되게 뻐
기는 놈이잖아? 그럼 자네는 그럴 거야. '그런데 자네가 무슨 상관이
야?' 윌리 녀석이 발끈하면서 대들거라구. '당장 나가라구. 안 나가면
잡아넣어 버릴 테니.' 그러면 자네도 필리 같은 놈한테 밀려나지는 않으
려고 할 테지, 그 허세쟁이 같은 놈한테 말야. 녀석은 어차피 허세를 뒤
집어 썼으니 그것을 밀고 나가지 않을 수 없을 텐데. 자네가 자네대로
네까짓 게 무어냐고 맞서 보았자 무슨 소용이 있겠나? 그저 목화밭에 들
어가서 찾아보라고 하는 편이 훨씬 편하다니까. 또 재미도 있지. 그놈들
이 씩씩거리고 왔다갔다하지만 무슨 도리가 있어야지. 나중에 나와 보면
우습기도 하고 재미있기도 하지. 하지만 윌리나 다른 윌리 웃대가리한테
자네가 대들어 보게. 그러다가 주먹이라도 한 대 올려 붙였다가는 자넨
곧장 붙잡혀 맥 알레스터로 직행해서 3년감이라구."

　"자네 말이 일리가 있네." 조우드가 말했다. "자네 말이 다 옳으이.
하지만 나는 어느 놈한테라도 쫓겨 다니고 싶진 않은데! 차라리 그 자식

을 한 대 쥐어박아 주었으면 시원하겠단 말이야."

"녀석은 총을 갖고 있다네." 뮤리가 말했다. "권총을 쏠 거야, 보안관 보니까. 그렇게 되다 보면 녀석이 자네를 죽이거나 아니면 자네가 그 권총을 빼앗아 그놈을 죽이거나 둘 중의 하나지. 자, 따라오게, 톰. 그저 숨어서 그놈들을 놀리고 있거니 생각하면 되네. 가보면 알아. 잘했다는 생각이 들 거라구." 이제 환한 불빛이 하늘로 비쳤고 자동차 모터 소리가 고른 간격을 두고 으르렁거렸다. "자, 따라오라니깐 그래, 톰. 멀리까지 갈 필요는 없어. 밭이랑을 한 열너댓 개만 들어가면 돼. 그래야 그놈들이 하는 짓도 다 볼 수가 있어."

톰이 딛고 일어섰다. "제기랄, 자네 말이 옳으네!" 그가 말했다. "어딜 가나 이 세상 천지에서 내가 당해 낼 수 있는 놈은 없구나."

"자, 그럼 이쪽으로 따라오게." 뮤리는 집 주위를 한 바퀴 돌아 목화밭 속으로 한 50야드쯤 걸어들어 갔다. "이만하면 됐어." 그가 말했다.

"자, 쭉 깔고 엎드려. 그놈들이 조명을 비추거든 고개만 숙이고 있으면 되는 거야. 해보라구. 재미가 있을 테니." 세 남자는 모두 쭉 뻗고 엎드려서 팔꿈치에 몸을 얹었다. 뮤리가 갑자기 일어나더니 집 쪽으로 달려갔다. 조금 있으니까 돌아오면서 그는 저고리와 신발 같은 것을 한 뭉치 내려놓았다. "그놈들이 우리를 못 찾으면 화가 나서 이거라도 들고 가버릴 것 같아서 말야." 그가 말했다. 불빛이 하늘 꼭대기까지 올라갔다가 집채 위에 내려앉았다.

조우드가 물었다. "그놈들이 혹시 여기까지 나와서 플래시를 들고 찾지 않을까? 그럴 줄 알았으면 막대기라도 하나 가져오는 건데."

뮤리가 킬킬거렸다. "그렇지 않을 거야. 아까도 말했지만 나는 이제 족제비가 다 되었다니까 그래. 하룻밤은 윌리 녀석이 그렇게 하길래 내가 말뚝을 가지고 뒤에서 그놈을 한대 갈겼지. 아주 묵사발을 만들어 놓았다고. 그랬더니 나중에 그놈은 다섯 놈한테 습격을 당했다며 말하고 다니더라니까."

자동차가 집까지 다가와 조명등을 찰칵 켜댔다. "엎드려!" 하고 뮤리가 말했다. 하얀 불빛이 싸늘하게 머리 위를 스치며 목화밭을 지나갔다. 숨어있는 사람들은 아무것도 볼 수 없었지만 자동차 문이 닫히면서 뭐라고 수군거리는 목소리는 들을 수 있었다.

"그놈들도 불빛 속에 몸을 노출시키는 것을 무서워한다고." 뮤리가 속삭였다. "한두어 번 내가 저 헤드라이트 쪽을 겨누고 총을 쏘아 주었더니 그 다음부터는 윌리도 조심을 하더라구. 게다가 오늘밤은 웬 놈을 데리고 왔군 그래." 판자 위를 밟는 소리가 들려왔다. 그러더니 집채 안으로부터 플래시 불빛이 새어 나오는 것이 보였다. "집 쪽으로 한 방 쏘아 줄까?" 뮤리가 속삭였다. "총알이 어느 쪽에서 날아왔는지 알 게 뭐야? 그놈들한테 무언가 좀 생각해 볼 숙제를 하나 주자구"

"그래 어디 해봐." 조우드가 말했다.

"하지 마." 케이시가 속삭였다. "그래 봤자 무슨 소용이 있겠나? 낭비에 불과해. 뭐든지 할 만한 일을 해야지."

뭔가 부스럭거리는 소리가 집 쪽에서 들려왔다. "불을 끄고 있군." 뮤리가 소곤거렸다.

"불 위에다 흙을 끼얹고 있어." 자동차 문이 찰칵 소리를 냈다. 자동차의 헤드라이트가 한 바퀴 휙 돌더니 다시 길 쪽을 향했다. "자, 엎드려!" 뮤리가 말했다. 그들은 고개를 떨구었고 불빛이 그들의 머리 위를 지나 목화밭을 이리저리 훑어갔다. 그러더니 차는 발동을 걸고 미끄러지듯 언덕 위로 올라서더니 이내 사라졌다.

뮤리가 일어나 앉았다. "윌리 녀석은 언제나 저 마지막 조명을 한 번씩 비춰 보는 습관이 있어. 하도 여러 번 보아서 시간을 맞출 수도 있지. 그놈은 아직도 제게 꾀가 있다고 생각할 거야."

케이시가 말했다. "그놈들은 몇 사람을 집 안에 매복시켜 두었을지도 몰라. 우리가 돌아가면 붙잡으려고 말야."

"그럴지도 알 수 없죠. 당신들은 여기서 기다려요. 나는 이 게임엔 이골이 났으니까." 그는 조용히 걸어갔다. 그의 발치에서 흙덩어리 밟히는 소리만이 살짝 들려왔다. 남은 두 사람이 귀를 세웠으나 아무 소리도 안 들렸다. 얼마 뒤에 뮤리가 집에서 불러댔다. "아무도 없어! 돌아와!" 케이시와 조우드는 몸을 일으켜 시커먼 그림자인 양 서있는 집채 쪽으로 걸어갔다. 뮤리는 아직도 뭉게뭉게 피어 오르고 있는 불피웠던 자리 근처에서 두 사람과 마주쳤다. "그놈들이 사람까지 남겨 두지는 못할 거라고 생각했어." 그는 자못 자신이 있다는 듯 말했다. "윌리란 놈이 나한테 한 번 얼어맞고 라이트에 한두 번 총격도 받고 하더니 그놈도 되게 조심하기 시작했거든. 누가 그러는지 그놈들은 아직도 모르고 있어. 그놈들한테 내가 잡힐 것 같애? 난 집 근처에서는 안 잔다구. 당신들이 따라오겠다면 내 침실을 안내하지. 아무도 얼씬거리지 못하는 곳이야."

"어디 가보세." 조우드가 말했다. "따라가지. 제기랄, 내 집에서 내가 남의 눈에 띌까 숨어야 할 줄은 꿈에도 몰랐지."

뮤리는 목화밭을 가로질러 걸어갔다. 조우드와 케이시는 그의 뒤를 따랐다. 걸어가면서 그들은 목화나무를 발길로 걷어찼다. "자네도 숨어야 할 일이 많이 있을지 모르지." 뮤리가 말했다. 그들은 한 줄로 서서 목화밭을 가로질렀고, 도랑까지 와서야 바닥에 내려섰다.

"어렵쇼, 이건 나도 아는 데군." 조우드가 외쳤다. "둑 속에 있는 굴이지?"

"그래. 그런데 어떻게 알지?"

"내가 판 거라구." 조우드가 말했다. "나하고 우리 형 노아하고 둘이서 판 거야. 금을 파내겠다고 떠들면서 말야. 하지만 개구쟁이들이 누구나 그렇듯이 우리도 그저 굴을 파본 것뿐이었지." 도랑 옆 둑은 이제 그들의 머리보다 높았다. "인제 거의 다 왔을걸?" 조우드가 말했다. "옛날 기억이 눈에 선하군."

뮤리가 말했다. "나는 그 굴에다 말야, 풀을 입혔어. 아무도 못 찾을 거야." 도랑의 바닥은 편평했고 모래가 깔려 있었다.

조우드는 모래 바닥에 주저앉았다. "나는 굴속에서 자는 것보다 바로 여기에서 자야겠어." 그는 저고리를 똘똘 말아 머리 밑에 받쳤다.

뮤리는 풀로 만든 덮개를 열고 굴속으로 기어들어 갔다. "나는 이 안이 참 편해. 여기 있으면 어느 놈도 못 들어올 거야." 그가 소리쳤다.

짐 케이시는 조우드 옆의 모래 바닥 위에 앉았다. "잠 좀 자야지요. 날만 새면 바로 존 삼촌네 집으로 떠납시다." 조우드가 말했다.

"나는 안 자겠네. 생각할 일이 너무 많아서." 케이시가 말했다. 그는 두 다리를 쭈그려 세우고 팔로 휘감더니 고개를 뒤로 치켜들어 뾰족뾰족한 별들을 올려다 보았다. 그들은 말이 없었다. 이윽고 땅에서, 구멍 속에서, 흙더미 속에서, 그리고 수풀 속에서 사는 생명들의 움직임이 시작되었다. 땅쥐들이 설쳐댔고 토끼들이 풀 속을 기어 다녔으며 생쥐들이 흙더미 위를 뛰어다녔다. 먹이를 찾는 날짐승들이 머리 위를 소리 없이 날아다녔다.

제 7 장

도회지마다 도시 변두리마다, 그리고 들판에도 공터에도 중고 차량 시장에도 폐차장에도 주차장에도 과대 선전에 열을 올리는 간판들이 즐비했다. 중고차, 신품과 같음. 특가 판매, 트레일러 3대 포함. 27년형 포드, 깨끗함. 검사필 차량 보증함. 라디오 무료 증정. 휘발유 백 갈론 무료 서비스. 관람 자유. 중고차, 수리비 일체 불필요.

공터에 집 한 채. 집은 책상과 의자가 하나 들어갈 만한 크기이고 책상에는 여행 안내서가 있을 뿐, 계약서 뭉치를 철한 다발이 한쪽 모서리가 꺾인 채 클립으로 묶여 있다. 그리고 아직 쓰지 않은 깨끗한 계약서 용지가 쌓여 있다. 만년필도 있다. 만년필에는 잉크를 반드시 채워 두어야 한다. 잉크가 줄줄 잘 나와야 하기 때문이다. 잉크가 안 나와 계약을 한 번 놓친 일도 있다.

저쪽에 있는 개새끼들은 사지는 않고 구경만 하고 있다. 오나가나 자동차 시장에는 그런 놈들이 들끓는다. 순전히 구경꾼들이다. 그들은 구경하는 데에만 시간을 다 보낸다. 아무 차도 살 의사가 없으면서 약만 올리고 시간만 빼앗는다. 남의 시간 빼앗는 것쯤 아무렇지도 않다는 식이다. 또 저 쪽에 있는 저 두 사람, 아니 그 저쪽의 아이들하고 같이 있는 사람들, 그 사람들을 차에 태우라고. 한 2백달러쯤 불렀다가 조금씩 깎아주면 되지. 1백 25달러 정도면 살 것 같애. 차에 태워 놓고 마구 흔들어 주라구, 아주 고물차에 말야. 그런 사람한테는 고물차를 뒤집어 씌워야 해. 우리 시간을 다 빼앗은 사람들이니까.

셔츠 소매를 말아올린 경영주들. 그리고 지독하게도 조그만 눈으로 사람들의 빈틈을 열심히 찾고 있는 깔끔한 판매원들.

저 여자 얼굴 좀 보라고. 저 여자가 사고 싶어만 한다면 우리가 달려들어서 저 여자를 데리고 온 영감을 쥐어짜 낼 수 있을 것이다. 저 캐딜락부터 시작해. 그러다가 점점 26년형 뷔크까지 내려갈 수 있지. 만약 뷔크부터 시작했다가는 그 사람들이 포드를 찾을 테니까. 소매를 걷어붙이고 어서 시작해. 언제까지 이러고만 있을 수는 없는 일이다. 저 사람들한테 냇쉬를 보여주게. 그러면 그 사이에 나는 바람이 조금씩 빠지고 있는 저 25년형 닷지에다 펌프질이나 해놓을 테니. 내가 준비가 다 되면 찬송가라도 불러서 신호를 보내지.

자동차를 하나 보러 오셨지요? 저희 집에서는 손님들한테 쓸데없는 소리는 안 합니다. 물론 이 차는 시트 방석 손질이 안 돼 있습니다. 하지만 좌석의 쿠션이 안 좋다고 해서 차가 뒤집히지는 않으니까요.

질서정연하게 늘어선 자동차들. 하나같이 코가 앞쪽을 가리키고 있다. 코빼기에 녹이 슨 차, 타이어가 납작한 차들이 한자리에 도열하고 있다.

저 차를 한번 보여 드릴까요? 그야 어렵지 않죠. 어디 그놈을 저 줄에서 끌어내 드릴 테니 보십쇼.

손님들에게 미안한 기분이 들도록 하라. 그들이 네 시간을 소비하도록 하면 된다. 우리들의 귀중한 시간을 빼앗고 있다는 사실을 그들이 느끼게 해야 한다. 이런 데에 오는 사람들은 대개가 괜찮은 사람들이다. 그들은 남한테 폐 끼치기를 싫어한다. 그런 사람들한테 폐를 끼치도록 만들어야 한다. 폐를 끼치게 해놓고 그 자를 뒤집어 씌우는 것이다.

자동차들의 사열식이다. T형〔1909년에 시판되기 시작한 포드 회사 제품의 대중차〕차들이다. 차대가 높고 지저분하다. 삐걱거리는 바퀴, 다 닳아빠진 핸들을 단 뷔크, 냇쉬, 드소로 등등이다.

어서 오십쇼. 네, 네, 22년형 닷지지요. 닷지 회사 제품치고는 최고입니다. 절대로 고장이 없거든요. 저압입죠. 고압으로 하면 처음 얼마 동안은 잘 나갈지 모르지만 금속이 녹아버리거든요. 프리머스, 로큰, 스타, 얼마든지 있습니다.

어럽쇼, 저 어퍼슨은 어디서 굴러 왔지? 아칸소에서 왔나? 또 찰머즈하고 챈들러도 못 보던 건데? 한참 동안이나 생산이 안 되었었는데 우리가 언제 자동차를 팔았나? 그저 덜커덩덜커덩 굴러다니는 고철덩어리나 팔아 먹었지. 알 게 뭐야, 쓰레기차를 찾아라. 25달러나 30달러 이상인 것은 소용없다. 그렇게 사도 50에서 75달러는 받을 수 있다. 그만 하면 수지가 맞는다. 그렇고말고, 새 차를 사서 어디다 쓰겠나? 고물을 찾아라. 아무리 고물이라도 사기가 무섭게 팔아치울 테니. 2백 50 이상으로 팔리는 것은 없다. 여보게, 짐. 저기 보도 위에 서있는 저 새끼를 붙들어 봐. 어느 구멍에서 빠져 나온 놈인지 모르지만 그놈한테 저 어퍼슨을 씌워 보라구. 어이, 그 어퍼슨 어디 갔지? 팔았던가? 고물차를 빨리 더 들여놓지 않으면 팔아먹을 게 없겠는데?

빨갛고 하얀 깃발, 하얗고 파란 깃발들이 보도의 가장자리를 따라서 마구 펄럭인다. 중고차, 신품과 같은 중고차 취급함.

오늘 장사는 저 판매대 위에서 하자. 아직 팔지 말고 사람들이 많이 꼬이게 놔두자. 그렇게 싸구려 값으로 특매만 했다가는 수지가 안 맞는다. 찾는 사람한테는 금방 팔려 계약이 되어 버렸다고 하면 되는 거야. 판 차를 내주기 전에 배터리를 살짝 빼두어라. 대신 벙어리 전지를 하나 끼워 주는 거야. 저 친구는 75센트를 갖고 무얼 사겠다는 거야? 소매를 걷어붙이고 바람을 좀 불어 넣으라구. 이런 호경기는 오래 가지 않는다. 고물차만 충분히 사들일 수 있다면 한 반 년만 하고 손을 떼도 된다.

이봐, 짐. 내가 보니까 저 시보레 뒤꽁무니에서 병이 깨지는 것 같은 소리가 나던데 말야. 거기다가 톱밥을 한두어 사발 처넣으라구. 기어에다가도 좀 넣구 말야. 저 레몬색 차는 25달러만 받을 만큼 움직여 놓고 말야. 어떤 개새끼가 나한테 사기를 쳐서 팔아 먹은 거라구. 내가 10달러를 불렀더니 그 녀석은 15달러까지 끌어올려 놓고, 그 개새끼, 안에서 연장을 몽땅 꺼내가 버렸지. 제기랄 것! 고물딱지라도 한 5백 대만 있으면 좋겠다. 이런 경기는 얼마 안 간다구. 그 사람이 타이어가 마음에 안 든다고 한다고? 그 타이어로도 1만 마일을 뛰었다고 하라고. 아따, 한 1

달러 50센트만 깎아 주라니까.

울타리에 기대어 산더미처럼 쌓아놓은 녹슨 고철 더미, 뒤안에 쟁여 놓은 폐차 찌꺼기의 행렬, 펜더 부스러기, 기름투성이가 된 부속품의 잔해들, 벽돌 조각들이 아무렇게나 땅바닥에 흩어져 있고 배기통이 누워 있는 속으로 잡초가 자라고 있다. 뱀처럼 구불구불 쌓여 있는 브레이크 대가리와 쇠뭉치들, 기름, 휘발유 등이 너절하다.

아직 금이 가지 않은 스파크 플러그 같은 것이 혹시 없는지 한번 찾아보라구. 쳇, 한 백 달러 이내로 트레일러를 50대 정도만 구할 수 있다면 깨끗이 소제까지 해서 팔아 먹을 수 있는데. 도대체 저 녀석은 왜 저렇게 어슬렁거리고만 있는 거지? 우리가 차를 판 거지 억지로 떠맡겨서 자기들 집에까지 쑤셔 넣지는 않았잖아? 그렇고말고. 집에까지 갖다줄 건 없어. 저것은 월간지에다 꼭 실어야겠어. 가망성이 별로 없다고? 응, 그럼 차내 버려. 살 것 같지 않은 놈하고 승강이를 벌이다가는 할 일도 제대로 못해. 저 그라함 차에서 오른쪽 앞바퀴를 떼어 내봐. 때운 자리를 아래쪽으로 넣으라구. 다른 데는 멀쩡하니까. 발판도 제대로 달려 있고 없는 게 없잖아.

그렇지! 저 고물 산더미 속에는 적어도 5만 달러는 들어 있어! 기름을 잘 먹여둬. 자, 그럼 잘해 보라구.

차를 보러 오셨습니까? 어떤 걸 찾으시는지. 혹시 점찍어 두신거라도 있으세요? 저는 좀 말주변이 없어서……. 쓸 만한 것 하나 선 좀 보시겠습니까? 사모님께서 라 살르를 보고 계시는데 그동안 이쪽으로 와보시지요. 선생님은 라 살르 같은 건 원치 않으실 거고. 베어링이 약하지요. 기름도 너무 많이 먹구요. 24년형 링컨도 있습니다. 저기 저겁니다. 이거 하나 사놓으면 평생 타도 끄떡없습니다. 트럭으로 개조할 수도 있죠.

녹슨 쇠붙이에 뜨거운 해가 내리쬔다. 땅바닥에 기름이 흥건하다. 사람들은 이럴까 저럴까 망설이면서 왔다갔다한다. 모두 차가 필요한 사람들이다.

발을 좀 닦으세요. 그 더러운 차에 기대지 마세요. 어디 한 대 안 사시겠어요? 얼마나 할까? 어이, 애들 좀 보고 있어, 이 차가 얼마나 할지 모르겠는데? 한 번 물어나 보지. 물어 보아서 손해 날 건 없으니까. 물어 보는 건 돈 안 드는 일이야. 그래 물어 보자구. 75센트 이상은 한푼도 더 못 내. 더 주었다가는 캘리포니아까지 갈 노비가 없어진단 말야.

제기랄, 고물딱지 같은 거라도 백 대만 있었으면 좋겠는데, 그까짓 거 차가 움직이든 안 움직이든 알게 뭐야.

다 닳아 빠지고 깨진 타이어들, 키가 큰 배기통 속에 처박혀 있는 부속들, 마치 소시지처럼 걸려 있는 빨간색 회색 튜브들.

타이어 땜질, 라디에이터 소제기, 점화 촉진제, 무어든 다 있지. 휘발유 탱크에다 이 알약 한 개만 넣으면 1갈론당 10마일은 더 달릴 수 있지. 색칠만 한번 싹 해봐요. 50센트만 주면 아주 신품이 될 테니까. 와이퍼? 팬 벨트? 가스켓? 아마 밸브가 필요할 거요. 밸브대를 새것으로 바꾸세요. 5센트면 되잖아요?

좋아, 그럼, 조우, 그 사람들을 좀 구슬러서 이쪽으로 데리고 오라고. 내가 얘기를 끝내고 주물러 줄 테니까. 그냥은 안 보내겠어. 장난이나 치는 건달은 들여보내지 마. 진짜 흥정을 할 놈만 데려오라구.

네, 네, 어서 오십시오. 아주 싸구려가 있습니다. 그럼요. 80달러면 아주 거저나 마찬가지지요.

50달러밖에 못 받아내겠는데요? 저 밖에 있는 사람이 50달러까지 자르자고 우겨요

50? 50? 그 새끼 돌았군. 저렇게 조그맣게 생겼어도 78달러 50센트나 주고 산 거라구. 조우, 이 어리석은 사람아, 나를 쫄딱 망칠 셈인가? 그 새끼 잡아서 통조림을 할 놈인데? 80달러만 내도 혹시 모르겠지만. 이봐, 이 사람아, 나는 바쁜 사람이야. 사업하는 사람이라구. 한 사람하고만 매달려 있을 수는 없잖아? 무슨 교환할 물건이라도 있나?

숫놈 암놈 노새 두 마리라면 교환할 수 있는데.

노새? 이봐, 조우! 이 사람 얘기 들었어? 이 사람이 노새를 교환하자 이거야. 아 지금이 어느 땐데, 기계 시대란 말도 못 들어보았소? 노새는

아교 만들 때밖에 못 쓰는 물건이라구.

우리 노새, 덩치가 얼마나 크고 좋은데. 다섯 살하고 일곱 살짜리라구요. 어디 다른 데나 한번 가볼까.

다른 데나 가본다구? 당신은 우리가 한참 바쁜 때 찾아와서 시간만 다 빼앗고서 그냥 나간다 이거지? 여보게 조우, 자네 여태까지 노랭이하고 실랑이만 하고 있었잖나?

나는 노랭이가 아니라 차가 필요한 사람이라구. 캘리포니아까지 가야 할 텐데 차가 있어야 할 게 아니오?

그래, 난 융통성이 없는 고지식한 사람이야. 조우도 날더러 너무 고지식하다지만 천성이 그렇다니까. 날더러 속 창자까지 내보이는 버릇을 없애지 않으면 굶어죽을 거라는 거야. 이거 보오. 기왕 말이 났으니 이렇게 하자구. 그 노새 한 마리에 5달러씩 줄 테니 놓고 가라구. 우리 개나 먹이더라도 말일세.

개밥으로는 안 팔겠어.

그럼 10달러나 7달러 정도면 되겠소? 이렇게 하자구. 당신 노새 두 마리를 몽땅 20달러에 들여놓지. 수레도 껴주는 거지? 안 그래? 그리고 당신은 50달러만 내. 그렇게 계약을 해놓고서 잔금은 매달 10달러씩만 보내 주기로 하고 말야.

아까 80달러라고 했잖아?

수수료니 보험료니 하는 거 못 들어보았소? 그래서 조금 여유를 둔 거야. 앞으로 한 너댓 달이면 차 값을 다 치를 수 있다구. 자 여기다 당신 이름이나 써요, 도장 하나 찍고. 다른 건 우리가 다 알아서 해줄 테니까.

글쎄, 어떡한다?

이거 봐. 내가 이렇게까지 신사적으로 나왔잖아? 당신은 내 시간을 얼마나 빼앗았어. 다른 사람하고 흥정을 했더라면 그 사이에 차 석 대는 팔았겠네그려. 이러면 기분 나쁘다구. 그렇지 바로 거기야. 도장 찍으면 되는 거야. 자아, 됐어요. 여보게 조우, 이 어른 차에다가 휘발유나 좀 가득 넣어 드려. 그냥 서비스해 드리라구.

이 사람 조우, 되게 땀뺐지? 그 고물딱지 같은 거 얼마에 샀었지? 30달러 35센트 아니었나? 그렇지? 게다가 저 노새 한 쌍을 얻었지. 저 노새도 75달러를 못 받으면 나는 사업가가 아니지. 또 현찰로 50달러에다 월부 계약을 40달러 해놓았으니 괜찮군. 모두 다 사기꾼들이야. 그건 나도 알아. 하지만 잔금을 꼬박꼬박 내는 놈이 몇이나 되는지를 알면 자네도 깜짝 놀랄 거야. 어떤 놈은 백 달러를 계약한 지 2년이나 있다가 가져왔다니까. 이 촌놈은 틀림없이 돈을 보낼 거야. 두고 봐. 제기랄, 고물차 한 5백 대만 있었으면 한바탕 해먹을 텐데! 자, 조우, 소매를 걷어붙이고 나가서 저치들을 꼬셔 봐. 어지간하면 나한테 들여보내. 아까 한 흥정에서 자네도 20달러 번 셈이야. 솜씨가 그리 나쁘지는 않은데?

한나절 햇빛 속에서 절름거리는 깃발이 나부낀다. 오늘 특매. 29년형 포드 픽업. 성능 우수함. 50달러 가지고 무얼 사시겠다는 거요? 제퍼 같은 거?

좌석 쿠션에선 말털이 삐죽삐죽 빠져 있다. 펜더가 깨져서 망치로 두드려 맞춰 놓았다. 완충기도 다 망가져서 아래로 처져 있다. 펜더의 끝과 라디에이터 캡에 달려 있는 작은 색등, 그리고 같은 색등이 뒤꽁무니에도 세 개 달려 있는 포드 로드스터 형. 흙받이와 기어 손잡이가 달린 주사위 같은 큰 장치. 타이어 껍데기에는 예쁜 아가씨의 그림이 천연색으로 그려져 있고, 코라라는 이름까지 써있다. 한나절의 태양이 먼지 긴 앞창에 내리쬔다.

제기랄, 왔다갔다하다가 점심도 못 먹었네! 어이 조우, 꼬마 하나 보내서 햄버거 하나 사오라고 해.

침을 퉤퉤 뱉는 듯한 다 낡아빠진 엔진 소리.

저쪽에 말없이 서서 크라이슬러를 쳐다보고 있는 애송이 녀석이 있군. 그 녀석 청바지 주머니에 돈푼이나 있는지 가서 냄새 좀 맡아 보라구. 저런 시골뜨기 애송이들도 어떤 놈들은 여간 빠질거리지 않는다구. 잘 주물러서 이리 들여보내. 조우, 자네 솜씨도 나쁘지는 않군 그래.

물론 우리는 차를 팔아 먹었지. 보증했냐고? 그야 물론 자동차라는 사실만은 보증했지. 그걸 끝까지 고장이 없도록 손봐 준다고는 하지 않았으니까. 알겠소? 당신은, 당신은 말이야. 그 차를 샀다구, 일단 산 거라구. 그러고 이제 와서 이러니저러니 딴소리 하고 있는 거라구. 당신이 월부금을 못 물겠다고? 우린 그런 거 상관없어. 계약서는 우리가 가지고 있는 게 아니니까. 우리는 그걸 즉시 금융 회사에 돌려 버렸지. 그 사람들이 당신한테 쫓아가지, 우리가 갈 필요는 없어. 우리 한테는 아무 서류도 없다니까? 알겠소? 좋아, 당신 실컷 떠들어봐. 순경이나 하나 불러 줄 테니. 천만에, 우리가 타이어를 바꿔치기하지 않았어. 어이, 조우, 이 사람 내보내. 자기가 차를 사놓고 이제 와서 이러니저러니 하고 있어. 당신은 불고기를 사서 반쯤 먹다가 안 먹겠다고 물러달랄 사람이야. 우리는 엄연히 사업을 하고 있는 거지 무슨 자선 단체가 아니라구. 어이, 조우, 저거 보이나? '사슴회원'〔뿔 사슴 배지를 다는 자선회〕이 왔군. 빨리 나가서 그 36년형 폰티악을 보여주게, 알았지?

네모 난 코빼기, 둥그런 코빼기, 녹슨 코빼기, 넓적한 코빼기, 길다란 곡선의 유선형, 그 유선형이 나오기 이전의 납작한 표면을 한 차 등이 즐비하다. 오늘의 특매는 깊숙한 쿠션이 달린 중고의 괴물이다. 간단히 트럭으로 변조할 수 있다. 바퀴가 두 개 달린 트레일러, 지독하게 쪼이는 여름 햇살에 녹이 다닥다닥 슨 액셀 중고차. 성능 우수 중고차, 깨끗함. 주행 성능 완벽. 기름 넣을 필요없음.

저 차좀 보게. 제법 손질을 잘했군. 캐딜락·라 살르·뷔크·프리머스·패카아드·시보레·포드·폰티악, 몇 줄씩 도열해서 오후의 햇빛에 번쩍이는 헤드라이트들. 중고차, 신품과 같음.

조우, 가서 좀 주물러 봐. 제기랄, 한 천 대만 있었으면 좋겠다! 적당히 주물러 놓으면 내가 알아서 요리할 테니.

캘리포니아로 가시려구요? 당신이 필요한 차가 바로 이거요. 낡은 것 같지만 아직도 몇 천 마일은 끄덕없어요.

가지런히 줄을 지은 중고차, 성능 좋음. 특별 할인 판매. 깨끗함. 주행 성능 완벽.

제 8 장

반짝이는 별들 사이에서 하늘은 잿빛으로 변했다. 창백한 초승달이 희미하고 갸름한 모습으로 걸려 있었다. 톰 조우드와 설교사는 길을 따라 빨리 걸음을 옮겼다. 길이라고 해야 차가 지나간 자국이거나 캐터필러 트럭이 목화밭 속을 지나간 자리였다. 한쪽이 희뿌옇게 밝아오는 하늘만이 새벽이 다가오고 있음을 말해 주고 있었다. 서쪽은 지평선이 보이지 않을 정도로 어두웠고, 동쪽에만 어렴풋한 선이 그어져 있었다. 두 남자는 묵묵히 걸음을 재촉하면서 발길에 차이는 흙 냄새를 맡아 보았다.

짐 케이시가 입을 열었다. "자네, 길 찾아갈 자신 있나? 새벽이 된 다음 우리가 엉뚱한 데로 끌려가 있으면 곤란하니 말이네." 목화밭은 부스스 눈을 뜨는 생명들에 의해 깨어나고 있었다. 땅바닥에서 모이를 주워 먹고 날아 오르는 새들의 푸드덕거리는 날개 소리, 깜짝 놀라 깨어난 들토끼들이 달아나는 소리가 들렸다. 두 남자들의 발 밑에 밟히는 먼지 소리와 구두에 걸어채이는 흙덩어리 구르는 소리가 새벽녘의 신비스러운 소리 속에서 은은하게 울리고 있었다.

톰이 말했다. "나는 눈 감고도 똑바로 찾아갈 수 있어요. 혹시 내가 길을 틀린다면 그건 여자 생각하느라고 잠깐 정신을 팔았을 때 뿐일 거요. 여자 같은 거 다 잊어버리고 간다면야 그까짓 거 똑바로 가지요, 뭐. 보세요. 나는 바로 여기서 태어났고 어릴 때 내내 여기서 뛰어다녔어요. 저쪽에 나무가 하나 있어요. 잘 보면 지금도 보일 거예요. 그런데 한번은 우리 아버지가 죽은 이리 한 마리를 그 나무에 걸어 놓았어요. 바짝 말라 버렸지요. 오, 하느님, 배고파 죽겠는걸, 어머니가 뭐 먹을 것 좀 해놓았으면 좋겠는데.”

“나도 죽겠군.” 케이시가 말했다. “담배라도 조금 먹어 보려나? 허기는 가신다구. 그렇게 너무 일찍 떠나지 말걸 그랬지? 좀더 밝았으면 한결 나을 텐데.” 그는 담뱃덩어리를 한입 깨물면서 말을 멈췄다. “참 기분 좋게 잤는데…….”

“그 미치광이 같은 뮤리 녀석 때문에 잘 잤어요.” 톰이 말했다. “녀석은 나를 깜짝 놀라게 했어요. 자고 있는 사람을 깨우더니 하는 말이 ‘잘 가게, 톰. 나는 가야겠어. 갈 데가 많아서. 자네도 그만 일어나는 게 좋겠어. 날이 밝기 전에 여길 떠나야 돼’ 하는 거예요. 녀석은 땅쥐처럼 이상스럽게 되어 버렸어요. 그렇게 살다 보니까 그렇겠지만 혹시 인디언의 피가 섞이지나 않았나 싶을 정도지요. 그 녀석 좀 돌아버린 건 아닐까요?”

“글쎄, 그야 알 수 없지. 우리가 불을 피우고 있으니까 어젯밤 그 차가 달려왔잖아? 자네 집이 그렇게 형편없이 부서진 것도 보고. 여하튼 무언가 아주 치사한 음모가 진행되고 있는 것은 분명해. 뮤리가 저렇게 미쳐서 날뛰고 있지 않나. 꼭 무슨 이리처럼 말야. 그 사람도 미치지 않을 수가 없을 거야. 그러다가는 그도 언젠가는 사람을 죽일 거야. 그러면 사람들은 개를 풀어서라도 뮤리를 잡겠지. 그건 불을 보는 것처럼 확실해. 그 사람은 점점 더 난폭해질 거고 말야. 우리하고 같이 안 오겠다는 거지?”

조우드가 대답했다. “ 안 오겠대요. 인제 식구들 보기도 무서운가봐요. 우리하고 만난 것만 해도 이상해요. 해가 뜰 때까지는 삼촌네 집에 도착하겠군요.” 그들은 한참 동안이나 묵묵히 걸었다. 부엉이들이 곳간으로, 나무 둥치의 뚫린 구멍 속으로, 그 물통집 속으로 햇빛을 피해 날아갔다. 동쪽 하늘은 점점 밝아져서 이제는 목화나무와 잿빛 땅 표면이 보이기 시작했다. “삼촌네 집에서 어떻게 모두 자고 있을까. 삼촌네 집은 방이 하나밖에 없고, 집에다 이어서 지은 부엌과 곳간이 하나 있을 뿐인데. 그 좁은 곳이 지금쯤은 바글바글할 거예요.”

　설교사가 말했다. "자네 삼촌 존도 가족이 있던가? 독신으로 아주 외로운 사람 아냐? 그 사람에 대해서는 잘 기억이 안 나는걸."

　"이 세상에서 아마 가장 외로운 사람일 거요. 아무데나 천방지축이거든요. 잔뜩 취해서 쇼오니에 가있는가 하면 20마일이나 먼 곳에 사는 과부 집에 가있기도 하고 밤에 등불을 밝히고 자기 밭에서 일을 하기도 해요. 좀 돈 사람 같지요. 오래 살지 못할 거라고들 생각해요.　아버지보다 더 늙어버렸어요. 나이가 들어갈수록 점점 더 고집만 세지고 심술만 부리는데 어떤 때는 할아버지보다도 지독해요."

　"저기 불빛이 보이는데?" 설교사가 말했다. "꼭 은같이 말야. 그럼, 존은 가족이 전혀 없었나?"

　"아니, 있기는 있었지요. 그거만 보아도 어떤 사람인지 알 수 있어요. 자기 멋대로 사는 사람이지요. 아버지한테서 들은 애긴데, 삼촌은 젊은 여자를 하나 데리고 살았대요. 결혼해서 넉 달쯤에 여자가 임신을 했지요. 하룻밤은 여자가 배가 아프다면서 삼촌보고 의사를 좀 불러 달라고 했대요. 삼촌은 그냥 앉아서 하는 말이, '그까짓 거 배 좀 아픈 걸 가지고 무얼 그래? 너무 많이 먹으니까 그렇지. 진통제나 한 알 먹어둬. 그렇게 쑤셔 먹으니 배가 안 아프겠어?' 다음날 오후가 되니까 그 여자는 정신을 잃고 까무라치더니 한 서너 시쯤 돼서 죽어 버렸대요."

　"그게 무슨 병이었나?" 케이시가 물었다. "먹은 것이 잘못되어 식중독을 일으켰던가?"

　"아니, 그게 아니고, 무어가 몸안에 터졌대요. 맹장염인가 무언가 하는 거래요. 그런데 삼촌은 그전에는 그렇게도 무사태평이고 낙천가였는데 그 일이 있고 나서는 그만 기가 죽어 버렸어요. 그걸 자기가 지은 죄 때문이라고 생각했던 거죠. 오랫 동안 그는 아무하고도 말을 안 하더군요. 아무것도 거들떠보지 않고 그냥 빈둥빈둥 돌아다니는 거예요. 어쩌다가 조금씩 기도를 하기도 하더군요. 그러다가 한 2년이나 지나니까 정신을 차립디다. 정신은 차렸는데 그전과는 달라졌어요. 좀 난폭해진 거지요. 아주 성가신 존재가 돼버렸어요. 우리 꼬마들이 회충이 나오거나 배가 아프다고 하면 매번 가서 의사를 끌고 오는 거예요. 보다못해 아버지가 그런 짓 하지 말라고 하더군요. 꼬마들은 늘 배앓이를 하잖아요? 삼촌은 자기 때문에 자기 마누라가 죽었다고 생각하는 거예요. 참 괴상한 사람이지요. 늘 다른 사람들한테 무언가 도와 주려고 하고, 애들한테 먹을 것도 주고, 남의 집 현관에다 쌀자루를 놓고 오기도 하고 하면서 자기가 번 것은 모조리 주어 버리는 거예요. 그러면서도 늘 불행한 빛이거든요. 어떤 때는 한밤중에 나가서 돌아다니기도 하구요. 하지만 농사는 참 잘 지어서 자기 밭은 언제나 깔끔하게 가꾸어 놓거든요."

"참, 가엾은 사람이로군." 설교사가 말했다. "불쌍하고 고독한 사람이네. 자기 마누라가 죽고 나서 교회에 자주 나갔나?"

"아니, 안 나갑디다. 사람들 있는 데에 가까이 가질 않아요. 혼자서만 있으려고 하더군요. 우리 꼬마들 중에 삼촌 왔다 하면 좋아하지 않는 놈이 없었지요. 어떤 때는 한밤중에 우리 집에 와요. 삼촌이 왔다 가면 우리는 다 알아요. 우리 꼬마들 자는 머리맡에 하나하나 빠짐없이 껌 봉지가 있으니까요. 우리는 삼촌이 하느님 아버지와 같은 존재인 줄 알았어요."

설교사는 고개를 떨군 채 걷고 있었다. 그는 대답이 없었다. 점점 밝아오는 아침 햇살이 그의 이마에 부딪치고 있었다. 앞뒤로 흔들리는 그의 두 손이 어슴푸레한 햇빛에 드러났다가는 다시 사라졌다.

톰도 말이 없었다. 혹시 너무 사사로운 이야기까지 털어놓은 게 아닌가 해서 좀 부끄럽기도 했다. 그가 걸음을 좀 빨리하니까 설교사도 보조를 맞추었다. 이제는 희끄무레한 앞길이 조금은 보였다. 뱀 한마리가 목화밭 이랑에서 꿈틀거리고 나와 천천이 길 위에 올라섰다. 톰이 바로 그 앞에서 걸음을 멈추고 굽어보더니, "뱀이군. 살려 주지." 하고 말했다. 그들은 뱀을 돌아서 앞으로 걸었다. 동쪽 하늘에 약간 색깔이 돋아나는 듯하더니 이윽고 고독한 새벽빛이 땅위에 기어올랐다.

목화나무에 초록빛이 돋았고 땅은 회갈색이었다. 희끄무레하던 두 남자의 얼굴빛이 좀 밝아졌다. 조우드의 얼굴은 날이 밝아질수록 더 까맣게 드러났다. "지금이 꼭 좋은 때군요." 조우드가 가만히 말했다. "나는 어렸을 때 꼭 이런 시간에 혼자 일어나서 돌아다녔지요. 저 앞에 저게 무엇이지요?"

한 무더기의 개들이 암컷 한 마리에게 경의를 표하기 위해서 길가에 모여 회의를 하고 있었다. 수컷이 다섯 마리인데, 셰퍼드 트기, 콜리 트기 등 개들의 사회생활이 자유로워지면서 혈종이 모호해진 것들이었다.

다들 제각기 암컷에게 인사를 올리는 모양이었다. 한 마리 한 마리씩 킁킁 냄새를 맡으면서 뻣뻣한 다리들을 하고 천천히 목화밭에 걸어가서, 격식이라도 차리듯이 뒷다리를 들고 오줌을 갈기고 나서는 다시 돌아가 냄새를 맡았다.

조우드와 설교사는 걸음을 멈추고 서서 바라보았다. 그러다가 조우드가 갑자기 웃어댔다. "옳지, 그렇구나! 이놈들 좀 보게!" 이번에는 개들이 한데 몰리더니 목털들을 거꾸로 세웠다. 서로 으르릉거리면서 뻣뻣하게 버티고 서서 상대방이 싸움을 걸어오기를 기다리는 태세를 취했다. 그 중 한 마리가 암컷에 올라탔다. 다른 놈들은 그놈이 일을 마칠 때까지 물러서서 흥미있게 지켜보고 있었다. 모두 혓바닥을 내밀고 침을 질질 흘렸다. 두 사람은 다시 걸어갔다. "아마 틀림 없을 거요. 저기 올라탄 놈이 우리 집 플래쉬일 거요. 그놈이 죽은 줄 알았는데. 야! 플래쉬 이리 와!" 조우드가 웃으면서 말했다. "불러 보았자 소용없지. 나라도 그렇지. 어떤 놈이 부른다고 귀에 들리기나 하겠어요? 옛날 어렸을 때 일이 생각나는데, 그 윌리 필리 녀석은 아주 수줍고 부끄럼을 잘 탔어요. 하루는 그 녀석이 암송아지 한 마리를 그레이브스네 숫소 있는 데까지 끌고 왔어요. 엘지 그레이브스만 남겨 놓고 집이 비어 있었는데 엘지는 별로 부끄럼을 안 탔거든요. 윌리란 녀석이 멀거니 서서 얼굴이 홍당무가 되어서 말도 못 하고 있잖겠어요? 그랬더니 엘지가 하는 말이, '윌리야, 너 왜 왔는지 알아. 우리집 숫소 때문에 왔지? 저 곳간 뒤에 매어 놓았어.' 그래서 그애들은 암송아지를 끌고 가서 둘이서 울타리 위에 걸터앉아서 구경을 했어요. 조금 있으니까 윌리 녀석이 몸이 후끈 달아오른 모양이에요. 엘지가 건너다 보면서 아무것도 모르는 것처럼 하는 말이, '애, 윌리, 너 왜 그러니?' 하더래요. 윌리는 하도 홍분해서 가만히 있질 못하고 어쩔 줄을 모르더래요. 쩔쩔매면서 한다는 소리가, '제기랄 것, 나도 한번 해보았으면 좋겠다.' 그랬더니 엘지가 '하지 그러니, 윌리 저건 네 암송아지잖아?' 했다지요."

설교사가 가만히 웃으면서 말했다. "인제 설교사가 아닌 것이 참 다행이로구먼. 내가 설교를 하고 돌아다닐 때에는 아무도 나한테 그런 이야기를 들려 주지 않았거든. 또 그런 이야기를 들어도 마음대로 웃을 수도 없었고 욕지거리나 상소리도 못했지. 인제는 무슨 말이든지 하고 싶은 대로 다 할 수 있어서 좋아. 하고 싶은 말 다 하고 산다는 건 참 좋은 일인 것 같단 말이야."

동쪽 지평선이 불그스름해졌고 땅에서는 새들이 시끄럽게 지저귀기 시작했다. "저기요!" 조우드가 말했다. "똑바로 앞에 있는 저것이 존 삼촌네 물탱크지요. 풍차는 지금 안 보이지만 거기에 삼촌의 물탱크가 있어요. 하늘 쪽으로 뻗어있는 것이 보이지요?" 그는 걸음을 빨리했다.

"식구들이 지금 다 저기에 있는지 모르겠는데?" 물탱크의 큰 덩치가 언덕배기 위에 솟아났다. 조우드는 걸음을 재촉하면서 먼지를 무릎까지 날려 올렸다. "아이, 궁금해서 죽겠는데. 혹시 어머니가……." 이제 탱크를 괸 나무 발이 보였다. 집이라고 해야 색칠도 안 하고 아무 장식도 없는 조그마한 사각형의 상자에 불과했다. 곳간은 지붕이 낮게 덮여 짝 달라붙어 있었다. 양철 굴뚝으로부터 연기가 무럭무럭 솟아 올랐다. 마당에는 잡동사니 물건들이 지저분하게 흩어져 있고 가구들이 쌓여 있으며 풍차의 모터와 날개들, 침대·의자·탁자 등이 너저분했다. "아뿔싸, 다들 떠날 채비들을 하고 있군!" 조우드가 말했다.

트럭 한 대가 마당 가운데에 서있었다. 옆구리가 높은 트럭이었으나 모양이 좀 이상했다. 앞 모양은 세단인데 윗부분이 중간쯤에서 잘라져 트럭의 바닥만 갈아입힌 것이었다. 점점 가까이 다가가자 마당에서 왔다 갔다하는 사람들의 발걸음 소리가 들렸다. 지평선 위에 태양의 한 부분이 눈부시게 드러나자 트럭의 모습이 선명하게 드러났고, 트럭 위에서는 한 남자가 망치를 휘두르고 있어 올라갔다 내려갔다 하는 쇠망치가 아침 햇살을 받아 번뜩였다. 유리창들도 햇빛을 반사했다. 풍화작용에 찌든 판자들이 밝게 햇빛을 받고 있었다. 빨간 병아리 두 마리가 마당 가운데서 불꽃처럼 영롱한 빛을 털고 있었다.

"소리 지르지 마세요. 살짝 기어가서 기습합시다." 톰이 말했다. 그가 너무 빨리 걸어 먼지가 허리 높이까지 일어났다. 드디어 목화밭 가장자리에까지 이르렀다. 그리고 마당 한쪽으로 들어섰다. 하도 단단하게 밟히고 다져진 마당이어서 반들반들하게 윤기가 날 정도였고, 구석으로 잡초가 몇 포기 나있을 뿐이었다. 조우드는 성큼 들어가기가 겁이 난다는 듯 걸음을 늦추었다. 설교사도 톰의 거동을 살피면서 보조를 맞추듯 걸음을 늦추었다. 톰은 앞으로 어슬렁거리면서 트럭 쪽으로 어색하게 걸어갔다. 그것은 허드슨 수퍼 식스 세단이었는데 윗부분이 쇠톱으로 두 토막이 나있었다.

톰 조우드 영감이 트럭 옆구리 맨 위 난간에 올라앉아 못질을 하고 있었다. 희끗희끗한 수염에 텁수룩한 얼굴을 잔뜩 숙인 채 못질을 하고 있는 그의 입에는 잔못이 한줌 물려 있었다. 못을 하나씩 뽑아서 갖다 대고는 쾅쾅 두들겼다. 집안에서는 스토브 위에서 냄비 그릇이 덜거덕거리는 소리와 어린애의 울음 소리가 들려왔다.

조우드는 트럭으로 다가가서 기대고 섰다. 그의 아버지가 돌아보았으나 그를 보지 못한 모양이었다. 그는 못을 또 하나 뽑아서 박아댔다. 물탱크 바닥에서 비둘기들이 한 떼 푸드덕거리며 날아올라 집 주위를 한 바퀴 돌더니 다시 내려앉아 사람들을 쳐다보고 있었다. 하얀색, 파란색, 회색 비둘기들이 무지개 같은 날개를 퍼덕이고 있었다.

조우드는 트럭 옆구리에 있는 제일 아래쪽 막대기에 손가락을 올려놓았다. 그는 트럭 위에 있는 이제 초로에 들어선 남자를 올려다 보았다. 그는 두꺼운 입술에다 침칠을 하고 나서 가만히 불렀다. "아버지."

"무어냐?" 톰 영감이 못을 물고 있는 입으로 중얼거렸다. 그는 먼지가 덮인, 까만 챙이 늘어진 모자를 쓰고 있었다. 파란색 작업복 셔츠 위에는 단추도 없는 조끼를 걸쳤고, 네모 꼴의 놋쇠 버클이 달린 넓적한 가죽 벨트로 청바지를 받쳐 입고 있었다. 가죽이나 놋쇠나 하도 오래 차서 그런지 빤질빤질하게 윤이 났다. 구두는 찢어지고 구두창은 부풀어서 비와 먼지와 햇빛에 시달리다 못해 나룻배처럼 휘어버렸다. 걷어붙인 셔츠 소매는 불룩 튀어나온 팔뚝 근육에 걸려 아래팔 중간쯤에 붙어 있었다. 배도 안 나왔고 엉덩이도 없었으며, 두 다리가 작달막하고 무겁고 억세기만 해보였다. 희끗희끗한 수염 때문에 네모져 보이는 얼굴은 다부지게 생긴 턱 부근에 텁수룩한 턱수염을 기르고 있었다. 아직 반백도 되지 않은 턱수염은 불룩 내밀려 있는 턱에 무게와 억센 인상을 더해 주고 있었다. 귀밑 수염이 없는 얼굴 피부가 해포석처럼 짙은 갈색이었다. 옆눈질을 많이 하는 버릇 때문에 눈 옆에는 주름살이 겹쳐 있었다. 눈은 갈색으로, 짙은 커피색이었다. 무얼 쳐다볼 때마다 고개를 앞으로 내미는 버릇이 있었다. 시력이 많이 약해진 모양이었다. 아주 얄팍하고 새빨간 두 입술 사이에 못이 물려 불쑥 튀어나와 있었다.

이제 막 못을 두드리려고 망치를 허공에 치켜들고 있던 그가 고개를 돌려 트럭 옆에 있는 조우드 쪽을 쳐다 보았다. 잠깐 일을 중단하면서 짜증스러운 표정을 지었다. 턱을 불쑥 앞으로 내밀면서 그의 눈이 조우드를 쳐다 보았다. 그는 자기 앞에 나타난 사람이 누구인지를 차츰 의식하는 것 같았다. 망치를 들었던 손이 점점 옆구리 아래로 떨어졌다. 그는 입에 물었던 못을 왼손에 뱉아냈다. 그는 믿어지지 않는 표정으로 혼자 중얼거리듯 "톰이구나……." 하더니 자신에게 확인이라도 시켜주려는 것처럼 다시 말했다. "오오라. 톰이 집에 왔구나." 그의 입이 다시 벌어졌다. 그러면서 그의 눈에는 공포의 빛이 떠올랐다. "톰아!" 그가 부드럽게 불렀다. "너 탈옥한 거 아니냐? 너 숨어야 하는 거 아니냐?" 그는 긴장하듯 말했다.

"아녜요." 톰이 말했다. "가석방이예요. 이젠 자유예요. 서류가 다 있어요." 그는 트럭 옆구리의 맨 아래쪽 막대기를 꽉 움켜쥐고 올려다 보

118

왔다.

톰 영감은 망치를 가만히 내려놓고 못을 주머니에 집어넣었다. 그는 한쪽 다리를 휙 돌려 트럭 옆구리 아래로 내려서서 사뿐히 뛰어내렸다. 그러나 일단 자기 아들 옆에 서자 그는 이젠 좀 얼떨떨하고 당황하는 빛이었다. "톰, 우린 캘리포니아로 가려는 참이었다. 너한테는 편지를 띄워 알리려고 했었지." 하더니 그는 믿어지지 않는다는 듯 말했다. "그런데 네가 이렇게 돌아오다니…… 너도 같이 가자. 마침 왔으니 잘됐다."

집안에서 커피 주전자 뚜껑이 딸그락거렸다. 톰 영감이 주위를 한 번 둘러보았다. "얘, 식구들을 한번 놀라게 해주자." 흥분한 그의 눈이 반짝였다. "네 엄마는 인제 너를 못 보게 될까봐 아주 기가 죽어 있단다. 꼭 식구 중에 누가 죽기라도 한 것처럼 말도 안 하고 시무룩해 있단 말야. 다시는 너를 못 만날까봐 겁이 나서 캘리포니아에도 안 가겠다는 거야." 집안에서 스토브의 뚜껑이 또 딸그락거렸다. "깜짝 놀라게 해주자." 톰 영감이 같은 말을 되풀이했다. "네가 아무데도 안 갔다 온 사람처럼 천연스럽게 들어가기로 하자. 네 엄마가 무어라고 하는지 어디 좀 들어보게." 드디어 그가 톰에게 손을 얹었다. 자신 없는 태도로 톰의 어깨를 만지던 그는 곧 눈을 내렸다. 그는 짐 케이시를 쳐다 보았다. 톰이 말했다. "아버지, 설교사를 기억하세요? 같이 왔어요."

"형무소에 같이 있었니?"

"아니요. 길에서 만났어요. 객지에 나가 있었대요."

아버지가 굳은 표정으로 설교사와 악수를 했다. "어서 오시오."

케이시가 말했다. "참 반갑습니다. 아드님이 집에 돌아와서 기쁘시겠습니다. 참, 보는 사람도 흐뭇하군요"

"집이라?" 아버지가 말했다.

"식구들한테 말이지요." 설교사가 얼른 말을 바꾸었다. "우리는 어젯밤 당신들이 살던 그전 집에서 잤지요.

아버지는 턱을 쑥 내밀었다 그는 잠시 돌아서서 길 아래쪽을 멍하니 바라보았다. 그러더니 톰에게 돌아서서, "얘, 어떻게 할까?" 하며 흥분했다. "이렇게 하자. 내가 먼저 들어가서 '밖에 웬 사람들이 아침 밥 좀 먹고 가자는데' 하든지, 아니면 그냥 같이 들어가서 네 엄마가 너를 발견할 때까지 그냥 서있든지 말이다. 어떻게 하는 게 좋겠니?" 그의 얼굴에는 어린애의 그것처럼 흥분이 감돌았다.

"너무 놀라게 하지 말아요. 그러다가 충격이라도 받으면 안 되니까요." 톰이 말했다. 날씬한 셰퍼드 두 마리가 경쾌하게 깡총거리고 뛰어와 낯선 사람들의 냄새를 맡더니 잔뜩 경계를 하면서 꼬리를 천천히 공중에 흔들어 보이고는 다시 살금살금 뒷걸음질을 쳤다. 그러나 눈초리와 코는 혹시 어떤 적대 행위나 위험이 닥쳐오지나 않나 해서 달려들 태세를 취했다. 아무런 반응이 없자 그놈은 톰의 다리에까지 접근해서 킁킁거리며 냄새를 맡았다. 그러더니 뒤로 물러나서 마치 무슨 신호라도 기다리는 것처럼 아버지를 쳐다 보았다. 또 한 놈은 그만큼 용감하지는 못했다. 그놈은 자기의 관심을 다른 데로 돌리고도 체면이 깎이지 않을 만한 핑계를 찾느라고 주위를 두리번거리더니 빨간 닭 한 마리가 지나가는 것을 보고 그쪽으로 달려가 버렸다. 암탉은 앙탈하듯 울어댔고 빨간 깃이 뽑히면서 펄럭거리고 달아났다. 그 개는 이제 제법 체면이 섰다는 듯 남자들 있는 쪽을 돌아다 보면서 먼지 바닥에 깡총 뛰어내려 만족스런 표정으로 꼬리를 땅에 털었다.

아버지가 재촉했다. "자, 어서 들어가자. 엄마가 너를 봐야지. 너를 보고 어떻게 나오는지 그 모습 좀 보자꾸나. 자, 어서. 인제 곧 아침 먹으라고 고함을 지를 거다. 소금에 절인 돼지고기를 아까부터 프라이팬에다 튀기고 있었거든." 그는 앞에 서서 고운 먼지가 깔린 마당을 가로질러 갔다. 이 집에는 현관이 없었다. 디딤돌이 하나 있고는 바로 문이었다. 문간 바로 옆에 작두가 있었다. 작두는 하도 오래 사용해서 반질반질한 껍데기를 입혀 놓은 것 같았고 나무의 연한 부분만 닳아서 나뭇결이 도톨도톨하게 서있었다. 버드나무 타는 냄새가 코를 찔렀고, 세 남자가 문간에 다가서자 고기 굽는 냄새와 비스킷 냄새, 그리고 커피 끓는 냄새가 뒤범벅이 되어 요란하게 코를 자극했다. 아버지가 열린 문간으로 들어서서 그 작달막하고 딱 바라진 몸집으로 앞을 가리고 서서 말했다. "여보, 길 가는 나그네 두 사람이 아침밥 좀 먹고 가자는데."

톰은 안에서 들려오는 어머니의 목소리를 들었다. 침착하고 잔잔하고 다정하면서도 순박한 귀에 익은 목소리였다. "들어오시라고 하세요. 아침 먹을 건 넉넉해요. 손을 씻고 오라고 하세요. 빵도 다 됐고 이제 고기만 조금 더 구우면 돼요." 기름이 지글거리는 야단스런 소리가 스토브에서 들려왔다.

아버지가 안으로 들어섰다. 그리고 톰은 안에 있는 어머니를 쳐다 보았다. 그녀는 프라이팬에서 꼬부라진 고기 조각을 뒤적이고 있었다. 가마솥 뚜껑이 열려 있었다. 갈색 비스킷을 담은 큰 냄비가 불에 올려지기를 기다리고 있었다. 그녀가 문밖을 내다 보았다. 그러나 톰이 해를 등지고 있었기 때문에 그녀에게는 밝고 노란 햇빛 속에 서있는 까만 형체의 윤곽밖에 보이지 않았다. 그녀는 상냥하게 고개를 끄덕였다. "어서 들어오세요. 오늘 아침에는 빵을 많이 굽길 참 잘했군요."

톰은 선 채로 안을 들여다 보았다. 어머니는 몸이 육중했지만 뚱뚱하지는 않았다. 어린애를 많이 낳고 고된 일만 하다 보니 몸이 단단하게 굳어진 것이었다. 그녀는 옷자락이 길고 품이 헐렁헐렁한 회색 천의 가운을 입고 있었다. 옛날에는 그 옷에 꽃무늬가 알록달록했는데, 이제는 그 색깔이 하도 바래서 꽃무늬가 있던 부분은 회색빛 천보다 약간 연한 회색만을 나타내고 있었다. 옷자락이 그녀의 발목까지 치렁치렁했다.

그녀의 억세고 넓적한 맨발은 마룻바닥 위를 바지런하게 왔다갔다했다. 숱이 많지 않은 그녀의 희끗희끗한 머리는 살짝 묶여져 머리 뒤에 작은 매듭을 짓고 있었다. 억세고 기미가 얼룩얼룩한 팔뚝에는 옷소매가 팔꿈치까지 걷어져 있고 두 손은 토실토실한 어린애처럼 통통하고 꽤 예뻤다. 그는 햇빛 속을 쳐다 보았다. 그녀의 얼굴은 부드럽지는 않았지만 어딘지 규모가 있고 다정해 보였다. 달걀 색깔의 눈동자는 생활의 모든 어려움과 슬픈 사연을 다 겪어 이제는 온갖 고초와 시름을 디디고 넘어서서 모든 것을 다 이해하는 듯한 조용한 분위기를 내뿜고 있었다.

　그녀는 자기의 처지에 순응하고 오히려 그것을 즐거워하며 받아들이는 듯 했고, 자기 가족들이 지켜야 하는 최소한의 보금자리를 잘 알고 있는 여자였다. 생활의 아픔이나 걱정을 그녀가 내색하지 않는 한 톰 영감이나 애들이 그런 것을 알아줄 리가 없었으니, 그녀는 그저 혼자서 모든 것을 참고 겉으로 나타내지 않는 버릇이 몸에 배어버린 것이다. 무슨 즐거운 일이 생겼을 때에는 그녀도 자기 나름대로 즐거워하는지 어떤지를 식구들은 알고자 했고, 그래서 그녀는 별로 그럴 듯하지 않은 일거리를 가지고도 식구들이 즐겁게 웃을 수 있도록 하는 버릇이 붙어 있었다. 그러나 기뻐하고 기쁘게 해주는 것보다 더 좋은 점은 그녀의 침착한 성품이었다. 무슨 일이 닥쳐도 흐트러지지 않는 그녀의 태도야말로 식구들에게 신뢰감을 주는 것이었다. 집안에서 차지하는 초라하면서도 강력한 위치에서 그녀는 위엄과 조촐하고 조용한 아름다움을 지켜가고 있었다.
　식구들의 아픈 데를 어루만져 주고 낫게 해주는 위치에서 그녀의 손길은 믿음직했고 침착했고 조용했다. 식구들 사이를 중재하는 입장에서 그녀의 판단은 엄격했고 마치 여신과도 같이 틀림이 없었다. 만약 식구들의 갈등 속에서 자기마저 흔들리면 그래서 자기마저 실망해 버리면, 집안이 붕괴될 것이고 일을 처리해 나가는 집안 전체의 기능이 마비될 것이라는 것을 그녀는 잘 아는 듯했다.
　그녀는 햇빛이 눈부신 마당 쪽을 등지고 선 한 남자의 시커먼 윤곽을 보았다. 바로 옆에 남편이 흥분을 가누며 서있었다. “들어오세요.” 아버지가 외쳤다. “어서 들어와요, 젊은이.” 톰은 다소 겸연쩍은 듯이 문지방을 넘어섰다.
　그녀는 상냥하게 프라이팬에서 고개를 들었다. 그러더니 그녀의 손이 천천히 옆으로 떨어졌고 들고 있던 포크가 마룻바닥에 덜커덩 소리를 내며 떨어졌다. 그녀의 눈이 휘둥그래졌다. 눈동자 속의 동공이 커졌다. 입을 벌리고 헐떡거렸다. 그리고 눈을 감았다. “오오, 하느님, 감사합니다, 하느님.” 그녀가 중얼거렸다. “감사한, 하느님!.” 갑자기 그녀의 얼굴에 어두운 그림자가 끼었다. “얘, 톰아, 너 수배를 받고 있는 건 아니니? 너 혹시 탈옥한 건 아니지?"

"아냐, 엄마. 가석방이야. 서류도 다 갖고 왔어." 그는 자기 앞가슴에 손을 가져갔다.

그녀는 사뿐히 아들 쪽으로 달려왔다. 그녀의 벗은 발은 소리를 내지 않았고 얼굴은 온통 신기하다는 듯 어쩔 줄을 몰랐다. 그녀의 조그마한 손이 아들의 팔을 잡았다. 아들의 억센 근육을 만져 보았다. 그러더니 그녀의 손가락이 마치 장님이 그러듯 그의 뺨을 더듬었다. 그녀는 자기 감정이 기쁨인지 서러움인지 분간이 안 갔다. 톰은 아랫입술을 당겨서 이로 지그시 깨물었다. 그녀의 눈이 의아한 듯 아들의 다물어진 입술을 올려다 보았다. 그의 아랫입술에 핏방울이 맺히더니 이내 입술 아래로 떨어졌다. 그제서야 그녀는 제정신으로 돌아왔고 자신을 억제하면서 손을 내렸다. 그녀의 입이 폭발하듯 숨을 내뿜었다. "아이고, 까딱했으면 너를 못 데리고 갈 뻔했구나. 도대체 너를 어떻게 만나나 해서 걱정만 하고 있었단다." 그녀는 떨어진 포크를 집어 들고 부글거리는 기름을 젓다가 꼬불꼬불 비틀어진 돼지고기를 꺼냈다. 그리고 끓고 있는 커피 주전자를 스토브 뒤에 놓았다.

톰 영감이 킬킬거렸다. "감쪽같이 넘어갔지 여보? 한번 멋지게 속여먹자고 짰는데 제대로 속여먹은 거라구. 망치로 얻어맞은 양처럼 우두커니 서서 말야. 할머니도 여기 계셨더라면 좋았을 텐데. 당신은 무슨 쇠망치로 눈퉁이라도 얻어맞은 사람 같군. 할아버지가 보셨더라면 놀라 자빠져 엉덩이가 빠질 뻔하셨을 거야. 앨 녀석이 비행선에다 육군부대에서 가져온 총을 쏘는 것을 보셨을 때처럼 말야. 애, 톰아, 네 할아버지 얘긴데 말이다. 하루는 한 반 마일 정도나 되는 길다란 비행선이 날아오자 앨 녀석이 30밀리 구경의 2연발 총을 들고 나가 거기다 대고 마구 갈겼지. 그랬더니 네 할아버지가 막 고함을 치시잖겠니? '이놈, 앨, 쏘면 안 된다. 어른들이 갈 때까지 기다렷!' 그러면서 할아버지는 자기 몸을 마구 때리다가 엉덩이가 빠져 버렸지."

어머니가 킬킬 웃으면서 찬장에서 접시들을 꺼냈다.

톰이 물었다. "할아버지는 어디 계시지요? 그 노인네 좀 보아야겠는데."

어머니가 식탁에 접시를 올려놓고 그 옆에 컵을 챙겨 놓으면서 살짝 알려 주었다. "네 할머니하고 할아버지는 곳간에서 주무신단다. 밤중에도 자주 일어나야 하니까. 꼬마들이 자는 것을 돌보시느라고 말이다."

아버지가 끼어 들었다. "그래, 할아버지는 밤마다 화를 내신다. 윈필드가 자는 데 가서 들여다 보면 윈필드가 깨서 소리를 지르거든. 그러면 할아버지는 더 화를 내다가 바지에 오줌을 싸지. 오줌을 싸니까 더 화를 내다 보면 얼마 안 가서 온 집안이 벌컥 뒤집어지고 다들 잠이 깨버리지." 그는 말을 하면서도 우스운지 킬킬거렸다. "그래, 아주 재미있는 일이 많았다. 하룻밤은 온 집안 식구들이 욕들을 하며 떠들어 대고 있는데 네 동생 앨 녀석이 말야, 그놈도 인제 입버릇을 한몫 단단히 하는 놈이 됐지만 말야, 아 그 녀석이 하는 말이, '쳇, 할아버지, 할아버지는 집을 나가서 해적이나 되시지 그래요?' 하는 거야. 그랬더니 할아버지가 노발대발하면서 총을 가지러 갔지. 앨 녀석은 그날 밤 밭에 나가서 자야 했다구. 여하튼 할아버지하고 할머니는 지금 곳간에서 주무시고 계시단다."

어머니가 말했다. "인제 그만 일어나서 나오실 만도 한데. 여보 당신이 뛰어가서 톰이 왔다고 알려 드리구려. 할아버지가 톰을 얼마나 귀여워하시는데요."

"물론이지." 아버지가 말했다. "진작 갔다 올 걸 그랬군." 그는 문밖으로 나가더니 손을 크게 흔들면서 마당을 가로질러 뛰어갔다.

톰은 그가 뛰어가는 모습을 지켜보고 있다가 어머니가 부르는 소리가 들려 고개를 돌렸다. 그녀는 커피를 따르고 있었다. 그녀는 아들을 쳐다보지도 않은 채 "톰"하고 불렀다. 그 목소리에 어딘지 망설이고 쭈뼛거리는 기색이 있었다.

"응?" 톰도 다소 쭈뼛거려졌다. 어머니가 망설이는 것 같으니까 아들의 망설이는 태도도 더욱 두드러져 보였다. 어쩐지 좀 어색한 기분이 들었다. 모자간에 서로가 다소 소심한 데가 있다는 것을 잘 알고 있었다.

그걸 알기 때문인지 더 소심해지는 것 같았다.

"톰, 한 가지 물어보마. 너, 화내지 않지?"

"골을 낸다구요, 엄마?"

"픽 하고 화를 내지는 않겠지? 너 누구 미워하는 사람 없지? 감옥에서 말이다. 너를 화나게 하는 사람은 없었니?"

그는 비스듬히 어머니 쪽을 쳐다보면서 그녀의 눈치를 살폈다. 그의 눈은 어째서 그런 것을 묻느냐는 듯 의아한 표정이었다. "아아니." 그가 말했다. "난 잠깐 있었는 걸, 뭐. 또 어떤 놈들처럼 그걸 자랑스럽게 생각하지도 않아. 이런것 저런것 다 신경 안 쓰기로 했어. 그런데 왜 그러죠, 엄마?"

그녀가 그를 빤히 쳐다 보았다. 좀더 자세히 듣고 싶은 듯 입을 벌리고 좀더 알아내려는 듯 아들을 뚫어지게 쏘아보고 있었다. 그녀는 언제나 말속에 숨겨져 있는 대답을 찾곤 했었다. 그녀는 당황해서 이렇게 말했다. "내가 아는 후로이드라는 애가 있었다. 그애 어머니도 잘 알고 지냈지. 아주 좋은 사람들이었어. 좋은 애들도 한번 삐끗 잘못되면 별수없지만 말이다." 그녀는 말을 멈췄다. 그녀는 한참을 잠자코 있더니 갑자기 털어놓았다. "다 그런 건지 모르지만 내가 한 가지 아는 것은 말이다, 그애가 조금 나쁜 짓을 했다는 거야. 그래서 경찰이 그애를 붙잡아다가 때리고 괴롭히고 했단다. 그랬더니 그애는 또 나쁜 짓을 해서 경찰을 애먹였대. 그래 또 붙잡혀서 경을 쳤지. 그리고 조금 있더니 그애는 걷잡을 수 없이 고약한 애가 되고 말았어. 경찰이 무슨 강력범이라도 다스리듯이 그애한테 총을 쏘니까 그애도 마주 쏘면서 대들었대. 그래서 경찰은 마치 이리 사냥이나 하는 것처럼 그애를 마구 잡아다 족쳤고 그애는 입으로 물어 뜯기도 하고 소리를 고래고래 지르기도 하면서 꼭 늑대나 짐승처럼 사나워졌지 뭐니. 꼭 미친 사람같이 말야. 그렇게 착하던 애가 나중에는 사람 같지도 않게 난폭자가 되고 말았지. 하지만 그애를 알던 사람들은 그를 괴롭히지 않았고 또 그애도 그런 사람들한테만은 화를 내지 않았어. 마침내 경찰에서 그애를 잡아죽이다가 결국 죽여버렸지. 그애가 얼마나 나쁜 짓을 했든 또 신문에서 무어라고 떠들었든, 사실이 그랬단다." 그녀는 말을 멈추고 마른 입술을 혀로 핥았다. 그녀의 표정이나 얼굴 전체가 어떤 괴로운 질문 하나를 던지고 있었다. "내가 꼭 알아야겠다, 톰. 너를 괴롭힌 놈들이 있더냐? 네 화를 그렇게 나게 하던 놈들이 있었느냐고?"

톰의 두툼한 입술은 꼭 다물어져 있었다. 그는 커다란 손을 내려다보았다. 그러더니 말했다. "아니, 없었어. 나는 그렇지 않았어." 그는 말을 멈추고 조개껍질처럼 쪼깨진 손톱을 들여다 보았다. "형무소에 있는 동안 내내 그런 일은 상관도 하지 않았어. 화나는 일도 없던데, 뭐."

그녀가 한숨을 내쉬었다. "감사합니다. 하느님!"

그가 고개를 들었다. "엄마, 그놈들이 우리 집을 그렇게 해놓은 걸 보았을 때……."

그녀가 바싹 다가와서 아들 옆에 섰다. 그녀는 힘을 주어 말했다. "애톰아, 너 혼자 가서 그 사람들하고 싸우진 마라. 그 사람들은 꼭 무슨 짐승 사냥을 하듯 너를 해칠 거다. 애야, 나도 별 생각을 다해 보았단다. 우리처럼 이렇게 쫓겨난 사람들이 몇십만 명이나 된다는구나. 그 사람들이 다 싸우려고 들어봐라. 그렇게만 한다면야 아무도 해치지 못 할 테지만 어디 그게 그러냐?" 그녀는 말끝을 흐렸다.

톰은 그녀를 쳐다보면서 차츰 눈꺼풀을 내리깔았다. 그의 속눈썹 사이로 가늘게 뜬 눈이 보일락말락했다. "다들 그렇게 생각하고 있어요?" 그가 물었다.

"내가 알겠니? 그저 놀라서 어리둥절하고 있는 모양이더라. 반쯤 죽은 사람들처럼 그저 왔다갔다하는 거지."

마당 저쪽 밖으로부터 늙은 염소가 우는 것 같은 소리가 들려왔다.

"하느님! 승리의 하느님!"

톰은 고개를 돌리면서 피식 웃음을 흘렸다. "엄마, 할머니가 내가 왔

126

다는 얘기를 들은 모양이야.” 그가 말했다. “전에는 엄마가 그렇지 않았는데, 엄마도 많이 달라졌어.”

그녀의 얼굴이 굳어지고 눈은 차가운 빛을 띠고 있었다. “그래, 예전엔 내 집이 헐린 일도 없었고, 내 식구들이 길바닥에 쫓겨난 적도 없었지.” 그녀가 말했다. “세간살이를 이렇게 다 팔아치운 일도 없고. 옳지, 저기들 오시는구나.” 그녀는 스토브로 돌아가서 동글동글한 비스킷을 두 개의 큰 쟁반에다 덜어냈다. 고깃국물을 만들기 위해 그녀는 밀가루를 기름솥 속에 털어넣었다. 손은 밀가루를 하얗게 뒤집어 쓰고 있었다. 톰은 잠시 그녀를 지켜 보다가 문간 쪽으로 걸어갔다.

마당 저쪽에서 네 사람이 오고 있었다. 할아버지가 앞장을 서고 있었다. 바짝 마른, 누더기를 걸친 빠릇빠릇한 노인이었다. 빠른 걸음으로 껑충껑충 뛰다시피 하여 관절이 어긋난 오른쪽 다리를 덜 쓰고 있었다. 걸어오면서 단추를 잠그고 있는데 손이 떨려 단추가 잘 찾아지지 않는 모양이었다. 맨 윗 단추를 두 번째 구멍에다 끼웠으니 단추 줄이 다 틀어져 버린 것이다. 그는 시커먼 누더기 바지에다 다 떨어진 청색 셔츠를 입고 있었는데 셔츠는 단추를 하나도 잠그지 않아서 너불너불 늘어졌다. 그 사이로 길다란 회색 내의가 역시 단추도 안 걸린 채 드러나 보였다.

열린 내의 틈으로, 바짝 마른 하얀 가슴에 하얀 털이 부숭부숭한 속이 다 드러나 보였다. 그는 위쪽 단추를 찾다가 그만 단념하고 그대로 열어둔 채 내의 단추를 더듬었다. 그러다가 그것도 단념하고 갈색의 바지 멜빵을 걸었다. 골깨나 내게 생긴 조그마한 얼굴이었고, 아주 작은 눈이 마치 장난꾸러기 어린애같이 심술궂게 반짝거리고 있었다. 성미도 사납고 불만투성이에다 심술이 고약한 웃는 얼굴이었다. 그는 곧잘 싸우고 다투고 더러운 욕을 마구 해댔다. 음담패설도 여간 잘하지 않았다.

성질 사나운 어린애들처럼 꽁한데다가 잔인하고 참을성도 없었다. 몸뚱이 전체가 향락에 찌들어 있는 것 같았다. 술만 생기면 지나치게 마셔댔고 먹을 것이 있으면 있는 대로 먹었고 언제나 주접을 떨고 있었다.

할아버지 뒤에 할머니가 비척거리고 따라왔다. 할머니도 할아버지 나

마찬가지로 성미가 고약했다. 하긴 그러니까 여태 살고 있는지도 모를 일이었다. 그녀는 종교에 대해 놀라울 만큼 지독한 믿음을 가지고 자신을 버텨 왔지만, 그녀 자신은 할아버지가 도저히 따라가지 못할 정도로 엉큼하고 음흉하고 야만적이었다. 한번은 집회가 끝나고나서 아직 입속에서는 기도를 중얼거리면서 엽총을 들고 할아버지한테 총알 두 깍지를 몽땅 쏘아버린 적도 있었다. 그 때 할아버지는 엉덩이 한쪽이 거의 다 나가 버렸다. 그런 일이 있고 나서부터는 할아버지도 할머니를 좀 어려워했고, 어린애들이 빈대를 괴롭히듯 그렇게 그녀를 괴롭히지는 않게 되었다. 그녀는 걸음을 옮길 때면 헐렁한 가운을 무릎까지 치켜들고 자기 나름의 전쟁 구호를 염소 우는 목소리로 부르곤 했다. "하느님, 승리의 하느님!"

할머니와 할아버지는 서로 경주를 하듯 넓은 뜰을 건너왔다. 그들은 무슨 일에나 다투었고, 그렇게 다투는 것을 좋아했다. 또 그것을 필요로 했던 것이다.

두 노인들 뒤에서 아버지와 노아가 천천히 그리고 또박또박 걸어왔다. 노아는 맏아들로 키가 훌쩍 크고 표정이 좀 이상했다. 걸을 때는 언제나 얼굴에 무언가 의아하고 당황한, 또 잔잔한 빛을 띠었다. 그는 평생 한 번도 화를 내본 적이 없었다. 화를 내는 사람이 있으면 오히려 이상하게 쳐다 보았다. 마치 성한 사람들이 미친 사람을 볼 때 의아하고 불안하게 보듯이 그는 동작도 느리고 말도 없었다. 모든 것이 하도 느렸기 때문에 그를 모르는 사람들은 그를 둔하다고 생각했다. 그러나 그는 둔한 것이 아니고 좀 이상한 성격일 뿐이었다. 자존심도 강하지 않았고 성적인 욕망도 없었다. 그는 일하는 거나 잠자는 거나 좀 이상한 시간에 이상한 방식으로 했다. 그러나 자신은 불만이 없었다. 그는 자기 가족들을 좋아하면서도 그것을 어떤 방식으로든 내색하지 않았다. 속을 모르는 사람들은, 왜 그런지 알 수는 없었지만, 여하튼 그에게서 좀 불구자 같은 인상을 받았다. 머리나 몸집이나 다리나 정신이 그러했다. 그러나 집안에 불구자라고는 아무도 없었던 것이다.

노아가 왜 그렇게 이상해졌는지 아버지는 아는 것 같았다. 그러나 그는 창피한지 그런 말을 해주지 않았다. 노아가 태어나던 날 밤 집안에 혼자 있다가 일을 당한 아버지는, 어머니의 벌어진 다리를 보고 또 어머니가 비명을 지르는 것을 듣고 겁이 덜컥 나서 정신이 돌 지경이 되었다. 그는 집게 대신에 자기의 손과 억센 손가락을 이용해서 아기를 비틀어 끌어냈다. 나중에 산파가 와보니 아기 머리는 이상하게 잡아당겨져 있었고 목도 늘어지고 몸뚱이도 쳐져 있었다. 그래서 산파는 손으로 아기의 머리통을 제대로 밀어넣고 몸뚱이도 알맞게 만져 놓았다. 그러나 아버지는 언제나 그 일을 창피스러운 것으로 기억하고 있었다. 그래서 그는 다른 자식들한테보다도 노아에게 훨씬 너그럽고 인자했다.

노아의 넓적한 얼굴 속에서, 사이가 너무 떨어진 두 눈에서, 갸름하고 약하게 생긴 턱과 입에서, 그는 억지로 잡아늘인 갓난아기의 뒤틀린 머리통을 보는 듯했다. 노아는 남들처럼 무엇이나 다 잘했다. 읽고 쓰고 일하고 생각하고 하는 것은 다 멀쩡했다. 그런데 아무것에도 집착하거나 열중하거나 걱정하는 것이 없었다. 사람들이 다 하고 싶어하고 필요로 하는 것들에 대해서 그는 너무도 태평스럽고 아무렇지도 않은 것이었다. 그는 이상하고 조용한 세계에 살면서 거기에서 모든 사물을 잔잔한 기분으로 관망하고 있는 것이었다. 모든 세상 사람들에 대해서 이방인처럼 동떨어져 있으면서도 고독해 하지 않았다.

네 사람이 마당을 건너왔고 할아버지가 물었다. "녀석이 어딨어? 응? 그 녀석이 어딨냐니까?" 그의 손이 바지 단추를 찾느라고 더듬거렸다. 그러다가는 단추 찾는 것을 잊어버리고 손을 호주머니 속에 집어넣었다. 그러다가 그는 문간에 서있는 톰을 보았다. 그는 그 자리에 우뚝 멈추더니 다른 사람들도 멈추게 했다. 그의 작은 눈이 심술궂게 번뜩였다.

"저 녀석 좀 보게." 그가 소리를 질렀다. "저 전과자 녀석! 조우드 집안에 여태까지 감옥에 들어가서 오래 갇혀 있던 놈은 없다." 그는 속이 끓어올랐다. "어떤 놈이 저 녀석을 감옥에 집어넣을 권리가 있단 말이냐? 그 녀석이 한 짓은 제 할애비라도 그대로 했을 것이다. 그 개새끼들이 무슨 권리로 남의 자식을 감옥에 가둬?" 그는 점점 속이 뒤집혔다. "그 늙은 턴불 영감놈이, 그 냄새가 풍풍 나는 스컹크 같은 놈이 저 녀석이 나오기만 하면 단번에 쏘아 죽이겠다고 으스대던 꼴이라니! 제깟 놈이 무슨 해트필드의 피가 섞였다나? 그래서 내가 그랬잖아? '여봐, 조우드 집안을 어떻게 보는 거야? 까불지 마. 나는 맥코이의 피가 섞였다구. 정말이야. 우리 톰 근처에만 얼씬했단 봐라. 네 총을 뺏아 네 똥구멍에 쑤셔 넣어 버릴 테니.' 그놈을 단단히 혼내 주었지."

할머니는 이 이야기에 끼어들지 않고 염소 우는 소리만 냈다. "오오, 하느님. 승리하신 하느님!"

할아버지는 걸어가 톰의 가슴을 찰싹 갈겼다. 피식 웃고 있는 그 눈에 애정과 자부심이 넘쳤다. "톰아, 잘 있었니?"

"그럼요. 할아버지 근력은 어떠세요?" 톰이 말했다.

"아직 끄떡없다." 할아버지가 말했다. 그는 또 화가 났다. "아까도 말했지만 어떤 놈이든 우리 조우드 집안 식구를 감옥에 가둘 놈은 없다. 내가 늘 그러지 않았어? 톰녀석은 황소가 울타리를 들이받고 뛰쳐 나가듯 그 감옥을 부수고 나올 거라고 말야. 과연 너는 할애비 말대로 했구나. 저리 비켜라. 배고프다." 그는 사람들을 제치고 들어가 자리에 앉았다. 다른 사람들이 채 들어서기도 전에 그는 자기 접시에다 돼지 고기와 비스킷 두 개를 갖다 놓고, 접시 위에 두루두루 고기국물을 끼얹더니 입이 불룩해지도록 쑤셔 넣었다.

톰은 그를 보고 정답게 피식 웃었다. "참 굉장한 노인이야." 그가 말했다. 영감은 입 속에 음식이 가득 차 중얼거릴 수도 없었으므로 심술 사납게 생긴 눈으로 미소를 지으며 고개만 세차게 끄덕였다.

할머니가 대견스럽다는 듯 말했다. "저렇게 심술 사납고 입이 고약한 이는 아마 이 세상에 없을 거야. 꼭 악마에게 걸려서 지옥으로 직행하는 것 같다니까. 아이고, 하느님 맙소사. 그 주제에 트럭을 몰겠다니, 참!" 그녀는 심술궂게 말했다. "트럭 운전만은 못 하게 할 테니 그런 줄 아시라구요."

할아버지는 사레가 들렸는지 입 안에 잔뜩 음식물을 문 채 무릎 위에 재채기를 하고 기침까지 해댔다.

할머니가 톰을 올려다 보면서 웃었다. "참 노인네치고는 더럽지?" 그녀는 밝게 웃으면서 말했다.

노아가 디딤돌 위로 올라왔다. 톰을 마주 보면서 그의 멀겋게 뜬 두 눈이 톰의 주위를 두리번거렸다. 얼굴에는 별다른 표정이 나타나 있지 않았다.

톰이 말했다. "어떻게 지냈어, 형?"

"괜찮았어. 넌 어떠니?" 그것이 노아가 말한 전부였다. 그러나 그만하면 그로서는 대단한 의사 표시였다.

어머니가 고깃국 사발에 앉은 파리를 쫓았다. "다 한데 앉을 만한 자리가 없구나." 그녀가 말했다. "그냥 접시들이나 하나씩 가지고 아무데나 앉으려무나. 밖에 마당에 가서 먹든지 아무데나 말야."

갑자기 톰이 말했다. "어? 그 설교사가 어딜 갔지? 여기 있었는데? 어디로 가버렸지?"

아버지가 말했다. "나도 보았는데, 가버린 게로군."

"설교사? 설교사를 데려왔어? 가서 얼른 데려와 음식에 강복을 좀하자." 할머니는 할아버지쪽을 손가락으로 가리켰다. "벌써 먹기 시작했으니 할아버지가 가기는 늦었어. 어서들 가서 설교사를 데려온."

톰이 문밖으로 뛰어나갔다. "어이 짐! 짐 케이시!" 그가 불렀다. 마당으로 나가 보았다. "어, 케이시!" 설교사는 물탱크 밑에서 나타나 잠시 그 자리에 앉더니 다시 일어나 집 쪽으로 걸어갔다.

톰이 물었다. "당신은 숨어서 무얼 하고 있는 거요?"

"아아냐, 그게 아니고, 집안 식구들끼리 즐겁게 모인 자리에 끼어들기가 미안해서 그랬네. 잠깐 앉아서 좀 생각을 해보았을 뿐이야."

"어서 들어가서 아침 먹읍시다." 톰이 재촉했다. "할머니가 강복 기도를 하고 싶대요."

"그런데 내가 설교사라야 말이지." 케이시가 항변하듯 말했다.

"아, 괜찮아요. 어서 가서 기도나 한번 합시다. 그래서 안 될 일 없을 거구, 또 할머니는 기도를 좋아하신다구요." 그들은 함께 부엌으로 들어갔다.

어머니가 조용히 말했다. "어서 오세요."

아버지도 같은 말을 했다. "자, 어서 오시오. 아침 좀 같이 듭시다."

"강복 기도를 먼저 해야지." 할머니가 야단을 쳤다. "기도부터 하라구."

할아버지는 눈을 잔뜩 찌푸리고 쳐다 보더니 케이시를 알아보았다. "옳아, 저 설교사로구먼. 저 사람이라면 괜찮지." 그가 말했다. "나는 저 사람을 처음 봤을 때부터 괜찮게 생각했거든." 할아버지가 엉큼스런 표정으로 눈을 찡긋하는 것을 보고 할머니가 소리를 버럭 질렀다. "주책없이 굴지 말아요, 이 죄 많은 영감아."

케이시는 기분이 들떠 손가락으로 머리를 긁적거렸다. "미리 말씀드려야겠는데 저는 이제 설교사가 아닙니다. 그저 제가 여기에 와서 여러분을 만나 보는 것이 반갑고, 친절하게 대해 주시는 것이 고마울 뿐이지요. 그래도 좋으시다면 제가 기도를 해드리지요. 하지만 저는 이제 설교사는 그만두었습니다."

"어서 기도를 하시오." 할머니가 재촉했다. "우리가 캘리포니아에 가는 이야기도 한마디 넣으시구려."

설교사는 고개를 수그렸다. 모두들 그를 따라 고개를 수그렸다. 어머니는 두 손을 앞으로 모으고 고개를 수그렸다. 할머니는 고개를 너무 수그려 코가 거의 비스킷과 고깃국 그릇에 닿을 것 같았다. 톰은 손에 접시를 들고 벽에 기댄 채 뻣뻣하게 고개를 수그렸다. 할아버지는 한쪽 눈으로 설교사를 쳐다보기 위해 고개를 옆으로 비스듬히 수그렸다. 그런데 설교사의 얼굴은 기도의 표정이라기보다 무언가 명상에 잠긴 듯한 표정이었다. 또 그의 음성은 무엇을 기원한다기보다 무언가를 탐구하고 사색하는 듯한 느낌이 들게 하는 것이었다.

"나는 생각했습니다." 그가 입을 열었다. "산속에 들어가서 생각했습니다. 마치 예수가 광야를 헤매면서 온갖 고난의 수렁에서 자기의 갈길을 생각하던 것과 같이 나도 생각했습니다."

"찬미 예수!" 할머니가 말했다. 설교사가 깜짝 놀라서 그녀 쪽을 돌아보았다.

"예수도 모든 괴로움의 수렁 속에 빠졌던 것입니다. 예수도 아무런 해답을 생각해 내지는 못했으며 도대체 착하게 사는 것이 무엇이며 싸움을 하고 생각을 하는 것이 어떠한 효능이 있는지를 느끼기 시작했습니다. 몸과 마음이 지칠 대로 지치고 괴로워서 그의 영혼은 산산이 부서졌습니다. 바로 그때 그는 하나의 결론에 이른 것입니다. 아무렇게나 되겠지 하면서 그는 광야에 나간 것입니다."

"아멘." 할머니가 염소 우는 소리를 냈다. 그녀는 여러 해 동안 기도를 올리면서 기도하는 사람이 말을 멈추는 시간을 잘 잴 수 있게 되었고, 거기에 맞추어 자기의 응답을 할 줄도 알게 되었다. 설교에서 흔히 듣게 되는 말이나 용어에 귀를 기울이지 않게 된 것도, 그리고 그 말들에 대해서 놀랍게 생각하지 않게 된 것도 벌써 여러 해 전의 일이었다.

"나는 내가 예수와 같다고 말하는 것은 아닙니다." 설교사가 말을 이었다. "그러나 나도 예수처럼 지쳤고, 예수처럼 혼란을 느꼈고, 예수처럼 황야에 나갔던 것입니다. 아무런 준비도 장비도 없이. 한밤중에는 땅에 누워서 하늘의 별들을 쳐다 보았고 아침에는 앉아서 해가 떠오르는 것을 지켜 보았습니다. 낮에는 산꼭대기에 올라가 아래에 펼쳐져 있는 메말라 가는 들을 내다 보았고 저녁에는 지는 해를 따라갔습니다. 전에도 항상 기도를 했듯이 때로는 기도를 올려 보았습니다. 다만 알 수 없었던 것은 누구에게 그리고 무엇을 위하여 기도를 하는 것이냐는 의문이었습니다. 저기 산이 있었고 또 내가 있었고 그래서 산과 나는 따로따로 떨어질 수 없는, 말하자면 한덩어리였으며 오직 그것만이 단 하나의 거룩한 사실이었습니다."

"할렐루야!" 할머니가 말했다. 그녀는 어떤 황홀경을 붙잡으려는 듯 몸을 앞뒤로 조금씩 흔들었다.

"나는 더욱 생각을 해보았습니다. 그러나 그것은 생각이 아니고 생각보다 훨씬 깊은, 사람의 마음속을 파고드는 일이었습니다. 우리 모두의 마음이 한결같아질 때 우리 사람들은 얼마나 거룩한 것인가를 생각해 보았습니다. 모든 인류가 한덩어리가 될 때 그들은 얼마나 신성한 존재가 되는가를 생각해 보았습니다. 다만 보잘것없는 조그마한 인간이 주님의 뜻을 거역하고 제멋대로 놀아나서 치고 받고 싸우고 할 때만이 인간은 거룩하지 못한 존재가 되는 것입니다. 그런 인간은 인간의 거룩함을 스스로 파괴하는 자입니다. 그러나 그 모든 인간들이 단합해서 함께 일할 때 한 인간이 다른 인간을 위해서가 아니라 전체 속의 일부가 되어 마치 마구(馬具)의 여러 가지 부속품 중의 하나처럼 전체를 위해서 일할 때, 그렇습니다. 그때야말로 그들은 신성한 것입니다. 그러나 나는 또 생각해 보았습니다. 신성하다는 것 그 자 체가 무엇인지 알 수는 없었습니다." 그는 여기에서 말을 멈췄다. 그러나 수그러진 고개들은 그대로 있었다. 그들은 아멘이라는 신호를 들어야만 고개를 들도록 개처럼 훈련이 되어 있었기 때문이었다. "나는 그전에 하던 것과 같은 강복 기도를 할 수는 없지만 이 아침 밥상의 거룩함을 기뻐합니다. 여기에는 사랑이 깃들고 있어 기쁠 뿐입니다. 그것만이 전부입니다." 그래도 고개들은 수그린 채였다. "나 때문에 아침 음식이 식었습니다." 이렇게 말하고 나서 그는 비로소 생각났다는 듯 덧붙였다. "아멘." 그제서야 모두들 고개를 들었다.

"아아멘." 할머니는 소리를 지르더니 밥상에 대들었다. 이도 없는 딱딱한 늙은 잇몸으로 고깃국물에 젖은 비스킷을 물어뜯었다. 톰은 정신없이 먹었고 아버지도 한입 가득히 쑤셔 넣고 있었다. 음식이 다 없어질 때까지 아무도 입을 열지 않았다. 커피를 마시고 음식을 지근지근 씹는 소리만이 들렸다. 뜨거운 커피를 식히느라고 훌쩍거리기도 했다.

설교사가 음식을 먹는 것을 지켜보며 어머니는 무언가를 살피고 생각해 보고 이해하려는 것 같았다. 어머니는 그가 이제 사람이 아니라 갑자기 무슨 성령이나 되어버린 것처럼, 땅에서 솟은 어떤 신비스런 목소리를 전해주는 존재나 되는 것처럼 그를 지켜 보았다.

남자들이 먼저 먹고 나서 접시들을 내려놓았다. 마지막 남은 커피 찌꺼기를 쭉 마시고 나서 아버지와 설교사와 노아와 할아버지와 톰은 트럭 있는 데로 걸어갔다. 산더미처럼 쌓아놓은 세간살이와 침대의 나무판과 풍차에 달린 연장들과 낡은 쟁기들을 피하면서 걸어갔다. 트럭 옆에까지 다가가 서서 그들은 소나무 판자로 새로 짜넣은 트럭 옆 울타리를 만지작거렸다.

톰이 차 앞대가리 뚜껑을 열어젖히고 기름투성이가 되어있는 엔진을 들여다 보았다.

아버지가 옆에 다가와서 말했다. "차를 살 때 네 동생 앨이 샅샅이 뜯어보더니 차에 아무 이상이 없다고 하더라."

"그애가 알긴 무얼 안다구. 건방지게시리." 톰이 말했다.

"아니다. 그애도 작년에 회사에 취직을 해서 트럭을 몰았다. 그래서 제법 잘 알고 있지. 그야 건방지기도 하고 좀 까불지만 알긴 잘 알아. 엔진을 수리할 줄도 알고. 암, 수리도 제법 할 줄 안다니까."

"그애 지금 어디 갔어요?"

"글쎄 말이다. 그 녀석은 숫염소처럼 들판을 쏘다니니까 어디 있는지 모르겠다. 숫고양이처럼 계집애들 꽁무니만 쫓아다니거든. 열여섯밖에 안 된 놈이 건방지게 구는 걸 보니 그놈도 이제 불알이 익어 가는 모양이구나. 그저 계집애하고 엔진밖엔 모르는 놈이란다. 아주 순진하고 건방진 놈이야. 집을 나가서 한 일주일째 안 돌아오는구나."

가슴을 더듬거리던 할아버지가 드디어 내복 단춧구멍에다 청색 셔츠의 단추를 걸어 놓았다. 손가락으로 만져 보니 무언가 잘못된 것 같았지만 구태여 찾아내려고 신경을 쓰지 않았다. 단추 구멍 덮개가 어떻게 되어있는지 만져 볼 양으로 손가락을 아래로 더듬거리면서 그는 의기양양하게 말했다. "말 마라. 나는 더 고약했었단다. 그 정도는 약과지. 아마 너희들이 보았으면 무슨 미치광이라고 했을라. 내가 앨보다 한두 살쯤 더 먹었을 때 바로 샐리소에서 야영 집회가 있었지. 앨 녀석은 좀 건방지기는 하지만 그만하면 순진하고 부드러운 애다. 나는 고약하기가 말도 못할 정도였어. 우리가 모두 그 집회에 가보았더니 한 5백 명은 왔더구나. 젊은 총각 녀석들도 여기저기 끼여 있었지."

"할아버지는 지금도 굉장하신데요, 뭐." 톰이 말했다.

"그래, 난 지금도 미치광이다. 하지만 옛날에 비하면 절반도 못 미치지. 이제 캘리포니아까지만 보내 봐라. 마음내키면 오렌지나 따고, 아니면 포도나 따고 살련다. 여태까지 한번도 못 해본 일들이 거기에 많이 있을 게다. 포도든 뭐든 한 주먹씩 따서 그걸 얼굴에다 짓이겨 놓고 포도물이 내 턱밑으로 줄줄 흐르게 하고 싶다."

톰이 물었다. "존 삼촌은 어디 갔어요? 또 로자샤안도 안 보이고 루시하고 윈필드는 어디 있지요? 아무도 얘기들을 안 해주시는군요."

아버지가 말했다. "아직까지 물어보지 않았잖아? 존 삼촌은 물건을 팔러 샐리소에 갔다. 펌프하고 연장하고 병아리 몇 마리하고, 또 우리가 가지고 왔던 자질구레한 것들을 가지고 말야. 루시하고 윈필드를 데리고 새벽에 떠났지."

"어째서 내가 못 만났을까?" 톰이 말했다.

"그래, 넌 큰길로 왔잖았니? 그렇지? 삼촌은 카링턴으로 해서 뒷길로 갔을 거다. 아 참, 그리고 로자샤안은 말이다, 지금 코니네 집에서 살고 있다. 그애가 코니 리버즈한테 시집간 것을 너는 모르겠구나! 너도 코니는 기억하지? 젊은 놈이 제법 괜찮지. 로자샤안은 아마 4,5개월쯤 있으면 해산할 거다. 배가 제법 부르기 시작하더라. 몸도 건강하고."

"어렵쇼! 로자샤안은 코홀리개였는데?" 톰이 말했다. "그러던 게 인제 어린애를 낳게 됐구먼. 한 4년만 나가 있으면 별일들이 다 생긴다니까? 그래 언제쯤 서부로 출발할 작정이에요, 아버지?"

" 글쎄 말이다. 이 물건들을 다 갖다 팔아야 한다. 앨 녀석이 그만 까불고 돌아오면 그 녀석이 트럭에 짐을 꾸려서 실을 텐데. 그러면 내일이나 아니면 모레쯤은 떠나야겠다. 집에 돈도 별로 없어. 사람들 말이 캘리포니아까지는 2천 마일이나 된다는구나. 빨리 떠나면 빨리 떠날수록 좋을 거야. 돈이 왜 그렇게 쓰는 데도 없이 나가는지 모르겠구나. 너 혹시 돈 좀 있니?"

"한 2달러밖에 없어요. 그런데 돈을 어떻게 만들었어요?"

"집에 있는 걸 몽땅 팔아 치웠다. 그리고 집안 식구들이 총동원돼서 목화를 땄지. 심지어 할아버지까지 나서서 말이다."

"그렇구말구, 나도 했지." 할아버지가 끼어들었다.

"식구들이 모두 돈을 모았다. 한 2백 달러쯤 되더구나. 이 트럭을 75달러 주고 사서 내가 앨 녀석과 함께 차 웃대가리를 잘라 저렇게 뒤에다 짐칸을 만들었다. 앨이 밸브를 갈아 보려고 했지만 녀석은 돌아다니기에 바빠서 차분히 달라붙지를 못했어. 우리가 출발할 때쯤에는 한 백 50달러쯤 남을 텐데. 저 낡아빠진 타이어가 도저히 오래 가지 않을 것 같다. 그래서 헌 스페어 타이어를 한 두어 개 준비해 두었지. 뭣하면 도중에 길바닥에 늘어놓고 갈아 끼워야 할 거다."

쨍쨍 내리쬐는 햇살이 마구 쏟아졌다. 트럭이 던지는 그림자가 시꺼멓게 땅바닥에 깔렸다. 차에서는 더운 기름과 기름 걸레와 페인트 냄새가 뒤범벅이 되어 진동했다. 몇 마리 안 남은 병아리들이 마당에 있다가 땡볕을 피해 연장을 넣어두는 움막 속에 숨어버렸다. 돼지 우리 속에는 돼지들이 숨을 헐떡거리고 누워 있었다. 좁게 그늘이 진 울타리 옆에 누워 이따금 째지는 목소리로 투덜거리고 있었다. 개 두 마리가 트럭 밑 빨간 먼지 속에 쭉 뻗고 자빠져서 먼지를 뒤집어쓴 혓바닥을 내밀고 씩씩거리면서 침을 흘리고 있었다. 아버지는 모자를 눈썹 위에까지 바싹 잡아당기고 쭈그리고 앉았다. 그런 자세야말로 아버지가 무얼 생각하든가 아니면 무얼 자세히 관찰할 때 가장 잘 어울리는 자세인 것 같았다. 그는 아들을 유심히 뜯어보았다. 새것이지만 쭈그러져 가는 모자며 양복이며 새 구두를 위아래로 훑어보았다.

"너 그 옷을 사느라고 돈을 다 써버렸니?" 그가 물었다. "그런 옷은 오히려 거추장스러울 게다."

"형무소에서 나올 때 주더군요." 톰이 말했다. "그냥 공짜로 주었어요." 그는 모자를 벗어서 신기한 듯 한참 내려다 보더니 그걸로 이마를 훔치고는 다시 머리에 올려놓고 차양을 꼭 잡아당겼다.

아버지가 말했다. "제법 쓸 만한 구두를 주었구나."

"그래요." 조우드가 맞장구를 쳤다. "아주 근사하죠? 하지만 더운 날에 신고 돌아다닐 구두는 못 되지요." 그는 아버지 옆에 쭈그리고 앉았다.

노아가 천천히 입을 열었다. "이 트럭의 짐칸 옆구리에 판자만 제대로 있다면 지금이라도 짐을 실을 수 있을 텐데. 짐을 싣고 있으면 앨 녀석도 올 것이고."

"나보고 운전을 하라면 운전은 할 수 있어." 톰이 말했다. "나는 맥알레스터 형무소에서 트럭을 몰았으니까."

"잘됐다." 하더니 아버지는 길 쪽을 내다 보았다. "내가 잘못 보았는지는 모르지만 저 건방진 꼬마 녀석이 꼬리를 끌면서 지금 집에 돌아오고 있구나. 저길 좀 보아라. 아주 녹초가 되어있구나."

톰과 설교사는 길 쪽으로 시선을 돌렸다. 난폭자 앨은 사람들이 자기 쪽을 쳐다보고 있다는 것을 눈치채고 어깨를 뒤로 젖히면서 이제 막 울음을 뽑으려는 수탉처럼 거드름을 피우고 마당으로 걸어들어 왔다. 톰이 있는 줄도 모르고 그는 잔뜩 뻐기는 태도로 다가섰다. 그러나 톰을 알아보자 그의 오만스럽던 얼굴이 달라졌다. 찬미와 존경의 빛이 그의 눈 속에 비치면서 오만이 사라졌다.

뒤축이 높은 장화를 내보이기 위해 가랑이를 8인치나 걸어올린 그의 청바지, 놋쇠로 그림 무늬를 박은 3인치나 되는 넓직한 혁대, 청색 셔츠의 팔뚝에 감은 불그스름한 완장, 스렛슨 모자의 모가 난 코, 이런 것들을 몽땅 합쳐도 그의 형의 의젓한 덩치에는 못 미친다는 것을 그는 느꼈다. 더군다나 그의 형은 사람을 죽였던 것이다. 아무도 잊을 수 없는 사실이었다. 자기 형이 사람을 죽였다는 사실만으로도 그는 자기 또래 애들에게 은근히 자랑을 하기도 하고 자기 형에 대한 존경심을 강요하기도 했다. 샐리소에 갔다가 사람들이 자기를 가리키며 하는 말을 들은 적이 있었다. "저게 앨 조우드래. 저애 형이 삽을 가지고 사람을 죽였대."

이제 앨이 형 옆에 얌전히 서서 보니, 형은 자기가 생각했던 것처럼 그렇게 으스대거나 거만을 떠는 사람이 아니라는 사실을 알 수 있었다. 형의 까만 눈 속에 깃든 잔잔한 빛을 보았다. 형무소에서 간수들에 대해 아무런 표정도 드러내지 않도록, 어떠한 저항도 굴욕도 나타내지 않도록 훈련된 잔잔하고 부드럽고 단단한 얼굴이었다. 앨은 순간적으로 달라졌다. 그는 무의식중에 자기 형처럼 변했다. 예쁘장한 얼굴에 생각하는 빛이 담겼고 어깨가 느슨해졌다. 옛날에 보았던 형의 모습은 전혀 기억할 수가 없었다.

톰이 말했다. "애, 앨아, 넌 콩나물같이 크는구나! 전혀 못 알아보겠는데?"

앨은 형이 손을 내밀면 악수를 할 자세를 취하면서 수줍게 피식 웃었다. 톰이 손을 내밀었고 앨의 손이 불쑥 뻗더니 마주 잡았다. 형제간의 정이 흐르는 듯했다. "네가 트럭을 잘 다룬다며?" 톰이 말했다.

이제 앨은 형이 뻐기는 사람을 좋아하지 않을 것 같아서인지 제법 겸손하게 말했다. "아냐, 별로 잘 몰라."

아버지가 말했다. "여기저기 까불고 쏘다녔지? 너 아주 녹초가 됐구나. 자 이제 샐리소에 가져가서 팔 물건을 꾸려야 한다."

앨은 형 톰을 쳐다 보았다. "형, 같이 탈래?" 그는 아주 천연덕스럽게 말했다.

"아니다. 난 못 가겠다." 톰이 말했다. "난 여기 남아서 일을 거들어야겠다. 여하튼 길을 떠날 때는 같이 갈 거 아니냐?"

앨은 듣기 싫지 않게 하려고 애쓰며 물어보고 싶은 것을 물었다. "형, 형은 부수고 나왔어? 감옥에서 말야, 탈옥했냐구?"

"아니, 가석방이란다." 톰이 말했다

"음, 그래?" 앨은 약간 실망이 되었다.

제 9 장

　　움막같이 작은 집들 속에서 소작인들은 자기들의 가재도구와 자기 아버지들의 것, 자기 할아버지들의 것을 보관하고 있었다. 서부로 떠나기 위해서 지금 물건들을 챙기고 있었다. 남자들은 슬픈 기색도 없었다. 자기들의 과거는 이미 망해 버렸기 때문이다. 그러나 여자들은 앞으로 다가올 미래에 그 과거가 자기들에게 어떻게 부르짖고 찾아올지를 알고 있었다. 남자들은 헛간으로, 곳간 쪽 움막으로 부산하게 왔다갔다했다.

　　저 쟁기, 저 보습은 우리가 전쟁 동안에 겨자를 심던 일을 기억하고 있으리라. '구아 유울'이라고 불리는 열대 아메리카 산 고무나무를 심으라고 우리에게 권하던 사람이 있던 것도 기억하리라. 그렇게 해서 돈을 벌라고 그 남자가 권했었지. "저 연장들을 꺼내시오. 몇 달러라도 받고 파시오. 저 쟁기는 18달러는 받겠소, 운임까지 포함해서." 시어스 로벅〔미국의 유명한 통신 판매 백화점〕이었다.

　　마구·마차·파종기·괭이들, 무엇이고 몽땅 꺼내서 쌓아 놓아라. 차에다 실어라. 시내에 가지고 가서 얼마를 받아도 좋으니 다 팔아 버려라. 쌍두마차와 말 두 필도 다 팔아 버려라. 이제 쓸데도 없다.

　　이렇게 좋은 쟁기가 50센트라면 거저나 마찬가지다. 저 파종기는 38달러나 주고 산 거다. 그걸 2달러라니, 기가 막힌다. 그렇다고 그걸 다 끌고 갈 수도 없는 일이다. 자, 다 가져가라. 그것과 함께 짜다 못해 쓰라린 이 내 심정까지 몽땅 가져가라. 우물 펌프와 마구도 가져가라. 말목을 매는 밧줄도 말목걸이도 목띠도 끄는 가죽도 다 가져가라. 그 작은 유리알 장식도, 유리 밑의 빨간 장미꽃 무늬도 가져가라. 그건 저 적갈색의 거세한 말을 위해 샀던 거다. 그 말이 덜거덕거릴 때 발을 얼마나 구르고 뛰었는지 기억이 나는가?

마당에는 폐물 덩어리가 그득히 쌓였다.

손쟁기는 그래도 팔 수 없다. 고철 값으로만 따져도 50센트는 된다. 원판형 보습이나 트랙터 같은 것이 요즈음의 농기구가 아닌가?

좋다, 다 가져가라. 몽땅 가져가고 5달러만 내라. 당신은 폐물만을 사는 것이 아니다. 폐물과 함께 못 쓰게 된 인생도 사가는 것이다. 어디 그뿐이랴. 두고 보면 알겠지만 우리 가난한 소작인들의 쓰라린 심정을 가져가는 것이다. 자식들을 먹이기 위해 농사를 짓던 쟁기를 사는 것이고 우리들 자신을 구해 준 일이 있었을지도 모르는 팔과 정신을 사고 있는 것이다. 5달러지 4달러가 아니다. 도로 가져올 수도 없는 것들이다. 옛다, 4달러에 가져가라. 그러나 말해 두지만 당신네 자식들을 먹이기 위해서 농사를 지어 줄 연장들을 사가는 줄이나 알라는 얘기다. 당신은 알지도 못하고 또 알려고 하지도 않지만 말이다. 4달러에 다 가져가라.

자, 그럼 그 쌍두마차와 말 두 필은 얼마 주겠는가? 이 늘씬한 적갈색 말들은 완전히 짝을 맞춘 것이다. 색깔부터 그렇고 걸음걸이하며 심지어 뛰는 것까지 모든 것이 한 쌍으로 안성맞춤이다. 한번 쫙 끌면 팽팽한 뒷다리와 엉덩이가 1초의 절반도 안 틀리게 맞아들어 간다. 그리고 아침이면 눈부신 햇살을 받아 그 적갈색은 한층 광채를 띤다. 그놈들은 울타리 너머로 냄새를 맡으면서 우리들을 찾는다. 빳빳한 귀를 세우고 우리의 발걸음 소리에 귀를 기울인다. 그리고 저 까만 앞머리를 보아라! 나는 딸이 하나 있는데 그애는 말의 갈기털과 앞머리 땋기를 좋아한다. 거기에 작은 빨간 나비 리본도 달아주고, 그렇게 해주고는 무척 좋아했지. 이제는 그것도 그만이다. 우리 딸아이하고 저쪽에 있는 적갈색 말에 관한 재미있는 이야기가 있다. 당신도 들으면 우스울 것이다.

저쪽 말은 여덟 살이고 이쪽 말은 열 살인데, 그놈들이 같이 일하는 것을 보면 꼭 쌍둥이 같다! 자, 보라. 이도 다 멀쩡하고 폐도 크고 발도 깔끔하고 쭉 뻗었다. 얼마냐구? 10달러라구? 두 마리에? 거기다가 마차까지 끼어서! 맙소사, 차라리 총으로 꽝 쏘아서 개밥이나 하는 게 낫겠다. 옜다, 가져가라. 여보, 얼른 가져가! 당신은 조그만 여자애가 앞머리를 땋아주고 자기의 머리 리본을 끌러서 나비 리본을 만들어 달아주고 머리를 갸웃거리며 물러섰다가 자기의 볼을 그 부드러운 코에 갖다 대고 부비던 그 말을 사가는 거요. 당신은 여러 해 동안의 노동과 햇빛 속의 힘든 농사일 그 자체를 사가는 거요. 당신은 말 못할 서러움을 사가는 거요. 하지만 이거 보오. 이 폐물 덩어리와 저 아름다운 적갈색 말에는 프리미엄이 붙어 있다구. 당신네 집안에서 자라 나중에는 활짝 꽃을 피울 한 보따리의 서러움이 붙어 있지. 우리가 당신을 구원해 줄 수도 있었으련만 당신이 우리를 잘라 버렸군. 그리고 당신도 곧 잘릴 거야. 그러면 당신을 구원해 줄 사람이 우리 중에는 아무도 없을 거야.

그리고 나서 소작인들은 호주머니에 손을 집어넣고 모자를 눌러 쓴채 걸어서 돌아왔다. 어떤 이들은 술을 한 병씩 사서 그들의 울적한 기분을 다시 확인이나 하려는 듯이 벌컥벌컥 들이키기도 했다. 그러나 그들은 웃지도 않았고 춤을 추지도 않았다. 노래를 부르거나 기타를 집어 들지도 않았다. 그저 호주머니에 손을 쑤셔 박고 고개를 수그린 채 발끝으로 빨간 먼지를 걷어차면서 농장으로 돌아왔다.

어쩌면 우리는 그 풍요한 땅에서 재출발을 할 수도 있을지 몰라. 오곡백과가 만발해 있다는 그 캘리포니아에서 말야. 다시 출발하자.

그러나 당신은 출발할 형편이 못 된다. 새로 출발할 수 있는 것은 갓난아기뿐이다. 당신이나 나나 우리는 모두 그저 그렇고 그렇게 지내온 사람들이다. 잠깐 발끈했었을 뿐이다. 하고많은 나날들을 기구한 몰골을 하고 살아온 사람들, 그게 바로 우리들인 것이다. 이 토지, 이 붉은 땅, 이게 바로 우리들이다. 홍수가 나던 해, 먼지가 온통 덮쳐 오던 해, 지독하게도 가물던 해, 그게 바로 우리들이다. 우리는 다시 새 출발을 할 수가 없다. 그 넝마를 사간 사람, 우리의 쓰라린 마음을 사간 사람에게 우리는 모든 것을 주어버렸다. 그런데도 그 쓰라린 생활의 찌꺼기는 아직도 우리에게 남아있다. 지주들이 와서 우리보고 나가라고 했을 때 당하기만 하던 그게 바로 우리였고, 트랙터가 우리 집을 들이받았을 때 비참하게 쓰러져 죽어가던 그게 바로 우리들 자신이었다. 캘리포니아로 가든지 어디로 가든지 간에 우리들은 누구나가 쓰라린 상처와 아픈 마음을 이끌고 행진하는 군악대의 악대장이다. 그 모든 아픔이 일어나서 우리와 같이 행진할 것이며 거기에서 새로운 끔찍한 공포가 되살아날 것이다.

소작인들은 빨간 먼지 속을 헤치고 집으로 터벅터벅 돌아왔다.

팔 수 있을 만한 것은 모조리 팔아버렸다. 스토브, 침대의 나무틀, 의자와 식탁들, 구석에 세워 두는 작은 찬장, 물통과 물탱크 등등을 다 치워 버렸는데도 아직 자질구레한 세간들이 산더미처럼 쌓여 있었다. 그 산더미 속에 아낙네들이 앉아 그것들을 하나씩 들추면서 앞으로 뒤로 뒤적거려 보고 있었다. 그림도 있었고 사각형 거울도 있었고 꽃병도 뒹굴고 있었다.

자, 이제 무엇이 필요하고 무엇이 쓸데없는지를 가려야 했다. 밖에서 노숙을 해야 할 판이었다. 쌀을 씻고 밥을 끓일 그릇 몇 개하고 덮을 것과 깔 것, 등잔과 양동이, 그리고 툭툭한 천막천 같은 것들이 필요할 것이다. 그것을 펴서 천막을 만들 수 있을 것이다. 이 등잔 기름 깡통은 무엇에 쓰이는지 아는가? 그걸로 스토브 대용품을 하면 되지. 그리고 옷가지들은 모조리 가져가야 한다. 또 총은 어쩔까? 총을 안 가지고 객지에 갈 수야 없지. 신발도 옷도 먹을 것도 아무것도 없는 형편이 되더라도 총은 있어야 한다.

할아버지가 이곳에 처음 정착할 때, 그는 아무것도 없고 고추하고 소금하고 총만 있었다고 한다. 그 이외는 아무것도 없었다. 그걸로 살아온 것이다. 그리고 물을 떠먹을 병이 하나 있어야겠다. 그만하면 이제 됐다. 트레일러 짐차의 옆구릴 세워라. 애들을 거기에 태우면 된다. 그리고 할머니는 다다미 위에 태우고 연장은 삽 한 자루하고 톱하고 펜치, 집게 정도면 된다. 아 참, 도끼도 가져가자. 저 도끼는 40년이나 쓰던 것이다. 날이 저토록 다 닳아 빠졌구나. 밧줄도 물론 가져가야지. 또다른 것은 뭐 없을까? 다 버리고 가자. 그냥 태워 버리든지.

 이번에는 애들의 세간을 챙길 차례다. 메리가 저 헌 인형을 가져가면 나도 인디언 활을 가져갈 테다. 꼭 가져갈 테다. 그리고 키가 나만큼 큰 이 둥근 막대기하고. 거기서도 필요할 거야. 그 막대길 내가 얼마나 오래 갖고 놀았는데? 한 달은 훨씬 더 되고 1년도 넘을걸? 꼭 가져가야겠어. 캘리포니아엔 그런 게 없을지도 모르잖아?

 아낙네들도 그 팔자 사나운 물건들 틈에 앉아서 하나씩 들쳐 보고 버렸다가 다시 집어 들었다가 하고 있었다. 이 책은 우리 아버지가 보시던 거다. 아버지는 책을 무척 좋아하셨다. 《천로역정》이다. 책 안에 이름까지 써있다. 또 아버지의 담뱃대도 있다. 아직도 댓진 냄새가 난다. 또 천사가 그려 있는 이 그림, 애들을 셋 낳을 때까지는 늘 이 그림을 보곤 했었다. 별로 대단한 그림은 아닌 것 같지만 사기로 만든 이 개는 신고 갈 수 없을까? 새디 아줌마가 세인트루이스 박람회에 갔다가 사다 준 거야. 알아? 거기에 글씨까지 써놓았잖아? 아냐, 그래도 다 실을 자리가 없을 거야. 이건 우리 오빠가 돌아가시기 바로 전날 보낸 편지다. 또 이건 아주 오래 된 구식 모자구나, 이 깃털 좀 봐. 이젠 못쓰겠군. 그나저나 들어갈 자리도 없어.

 그래도 옛날 살아온 것들을 모조리 흔적도 없이 해놓고야 어떻게 산담? 이런 것들이 다 없어지면 우리의 과거 역사를 어떻게 알지? 아냐, 다 없애버려. 태워버리지 뭐.

 아낙네들은 이렇게 앉아서 하나하나를 쳐다보고 그것들을 기억 속에서 불살라 버렸다. 전혀 낯선 객지에 나가 바깥 세상이 어떤 모습인지도 모르고 산다는 것은 얼마나 괴로운 일일까? 아냐, 못 살 거야. 저 버드나무가 바로 나야. 저 다다미 위에 깔린 그 아픈 기억들, 그 끔찍하고 무서운 고통, 그게 바로 나야.

 또 애들은 애들대로 야단이다. 샘이 그 인디언 활하고 둥근 막대기를 꼭 가져간다면 나도 두 가지는 가져가야겠어. 이 불룩한 베개 말야. 이건 내것이야.

 그러다가 그들은 갑자기 정신이 난 듯 서둘러 댔다. 빨리 떠나야 한다. 머뭇거릴 여유가 없다. 기다릴 수가 없다. 그래서 그들은 웬만한 것은 다 마당에 쌓아놓고 몽땅 불질러 버렸다. 그들은 멍하니 서서 타는 불길을 지켜 보았다. 그러다가는 미친 사람들처럼 차에다 짐을 싣고 먼지가 잔뜩 쌓인 길 속으로 차를 몰아 떠나 버렸다. 짐을 실은 차들이 지나간 자리에는 오래도록 뿌옇게 먼지가 날리고 있었다.

제 10 장

　자질구레한 세간살이와 무거운 연장들, 침대와 용수철, 그리고 무엇이든 팔릴 만한 것들을 싣고 트럭이 떠나가 버린 뒤에 톰은 그 자리에 어슬렁거리고 있었다. 헛간도 힐끔 들여다 보았다가 텅 빈 마구간에도 들어가 보았다. 집채에 잇대어 지어놓은, 연장과 농기구를 저장해 두던 움 속에 들어가서는, 아무렇게나 버려 놓여진 물건들을 발길로 차보았다. 이빠진 풀 베는 가위의 날이 나동그라져 있었다. 그는 아무데나 기억나는 데로 찾아 다녔다. 제비들이 둥우리를 짓던 붉은 제방 둑이며 돼지우리 너머로 늘어진 버드나무 자리를 가보았다.

　돼지우리의 말뚝 사이로 새끼 두 마리가 그를 쳐다보면서 꿀꿀거렸다. 까만 돼지들은 따뜻한 햇볕을 쬐니 기분이 좋은 모양이었다. 이렇게 해서 그는 한바탕 순례를 마치고 이제 막 그늘이 지기 시작한 문턱 층층대에 가서 앉았다. 그의 등뒤에서는 어머니가 양동이에 담은 어린애들의 옷가지를 빠느라고 부엌에서 왔다갔다하고 있었다. 기미가 얼룩얼룩 끼어있는 그녀의 기다란 팔뚝은 팔꿈치까지 비누 거품을 뒤집어 쓰고 있었다. 톰이 문턱에 걸터앉자 그녀는 잠시 빨래를 멈추고 한참 동안이나 그를 쳐다 보았다. 밖으로 고개를 돌리고 뜨거운 햇빛을 내다 보고 있는 아들의 뒤통수를 물끄러미 바라보고 있었다. 그러더니 그녀는 다시 빨래 일에 열중하기 시작했다.

　그녀가 입을 열었다. "애야, 톰! 캘리포니아에 가면 모든 일이 순조롭게 되어야 할 텐데 어떨지 모르겠다."

　그는 고개를 돌려 어머니를 쳐다 보았다. "왜, 순조롭게 안 될 것 같

146

아요?" 그가 물었다.

"아니다. 그저 걱정이 되지만, 잘 되겠지. 나도 본 일이 있는데, 서부 사람들이 돈뭉치를 주고받고 하는 것 말이다. 일거리도 많고 품삯도 비싼 모양이더구나. 신문에도 늘 구인 광고가 난다잖니? 포도밭이나 감귤밭에서 일손을 구하느라고 말이다. 복숭아 같은 걸 따는 일은 하기도 좋을 거다. 그렇잖니, 톰? 먹지 말라고 하겠지만 그래도 좀 상한 것을 살짝 훔쳐 먹을 수도 있을 거구? 또 나무밑 그늘에서 일하는 것은 훨씬 수월할 테지. 너무 좋을 것 같아서 오히려 겁이 난다. 믿어지지 않으니 말이다. 뭔가 생각한 대로 그렇게 좋지만은 않을 것 같아서 겁이 나는구나."

톰이 말했다. "너무 기대하지 마세요. 김칫국부터 마셨다가는 코가 깨지기 십상이니까 말예요. 새도 너무 높이 날면 땅바닥의 벌레를 못 잡아 먹지요."

"네 말이 옳다. 그게 성경 말씀이지?"

"그럴 걸요." 톰이 말했다. "나는 《바바라 위어스의 승리》〔H. B. 라이트 (1872~1944)의 소설〕라는 책을 읽은 다음부터는 성경 내용을 제대로 기억할 수가 없게 됐어요."

어머니는 조금 킬킬거리더니 빨래를 양동이 안에 꺼냈다 넣었다 했다. 작업복과 셔츠를 비틀어 짜는 그녀의 팔뚝에서 근육이 불끈 솟았다. "너희 할아버지도 곧잘 성경 말씀을 인용하시더니 얼마 안 가서 혼동을 일으키시더라. 《마일즈 박사의 연감》이라는 책과 뒤섞어 버리셨지. 그 책의 말을 하나하나 큰소리로 다 읽으셨단다. 잠을 못 자는 사람들, 또는 등허리 불구자들의 편지로 된 책이야. 그리고는 나중에 사람들한테 그걸 가르쳐 주면서 이건 성경 책에 나오는 비유 말씀이야, 하시는 거야. 너희 아버지하고 존 삼촌은 배를 쥐고 웃었고 그걸로 할아버지를 골탕먹이기도 했지." 그녀는 물을 짠 빨래들을 장작처럼 식탁 위에 올려놓았다.

"우리가 가는 데가 2천 마일이나 된다고들 하는데, 정확하게 몇 마일이나 된다던, 톰? 나도 지도를 들여다 보았다만 우편 엽서에 있는 그림들처럼 높은 산들이 많던데 그 사이로 뚫고 간다는구나. 그렇게 먼데까지 가려면 며칠이나 걸리겠니, 톰?"

"모르겠어요." 그가 말했다. "한 보름, 아니면 좀 빨리 열흘쯤 걸리겠지요. 이봐요, 엄마. 그런 걱정일랑 하지 마세요. 내가 감옥에 있을 때의 얘기를 할께요. 감옥에서 언제 나가게 되나 하는 생각은 할 수도 없고 또 했다가는 정신이 돌아 버려요. 그날그날 일이나 생각하고 고작해야 그 다음날 일 아니면 주말의 운동 시합이나 생각하거든요. 엄마도 그런 식으로 생각하라구요. 거기서도 고참들은 차분히 앉아 있는데 신참 애송이 녀석들은 시멘트 방바닥에다 대가리를 쥐어박는 거예요. 얼마나 있으면 나가는가 해서 애를 태우지요. 엄마도 좀 느긋하게 생각하고 그날그날 일만 신경 쓰라구요."

"그게 좋은 수겠다." 이렇게 말한 그녀는 스토브에서 더운 물을 갖다가 양동이에 붓고 아직 빨지 않은 옷을 집어넣어 치대기 시작했다. "그래, 그게 현명한 생각이다만, 왜 그런지 캘리포니아에 가면 모든 것이 잘될 것만 같은 생각이 자꾸 드는구나. 1년 내내 춥지도 않고, 가는 데마다 과일이 풍성하고, 사람들도 좋은 집에서 살고 오렌지 나무 사이에 박혀 있는 하얀 집들 말이다. 혹시 우리도 다 일자리를 얻으면 그런 집에서 한번 살아볼지 누가 아니? 그러면 꼬마들은 집 밖으로 나가 바로 마당 안에 있는 나무에서 오렌지를 따먹고, 그러다 보면 그 꼬마 녀석들은 너무 좋아서 참질 못하고 마구 소리들을 지를 거다."

톰은 부지런히 움직이는 어머니의 손을 물끄러미 지켜 보면서 입가에 미소를 지었다.

"생각만 해도 푸짐한데요? 캘리포니아에서 온 친구가 하나 있었는데요, 그 친구 얘기는 좀 다르더군요. 그 친구 말투로 보아 상당히 먼데서 왔다는 것은 누구나 알 수 있었는데 말이죠. 지금은 일자리를 찾아온 사람들이 너무나 많대요. 그래서 과일 따는 일을 하는 사람들도 요새는 아주 더러운 데서 잠을 자고 먹을 것도 제대로 먹지 못한대요. 품삯이 너무 싼데다가 그나마 일을 얻기가 어려운가 봐요."

그녀의 얼굴에 가볍게 그림자가 스쳐갔다. "그렇지 않다더라, 애." 그녀가 말했다. "너희 아버지가 한 번은 노란 종이에 인쇄된 구인 광고를 가져왔었거든. 사람이 많이 필요하길래 그러지, 안 그러면 왜 그런 광고까지 내겠니? 그런 광고를 찍는 데도 돈깨나 들 텐데, 그 사람들이 무엇 때문에 돈 써가면서 거짓말을 하겠니?"

톰이 고개를 흔들었다. "난 모르겠어, 엄마. 왜 그런 짓들을 하는지는 몰라도, 아마……."

그는 붉은 대지 위를 내리쬐는 뜨거운 햇볕을 내다 보았다.

"아마라니?"

"아마 엄마 말대로 다 좋을지도 몰라. 그런데 할아버지는 어딜 가셨지? 그 설교사는 또 어딜 가고?"

어머니는 옷을 수북이 담은 양동이를 팔에 들고 집 밖으로 나가고 있었다. 톰은 어머니가 나갈 수 있도록 옆으로 비켜 앉았다. "설교사는 동네를 좀 둘러보겠다고 그러더라. 할아버지는 침실에서 주무시고 있고 할아버지는 낮으로는 가끔 이쪽 본채 안에 오셔서 누우시지." 그녀는 빨랫줄 쪽으로 가 연한 청바지와 청색 셔츠와 기다란 회색 내의를 줄에 널기 시작했다.

톰은 등뒤에서 누군가가 발을 질질 끌며 오는 소리를 들었다. 그는 고개를 돌려 안쪽을 들여다 보았다. 할아버지가 침실에서 나오며 아침때처럼 단춧구멍을 더듬거리고 있었다. "너희들 얘기하는 것 다 들었다." 할아버지가 말했다. "야, 이놈들아, 시끄러워서 어디 잠을 잘 수가 있어야지. 너희들도 나이 먹어서 귀때기가 뻣뻣해질 때나 가서야 늙은이 잠 좀 재워 줄줄을 알겠구나." 화가 나서 휘적거리고 있던 그의 손가락이 두 개밖에 채워져 있지 않던 바지 단추를 잡아 젖혔고, 그의 손은 단추를 잠그려고 더듬거리던 것을 잊어버렸는지 열린 바지 안으로 쑥 들어가 사타구니를 긁적거리기 시작했다. 어머니가 물 묻은 손으로 들어왔다. 더운 물과 비누 때문에 그녀의 손바닥은 주름이 가고 불어 있었다.

"주무시는 줄 알았더니 나오셨군요 자, 단추 잠가 드릴께요." 그러면서 노인이 뿌리치는 것도 아랑곳하지 않고 그녀는 그를 꼭 붙잡고 내의와 셔츠와 바지 단추를 모두 채워 주었다. "어디 바람이나 쐬러 가시죠." 하더니 그녀는 노인이 나가도록 내버려 두었다.

영감은 아직도 볼멘소리로 중얼거렸다. "다른 사람이 단추를 채워 주면 누구든지 다 기분이 좋아지는 모양이야. 하지만 나도 내 바지 단추는 내 손으로 채우도록 내버려 두었으면 좋을 텐데 그러는구나."

어머니가 익살맞게 말했다. "캘리포니아에서는요, 옷에 단추를 채우지 않고 돌아다니면 안 된대요."

"뭐라구? 안 돼? 어디 내가 가서 가르쳐 주지. 아, 그놈들이 날더러 어떻게 하라고 가르친단 말이냐? 어디 보자, 내가 가면 옷을 주렁주렁 열어젖히고 다닐 테니."

어머니가 말했다. "할아버지 입이 해마다 거칠어지는 것 같구나. 좀 과시하는 말투가 많아지시고."

노인은 수염이 텁수룩한 턱을 불쑥 내밀고 그 약삭빠르고 야비하게 생긴 반짝거리는 눈으로 어머니를 쳐다 보았다. "아암 그렇지." 그가 말했다. "인제 우리도 곧 떠나겠구나. 거기만 가면 포도 덩굴에 포도가 주렁주렁 열려서 길가에 매달려 있겠지. 그러면 내가 어떻게 할지 알겠니? 목욕통 속에 포도를 하나 가득 따넣고 내가 그 통 속에 들어가 앉는단 말씀이야. 앉아서 깔고 뭉개는 거야. 그래서 포도 주스가 내 바지 아래로 죽죽 흐르도록 그냥 놓아두는 거야."

톰이 웃었다. "제기랄, 할아버지는 2백 살까지 사셔도 아무도 할아버지 집에 침입할 수 없을 거예요. 아직도 기운이 넘치시나 봐. 그렇죠, 할아버지?"

노인은 상자를 하나 끌어당겨서 그 위에 털썩 주저앉았다. "그렇구말구." 그가 말했다. "인제 곧 가게 됐구나. 너희 작은 할아버지는 벌써 40년 전에 거기에 갔어. 그 뒤 한 번도 소식이 없었지만 그 녀석은 뻔질뻔질하기가 꼭 쥐새끼 같았지. 아무도 좋아하는 사람이 없었단다. 내 자동 단발식 콜트 권총을 가지고 달아났어. 거기 가서 내가 그 녀석이나 아니면 혹시 그 녀석이 낳아 놓은 자식들이라도 만나게 되면 내 콜트 총을 찾아야지. 하지만 그 녀석은 내가 잘 알고 있어. 애들을 낳았더라도 제 손으로 키우지는 않을 거야. 뻐꾹새처럼 누구에게든 주어 지금은 다른 사람이 키우고 있을 테지. 야, 그나저나 빨리 갔으면 좋겠다. 거기 가면 나도 새 사람이 될 것 같다. 곧장 과수원에 들어가서 일을 해야겠다.”

어머니가 고개를 끄덕였다. “할아버지는 정말로 그렇게 생각하시는 거란다.” 어머니가 말했다. “한 석 달 전까지도 일을 하셨었지. 요전에 허리를 다치실 때까지 말이다.”

“그렇구말구.” 할아버지가 말했다.

톰은 앉은 채 문지방을 내다 보았다. “저기 설교사가 오는군. 곳간 뒤쪽으로 돌아서 걸어오는데.” 어머니가 말했다. “그가 오늘 아침에 한 기도는 듣던 중 가장 이상한 기도였다. 거의 기도 같지도 않더라니까. 그냥 얘기하는 것 같더라. 다만 말하는 음성이 좀 기도와 비슷할 뿐이고 말이야.”

“그 사람은 좀 괴짜예요.” 톰이 말했다. “언제나 괴상한 말만 지껄이지요. 꼭 혼자서 중얼거리는 사람 같아요. 그리고 아무런 가식 같은 게 없어요.”

“저 사람 표정 좀 봐라.” 어머니가 말했다. “물속에서 세례를 받고 나오는 사람 같구나. 무엇이든 쏘아보는 그런 눈을 갖고 있다. 아주 마음이 곧은 사람 같아. 고개를 수그리고 있으면서도 아무것도 안 보고 있단 말이야. 저런 사람이 바로 예수를 믿을 수 있는 사람일 거다.” 그녀는 입을 다물었다 케이시가 벌써 가까이 와있었던 것이다.

“당신 그렇게 돌아다니다가 열사병이라도 걸리면 어쩔려고 그래요?” 톰이 말했다.

케이시가 말했다. “응? 그럴지도 모르지.” 그는 갑자기 톰과 어머니와 할아버지 등 모든 사람들에게 호소를 해왔다. “나도 서부로 가야겠어요. 꼭 가야겠어요. 나도 당신네 가족들과 같이 갈 수 있게 해주면 좋겠는데.” 그는 자신이 한 말이 좀 어색했는지 어정쩡하게 일어섰다.

어머니는 톰이 무어라고 하는지 보려고 톰 쪽을 쳐다보았다 그러나 톰은 입을 열지 않았다. 그녀는 아들의 권리를 생각해서 그에게 기회를 주었던 것이다. 그러다가 결국 그녀 자신이 말했다. "물론 당신하고 같이 간다면 우리도 자랑스러운 일이지요. 지금 당장 무어라고 말씀드릴 수는 없지만 그이 말이 오늘 밤에 남자들이 다 모여서 우리가 언제 떠날지를 결정하겠다고 하셨어요. 그때까지는 결정적인 말을 안 하는 게 좋겠어요. 존 삼촌과 노아와 톰과 할아버지와 앨과 코니가 다 모여서 최종적인 결정을 내릴 거예요. 하지만 같이 타고 갈 자리만 있다면야 당신과 같이 가는 것을 다들 자랑스럽게 생각할 거예요."

설교사가 한숨을 내쉬었다. "여하튼 나는 가겠습니다. 그동안 많은 일들이 일어났군요. 더 좀 돌아다니면서 보았더니 집집마다 텅텅 비고 논밭에도 사람들이 없고 온 세상이 텅 비어 있더군요. 이런 데에 더이상 남아있을 수는 없지요. 나는 사람들이 가는 곳으로 같이 가야겠어요. 나도 밭에서 일을 해야지요. 그래야 나도 마음이 편할 것 같군요."

"그럼 인제 설교는 안 하실 거요?" 톰이 물었다

"설교는 그만 하겠네."

"사람들 세례도 안 주고요?" 어머니가 물었다.

"세례도 안 하겠어요. 나도 밭이나 푸른 들판에 나가서 일을 하렵니다. 사람들과 가까이 있으면서요. 그 사람들한테 아무것도 가르치려고 하지 않을 겁니다. 오히려 배우려고 해야겠어요. 왜 그들이 푸른 들판에서 사는지를 배우고, 그들이 나누는 이야기를 듣고 그들이 부르는 노래를 들어야겠어요. 어린애들이 옥수수죽을 먹는 소리를 듣고 밤마다 남편들이 자기 아내들과 요 바닥을 쿵쿵 찧는 소리를 들어야겠어요. 그들과 같이 먹고 같이 배워야겠어요." 그의 눈이 젖어들며 반짝거렸다. "마음의 문을 활짝 열고 아무하고라도 나를 받아주는 사람과 같이 풀밭에 들어가서 하겠어요. 사람들과 같이 떠들고 욕도 같이 하고 그네들이 말하는 시(詩)를 들어야지요. 그게 바로 신성한 것인데 나는 지금까지 그걸 깨닫지 못하고 있었던 거지요. 그 모든 일들이, 사람들이 하고 사는 바로 그 일들이 가장 좋은 일들이니까요."

어머니가 말했다. "아아멘."

설교사는 문간 작두틀이 놓여 있던 자리에 아주 얌전히 앉아 있었다. "나같이 무의무탁한 외돌토리 남자 같은 사람한테 이 세상이 어떤 의미가 있는지 모르겠단 말씀이야."

톰이 가만히 헛기침을 했다. "더 이상 설교도 안 하는 사람한테 말이지요?"

"아, 나는 수다스런 떠버리야. 그건 틀림없어. 떠들지 않고는 못살지만 설교는 안 하겠네. 설교라는 건 사람들한테 무엇을 가르쳐 주는 일인데 나는 오히려 사람들한테 묻고 있거든. 그건 설교가 아니잖나?"

"모르겠는데요." 톰이 말했다. "설교란, 말하자면 말의 어조 같은 것이고 사물을 보는 태도 같은 것이겠지요. 또 설교란 사람들이 죽이겠다고 달려든다 해도 그들에게 친절을 다해 주는 것이고요. 작년 겨울 크리스마스 때 우리 맥 알레스터 감옥에 구세군이 와서 우리한테 참 좋은 일을 해주고 갔지요. 우리들을 앉혀 놓고 장장 세 시간 동안을 나팔 음악[설교라는 뜻]만 틀어대는 거예요. 아주 자상하게 하더군요. 다들 그냥 앉아 있는데 누구 한놈도 나가려는 놈이 없더군요. 그게 바로 설교라는 거지요. 완전히 쓰러져서 상대방의 얼굴에 키스도 못할 놈한테 자상하게 해주는 것, 그게 바로 설교지요. 맞아요, 당신은 설교사는 아니지요. 제발 여기서는 나팔 좀 불지 마세요."

어머니는 스토브에 나무를 지폈다. "뭐 요기할 것 좀 드릴까? 많지는 않지만."

할아버지는 상자를 밖으로 들고 나가 그 위에 앉더니 벽에다 몸을 기댔다. 톰과 케이시도 집의 바람벽에다 몸을 기댔다. 한나절의 그림자가 집 밖으로 옮아가고 있었다.

오후 늦게야 트럭이 돌아왔다. 쿵쿵거리고 덜거덕거리면서 먼지 속을 굴러온 트럭의 바닥에 먼지가 두텁게 내려앉았고 차의 덮개도 뿌옇고,

불그스름한 먼지를 뒤집어쓴 헤드라이트는 불빛마저 희미했다.   차가 돌아왔을 때 해는 이미 뉘엿뉘엿 저물고 있었다. 앨은 신이 나고 잔뜩 열중해서 바퀴를 굽어보며 운전대에 앉아 있었고, 아버지와 존 삼촌은 집안의 가장들답게 운전대 옆자리에 앉아 있었다. 짐칸 바닥에는 옆으로 걸친 밧줄을 움켜잡고 다른 사람들이 타고 있었다.

  열두 살짜리 루시와 열 살짜리 윈필드는 얼굴을 찡그리고 난폭한 표정으로, 지치기는 했어도 흥분한 눈빛을 여전히 반짝거리며 앉아 있었다. 읍내에서 아버지를 졸라 얻어낸 감초를 빠느라 입언저리와 손가락 끝은 온통 시커멓게 되어 있었다. 무릎 아래까지 치렁거리는 분홍색 무명으로 만든 정식 드레스를 입은 루시는 그래도 이제 제법 아가씨 티를 풍기며 어딘지 의젓해 보였다. 윈필드는 아직 코흘리개였지만, 가끔 곳간 뒤에 가 멍하니 서있기도 하고 담배 꽁초를 주워 살짝 빠는 상습범이기도 했다. 루시는 점점 불룩해지는 젖가슴의 압력에 아가씨로서의 책임과 위엄을 느끼는 듯했지만 윈필드는 아직 짐승 새끼 같은 개구쟁이 티를 벗지 못하고 있었다.

  두 아이들의 옆에는 트럭 옆구리의 막대기에 살짝 손을 얹고 로자샤안이 서있었다. 발뒤꿈치로 몸의 균형을 잡으면서 덜거덕거리는 차의 충격을 무릎과 엉덩이로 조절하고 있었다. 그녀는 임신 중이라서 몹시 조심하고 있었다. 머리 꼭지에서 땋아 둘둘 말아 싸고 있는 그녀의 머리는 잿빛이 살짝 섞인 금발이었다. 몇 달 전만 해도 그렇게 육감적이고 풍만했던 그녀의 부드럽고 둥근 얼굴은 이제 입덧하는 티를 감추지 못했고, 어딘지 여유 있어 보이는 미소와 완전히 무르익은 부인다운 표정이 첫눈에 알아볼 수 있을 만큼 완연했다. 그 풍만하던 육체 ― 펑퍼짐한 젖가슴과 잘록한 배, 딴딴한 엉덩이와 허벅지들이 하도 육감적으로 움직여 보는 사람으로 하여금 한 번 살짝 때리거나 쓰다듬어 주고 싶은 색정을 느끼게 하기에 충분했던 것이, 이제는 어딘지 차분히 가라앉아 침착해 보이는 것이었다. 그녀의 모든 동작과 신경은 뱃속에 있는 아기에게만 쏠리고 있었다. 태아에게 어떤 충격이라도 갈까봐 지금 그녀는 몸을 발가락 위에 가누고 있었다. 그녀에게는 온 세상이 다 임신하고 있는 것 같았다. 오직 애를 낳고 어머니가 되어야 한다는 생각밖에 없었다. 포동포동하고 정열적인 말괄량이 처녀한테 장가를 들었던 열아홉 살 난 그녀의 신랑 코니는, 아직도 그녀에게 일어나고 있는 여러 가지 변화에 적이 놀라고 당황하는 기색을 감추지 못했다. 물어뜯고 꼬집고 숨 죽인 목소리로 킬킬거리고 소리를 지르다가 그 소리가 마침내 흥얼흥얼 우는 소리로 변하는 그런 이부자리 속의 고양이 싸움이 이제는 없어졌기 때문이었다. 그 대신 항상 차분하게 가라앉은 조심성 있는 눈초리로 자기를 바라보는 다소 수줍으면서도 안정감과 자신감을 가지고 자기에게 매달려 드는 존재가 되어있었다. 코니는 로자샤안이 자랑스럽기도 하고 좀 겁이 나기도 했다. 언제나 그는 한 손을 그녀에게 얹어 놓거나 가까이 서 있었다. 자기의 몸이 그녀의 어깨나 엉덩이에 닿게 하고 있었다. 그럼으로써 앞으로 언젠가는 헤어지게 될지도 모르는 자기들의 관계를 유지할 수 있는 것처럼 느꼈다. 그는 텍사스 출신으로 몸이 호리호리하고 얼굴이 날카롭게 생긴 청년이었다. 그의 파란 눈빛은 때로는 위험하기도 하고 때로는 다정하기도 하고 또 두려움을 나타내기도 했다. 일도 착실하고 열심히 하는 성격이었고 좋은 남편이 될 만한 사람이었다. 술도 어지간히 마셨지만 과음을 하지는 않았다. 필요할 때에는 싸움도 했지만 거들먹거리지는 않았다. 별로 말이 없는 편이면서도 식구들이나 사람들이 모이는 자리에 웬만하면 빠지지 않고 또 남들의 눈에도 적당히 띄었다.

존 삼촌의 나이가 50이나 되지 않았던들, 그래서 가장이라는 당연한 위치에 있지만 않았던들, 그는 운전석 바로 옆의 상석에 앉으려 하지는 않았을 것이다. 차라리 로자샤안을 그 자리에 앉히려 했을 것이다. 그러나 그것은 불가능한 일이었다. 그녀가 너무 젊었고 또 여자였기 때문이었다. 그래도 존 삼촌은 좀 불안한 모양이었다. 그의 고독해 보이는 눈은 아주 불안했고 그 야위고 억센 몸은 항상 긴장해 있었다. 언제나 고독이라는 그의 병이 그를 사람들로부터 단절시켜 왔고 식욕마저 약하게 만들어 버렸다. 먹는 것도 거의 없었고 술은 아예 입에도 안 댔으며, 거기에다 홀몸이었다. 육체적인 욕망이 고이고 고여 밖으로 폭발할 지경이 되면 그는 먹고 싶었던 음식을 배탈이 날 정도로 실컷 먹거나 눈이 시뻘겋게 충혈되고 전신이 마비될 때까지 생강 위스키를 퍼마시는 것이었다. 아니면 샐리소에까지 나가 매춘부를 데리고 원수를 갚았다. 한 번은 그가 쇼오니에 가서 한 침대에다 매춘부를 세 명이나 사서 아무런 반응도 없는 그 여자들의 육체를 한 시간 동안이나 주무르고 왔다는 소문도 있었다.

그러나 그의 욕망 중에 한 가지라도 충족되면 그는 또다시 슬프고 수줍고 고독한 사람으로 돌아갔다. 그는 사람들을 피해 다녔고 사람들에게 무얼 주고 인심을 쓰는 행위로써 자신에 대한 어떤 정신적인 보상을 찾으려 했다. 아무 집이나 기어들어 가서는 어린애들이 자는 베개 밑에 껌을 놓고 나왔다. 장작을 패주고 돈을 안 받기도 했다. 자기가 가진 물건들을 마구 나누어 주기도 했다. 안장이나 말이나 새로 맞춘 신발 같은 물건들이었다. 그런 때에는 아무도 그에게 말을 걸어 볼 수가 없었다. 왜냐하면, 그가 달아나 버렸기 때문이다. 사람들 과 정면으로 마주치게 되면 자기 자신 속으로 몸을 도사리고 겁을 집어먹은 눈으로 사람들을 빠끔히 쳐다보는 것이었다. 오랜만에 모처럼 홀아비 신세를 벗어났다가 그 아내가 죽는 바람에 그는 이상한 죄의식과 수치감에 사로잡혔고 도저히 헤어날 수 없는 고독의 그늘 속에 빠지고 말았던 것이다.

그러나 아무리 괴팍한 그라 해도 도저히 피할 수 없는 일이 있었다. 집안의 가장 중의 한 사람인 이상 그도 집안을 다스리지 않을 수가 없었던 것이다. 그래서 그는 지금도 운전석의 상석 중 하나에 앉아 있는 것이었다.

이 운전칸 안에 타고 있는 세 남자들은 먼지 쌓인 길을 뚫고 집으로 차를 달리면서도 하나같이 시무룩한 표정으로 굳어져 있었다. 앨은 핸들 위에 몸을 덮듯이 하고 앉아 도로 쪽을 내다 보고 있다가 계기판 쪽으로 시선을 옮겼다. 암만 해도 심상치 않게 움직이고 있는 전류계의 바늘을 쳐다보고 유압계와 온도계도 보았다. 마음속으로 차의 약점이나 좀 자신

없는 점들의 일람표를 작성하고 있었다. 털털거리는 소리가 귀에 거슬렸다. 아마 뒤쪽인 것 같았다. 좀 말라붙은 모양이었다. 올라갔다 내려갔다 하는 철판 소리에 귀를 기울였다. 손을 기어 손잡이에 얹어둔 채 그것을 통해 돌아가는 기어의 움직임을 감각으로 느끼고 있었다. 그리고 클러치 판을 시험해 보기 위해 브레이크와는 반대쪽 클러치를 그대로 놓고 있었다.

때로는 발정한 염소처럼 날뛰는 그였지만 이 트럭을 모는 것, 잘 달리게 하는 것, 그리고 수리까지의 모든 것이 그의 책임이기에 신중할 수밖에 없었다. 무엇이 조금이라도 잘못된다면 그것은 그의 책임으로 떨어질 것이다. 설사 아무도 그런 말을 하지 않을지 모르지만 모든 사람들은, 특히 앨 자신만큼은 그것이 자신의 책임이라는 것을 의식해야 할 것이었다. 그는 그런 책임의식을 느꼈고, 그래서 차의 여기저기를 살피고 귀를 기울이는 것이었다. 누구나 그와 그가 맡고 있는 책임을 대견하게 생각하고 있었다. 그의 얼굴은 긴장되어 있고 심각했다. 심지어는 총지휘자 격인 아버지까지도 연장을 들고 그의 명령을 받기도 했다.

트럭 위에 탄 사람들은 모두가 지쳐 있었다. 루시와 윈필드는 너무 많은 사람들의 얼굴과 움직임을 보느라 지쳐 버렸고, 감초 줄기를 서로 빼앗으려고 다투다가, 또 존 삼촌이 자기들의 호주머니 속에 살짝 넣어준 껌 때문에 너무 흥분한 나머지 기진맥진해 있었다.

운전칸에 앉은 남자들은 지치고 화가 나고 슬프기까지 했다. 집에서 가지고 나간 그 모든 것들을 몽땅 넘겨 주고 단돈 18달러밖에 못 받았던 것이다. 말 두 필에 마차에 온갖 종류의 기구들과 가구, 세간들을 몽땅 놓고 왔다. 그 대가가 18달러였다. 그들은 그것들을 사 간 사람을 윽박지르기도 하고 다투기까지 했다. 그러나 물건 살 사람이 별로 흥미를 안 느끼는 것 같았고 그까짓 것은 아무리 싸게 준다고 해도 소용이 없다는 데야 그 물건들을 꼭 팔아야 하는 사람들 쪽이 기가 죽을 수밖에 없었다. 결국 팔 사람이 졌고, 사는 사람의 말을 믿게 되었으며 결국 처음에 사겠다고 하던 액수보다 2달러나 싸게 팔아 넘겼다. 그들은 피로하고 겁이 났다. 그들이 전혀 이해할 수 없는 어떤 조직 같은 것에 부딪혀서 호되게 당했던 셈이었다. 그 말 두 필과 마차는 훨씬 더 받아야 옳다는 것을 그들은 잘 알고 있었다. 그걸 사간 놈들은 훨씬 더 많이 받아먹을 거라는 것도 알 수 있었다. 그러나 어찌해야 할지를 알 수가 없었다. 흥정이나 장사라는 것은 그들에게는 하나의 수수께끼 같은 것이었다.

도로 바닥을 응시하고 있던 앨이 계기대 쪽으로 눈을 돌리면서 말했다. "아까 그 자식은 말예요, 이 지방 놈이 아녜요. 말소리가 다르던데요. 옷도 다르고."

아버지가 설명했다. "내가 철물상에 들렀다가 아는 사람들과 만나서 얘기를 해보았는데 말이다. 우리 같은 사람들이 서부로 떠나기 위해서 물건을 팔러 오는 것을 노렸다가 몽땅 싸구려로 사가려고 오는 놈들이 있다는구나. 새로 생긴 이런 얌체족들은 큰 돈을 번다더라. 하지만 우리 같은 사람들은 어떻게 해볼 도리가 없거든. 톰이 왔더라면 할 걸 그랬다. 그 애가 왔더라면 훨씬 나았을 텐데."

존이 말했다. "그래도 그 녀석이 어디 몽땅 사가려고 하겠어? 그렇다고 우리가 그걸 도로 끌고 올 수도 없는 일이고."

"내가 아는 사람들도 그런 얘기를 하더군." 아버지가 말했다. "물건 사는 놈들이 그런 수작을 상습적으로 한다는 거야. 그런 식으로 사람들에게 겁을 준대. 그런 물건을 어떻게 처리해야 하는지를 우리가 모르는 게 문제야. 너희 엄마가 알면 기가 막히겠구나. 펄펄 뛰고 실망하겠다."

앨이 말했다. "우린 언제쯤 출발할 것 같아요, 아버지?"

"아직 모르겠다. 오늘 저녁에 모두 의논들을 해서 결정해야겠다. 마침 톰이 돌아와 주어 얼마나 다행인지 모르겠다. 그것만 해도 나는 만족이다. 그 녀석은 쓸 만한 애야."

앨이 말했다. "아버지, 사람들이 형 얘기를 하는데 말야, 형이 가석방이래. 그래서 가석방은 다른 주로 나가지 못하는 거래. 만약 나가면 또 붙잡혀서 3년 동안 더 감옥살이를 해야 한대."

아버지가 깜짝 놀랐다. "누가 그러던? 그런 걸 잘 알 만한 사람들이 그러더냐, 아니면 그저 떠들어 대는 놈들 얘기냐?"

"모르겠어." 앨이 말했다. "사람들이 그냥 모여서 얘기를 하고 있길래. 그게 우리 형이란 말도 안 하고 나는 그냥 서서 듣기만 했어."

"제기랄! 그게 사실이 아니어야 할 텐데. 우리는 톰이 꼭 필요하다. 어디 톰한테 한번 물어 보자꾸나. 경찰 녀석들까지 우리를 괴롭히다니, 그렇지 않아도 지금 골칫거리가 한두 가지가 아닌데. 그게 사실이 아니기만 바라야지. 그 문제만은 탁 까놓고 얘기해 보아야겠다."

존 삼촌이 말했다. "톰 녀석이 알고 있겠지."

그들은 침묵했고 트럭만이 덜거덕거리고 달렸다. 엔진 소리가 요란했고 무엇인지 덜컹거리면서 부딪치는 것 같았고 브레이크 쪽에서도 쿵쿵 소리가 났다. 바퀴에서도 나무가 깨지는 듯한 소리가 들렸고, 라디에이터 캡 꼭대기에 있는 작은 구멍으로부터는 가느다란 수증기의 줄기가 새어 나오고 있었다. 트럭 뒤꽁무니에서는 어마어마하게 큰 먼지 기둥이 솟아오르고 있었다. 차가 마지막 고갯길을 털털거리고 오르고 있는 사이에 해는 아직도 지평선 위에 얼굴을 반쯤 걸치고 있었다. 그것이 꼴깍 넘어가서야 그들은 집에 당도했다. 차가 멎으면서 브레이크가 크게 삐걱거렸고 그 소리는 뚜렷하게 앨의 머리 속에 아로새겨졌다.

루시와 윈필드는 소리를 지르면서 짐칸의 옆구리 울타리에 기어올라서 땅에 뛰어내렸다. 그 두 애들이 소리를 질렀다. "톰, 어디 갔어?" 그러다가 문간에 서있는 톰을 보고 그들은 멋적게 발을 멈추더니, 수줍은 듯 그쪽으로 다가가서 슬금슬금 쳐다 보았다.

"애들아, 잘 있었니?" 톰이 말을 걸자, 그들은 신바람이 나서 소리쳤다. "응, 그래." 그들은 좀 떨어져 선 채 톰을 훔쳐 보았다. 사람을 죽였다가 감옥에 다녀온 그들의 큰 오빠이자 큰 형님이었다. 꼬마들은 닭장 속에서 감옥놀이를 하면서 서로 죄수가 되려고 아귀다툼을 하던 일이 생각났다.

코니 리버즈가 트럭의 뒤꽁무니 문짝을 떼어 내려 자기가 먼저 내리더니 로자샤안을 부축해서 내려 주었다. 그녀는 남편의 자상한 도움을 얌전하게 받아들였다. 입 가장 자리를 살짝 꺾으면서 총명하고 만족스런 미소를 지었다.

톰이 말했다. "야아, 로자샤안이구나. 너는 같이 안 간 줄 알았는데?"

"우린 좀 걷고 있었어. 트럭이 와서 태워 준 거야." 그녀가 말했다.

"오빠, 인사해요. 이 사람이 우리 신랑 코니예요." 그녀는 소개를 하면서 자못 대견스러운 표정이었다.

두 남자가 손을 잡았다. 서로를 재어보고 훑어보고 뚫어지게 살피면서. 그들은 곧 서로가 마음에 든 모양이었다. 톰이 먼저 입을 열었다. "상당히 부지런했던 모양이야."

로자샤안은 눈을 내리깔았다. "아직 몰라요."

"어머니한테 다 들었는데, 언제냐? 출산 달이?"

"얼마 남지 않았어. 이번 겨울 이전일 거야."

톰이 웃었다. "오렌지 목장 속에서 낳겠구나, 응? 사방이 오렌지 나무로 둘러싸인 하얀 집에서 말야."

로자샤안은 두 손으로 자기의 배를 만져 보았다. "자꾸 보지 마, 오빠." 그녀는 얌전하게 미소를 지으면서 집 안으로 들어가 버렸다. 저녁이 되었지만 제법 더웠다. 서쪽 지평선 쪽으로부터 아직 완전히 사라지지 않은 저녁놀 빛이 쏟아지고 있었다. 아무런 지시나 신호도 없이 온 가족들이 트럭 주위에 몰려들었고 이윽고 가족 회의가 정식으로 열렸다.

저녁놀 빛에서 풍기는 엷은 아지랑이가 붉은 대지를 오히려 투명한 것으로 만들고 있었다. 그래서 사방에 둘러싸인 모든 형상이 뿌리를 더욱 깊이 내렸고 돌멩이 하나, 건물 하나마다 밝은 대낮에 볼 때보다 더욱 단단하게 서있는 것 같았다. 이상하게도 이 모든 것들 하나하나가 더욱 뚜렷한 개성을 강조하고 있었다. 말뚝은 그것이 꽂혀 있는 땅과 그것이 배경으로 깔고 있는 목화밭을 확연하게 구분지으면서 그 말뚝 자체를 잊어서는 안 될 필수적인 존재로 만들고 있었다.

식물들도 다 하나 하나의 개체였지 농작물의 집합체는 아니었다. 나뭇가지를 너덜거리고 서있는 버드나무도 다른 모든 나무들과는 독립해서 서있었다. 대지도 제 나름대로 저녁빛의 분위기를 더하고 있었다. 서쪽을 향하고 서있는, 페인트 칠도 하지 않은 희끄무레한 집채의 모습이 달처럼 어떤 빛을 발산하고 있었다. 문간 앞에 우뚝 서있는 잿빛 먼지에 덮인 트럭은 이런 저녁놀 속에서 신기한 형상을 던지고 있었다. 마치 쌍안 사진기 환등장치의 원근법에 의해 나타나는 마법적인 모습처럼 괴이한 모습이었다.

저녁때에는 사람들마저 달라져서 침묵해 있었다. 그들은 무언가 의식할 수 없는 어떤 커다란 조직 속의 일부분들 같았다. 그들은 자기들의 마음속에 가냘프게 전달되는 어떤 충동만을 따르고 있었다. 자신들의 마음속으로 돌리고 있는 그들의 조용한 눈초리가 저녁빛 속에서 그리고 먼지에 뒤덮인 얼굴 속에서 빛을 발하고 있었다.

가족들은 가장 중요한 장소에서 만나고 있는 것이었다. 트럭 바로 옆에서 회의가 벌어졌다. 집도 죽었고 들판도 죽어버렸다. 그러나 이 트럭만은 살아서 활발히 움직이는 물건이었고 하나의 살아있는 원리였다.

고물이 다 된 허드슨, 구부러지고 상처투성이가 된 라디에이터 스크린, 어느 가동 부분의 마멸된 끄트머리에도 먼지에 뒤범벅이 되어 달라붙어 있는 기름 덩어리들, 허브 캡이 없어지고 그 대신 붙어있는 빨간 먼지 가루로 된 캡, 이거야말로 가족들이 모일 수 있는 새로운 노변(爐邊) 같은 곳이었고 가족들의 새로운 거실이었다. 반은 승용차고 반은 트럭인 이 차는 옆구리가 높이 올라가 보기에도 어색했다.

아버지가 트럭을 살피며 주위를 어슬렁거리다가는 먼지 바닥에 쭈그리고 앉았다. 땅바닥에다 낙서를 할 만한 막대 하나를 집어 들었다. 한쪽 발을 땅바닥에 편평히 놓고 또 한쪽 발은 뒤꿈치만 디디고 있었기 때문에 한쪽 무릎이 다른 쪽보다 높이 올라갔다. 왼쪽 팔을 왼쪽 무릎에 고이고 오른쪽 팔은 그보다 좀 높이 세운 오른쪽 무릎 위에 고이고서 오른손 주먹으로 턱을 괴고 있었다. 그렇게 쭈그리고 앉아서 그는 트럭을 살폈다. 존 삼촌이 아버지 쪽으로 다가가서 그 옆에 쭈그리고 앉았다. 그들의 눈은 생각에 잠겨 있었다.

할아버지가 집 안에서 나오더니 두 사람이 쭈그리고 있는 것을 보고 다가와서는 운전대로 올라가는 발판에 걸터앉았다. 그 자리가 바로 중심부에 해당되는 곳이었다. 톰과 코니와 노아가 어슬렁거리고 나오더니 역시 쭈그리고 앉았다. 이제 일행은 할아버지를 중앙에 두고 반달 모양으로 늘어선 것이었다. 그 다음에 어머니가 집 안에서 나왔고 할머니가 뒤를 따라 나왔다. 그 뒤에 로자샤안이 얌전하게 따라 나왔다. 여자들은 쭈그리고 앉아 있는 남자들 뒤에 가 서서 두 손을 뒤로 돌려 엉덩이 위에 얹었다. 그리고 꼬마인 루시와 윈필드가 여자들 옆에 매달려 깡총거리며 따라 나왔다. 꼬마들은 붉은 먼지 속에 발가락을 찔렀지만 소리는 내지 않았다. 그 자리에 빠진 사람은 설교사뿐이었다. 생각이 깊은 그는 체면을 차려 집 뒤꼍에 가 앉아 있었다.   그는 좋은 설교사였고 자기가 거느리는 사람들을 잘 알고 있었다.

저녁 빛이 점점 부드러워졌고, 앉기도 하고 서기도 한 채 가족들은 한동안 침묵을 지키고 있었다. 한참 만에 아버지가 누구 한 사람을 가리키지 않고 그저 가족들 전체에 대해서 보고를 하기 시작했다. "오늘 판 물건들은 제 값도 못 받았어. 우리가 시간 여유가 없다는 것을 그놈들은 다 알고 있단 말야. 고작 18달러밖에 건지지 못했다니까."

어머니는 몸이 달아서 어쩔 줄을 모르는 눈치였지만 아무 말도 하지 않았다. 맏아들 노아가 물었다. "몽땅 다 털면 현찰이 얼마나 있죠?"

아버지가 먼지 바닥에다 숫자를 어림해 보더니 혼자 중얼거렸다. "백 54달러구나." 그가 말했다. "그런데 앨 녀석은 타이어를 갈아야 한다는구나. 지금 이 타이어는 오래 못 가는 모양이다."

앨이 가족 회의에 참석하게 된 것은 이번이 처음이었다. 여태까지만 해도 그는 언제나 여자들이 서있는 뒤에 붙어 있을 뿐이었다. 그러나 이제 그는 제 몫을 찾아 엄숙하게 발언을 하고 있었다. "이 차는 형편 없는 고물이라구요." 그가 침통하게 말했다. "그걸 사기 전에 나도 자세히 조사를 해보긴 했지만. 이걸 가지고 싸구려라고 떠들던 그녀석 말은 믿지도 않았어요. 차동기에 손가락을 넣어 보았지만 톱밥은 안 들어 있었어요. 기어 박스 안에도 열어 보니 톱밥은 안 넣었더군요. 크러치도 시험해 보고 차를 좀 굴려도 보았어요. 차체 밑에도 들어가 보았는데 아무데도 금이 간 부속은 없었어요. 오래 굴리지 않았던 모양이에요. 배터리 속에 금이 간 전지가 끼어 있길래 쓸 만한 것으로 바꿔 달랬지요. 타이어는 처음부터 못 쓰게 생겼었지만 그래도 사이즈가 괜찮더군요. 구하기가 쉬운 사이즈였어요. 숫송아지처럼 달릴 수 있는 차지만 그렇다고 해서 휘발유를 몽땅 잡아먹지는 않거든요. 내가 이 차를 사자고 한 것은 그래도 이 차가 제일 대중적인 차였기 때문이죠. 폐차장마다 가보아도 허드슨 6기통 고물차가 산더미처럼 쌓여 있으니 아무데에 가도 부속을 쉽게 구할 수 있을 거예요. 그 값으로 더 크고 껍데기도 근사한 것을 살 수도 있었지만 그런 것은 부속을 구하기가 어려워요. 또 구한다고 해도 굉장히 비싸지요. 여하튼 그런 생각으로 이 차를 사기로 한 거예요." 가족들에게 이렇게 설명을 하고 나서 그는 그들의 의견을 기다린다는 듯 말을 그쳤다.

할아버지는 아직도 명목상의 가장이었지만 직접 나서서 집안 일을 다스리지는 않았다. 그의 위치는 다만 형식상의 것이었고 관습상의 대접을 받고 있을 뿐이었다. 그러나 그의 늙은 머리 속에서 어떤 망령의 말이 나오든지 간에 그에게는 첫 발언을 할 권리가 있었다. 쭈그리고 앉은 남자들이나 서있는 여자들이나 그의 말이 나오기를 기다렸다. "잘했다, 앨." 드디어 그가 입을 열었다. "나도 너만 할 때에는 꼭 너 같았다. 꼭 개나 늑대처럼 쏘다녔으니까. 하지만 일단 할 일이 있을 때는 꼭 해냈거든. 너도 인제 다 컸구나." 그는 대견하다는 듯 손자를 칭찬했다. 앨은 속으로 느끼한 쾌감을 씹으며 얼굴을 붉혔다.

아버지가 말했다. "내가 보아도 그렇게 흠 잡을 데는 없는 것 같다. 만일 이게 차가 아니고 말이었다면 모든 책임을 앨한테 돌리지 않아도 될 텐데, 지금 우리 식구 중에 자동차를 다룰 줄 아는 사람은 앨밖에 없단 말야."

톰이 나섰다. "차는 나도 좀 알아요. 맥 알레스터 감옥에서 나도 좀 만져 보았지요. 앨의 말이 옳아요. 그애가 잘한 거지요.” 이제 앨은 온통 칭찬에 겨워 얼굴이 벌겋게 달아올랐다. 톰이 말을 이었다. “내가 하고 싶은 말은, 저, 아까 그 설교사 말예요, 그 사람이 우리하고 같이 가고 싶어하거든요.” 그는 잠시 말을 멈추고 침묵했다. 그의 말이 가족들에게 내던져지자, 가족들도 조용히 생각해 보고 있었다. 톰이 또 말을 이었다. “그 설교사는 사람이 괜찮아요. 우리 집안하고 알고 지낸 지도 오래 되었고, 또 가끔 사나운 말투를 쓰기도 하지만 아주 사리가 밝은 사람이지요.” 그는 이 제안을 그 정도로 가족들 앞에서 마무리지었다.

저녁빛이 점점 시들어 갔다. 어머니가 자리를 떠나 부엌으로 들어가더니 이윽고 부엌에서 스토브의 덜거덕거리는 쇳소리가 들려왔다.   얼마 있다가 그녀는 다시 회의를 벌이고 있는 가족들에게 돌아왔다.

할아버지가 말했다. “그건 두 가지로 생각할 수가 있다. 어떤 사람들은 설교사를 보고 재수 없다고 생각하기도 한단다.”

톰이 나섰다. “그 사람은 이제 설교사를 집어치웠어요.”

할아버지가 손을 앞뒤로 저었다. “사람이 한번 설교사를 했으면 죽을 때까지 설교사가 되는 거야. 그건 아무도 제 마음대로 집어치울 수가 없는 거지. 또 어떤 사람들은 설교사를 같이 데리고 다니는 것은 매우 존경할 만한 일이라고 생각하기도 한단다. 집안에 누가 죽으면 설교사가 의식을 갖추어서 장례도 치를 수도 있고 또 혼인이 있더라도 설교사가 있으면 되거든. 어린애를 낳아도 설교사가 있으면 바로 집안에서 세례를 줄 수가 있지. 나는 언제나 설교사가 있어야 한다고 생각했었다. 설교사를 데리고 다녀야 한다. 그 사람은 설교사라도 뻣뻣하지가 않아서 괜찮더구나.”

아버지는 나무막대를 먼지 속에다 찔러 넣고 손가락 사이에서 비틀면서 조그마한 구멍을 만들고 었었다. “그 설교사가 재수가 있고 없고보다, 또 사람이 좋고 어쩌고보다 더 심각한 문제가 있다.” 그가 입을 열었다. “좀 서글픈 일이지만 우리는 좀 세밀하게 계산을 안 할 수가 없다. 자, 한번 세어 보려무나. 할아버지하고 할머니하고 둘이지. 나하고 존 삼촌하고 어머니하고 해서 다섯 아니냐? 노아하고 톰하고 앨까지 여덟, 로자샤안하고 코니까지 열, 게다가 루시하고 윈필드까지 하면 열 둘이다. 또 개도 데리고 가야지, 그걸 어떡하겠니? 정든 개를 쏘아 죽일 수도 없고 그렇다고 누구 주어 버릴 사람도 없다. 개 두 마리까지 합치면 자그만치 열 네 식구가 된다."

"닭하고 병아리, 돼지 두 마리는 세지 않았어요." 노아가 말했다.

아버지가 말했다. "돼지는 가다가 도중에 먹을 수 있도록 소금에 절여서 가져가야겠다. 어차피 고기가 필요하니까. 그래서 소금통도 가져가야 한다. 우리가 다 탈 수 있을지 모르겠다. 거기에 설교사까지 탈 자리가 있을지 걱정이다. 또 군식구까지 밥을 먹일 여유가 있을지도 의문이다." 그는 고개도 돌리지 않고 물었다. "여보, 그럴 수 있겠소?"

어머니가 목을 가다듬었다. "그건 우리가 할 수 있느냐는 문제가 아니라 우리가 할 의사가 있느냐는 문제예요." 그녀가 단호하게 말했다. "할 수 있는 일만 하려 들면, 우리가 할 수 있는 일이라곤 아무것도 없을 거예요. 캘리포니아고 어디고 아무데도 못 갈 거예요. 하지만 할 의사만 있으면 우리는 무엇이나 하는 데까지는 해볼 수 있어요. 우리 식구들이 이쪽 동부에 정착해서 살아온 내력도 벌써 옛날 얘기가 되었지만, 나는 여태까지 우리 조우드 집안이나 해즈릿트 집안에서 남에게 음식이나 잠자리나 또는 길가는 나그네에게 차를 태워 주는 일을 거절했다는 얘기는 평생 못 들어 보았어요. 우리 조우드 집안이 인색하기는 인색하지만 그렇게까지 인색한 적은 없었어요."

아버지가 말을 가로챘다. "하지만 다 타고 갈 자리가 없으면 어쩌겠나?" 그는 그녀 쪽으로 고개를 돌려 쳐다보다가 좀 부끄러운 표정이 되었다. 그녀의 목소리가 그를 더욱 부끄럽게 만들었던 것이다. "사람들만은 다 타야 할 게 아닌가, 이 사람아?"

"지금도 사람들이 다 탈 자리는 없는 셈이에요." 그녀가 말했다. "지금도 여섯 사람 자리밖에 없어요. 그런데 꼭 타야 할 사람만 열 둘이에요. 한 사람 더 탄다고 해서 크게 안 될 것도 없어요. 또 건강하고 든든

한 남자는 아무 부담도 안 되고요. 그리고 돼지 두 마리하고 돈을 백여 달러나 가지고서 우리가 군식구 한 사람 걱정을 한다면……." 그녀가 말을 멈췄고 아버지는 고개를 돌렸다. 아버지는 어머니한테 한 대 얻어맞고는 기분이 상한 모양이었다.

할머니가 말했다. "설교사를 데리고 다니는 것은 참 좋은 일이다. 오늘 아침에도 참 좋은 기도를 해주지 않았니?"

아버지는 반대 의견을 기대하면서 한 사람 한 사람의 얼굴을 둘러보았다. 그러고 나서 그는 말했다. "애, 톰아, 가서 그 사람 좀 불러 오겠니? 그 사람이 같이 가겠다면 여기에 참여를 해야지."

톰이 벌떡 일어섰다. 그는 집 쪽으로 걸어가면서 불렀다. "케이시, 어이, 케이시!"

설교사의 가라앉은 목소리가 집 뒤꼍에서 들려왔다. 톰이 그쪽 모퉁이로 돌아가 보았다. 설교사는 벽에다 등을 기대고 앉아 저녁 하늘에 반짝이는 별들을 쳐다보고 있었다. "나를 불렀는가?" 그가 물었다.

"예, 당신도 우리하고 같이 가는 이상, 가족들과 같이 앉아서 여러 가지를 좀 상의했으면 좋겠는데."

케이시가 일어섰다. 그는 가족 회의가 벌어지고 있다는 것을 알았고 자기도 그 안에 끼게 되었다는 것을 알았다. 그의 위치도 상당히 높은 편이었다. 존 삼촌이 그의 자리를 내주기 위해 자기와 아버지 사이에 한 사람이 앉을 만큼 자리를 비켜 주었다. 케이시도 다른 사람들처럼 쭈그리고 앉아서 마치 용상에 버티고 앉아 있는 임금처럼 트럭 발판 위에 올라앉아 있는 할아버지 쪽을 향했다.

어머니가 다시 부엌으로 들어갔다. 등잔 갓이 삐걱거리는 소리가 들렸고 노란 불빛이 부엌 천정 위로 펄럭였다. 그녀가 커다란 솥뚜껑을 열자 고깃국을 끓이는 구수한 냄새가 새어 나왔다. 사람들은 그녀가 제자리에 돌아오기를 기다리고 있었다. 그녀가 중요한 결정에는 꼭 참여를 해야 할 만큼 발언권이 세기 때문이었다.

아버지가 말했다. "그럼 언제 출발해야 할지 생각해 보자. 빠를수록 좋다. 떠나기 전에 해야 할 일은 저 돼지 두 마리를 잡아서 소금에 절이고 짐을 완전히 꾸리는 일이다. 빨리 떠날수록 좋겠다.”

노아가 찬성했다. “우리가 서두르면 내일까지는 준비를 다 끝낼 수 있어요. 그러면 모레 아침 일찍 떠날 수 있지요.”

존 삼촌이 반대했다. “이렇게 더운 낮에는 고기를 차게 할 수가 없다. 돼지 잡기에는 시기가 참 나빠. 차갑게 하지 않으면 고기는 상한단다.”

“그럼, 오늘밤에라도 당장 하지요. 밤에는 좀 차갑게 식을 거예요. 분량이 좀 많겠지만 우리 식구들이 좀 먹고 난 다음에 하지요. 소금이 있나요?”

어머니가 말했다. “그래, 소금은 얼마든지 있다. 두 통이나 듬뿍 챙겨 놓았다.”

“그럼, 빨리 합시다.” 톰이 말했다.

할아버지가 자리에서 일어날 핑계를 찾는지 두리번거리기 시작했다. “어두워지는구나.” 그가 말했다. “아아, 시장하다. 우리가 캘리포니아까지만 가면 난 포도만 한 주먹씩 따서 그것만 먹고 살련다. 제기랄 것!”

그가 일어섰다. 다른 사람들도 그를 따라 모두 일어섰다.

루시와 윈필드는 미치광이들처럼 먼지 속을 깡충깡충 뛰며 흥분했다. 루시가 거친 목소리로 윈필드에게 소곤거렸다. “돼지들을 잡아서 캘리포니아로 간대. 돼지를 잡아서 말야, 식구들이 몽땅 캘리포니아로 간대.”

그 말을 듣고 윈필드는 미친 듯이 날뛰었다. 그는 목에다 손가락을 대고 무서운 얼굴을 하더니 겁에 질린 목소리로 부르짖었다. “난 늙은 돼지야, 늙은 돼지. 이 피 좀 봐, 루시야!” 그러더니 그는 비틀비틀하면서 모래 바닥에 쓰러져 팔과 다리를 힘없이 허우적거리는 시늉을 했다.

그러나 루시는 좀 철이 들어 있었다. 그녀는 지금이 매우 중대한 시기라는 것을 알았다.

“그래서 캘리포아로 가는 거야.” 그녀가 다시 말했다.

그녀는 지금이야말로 자기의 일생중에 가장 중요한 전환점이라는 것을 어렴풋이나마 알고 있었다.

　어른들은 어둠 속을 뚫고 불이 켜진 부엌 쪽으로 건너갔다. 어머니가 그들에게 야채와 고기를 차려 주었다. 어머니는 밥을 먹기 전에 커다란 둥근 물통을 스토브 위에 올려놓고 다시 불을 피웠다. 그 물통이 가득 차게 될 때까지 그녀는 물 양동이를 날라다 부었다. 그런 다음 그녀는 물이 가득가득 차있는 양동이들을 물통 주위에 모아 놓았다. 불을 때고 있는 부엌은 뜨거운 늪같이 되고 말았다. 사람들은 저녁을 빨리빨리 마치고 물이 다 데워질 때까지 밖에 나가서 문간에 앉아 있었다. 그들은 어둠 속을 내다보면서 부엌에서 새어 나온 불빛이 마당 위에 네모 꼴을 그리고 있는 것을 물끄러미 응시했다. 그 한가운데에는 할아버지의 꾸부정한 그림자가 어른거리고 있었다. 노아는 빗자루에서 지푸라기를 한가닥 뜯어서 이를 쑤셨다. 어머니와 로자샤안이 설겆이를 하고 접시들을 닦아 식탁 위에 포개어 놓았다.

　밥을 먹고 나자 갑자기 온 가족들이 제각기 움직이기 시작했다. 아버지는 일어서더니 등잔불을 새로 하나 밝혔다. 노아는 부엌에 있는 상자에서 활 모양으로 된 큰 식칼을 꺼내더니 다 닳아 빠진 숫돌에다 썩썩 문질러 그것을 다른 연장과 함께 작두 위에다 놓았다. 아버지는 석 자나 되는 기다란 막내기 두 개를 갖다가 끝을 도끼로 날카롭게 다듬어 든든한 밧줄을 막대기 중간쯤에다 두 번씩 홀맺어 붙들어 맸다.

　그가 중얼중얼 지껄였다. "그 말고삐 가죽에 다는 막대기를 한꺼번에 팔아 치우는 게 아니었구나."

　물이 김을 내뿜으며 끓기 시작했다. 노아가 물었다. "이 물을 저 아래로 가져갈 거요, 아니면 돼지를 이쪽으로 가져올 거요?"

　"돼지를 이쪽으로 가져올 거다." 아버지가 말했다. "더운물을 갖고 왔다갔다하다가 데는 것보다 돼지를 가져오는 게 나을 게다. 물은 충분히 끓었니?"

　"거의 다 됐어요." 어머니가 말했다.

　"됐다. 그럼, 노아하고 톰하고 앨하고 이리 따라오너라. 내가 불을 가져가마. 저 아래에 가서 잡아 이쪽으로 가져오자."

노아는 칼을 들고 앨은 도끼를 든 채 네 남자가 돼지우리 쪽으로 걸어 갔다. 그들의 다리가 등잔 불빛 속에서 어른거렸다. 루시와 윈필드가 깡 총거리면서 뒤를 따라왔다. 돼지우리까지 와서 아버지가 등잔을 치켜들 고 우리 안을 굽어보았다. 돼지 새끼들이 어리둥절해서 꿀꿀거리며 발을 디디고 일어섰다. 존 삼촌과 설교사가 거들려고 걸어 나왔다.

"자, 됐다." 아버지가 말했다. "찔러라. 마구 날뛰게 해서 피를 뽑아 놓은 다음에 더운물 속에다 튀겨야 한다." 노아와 톰이 우리 위에 다가 섰다. 그들은 아주 잽싼 솜씨로 돼지를 찔렀다. 톰이 도끼 대가리로 두 번을 내리쳤고 노아는 쓰러진 돼지 위에 몸을 굽혀 고기를 발라내는 칼 로 돼지의 대동맥을 찍어 피를 뽑았다. 그들은 꿱꿱 소리를 지르는 돼지 두 마리를 우리 밖으로 끌어냈다. 설교사와 존 삼촌이 뒷다리를 잡아 한 마리를 들었고 톰과 노아가 또 한 마리를 잡아 들었다. 아버지는 등잔불 을 치켜들고 그들을 따랐다. 검붉은 피가 먼지 바닥 위에 두 줄의 줄을 그었다.

집 안에 들어와서 노아는 돼지 뒷다리의 힘줄과 뼈를 발랐다. 뾰족한 막대기로 돼지 다리들을 벌려 놓고 잡은 고기를 두께 2인치, 넓이 4인치 짜리 서까래에 걸어 놓았다. 그렇게 해놓고 다시 남자들은 끓는 물을 퍼 다가 까만 돼지고기 위에 부었다. 노아가 돼지 배를 가르고 내장을 땅바 닥에 꺼내 놓았다. 아버지는 막대기 두 개를 더 깎아, 공중에 널어 놓은 고기가 펼쳐지게끔 꿰었다. 톰은 수세미를, 어머니는 둔탁한 칼을 들고 돼지 껍질에서 까만 털을 벗기기 시작했다. 앨은 양동이를 들고와 거기 에다 돼지 내장을 삽으로 퍼담았다. 그리고 그것을 가져다 집밖에 있는 두엄터에 버렸다. 고양이 두 마리가 야옹 소리를 내면서 그 뒤를 따라갔 다. 그 뒤를 다시 개들이 킁킁거리며 따라갔다.

아버지는 문간에 앉아서 불빛 속에 걸려 있는 돼지고기를 쳐다 보았 다. 껍질의 털도 이제 다 벗겨졌고, 어쩌다가 핏방울이 하나 둘 떨어질 뿐이었다. 땅바닥에 고기에서 떨어진 피가 홍건히 괴어 있었다. 아버지 가 일어나 다가가더니 돼지고기를 손으로 만져 보고 나서 다시 돌아와

앉았다. 할머니와 할아버지는 잠을 자러 곳간 쪽으로 건너갔다. 할아버지는 손에 촛불을 들고 있었다. 남은 가족들은 모두 문간 주위에 모여앉았다. 코니와 앨과 톰은 벽에다 등을 기대고 땅바닥에 앉았고 존 삼촌은 상자를 깔고 앉았으며 아버지는 문간에 앉았다. 어머니와 로자샤안만이 계속 왔다갔다하고 있었다. 루시와 윈필드는 벌써 졸음이 왔지만 서로 다투면서 졸음을 쫓고 있었다. 그들은 바깥 마당에서 졸음을 참으며 다투고 있었다. 노아와 설교사는 집 쪽을 향해 나란히 쭈그리고 앉았다.

아버지가 짜증스럽게 머리를 긁적거리더니 모자를 벗고 손가락을 머리카락 속으로 쑤셔 넣었다. "내일은 아침 일찍 저 돼지고기를 소금에 절여야겠어. 그러고 나서 침대만 빼놓고 물건을 전부 차에 실으면 되지. 모레 아침에는 일찌감치 떠나야 해. 그까짓 거 다 해봐야 하루 일거리도 못 되지." 그가 불안스러운 듯이 말했다.

톰이 끼어 들었다. "그럼 우리는 하루종일 할 일이 없어 빈둥거릴텐데요?" 사람들이 불안스럽게 몸을 뒤척였다. "그냥 내일 아침까지 준비를 다 해서 떠나도 되겠는데요." 톰이 아버지의 의사를 떠보았다. 아버지는 손으로 무릎을 긁적거렸다. 무언가 불안한 분위기가 모두에게 번졌다.

노아가 입을 열었다. "저 고기를 지금 바로 소금에 절여도 상하지는 않을 거예요. 다 잘라 놓았으니까 빨리 식겠지요."

얘기를 끝맺은 사람은 존 삼촌이었다. 그의 위력은 너무 큰것이었다. "무엇 때문에 이렇게 시간을 낭비하고 있을 필요가 있어? 내친 걸음에 다 해치웠으면 좋겠군. 자, 어서 하고 가자, 어서."

갑작스런 감정 변화가 나머지 사람들에게도 번져 갔다. '바로 떠나서 안 될 것이 무언가? 잠은 가면서 자면 되지 않나?' 빨리 서둘러야 한다는 생각이 사람들의 마음속에 스며들었다.

아버지가 말했다. "사람들 말이 캘리포니아까지는 2천 마일이나 된다더라. 그건 보통 먼 길이 아니다. 어차피 우린 가야 해. 애, 노아야, 너하고 나하고 가서 저 고기를 다 자르고 트럭에 짐을 다 실자꾸나."

어머니가 문밖으로 고개를 내밀었다. "어두워서 다 챙기지 못하고 빠뜨리는 게 있으면 어떡하지?"

"새벽에 둘러보면 되지요, 뭐." 노아가 말했다. 모두들 생각에 잠겨 잠잠해졌다. 조금 있다가 노아가 벌떡 일어나더니 다 닳은 숫돌에다가 활 모양으로 된 칼을 문지르기 시작했다. "어머니!" 그가 말했다. "그 식탁 좀 치우세요." 그러더니 그는 돼지고기가 걸려 있는 데로 가서 돼지 갈비 한쪽을 위에서 아래까지 쭉 찢어 갈비뼈에서 살코기만을 발라 내기 시작했다.

아버지도 벌떡 일어서더니 재촉했다. "모두 같이 하자. 어서 이리 달라 붙어라."

일단 떠나기로 작정한 이상 다급한 분위기가 모두에게 감돌았다. 노아는 고기를 부엌으로 날라다가 작은 살점으로 썰어 소금에 절일 준비를 했다. 어머니는 굵은 소금을 여며 넣었다. 그리고 소금에 절인 고기를 한 점씩 물통에다 담았다. 고기 토막끼리 서로 붙지 않게 조심해서 얌전하게 담았다. 그녀는 고기 살점을 마치 벽돌처럼 쌓으면서 사이사이마다 소금을 쳤다. 노아는 등심 고기와 다리 고기를 썰어 냈다. 어머니는 솥에 불을 계속 피워 놓고 있었다. 노아가 갈비와 등심과 다리뼈에서 고기를 깨끗이 발라 내는 동안 그녀는 그것을 받아서 솥에 넣고 끓였다. 식구들에게 먹일 모양이었다.

마당과 곳간에서 등잔 불빛이 둥근 원을 그리면서 펄럭였다. 남자들이 가져갈 짐들을 꾸리느라고, 물건들을 꺼내다가 트럭 옆에 쌓아 놓고 있었다. 로자샤안은 가족들 옷을 모두 꺼냈다. 작업복, 두꺼운 창이 달린 구두, 고무 장화, 낡아빠진 외출복, 스웨터, 양가죽 저고리 등등이었다. 그녀는 이런 것들을 하나하나 꺼내서 나무 상자에 단단하게 챙겨넣고 그 상자 안에 들어가 서서 발로 옷꾸러미를 밟았다. 또 무늬를 그린 옷과 숄, 그리고 까만 목양말, 애들 옷, 작은 작업복과 무늬 옷들을 끄집어 내서 상자 안에다 넣고 발로 밟았다.

톰은 연장 저장 창고에 가서 가져갈 수 있는 것은 모조리 꺼냈다. 톱·집게·망치·못·상자·프라이어·줄, 그리고 작은 줄 같은 것들이었다.

로자샤안은 널찍한 방수 텐트 자락 한 묶음을 꺼내 트럭 뒤켠에 펼쳐 놓았다. 그녀는 두꺼운 요를 들고 간신히 문밖으로 나오고 있었다.

2인용 요가 석 장에다 1인용 깔개가 한 장이었다. 그것들을 텐트 자락 위에다 싸놓고 다시 그 위에 다 떨어진 담요들을 접어서 올려놓았다.

어머니와 노아는 고기를 절이느라고 정신이 없었다. 돼지 갈비 굽는 냄새가 스토브에서 구수하게 새어 나왔다. 애들은 밤이 깊어지자 벌써 쓰러져 잠이 든 지 오래였다. 윈필드는 문간 바깥 먼지 속에서 몸을 새우처럼 구부리고 자고 있었다. 돼지 잡는 것을 보러 갔던 루시는 부엌에 있는 상자 위에 앉은 채 고개를 벽에다 떨구고 있었다. 숨소리도 편안하게, 잠이 들어 있는 그녀의 입이 벌어져 이를 드러내고 있었다.

톰이 연장 정리를 마치고 부엌으로 돌아오자 그 등불을 따라 설교사가 들어왔다. "야, 근사한데?" 톰이 말했다. "저 고기 냄새 좀 맡아보시오. 고기 튀기는 소리 좀 들어보라구요."

어머니는 계속 고기 조각들을 통에 쟁이면서 소금을 살살 뿌리고 소금 위를 손으로 다독거렸다. 그녀는 톰을 올려다 보면서 살짝 미소를 지었으나 그녀의 눈은 어딘지 심각하고 피로해 보였다. "아침에 돼지 갈비를 먹어야 하니까 투정을 하면 안 된다." 그녀가 말했다.

설교사가 그녀 옆으로 다가섰다. "고기 절이는 건 제가 하지요." 그가 말했다. "저도 할 수 있습니다. 아주머니는 이거 말고도 하실 일이 많을 텐데."

그러자 그녀는 하던 일을 멈추었다. 그가 이상한 일이라도 하겠다고 나섰다는 듯, 그녀는 그를 쳐다 보았다. 그녀의 손은 소금에 절고 돼지 고기를 만져 불그스름했다. "이런 건 여자가 하는 일이에요." 그녀가 말했다.

"일은 다 마찬가지지요." 설교사가 대답했다. "일이 하도 많아서 남자 일 여자 일을 가릴 수가 있겠어요? 아주머니는 하실 일이 많아요. 이건 제가 하게 두세요."

　그래도 그녀는 한동안 그를 쳐다보고 있더니 마침내 양동이로부터 물을 퍼서 양철 대야에다 붓고 손을 씻었다. 설교사는 그녀가 지켜 보고 있는 가운데 돼지고기를 쟁이고 소금을 뿌려 다독거렸다. 그는 그녀가 하던 대로 고기를 통속에 쟁였다. 그가 고기를 한 꺼풀 쟁이고 소금을 뿌려서 얌전하게 다독거리는 것을 실제로 보고 나서야 그녀는 마음을 놓았다. 그제서야 그녀는 하얗게 부푼 손을 수건에 닦았다.

　톰이 말했다. "엄마, 이 부엌에서는 무슨 물건을 가져갈 거예요?"

　그녀는 재빨리 부엌을 한 바퀴 둘러보았다. "양동이를 다 가져가자." 그녀가 말했다. "그리고 밥 먹을 그릇은 다 가져가야지. 접시·컵·숟가락·나이프와 포크 같은 건 다 그 서랍에 넣어 서랍째 가져가야지. 그 큰 프라이팬과 스튜 냄비, 그리고 커피 주전자, 또 저게 다 식으면 솥 속에 들어 있는 시렁도 꺼내고, 그건 불 위에 얹어 놓기가 참 좋더라. 저 설겆이 통도 가져갔으면 좋겠지만 자리가 없을 게야. 빨래는 양동이에다 하지. 자질구레한 것까지 다 가져가 보았자 아무 소용 없지. 음식 양이 적으면 작은 냄비 같은 데다 끓이면 되지만, 양이 많으면 작은 그릇에 요리할 수가 없지. 빵 굽는 냄비는 몽땅 다 가져가자. 그것들은 하나씩 하나씩 틀어 맞추게 되어 있단다." 그녀는 일어서서 부엌을 다시 한 번 둘러보았다. "애야, 톰. 지금 내가 말한 것만 갖다 실어라. 나머지 것은 내가 알아서 하마. 저 큰 고추통, 소금통, 육두관, 강판 같은 건 내가 맨 나중에 가져가마." 그녀는 등잔을 집어 들었다. 그리고 육중한 걸음을 침실 쪽으로 옮겼다. 그녀의 맨발은 마룻바닥에 조그마한 소리조차도 내지 않았다.

　설교사가 말했다. "퍽 피로해 보이시는데."

　"부인들은 언제나 피로할 거요." 톰이 말했다. "어쩌다가 한 번씩 집회 같은 데에 나가는 때를 빼면 여자들은 언제나 저런 식이지요."

　"그렇긴 하네만 아주머니는 정말 피곤하신가 보군 그래. 아주 기진맥진하신 모양이네." 어머니가 막 문밖을 나가다가 이 말을 들었다. 풀어져 있던 그녀의 얼굴이 서서히 긴장을 되찾았다. 야무지게 생긴 그녀의 얼굴에서 주름살이 없어졌다. 그녀의 눈빛이 날카로워졌고 늘어졌던 어깨가 펴졌다. 발가벗긴 듯 텅 빈 방안을 그녀는 둘러보았다. 쓰레기밖에는 남은 것이 없었다. 마룻마닥에 깔렸던 매트리스도 없어졌다. 거울 달린 옷장도 다 팔아버렸다. 방바닥에는 부러진 빗 한 자루와 안이 텅빈 분가루통, 그리고 죽은 생쥐 몇 마리가 뒹굴고 있었다. 어머니는 등잔을 방바닥에 놓았다. 걸상처럼 쓰고 있던 상자 뒤로 손을 넣더니 문구가 들어 있는 상자를 하나 꺼냈다. 오래 돼서 때가 묻고 네 모서리가 쪼개져 있었다. 그녀는 앉아서 상자를 열었다. 안에는 편지 같은 것들, 신문이나 잡지 같은 데에서 오린 것을 묶어놓은 것, 사진, 귀걸이 한 쌍, 인인(認印)이 새겨진 작은 금반지, 머릿단을 꼬은 모양으로 되어 끝에 금고리가 달린 시계줄 등이 들어 있었다. 그녀는 편지뭉치를 손가락으로 가만히 만지작거리더니 톰이 재판을 받던 내용이 실려 있는 신문 스크랩을 펴서 다듬었다. 한참 동안 그녀는 그 상자를 손에 든 채 내려다 보고 있었다. 손가락이 편지 뭉치를 흐트러뜨렸다가 다시 가지런히 정돈했다. 그녀는 생각에 잠기고 기억을 되살리며 아랫입술을 지그시 깨물었다. 마침내 그녀는 결심을 했다. 반지와 시계줄과 귀걸이를 집어들고 종이 뭉치 밑에서 커프스 금단추 하나를 찾아냈다. 한 봉투 속에서 편지 알맹이를 빼내고 그 안에다 장신구들을 집어넣었다. 봉투를 또 한 번 접어서 그것을 입고 있는 옷의 호주머니 안에 넣었다. 그러고 나서 그녀는 가만히 그리고 부드럽게 상자를 닫고 상자 모서리를 손가락으로 만져 구겨진 데를 폈다. 그녀의 입술이 벌어졌다. 그러고 나서 그녀는 일어섰다. 등잔을 집어 들고 다시 부엌으로 돌아갔다. 그녀는 스토브 뚜껑을 열고 그 상자를 가만히 석탄 속에 놓았다. 불길은 삽시간에 종이를 누렇게 그슬렀고 상자 위에까지 펄럭거렸다. 그녀는 스토브 뚜껑을 도로 닫았다. 불길 속에서 흘러 나오는 한숨소리가 상자 위를 덮는 듯했다.

  깜깜한 마당에서 등잔불을 켜놓고 아버지와 앨이 짐을 꾸려서 차에 신고 있었다. 연장들은 바닥에 깔아놓았지만 차가 고장이 날 경우에는 금방 꺼낼 수 있게 손 가까운 곳에 놓아 두었다. 그 다음에 의류 상자를 놓고 부엌 도구들은 포대 자루에 넣었다. 칼 종류와 접시 종류는 제 상자에 넣었다. 1갈론들이 양동이는 차의 뒤꽁무니에 붙들어 맸다. 짐의 밑바닥은 가능한 한 편평하게 했다. 그리고 상자와 상자들 사이에는 담요 같은 것을 둘둘 말아서 찔러 놓았다. 짐 꼭대기에는 매트리스를 덮어서 트럭에 고르게 실었다. 맨 마지막으로 방수용 텐트를 짐 위에 덮었다. 앨은 그 한쪽 끝에 구멍을 뚫고 두어 자씩 간격을 두고 작은 밧줄을 꿰어 차의 옆구리 밧줄에 연결했다.

앨이 말했다. "만약 비라도 오면 이걸 위쪽 밧줄에 매야겠어요. 그리고 그 밑으로 사람들이 들어가면 비를 안 맞을 수 있어요. 짐칸 앞쪽만큼은 비를 안 맞고 충분히 갈 수 있을 거예요."

아버지가 좋아라고 소리쳤다. "그것 참 좋은 생각이다."

"그것뿐이 아니에요." 앨이 말했다. "가다가 기회만 있으면 기다란 목재를 사서 그걸로 지붕을 만들고 그 위에다 텐트를 치면, 해도 가릴 수 있어요."

아버지도 찬성이었다. "그것도 좋은 생각이로구나. 왜 좀 진작 그 생각을 안 했니?"

"난 시간이 없었어요." 앨이 말했다.

"시간이 없었어? 왜 없었단 말이냐, 앨? 넌 온 동네를 쏘다닐 시간은 있었잖아? 지난 두 주일 동안이나 네가 어딜 갔다 왔는지는 아무도 모르니 말이다."

"고향을 떠날 때는 이런저런 할 일이 생겨요." 앨이 대답했다.

그러더니 그는 다소 자신이 없는 투로 물었다. "아버지, 아버지도 떠나는 게 좋으세요?"

"응? 글쎄 말이다. 그럼, 그렇지. 최소한도 그렇지. 우리는 여기서 너무 고생을 하고 살았다. 저쪽에 가면 그야 모든 것이 딴판이겠지. 일자리도 얼마든지 있고 모든 것이 훌륭하고 논이나 밭이 푸르고 과수원 속에는 아담한 하얀 집들이 있을 것이고 사방에 오렌지가 열리고 있을 거다."

"거긴 다 오렌지예요?"

"글쎄, 다 오렌지만 있는 건 아닐 거다만, 대부분이 그럴 거다."

하늘에 여명(黎明)이 어렴풋이 비치기 시작했다. 모든 준비가 완료되었다. 돼지고기통도 준비되고 닭장도 맨 꼭대기에 올려 앉혀져 있었다.

어머니가 솥뚜껑을 열고 돼지 뼈다귀 곤 것을 꺼냈다. 아직도 뜯을 만한 고기가 많이 붙어 있는 것이 먹음직해 보였다.

루시가 반쯤 잠을 깨 앉아서 졸던 상자로부터 굴러 떨어지더니 그대로 다시 잠이 들었다. 그러나 어른들은 문간 주위에 서서 몸을 으스스 떨며 말랑말랑한 돼지고기를 뜯고 있었다.

"할머니하고 할아버지를 깨워야 하지 않을까요?" 톰이 물었다. "날이 새기 전에 떠나게 될 텐데."

어머니가 말했다. "마지막 시간까지 깨우지 않는 게 좋겠다. 노인들은 좀 자야 한다. 루시하고 윈필드도 제대로 자지 못했어."

"다들 짐을 꾸리면 위에서 자면 되는 거야." 아버지가 말했다. "거기서 자면 편안해서 잠도 잘 올 거야."

갑자기 개들이 먼지 속에서 벌떠 일어서더니 귀를 세웠다. 그리고는 으르렁거리고 짖으며 어둠 속으로 달려 나갔다. "그런데 저놈들이 왜 저럴까?" 아버지가 물었다. 이윽고 짖는 개를 달래는 목소리가 들렸고 개들의 짖는 소리도 다소 누그러졌다. 발자국 소리가 들리더니 웬 남자가 나타났다. 모자를 낮게 눌러 쓴 뮤리 그레이브스였다.

그는 쭈뼛거리며 가까이 다가왔다. "안녕들하세요?" 그가 말했다.

"어, 뮤리인가?" 아버지가 손에 들고 있던 돼지 뼈다귀를 흔들며 말했다. "어서 들어오게. 자네도 돼지고기나 좀 뜯게."

"아니, 괜찮아요." 뮤리가 말했다. "저는 별로 시장하지 않아요."

"자, 어서 이 사람아, 좀 들어!" 그러더니 아버지는 직접 안에 들어가서 갈비를 한 줌 들고 나왔다.

"저는 시장해서 들른 게 아니고, 그냥 지나가다가 언제쯤 떠나시나 궁금해서 작별 인사라도 드리려고 찾아왔어요.” 그가 말했다.

“이제 금방 떠나려는 참일세.” 아버지가 말했다. 자네가 한 시간만 늦게 왔더라면 못 만날 뻔했네그려. 보게, 짐을 다 꾸려 놓지 않았나.”

“다 싸놓으셨군요.” 뮤리는 짐을 실은 트럭 쪽을 쳐다 보았다. “어떤 때는 저도 가서 우리 식구들을 찾아보고 싶은 생각이 나기도 하더군요.”

어머니가 물었다. “캘리포니아에 간 식구들한테서는 무슨 소식이라도 있었는가?”

“없었어요.” 뮤리가 말했다. “한 번도 소식을 못 들었지요. 하지만 저도 우편국엘 한 번도 가보지 못했어요. 언제든 한 번 가봐야 할 텐데요.”

아버지가 말했다. “앨, 가서 할머니하고 할아버지 좀 깨워라. 얼른 나오셔서 아침 잡수시라고 해라. 인제 곧 떠난다.” 앨이 곳간 쪽으로 어슬렁거리며 다가갔다. “여보게, 뮤리, 자네도 우리한테 끼어 가보지 않겠나? 같이 간다면 자네가 탈 만한 자리를 만들어 줄 테니.”

뮤리는 갈비 끝에서 고기 한 점을 뜯어 씹고 있었다. “어떤 때는 가고 싶은 생각도 나지만 저는 암만 해도 못 갈 것 같은데요.” 그가 말했다. “저는 꼭 공동묘지의 귀신처럼, 나와서 돌아다니다가 꼭 숨어야 하는 마지막 순간을 잘 알고 있어요.”

노아가 말했다. “자네 그러다가 언젠가는 그 들판에서 죽을 거야, 뮤리.”

“그건 나도 알고 있어. 그 생각도 안 해본 건 아니야. 어떤 때는 아주 쓸쓸하기도 하고 어떤 때는 괜찮은 것 같기도 하고, 또 어떤 때는 썩 좋은 기분도 들거든. 하지만 그런 건 아무래도 상관없는 일이야. 여하튼 당신네들도 혹시 우리 집 식구들을 우연히라도 만나게 되면, 사실은 그것 때문에 내가 찾아왔지만, 캘리포니아에서 혹시라도 우리 식구들을 만나게 되면 내가 잘 있다고 좀 전해 주게. 내가 아무 일 없이 잘 지내고 있다고 말야. 제발 내가 이렇게 지내고 있다는 말은 안 해주었으면 좋겠어. 내가 돈만 생기면 바로 찾아갈 거라고 좀 전해 달라구.”

어머니가 물었다. "그럼 자네는 정말 그럴 텐가?"

"아녜요." 뮤리가 부드럽게 대답했다. "전 안 갈랍니다. 전 아무데도 못 가요. 전 여기에 남아 있어야 해요. 그전 같으면 갔었을지 모르지만 이젠 못 가요. 많이 생각해 보고 또 여러 가지 알게 되다 보니 오히려 이젠 떠나지 않기로 결심했어요."

새벽빛이 좀더 밝아지자, 대신 등잔 불빛은 좀 흐려졌다. 앨이 절룩거리며 힘들게 따라오는 할아버지를 데리고 돌아왔다. "할아버지는 안 주무시고 곳간 밖에 나와서 앉아 계시던데요. 좀 편찮으신가봐요." 앨이 말했다.

할아버지의 눈은 맥없이 어두워져 있었고 그 특유의 짓궂은 빛도 보이지 않았다. "난 아무렇지도 않다." 할아버지가 말했다. "너희들만 가라. 난 안 갈란다."

"안 가신다구요?" 아버지가 물었다. "그게 무슨 소리세요? 인제 짐도 다 싸고 떠날 채비가 다 되었는데. 우리는 가야 해요. 어디 남아서 발 붙일 곳도 없어요."

"너희들보고 남아 있으란 말은 아니다." 할아버지가 말했다. "너희들일랑 어서 가거라. 그리고 나만 남아 있을란다. 밤새도록 잠도 안 자고 생각을 해보았다만, 이건 내 땅이다. 또 나는 이 땅에 딸린 목숨이다. 오렌지고 포도고 간에 아무리 쏟아져도 다 귀찮다. 난 안 갈란다. 이 땅은 써먹지도 못할 불모의 땅이다만 그래도 내 땅이다. 그래도 내 땅이다. 그래, 너희들은 어서 가거라. 나는 혼자서 이 내 땅에 남아 있을란다."

사람들이 우르르 할아버지 곁에 몰려들었다. 아버지가 말했다. "그렇게 되질 않는다니깐 그러세요. 이 땅은 트랙터가 밀어붙일 테고 또 밥은 누가 끓여 드리라고 그러세요? 어떻게 혼자서 지내신단 말예요? 혼자 계시려면 계세요. 거두어 줄 사람 하나 없이, 그러다가 괜히 굶어 돌아가실 테니."

할아버지가 소리를 버럭 질렀다. "시끄럽다니까 그러는구나. 내가 아무리 이렇게 늙었지만 난 아직도 내 한 몸은 건사할 수 있다. 뮤리, 저 사람은 어떻게 지낸다더냐? 나도 저 사람만큼 아무 일 없이 지낼 수 있다. 너희들이 무어라고 해도 난 안 간다. 할머니는 데리고 가려거든 데리고 가라. 하지만 난 못 데려간다. 이젠 더 얘기도 하지 마라."

아버지가 기가 막혀서 타일렀다. "제 말 좀 들어 보세요. 잠깐만 좀 들어보세요."

"듣긴 무얼 들어! 나는 일단 안 간다고 했다."

톰이 다가가서 아버지의 어깨를 두드렸다. "아버지, 집 안으로 들어가세요. 잠깐 할 얘기가 있어요." 아버지를 데리고 집 안으로 들어가면서 그는 소리를 질렀다. "어머니, 이리 좀 오세요."

부엌 안에는 등잔불이 타고 있었고 돼지고기 뼈다귀를 담은 접시가 산더미처럼 쌓여 있었다. 톰이 입을 열었다. "보세요, 할아버지는 안 가시겠다고 발버둥을 치실 만도 한 거예요. 하지만 혼자 버려 둘 수는 없잖아요, 안 그래요?"

"그야 물론이지." 아버지가 말했다.

"그러니까 이렇게 하자구요. 우격다짐으로 할아버지를 묶어서 데리고 가면 할아버지를 다치게 할 수도 있고 또 할아버지 성미에 화를 못 견뎌 무슨 위험한 짓을 하실지도 몰라요. 그렇다고 이렇게 다투어 보았자 소용이 없어요. 한 가지 방법은 할아버지를 취하게 하는 거예요. 혹시 위스키 좀 없어요?"

"없는걸." 아버지가 말했다. "집안에 위스키라고는 한 방울도 없어. 존 삼촌도 위스키는 아마 없을 거다. 술을 가져다 두는 사람이 아니니까."

어머니가 말했다. "애, 톰아, 나한테 진정제 시럽이 반 병쯤 있다. 윈필드가 귀앓이를 할 때 쓰려고 얻어둔 거다. 그거라도 드리면 안 되겠니? 윈필드가 귀앓이를 몹시 심하게 하면 조금씩 먹여 잠을 재웠었다."

"그거라도 될 거예요." 톰이 말했다. "어머니, 그것 좀 가져오세요. 여하튼 한번 드려 보지요."

"그런데 그걸 쓰레기 쌓아 놓은 데다 던져 버렸지 뭐니." 그렇게 말하면서 어머니는 등잔불을 집어 들고 밖으로 나갔다. 얼마 뒤에 그녀는 까만 약이 반쯤 들어 있는 병을 하나 들고 들어왔다.

톰이 병을 받아 들고 조금 맛을 보았다. "괜찮은데." 그가 말했다. "커피 한 잔을 아주 진하게 끓이세요. 커피를 한두어 스푼 넣고 아주 까맣게 끓이세요."

어머니가 스토브 뚜껑을 열고 냄비를 안에 넣었다. 석탄 옆에 냄비를 놓더니 물과 커피를 알맞게 넣었다. "깡통에다 드려야겠구나. 컵을 다 싸버렸으니." 그녀가 말했다.

톰과 아버지는 다시 밖으로 나갔다. "나도 하고 싶은 일을 하겠다고 말할 권리는 있는 거다. 그런데 돼지 갈비는 누가 다 먹었니?" 할아버지가 말했다.

"아버지하고 저하고요." 톰이 말했다. "어머니가 커피하고 돼지고기를 좀 갖다 드릴 거예요."

노인은 집 안으로 들어가 커피와 돼지고기를 먹었다. 새벽 빛이 희끗희끗 밝아오는 바깥에서 사람들은 조용히 그를 지켜보고 있었다. 이윽고 그는 하품을 하고 몸을 흔들거리더니 팔을 탁자 위에 올려놓고 팔뚝 위에 고개를 떨군 채 잠이 들고 말았다.

"할아버지는 좀 피곤하실 거야. 그냥 그대로 주무시게 해야겠어." 톰이 말했다.

이제 모든 준비가 다 완료되었다. 할머니는 침침한 눈을 멍청히 뜨고 서성거리며 말했다. "왜 이렇게들 야단법석이냐? 꼭두새벽부터 무엇들을 하느라고 그러니?" 그러나 할머니도 옷을 차려 입고 나서니 기분이 좋은 듯했다. 루시와 윈필드도 일어나 있었지만 몸이 좀 나른하고 아직도 잠이 덜 깼는지 잠자코만 있었다.

새벽이 들판 위로 성큼성큼 다가오고 있었다. 가족들의 움직임이 마지막으로 잠시 멎었다. 모두가 떠나가는 첫걸음을 내디디기가 어려운 듯 여기저기 흩어져 서있었다. 막상 시간이 임박하자 그들은 어쩐지 두려웠던 것이다. 할아버지가 두려워했던 것처럼 모두가 같은 기분이었다. 새벽 햇빛을 받아 헛간의 모습이 드러나 보였고, 이제 등잔불은 있으나마나하게 되어 그 노랗고 둥그렇던 빛이 잘 안 보일 정도였다. 별들도 하나씩 둘씩 서쪽으로 사라져 갔다. 그래도 가족들은 마치 몽유병자들처럼 서성거리면서 뚜렷한 어떤 목적물을 쳐다보는 것도 아닌 망연한 시선으로 새벽 하늘과 들판과 그들의 정든 고장 주변을 방심한 듯 바라보고 있었다.

뮤리 그레이브스만이 불안스럽게 왔다갔다하면서 트럭에 지른 나무 빗장 사이를 들여다 보고 트럭 뒤에 매달아 놓은 스페어 타이어를 쿡쿡 쑤셔 보고 했다. 드디어 그가 톰 옆에 다가와서 말했다. "자네는 정말 주 경계선을 넘을 셈인가? 가출옥 조건을 어떻게 할 건가?"

톰은 정신을 차리듯 몸을 떨면서 말했다. "제기랄, 벌써 해가 다 뜨고 말았군." 그가 크게 소리 질렀다. "자, 인제 떠나야 합니다." 그러자 모두들 정신을 차린 듯 트럭 뒤로 몰려들기 시작했다.

톰이 말했다. "자, 어서 할아버지를 차에 태웁시다." 아버지와 존 삼촌과 톰과 앨이 노인이 잠들어 있는 부엌으로 들어갔다. 노인은 이마를 팔 위에 얹고 커피 찌꺼기를 탁자 위에 흘려놓은 채 잠이 들어 있었다.

그들은 팔꿈치 아래를 부축해서 일으켜 세웠다. 노인은 술 취한 사람처럼 중얼거리면서 욕지거리를 퍼부었다. 남자 넷이서 그를 들추어 메고 집 밖으로 나왔다. 트럭이 있는 데까지 오자 톰과 앨이 얼른 트럭 위로 올라가 몸을 굽히고 노인의 겨드랑이를 잡아 조심스럽게 들어 올려 그를 짐 위에 눕혔다. 앨이 줄을 끌러 노인을 트럭 포장 안쪽으로 고정시켰다. 할아버지 바로 옆에는 상자를 갖다 놓아 짐의 무게가 할아버지에게 걸리지 않도록 했다.

"차 옆구리에 저 말뚝을 박아야겠는데." 앨이 말했다.

"오늘밤 차가 멈췄을 때 하렴." 할아버지가 퉁명스럽게 중얼거리면서 어떻게든 잠을 깨지 않으려고 기를 썼다. 몸이 적당히 편안해지자 그는 이내 깊은 잠에 빠져 버렸다.

아버지가 말했다. "여보, 당신하고 할머니는 잠깐 동안만 앨하고 같이 타야겠어. 나중에 좀 편한 데로 교대해 줄 테니까. 우선은 그렇게 하고 출발하자구." 그들은 차의 운전대 옆자리에 올라탔고 나머지 사람들은 모두 짐을 실은 꼭대기에 기어올랐다. 코니와 로자샤안, 아버지와 존 삼촌, 루시와 윈필드 그리고 톰과 설교사였다. 노아는 아직도 땅바닥에 서서 트럭 꼭대기에 올라앉은 사람들의 모습을 올려다 보고 있었다.

앨은 차체 아래를 굽어보면서 스프링을 점검하고 있었다.

"제기랄 것!" 그가 말했다. "스프링이 아예 납작하게 달라붙었네. 밑을 받쳐 두길 다행이로구나!"

노아가 말했다 "아버지, 개들은 어떡하지요?"

"아차, 개 생각을 못했구나." 아버지가 말했다. 그가 날카롭게 휘파람을 불었다. 개는 깡총거리며 뛰어왔으나 한 마리밖에 없었다. 노아가 개를 붙들어 트럭 위로 던졌다. 개는 너무 높이 올라와 있는 것이 얼떨떨했는지 몸을 부르르 떨었다. 나머지 두 마리는 그냥 놓고 가야지 별수 없겠군." 아버지가 말했다. "뮤리, 자네가 좀 돌보아주겠나? 굶어 죽지나 않도록 말일세."

"예, 그러지요." 뮤리가 말했다. "저도 개가 한두어 마리 있었으면 했어요. 예, 제가 데리고 가지요."

"그 병아리들도 가져가게." 아버지가 말했다.

앨이 운전석에 앉았다. 시동이 걸렸다가 꺼지고 다시 걸렸다. 차가 부릉부릉하더니 여섯 개의 배기통이 일제히 소리를 내며 파란 연기를 뿜었다.

"뮤리 형, 잘 있어!" 앨이 밖에다 대고 말했다.

가족들이 다 합창하듯 소리쳤다. "뮤리, 잘 있어!"

앨은 1단계 기어를 넣고 크러치를 놓았다. 트럭은 털털거리고 몸부림을 치더니 마당을 가로질러 나갔다. 2단계 기어가 들어갔다. 차는 자그마한 언덕길을 올라갔고 주위에는 붉은 먼지가 솟아올랐다. "오, 하느님 무슨 놈의 짐이 이렇게도 많담!" 앨이 말했다. "이런 식으로는 속력도 제대로 못 내겠는걸."

어머니가 뒤를 돌아보려고 했으나 짐 때문에 뒷창이 막혀 보이지 않았다. 그녀는 고개를 꼿꼿이 세우고 앞의 먼지 쌓인 길만 바라다 보았다.

그녀의 눈에는 무언지 알 수 없는 깊은 피로의 빛이 떠올라 있었다. 짐꾸러미 위에 올라가 있는 사람들도 뒤를 돌아다 보았다. 그들은 집과 곳간과 그리고 아직도 가느다란 연기를 내뿜고 있는 굴뚝을 보았다. 아침의 첫 햇살을 받아 불그스름하게 물들어가고 있는 유리창을 보았다. 자기들 뒤를 물끄러미 응시하고 있는 뮤리의 멍청한 모습도 보았다.

이윽고 언덕에 가려 모든 것이 보이지 않게 되었다. 목화밭이 길가 양쪽에 널려 있었다. 트럭은 천천히 먼지 쌓인 길을 뚫고 고속도로를 향하여 그리고 서부를 향하여 기어가고 있었다.

제 11 장

들판 위의 집들이 텅텅 비게 되니 결국 들판도 비어 갔다. 함석판으로 세워 만든 트랙터 차고만이 희끗희끗 빛을 내고 서있었다. 금속과 휘발유와 기름, 그리고 번득이는 원판형의 삽날 같은 것만이 활기를 띠고 있었다. 트랙터들은 어느 것이나 불을 번쩍이고 있었다. 그것들은 낮도 밤도 없었다. 깜깜한 밤중에 흙을 파헤치는 삽날이 한낮이면 햇빛을 받아 번쩍였다.

말이 일을 마치고 마구간에 돌아가는 경우를 보자. 그래도 말에게는 생활이 있고 생명력 같은 것이 있는 법이다. 숨소리와 훈훈한 입김이 있고, 발로 짚바닥 위를 디디고 서서 꼴을 뜯으며 입과 귀와 눈에 생명이 넘치는 것이다. 마구간 속에는 훈훈한 생명의 입김이 있으며 생명의 기운과 냄새가 있다. 그러나 트랙터는 일단 발동이 꺼지면 쇳덩어리에 불과하며 금방 죽어 버린다. 마치 시체가 싸늘하게 식어가듯 달아오르던 트랙터는 열을 잃는다. 그러고 나면 함석 문이 닫히고 운전사는 시내에 있는 집으로 자동차를 타고 돌아간다. 아마 한 20마일쯤 떨어진 곳이리라. 몇 주일 또는 몇 달 안에는 다시 돌아올 필요가 없다.

트랙터가 죽어 있으니까. 그리고 이것은 간단하고 능률적인 것이다. 너무 간단하기 때문에 아무런 놀라움이나 신비스런 마음도 일어나지 않는다. 너무나 능률적이기 때문에 경이의 감정이 땅으로부터 빠져나가 버린다. 경이의 감정이 사라지는 것과 함께 땅과 땅의 경영에 대한 깊은 이해와 관계마저 없어진다. 그리고 트랙터 운전사의 마음속에는 땅에 대해 아무것도 모르고 또 아무 관계도 없는 그런 사람들만이 느끼는 경멸의 감정이 싹트게 된다.

초산염〔화학비료라는 뜻〕은 땅 자체가 아니며, 인산염도 흙은 아니다. 목화 섬유의 길이도 땅은 아닌 것이다. 탄소〔인간 성장의 한 요소〕도 그 자체가 인간은 아니며, 소금도 물도 칼슘도 인간은 아니다. 인간이란 이 모든 것을 다 가지고 있는 것이기는 하지만 그것보다 훨씬 더 높은 어떤 것이 있는 존재다. 마찬가지로 땅이라는 것도 그 성분을 분석한 것보다는 훨씬 더 이상의 어떤 요소가 있는 것이다. 화학적 현상 이상의 존재인 인간 ― 대지 위를 걷고, 돌멩이를 피하기 위해서 쟁기의 방향을 바꾸기도 하고, 불쑥 내밀고 있는 암석 위를 지나치기 위해서 쟁기의 손잡이를 슬쩍 놓기도 하고, 점심을 먹기 위해 대지 위에 무릎을 꿇기도 하는 그 인간, 자기의 화학적 성분 이상의 그 인간이야말로 화화적 성분으로 분해될 수 있는 토지 이상의 토지를 아는 것이다. 그러나 땅위에 죽은 트랙터를 몰고 있는 그 기계 같은 인간은 땅을 알지도 사랑하지도 못한다. 그가 아는 것은 화학뿐이다. 그는 땅을 경멸하며 자기 자신마저 우습게 생각하고 있는 것이다. 함석판 문이 닫히고 그가 집에 돌아가도 그의 집은 전혀 땅은 아니다.

텅 빈 집들의 대문이 활짝 열린 채 바람이 부는 대로 나부끼고 있었다. 개구장이 꼬마 녀석들이 가까운 읍내에서 한 때 몰려와 빈 집의 유리창을 부수고 찌꺼기 물건들을 뒤적이며 보물찾기를 하고 있었다. 날이 반 토막 잘려나간 손칼이 있었는데 그만하면 주워 둘 가치가 있었다.
또 어딘가로부터 쥐가 죽어 썩은 것 같은 냄새가 풍겨 왔다. 또 휘티 녀석이 벽에다 써놓은 낙서가 있었다. 그 녀석은 학교 변소에다가도 그런 낙서를 했다가 선생님한테 야단을 맞고 지운 일도 있었다.
사람들이 떠나간 첫날, 저녁이 되자 들판으로부터 고양이들이 기어 와서 현관 앞에서 야옹거렸다. 인기척이 전혀 없자 고양이들은 열린 문 안으로 들어가 텅 빈 방을 야옹거리며 돌아다녔다. 그러다가 다시 들판으로 나가 도둑 고양이가 되어 버렸다. 뒤쥐나 들쥐를 잡아먹으며 낮에는 도랑에서 잠을 잤다. 밤이 되면 박쥐들이 불빛을 경계하면서 문간에 멎어 있다가 집 안으로 살짝 들어가 빈 방을 왔다갔다했고, 낮에는 어두운 방구석에 처박혀 날개를 접고 서까래 위에서 고개를 아래로 하고 매달려 있었다. 박쥐똥 냄새가 집 안에 음산하게 풍기고 있었다

생쥐들이 집 안을 들락거리면서 구석에다 잡초씨를 갖다 놓았고 상자 속에도, 부엌 속의 서랍 속에도 무얼 자꾸 물어다 놓았다. 족제비들이 생쥐를 사냥하러 들어왔고 갈색의 부엉이가 울음 소리를 내며 들어왔다가는 다시 나갔다.

어쩌다가 소나기가 한 차례씩 지나갔다. 사람들이 살 때는 볼 수 없었던 잡초가 문지방 앞에도 현관 바닥에도 자라고 있었다. 집들은 텅텅 비어 있었다. 빈 집은 금방 무너지는 법이다. 녹슨 못이 빠지면서 벽의 판자들이 쪼개지기 시작했다. 방바닥에는 먼지만 쌓여 갔고 쥐와 족제비와 고양이의 발자국만이 먼지를 흐트러뜨렸다.

밤이 되면 거센 바람이 지붕의 널빤지를 날려 땅바닥으로 떨어뜨렸다. 다시 불어제친 바람이 지붕에 새로 뚫린 구멍 속으로 들어가 이번에는 널빤지 석 장을 뜯어냈고 다음에는 열두 장을 뜯어냈다. 한나절의 태양이 이 구멍 속을 뚫고 들어가 방바닥 한 곳에 따가운 햇빛을 내리쬐었다. 도둑 고양이들이 밤에 기어들어 왔지만, 그들은 이제 야옹 소리도 내지 않았다. 그들은 달 위를 지나치는 구름의 그림자처럼 사뿐히 움직이면서 방으로 들어와 생쥐 사냥을 했다. 바람이 세게 부는 날 밤에는 문짝들이 쾅쾅거리며 소리를 냈고 누더기가 된 커튼은 허물어진 창문 밖으로 아무렇게나 펄럭이고 있었다.

제 12 장

　국도 66호선은 이주민을 위한 주요 간선 도로이다. 66호선, 지방을 횡단하는 길다란 콘크리트 길, 지도 상에는 위아래로 완만하게 구부러져서 미시시피 강으로부터 베이커즈 필드 시〔캘리포니아 주의 중부 도시〕에까지 뻗어 있다. 황토 벌판과 회색 벌판을 넘어 산맥 위를 꾸불꾸불 기어올라 대분수령 록키 산맥을 횡단하고, 태양열을 받아 무섭게 번뜩이는 사막 속으로 내닫다가 사막을 가로질러 다시 산 쪽으로 기어오르고, 산에서 내려와서는 기름진 캘리포니아 골짜기 속으로 접어든다.

　66호선은 도주하는 사람들의 길이다. 토사와 말라붙은 땅으로부터 피난을 떠나는 사람들의 길이다. 트랙터의 꿍음과 서서히 죄어 오는 소유권으로부터, 북쪽으로 뻗어오는 사막의 침입과 텍사스로부터 밀려오는 회오리바람으로부터, 그리고 그 메마른 땅에 그나마 남아있는 기름기마저 훑어가는 홍수로부터, 이 모든 재앙으로부터 피난을 떠나온 사람들의 길인 것이다. 이 모든 사람들은 66호선을 찾아 작은 샛길을 헤치고 또는 마차 길이나 시골길을 따라 올라오는 것이다. 66호선은 모든 길을 받아들이는 모체요, 도주하는 자들의 길이기도 했다.

　62호선이 클라크스빌, 오자크, 밴 뷰런, 포트 스미스 등을 거치면 거기가 아칸소 주의 끝이 된다. 그리고 모든 길이 오클라호마 시로 접어든다. 탈사 시에서 66호선이 남하한다. 270호선이 맥 알레스터에서 북상한다. 남 위치타 폴즈, 북 이니드로부터 각각 81호선이 들어온다. 에드먼드, 맥라우드, 퍼셀 등의 각 지방이다. 66호선은 오클라호마 시를 뚫고 나간다. 엘리노, 클린튼 등과는 66호선이 서쪽으로 연결된다. 하이드로, 엘크시티, 텍소라 등을 거치면 오클라호마 주의 끝이다. 66호선은 텍사스 주의 팬핸들 지대[프라이팬의 손잡이 모양으로 다른 주에 접어들어 가는 지역]를 횡단한다. 여기가 샴록크, 맥린, 콘웨이, 아마리로[텍사스 주의 북서부 도시] 황색 도시이다. 윌도라도 베가, 보이시 등을 거치면 거기가 텍사스 주의 끝이다. 투캄캐리, 산타 로자, 뉴멕시코 주의 산악 지대에 접어들었다가 앨버커키 시에 이른다. 산타페로부터의 도로가 남하해 온다. 다시 리오그란드 대계곡에 내려서 로스 루나스에 접어들었다가 다시 66호선을 서쪽으로 따라 갤텁에 이른다. 거기가 바로 뉴멕시코의 주 경계선이다.

이제 높은 산이 첩첩이 가로놓인다. 애리조나 주의 높은 산악 지대는 홀브룩크, 윈즈로, 프래그스태프 등의 시골이다. 이윽고 대지의 커다란 물결인 양 기복을 거듭하는 광대한 고원이 펼쳐진다. 앨슈포크, 킹맨, 그리고 돌산. 이런 데서는 음료수를 산에서 길어 날라야 하며 그것을 사 먹어야 한다. 이윽고 애리조나의 첩첩산중을 벗어나면 가장자리에 초록색 갈대밭이 깔린 콜로라도 계곡에 이른다. 여기가 애리조나 주의 끝이다. 이 강만 하나 넘으면 거기가 바로 캘리포니아다. 우선 관문에서부터 깨끗한 동네가 시작된다. 강을 따라 집들이 서있는 니들즈라는 곳이다. 그러나 여기서 강이라는 것은 좀 엉뚱한 풍경이기도 하다. 니들즈에서 북상해서 말라 비틀어진 산악 지대를 거슬러 올라가면 사막이 나선다. 66호선은 바로 이 끔찍한 사막을 통과한다. 반짝이는 모래알이 한없이 깔려 있고 멀리에 있는 까만 중앙 산맥이 아득하게 솟아오른다. 드디어 바스토우[사막 속의 동네]에 이른다. 그리고 다시 사막이 전개되다가 산이 우뚝 솟는다. 참으로 아름답고 고마운 산이다. 66호선은 그 산속을 구불구불 통과한다. 갑자기 오솔길이 나서고 그 아래에 아름다운 골짜기가 펼쳐진다. 아름다운 과수원과 포도원과 아담한 집들, 그리고 저만치 멀리에 도시가 보인다. 아아, 이제야 머나먼 이주 길이 드디어 끝나는 것이다.

피난민 대열이 66호선 위로 쏟아져 나왔다. 때로는 자동차 한 대씩으로, 때로는 작은 캐러밴을 이루고 낮에는 하루종일 길을 따라 천천히 이동했고 밤에는 아무데나 물이 가까운 곳에서 멈췄다. 낮에는 다 낡아 한쪽이 질질 새는 라디에이터에서 수증기의 굴뚝이 솟아오르고, 나사가 헐거워 부속품들이 쿵쿵거리고 덜거덕거리는 상태로 차가 기어 갔다.

트럭을 모는 사람들이나 짐을 산더미처럼 싣고 가는 사람들이나 걱정스럽게 엔진 소리에 귀를 기울이고 있었다. 도시와 도시 사이의 거리도 여간 먼 것이 아니었다. 만약에 무슨 문제나 고장이라도 생기면 그때는 누군가 도시까지 걸어가 부속품을 사가지고 돌아올 동안 모두가 그 자리에서 야영을 해야 할 판이었다. 과연 이 사람들은 식량이나 넉넉할까? 정말 문제였다.

모터 소리 좀 들어보라. 바퀴 소리도 들어보라. 귀로도 들어 보고 핸들을 손으로도 잘 만져 보아라. 손바닥을 기어 레버에 가만히 대고 진찰을 해보아라. 발바닥을 차 바닥에 대고 귀를 기울여 보아라. 모든 감각을 다 동원해 그 낡아빠진 고물차를 잘 진찰해 보아라. 왜냐하면, 소리나 리듬이 조금만 달라져도, 그것이 어쩌면 일주일이 될지 얼마가 걸릴지 모르는 야영을 의미할 수 있기 때문이다. 저 덜그럭거리는 소리, 저것은 타페트다. 조금도 건드리면 안 된다. 타페트는 원래 소리를 좀 내는 거다. 그래도 괜찮을 것이다. 그런데 차가 나갈 때 들리는 저 쿵쿵소리, 저게 안 들리나? 잘 좀 들어보라. 어딘가 기름이 잘 안 도는 모양이다. 혹시 어딘가에서 베어링이라도 나가는 모양이다. 어럽쇼, 그게 만약 베어링이라면 어떻게 한담! 돈은 왜 이렇게도 빨리 떨어지는고!

게다가 이 얼어 죽을 놈의 날은 왜 이렇게 극성맞게도 더운고! 오르막도 아닌데 차가 왜 이렇게 열을 낼까? 어디 좀 볼까. 어럽쇼, 펜 벨트가 나갔군! 자, 이 밧줄로 벨트 대용품이라도 만들자. 어디 얼마나 긴가 보자. 내가 양쪽 끝을 얽어매지. 자, 인제 좀 천천히 몰아라. 다음 시내까지만 슬슬 가보자. 그 밧줄 가지고는 오래 못 가겠다.

이 고물차가 터져 버리기 전에 우리가 캘리포니아까지만 도착할 수 있다면, 일단 거기까지 도착할 수만 있다면 좋겠는데! 오렌지가 무르익는 그곳까지만 말야!

그런데 타이어도 위에 붙어 있는 이중 층이 다 닳아 버렸구나. 층이 네 겹밖에 없는 타이어가 아닌가. 가다가 큰 돌멩이에 부딪혀 터지지만 않는다면 아직도 백 마일은 더 가겠는데. 어떤 쪽을 택해야 할까? 백 마일을 그대로 더 밀고 갈 것인가? 그러다가 혹시 튜브라도 찢어져 버리면 어떡하지? 글쎄, 백 마일을 달려 본다? 그건 좀 생각할 문제인걸. 튜브야 때울 수는 있지. 튜브가 나간다 해도 처음에는 살살 새는 정도겠지. 껍데기 타이어를 씌우면 어떨까, 한 5백 마일은 더 가지 않을까? 제기랄, 터질 때까지 그냥 밀고 가보는 거지, 별 수 있나!

여하튼 타이어를 사기는 사야겠는데 고물 타이어 하나도 호되게 비싸거든. 장사치놈들은 사람을 잽싸게 알아본단 말이야. 빨리 가야지, 어물어물하지 못할 형편이라는 것을 알고 있단 말이야. 그래서 값이 올라가는 거지.

살 테면 사고 말테면 말라는 식이지. 나도 심심풀이 소일 삼아 장사를 하는 사람도 아니고 타이어를 팔기 위해서 나와 있는 놈이니 공짜로 줄 수도 없고, 당신네가 사정이 어떻든 내가 알 바가 아니고 나는 내 사정만 생각하면 된다는 그런 논리다. 다음 읍내까지는 얼마나 될까?

어저께만 해도 당신네들 같은 이주민을 실은 차를 마흔 두 대나 보았소. 당신들은 다 어디서 오는 길이오? 그리고 어디로 가는 길이오?

글쎄, 캘리포니아는 큰 바닥이야.

흥, 그렇게 클까? 미국 전체도 결국 그렇게 큰 땅은 아닐 텐데. 그렇게 밑도 끝도 없을 만큼 크지는 않다구. 당신과 나, 당신네 족속들과 내 족속들, 부자들, 가난뱅이들, 그리고 도둑놈들과 선량한 사람들을 모두 한데 담아 놓을 만큼 그렇게 크지는 못하다 이거야. 굶주린 사람들, 배가 나온 사람들, 별의별 사람들이 다 있으니까. 어서 오던 길로 도로 가보오.

미국은 자유로운 나라다. 가고 싶은 곳으로 가는데 누가 무어라고 하겠어?

그건 당신 생각이라니까. 캘리포니아의 주 경계선에 순찰대가 있다는 얘기 못 들어 보았소? 로스앤젤레스에서 경찰이 나와 당신네 같은 사람들을 되돌려 보낸다구. 그 사람들이 무어라고 하는지 알아? 만약 당신들이 어느 정도의 부동산을 살 능력이 없으면 소용없으니 돌아가시오, 이거야. 운전 면허증이 있느냐는 둥, 어디 좀 보자는 둥…… 수틀리면 그걸 짝짝 찢어버리기도 하고 면허증이 없으면 발도 못 들여놓게 한다니까.

우리나라는 자유가 있는 나라가 아닌가?

글쎄, 그 얼어 죽을 놈의 자유를 좀 찾아보구려. 당신이 돈을 내고 살 수 있는 만큼의 자유만이 있는 거야.

캘리포니아에는 품삯이 비싸다던데? 여기에 나도 선전 광고지를 가지고 있다구. 어리석은 소리 말아. 갔다가 되돌아오는 사람들을 얼마나 보았는데 그래. 어떤 놈들이 당신 같은 어수룩한 사람들을 놀리는 거야.

여하튼 이 타이어 살 거요, 안 살 거요?

사긴 사야겠는데, 여보시오. 돈이 푹 줄어 가니 어떡하지? 우린 얼마 남지 않았다구.

글쎄, 나도 자선가는 아니란 말야. 어서 가져가오.

그래야지 뭐. 어디 잘 좀 보자구. 좀 열어 봐요. 예끼 이 사람아! 타이어 싸개가 멀쩡하다고 했잖아? 그런데 거의 다 째져서 나가 있잖아?

어럽쇼, 그랬나? 언제 그렇게 되었지? 내가 왜 그걸 못 보았을까?

못 보았다는 게 말이 되나, 이 고약한 사람아. 다 찢어진 타이어를 가지고 우리한테 4달러나 뒤집어 씌울 셈이었지? 당신 좀 맞아야 알겠어?

아니, 그러지 말고 옷 입어요. 못 보았다고 그러지 않소. 자 이렇게 합시다. 그럼. 저쪽에 있는 것을 3달러 50센트에 드리지, 그까짓 거.

이런 엉뚱한 사람하고 흥정하다가는 차가 달나라에까지 뛰어 오르겠군. 안 되겠어, 다음 읍내에 가서 사야지.

그 타이어로 갈 것 같소?

가야지. 엉금엉금 기어서 가더라도 저런 녀석한테는 결코 한푼도 줄 수 없어.

홍? 장사하는 놈들이 다 어떤지 모르는군. 아까 그놈 말마따나 장사는 심심풀이가 아니라오. 장사란 다 그런 거요. 장사가 무언 줄 알았소? 다 그렇게 하게 마련이지. 저기 길가에 있는 간판 좀 보구려. 서비스 클럽〔사회적 복지를 도모하는 클럽〕, 화요일 오찬회, 콜마도 호텔에서? 많은 참석 바람. 저런 게 서비스 클럽이라는 거요. 어떤 놈이 한 얘기가 있지. 한 번은 저런 회합에 나가서 거기에 나온 모든 사업하는 회원들에게 얘기를 해주었다나. 자기가 어렸을 적에 자기 아버지가 굴레를 씌운 암송아지 한 마리를 주면서, 데리고 가서 서비스〔교미를 말함〕를 시켜 주라고 하더래요. 그래서 아버지 명령대로 했더라지요. 그런 일이 있은 다음부터는 자기는 서비스란 말만 들어도 어느 놈이 또 곤욕을 치르게 되나 하는 생각만 든다는 거예요.

여하튼 사업이나 장사를 하는 놈들은 다 거짓말을 해야 하고 속여야 하는데 그래 놓고도 그걸 정당화하거든요. 그게 중요한 점이오. 만약 당신이 가서 저 타이어를 훔치면 당신은 도둑이 되는 거요. 허나 그놈은 다 찢어진 타이어를 가지고 당신한테서 4달러를 뜯어내려고 했으면서도 그걸 가지고 버젓이 사업이라고 하거든요.

뒷자리에 있는 대니가 물 한 잔 먹고 싶다는데?

좀 기다리라고 해. 여긴 물이 없어.

저게 무슨 소리지? 저 뒤쪽에서 나는 것 같은데.

글쎄 모르겠는걸.

프레임 속에서 나오는 전신기 소리 같은데.

가스켓이 망가지는군. 빨리 가긴 가야겠는데. 저 삐익삐익 소리 좀 들어봐. 어디 좀 쉴 만한 자리가 없나 찾아봐. 내가 내려가서 엔진 후드를 좀 열어볼 테니. 맙소사, 식량도 다 떨어져 가고 돈도 다 떨어져 가네. 휘발유 살 돈마저 없어지면 어떻게 하지?

뒷자리에 있는 대니가 물을 먹고 싶대. 어린애들은 으레 목이 마른 법이야.

저 가스켓트에서 나는 휘파람 소리 좀 들어보라구.

아이고, 드디어 나가 버렸군. 튜브도, 튜브 싸개도 다 터졌어. 얼른 손을 보아야지.

이 튜브 싸개는 타이어 덮개로 쓰게 놓아 두라구. 조금씩 잘라서 약하게 생긴 데다가 찔러 넣어야 해.

차가 몇 대씩 길가에 멎어 있다. 엔진 후드가 열어 젖혀져 있고 타이어를 수선하느라고 야단이다. 66호선을 따라 고물차들이 마치 다친 짐승들처럼 숨을 헐떡거리면서 발버둥을 치며 절룩거리고 있다. 날은 호되게도 덥다. 부속품도 헐렁거리고 베어링도 엉성하고 차체도 덜커덩거린다.

대니가 물을 찾는다.

사람들은 66호선을 따라 움직인다. 콘크리트 길바닥은 뜨거운 태양 아래 마치 거울처럼 반질반질하게 빛나고 있다. 날이 하도 더워서 그런지 멀리 있는 길바닥에 물이 괴어 있는 것처럼 보이기까지 한다.

대니가 물을 찾는다.

할수없잖아? 어린 녀석이지만 좀 기다리라고 해. 그놈은 또 더워서 죽겠다는군. 다음 서비스 공장, 아까 그녀석 말마따나, 그 서비스 하는 데가 얼마쯤 가면 있을까?

자그만치 25만 명이나 되는 사람들이 길바닥에 쏟아지고 있다. 5만 대의 고물 자동차가 상처투성이가 되어서 김을 내뿜고 있다. 길가에는 부서진 차체며 부스러기 같은 것들이 아무렇게나 내팽개쳐져 있다. 다 어떻게 된 것일까? 저 차들을 타고 가던 사람들은 어떻게 되었을까? 걸어갔을까? 어디로 갔을까? 어디서 그런 용기가 나고 어디서 그렇게 할 만한 신념이 났을까?

도저히 믿기 어려운 얘기가 있다. 그러나 그것은 사실로 있었던 일이다. 우습기도 하고 아름답기도 한 얘기다. 가족이 열 둘이나 되는 집이 있었다. 땅에서 쫓겨났다. 그들은 차도 없었다. 고철 같은 것으로 트레일러〔차에 연결하는 짐칸〕를 만들었다. 그리고 거기에다 살림살이를 다 실었다. 그들은 그걸 끌고 66호선에까지 나와서 기다렸다. 얼마 있으니까

한 세단이 와서 끌어 주었다.

　열두 식구 가운데 다섯은 세단 속에 타고 나머지 일곱은 트레일러에 탔다. 트레일러에는 개도 한 마리 탔다. 그들은 손쉽게 캘리포니아에 도착했다. 그들을 끌어다 준 사람은 그들에게 음식까지 먹여 주었다. 그건 사실 있었던 일이다. 그런데 다 똑같은 인간들 사회에서 어떻게 그런 용기가 나며 어떻게 그런 신의가 있단 말인가! 이런 신의는 여간해서 베풀기 어려운 것이리라.

　끔찍한 공포를 뒤에 남기고 도주해 온 사람들! 그들에게는 이상한 일들도 많이 일어난다. 너무도 잔인하고 쓰라린 일들이 있는가 하면 어떤 일들은 너무도 아름답다. 그 아름다운 신념이 영원히 없어지지 않고 꺼졌다가 다시 불길을 살려 내는 것이다.

제 13 장

　짐을 산더미같이 실은 고물차 허드슨이 삐걱거리면서 샐리소에서 국도에 나섰다가 서쪽으로 방향을 틀었다. 눈을 제대로 뜨지 못할 정도로 햇빛이 내리쬐고 있었다. 일단 콘크리트 길에 오르자 앨은 정상적인 속력을 내었다. 납작해진 스프링이 이제는 위험에서 벗어났기 때문이었다. 샐리소에서 고어까지는 21마일이었고 그의 허드슨 차는 시속 35마일을 내고 있었다. 고어에서 위너까지는 13마일, 위너에서 치코타까지는 14마일이었다. 치코타에서 다시 헨리에타까지는 한참 멀어서 34마일이나 되었지만, 진짜 시내는 거기에서도 끝이었다. 헨리에타에서 캐슬까지는 19마일이다. 해는 똑바로 머리 위에 올라왔고 붉은 들판이 햇빛을 받아 공기를 흔들고 있었다.

　앨은 핸들을 잡고 있다. 얼굴을 잔뜩 긴장시키고 전신의 신경을 자동차에 기울이며 앞을 내다 보고 있던 그의 불안한 시선이 계기판으로 옮아갔다. 앨은 엔진과 혼연일체가 되어 있었다. 차의 약점 하나하나에 대해 온 신경을 쏟으면서 어디가 조금만 삐걱거리고 덜커덩거리고 웅웅거려도 혹시 고장이 나지 않나 해서 귀를 기울였다. 그는 바로 차의 영혼이 되어 버린 것 같았다.

　할머니는 그의 옆자리에 앉아 반쯤 잠이 들어 있었다. 자면서 우는 것처럼 훌쩍대다가는 눈을 뜨고 앞을 내다 보기도 하고, 그러다가는 다시 잠이 들었다. 어머니는 할머니 옆에 앉아서 한쪽 팔꿈치를 차창밖에 내밀고 있었다. 따가운 햇빛에 그녀의 팔꿈치가 불그스름하게 상기되었다. 그녀도 앞을 내다 보고 있었지만 그녀의 눈은 그저 멀거니 떠있는 채 길도 들판도 주유소도 조그마한 주막집도 아무것도 보고 있지 않았다. 허드슨 차가 지나가는 동안 그녀는 그런 것들은 전혀 보고 있지 않았다.

앨은 뜯어진 운전석 시트에 올라앉아 핸들을 잡은 손에 힘을 주었다. 그는 탄식하듯 말했다. "몹시도 덜거덕거리는군, 하지만 별일은 없을 거야. 이렇게 많은 짐을 싣고 언덕배기라도 올라가면 무슨 일이 일어날지 모르겠는데? 엄마, 캘리포니아까지 가는데 높은 고개가 더러 있을까요?"

어머니가 천천히 고개를 돌렸다. 그녀의 눈은 그제야 제정신을 차렸다. 그녀가 입을 열었다. "그야 나도 모른다. 하지만 들리는 말로는 고개도 있고 산도 있다더라. 아주 높은 산도 있다더구나."

할머니는 잠을 자면서 쇳소리 같은 한숨을 길게 내뿜었다.

앨이 말했다. "고개를 올라가다가는 차가 타버리겠어. 짐을 좀 덜어 놓고 가야겠는데? 저 설교사를 데리고 오지 말 걸 그랬나 봐."

"목적지까지 다 가기도 전에 설교사를 데려오기를 잘했다는 생각이 들 게다." 어머니가 말했다. "그 사람은 우리한테 도움이 될 사람이야." 그녀는 반들거리는 길바닥 앞쪽을 내다 보았다.

앨은 한 손으로 핸들을 조종하면서 다른 한 손으로 털털거리는 기어의 레버를 잡았다. 그는 무언가 말이 잘 나오지 않는 모양이었다. 입 안에서 말을 한참 가다듬더니 큰소리로 물었다.

"엄마, 엄마는 우리가 가는 것이 무서워? 새로운 곳으로 이렇게 떠나가는 것이 무섭지, 엄마?" 그녀는 천천히 고개를 돌려 아들을 바라보았다. 차가 흔들리면서 그녀의 고개가 살짝 움직이고 있었다.

그녀의 눈이 부드럽게 생각에 잠겨 들었다. "조금은 겁도 난다." 그녀가 말했다. "그렇다고 그렇게 무서울 건 없다. 엄마는 다만 무언가 기다리고 있는 거다. 엄마가 해야 할 일이 일어나면 그 일을 해야 하니까. 암, 해야지."

"우리가 도착해 보면 거기가 어떨는지, 그런 생각하고 있는 거 아냐, 엄마? 그래서 우리가 애초에 기대했던 만큼 좋지 않을까 봐서 겁이 나는 거지?"

“아니다.” 그녀는 재빨리 대답했다. “엄마는 그런 게 걱정되지는 않는단다. 그런 생각은 할 여유도 없을 거야. 별의별 생활이 다 우리를 기다리고 있겠지. 거기에 가보면 상상하지도 못할 별난 생활을 하게 될 거야. 하지만 그 생활도 일단 해보면 다 마찬가지일 거다. 엄마가 이제 그런 걸 다 쫓아다니다가는 너무 벅차서 못 견딜 거다. 하지만 너는 아직 젊으니까 얼마든지 일을 해야지. 엄마는 지금 아무 생각도 없고 그저 길밖에 안 보인다. 또 얼마나 있어야 모두들 돼지고기를 달라고 할지 그것만이 걱정이다.” 그녀의 얼굴이 굳어졌다. “엄마가 할 수 있는 일은 그런 게 전부지. 더 이상의 일은 못할 거다. 엄마가 나서서 무엇이고 더 하려 들었다가는 모두들 말리고 야단이 날 거야. 그렇게 생각하고 모두 엄마한테 의지하고 있으니 말이다.”

할머니가 큰소리로 하품을 하며 잠을 깼다. 그녀는 사나운 눈초리로 사방을 둘러보았다. “난 이제 나가 보아야겠다. 찬미 예수.” 그녀가 말했다.

“나무숲이 하나 나오면 바로 쉬세요.” 앨이 말했다. “조금만 더 가면 있어요.”

“숲이 있건 없건 난 내려야겠단 말이다.” 그러면서 그녀는 훌쩍훌쩍 울기 시작했다. “난 내리련다, 내려.”

앨은 속력을 내었고, 한 작은 수풀이 나서자 차를 세웠다. 어머니가 문을 활짝 열었다. 버둥거리는 노파를 반 끌어내리다시피 해서 수풀 속으로 데리고 갔다. 할머니가 쭈그리고 앉으려 하자 어머니가 넘어지지 않도록 그녀를 꼭 붙들어 부축했다.

트럭 꼭대기에 있는 사람들이 웅성거리기 시작했다. 얼굴들이 햇빛에 그을려 번들거렸다. 톰과 케이시와 노아와 존 삼촌이 축 늘어진 채 내려왔다. 루시와 윈필드가 몰려내려 와서 숲속으로 달려갔다. 코니는 로쟈샤안을 조심스럽게 부축해서 내려 주었다. 포장 밑에서 할아버지도 잠을 깼다. 고개를 불쑥 내밀고 있었지만 눈에는 아직도 물기가 있고 침침해서 아무런 감각도 없는 듯했다. 사람들을 지켜보고 있었지만 아무것도 알아보지 못 하는 것 같았다.

톰이 소리쳤다. "할아버지, 내려오실래요?"

노인의 눈이 맥없이 그에게로 돌아갔다. "아니다." 할아버지가 말했다. 잠시 그의 눈에 사나운 빛이 돌아왔다. "난 안 간다. 안 간단 말이다. 뮤리처럼 여기 그냥 있을 테다." 그러더니 그는 다시 흥미를 잃었다. 어머니가 다시 돌아와서 할머니를 부축하고 길가의 둑으로 올라갔다.

"애, 톰!" 그녀가 불렀다. "짐칸 뒤 포장 밑에 가서 돼지 뼈다귀를 담은 냄비를 좀 가져오너라. 다들 무얼 좀 요기를 해야겠다." 톰이 냄비를 갖다가 사람들한테 돌렸다. 가족들은 길가에 선 채로 돼지 뼈다귀를 아삭아삭 뜯었다.

"정말 이거라도 가져오길 잘했구나." 아버지가 말했다. 그 꼭대기에 있었더니 몸이 뻣뻣하게 굳어서 꼼짝도 못 하겠는걸. 어딜 가야 물이 있을까?"

"차에 싣지 않았어요?" 어머니가 물었다. "내가 물통을 챙겨 놓았는데."

아버지가 차에 기어오르더니 포장 밑을 살폈다. "여기 없는걸. 아마 깜빡 잊고 안 가져온 모양이군."

사람들은 갑자기 목이 더 말랐다. 윈필드가 보채기 시작했다. "물 먹고 싶어. 물 좀 줘." 남자들은 입술을 핥았다. 그러면서 더욱 갈증을 의식했다. 은근히 겁이 나기까지 했다.

앨은 그 공포감이 모든 사람들에게 번져 가는 것을 느낄 수 있었다. "가다가 서비스 공장이 나오는 대로 물을 챙겨야겠군. 기름도 좀 필요하고." 가족들이 트럭 가장자리에 모여들었다. 어머니는 할머니를 부축해서 태워 주고 자신도 그 옆에 올라가 앉았다. 앨이 차에 발동을 걸었고 그들은 다시 떠났다.

캐슬에서 페이던까지는 25마일이었다. 해는 중천을 지나 이제 내리막길로 치닫고 있었다. 라디에이터 캡이 출렁거리고 오르락내리락하면서 김이 새어 나오기 시작했다. 페이던 근처에 이르니 길가에 통나무집이 하나 서있고 그 앞에 기름 펌프가 두 개 있었다. 그리고 울타리 옆에는 수도 꼭지와 호스가 보였다. 앨이 차를 들이대고 허드슨 차에 물 호스를 넣었다. 차가 멎자 얼굴도 팔뚝도 불그스름한 남자 하나가 휘발유 펌프 뒤에 있는 의자로부터 큼직한 체구를 일으키더니 그들 쪽으로 걸어왔다. 갈색의 코르덴 바지를 입었고 바지 멜빵에다 폴로 셔츠를 걸치고 있었다. 머리에는 은색으로 칠한 빳빳한 종이로 만든 차양모를 쓰고 있었다. 땀이 콧날과 눈 밑에서 방울져 목의 주름살 속에서 한 줄기가 되어 흐르고 있었다. 매섭고 사납게 생긴 얼굴을 하고 트럭 쪽으로 어슬렁거리며 다가왔다.

"당신네들 무얼 살 거요? 휘발유 같은 거라도."

앨은 벌써 차 밖에 나와 있었다. 손가락 끝으로 김이 새고 있는 라디에이터 캡을 돌리고 있었다. 캡이 툭 튀어 열리면서 김을 뒤집어 쓸까봐 한쪽 손으로 멀찌감치 만지고 있는 것이었다. "휘발유 좀 주시오."

"돈 있소?"

"그야 물론이지. 그럼 우리가 거진 줄 아슈?"

뚱뚱한 남자의 얼굴에서 잔인한 표정이 사라졌다. "그럼 됐어. 당신네들, 물도 마음대로 쓰시오." 그러더니 서둘러서 변명을 해댔다. "길바닥이 사람들로 꽉 차있소. 다들 들어와서는 물을 마구 쓰고 변소를 더럽히고 그리고는 물건까지 훔쳐 가는 놈들이 있단 말이오. 아무것도 안 사가면서 무얼 살 만한 돈도 없는 사람들이에요. 그저 와서 기름이 떨어졌다고 한 갈론씩 구걸하는 거지요."

톰이 발칵 화를 내며 차에서 내렸다. 그는 뚱뚱한 사람 쪽으로 걸어갔다. "여보쇼, 우리는 돈을 내고 사는 거라구요." 그는 사납게 쏘아붙였다. "당신 사람을 그렇게 위아래로 훑어볼 것 없잖아? 우리가 당신한테 무얼 거저 달라는 게 아니잖아?"

"내가 훑어보기는 무얼 훑어본다고 그러시오?" 뚱뚱한 남자가 재빨리 말했다. 땀방울이 소매 짧은 그의 폴로 셔츠 속으로 스며들었다.

"자, 어서 물도 실컷 쓰시오. 그리고 가서 화장실도 얼마든지 사용하시고."

윈필드는 호스를 잡고 꼭지를 입에 대고 물을 먹다가 물줄기를 얼굴과 머리에 돌려 대고 물을 뒤집어 썼다. 물방울을 뚝뚝 흘리면서 돌아오더니 투덜거렸다. "물이 하나도 시원하지 않아."

"세상이 어떻게 되어가는 건지 모르겠소." 뚱뚱한 남자가 말을 이었다. 그의 불평은 이제 방향이 달라졌다. 조우드네 가족들에 관한 말도 아니고, 또 그들에게 들으라고 하는 말도 아니었다. 50대에서 60대의 차가 매일같이 이리로 지나가는데 애들과 세간살이들을 몽땅 싣고 모두 서부로만 몰려가니 그 사람들이 다 어디로 가며 또 가서는 무얼하려는 건지, 참."

"다 우리와 같은 사람들이겠지요." 톰이 말했다. "어디든지 살러 가는 거 아니겠소? 그저 살 데를 찾아가는 거지, 다른 것은 없지요."

"글쎄, 세상이 무어가 되려고 이러는지 모르겠소. 무슨 영문인지를 모르겠소. 나도 먹고 살려고 이런 짓을 하고 있소만, 저렇게 크고 미끈한 자동차도 이런 데에 서는 줄 아쇼? 천만에! 그런 차들은 시내에 있는 노란색 칠을 한 큰 회사 주유소에나 간다오. 이런 데에는 찾아오지도 않아요. 이런 데에 찾아오는 사람들은 대개가 다 돈 한푼 없는 사람들뿐이지요."

앨은 손가락으로 라디에이터 캡을 툭 튀겼다. 수증기의 압력을 받고 있던 캡이 공중으로 튀어 올랐다. 라디에이터에서 부글거리면서 펑펑하는 소리가 들렸다. 트럭 꼭대기에서 개가 엉금엉금 기어 가더니 짐칸 끝에 서서 아래를 내려다 보며 물 쪽을 향해 킁킁거렸다. 존 삼촌이 차에 기어올라 가서 개의 목줄을 잡고 개를 들어내려 놓았다. 잠시 개는 뻣뻣해진 다리로 비틀거리더니 수도 꼭지 아래에 있는 진흙을 핥으러 갔다. 도로 위에는 차들이 윙윙거리고 지나갔다. 햇빛에 번쩍이면서 지나가는 차들로부터 더운 공기가 주유소 마당까지 확확 불어 닥쳤다. 앨은 호스를 들이대고 라디에이터에 물을 채웠다.

"그렇다고 내가 돈푼이나 있는 사람들하고 장사를 하고 싶다는 건 아니오." 뚱뚱보가 말을 계속했다. "나는 그저 이런 장사나 하고 있는 사람이오. 그런데 여기에 찾아오는 사람들이란 대개 휘발유를 구걸하든지 아니면 휘발유하고 자기네 물건하고 교환하자는 사람들이오. 그 사람들이 놓고 간 물건들이 내 골방에 잔뜩 쌓여 있으니 보려면 가보시오. 침대니 유모차니 단지니 냄비니 없는 게 없다오. 어떤 사람들은 자기네 애들이 가지고 노는 인형을 주면서 휘발유 한 갈론을 가져갔어요. 그러니 나는 그런 물건을 가지고 무얼 한단 말이오? 고물상이라도 차리라구요? 또 어떤 친구는 신고 있던 구두를 벗어 주면서 휘발유 한 갈론을 달라지 않겠소? 내가 만일 여자라도 밝히는 놈이라면 무슨 짓을……." 그는 힐끗 어머니를 쳐다 보더니 말을 중단했다.

물을 뒤집어 썼던 짐 케이시의 머리에선 아직도 물이 흐르고 있었다. 이마고 목이고 셔츠고 몽땅 젖어 있었다. 그는 톰 옆에 다가서더니 뚱뚱보에게 말했다. "여보, 그건 그 사람들이 나빠서 그런 건 아닐 거요. 당신도 자기가 깔고 자던 침대를 주고 휘발유 한 갈론을 받아 보오. 기분이 어떻겠소?"

"그 사람들이 나빠서 그런 게 아니라는 건 나도 알아요. 말을 시켜 보면 누구나 다 그럴 만한 이유가 있어서 몰려가더군요. 하지만 이 나라가 도대체 어떻게 되어가는 건지를 모르겠단 말이오. 도대체 이 고장 일대가 어떻게 되려고 이러는지 말이오. 다들 먹고 살 수가 없는 모양이오. 농사를 지어서 먹고 사는 것도 다 틀린 모양이오. 좀 물어 봅시다. 이놈의 세상이 어떻게 돌아가는 거요? 나는 도저히 알 수가 없소. 또 내가 물어보는 사람들마다 다들 모르겠다는 사람들뿐이오. 백 마일을 갈 기름을 얻기 위해 신발을 벗어 주겠다니 이게 어찌 된 일이오? 참 알다가도 모를 일이오." 그는 은색 차양모를 벗더니 손바닥으로 이마의 땀을 훔쳤다. 그는 수도 호스로 가서 모자를 물로 적셔 쥐어짜 가지고 다시 썼다. 어머니가 트럭의 옆구리 빗장 사이에서 양철 컵을 꺼내 짐 위에 앉아 있는 할아버지와 할머니에게 물을 떠다 주었다. 할아버지는 입술만을 축이더니 더 안 마시겠다는 시늉으로 고개를 흔들었다. 노인의 거슴 츠레한 눈이 고통스럽게 어머니를 쳐다 보더니 다시 의식을 잃어 갔다.

앨이 모터에 발동을 걸고 차를 휘발유 펌프 쪽으로 후진시켰다. "가득 넣어 주시오. 한 7갈론은 들어갈 거요." 앨이 말했다. "엎질러질지 모르니 우선 6갈론만 넣으시오."

뚱뚱보가 호스를 차의 기름 탱크에 찔렀다. "예, 예." 그가 말했다. "나는 우리 나라가 어떻게 되어 가는지를 알 수가 없어요. 구제를 받는다는 둥 무어라는 둥 도무지 아무것도 알 수가 없소."

케이시가 말했다. "나도 꽤 여러 군데를 돌아다녀 보았소. 모두들 그런 질문들을 하더군. 결국 우리가 다 어떻게 될 거냐고 말이오. 우리가 어떤 결과에 도달하는 건 아닐 거요. 우리는 언제나 어떤 과정 속에 있는 법이지요. 언제나 움직이며 가고 있는 거요. 사람들이 왜 그런 생각을 안 하느냐구? 그들은 지금도 움직이고 있소. 그들의 움직임이 지금도 벌어지고 있소. 왜 움직이는지 그리고 어떻게 움직이는지 우리는 알 수 있소. 움직이지 않으면 안 되니까 움직이는 거요. 그렇기 때문에 사람들이 움직이는 거요. 그들은 그들이 처해 있는 형편보다 좀더 나은 어떤 것을 얻기 위해서 움직이고 있소. 또 그렇게 하는 것만이 그들이 무언가를 얻을 수 있는 단 하나의 방법이오. 그것을 원하고 그것이 필요하니까 가서 그걸 얻으려는 거지요. 그러다가 피도 흘리고 서로 미쳐서 싸우기도 하는 거요. 나는 여러 군데를 돌아다녀 보았소. 그리고 당신 같은 말을 하는 것을 많이 들어 보았소."

뚱뚱보는 휘발유 펌프를 디밀고 있었고 휘발유가 흘러들어 가는 대로 펌프에 달린 계기판의 바늘이 돌아갔다. "그건 그렇지만 이 나라가 어찌 되어가느냐 이거요? 내가 알고 싶다는 건 바로 그거요."

톰이 짜증이 난다는 듯 끼어들었다. "글쎄 당신은 죽었다 깨나도 못 알아듣겠소. 케이시가 아무리 설명을 해주어도 당신은 같은 질문만 되풀이하고 있으니 말이오. 나도 당신 같은 사람을 전에 본 적이 있소. 결국 당신은 무엇을 묻고 있는 것이 아니라 그저 똑같은 노래만 부르고 있는 거요. '세상이 어찌 되어가느냐?'고 말이오. 당신은 무얼 알고 싶어하는 사람도 아니오. 온 세상이 움직이고 있고 사방으로 흩어져 가고 있소. 사방에 죽어가는 사람들 천지요. 아마 당신도 머지않아 죽을 거요. 죽으면서도 아무것도 모를 거요. 나는 당신 같은 사람들을 너무도 많이 보았소. 당신은 아무것도 알려고 하지 않는 사람이오. '다만 세상이 어찌 되어가느냐'는 잠꼬대 같은 노래만 부르고 있단 말이오." 그는 오래 되어서 녹이 슨 휘발유 펌프를 쳐다 보았다. 펌프 뒤에는 낡은 목재로 지은 판잣집이 보였다. 판자에 박혔던 못을 뺀 구멍이 페인트칠 사이로 드러나 보였다. 페인트는 도회지에 있는 큰 주유소를 모방해서 화사한 노란색으로 칠해져 있었다. 그러나 페인트도 판자나 목재의 옛날 못구멍과 갈라진 틈바구니를 다 가리지 못하고 있었다. 또 페인트를 새로 칠할 수도 없었다. 도시의 주유소 흉내를 잘못 낸 것이었고 그것이 잘못된 모방이라는 것은 주인도 알고 있었다. 그리고 판잣집의 열린 문틈으로 톰은 기름통이 두어 개 서있는 것을 볼 수 있었다. 너저분한 과자 부스러기가 들어 있는 과자 진열장과 하도 오래 되어 갈색으로 변한 감초 과자와 담배 같은 것들이 보였다. 또 부서진 의자와 녹이 슬어 구멍이 뚫린 방충망이 있었다. 자갈이라도 깔아 두었으면 싶을 만큼 어지러진 앞마당이 보였고 뒤로는 햇볕에 말라 비틀어져 가고 있는 옥수수밭이 보였다. 집 채 옆으로는 고물 타이어와 갈아 끼운 타이어가 약간 쌓여 있었다. 그리고 이제 와서 보니 그 뚱뚱보가 입은 바지나 폴로 셔츠나 모자는 다 싸구려였다.

톰이 말했다. "여보, 내가 뭐 당신한테 한바탕 해주려고 그런 것은 아니오. 다 더운 날씨 때문이지 보아하니 당신도 별로 넉넉지는 않은 것 같소. 당신 자신도 얼마 안 있어서 길바닥에 나서게 될 거요. 당신을 길바닥에 쫓아내는 것은 트랙터가 아니오. 그것은 도회지에 있는 그 번지레한 노란 색깔의 주유회사란 말이오. 사람들이 움직이고 있소." 그러면서 그는 다소 겸연쩍게 말했다. "그리고 당신도 움직이게 될 거요."

천천히 펌프를 작동시키고 있던 뚱뚱보의 손이, 톰이 말하는 동안엔 그대로 움직이지 않고 있었다. 그는 시큰둥해서 톰을 쳐다 보았다. "그걸 어떻게 아시오?" 할수없이 묻는 말이었다. "우리도 벌써 보따리를 싸고 서부로 가야 한다는 생각을 하고 있다는 걸 당신은 어떻게 알았소? "

케이시가 거기에 대답하고 나섰다. "모두가 다 그런걸. 나 같은 사람은 악마만이 원수요 적이라고 생각했기 때문에 악마하고만 싸워 왔지만 지금 이 나라를 장악하고 있는 것은 그 악마보다도 더 지독하고 고약한 것이오. 그리고 그놈은 갈기갈기 찢어 놓기 전에는 풀어지지 않는 놈이오. 당신은 독이 있는 도마뱀이 먹이를 움켜 잡는 것을 본 일이 있소? 아주 꼭 나꿔챈다구. 그럴 때는 그놈을 두 동강을 내야 그놈의 대가리가 늘어지지. 모가지를 댕강 잘라 놓아야 대가리가 늘어진단 말이야. 나사를 박는 드라이버를 들고 그놈의 대가리를 쪼아야만 그놈을 풀 수 있지요. 그놈이 죽어 뻗어 있는 사이에도 그놈의 이가 뚫어 놓은 구멍 속으로 독이 뚝뚝 흘러들어 가지요." 그는 말을 멈추고 비스듬히 톰을 쳐다 보았다.

뚱뚱보는 기가 막힌 표정으로 앞쪽만 내다 보고 있었다. 그의 손은 펌프의 손잡이를 천천히 돌리기 시작했다. "우리가 다 어떻게 되어가는 건지 도무지 모르겠소." 그는 부드럽게 말했다.

수도 호스 저쪽에서 코니와 로자샤안이 나란히 서서 소곤거리고 있었다. 코니는 양철 컵을 부셔서 손가락을 물에 대보더니 물을 받았다. 로자샤안은 국도 위로 지나가는 차들을 바라보고 있었다. 코니가 그녀에게 물컵을 내밀었다. "차지는 않지만 물은 물이군." 그가 말했다.

그녀는 그를 쳐다보고는 아무도 안 보이게 살짝 웃었다. 임신을 하자 그녀는 이제 모든 것을 비밀로 했다. 그녀의 비밀들과 조용해진 태도들은 다 의미가 있는 듯했다. 그녀는 괜히 즐거웠고 별로 대단치도 않은 일을 가지고 투정을 하기도 했다. 그리고 코니에게는 보기에도 어리석어 보이는 서비스까지 시키는 것이었다. 그들은 둘 다 어리석다는 것을 스스로 알고 있었다. 코니도 그녀 때문에 즐거웠다. 그리고 그녀가 아이를 임신했다는 것이 신기하기만 했다. 그는 그녀가 간직하고 있는 비밀에 자기도 끼어 있다는 것을 생각하고 좋아했다. 그녀가 살짝 웃으면 그도 살짝 웃었다. 그들은 서로의 비밀을 속삭임으로 나누었다. 온 세상이 자기들의 주위에 바싹 가까워진 것처럼 느껴졌다. 그리고 그들 두 사람이 세상의 한가운데에 있는 것 같았다. 아니면 로자샤안이 한가운데에 있고 코니는 그녀를 둘러싸고 조그맣게 원을 그리며 맴돌고 있는 것 같기도 했다. 그들이 주고받는 말은 한마디 한마디가 일종의 비밀이 되었다.

그녀는 길 쪽으로부터 시선을 돌렸다. "전 목마르지 않아요." 그녀가 다소곳이 말했다. "하지만 조금 먹어 두어야겠어요."

코니가 고개를 끄덕거렸다. 그는 그녀의 말뜻을 잘 알고 있었기 때문이었다. 그녀는 컵을 받아 들고 양치질을 하고 나서 미지근한 물을 한 컵 정도 마셨다.

"한 잔 더?" 그가 물었다.

"반만 더 주세요." 그래서 그는 물을 한 잔만 받았다. 그것을 그녀에게 건네 주었다. 미끈하고 납작하게 생긴 링컨 제퍼 자동차 하나가 미끄러져 지나갔다. 그녀는 눈을 들어서 다른 가족들이 어디에 있는지를 확인하고 나서 그녀가 말했다. "당신도 저런 차를 타고 가면 기분이 좋겠지요?"

코니는 한숨을 쉬었다. "나중에 그렇게 되겠지." 두 사람은 그의 말뜻을 알고 있었다. "만일 캘리포니아에서 일감만 많으면 우리도 자가용을 사야지. 하지만 저런 건." 그는 사라져 가는 제퍼 자동차를 가리켰다. "저런 건 웬만한 큰 집 한 채 만큼이나 비싸니까 나 같으면 차라리 집을 갖겠어."

"나는 집도 갖고 저런 것도 갖겠어요." 그녀가 말했다. "하지만 물론 집이 먼저지요. 왜냐하면……." 두 사람 모두 그녀의 말뜻을 알고 있었다. 그들은 그녀의 임신 때문에 몹시 흥분하고 있었다.

"당신 괜찮아?" 그가 물었다.

"피곤해요. 햇볕 속에 차를 타고 왔더니 좀 피곤해요."

"그렇게 할 수밖에 없어. 그렇잖으면 캘리포니아에 도착할 수 없으니

“알아요.” 그녀가 말했다.

개가 어슬렁거리며 돌아다녔다. 냄새를 맡으며 트럭 옆을 지나더니 수도 호스 밑으로 다시 가서 진흙을 핥았다. 그리고 나서 고개를 숙이고 귀를 치렁치렁 늘어뜨린 채 달아났다. 그놈은 먼지에 덮인 길가 잡초 사이를 냄새 맡으며 국도 가장자리에까지 뛰어갔다. 잠시 고개를 들고 길 건너쪽을 쳐다보더니 그쪽으로 달려갔다. 로자샤안이 외마디 소리를 질렀다. 커다란 자동차 한 대가 쾌속으로 달려오고 있었던 것이다. 차의 타이어에서 째지는 듯한 소리가 났다. 개가 몸을 피해 보았으나 비명소리와 함께 이미 몸이 두 동강이 나 바퀴 속에 끼여 버렸다. 큰 차는 잠시 속력을 늦추더니 차에 탄 사람들이 얼굴을 내밀고 뒤를 돌아다 보고는 이내 속력을 내며 사라져 버렸다. 피투성이가 된 개는 내장이 터져나와 처참한 광경을 이루며 노상에서 천천히 숨을 거두었다.

로자샤안의 눈이 휘둥그래졌다. “아기한테 지장이 없을까요? 괜찮을까요?” 그녀가 근심스럽게 물었다.

코니가 팔을 뻗어 그녀의 허리를 감싸 주었다. “자, 저리 가서 앉아. 그런 거 아무것도 아냐. 아무 지장 없다니까.”

“그래도 무언가 이상한 것 같아요. 아까 내가 소리를 질렀을 때 뱃속이 이상했어요.”

“자, 저리 가서 앉아. 아무것도 아니라니까 그래.” 그는 개의 시체가 보이지 않도록 그녀를 데리고 트럭 옆으로 가서 차의 발판에 그녀를 앉혔다.

톰과 존 삼촌이 현장으로 달려갔다. 개의 시체에서는 마지막 몸부림마저 서서히 사라지고 있었다. 톰이 개의 다리를 치켜들고 길가로 끌고 갔다. 존 삼촌은 당황한 빛을 감추지 못하고 있었다. 마치 자기가 잘못했다고 생각하는 것 같았다. “그놈을 붙들어 매놓을 걸 그랬구나.” 그가 중얼거렸다.

아버지가 한동안 개를 내려다 보고 있더니 이윽고 발길을 돌렸다.

"자, 그만 가자. 좌우간 그놈을 먹일 일이 걱정이었는데, 어차피 잘되었어."

뚱뚱보가 트럭 뒤에서 나타났다. "여러분, 참 안되었소." 그가 말했다. "국도 근처에선 개가 남아나질 않는군요. 나도 1년 안에 개 세 마리를 차에 치어 죽게 했지요. 그래서 이젠 키우지도 않지요. 저 죽은 개는 걱정하지 마시오. 내가 알아서 저 옥수수밭에 묻어 주겠소."

어머니가 로자샤안에게로 다가갔다. 그녀는 아직도 몸서리를 치며 차의 발판에 앉아 있었다. "애야, 너 괜찮으냐?" 그녀가 물었다. "기분이 언짢으냐?"

"아까 그걸 보았어, 엄마. 깜짝 놀랐지 뭐야."

"그래, 네가 소리를 지르는 걸 들었다. 인제 그만 기분을 돌려라."

"혹시 아기가 어떻게 되지나 않았을까요?"

"아니다." 어머니가 말했다. "네가 만일 그걸 가지고 싸매고 들어 앉아서 상심하고 속을 썩이면 그게 더 안 좋을 거다. 자 인제 일어나거라. 가서 나하고 할머니를 편하게 앉혀 드리자. 아기 생각은 잠깐 그만두어라. 그놈도 다 제 팔자 제가 알아서 타고날 테지."

"할머니는 어디 계세요?" 로자샤안이 물었다.

"글쎄, 모르겠구나. 이 근처 어디에 계시겠지. 저쪽 뒷간에 계시나 모르겠군." 화장실에 간 로자샤안이 이윽고 할머니를 부축해 모시고 나오며 말했다. "할머니가 글쎄 거기서 주무시고 계시잖아요."

할머니는 씩 웃었다. "그 안은 아주 편하더라." 노파가 말했다. "전매 특허의 변소를 해놓았더구나. 물도 나오고. 그 안에 있으니까 기분이 참 좋더구나." 그녀가 자못 만족스런 표정을 지었다. "깨우지만 않았더라면 한잠 푹 잘 걸 그랬지."

"거기는 잠 자는 데가 아녜요." 로자샤안이 말하면서 할머니를 부축해서 차에 태웠다. 할머니는 편안하게 자리를 잡고 앉았다. "아주 좋은 데는 아니지만 그만하면 기분이 괜찮던데, 뭐." 그녀가 말했다. 톰이 서둘렀다. "자, 떠납시다. 어서 가봐야지."

아버지가 휘파람을 휙 불었다. "꼬마들은 다 어디 갔을까?" 그는 입안에 손가락을 집어넣고 다시 휘파람을 불었다.

그러자 바로 꼬마들이 옥수수밭에서 몰려왔다. 루시가 앞장서고 윈필드가 뒤를 따라왔다.

"알이야!" 루시가 외쳤다. "내가 알을 찾았어." 그녀가 바짝 다가서자 윈필드도 그 뒤에 붙어 섰다. "이봐!" 희끗희끗하고 거무스름한 부드럽게 생긴 알이 여남은 개나 그녀의 통통한 손에 쥐어져 있었다. 꼬마가 손을 치켜들다가 길가에 죽어 자빠진 개가 눈에 띄자, "어머!" 하고 소리를 질렀다. 루시와 윈필드가 천천히 개 쪽으로 다가갔다. 꼬마들은 개를 찬찬히 들여다 보았다.

아버지가 소리쳤다. "이놈들 빨리 오지 않으면 떼어놓고 간다!"

꼬마들은 엄숙한 표정이 되어 트럭 쪽으로 걸어왔다. 루시는 손 속에 있는 뱀알을 다시 한번 들여다 보더니 내버렸다. 그들은 트럭 옆구리로 기어올랐다. "개가 아직도 눈을 뜨고 있어." 루시가 숨죽인 소리로 속삭이듯 말했다.

그러나 윈필드는 그 광경을 보고 오히려 신이 났다. 녀석은 큰소리로 떠들었다. "개의 창자가 사방으로 흩어졌어…… 사방에." 그는 잠시 조용히 했다. "사방에 흩어졌어……." 그러더니 그는 한쪽 옆으로 몸을 굴리고 트럭 옆구리 아래로 토하기 시작했다. 몸을 다시 일으켰을 때 그의 얼굴은 눈물과 콧물로 얼룩져 있었다. "그런데 돼지를 잡는 때하고는 다른 것 같애." 녀석이 변명을 했다.

앨은 차의 엔진 덮개를 열어젖히고 기름이 얼마나 있나 점검하고 있었다. 그는 운전석 앞자리 바닥에서 기름 깡통을 들고 나와 시커먼 싸구려 기름을 파이프에 들이붓고 나서 다시 기름의 높이를 살폈다.

톰이 그의 옆으로 다가왔다. "내가 좀 몰아 줄까?" 그가 물었다.

"좀 피곤한데, 형." 앨이 말했다.

"그래, 넌 간밤에 잠을 통 못 잤겠구나. 난 새벽에 잠깐 눈을 붙였지. 뒤로 타라. 내가 운전하마."

"그럼, 그래." 앨이 마지못해 대답했다. "그런데 기름 계기를 잘 보아야 해. 좀 천천히 몰고. 기름이 떨어질까봐 몸이 달아 죽겠어. 유압계의 바늘을 가끔 보아야 해. 바늘이 껑충 뛰어 버리면 기름이 다 떨어진 거야. 그리고 천천히 몰아, 형. 짐이 너무 많으니까."

톰이 웃었다. "그래 조심하겠다." 그가 말했다. "가서 푹 쉬어라."

가족들이 다시 짐 위로 올라갔다. 어머니는 앞 좌석의 할머니 옆에 앉았고, 톰은 운전대에 자리를 잡고 앉아 시동을 걸었다. "정말 좀 엉성하군." 그는 중얼거리면서 기어를 넣고 국도 위를 미끄러져 갔다.

차는 한결같이 털털거리며 달렸다. 해가 나지막하게 내려와 그들 앞에 걸렸다. 할머니는 계속 잠들어 있었고 어머니도 고개를 앞으로 떨구고 졸고 있었다. 톰은 햇빛을 가리기 위해 모자의 차양을 내렸다.

페이던에서 미커까지는 13마일이었다. 미커에서 하라까지가 14마일, 그 다음에는 오클라호마 시라는 대도시가 나온다. 톰은 꾸준히 차를 몰았다. 차가 시내를 뚫고 통과하자 어머니가 눈을 뜨고 시가지를 내다 보았다. 트럭 꼭대기에 있는 가족들도 주위의 가게들과 큰 집들과 사무실 빌딩들을 둘러보았다. 점점 빌딩들과 가게들의 모습이 작아졌다. 폐차장, 핫도그 가게, 변두리의 카바레 등등이었다.

루시와 윈필드는 이런 것들을 모두 눈여겨 보았다. 너무 크고 이상하고 신기해서 그들은 당황했다. 또 보는 사람들마다 화려한 옷을 입고 있는 것이 무섭게 느껴졌다. 그들은 그런 이야기를 서로 주고받지는 않았다. 나중에야 하겠지만 어쨌든 지금은 안 하고 있었다. 그들은 시내의 변두리에 있는 유정탑(油井塔)을 보았다. 유정탑은 온통 시커멓게 기름을 뒤집어 쓰고 있었고 기름과 휘발유 냄새가 천지에 진동하고 있었다. 하지만 그들은 소리를 지르지 않았다. 그것은 하도 크고 이상하게 생겨 무섭기만 했다.

길거리에서 로자샤안은 경쾌한 옷차림을 하고 지나가는 한 남자를 보았다. 그 남자는 하얀 구두를 신고 납작한 맥고 모자를 썼다. 그녀는 살짝 코니를 건드리면서 눈짓으로 그 남자를 가리켰다. 그러고 나서 그들

둘은 아무도 안 들리게 낄낄거리고 웃었다. 웃는 소리가 너무 커지자 그들은 손으로 입을 막았다. 하도 우스워서 다른 사람들도 같이 웃지 않나 해서 둘러보았다. 루시와 윈필드가 그들이 웃는 것을 보고 재미있어 보여 자기들도 따라서 웃어 보려 했지만 웃음이 나오질 않았다. 그래도 코니와 로자샤안은 배를 쥐고 웃었고 너무 웃다가 숨이 막힐 지경이 되어 얼굴이 시뻘겋게 상기되었다. 하도 사납게 웃었기 때문에 그들은 서로를 쳐다보기만 해도 다시 웃음보가 터졌다.

도시의 변두리가 널찍하게 펼쳐져 있었다. 톰은 도시의 교통망 속을 천천히 그리고 조심스럽게 운전해 나갔다. 이윽고 미국 서부의 최대 국도인 66호선 위에 올라섰다. 태양이 길 끝 지평선에 걸려 있었다. 차의 앞창에 달라붙은 먼지가 햇빛을 받아 빛나고 있었다. 톰은 모자를 더욱 아래로 끌어당겼다. 너무 아래로 눌러 써 멀리 내다볼 때에는 고개를 뒤로 젖혀야 할 정도였다. 할머니는 계속 잠들어 있었다. 그녀의 감겨진 눈꺼풀 위에 저녁 햇살이 내려앉았다. 관자놀이 핏줄이 시퍼렇게 드러났고 뺨 위의 발그스름한 작은 핏줄은 포도주 색깔로 변했으며, 얼굴에 깔려 있는 거무스름한 점들은 더욱 까맣게 돋아나 보였다.

톰이 말했다. "우리는 끝까지 이 길로만 가는 거예요?"

어머니는 오랫동안 입을 다물고 있었다. "해가 아주 지기 전에 어디든지 묵어갈 데를 찾아야겠다." 그녀가 말했다. "나는 돼지고기를 좀 삶고 빵이라도 좀 구워야겠다. 그러자면 시간이 좀 걸릴 거다."

"그러세요." 톰이 말했다. "한꺼번에 끝까지 가는 건 아니니까요. 좀 쉬었다가 가는 것이 좋겠어요."

오클라호마 시에서 베사니까지는 14마일이었다.

톰이 말했다. "해가 지기 전에 차를 세우는 게 좋겠어요. 앨이 짐칸위에 해 가리는 것도 만들어야 하고. 이렇게 가다가는 다들 일사병에 걸리겠어요."

어머니는 다시 꾸벅꾸벅 졸고 있었다. 그녀의 고개가 갑자기 꼿꼿하게 섰다. "무엇이든 저녁 요깃거리를 좀 만들어야 겠다." 그녀가 말했다.

"얘, 그런데 톰아, 너희 아버지가 그러는데, 너, 이 주 경계선을 넘어도 괜찮겠니?"

그는 이미 오래 전부터 대답이 준비되어 있었다. "그럼, 엄마. 아, 그게 무슨 상관이 있어?"

"그래도 걱정이 되는구나. 그러다가 또 도망을 가야 하게 될지도 모르잖니? 또 그러다가 잡힐지도 모르고."

톰은 점점 가라앉는 해를 가리기 위해서 눈 위에 손을 얹고 있었다. "걱정 마세요." 그가 말했다 "다 연구해 두었으니까. 가석방으로 풀려나는 놈들이 하나 둘인 줄 아세요? 언제나 이렇게들 돌아다니는 걸요, 뭐. 만약 내가 서부에 가서 무슨 일 때문에 붙들리면 내 사진하고 지문 같은 것을 워싱턴에 조회하겠지요. 하지만 내가 아무 일도 저지르지 않으면 누가 거들떠 보기나 하겠어요?"

"그래도 걱정이다. 너는 가끔 일을 저지르지 않니? 너는 나쁜 일이 아니라고 생각하고 말이다. 어쩌면 캘리포니아 같은 데에는 우리도 모르는 법이 있을지도 모른다. 네 생각에는 아무렇지도 않은 일을 해도 혹시 캘리포니아에서는 그것이 법에 걸리는 일일지 누가 아니?"

"여하튼 그런 건 내가 가석방이 아니더라도 마찬가지예요." 그가 말했다. "다만 내가 걸리면 가석방이 아닐 때보다 좀더 당한다는 것뿐이지, 당하기는 마찬가지라구요. 그런 걱정은 아예 그만두세요." 그가 말을 이었다. "우리는 걱정할 일이 얼마든지 있어요. 그런 걱정거리를 자꾸 생각해 내지 마세요."

"어떻게 걱정이 안 되니?" 그녀가 말했다. "네가 주 경계선을 넘는 순간 너는 죄를 범하는 건데."

"그래도 그것이 샐리소 근처에만 매달려 굶어 죽는 것보다는 낫잖아요? 이제 차를 세우고 쉴 자리나 찾아야겠어요."

그들은 베사니를 통과해서 지나갔다. 도로의 토교 밑을 배수구가 지나고 있었다. 낡은 차 한 대가 국도에서 조금 떨어져 서있었고 그 옆에 작은 천막이 쳐져 있었으며 천막 틈으로 스토브의 연기가 새어 나오고 있었다. 톰이 그쪽을 손가락질했다. 저기 사람들이 자리를 잡았군. 자리가 괜찮겠는데.” 그는 차의 속력을 슬슬 줄이더니 길가에다 차를 세웠다. 먼저 와있던 낡은 차의 엔진 덮개가 열려 있었다. 한 중년쯤 되는 남자가 차를 내려다 보고 서있었다. 그는 값싼 솜브레로로 맥고 모자를 쓰고 파란 셔츠에다 까만 점 무늬가 박힌 조끼를 입고 있었다. 청바지는 때가 묻어 반질반질했다. 얼굴은 야윈 편인 데다가 양 볼에 깊은 줄이 파여 광대뼈와 턱이 한층 더 튀어나와 있었다. 그는 조우드네 트럭을 쳐다 보더니 눈에 좀 당황하고 노한 빛을 띠었다.

톰이 창밖으로 몸을 내밀고 소리쳤다. “이런 데서 하룻밤 묵고 가면 위반되는 거요?”

그 남자는 트럭만 보고 있었다. 그러다가 그 시선이 톰 쪽으로 고정되었다. “글쎄, 나도 모르겠소.” 그가 말했다. “우리 차가 더이상 갈 수 없기 때문에 여기에서 멈추었을 뿐이오.”

“거기 먹을 물은 있지요? ”

그 남자는 한 4분의 1마일쯤 앞쪽에 있는 서비스 주유소를 손으로 가리켰다. “저기 가면 물이 있소. 한 양동이씩 얻어 올 수가 있지요.”

잠시 톰이 머뭇거리다가 말했다. “우리가 당신네 옆에다 천막을 좀 쳐도 괜찮겠소?” 그 야윈 남자는 대답하기가 좀 난처한 모양이었다.

“이건 내 땅이 아니오.” 그가 말했다. “우린 이 고물차가 더이상 꼬덕도 안 하길래 할수없이 여기에 멈추었을 뿐이오.”

그래도 톰이 다시 물었다. “여하튼 당신네가 여기에 먼저 와있고 우리는 아직 자리를 안 잡았으니, 당신은 우리하고 같이 이웃을 하겠는지 안 하겠는지 말할 권리가 있지 않소?”

일종의 호의를 호소하는 톰의 말은 즉각 효과를 나타냈다. 그 야윈 얼굴에 미소가 떠올랐다.

“그럼, 좋소. 어서 길에서 내려오시오. 당신들하고 같이 있게 돼서 반갑소.” 그러더니 그는 큰소리로 아내를 불렀다. “여보, 세리. 여기 우리하고 같이 묵을 분들이 왔소. 어서 나와서 인사라도 하구료. 집사람이 몸이 좀 안 좋아서요." 그가 덧붙였다. 천막 문이 열리더니 쭈글쭈글하게 시든 여자 하나가 나왔다. 얼굴은 바싹 마른 나뭇잎사귀처럼 주름이 가있었고, 그 얼굴에서 까만 눈만 반짝거리고 있어 마치 공포의 우물 속에 떠있는 눈 같았다.

그녀는 자그마한 체구를 부들부들 떨고 있었다. 천막 문 옆에 꼿꼿하게 서있는 그녀의 손은 천막을 움켜잡고 있었다. 바싹 야윈 손이 쭈글쭈글한 가죽에 싸여 해골처럼 앙상해 보였다.

그녀의 목소리에는 나지막한 아름다운 음성이 깔려 있었다. 부드럽고 착 가라앉은 억양이었다. "어서들 오시라고 하세요. 반갑다고 해주시고요."

톰은 차를 몰아 길에서 들판으로 내려와 먼저 와있던 차와 나란히 세웠다. 그러고 나자 가족들이 트럭에서 우르르 밀려내려 왔다. 루시와 윈필드는 너무 빨리 내려오다가 발을 헛디디는 바람에 팔과 다리에 핀과 바늘이 찔려 아우성을 쳤다. 어머니가 재빨리 일을 시작했다. 그녀는 트럭 뒤에 두었던 3갈론들이 양동이를 끌어내다가 아우성을 치고 있는 애들 쪽으로 갔다. "얘들아, 가서 물 좀 얻어 오너라. 저기 가면 있다. 얌전하게 말해야 한다. '물 한 양동이만 길어 가도 좋겠습니까?' 하고 올 때에는 '감사합니다' 해야 한다. 둘이서 같이 잘 들고 와야지 조금이라도 엎지르면 안 돼. 그리고 태울 만한 나무가 있거든 주워 오너라." 어린애들은 주유소 판잣집 쪽으로 내달았다.

천막가에서는 좀 어색한 장면이 벌어지고 있었다. 처음 만나 나누는 사교적인 인사가 시작되기도 전에 끝나 버린 것이다. 아버지가 물었다. "당신네들은 오클라호마 사람들이 아니지요?"

자동차 옆에 있던 앨이 차의 면허판을 보았다. "캔자스 분들이군요." 그가 대신 대답해 주었다.

야윈 남자가 말했다. "가리나 근처지요. 윌슨, 아이비 윌슨이라고 합니다."

"우리는 조우드라고 합니다." 아버지가 말했다. "우리는 샐리소 근처에서 살다 왔지요.”

“예, 이렇게 만나게 되어서 반갑습니다.” 아이비 윌슨이 말했다. “여보, 세리. 이분들은 조우드 집안이래.”

“당신이 오클라호마 사람이 아닌 줄은 알았소. 억양이 좀 이상하다 했지요. 그렇다고 하나도 흥은 아니지요. 그렇지요?”

“사람마다 말소리가 다른 법이지요.” 아이비가 말했다. “알칸사스 사람들 말이 다르고 오클라호마 사람들이 또 다르지요. 우리도 매사추세츠에서 온 부인을 하나 보았는데 그 여자의 말소리가 어찌나 다른지 무슨 말을 하는지 알아들을 수가 없을 정도입디다.”

노아와 존 삼촌과 설교사는 짐을 끄르기 시작했다. 그들은 할아버지를 부축해 내려 땅바닥에 편안하게 앉혔다. 노인은 맥없이 앉아 앞쪽만 멍하니 바라보고 있었다. “할아버지, 어디 편찮으세요?” 노아가 물었다.

“그래, 아프다, 이놈아.” 노인이 힘없이 말했다. “지옥보다 더 아프다.”

세리 윌슨이 천천히 그리고 조심스럽게 노인 쪽으로 걸어갔다. “우리 천막 안으로 좀 들어 오시겠습니까?” 그녀가 물었다. “우리 요 위에 누우셔서 좀 쉬시지요.”

노인은 그녀를 올려다 보았다. 그녀의 부드러운 목소리가 그의 귀에 전달되었던 것이다. “어서 가시지요.” 그녀가 다시 권했다. “좀 쉬시도록 해드리겠어요.”

노인은 아무 예고도 없이 불쑥 울음을 터뜨렸다. 그의 턱이 덜덜 떨리고 그 늙은 입술이 꼭 다물어졌다. 그는 거친 소리를 내며 거침없이 울었다. 어머니가 노인에게 달려가서 팔로 그를 감싸 안았다. 그녀는 그를 부축해 일으켜 세웠다. 그의 넓적한 등어리가 벌어지고, 그는 어머니한테 반은 매달리다시피 하며 천막 안으로 들어갔다.

존 삼촌이 말했다. “몹시 편찮으신 모양인데 평생 저래 보신 일이 없으셨거든. 여태까지 저렇게 우시는 걸 아무도 본 일이 없단 말이야.” 그는 트럭 위에 뛰어오르더니 매트리스를 아래로 던져 내렸다.

　어머니가 천막에서 나오더니 케이시에게 다가갔다. "당신은 병자 가까이에 많이 가보셨지요?" 그녀가 말했다. "할아버지가 편찮으세요. 가서 좀 봐주실래요?"

　케이시가 급히 천막으로 가서 안으로 들어갔다. 두 겹으로 된 매트리스가 땅바닥에 깔려 있었다. 담요도 얌전하게 깔려 있었다. 작은 양철 스토브가 쇠다리로 받혀져 서있었고 그 안에는 불이 고르지 않게 타고 있었다. 물이 한 양동이, 식료품이 들어 있는 나무 상자 하나, 그리고 식탁으로 쓰는 듯한 상자 하나가 세간살이의 전부였다. 석양이 천막 틈을 뚫고 불그스름한 빛을 던지고 있었다. 세리 윌슨이 매트리스 옆 땅바닥에 무릎을 꿇고 있었고 할아버지는 반듯이 누워 있었다. 그의 눈은 위쪽을 바라보고 있었고 양 볼은 불그스름하게 홍조를 띠고 있었다. 노인의 숨은 가빴다.

　케이시는 노인의 앙상한 손목을 들고 맥을 짚어 보았다. "좀 피곤하시죠, 할아버지?" 그가 물었다. 그의 눈이 소리가 들리는 쪽으로 돌아갔으나 목소리의 주인공을 찾지는 못했다. 입 속에서 무언가 말을 하는 것 같았지만 소리는 나지 않았다. 케이시는 맥을 짚어보고 나서 노인의 손목을 놓고 자기 손을 노인의 이마에 얹어 보았다. 노인의 몸이 안간힘을 쓰기 시작했다. 다리가 마구 움직였고 손은 허공을 휘저었다. 무언가 어물어물 소리를 냈지만 아무 뜻도 없는 말이었다. 뾰족뾰족한 그의 하얀 턱수염 속에서 그의 얼굴은 불그스름하게 상기되어 있었다.

　세리 윌슨이 케이시에게 물었다. "어디가 편찮으신지 아세요?"

　그는 그 주름진 얼굴과 반짝이는 눈을 들어 올려다 보고 있었다. "당신은 아시겠어요?"

　"글쎄, 알 것 같아요."

　"무언데요?" 케이시가 물었다.

　"아마 맞을 거예요. 말씀드리고 싶진 않아요." 케이시는 뒤틀리고 있는 노인의 얼굴을 다시 돌아다 보았다. "당신 혹시 졸중풍이라고 생각하시는 거 아닌가요?"

"아마 그런 것 같애요." 세리가 말했다. "전에도 그런 경우를 세 번이나 보았어요."

천막 밖에서 야영 준비를 하는 소리가 들려왔다. 나무를 빠개고 냄비를 덜거덕거리는 소리가 났다. 어머니가 천막 안을 들여다 보며 말했다. "할머니가 들어오시겠다는데 들어오셔도 괜찮을까요?"

설교사가 말했다. "못 들어오시게 하면 오히려 야단만 치실 텐데요."

"할아버지가 괜찮으실까요?" 어머니가 물었다. 케이시는 천천히 고개를 흔들었다. 어머니는 얼른 시선을 아래로 내려 벌겋게 상기되어 고통스러워하고 있는 늙은 얼굴을 쳐다 보았다. 그녀가 밖으로 나가고 이어 그녀의 목소리가 들려왔다. "할아버지는 괜찮으세요, 할머니. 좀 쉬고 계시는 걸요."

할머니가 시무룩하게 대답했다. "어디 좀 가서 보기나 하자. 그이는 하도 꾀병을 잘 부리니 말이다. 무슨 꾀병을 피우는지 아무도 모른단다." 그리고 그녀는 천막을 헤집고 안으로 들어가 매트리스 옆에 서서 아래를 내려다 보았다. "당신 왜 그러우?" 그녀가 할아버지에게 물었다. 노인의 시선이 다시 목소리가 나는 쪽을 더듬었다. 그의 입술이 꿈틀거렸다.

"능청 떨고 앉았네, 어이구." 할머니가 말했다. "아까도 말했지만 너희 할아버지는 아주 엉큼한 사람이다. 여기에 따라오지 않으려고 오늘 아침에는 혼자 살짝 빠져 나가려고도 했단다. 그러다가 엉덩이를 다쳤지 뭐냐." 할머니는 퉁명스럽게 말했다. "그저 능청 떠는 거야. 전에도 저렇게 꾀병을 앓아 아무한테도 말을 안 하려고 했었지."

케이시가 부드럽게 말했다. "할아버지는 꾀병이 아니세요, 할머니. 정말로 편찮으신 겁니다."

"어? 뭐야?" 그녀는 노인을 다시 내려다 보았다. "몹시 아프다고?"

"몹시 편찮으세요, 할머니."

잠시 그녀는 어리둥절했다. "글쎄." 그녀가 다시 말을 이었다. "당신은 설교산데 왜 기도를 안 하오?"

케이시의 굵은 손가락이 할머니의 손목을 꼭 감쌌다. "할머니, 전에도 말씀드렸지만 저는 이제 설교사가 아닙니다."

"여하튼 기도나 하시오." 그녀가 호령을 했다. "당신은 모든 걸 다 외고 있지 않아?"

"저는 못 합니다." 케이시가 말했다. "무엇을 위해서 기도를 하며 누구에게 기도를 드려야 하는지 저는 모릅니다."

할머니의 눈이 방향을 잃고 헤매더니 세리에게 와서 멎었다. "저이가 기도를 안 하겠다는군." 그녀가 말했다. "루시가 아직도 어린애였을 때 그애가 어떻게 기도를 했는지 내가 전에 얘기 안 했던가? 그애가 기도를 올리는데, '나 이제 누워서 잠이 들어요. 주여, 내 영혼을 거두어 주소서. 그리고 그 개가 거기에 갔을 때에는 찬장에 아무것도 없게 해주소서, 아멘.' 그 어린애가 그런 기도를 하더라니간." 누군가가 천막과 석양 사이를 걸어가 그 그림자가 천막 안의 땅바닥을 가로지르며 지나갔다.

할아버지는 고통스러운 모양이었다. 이젠 전신의 근육이 뒤틀리고 있었다. 그러더니 갑자기 그는 무슨 충격이라도 받은 것처럼 몸을 떨었다. 그리고는 누운 채 가만히 있었다. 그의 숨이 멎었다. 케이시는 노인의 얼굴을 내려다 보았다. 그 얼굴은 점점 더 거무튀튀한 색으로 변하고 있었다. 세리가 케이시의 어깨를 만지면서 소곤거렸다. "혀, 혀, 혓바닥을요."

케이시가 작은 소리로 말했다. "할머니 앞을 가로막고 서시오." 그는 꼭 다물고 있는 노인의 입을 강제로 벌려 손을 노인의 목구멍 속으로 넣어 혀를 잡아당겼다. 그러자 덜그럭거리는 숨소리가 새어 나왔고 흐느끼는 듯한 숨결이 목구멍 속으로 새어들어 갔다. 케이시는 땅바닥에서 나무막대 하나를 찾아 그것으로 혀를 찍어 눌렀다. 노인의 고르지 못한 숨이 들락날락 헐떡였다.

할머니는 병아리처럼 깡총거리고 돌아다녔다. "기도 좀 해." 그녀가 말했다. "기도를 하라고, 당신 기도 좀 하란 말이야." 세리가 그녀를 붙들려고 했다. "기도를 하란 말이야. 이 사람아!" 할머니가 악을 썼다.

케이시가 잠시 그녀를 올려다 보았다. 노인의 헐떡이는 숨소리가 더 거칠어지고 고르지 못하게 들려왔다. "하늘에 계신 아버지, 당신의 이름을 거룩하게 하옵시며……."

"하느님께 영광이!" 할머니가 소리쳤다.

"당신의 나라가 임하시며, 당신의 뜻이 하늘에서와 같이 땅위에서도 이루어지이다.

"아멘."

열린 입에서 기다란 한숨 소리가 새어 나왔고 큰소리를 내며 바람 한 줄기가 흘러 나왔다. "오늘날 우리에게 일용할 양식을 주시고, 우리 죄를 면하여 주시고……." 숨소리가 멎었다. 케이시는 할아버지의 눈을 들여다 보았다. 그 두 눈은 맑고 깊었으며, 모든 것을 꿰어보는 듯 잔잔한 고요가 깃들어 있었다.

"할렐루야!" 할머니가 말했다. "어서 계속해."

"아멘." 케이시가 말했다.

그러자 할머니도 조용해졌다. 천막 밖에서도 모든 소리가 멎었다. 국도 위로 자동차 한 대가 소리를 내며 지나갔다. 케이시는 매트리스 옆 땅바닥에 아직도 무릎을 꿇고 있었다. 바깥에 있는 사람들은 천막 안의 움직임에 귀를 기울이고 신경을 곤두세우고 있었다. 세리가 할머니의 팔을 부축해서 밖으로 모시고 나갔다. 할머니는 위엄을 잃지 않고 고개를 꼿꼿하게 세운 채 밖으로 걸어 나갔다. 그녀는 가족들 쪽으로 가면서 가족들을 똑바로 쳐다보고 있었다. 세리는 땅바닥에 깔려 있는 매트리스 쪽으로 데리고 가 그녀를 거기에 앉혔다. 할머니는 이제 모든 사람들의 시선을 받으면서 똑바로 앞만 바라보고 있었다. 천막 안은 조용했다. 이윽고 케이시가 천막 문을 열고 밖으로 나왔다.

아버지가 가만히 물었다. "무슨 병이오?"

"졸중풍이오." 케이시가 말했다. "아주 급작스러운 발작이오."

사람들이 다시 움직이기 시작했다. 해는 지평선에 붙어 납작해져 있었다. 그리고 국도를 따라서 옆구리를 빨간색으로 칠한 큼직한 화물 트럭들의 행렬이 줄을 이었다. 그 차들은 지나가며 마치 작은 지진이라도 일으킬 듯 덜커덩거렸다. 꼿꼿하게 세워진 배기 가스통은 디젤 기름에서 나오는 푸르스름한 연기를 뿜어내고 있었다. 트럭마다 한 사람이 운전을 하고 또 한 사람은 나중에 교대하기 위해 천정에 매달린 높은 침상에 누워 자고 있었다. 트럭 행렬은 잠시도 멈추지 않았다. 밤이고 낮이고 국도를 진동하며 달렸고, 길바닥은 트럭들의 육중한 행렬 밑에서 떨고 있었다.

이제 가족들은 모두 한 군데에 모여 있었다. 아버지가 땅에 쭈그리고 앉았다. 존 삼촌이 그 옆에 앉았다. 아버지는 이제 가장이 된 셈이었다.

어머니가 그의 옆에 섰다. 노아와 톰과 앨이 쭈그리고 앉았고 설교사도 앉았다. 코니와 로자샤안은 저만큼 떨어져 걷고 었었다. 루시와 윈필드가 양동이를 가운데에 들고 덜거덕거리며 돌아오다가, 무언가 공기가 달라진 것을 느끼고 걸음을 늦추더니 양동이를 내려놓고 조용히 어머니 옆에 가 섰다.

할머니는 가족들이 다 모이고 아무도 자기를 쳐다보지 않게 될 때까지 근엄하고 냉정하게 앉아 있었다. 그러다가 그녀는 누워서 팔뚝으로 얼굴을 가렸다. 붉은 해가 지고 어름어름한 땅거미가 깔렸다. 저녁놀이 사람들의 얼굴을 비추었고 그 빛을 받아 사람들의 눈이 총총하게 빛났다. 저녁은 무슨 빛이든 다 빨아들이는 것이다.

아버지가 입을 열었다. "할아버지는 윌슨 씨의 천막 속에서 임종하셨다."

존 삼촌이 고개를 끄덕였다. "그분의 천막을 빌었지."

"참 친절하고 훌륭한 분들이구나." 아버지가 가만히 말했다.

윌슨은 그의 고장난 차 옆에 서있었다. 세리는 매트리스에 가 할머니 옆에 앉아 있었지만 그녀의 몸에 닿지 않도록 조심하고 있었다.

아버지가 불렀다. "윌슨 씨." 그 남자는 가까이 다가와서 쭈그리고 앉았다. 세리도 자기 남편 옆으로 와 섰다. 아버지가 말했다. "정말로 감사합니다.”

“도와 드릴 수 있게 되어 자랑스럽습니다.” 윌슨이 말했다.

“너무 신세를 지는군요.” 아버지가 말했다.

“사람이 죽을 때는 신세 같은 건 없는 겁니다.” 윌슨이 말했다.

세리도 같은 말을 했다. “신세랄 게 뭐 있나요?”

앨이 말했다. “제가 댁의 차를 고쳐드리지요. 저하고 톰 형하고 둘이서요.” 앨은 자기가 할 수 있는 일로 집안 일에 대한 신세를 갚게 된 것이 스스로 대견스러웠다.

“좀 도와 주실래요?” 윌슨은 그 제안을 받아들일 수밖에 없었다.

아버지가 말했다. “우리가 해야 할 일을 생각해 보자. 엄연히 법이라는 것이 있다. 사람이 죽으면 당국에 보고를 해야 하지. 보고를 하면 장례비로 40달러를 내야 한다. 그렇지 않으면 극빈자 구제소에 가야 하고.”

존 삼촌이 나섰다. “우리 집안에 구호 대상 극빈자는 없었어.”

톰이 말했다. “좀 잘 알아보고 해야 할 거예요. 우리 집안에서 자기 땅으로부터 쫓겨나 본 사람도 없지 않았어요?”

“우리는 다 깨끗이 살아왔다.” 아버지가 말했다. “우리가 잘못한 것은 없었어. 우리는 우리가 대가를 치르지 않고 거저 얻어본 일도 없었다. 어떤 사람의 자선도 받지 않고 살아왔다. 여기 있는 톰이 문제가 되었을 때에도 우리 집안 사람들은 다 고개를 반듯이 치켜들고 살았다. 누구나 할 만한 짓을 했기 때문이다.”

“그럼 우리는 어떻게 해야지?” 존 삼촌이 물었다.

“법에 있는 대로 보고를 하고 그러면 그 사람들이 나오겠지. 우리는 이제 150달러밖에 남지 않았어. 할아버지 장례에 40달러를 쓰고 나면 우리는 캘리포니아까지 못 간다. 그렇게 하지 않으면 할아버지는 극빈자로 끌려가게 되고.” 남자들은 걱정스럽게 몸을 움직이면서 자기들 무릎 앞의 땅바닥이 어두워져 가는 것을 응시하고 있었다.

아버지가 조용히 말했다. “할아버지는 당신의 아버지를 당신 자신의 손으로 묻었지. 그것도 아주 위엄을 갖추어서 했고 당신 자신이 삽을 들고 묘를 쌓았단다. 그때는 누구나 아들에 의해 묻힐 권리가 있었고 또 아들은 부모를 묻을 권리가 있었던 때였지.”

“하지만 지금은 법이 달라졌잖아?” 존 삼촌이 말했다.

“때로는 법이 그대로 지켜질 수 없는 때도 있는 거야.” 아버지가 말했다. “곧이곧대로만 지켜질 수는 없지. 그럴 때는 얼마든지 있어. 후로이드가 미쳐서 난폭하게 돌아갈 때만 해도 그렇지. 법대로 하자면 우리가 경찰에 신고해서 넘겨 주어야 하는 거지만 아무도 그럴려고 하지 않았잖아? 때로는 법도 잘 분별해서 지켜야 하는 거야. 즉, 나는 내 부모를 묻을 권리는 있다는 얘기다. 누구 할 말이 있느냐?”

설교사가 팔꿈치를 디디고 몸을 세웠다. “법이란 변하는 거요.” 그가 말했다. “그러나 사람의 도리는 변하지 않고 계속되는 거요. 당신은 당신이 하고 싶은 대로 할 권리가 있는 겁니다.”

아버지가 존 삼촌에게 돌아섰다. “그건 존의 권리이기도 한데 혹시 반대하고 싶은 생각이라도 있으면 말해봐.”

“반대하지 않아.” 존 삼촌이 말했다. “다만 우리가 그런 식으로 처리하는 건 할아버지를 밤중에 살짝 감추는 것 같아서 기분이 안 좋을 뿐이지. 할아버지의 방식은 아무데서나 떳떳하게 나서서 총을 들이대고 정면으로 맞서는 건데.”

아버지가 좀 겸연쩍게 말했다. “때로는 할아버지의 방식대로만 할 수는 없어. 우리는 돈이 다 떨어지기 전에 캘리포니아까지 도착해야 하니까.”

톰이 끼어들었다. “때로는 일꾼들이 매장한 사람의 시체를 파서 말썽을 부리고 누가 살인이라도 한 것처럼 조작한대요. 관청 사람들은 산 사람들보다 죽은 사람들에게 더 관심이 있는 모양이지? 죽은 사람이 누구며 그가 어떻게 해서 죽었는지를 알아내기 위해서 야단을 친다니까. 그러니 내 생각으로는 병 속에다 기록을 넣어 할아버지 무덤에 같이 묻었으면 좋겠어요. 할아버지가 누구이며 어떻게 돌아가셨으며 왜 여기에 묻히셨는지를 적어서 말예요."

아버지가 찬성하는 뜻으로 고개를 끄덕였다. "그게 좋겠다. 글씨를 잘 써서 말이다. 자기의 이름이 거기에 있다는 것을 아시면 할아버지도 그렇게 쓸쓸하지는 않을 테고, 노인네가 그저 외돌토리처럼 혼자 땅속에 있지는 않는 셈이 되지. 누구 또 의견이 있나?"

모두가 조용했다.

아버지가 어머니 쪽으로 고개를 돌렸다. "당신이 수의를 좀 입혀 드리겠소?"

"그러지요." 어머니가 말했다. "그럼 누가 저녁 준비를 하지?"

세리 윌슨이 말했다. "저녁 준비는 제가 하지요. 어서 가보세요. 저하고 저 큰 아가씨하고 하지요, 뭐."

"정말 감사해요." 어머니가 말했다. "애, 노아야, 넌 저 통에 가서 돼지고기를 좀 꺼내 오너라. 아직 제대로 절여지지는 않았겠지만 그래도 먹을 만은 할 거다."

"우리한테 감자가 반 자루쯤 있어요." 세리가 말했다.

어머니가 말했다. "여보, 반 달러짜리 은전을 두 개만 주세요." 아버지가 호주머니 속을 뒤지더니 그녀에게 은전을 주었다. 그녀는 대야를 찾아서 물을 가득 담아 가지고 천막 안으로 들어갔다. 천막 안은 거의 깜깜했다. 세리가 따라 들어와 촛불을 켰다. 촛불을 상자 위에 똑바로 세워 놓고 그녀는 다시 밖으로 나갔다. 잠시 동안 어머니는 죽은 노인의 시체를 쳐다보고만 있었다. 서글픈 생각이 들었다. 그녀는 자기의 앞치맛자락을 북 찢어 노인의 입을 막고 동여맸다. 그녀는 그의 사지를 똑바로 펴고 손을 접어 가슴 위에 포개 놓았다. 눈꺼풀을 아래로 깔고는 은전을 양쪽 눈에 한 잎씩 놓았다. 셔츠의 단추를 여며 주고 얼굴을 씻어 주었다.

세리가 들여다 보고 말했다. "제가 좀 도와 드려요?"

어머니가 천천히 그녀를 올려다 보았다. "들어오세요." 그녀가 말했다.

222

"당신하고 얘기나 좀 하고 싶어요."

"아주머니는 참 좋은 따님을 두셨어요." 세리가 말했다. "그애가 지금 감자 껍질을 벗기고 있어요. 제가 좀 도와드릴까요?"

"할아버님 몸을 다 씻어드리려고 했는데요." 어머니가 말했다. "갈아 입혀 드릴 옷이 없군요. 게다가 댁의 욧잇이 못 쓰게 되어 버렸지 뭐예요. 욧잇에 묻은 시체 냄새는 없어지지 않는 거예요. 나는 우리 친정 어머님이 돌아가신 자리 욧잇을 개가 물어뜯고 짖는 걸 본 일이 있어요. 돌아가신 지 2년이 지난 후인데도. 그러니 댁의 이 욧잇으로 할아버님을 싸서 묻기로 하고 그 대신 다른 것을 드릴께요. 드릴 만한 것이 있으니 까요."

세리가 말했다. "그런 말씀 마세요. 도와 드리게 된 것이 오히려 기뻐요. 저는 그렇게 느끼지 않아요. 적어도 당분간 아무렇지도 않아요. 누구나 다 서로 돕고 살아가게 마련이잖아요?"

어머니가 고개를 끄덕였다. "그럼요" 그녀가 말했다. 그녀는 오랫 동안 턱수염이 부숭부숭한 노인의 얼굴을 들여다 보았다. 동여매진 입과 은전을 얹어놓은 두 눈에 촛불이 비치고 있었다. "암만 해도 자연스러운 모습이 안 되는군요. 차라리 둘둘 말아서 싸는 것이 낫겠어요."

"저 할머니께서도 마음이 퍽 단단하신 분이시더군요."

"예, 연세가 아주 많으시죠." 어머니가 말했다. "아마 어떻게 해서 이런 일이 일어났는지 정확하게 아시지도 못할 거예요. 앞으로도 한참 동안은 무슨 일이 있었는지조차 잘 모르실 거예요. 또 우리집 식구들은 그런 때 자제하는 것을 자랑으로 생각하지요. 우리 친정 아버님이 늘 하시던 말씀이 있어요. '감정을 폭발시키는 것은 누구든지 할 수 있는 일이다. 하지만 그것을 억제하는 것이 남자야.' 늘 그러셨지요. 그래서 우리집 식구들은 언제나 억제하려고 하지요."

그녀는 욧잇으로 할아버지의 자리를 얌전히 싸고 어깨 주위에 걸쳤다. 욧잇의 한쪽 구석을 마치 두건인 양 시체 머리 위에 덮어 얼굴을 감쌌다. 세리는 그녀에게 옷핀을 대여섯 개나 건네 주었다. 그녀는 옷핀으로 시체를 단단하고 단정하게 쌌다. 드디어 그녀가 일어섰다. "이만하면 장례가 잘 되겠지요. 입관시킬 설교사도 있고 자손들이 전부 모여 있으니까요." 그러다가 갑자기 그녀가 흔들 하고 몸을 비틀거렸다. 세리가 얼른 그녀를 부축해 주었다. "수면 부족인가 봐요." 어머니가 좀 부끄러운 듯 말했다. "아니, 이제 괜찮아요. 떠날 준비를 하느라고 좀 바빴었지요."

"밖에 좀 나가서 바람을 쐬세요." 세리가 말했다.

"그러지요. 여기 일은 다 끝났으니까요." 세리가 촛불을 불어 껐고 두 여자는 밖으로 나갔다.

작은 골짜기의 맨 밑바닥에서 불이 밝게 타고 있었다. 톰이 나무와 철사를 가지고 솥걸이를 만들었고 거기에 매달린 두 개의 냄비는 지금 부글부글 소리를 내며 끓고 있었다. 뚜껑 아래로부터 김이 무럭무럭 솟아나왔다. 로자샤안은 불길이 안 닿을 만큼 떨어져서 긴 스푼을 손에 들고 있었다. 어머니가 천막 밖으로 나오는 것을 본 그녀는 일어서서 그녀 쪽으로 다가왔다.

"엄마, 좀 물어볼 게 있어." 그녀가 말했다.

"또 무서운 게로구나." 어머니가 물었다. "아무런 걱정도 없이 아홉 달을 그냥 지낼 수는 없는 거다."

"하지만 아기한테 아무 지장이 없을까요?"

어머니가 말했다. "'어려운 속에서 태어난 아기가 이 다음에 더 복이 있다'는 옛날 말이 있단다. 안 그래요, 윌슨 부인?"

"예, 저도 그런 얘기를 들었어요." 세리가 말했다. "또 이런 말도 있더군요. '너무 호강 속에서만 태어난 아기는 이 다음에 액운이 많다'고요."

"나는 조금이라도 이상이 생기면 겁이 나서 죽겠어요." 로자샤안이 말했다.

"그래, 우리는 다 재미가 있어서 이런 고생을 하는 건 아니란다." 어머니가 말했다. "너는 가서 저 냄비나 잘 좀 보고 있거라."

불을 가운데에 놓고 남자들이 삥 둘러앉아 있었다. 도구라고는 삽과 곡괭이뿐이었다. 아버지가 땅바닥에 세로 여덟 자, 가로 석 자의 넓이를 표시해 놓았다. 남자들이 분업으로 일을 시작했다. 아버지가 곡괭이로 땅을 찍으면 존 삼촌이 삽으로 흙을 퍼냈다. 앨이 찍으면 또 톰이 퍼냈다. 노아가 찍으면 코니가 대들어서 퍼냈다. 구덩이가 깊어 갔다. 일은 속도를 늦추지 않고 진행되었다. 재빠른 솜씨의 삽질이 흙을 연신 밖으로 퍼냈다. 네모 난 구덩이가 톰의 어깨만큼 깊어지자 그가 물었다. "얼마나 더 파요, 아버지?"

"아주 충분히 파자. 이제 두어 자만 더 파면 되겠다. 톰, 넌 인제 나오너라. 그리고 그 종이에다 비문이나 써라." 톰이 구덩이 밖으로 나오자 노아가 교대해 들어갔다. 톰은 불을 살피고 있는 어머니 쪽으로 갔다. "어머니, 종이하고 펜 좀 있어요?"

어머니가 고개를 천천히 흔들었다. "없을 거다. 그건 챙겨 오지 않았지." 그녀는 세리 쪽을 쳐다 보았다. 그 작은 여자는 재빨리 자기네 천막 쪽으로 가서 성경책과 반쯤 쓰다 남은 연필 한 자루를 가져왔다.

"여기 있어요." 그녀가 말했다. "성경책 맨 앞에 하얀 페이지가 있어요. 그걸 찢어 내서 거기에 쓰면 되겠어요." 그녀는 책과 연필을 톰에게 건네 주었다.

톰은 불가에 앉았다. 정신을 집중시키느라 그의 눈이 살포시 가늘어졌다. 한참만에 그는 천천히 그리고 조심스럽게 큼직하고 또렷또렷한 글씨를 책장에 써내려 갔다. '여기 묻히신 분은 졸중풍으로 운명하신 노인 윌리엄 제임즈 조우드. 장례 비용이 없기 때문에 가족들의 손으로 그를 여기에 안장함. 아무도 그를 살해하지 않았으며 졸중풍으로 인하여 사망했음.' 그는 여기에서 멈추고 말했다. "어머니, 들어 보세요." 그가 쓴 것을 천천히 읽었다.

"응, 훌륭하다." 그녀가 말했다. "그런데 거기에다 성경 구절을 좀 넣어서 종교적인 분위기를 낼 수는 없니? 성경에서 무언가 좋은 구절을 하나 찾아보렴."

"길면 안 돼요. 페이지에 여유가 많지 않거든요." 그가 말했다.

세리가 말했다. "'주여, 이 영혼을 살피소서!' 하면 어떨까요?"

"안 좋은데요." 톰이 말했다. "마치 교수형이라도 받은 사람같이 들리는데요? 다른 걸 하나 써보지요." 그는 성경책을 넘기면서 중얼중얼 소리를 내어 읽었다. "여기 짤막하고 아주 좋은 게 있군요." 그가 말했다. "'그리고 토트가 그들에게 가로되, 주여 그리 되지 않도록 하옵소서.'〔창세기 제 19 장 18절〕

"별로 의미가 없지 않니?" 어머니가 말했다. "무언가 써넣을 바에야 좀 의미가 있는 것을 넣어야지."

세리가 말했다. "훨씬 더 넘겨서 시편을 찾아보세요. 시편에서는 언제든지 좋은 것을 찾을 수 있어요."

톰이 책장을 넘기면서 시편을 더듬었다. "여기 좋은 게 있군." 그가 말했다. "이건 아주 훌륭한데. 종교적인 의미도 충분하고. '과오를 용서받고 죄 사함을 받은 자는 복되도다.' 자, 어때요?"

"그것 참 좋구나." 어머니는 말했다. "그걸 써넣어라."

톰은 그것을 정성스럽게 썼다. 어머니가 과일병을 비우고 깨끗이 닦았다. 톰은 그 종이를 넣고 마개를 꼭 닫았다. "설교사가 썼더라면 좋았을 걸 그랬어." 그가 말했다.

어머니가 말했다. "아니다. 설교사야 친척이 아니잖니?" 그녀는 아들한테서 병을 받아 들고 어두컴컴한 천막 안으로 들어갔다. 그녀는 시체를 싼 욧잇에서 핀을 뜯고 차갑고 야윈 손 밑에 그 과일병을 넣더니 다시 핀을 채웠다. 그러고 나서 그녀는 불가로 돌아갔다.

남자들은 땀에 범벅이 된 얼굴로 장지에서 돌아왔다. "자, 됐다." 아버지가 말했다. 그와 존 삼촌과 노아와 앨이 천막 안으로 들어갔다. 그들은 핀으로 꾸려 놓은 기다란 시체 꾸러미를 들고 나와 장지로 향했다. 아버지가 장지 속으로 뛰어내리더니 꾸러미를 두 팔로 받아 들고 정성스럽게 아래에 내려놓았다. 존 삼촌이 구덩이 위에서 한 손을 뻗어 아버지를 끌어올렸다. 아버지가 물었다. "그런데 할머니가 어디 계시는지 모르겠구나?”

“내가 가보죠.” 어머니가 말했다. 그녀는 매트리스 쪽으로 가더니 한참 동안 노파를 내려다 보았다. 그녀는 그냥 무덤 쪽으로 돌아갔다. “주무시고 계세요.” 그녀가 말했다. “아마 나중에 나를 원망하시겠지만 지금은 깨워 드리지 않는 게 좋겠어요. 너무 피곤하실 테니까.”

“설교사는 어디 갔지? 우리는 기도를 올려야겠는데.”

톰이 말했다. “아까 보니까 저쪽 길 아래로 내려가던데요. 그 사람은 인제 기도는 안 하려고 해요.”

“기도를 안 하려고 해?”

“네.” 톰이 말했다. “인제 설교사도 그만두었어요. 그 사람은 자기가 설교사도 아니면서 설교사처럼 행세하는 것이 사람들을 우롱하는 것 같아서 싫다는 거지요. 틀림없이 기도를 부탁할까 봐서 어디로 간 거예요.”

케이시가 사람들의 눈에 띄지 않게 다가와 있다가 톰이 하는 말을 다 들었다. “나는 도망간 게 아니오.” 그가 말했다. “나는 당신네들을 도와주겠지만 당신네들을 우롱하지는 않을 것이오.”

아버지가 말했다. “당신, 몇 마디 기도 좀 해주지 않겠소? 여태까지 우리 가문에서는 기도도 하지 않고 묻힌 사람은 없었다오.”

“예, 그럼 하지요.” 설교사가 말했다.

코니는 마음내켜 하지 않는 로자샤안을 무덤가에까지 데리고 나왔다. “당신이 안 가면 되겠어?” 그가 말했다. “안 나가면 예의가 아니지. 금방이면 끝날 텐데 뭘 그래.”

불빛이 둥글게 모여선 사람들의 얼굴과 눈을 비쳐 주었고 그들의 옷에 어른거렸다. 이제 모두들 모자를 벗고 있었다. 불빛이 춤을 추면서 사람들의 모습 위에 펄럭거렸다.

케이시가 말했다. “아주 짤막하게 하겠습니다.” 그가 고개를 숙였고 모두가 그를 따랐다. 케이시가 엄숙하게 말했다. “여기 이 노인은 한평생을 살다가 이제 죽었습니다. 그가 선했는지 악했는지 나는 모릅니다.

그러나 그것은 중요한 일이 아닙니다. 그가 살았다는 것 그것이 중요한 일입니다. 이제 그는 죽었습니다. 그리고 그것도 중요한 일이 아닙니다. 어떤 사람이 이런 시를 읊었습니다. 그는 말하기를, '살아 있는 모든 것은 거룩하다' 하였습니다. 우리는 좀더 생각해야 합니다. 그리하면 머지않아 이 말의 뜻이 더욱 뚜렷하게 나타날 것입니다. 나는 이제 죽은 한 사람을 위해 기도하려는 것이 아닙니다. 그는 이제 할 일을 다했습니다. 그도 할 일이 많았습니다. 그러나 이제 그 모든 일이 정리되어 그에게는 한 가지 길만이 남게 되었습니다. 그러나 우리들에게는 할 일도 너무 많고 또 가야 할 길도 여럿입니다. 그럼에도 우리는 어느 길을 가야 할지 알지 못합니다. 내가 기도를 하는 것도 어느 길을 가야 할지 알지 못하는 사람들을 위해서입니다. 여기 있는 이 노인, 그는 편안한 길을 가게 되었습니다. 그를 거두어 주시고 그로 하여금 그의 일을 하게 하옵소서." 그가 고개를 들었다.

아버지가 "아멘" 했다. 모두들 그를 따라서 "아멘"을 중얼거렸다. 그런 다음 아버지가 삽을 들고 흙을 반쯤 담아서 그것을 깜깜한 구덩이 안에 살살 뿌렸다. 그는 존 삼촌에게 삽을 넘겼다. 존 삼촌이 또 한 삽을 퍼넣었다. 그러고 나서 삽은 한 사람 한 사람한테 돌아가 모두가 차례대로 그 일을 마쳤다. 삽이 모두에게 한 번씩 돌고 나자 아버지가 흙더미에 대들어 성큼성큼 흙을 퍼넣었다. 여자들은 불가로 물러나 저녁 준비를 서둘렀다. 루시와 윈필드는 잔뜩 열중해서 지켜보고 있었다.

루시가 엄숙하게 말했다. "할아버지가 저 아래에 들어가셨어." 그러니까 윈필드는 겁먹은 눈을 둥그렇게 뜨고 그녀를 쳐다 보았다. 그는 곧장 불가로 달아나더니 땅에 주저앉아 혼자 흐느끼기 시작했다.

아버지는 구덩이를 반쯤 메우더니 숨을 헐떡이며 몸을 폈다. 존 삼촌이 나머지를 마무리했다. 그가 무덤을 둥그렇게 쌓아 올리려 하자 톰이 그를 말리면서 말했다. "삼촌, 제 말 좀 들어 보세요. 만약 우리가 묘를 만들어 놓으면 사람들이 당장에 파버릴 거예요. 그러니 차라리 감추어야겠어요. 그냥 그대로 놔두고 거기에다 마른 풀이라도 뒤집어 씌워 놓지요. 그래야 되겠어요."

아버지가 말했다. "난 또 거기까지는 생각을 못 했구나. 하지만 분묘를 쌓지 않는 것은 옳지 않은 일이다."

"그래도 할수없잖아요?" 톰이 말했다. "사람들이 당장에 파헤칠 거고 또 우리는 법을 위반했다고 걸릴 거예요. 내가 법을 어기면 어떻게 되는지 아시죠?"

"그렇구나." 아버지가 말했다. "그걸 깜빡했구나." 그는 존 삼촌한테서 삽을 빼앗아 땅을 편평하게 고르기 시작했다. "겨울만 되면 땅이 가라앉을 것이다." 그가 말했다.

"도리 없어요." 톰이 말했다. "겨울이 되었을 때에는 우리는 멀리 가 있을 텐데요, 뭐. 잘 밟으세요. 그 위에다 풀이나 잔뜩 덮어 놓게."

돼지고기와 감자가 다 익자 가족들은 땅바닥에 둥그렇게 모여 앉아 먹기 시작했다. 그들은 불속을 들여다 보며 말이 없었다. 윌슨이 고기를 이로 물어 뜯으면서 흐뭇하다는 듯 감탄했다. "돼지고기 맛이 참 훌륭하군!"

아버지가 설명을 했다. "우리는 돼지 새끼를 두어 마리 길렀는데, 이번에 차라리 잡는 게 나을 것 같더군요. 팔려고 했더니 어디 제 값을 받을 수가 있어야지요. 이렇게 가다보면 여행도 좀 익숙해질 거고, 또 우리 안사람이 빵도 만들어 줄 거니까 트럭에 돼지고기 절인 것을 두 통이나 싣고 시골 풍경이나 구경하면서 가는 것도 나쁘지는 않을 거요. 댁은 길을 떠난 지가 얼마나 되시오?"

윌슨은 혓바닥으로 이를 닦으며 씹던 고기를 꿀꺽 삼켰다. "우리는 재수가 없었지요." 그가 말했다. "집을 나선 지가 벌써 3주일이나 되었지요."

"어럽쇼, 그렇게 오래 됐군요. 우리는 캘리포니아까지 열흘 안에 도착해 볼까 하는데?"

앨이 끼어들었다. "아버지, 아직 확실히 알 수 없어요. 저 짐을 가지고 터덜거리다가는 제대로 도착할까 싶은 걸요. 더군다나 고갯길이나 많으면 야단이지요."

　사람들은 불가에서 조용히 앉아 있었다. 고개들을 아래로 숙이고 있었고 머리카락과 이마가 불빛에 빛나고 있었다. 둥그렇게 피어 오른 불빛 위로 여름 하늘의 별들이 가냘프게 빛을 던졌고, 낮의 더운 기운은 서서히 물러가고 있었다. 불가에서 저만큼 떨어진 매트리스 위에서 할머니가 강아지처럼 훌쩍훌쩍 울기 시작했다. 모든 사람들의 고개가 그쪽으로 돌아갔다.

　어머니가 말했다. "얘야, 로자샤안, 네가 가서 할머님을 좀 재워 드리려무나. 할머니도 이젠 아시는 모양이다."

　로자샤안이 일어나서 매트리스 쪽으로 걸어가 할머니 옆에 나란히 누웠다. 그들이 소곤거리는 부드러운 목소리가 불가에까지 들려왔다. 로자샤안과 할머니가 매트리스 위에서 서로 뭔가 소곤대고 있었다.

　노아가 말했다. "참 이상한데, 할아버지가 돌아가셔도 나는 기분이 그전과 별로 달라지지 않는데요? 별로 슬프지도 않고."

　"다 마찬가지야." 케이시가 말했다. "할아버지나 고향이나 다 마찬가지야."

　앨이 말했다. "그래도 참 아쉬운 일이야, 형. 할아버지는 캘리포니아에 가서 무엇도 하시고 무엇도 하시고 한다고 했잖아? 포도를 한 주먹씩 쥐어짜서 포도물이 머리와 볼에 줄줄 흐르도록 하시겠다고 말이야. 늘 그런 얘기를 하셨잖아?"

　케이시가 말했다. "할아버지는 언제나 농담삼아 그런 말을 하셨었지. 또 돌아가실 줄을 아셨던 것 같더라구. 그 어른은 오늘밤에 돌아가신 게 아니고 당신이 고향을 떠났을 때 이미 돌아가셨던 거야."

　"그게 틀림없을까요?" 아버지가 물었다.

　"실제로 그런 건 아니지요. 여기에 올 때까지도 숨을 쉬셨으니까. 하지만 그 어른은 이미 돌아가셨던 거나 다름없어요. 고향 땅은 바로 그 어른 자신이었고 그 어른도 그것을 잘 알고 있었지요." 케이시가 말했다.

존 삼촌이 말했다. "그럼 당신은 그 어른이 돌아가실 거라는 것을 아셨군요?"

"예." 케이시가 말했다. "알고 있었지요."

존 삼촌이 그를 응시했다. 그의 얼굴에 무언가 무서운 표정이 감돌았다. "그런데 당신은 아무한테도 그런 얘기를 안 하셨잖아요?"

"무슨 소용이 있겠어요?" 케이시가 말했다.

"혹시 무슨 다른 도리를 취할 수도 있었지요."

"무슨 수가 있겠어요?"

"그야 알 수 없지만 말이오."

"아아니, 당신네들은 다른 방도를 취할 수 없었을 거예요." 케이시가 말했다. "당신네들이 가야 할 길은 정해져 있었고 할아버지는 거기에 가담할 수가 없는 분이었지요. 그 어른은 이 일에 전혀 끼어들지 않으셨던 거지요. 바로 오늘 새벽 이후로는 말이오. 단지 당신의 옛 땅과 함께 남아 있으려고 하셨지요. 그 땅을 차마 떠날 수가 없는 분이셨지요."

존 삼촌이 깊은 한숨을 내쉬었다.

윌슨이 말했다. "저도 우리 형 윌과 작별을 해야 했지요." 사람들의 고개가 그쪽으로 돌아갔다. "우리 형하고 나하고는 바로 이웃에서 40에이커씩 농사를 지었다오. 나보다 나이가 많지요. 그런데 우리는 아무도 자동차를 몰아본 일이 없었지요. 우리도 살림을 가져가서 몽땅 팔아 치웠어요. 윌은 차를 하나 샀는데, 웬 꼬마 녀석이 하나 와서 그에게 운전을 가르쳐 주더군요. 우리가 출발하기 전날 오후에 형하고 형수 미니가 같이 나가서 연습을 하더군요. 윌은 차를 몰다가 길이 꼬부라진 데에 가서는 꽥 소리를 지르더니 뒤로 물러나면서 울타리를 들이받았어요. 그러면서 '이놈의 차, 서라!' 하고 고함을 치면서 가스 페달〔가속도 페달을 말함〕을 밟아 버렸지요. 그러니까 차는 골짜기 속으로 곤두박질을 하고 나가떨어졌어요. 형은 정신이 멍해 있더군요. 더 팔아 먹을 것도 없는데 차까지 없어져 버렸거든요. 하지만 누구를 원망할 수도 없고 다 자기 과실이잖아요. 하도 속이 상해서 우리하고 같이 오려고 하지 않았어요. 그저 앉아서 욕만 하고 있었지요."

"그래서 그분은 어쩔 셈이지요?"

"모르지요. 너무 화가 나서 정신을 못 차리는 모양이에요. 그렇다고 우리가 마냥 기다릴 수도 없고. 돈이라고는 85달러밖에 없었어요. 주저앉아서 돈을 야금야금 갉아먹을 수도 없는 일이고, 어떻든 돈은 다 먹어버렸지만 말이오. 백 마일도 못 가서 차의 뒤꽁무니에 있는 톱니가 고장이 나서 그걸 고치느라고 30달러가 없어졌어요. 또 타이어를 사야 했고 점화선이 깨지고 세리마저 병이 나버리지 않았습니까? 여기서 이렇게 열흘씩이나 머물러야 했지요. 이 썩을 놈의 차가 또 고장이 난 겁니다. 돈은 다 떨어져 가고 우리는 언제나 캘리포니아에 도착할지 모르겠군요. 내가 차를 만질 줄만 알아도 좋겠는데 차에 대해서는 아무것도 모른답니다."

앨이 의젓하게 물었다. "어디가 고장이지요?"

"글쎄요, 그냥 안 가는군요. 엔진이 걸리고 조금씩 나가다가는 딱 서버리지요. 그러다가는 또 조금 나갈 듯하다가 제대로 발동을 걸어 보려고 하면 맥없이 죽어버리지 뭡니까? "

"잠깐 나가다가 꺼지는군요?"

"그렇지요. 휘발유를 아무리 갖다 넣어 봐도 소용이 없어요. 상태가 점점 더 나빠지기만 하죠. 이제는 숫제 까딱도 하지 않는군요."

앨은 이제 어깨가 으쓱해졌고 제법 어른스러워 보였다. "가솔린관이 막힌 모양인데 제가 한번 뚫어봐 드리지요."

아버지도 아들이 대견스러웠다. "그애가 자동차는 좀 알지요." 그가 말했다.

"정말 좀 도와 주시면 고맙겠습니다. 정말입니다. 고장난 차를 가지고 어쩔 줄을 모르고 쩔쩔맬 때는 꼭 어린애가 되어버린 기분이더군요. 우리도 캘리포니아에만 가면, 쓸 만한 차를 하나 살 생각입니다. 이렇게 고장이 안 나는 걸로 말이오."

아버지가 말했다. "그건 가고 나서 이야기고 우선 가기까지가 문제지요."

"하지만 이만한 고생쯤이야 할 만한 가치가 있습니다." 윌슨이 말했다. "구인 광고 같은 걸 보았더니 일손이 많이 딸리는 모양이더군요. 품 값도 굉장히 비싸고요. 생각해 보시오. 그늘진 나무 밑에서 과일이나 따고, 먹고 싶으면 아무거나 하나씩 따먹기도 하고 그런 일은 얼마나 즐겁겠습니까? 일을 하다가 아무리 먹어도 상관없을 거요. 사방에 깔린 게 과일이니까. 또 품삯이 좋으니까 돈을 좀 모으면 토지라도 마련해서 과외로 수입을 올릴 수도 있을 겁니다. 모르긴 몰라도 한 2년 안에는 틀림없이 땅하고 내 집을 마련할 수 있을 것 같군요."

아버지가 말했다. "나도 그 광고를 보았어요. 바로 여기에 가지고 있는 것도 있어요." 그는 지갑을 꺼내더니 거기에서 착착 접어 넣은 오렌지 색깔의 쪽지를 한 장 꺼냈다. 까만 활자로 찍은 광고 내용이었다. '캘리포니아에서 콩 따는 사람을 구함. 연중 무휴, 임금 좋음. 8백 명 모집함.'

윌슨은 그 쪽지를 신기한 듯 읽어 보았다. "오라, 그건 나도 본 일이 있는데? 바로 똑같은 거군요. 혹시 지금쯤은 8백 명이 다 차버리지 않았을까요?"

아버지가 말했다. "이건 캘리포니아의 극히 작은 일부분밖에 안 돼요. 캘리포니아라는 데는 우리 미국에서도 두 번째로 큰 주니깐요. 설사 8백 명이 다 차버렸더라도 여기 말고도 그와 비슷한 데는 얼마든지 있을 거예요. 나는 차라리 콩보다는 과일 따는 일이 낫겠수다. 당신 말마따나 그 그늘진 나무 밑에서 과일이나 따는 일 말이오. 그런 일은 어린애들도 좋아하는 일이 아니오?"

갑자기 앨이 일어서더니 윌슨의 차 쪽으로 걸어갔다. 그는 잠시 들여다 보더니 다시 돌아와서 앉았다.

"오늘 밤에 고칠 수는 없겠는데요." 윌슨이 말했다.

"그렇겠어요. 내일 아침 일찍이 보아 드리지요."

톰은 나이 어린 동생을 유심히 보고 있었다. "나도 그런 생각을 하고 있던 중이오." 그가 말했다.

노아가 물었다. "너희들 둘이서 무슨 애기들 하고 있는 거니?"

톰과 앨은 서로 설명을 미루는 듯 말이 없었다. "형이 말해 줘." 앨이 톰에게 말했다.

"글쎄, 어쩌면 저 차가 아주 못 쓰게 되었을지도 모르고 또 앨이 생각하는 것처럼 그런 사소한 고장이 아닐지도 몰라. 여하튼 현재는 저렇게 고장나 있으니까 뜯어 보아야지. 우리 차는 짐이 너무 많고 윌슨 씨네 차는 짐이 얼마 없으니까 우리 식구들이 몇 사람 그쪽에 나누어 타고 그쪽에 있는 좀 가벼운 짐들을 우리 트럭에 옮겨 실으면 우리는 스프링도 부수지 않고 고개를 무사히 올라갈 수 있을 거야. 그리고 앨하고 나는 차를 좀 만질 줄 아니까 저 차를 그럭저럭 굴러가게 할 수는 있을 거야. 두 차가 같이 길을 떠나면 양쪽 집이 모두 좋을 것 같은데 어떨까?"

윌슨이 몸을 벌떡 일으켰다. "그거 참 좋겠군요. 그렇게만 해주신다면 참 감사하겠습니다. 정말입니다. 여보, 안 그래, 세리?"

"참 친절하신 분들이세요." 세리가 말했다. "혹시 부담스러우시지 않겠어요?"

"천만에요." 아버지가 말했다. "부담이라니요, 오히려 우리가 도움을 받을 텐데."

윌슨이 불안하게 주저앉았다.

"글쎄요. 좀 자신은 없습니다만."

"왜 그러세요? 그럼 같이 가실 생각이 없으신 거요?"

"아니 그런 건 아닙니다만, 사실은 지금 우리한테는 한 30달러밖에 안 남았지요. 그러고도 내가 부담이 안 될 수 있을지."

어머니가 나섰다. "당신네는 부담이 아닙니다. 서로서로 돕고 사는 거 아녜요? 그렇게 해서 우리 모두가 다 캘리포니아에 도착하면 좋지 않겠어요? 부인께서 우리 아버님을 장사지내는 데 도와 주셨잖아요."

그녀가 말을 멈췄다. 가족 관계가 명백해진 것이다.

앨이 소리쳤다. "저 차에도 여섯 사람은 충분히 타겠어요. 내가 운전을 하고 로자샤안과 코니와 할머니를 태우면 돼요. 그 대신 별로 무거워 보이지 않는 저 큰 짐을 트럭에 옮겼다가 이따금씩 바꾸어 실으면 되겠어요." 그는 큰소리로 떠들어대고 있었다. 마음속에 걱정스러웠던 부담이 걷혔기 때문이었다.

사람들은 열없이 미소를 머금고 땅바닥을 내려다 보았다. 아버지는 먼지 바닥에다 손가락으로 낙서를 하며 생각에 잠겨 말했다. "너의 엄마는 오렌지가 무르익는 과수원 속에 있는 하얀 집이 좋다더라. 달력에 들어 있는 커다란 그림을 보고 그런 소리를 하더구나."

세리가 말했다. "만약 제가 또 병이 나면 댁의 가족들만 먼저 떠나세요. 저까지 데리고 가시다간 부담스러우실 거예요."

어머니가 세리 쪽을 유심히 쳐다 보았다. 그녀는 세리의 눈에서 고통을 참고 있는 기색을 처음으로 알아차렸고 얼굴이 일그러져 있는 것을 읽을 수 있었다. 어머니가 입을 열었다.

"우리가 끝까지 당신을 간호해 드리겠어요. 서로 돕는 것을 거절하면 안 된다고 당신 자신도 말씀하시지 않았어요?"

세리는 주름진 자신의 손을 불빛에 비쳐 보았다. "오늘밤에는 잠을 좀 자야겠군요." 하면서 그녀는 자리를 떴다.

"할아버지가 돌아가신 지 한 1년이나 지난 것 같구나." 어머니가 말했다.

가족들은 크게 입을 벌리고 하품을 하면서 꾸벅꾸벅 잠이 들기 시작했다. 어머니는 양철 접시들을 닦고 밀가루 주머니로 고기 기름을 훔쳤다. 불이 꺼지자 별들이 훨씬 가깝게 다가왔다. 국도 위에 자동차가 몇 대 지나가고 커다란 트럭도 이따금씩 지나가면서 주위에 천둥과 지진을 일게 했다. 도랑가에 세워 놓은 두 대의 차는 별빛 아래에서 보일락말락했다. 서비스 공장에 붙들어 매어 놓은 듯한 개가 길 아래 저쪽에서 컹컹하고 짖었다. 가족들은 조용히 잠이 들었고 들쥐들이 차츰 기세를 올리면서 매트리스 주위를 설치고 다녔다. 세리 윌슨만이 깨어 있었다. 그녀는 하늘을 응시하면서 아픔에 겨워 자신의 몸을 옥죄고 있었다.

제 14 장

서서히 불어 닥치기 시작하는 변화의 회오리바람 속에 열을 올리고 있는 서부의 땅, 폭풍우와 벼락을 만난 말들처럼 흥분하고 있는 서부의 여러 주들, 무언가 변화의 낌새를 느끼면서도 그 변화의 성질을 알지 못하고 있는 대지주들, 그저 목전에 벌어지고 있는 일들과 확대되어 가는 기구와 조직체들, 더 많은 세금, 그리고 노동 단체들에게만 정신이 팔려 있는 그들, 그들은 이 모든 변화가 결과이지 원인이 아니라는 것을 모르는 사람들이다. 하나의 결과이지 결코 원인은 아닌 것이다. 그 원인이야말로 깊고도 단순한 것이다. 즉, 창자가 굶주리고 있는 것 바로 그것이다. 이 기아상태가 백만 배로 늘어난 것이다. 인간의 마음속에 느끼는 배고픔, 즐거움과 안정된 삶에 대한 굶주림, 이것이 백만 배로 늘어난 것이다. 좀더 성장하고 일하고 또 창조하고 싶은 몸과 마음, 이것이 백만 배로 늘어난 것이다.

인간의 기능 중에 가장 뚜렷한 마지막 기능, 즉 일하고 싶어서 달아오른 근육, 그리고 어떤 단순한 욕구 이상의 것을 창조해 내고 싶은 정신, 이것이 바로 인간이다. 벽을 만들고 집을 짓고, 댐을 건설하고 그 벽과 집과 댐 속에 인간 자신이 지니고 있는 그 어떤 속성을 불어 넣고, 또 벽과 집과 댐이 가진 그 어떤 속성을 인간 자신에게 끌어오려고 하는 정신, 이것이 인간이다. 물건을 들어올려서 억센 근육을 만들고 머리로 생각함으로써 깨끗한 선과 형태를 만들어 내는 존재이다. 왜냐하면, 이 인간은 삼라만상의 모든 유기물이나 무기물과는 달라서 자기 자신이 하는 일로부터 성장하고 자신이 만든 이념의 층층대를 오르며 자신이 이룩한 성취와 업적보다 앞서서 나아가는 존재이기 때문이다.

모든 학설과 이론이 변화하고 상충할 때에도, 모든 학파들이, 모든 학문들이, 그리고 국가적·종교적·경제적 사상의 좁다란 흐름이 성장했다가는 다시 해체될 때에도 인간은 다시 딛고 일어나서 자신의 목표 달성을 향하여 전진하는 자세를 가다듬는 것이다. 때로는 오류를 범하기도 하고 때로는 고통스러운 발걸음을 옮기면서도 전진을 멈추지 아니하는 것이 바로 인간의 모습이다. 앞으로 나아갔다가는 때로 뒤로 물러서기도 하지만 결코 한 발짝을 다 물러서지 아니하고 반 발짝씩을 후퇴한다. 이거야말로 우리가 인간에 관해서 자신 있게 이야기할 수 있는 점이며 또 그것을 우리는 너무나 잘 알고 있다.

시커먼 비행기로부터 장터의 광장 위에 폭탄이 떨어질 때, 포로가 돼지처럼 창에 찔려 죽을 때, 짜부라진 몸뚱어리가 더러운 흙바닥 위에 나동그라져 피를 흘릴 때, 우리는 이것을 아는 것이다. 이런 식으로만 우리는 그것을 알 수 있다. 만약 전진하는 발걸음이 내디뎌지지 않는다면, 만약 전진하는 아픔이 생생하게 살아있지 않다면, 아무런 폭탄도 떨어지지 않을 것이며 누구의 멱살도 잡히는 일이 없을 것이다. 폭격기가 살아 있음에도 불구하고 폭탄이 떨어지지 않는 시대, 오히려 그것이 무서운 것이다. 왜냐하면, 모든 폭탄은 인간의 혼이 살아 있음을 말해 주는 증거이기 때문이다.

또한 대기업주들이 살아 있음에도 불구하고 파업이 일어나지 않는 시대는 무서운 시대인 것이다. 왜냐하면, 조그맣게 일어났다가 여지없이 얻어맞는 하나하나의 파업이야말로 전진하는 발걸음이 멈추어지지 않고 있다는 증거이기 때문이다. 또한 우리는 알 수 있다. 인간이 하나의 이념을 위해서 고통과 죽음을 감수하지 않는 시대야말로 가장 가공할 만한 시대라는 것을! 왜냐하면, 이런 속성이야말로 인간 자신의 기본적인 요소요, 인간을 만물로부터 구별짓게 해주는 인간성 바로 그 자체이기 때문이다.

서부의 여러 주들이 새로 일고 있는 변화에 격동하고 있는 것이다.

텍사스와 오클라호마, 캔자스와 알칸사스, 뉴멕시코와 애리조나, 캘리포니아가 그렇다. 한 가족이 그들의 토지로부터 옮겨 가고 있다. 아버지가 은행으로부터 돈을 빌었다. 그런데 그 은행에서 이제 토지를 내놓으라는 것이다. 은행도 토지를 가지면 부동산 회사가 되지만, 그 회사는 자기들의 토지 위에 트랙터를 굴리고 싶지 소작인들을 두고 싶지가 않은 것이다. 트랙터라는 것은 나쁜 물건일까? 기다란 밭이랑을 파헤치는 기계의 힘은 무리한 것일까? 그 트랙터가 만약 우리들의 것이었다면 그것은 그렇게 고약한 물건이 아니었을 것이다.

나 혼자의 물건이 아니라 우리들의 것이었다면, 그리고 그 트랙터가 우리들의 긴 밭이랑을 파헤쳤다면 그것은 좋은 일이었을 것이다. 나 혼자만의 토지가 아닌 우리들의 토지라면 말이다. 이 토지가 우리들의 것이 됐다면 그때 우리는 토지를 사랑하게 되었을 것이며, 그렇듯이 토지를 가는 트랙터도 사랑하게 되었으리라. 그러나 그 트랙터는 두 가지의 일을 하고 있는 것이다. 즉, 땅을 파헤치기도 하고 우리들을 땅으로부터 추방하기도 하는 것이다. 이 트랙터는 탱크와 다른 점이 전혀 없었다. 트랙터나 탱크나 다 같이 사람을 추방하고 협박하고 상처를 입히기 때문이다. 우리는 그것을 생각지 않으면 안 되는 것이다.

토지로부터 추방을 당한 한 남자, 한 가족, 서쪽으로 뚫린 이 국도를 따라 삐걱거리는 이 녹슨 자동차, 나는 내 토지를 잃었다. 단 한 대의 트랙터가 내 땅을 앗아간 것이다. 나는 의지할 곳도 없이 당황하고 있다. 그리고 한밤중에 한 가족이 시냇가에 캠프를 치면 또 한 가족이 들이닥치며 줄줄이 천막들이 몰려든다. 두 남자가 땅에 쭈그리고 앉으면 아낙네들과 어린애들은 귀를 기울이고 그들의 주고받는 말을 엿듣는다. 변화와 개혁을 두려워하는 여러분들이여! 바로 여기에 문제의 핵심이 있는 것이다. 이 두 남자들을 붙여 놓으면 안 된다. 그 두 남자들로 하여금 서로를 미워하고 두려워하고 의심하게 만들어야 한다. 바로 여기에 여러분들이 가장 두려워하는 문제의 싹이 움트고 있는 것이다. 싹이란 접합자(接合子)이다. 바로 여기에서 '나는 땅을 빼앗겼소'가 교환되고 있는 것이며 하나의 세포가 분열되면서 그 세포 분열로부터 여러분들이 미워하는 요소가 자라는 것이다.

즉, '우리는 우리의 땅을 뺏겼다' 는 것이다. 바로 이것이 위험한 것이다. 왜냐하면, 두 남자는 한 남자처럼 고독하지도 않으며 당황하지도 않는 것이기 때문이다. 처음으로 그들이 '우리' 라고 불렀을 때 거기에서는 더욱 무서운 것이 싹트는 것이다. '나는 먹을 것이 조금 있소' 와 '나는 아무것도 먹을 것이 없소' 인 것이다. 만약 이것이 발전하여 '그렇다면 우리는 먹을 것이 조금 있구료' 로 된다면 일은 제대로 되어가게 마련이고 그들의 움직임은 방향을 잡게 된다. 그들의 말이 조금만 더 팽창하면 바로 '이 땅과 이 트랙터는 우리들의 것이다' 로 발돋움하는 것이다.

시냇가에 쭈그리고 있는 두 남자, 조그맣게 피어 오르고 있는 불, 같은 냄비에 굽고 있는 저녁거리 고기 스튜, 묵묵히 차가운 시선을 돌리고 있는 아낙네들, 그리고 그들 뒤에서 알아듣지도 못하는 어른들의 말을 눈치로라도 알아들으려고 귀를 기울이고 있는 어린애들! 밤이 이슥해진다. 갓난아이가 감기에 걸렸다. '자, 이 담요를 갖다 쓰세요. 털 담요인데 그건 우리 어머니가 쓰시던 거요. 갖다가 어린애를 덮어 주시오.' 이거야말로 당장에 요절을 내야 할 일이다. 이것이 바로 '나' 로부터 '우리' 로 옮아가는 시초인 것이다.

사람으로서 가져야 할 것을 소유하고 있는 당신들이 만일 이것을 이해할 수 있다면 당신들은 자신들을 보존할 수가 있을 것이다. 당신들이 원인과 결과를 혼동하지 않는다면, 그래서 당신들이 페인이나 제퍼슨 같은 사람들이 하나의 결과이지 원인이 아니라는 것을 알 수 있다면, 당신들은 살아남을 수 있을 것이다. 그러나 그것을 당신들은 알 수가 없는 것이다. 왜냐하면, 물건을 소유하는 당신들의 속성이 당신들로 하여금 영원히 '나' 로 굳어지게 만들기 때문이며 당신들 자신을 우리로부터 영원히 절연시켜 버리기 때문이다.

서부의 여러 주들은 새로운 변화 속에서 격동하고 있다. 필요는 생각을 낳는 촉진제가 되며 생각은 행동을 낳는다. 이 고장을 넘나들어 이동하는 50만의 사람들, 움직일 채비를 가다듬고 있는 또다른 백만의 인파, 그리고 이런 동요를 처음으로 실감 있게 느끼고 있는 천만의 사람들, 모두가 꿈틀거리고 있는 것이다.

트랙터들만이 텅 빈 땅위에서 여러 줄기의 밭이랑을 파헤치고 있는 것이다.

제 15 장

국도 66호선을 따라 햄버거 스탠드가 즐비하다. '앨과 수지의 집'이니 '카알경 음식점'이니 '조 앤드 미니 집'이니 '월 간이식당' 등등 이름도 가지각색이다. 판자와 통나무로 세워 놓은 집들이다. 앞에는 휘발유 펌프가 두 개 서있고 미닫이문을 열고 들어서면 기다란 바 카운터와 걸상들이 있으며 그 아래 발을 올려놓게 된 발판이 있다. 문간 옆에는 슬롯 머신 기계가 석 대 서있고 유리판 안으로 5센트짜리 하얀 동전을 가득 채워 놓은 것이 들여다 보인다. 그 옆에는 5센트짜리 동전 한 푼으로 틀 수 있는 축음기가 마치 파이를 쌓아 놓은 것처럼 레코드를 산더미같이 올려놓고 있다. 금방이라도 축음기판에 올려지면 요란한 춤곡이라도 틀어댈 것 같다. '티-피-티-피-틴'이니 '그리운 옛 추억'이니 빙 크로스비, 베니굿맨 등등이다.

카운터의 한쪽 끝에는 상자가 놓였고, 그 안에는 진해 드롭스〔기침을 멎게 하는 과자〕, 불면제니 불침번이니 하고 불리는 유산 카페인제, 과자, 담배, 면도날, 아스피린, 브로모 탄산수, 알칼리성 탄산수 등이 보인다. 벽에는 온통 장식이 요란하다. 포스터마다 수영복 차림의 금발 미녀들이 풍만한 젖가슴과 날씬한 히프에 초처럼 하얀 얼굴을 하고 코카콜라 병을 들고 미소를 짓고 있는 모습이 보인다. 저런 코카콜라를 마시면 맛이 어떨까? 기다란 카운터에는 소금·겨자·후추 같은 것을 담은 작은 단지들과 종이 냅킨이 놓여 있다. 카운터 뒤에는 맥주통과 커피 포트가 김을 무럭무럭 뿜어내며 안에 들어있는 커피 분량을 유리 계기로 보여주고 있다. 철사로 엮어 만든 상자 안에는 파이 과자가 들었고 오렌지를 피라밋 모양으로 네 꾸러미를 쌓아 놓았다. 포스트 토스티의 콘 플레이크를 공을 들여서 장식용으로 높이 쌓아놓고 있다. 번쩍번쩍하는 운모를 박아서 써놓은 광고 문구들이 눈에 띈다. '어머니 솜씨 같은 파이', '외상은 의리를 해친다', '의리를 지키자', '숙녀도 흡연은 무방하나 꽁초는 잘 버리자' 그리고 '이 음식점에서 식사하고 아내의 수고를 덜어 주자', 'IITYWYBAD?'〔'If I tell you, will you buy me a drink?'의 약자. 사실을 말해 줄 테니 한잔 사겠느냐는 뜻, 술꾼끼리 통하는 말〕 등등이다.

한쪽 끝에는 요리를 만드는 철판이 있고 스튜 냄비, 감자, 불고기판, 불고기, 잘게 썰려고 잘 구워놓은 돼지고기 등이 놓여 있다.

미니인지 수지인지 메이인지 모르지만, 중년이 다 되어가는 여자가 카운터 뒤에 서있다. 고수머리에다 입에는 루즈를 바르고 땀이 난 얼굴에 분칠을 하고 있다. 낮게 가라앉은 목소리로 주문을 받으면서 공작새처럼 큰소리로 목청을 뽑아 안에 있는 요리사에게 전달한다.

원을 그리듯이 손을 놀려서 카운터에 행주질을 하고 번쩍거리는 커다란 커피 포트를 훔치고 있다.

요리사는 조우 아니면 카알 아니면 앨일 것이다. 하얀 가운과 앞치마 때문에 더워서 하얀 이마에 구슬 같은 땀방울을 굴리며 하얀 요리사 모자를 얹어 쓰고 있다. 그 친구는 좀처럼 말이 없고 좀 시무룩한 편이어서 어쩌다가 새로 들어온 손님 쪽을 힐끗 쳐다 보는 게 고작이다. 철판을 훔치고 햄버거를 찰싹 때려 놓는다. 그는 메이의 주문을 작은 소리로 복창한다. 철판을 닦고 행주로 훔치고 하면서도 도시 말이 없고 시무룩하기만하다.

메이는 손님 접대엔 이골이 나있다. 늘 미소를 짓고 있다. 간드러지게 골을 내기도 한다. 그저 대수롭지 않게 미소를 짓고 있다가도 트럭 운전사만 보면 반색을 하며 웃어야 한다. 이 가게를 유지해 나가는 것도 바로 트럭 운전사들에게 보내는 이 미소 때문인 것이다. 트럭이 멎는 곳에 단골이 있는 것이다. 그걸 알고 있는 것이다. 만약 트럭 운전사에게 맛이 변한 커피라도 한 잔 팔았다가는 그 운전사는 영 놓치고 만다.

접대를 제대로만 해주면 또 찾아오게 마련이다. 그래서 트럭을 모는 남자들만 보면 메이는 있는 애교를 다 동원해서 웃는다. '머리를 살짝 쳐들고 새침도 떨고 팔을 쳐들 때 유방이 위로 올라가도록 뒷머리를 만지작거리기도 한다. 한나절을 그렇게 보내면서 떠들썩한 이야기들, 질탕한 농담들을 늘어놓기도 한다.

앨은 통 말이 없다. 그는 손님 접대역이 아니다. 어쩌다가 농담이 오가는 사이 살짝 미소를 짓기도 하지만 웃는 일은 없다. 메이가 거칠게 떠들어대면 그는 잠시 고개를 들고 쳐다보기도 하지만 그는 이내 묵묵히 주걱을 들고 철판을 닦고 철판 주위에 있는 쇠통 속에다 기름기를 털어 넣는다. 주걱으로 지글거리는 햄버거를 지그시 누른다. 얇게 썰어 놓은 빵을 철판에 놓고 구워서 데운다.

흩어진 양파를 긁어 모아 그걸 고기 위에 올려놓고 주걱으로 누른다. 빵 반 조각을 고기 위에 놓은 다음 다른 반 조각에다 버터를 칠한다. 거기에다 살짝 피클을 곁들인다. 빵 조각을 고기 위에 붙여 놓은 채 주걱을 고기 밑으로 넣어서 후딱 뒤집는다. 다시 위에다 버터 바른 빵을 놓고 굽다가 햄버거를 접시 위에 담는다. 미나리 피클 4분의 1정도 하고 까만 올리브를 두어 개쯤 샌드위치에 곁들인다. 앨은 그 접시를 마치 코이트[쇠고리를 던지는 놀이]처럼 카운터 위에 밀어붙인다. 그러고 나서 그는 주걱으로 철판을 닦고 스튜 냄비를 물끄러미 바라보는 것이다.

자동차들이 66호선 위를 윙윙거리고 지나간다. 번호판들도 여러 가지다. 메사추세츠, 테네시, 노드아일랜드, 뉴욕, 버먼트, 오하이오 등등이다. 모두 서쪽으로 가고 있다. 미끈한 차들이 시속 65마일로 질주하고 있다.

저기 포드 차가 한 대 지나간다. 꼭 바퀴에다 관을 하나 올려놓은 것같이 생겼다.

생긴 거야 어떻든 가는 것은 기가 막히게 잘도 간다!

"저 라 살르가 보이는가? 나는 그게 좋은데? 내가 뭐 그렇게 욕심꾸러기는 아니지만 말야, 나 같으면 라 살르를 샀으면 좋겠어."

"당신도 돈벌고 출세를 하면 캐딜락인들 못 타겠나? 좀더 크고 더 빠르니까 말야. 그래도 나는 제퍼가 좋겠어. 당신이 무슨 큰 재산을 모을 것도 아닐 테고, 그만하면 성능도 괜찮고 속력도 있어. 난 제퍼가 맘에 드는걸."

"여보게, 이런 말을 하면 웃을지 모르지만 나는 뷔크 퓌크로 하겠어. 그만하면 썼다 벗었다 아닌가?"

"하지만 그놈의 차는 값만 제퍼만큼이나 비싸지 마력이 안 난단 말이야."

"그런 건 상관없어. 나는 여하튼 헨리 포드 회사 제품은 딱 질색이야. 그전에도 그랬지만 그런 건 거들떠보지도 않을 거야. 그 공장에서 일하던 아우가 있었는데 그놈 얘기를 들어 보면 가관이지."

"글쎄, 제퍼는 마력은 좋을 거야."

국도 위에 대형 차량들이 줄을 잇고 있다. 더위에 시달려서 나른해 보이는 부인들, 그들은 수천 가지의 온갖 장신구들을 걸치고 회전시키고 있는 작은 핵심체들이다. 크림, 몸을 말랑말랑하게 하기 위한 연고 종류의 화장품들, 작은 유리병 속에 들어 있는 색소들……. 검정색, 핑크색, 흰색, 초록색, 은색…… 이런 색깔들이 여자들의 입술, 머리카락, 눈, 손톱, 눈썹, 속눈썹, 눈동자 등등의 색깔을 바꾸는 것들이다. 여자의 생리를 잘 돌아가게 하기 위한 기름약, 식물의 씨, 알약, 그리고 성교를 안전하게 하고 악취를 제거하고 피임을 하기 위한 세척기, 환약, 분가루, 액체, 젤리 등이 들어 있는 백이 하나, 그런데 이런 것들은 여자들의 그 자질구레한 옷치장과는 별도로 또 얼마나 거추장스런 것들인가!

눈가에는 피로한 주름살이 흐르고 입 언저리로부터 불만스러운 그림자가 어른거리며, 줄로 매달아 놓은 작은 침대 위에 철렁거리고 흐트러져 있는 두 개의 유방, 그리고 고무로 꽉 죄어 놓은 배와 허벅지들, 헐떡거리는 입과 시무룩한 눈은 태양과 바람과 대지를 싫어하며, 지겨운 음식과 피로에 겨워서 이 여자들을 언제나 늙게만 할 뿐 좀처럼 예쁘게 만들어 주지 않는 이 지리한 시간을 미워하고 있다.

그들 옆에는 항상 불룩한 배를 한 남자들이 산뜻한 양복에다 파나마 모자를 쓰고 있다. 얼굴은 불그스름한 혈색을 띠고 무언가 불안하고 걱정스런 시선을 굴리고 있다. 세상일이 제대로 되어가는 것이 없기 때문에 불안하고 신변의 안전이 위협을 받고 있으며 살기가 어려워질 것이라는 것을 의식하고 있는 것이다. 이런 남자들의 양복깃에는 그들이 드나들 수 있는 장소, 즉 조합 지부라든지 서비스 클럽〔우호 복지 단체〕의 기장이 달려 있다.

그런 곳에서는 비슷한 불안감을 품고 있는 사람들이 끼리끼리 모여서 서로의 불안을 달래 주면서, 장사란 고상한 사업이지 결코 의식화된 도둑질이 아니라는 것을 서로 확인해 주고 있다. 도둑질이라는 생각이 들어서 더욱 그런지도 모른다. 그들이 걸어온 어리석은 길과 그들이 행한 어리석은 일들에도 불구하고 사업하는 사람들은 지성적이라는 점을, 그리고 냉혹한 사업의 윤리에도 불구하고 자기들은 친절하고 자비로운 사람들이라는 사실을, 재미도 없는 일들을 다람쥐 쳇바퀴돌듯 매일같이 하고 있으면서도 태연한 척하면서 오히려 자신들의 생활과 인생이 풍부한 것이라고 생각하며 이제 곧 아무런 불안이나 두려움도 없는 시대가 다가오고 있다는 사실을, 서로서로 확인하려 하고 있는 것이다.

이런 사람 둘이 지금 캘리포니아로 가고 있는 것이다. 비버리 윌시〔로스엔젤레스의 관광지대〕의 호텔 로비에 앉아서 자기들을 부러워하는 사람들이 왔다갔다하는 것을 보고 산이나 커다란 나무를 바라보기 위해서 거기에 가는 것이다. 걱정스런 눈빛을 하고 있는 남자와 태양이 자기의 피부를 얼마나 바삭바삭하게 말려 줄 것인가를 걱정하고 있는 여자이다. 그들은 태평양을 보러 가는 것이다. 그리고, 이것은 10만 달러 대 공짜배기의 내기를 걸어도 자신이 있지만, 이 남자는 이런 말을 할 것이다. "태평양도 뭐 그리 대단치는 않군. 생각했던 것과는 다른데." 여자는 해변에 늘어선 늘씬한 몸뚱어리들을 부럽게 쳐다볼 것이다.

결국 그들은 고향에 돌아가기 위해 캘리포니아에 가고 있는 것이다. 돌아가서 이런 말을 하려고 하는 것이다. "아, 그 모모라고 하는 사람 말야, 그 트로카데로 클럽에서 바로 우리 옆 자리에 앉았던 여자, 그 여자는 좀 모자라는 사람 같았지만 옷만은 꽤 좋은 걸 입고 있던데." 그러면 남자는, "나는 거기서 말야, 하루종일 어떤 대사업가하고 얘기를 해보았지만 백악관에 앉아 있는 사람〔대통령을 말함〕을 쫓아내지 않는 한 우리 일은 잘 안 될 것 같다는 거야." 그러고 나서 또 한다는 소리가 "이건 사정을 잘 아는 사람한테서 들은 얘긴데, 그 여자 말야 매독에 걸렸대. 그 여자는 워너 브라더즈 영화에 나온 여잔데 영화에 출연하기 위해서 어떤 놈하고 잤던 모양이야. 어쨌든 목적은 달성한 셈이지." 그러면서도 불안한 눈은 결코 안정을 찾지 못하고 있고 불쑥 내민 주둥아리는 결코 즐겁지가 못하다. 시속 60마일로 질주하는 대형 자동차 속이다.

"뭐 시원한 것 좀 마셨으면 좋겠는데."

"응, 조금만 가면 있을 거야. 멈출까?"

"거기 깨끗할까요?"

"이런 벽지에서 깨끗하다는 게 다 그렇겠지 뭐."

"사이다 같은 것은 병에 들어 있으니 괜찮을 거야."

커다란 차가 삐걱거리고 멈춘다. 뚱뚱한 남자가 불안스러운 얼굴을 하고 마누라를 부축해서 내린다.

그들이 들어서자 메이가 힐끗 쳐다본다. 앨은 철판에서 고개를 들었다가 다시 시선을 아래로 떨군다. 메이는 잘 알고 있는 것이다. 이런 차들은 기껏해야 5센트짜리 소다나 시켜 놓고, 차니 안 치니 할 것이다. 여자는 휴지를 대여섯 장씩이나 쓰고 아무데나 함부로 버릴 것이다. 남자는 숨이 막힐 지경이라면서 메이한테 투덜거릴 것이다. 여자는 썩는 고기 냄새라도 맡은 것처럼 코를 킁킁거리다가 다시 나가 버릴 것이다.

그리고 그들은 밖에 가서 서부 사람들은 친절하지 못하다고 떠들고 다닐 것이다. 가게에 아무도 없고 메이와 앨만이 있을 때에, 그들이 이런 사람들을 가리켜 부르는 별명이 있다. 그들은 이런 사람들을 흔히 '똥묻은 발꿈치'라고 부르는 것이다. 그들에겐 트럭 운전사들이야말로 괜찮은 손님이다.

저기 큼직한 짐차가 오네. 여기에 잠깐 멎어 주면 좋으련만. 그 '똥 묻은 발꿈치'들이 남기고 간 냄새를 말끔히 씻어 주었으면 고맙겠어. 이봐, 앨, 내가 앨버커키〔뉴멕시코 주의 도시〕에 있는 호텔에서 일하고 있을 때 보면 말야, 그 사람들은 무엇이든지 훔쳐 가지 않는 것이 없더라니까. 그들이 가지고 있는 차가 크면 클수록 더 잘 훔친다구. 수건이고 숟가락 젓가락이고 비누 접시고간에 닥치는 대로 훔쳐 가더라구."

그러면 시무룩한 앨이 물었다. "저 사람들은 어디서 저렇게 큰 차를 얻었을까? 날 때부터 가지고 태어났을까? 우리 같은 사람은 생전 저런 차는 가져 보지도 못할 것 같애."

트럭에는 운전사와 조수가 하나씩 타고 있다. "어디 잠깐 내려서 커피나 한 잔 하고 갈까? 여기 커파맛이 괜찮을 거야."

"예정 시간이 어떻지?"

"아, 좀 여유가 있어."

"그럼 어디 내려 볼까. 이 집에 가면 산전 수전 다 겪은 제법 재미있는 여우가 하나 있지. 커피맛도 괜찮구."

트럭이 멎는다. 카키색 운전 바지에다 단화를 신고 짤막한 자켓에 차양이 번쩍거리는 군모 비슷한 것을 쓴 두 남자가 내린다. 미닫이문이 열렸다가 쾅하고 닫힌다.

"잘 있었소, 메이?"

"어머, 바람둥이 아저씨 비그 빌 아니세요? 그래 이번 탕은 언제 돌아오셨어요?"

"한 일주일 됐지."

또 한 남자가 5센트짜리 동전 한 닢을 축음기에 넣고 레코드 판이 미끄러져 내려가면서 그 밑으로 턴 테이블이 올라오는 것을 물끄러미 지켜보고 있다. 잘 무르익은 빙 크로스비의 목청이다. '고마운 추억이여, 해변의 태양이여, 그대는 내 속을 태웠지만 싫은 사람은 아니었지……' 트럭 운전사가 메이의 귀에 들릴 만큼 노래를 따라서 한다.

"그대는 대구〔생선〕였지만 갈보는 아니었지."〔속을 태운다는 말과 대구, 그

리고 싫은 사람과 갈보는 영어 발음이 비슷함]

메이가 웃는다. "그런데 빌 아저씨하고 같이 오신 분은 누구세요? 이번 탕에 같이 가시나 보죠?"

또 한 남자는 슬롯머신에다 동전 한 닢을 넣는다. 알을 네 개 따서 그것을 다시 넣고 나서 카운터로 걸어간다.

"무얼 드시겠어요?"

"응, 커피 한 잔하고 파이 같은 거 뭐가 있나?"

"바나나 크림, 파인애플 크림, 초콜릿 크림, 그리고 사과 크림이에요."

"사과로 하지. 가만 있자, 그 크고 두툼하게 생긴 것은 무어야?"

메이가 그것을 들어 내서 냄새를 맡아 본다. "바나나 크림이에요."

"그거 한 조각 잘라 주게. 큼직하게 말야."

슬롯머신에 달라붙어 있는 남자가 소리친다. "뭐든지 다 두 개씩이야."

"두 개씩, 알았어요. 빌 아저씨, 요즈음에는 무슨 재미있는 일 좀 없었어요?"

"한 가지 얘기해 줄까?"

"여보게, 숙녀 앞에선 말조심하게."

"아냐, 이건 나쁜 얘기 아니라구. 꼬마 녀석이 하루는 학교에 지각을 했대. 여선생이 '너 왜 늦었어?' 그랬더니 꼬마 말이 '암송아지를 끌고 가서 교미를 시키느라고 그랬어요.' '임마 그런 건 아빠가 하실 수 있잖아.' '아빠가 하실 수는 있지만 숫소보다는 잘못 하시나 봐요.'"

메이가 배를 쥐고 깔깔거린다. 주름살이 지고 째지는 듯한 목소리다. 양파를 도마에다 올려놓고 칼질을 하고 있던 앨이 고개를 들고 피식 웃더니 다시 고개를 떨군다. 트럭 운전사들은 정말 물건이다. 한 사람 앞에 각각 25센트씩 놓고 가는 것이다. 파이와 커피 값으로 15센트하고 메이한테 주는 팁이 10센트다. 그렇다고 메이를 손에 넣으려고 엉뚱한 생각을 하는 것도 아니다.

　나란히 높은 의자에 걸터앉아서 커피잔에 스푼을 꽂은 채 마신다. 그저 잠시 시간을 보내는 것이다. 그리고 철판을 문지르고 있는 앨은 옆에서 말 수작을 다 듣고 있으면서도 한마디도 끼어들지 않는다. 빙 크로스비의 목청이 멎는다. 턴 테이블이 내려앉고 레코드판이 제자리에 가서 꽂힌다. 보라색 불이 꺼진다. 여태까지 축음기를 돌아가게 해주었고 빙 크로스비에게 노래를 부르게 했으며 오케스트라를 연주하게 했던 5센트짜리 동전 한 닢이 걸려 있던 자리로부터 전축의 수입통 속으로 찰칵하고 떨어진다. 다른 돈과는 달리 이 동전 한 닢은 그것이 할 만한 일을 했고 우선 물리적으로 그것이 할 수 있는 반응을 일으켰던 셈인 것이다.
　커피가 끓는 주전자에서 김이 푹푹 오른다. 냉동장치의 압착기가 작은 소리를 내다가 이내 멈춘다. 방의 한쪽 구석에 있는 선풍기가 천천히 고개를 끄덕거리면서 방안에 더운 바람을 일으키고 있다. 바깥 국도에서는, 즉 그 66호선 위에서는 차들이 윙윙거리고 질주한다.
　"조금 전에 매사추세츠에서 온 차가 멎었다 갔어요." 하고 메이가 말했다.
　비그 빌은 손으로 커피잔의 꼭대기 언저리를 감싸 쥐었다. 커피 스푼이 그의 엄지와 둘째 손가락 사이로 불쑥 튀어나왔다. 그는 커피를 식히느라고 훅훅 불었다. "당신도 66호선에 나가 보지 그래. 전국 방방곡곡에서 차가 몰려오고 있는데 다들 서부로 가는 차들이라구. 그렇게 많은 차는 생전 처음 보았어. 물론 멋쟁이 차도 있지."
　"오늘 아침에는 충돌 사고가 난 것을 보았어." 그의 친구가 말했다. "대형찬데 큼직한 캐딜락이야. 특제로 만든 건데 아주 멋쟁이지. 연한 우유 빛깔로 된 특제 고급찬데 트럭을 받았어. 라디에이터를 운전대 있는 데까지 처박아 놓았더군. 한 90마일 놓았던 모양이야. 핸들이 운전사한테 찔려서 마치 낚시 바늘로 개구리를 꿰어놓은 것 같더라구. 정말 고급차던데 말야. 지금은 땅콩알만큼도 값이 안 나가겠지만. 그 친구는 혼자서 운전을 하고 갔던 모양이더군."
　앨이 일을 하다가 고개를 들고 물었다. "트럭도 다쳤나요?"

"아, 트럭이 아니었어. 두 조각으로 이어놓은 차였는데 스토브, 냄비, 그릇, 매트리스, 아이들, 병아리들 같은 것을 잔뜩 싣고서 서부로 가던 차란 말이야. 그런데 그 친구가 말야. 90마일을 놓고서 우리 옆으로 달려들었어. 우리를 추월하려고 두 바퀴에 속력을 냈는데 저쪽에서 차 한 대가 달려든 거야. 살짝 비키려고 하다가 그 트럭에 쿵 소리를 내며 스치고 지나갔지. 꼭 술 취한 장님이 운전하는 것 같더라니까. 길바닥에는 잠옷이고 병아리고 어린애들이고 할 것 없이 널려서 아우성을 쳤지. 어린애가 하나 죽었어. 그런 야단법석은 생전 처음 보았다네. 우리도 차를 세웠지. 그 차를 운전하고 가던 영감이 나와서 죽은 자식만 쳐다보고 멍청하게 서있더군. 말 한 마디도 없이 꼭 꿀먹은 벙어리 같았어. 제기랄! 지금 저 길바닥에는 서쪽으로 가는 가족 떼들로 온통 야단이라구. 그렇게 많은 사람이 다 어디서 쏟아져 나왔는지, 점점 더 많아지는 것 같애. 그 많은 사람들이 다 어디서 무얼 하다가 나온 사람들인지, 원."

"그 많은 사람들이 다 어디로 가는 걸까요?" 메이가 말했다. "이따금씩 여기에도 기름을 사러 오는데 다른 것은 아무것도 안 사가요. 또 사람들이 그러는데 그런 사람들은 무얼 잘 훔쳐 간대요. 우린 아무것도 내놓은 것이 없어요. 잃어버린 것도 없지만요."

비그 빌은 파이를 물어 뜯으면서 휘장을 쳐놓은 창문 밖으로 길을 내다 보았다. "무슨 물건이든지 잘 간수하는 게 좋을 거야. 그런 사람들이 곧 올 거라구."

1926년 형 내쉬 세단 한 대가 나른한 몸짐을 가누듯하면서 국도에서 내려서더니 멈췄다. 뒷자리에는 보따리·단지·냄비 같은 것들이 거의 천장에까지 차있었고 그 위 차 천장 바로 밑에 소년 둘이 타고 있었다.

차의 꼭대기에는 매트리스와 접어놓은 천막이 있었고, 천막을 괴는 말뚝을 차체 옆구리의 발판에 붙들어 매어 놓았다. 차는 휘발유 펌프 있는 데까지 와서 이내 멎었다. 까만 머리를 하고 성질깨나 있어 보이는 한 남자가 천천히 내려왔다. 두 사내 아이들이 짐꾸러미 위에서 미끄러져 내려 왔다.

메이가 카운터를 돌아 나가더니 문간에 섰다. 그 남자는 회색 모직 바지에다 청색 셔츠를 입었는데 등어리와 팔뚝에 땀이 배서 청색이 더욱 짙어 보였다. 애들은 위아래가 붙은 작업복만을 입었는데 그나마도 다 떨어져 있었다. 머리카락은 밝은 색깔인데 숱이 쭈뼛하게 서 있었다. 빡빡 깎았던 모양이다. 얼굴에는 먼지를 뒤집어 써서 땟구정물이 흘렀다. 애들은 곧장 수도 호스 밑에 있는 진흙 속에다 발가락을 쑤셔 넣었다.

그 남자가 물었다. "아주머니, 물 좀 얻을 수 있을까요?"

짜증스러운 그림자가 메이의 얼굴에 살짝 스쳐 갔다. "네, 어서 쓰세요." 그녀가 어깨 너머로 가볍게 말했다. "어디, 저 호스를 잘 지켜 보아야지." 그녀는 그 남자가 천천히 라디에이터 캡을 비틀고 호스를 그 안에 디미는 동안 그를 지켜 보고 있었다.

황갈색 머리 빛깔의 여자 하나가 차 안에서 소리쳤다. "혹시 그걸 여기서 구할 수 없는지 알아보세요."

남자가 물 호스를 빼내고 라디에이터 캡을 다시 막았다. 아이들이 그로부터 호스를 받아서 위쪽으로 치켜들고 벌떡거리며 물을 들이켰다. 남자가 때묻은 시커먼 모자를 벗어 들고 묘하게 굽신거리는 태도로 문간에 다가섰다. "혹시 빵을 한 조각 잘라서 팔아 주시지 않겠습니까, 아주머니?"

메이가 말했다. "여기는 식료품점이 아닌데요. 우리는 샌드위치를 만들어서 파는 빵밖에 없어요."

"예, 알고 있습니다, 아주머니." 그의 굽신거리는 태도는 집요했다. "우리는 빵을 사야겠는데 아무데를 가도 어디 살 수가 있어야지요."

"빵을 팔면 우리는 장사를 못 하는데요." 메이의 말투가 좀 더듬거리는 듯했다.

"너무 배가 고파서 그럽니다, 아주머니." 그 남자가 말했다.

"샌드위치를 사시면 되잖아요? 우리 집 샌드위치나 햄버거는 아주 훌륭한데요."

"그럴 수만 있으면 얼마나 좋겠습니까? 하지만 그럴 수가 없으니까 그러는 거 아닙니까? 우리는 지금 10센트를 가지고 온 식구가 다 요기를 해야 할 형편입니다." 그러더니 그는 좀 난처한 듯이 말했다. "돈이 없어서 그럽니다."

메이가 말했다. "돈 10센트 가지고는 빵을 사실 수 없어요. 우리 집에는 15센트짜리 빵밖에 없는데요."

그녀의 등뒤에서 앨이 볼멘소리로 말했다. "제기랄, 주어 버리지 무얼 그래."

"그럼, 빵 배달차가 오기도 전에 빵이 다 떨어지라구?"

"떨어지면 떨어졌지 뭐." 앨이 말했다. 그러더니 그는 시무룩하게 자기가 뒤섞고 있던 감자 샐러드를 내려다 보았다.

메이는 포동포동한 어깨를 으쓱 추켜 보이더니 앨의 말이 못마땅하다는 것에 동조라도 해달라는 듯이 트럭 운전사들 쪽으로 시선을 돌렸다.

그녀는 미닫이문을 열어 주었다. 밖의 남자가 들어오면서 땀 냄새를 독하게 풍겼다. 그의 뒤에 아이들이 따라들어 와서는 곧장 과자상자 쪽으로 달려가서 안을 들여다 보았다. 먹고 싶다는 욕심이나 희망으로가 아니라 이런 물건도 있느냐는 듯이 의아해서 들여다 보고 있었다. 두 아이가 서로 몸집이나 얼굴이 비슷하게 생겼다. 한 아이가 한쪽 발톱으로 다른 한쪽의 발목을 긁었다. 또 한 아이가 무언가 가만가만 소곤거렸다. 그러더니 그들은 팔뚝을 쭉 뻗었다. 작업복 속의 호주머니 안에 움켜 쥔 그들의 주먹이 얇은 청색 천에 비쳤다.

메이는 설합을 열고 초 종이로 길게 말아 쌓아놓은 빵을 꺼냈다. "이건 15센트짜리 빵이에요."

그 남자는 모자를 머리에 다시 올려놓았다. 끈덕지게도 굽신거리면서 그가 대답했다. "혹시 거기에서 10센트어치만큼만 잘라서 파실 수 없을까요?"

앨이 으르렁거리며 말했다. "아이 참 무얼 그래, 메이. 그냥 주라니까."

그 남자가 앨 쪽을 돌아보았다. "아닙니다, 그저 10센트어치만 샀으면

좋겠습니다요. 돈이 너무 빠듯해서 그럽니다. 캘리포니아까지 가려니까,
원."

　메이가 단념하듯 말했다. "10센트만 내고 가져가세요."

　"그럼 억지로 뺏아 가는 셈이 되는데요, 아주머니."

　"가져가세요. 앨이 드리라고 하잖아요." 그녀는 초 종이로 산 빵을 카
운터로 밀었다. 남자는 뒷포켓 깊은 곳으로부터 가죽 지갑을 꺼냈다. 끈
을 풀더니 지갑을 열었다. 지갑은 은전과 때문은 지폐로 묵직했다.

　"너무 떼를 써서 우습게 되었습니다." 그가 변명했다. "아직도 갈길이
수천 마일이나 남았는데 이 노자가 안 떨어질지 모르겠습니다." 그는 손
가락을 지갑 안에 집어넣어 10센트짜리 동전을 찾아서 꺼냈다. 카운터에
내놓자 1센트짜리가 하나 같이 붙어 나왔다. 그는 그 1센트짜리를 지갑
안에다 도로 집어넣으려다가 과자 상자 앞에 얼어 붙듯 서있는 두 아이
들에게 시선이 갔다. 그는 천천히 그 아이들 쪽으로 다가갔다. 그는 상
자 안에 있는 줄무늬진 기다란 박하 과자를 손가락으로 가리켰다. "아주
머니, 저건 1센트짜리 과잡니까?"

　메이가 몸을 굽혀 들여다 보았다. "어느 거요?"

　"여기 저 줄친 것 말입니다."

　아이들이 고개를 들어 그녀를 쳐다 보면서 숨을 죽였다. 그들의 입이
반쯤 벌어졌다. 거의 벗다시피 하고 있는 그들의 몸뚱어리는 뻣뻣해 있
었다.

　"아, 그거요? 아녜요, 그건 1센트에 두 개씩이에요."

　"그럼 아주머니, 두 개만 주세요." 그는 동전 한 닢을 조심스럽게 카
운터에 내놓았다. 아이들은 참았던 숨을 가만히 몰아쉬었다. 메이가 큰
과자를 꺼냈다. "가져가서 먹어라." 그 남자가 말했다.

　그들은 조마조마하게 손을 뻗어 과자를 하나씩 집더니, 과자를 옆구
리 아래에 든 채 시선조차 보내지 않았다. 그리고 서로 쳐다 보면서 어
쩔 줄을 모르고 쭈뼛거리며 미소를 지었다. "아주머니, 감사합니다."

　그 남자는 빵을 집어 들고 문밖으로 나갔다. 아이들도 뻣뻣하게 그 뒤

를 따라 나갔다. 빨간 줄무늬가 있는 과자를 다리에 꼭 눌러 쥐고 있었다. 그들은 다람쥐처럼 차의 앞좌석에 뛰어오르더니 다시 짐꾸러미 위로 올라가 보이지 않게 되었다.

남자가 차에 오르더니 발동을 걸었다. 모터가 부르릉거리고 푸르스름한 연기가 기름 냄새를 풍기며 피어 오르더니 그 고물 내쉬 차는 이내 국도 위에 올라서서 다시 서쪽으로 제 갈 길을 가버렸다. 음식점 안에서는 트럭 운전사들과 메이와 앨이 그들 뒤를 응시하고 있었다.

"아까 그 과자는 한 개에 5센트짜리였지?" 빌이 말했다.

"무슨 상관이세요." 메이가 사납게 말했다.

"그건 하나에 5센트짜리였다구." 빌이 또 빈정거렸다.

"자, 이젠 그만 가야겠어." 또 한 남자가 말했다. "시간이 늦겠어."

그들은 호주머니 안에 손을 집어넣었다. 빌이 카운터 위에 동전을 꺼내 놓았다. 다른 남자가 그걸 쳐다 보고 있더니 주머니에 손을 넣어 동전을 꺼냈다. 그들은 몸을 돌려 문간 쪽으로 향했다.

"잘 있어." 빌이 말했다.

메이가 소리를 질렀다. "잠깐 기다리세요. 잔돈 가져가셔야죠."

"예끼, 뚱딴지 같은 소리!" 빌이 소리를 질렀고 문 소리가 쾅 하고 들렸다.

메이는 그들이 커다란 트럭에 들어가는 것을 지켜 보았다. 트럭이 낮은 기어로 털털거리고 떠나는 것을 지켜 보면서, 속력을 올리며 기어가 바퀴에 걸려 가는 소리를 듣고 있었다. 그녀가 가만히 불렀다. "앨!"

그는 또닥거리고 있던 햄버거로부터 고개를 들었다. "왜 그래?"

"저기 좀 보라구." 그녀는 커피잔 옆에 있는 동전을 가리켰다. 50센트짜리 두 개가 놓여 있었다. 앨이 다가와서 쳐다 보았다. 그는 이내 돌아가서 일을 계속했다. "트럭 운전사들은 역시 달라." 메이가 대견하다는 듯이 말했다. "그런 사람들이 다녀간 다음에 '똥 묻은 발꿈치'들이 왔단 말야."

파리들이 미닫이문에 부딪치면서 윙윙거리다가 날아갔다. 냉동장치의 압착기가 잠시 소리를 내다가 가라앉았다. 국도 66호선 위에는 여전히 차들이 소리를 내며 지나갔다. 트럭들과 미끈한 유선형 차들, 그리고 고물차들이었다. 모두가 지독한 소리들을 내면서 지나갔다. 메이는 접시들을 집어다가 파이 부스러기를 훔쳐 양동이에 털었다. 그리고 행주를 찾아서 카운터 위에 원을 그리며 닦았다. 그녀의 시선은 줄곧 국도 위에 가있었다. 거기에는 무수한 생명들이 소리를 내며 지나가고 있었다.

앨은 자기 앞치마에 손을 쓱쓱 닦았다. 그는 철판 너머의 벽에 핀으로 붙여 놓은 종이를 쳐다 보았다. 종이에는 세로로 그은 줄이 세 개가 있었다. 앨은 제일 긴 선을 세어 보았다. 그는 카운터의 금전등록기 쪽으로 걸어가서 '현금' 표시가 있는 쪽의 종을 눌러서 5센트짜리 동전을 한 주먹 집어 들었다.

"뭐 하는 거야?" 메이가 물었다

"3번 기계가 결제할 때가 되었어." 그가 말했다. 그는 세 번째의 슬롯 머신 쪽으로 가서 5센트짜리 동전을 넣었다. 다섯 번째 기계가 돌더니 잭 포트〔계속 걸어서 쌓인 상금〕가 컵에 가득 쏟아졌다. 앨은 돈을 손에 산더미처럼 얹어서 카운터로 돌아왔다. 그것을 설합 속에 넣더니 금전등록기를 쾅 닫아 버렸다. 제자리로 돌아가서 그는 점선을 작대기로 그어서 지웠다.

"3번 기계가 제일 잘되는데." 그가 말했다. "자리를 좀 바꾸어 놓아야 할까 본데." 그는 뚜껑을 열고 지글거리는 스튜를 저었다.

"저 사람들이 다 캘리포니아에 가면 무얼 하고 살는지?" 메이가 말했다.

"누가?"

"방금 들렀던 그 사람들 말야."

"알 게 뭐야." 앨이 말했다.

"그 사람들 일자리가 있을까?"

"내가 알 턱이 있나?"

그녀는 국도 위를 동쪽으로 내다 보았다. "저기 또 짐차가 오네. 이중 차량이구먼."

"저 사람들 여기에 들르려나? 그랬으면 좋겠는데."

그 커다란 트럭이 국도로부터 육중하게 내려와서 멈추자, 메이는 행주를 집어 들고 카운터를 골고루 훔쳤다. 그러고 나서 그녀는 커피 끓이는 주전자도 몇 번 행주질을 했다. 그리고 주전자 밑에 있는 가스불을 높였다. 앨은 작은 순무를 한 줌 들고 나와서 껍질을 벗기기 시작했다.

문이 열리자 메이의 얼굴이 밝아졌다. 운전사 복장을 한 두 남자가 들어 섰다.

"우리 누이 잘 있었나!"

"나는 아무하고도 누이 안 할래요." 메이가 말했다. 그들이 웃었고 메이도 웃었다. "아저씨들 무얼 드시겠어요?"

"아, 커피 한 잔씩 주구려. 파이는 무어가 있소?"

"파인애플 크림, 바나나 크림, 초콜릿 크림, 그리고 사과예요."

"난 사과로 하지. 아냐, 잠깐, 저 큼직하고 두툼하게 생긴 게 무어요?"

메이가 파이를 집어 들고 냄새를 맡아 보았다. "파인애플 크림이에요." 그녀가 말했다.

"좋아, 그거나 한 덩어리 썰어 주구려."

국도 66호선 위에는 차 소리가 요란하게 지나갔다.

제 16 장

　조우드 일가와 윌슨 일가는 한 부대를 이루며 서쪽으로 차를 몰았다. 엘 레노를 지나 브리지포트, 크린톤, 엘크시티, 세이어를 벗어나면 텐소라가 나오는데, 거기가 주 경계선이어서 오클라호마를 뒤로 하게 된다.

　이날 두 대의 차는 텍사스의 팬핸들 지대를 통과해서 앞으로 서서히 굴러갔다. 샴록크와 알란리드, 그룸과 야아넬을 거쳐서 저녁때에는 아마릴로를 통과했다. 너무 오래 달려서 석양이 되자 야영을 했다. 모두들 지치고 먼지를 뒤집어 썼으며, 날씨는 더웠다. 할머니는 더위 때문에 몇 번인가 경련을 일으켰고 트럭이 멎었을 때 그녀는 몹시 쇠약한 상태였다. 그날 밤 앨은 어디선가 울타리 난간을 훔쳐다가 트럭의 양쪽 가장자리에 말뚝을 만들어 박아 놓았다. 그리고 식구들은 아침에 먹다 남은 차갑고 딱딱한 비스킷만으로 저녁을 때웠다. 모두들 매트리스 위에 아무렇게나 쓰러져 옷을 입은 채로 잠을 잤다. 윌슨네 가족은 천막조차 치지 않았다.

　조우드 일가와 윌슨 일가는 지난번 홍수가 할퀴고 지나간 상처로 움푹움푹 패인 잿빛 들판이 깔려 있는 팬핸들 지대를 가로질러 달리고 있었다. 바야흐로 오클라호마를 빠져 나와 텍사스를 횡단하고 있는 것이다. 땅거북들이 먼지 속을 기어 다녔고 태양이 대지 위를 내리쬐었다. 저녁때에는 하늘의 더운 기운이 사라졌으나 땅으로부터 지열이 솟아올랐다.

　두 집 가족들은 연 이틀을 달렸다. 사흘째에 접어들면서 그들은 그들이 달리고 있는 땅덩어리가 그들에게는 너무도 엄청나게 넓은 것이라는 사실을 깨닫게 되었고, 차츰 새로운 생활의 기술에 익숙해 갔다. 국도가 그들의 집이 되었고 차를 타는 것이 감정 표현의 수단이 되었다.

점점 그들은 새로운 생활에 익어 갔다. 루시와 윈필드가 제일 먼저 적응이 되었고, 그 다음에 앨, 코니와 로자샤안, 그리고 나이 먹은 사람들이 제일 늦었다. 땅덩어리는 움직이지 않는 커다란 대지의 파도처럼 기복을 이루고 있었다. 월도라도, 베가, 보우지, 그리고 클렌리오를 지나면 거기가 텍사스의 끝이었다. 다음은 뉴멕시코와 산악 지대다. 아득히 먼 하늘을 찌르며 높은 산들이 솟아 있었다. 자동차의 바퀴는 삐걱거리며 돌았고 엔진은 뜨겁게 달아올랐으며 수증기가 라디에이터 캡 주위에서 푹푹 솟아났다. 이들 일행은 페코스 강까지 다다라서 산타 로사에서 강을 건넜다. 그러고 나서 24마일을 계속 내달렸다.

앨 조우드가 윌슨의 관광용 포장 승용차를 몰았고 그의 옆으로 어머니와 로자샤안이 앉았다. 앞에는 트럭이 굴러가고 있었다. 뜨거운 공기가 파도처럼 땅 위에 깔렸고, 산(山)들마저 더위에 겨워 부들부들 떨고 있었다. 앨은 맥이 빠진 상태로 차를 몰았다. 등허리를 구부정하게 굽히고 손은 핸들 가운데 빗장 위에 아무렇게나 얹어 놓고 있었다. 너무 멋을 내느라고 잡아당겨서 뾰족하게 되어 버린 그의 회색 모자는 한쪽 눈 위에 낮게 걸려 있었다. 그는 차를 몰면서 이따금씩 몸을 돌려 옆창 밖으로 침을 탁탁 뱉았다.

어머니는 그의 옆에 앉아서 무릎 안에 손을 넣고 피로를 이기고 있었다. 그저 아무렇게나 앉아서 차가 흔들리는 대로 상반신과 머리를 흔들거리고 있었다. 그녀는 눈을 가늘게 뜨고 멀리 있는 산을 내다 보았다.

로자샤안은 차의 요동에 버티면서 발에 힘을 주고 바닥을 디디고 앉아 한쪽 팔을 문밖으로 내밀어 몸을 고정시키고 있었다. 토실토실한 그녀의 얼굴은 차의 요동을 견디기 위해 굳어졌고, 목덜미의 근육에 힘을 주다 보니 고개가 까딱거렸다. 그녀는 자기 몸뚱이를 앞으로 굽혀 뱃속에 있는 태아에게 충격을 주지 않으려고 애를 썼다. 이윽고 그녀가 어머니 쪽으로 고개를 돌렸다.

"어머니." 그녀가 불렀다. 어머니는 눈을 번쩍 뜨면서 딸 쪽을 쳐다 보았다. 딸의 긴장되고 피로한 통통한 얼굴을 바라보면서 어머니는 미소를 머금었다. "어머니." 딸이 말했다.

"우리가 거기에 도착하면 우리는 다 과일 따는 일을 하면서 시골에 살 거지요?"

어머니는 좀 익살스럽게 웃었다. "우린 아직 거기에 도착도 안 했잖니? 거기가 어떨지 알 수도 없고 일단 가봐야 되지 않겠니?"

"저하고 코니는 이제 더이상 시골에서 살고 싶지 않아요. 그래서 우리는 무얼 할 것인지 계획을 짜두었어요."

잠시 어머니의 얼굴에 근심스런 그림자가 스쳐 갔다. "그럼 너희들은 가족들하고 같이 살지 않을 생각이냐?"

"저는 코니하고 그 문제를 얘기해 보았어요. 어머니, 우리는 도회지에 가서 살았으면 좋겠어요." 그녀는 흥분하면서 말을 계속했다. "코니는 가게나 공장 같은 데에 취직을 할 거예요. 집에서는 공부를 하고요, 라디오 통신 강좌 같은 걸 말예요. 그래서 무슨 기술이라도 배우면 나중에 혼자서 가게라도 하나 차릴려구요. 그리고 구경 가고 싶으면 아무때나 영화관에도 가고. 코니가 그러는데, 제가 해산할 때 의사를 불러준대요. 그러다가 시기를 보아서 병원에 데리고 가겠대요. 또 우리는 자가용도 하나 살래요, 아주 조그만 것으로. 그리고 밤에는 공부를 하고, 그러면 참 재미있을 거예요. 《서부의 사랑》이라는 책에서 한 페이지를 잘라서 통신 강좌를 신청한다고 보내면 돼요. 그런 걸 보낼 때는 무료래요. 그 책에 그렇게 써있는 걸 저도 보았어요. 그리고 그 통신 강좌를 마치면 직업도 알선해 주는데 아주 깨끗한 직업이고 또 장래성도 있대요. 그래서 우리는 도회지에 살면서 아무때나 영화 구경도 하고 또 전기 다리미도 사고, 아기를 낳으면 세간살이는 전부 새로 장만할래요. 코니가 그러는데 무엇이든 다 새것으로 하얗게 된 것을 들여놓겠대요. 광고 카탈로그에 나온 갓난아기용 물건들을 보았어요. 물론 코니가 집에서 공부를 하고 있는 처음 얼마 동안은 그렇게 쉽지 않을 테지만, 아기를 낳을 때쯤에는 코니가 공부를 다 마칠 것이고 조그마한 살림이라도 차릴 자리가 생길 거예요. 아주 호화스러운 것은 원치 않지만 아기를 위해서 좋게 해 주고 싶어요.” 그녀의 얼굴은 벌겋게 흥분되어 있었다. “그리고 이런 생각도 해보았어요. 우리 식구가 다 도시에 들어가 살면, 가령 코니가 가게라도 차리면, 앨이라도 데려다가 같이 일을 시켜 볼까 하구요.”

어머니의 눈이 딸의 흥분한 얼굴을 떠나지 않고, 그 얼굴이 점점 상기되어 가는 것을 지켜보고 있었다. “난 너희들이 떨어져 나가는 게 아무래도 좋지 않을 것 같다. 가족들이 흩어지는 건 좋은 일이 아니란다.” 그녀가 말했다.

앨이 퉁명스럽게 내뱉었다. “내가 코니한테 가서 일을 한다구? 코니가 나한테 와서 일을 하는 게 어때? 매부는 저 혼자만 밤에 공부할 줄 안다고 생각하는 모양인데?”

어머니의 머리 속에 이 모든 것이 공상에 불과하다는 생각이 갑자기 떠올랐다. 그녀는 다시 고개를 앞쪽으로 돌리고 몸을 편하게 추슬렀다. 그녀의 입가에는 엷은 미소가 감돌고 있었다. “오늘은 할머니가 좀 어떠신지 모르겠구나.” 그녀가 말했다.

앨은 핸들을 움켜 쥐면서 좀 긴장하고 있었다. 엔진에서 무언가 덜거덕거리는 소리가 점점 크게 들려 왔던 것이다. 속력을 내보았다. 그랬더니, 그 소리가 더 커졌다. 점화전의 스파크를 멈추고 귀를 기울여 보다가 잠시 속력을 올리고 나서 다시 귀를 기울였다. 덜거덕거리는 소리가 더 커지더니 금속이 부딪치는 것 같은 소리가 났다. 앨은 클랙슨을 울리고 차를 길 옆에 붙여 세웠다. 앞에 가던 트럭이 멎더니 천천히 뒷걸음질쳐 왔다. 차 세 대가 서쪽으로 질주해 갔다. 차마다 클랙슨을 요란하게 울려댔다. 맨 마지막 차의 운전사가 문으로 고개를 내밀고 고함을 질렀다. “이봐, 어디다 차를 세우는 거야?”

톰은 차를 바싹 뒤로 붙였다. 그러고 나서 내리더니 뒷차로 다가왔다. 앞에 세워진 트럭의 짐칸 뒤꽁무니에서 식구들이 고개를 내밀고 내려다 보았다. 앨은 스파크를 멈추고 터덜거리는 모터에 귀를 기울였다. 톰이 물었다 "왜 그러니, 앨?"

앨은 모터를 더 빨리 돌려 보았다. "저 소리좀 들어 봐." 덜거덕거리는 소리는 더 커져 있었다.

톰이 가만히 들어 보았다. "스파크를 멈추고 헛돌게 해봐라." 그가 말했다. 그는 후드를 열고 안을 들여다 보았다. "자, 더 돌려봐." 그는 잠시 듣고 있다가 후드를 닫았다. "글쎄, 네 말이 맞는가 보다, 앨." 그가 말했다.

"콘 로드 베어링이 말썽이지, 형?"

"그런 것 같다." 톰이 말했다.

"기름도 듬뿍 쳐놓았는데." 앨이 투덜거렸다.

"기름이 먹어들어 가지 않은 모양이다. 바싹 말라 있구나. 인제 도리 없다, 뜯어야지. 봐라, 내가 먼저 가서 차를 세울 만한 편평한 곳을 찾아 놓을 테니 너는 천천히 기어 오너라. 팬을 부서뜨리면 안 된다."

윌슨이 물었다. "고장 났어요?"

"고장이 나도 크게 났는데요." 톰이 말을 하고 트럭으로 돌아가서 앞질러 천천히 차를 몰았다.

앨이 변명을 했다. "어째서 고장이 났는지 알 수가 없는데? 기름을 듬뿍 먹여 두었는데 말야." 앨은 자기 책임이라는 걸 알고 있었다. 자기가 실수를 했다고 느끼고 있었다. 어머니가 말했다. "네가 잘못한 것이 아니다. 너는 다 제대로 한 거다." 그러더니 그녀는 좀 조심스럽게 물었다. "아주 못 쓰게 되었니?"

"부속을 갈아야 할 텐데 구하기가 어려워요. 그게 없으면 거기에 맞는 배비트 합금으로 된 베어링을 끼워야 되겠는데." 그는 한숨을 길게 내쉬었다. "톰 형이 있어서 참 다행이야. 난 베어링은 끼워 보지 않았어요. 아마 형은 해보았을 거야."

커다란 빨간색 간판이 앞쪽 길가에 서있었다. 간판은 갸름한 그림자를 기다랗게 던지고 있었다. 톰은 트럭을 길 밖으로 몰아 얕은 도랑을 건너 그림자 안에 차를 멈추었다. 그는 차에서 내려 앨이 오기를 기다렸다.

"자, 슬슬 해라." 그가 소리쳤다. "천천히 몰아야지, 스프링이라도 또 부러지면 야단나는 거다."

앨은 화가 나서 얼굴이 시뻘겋게 달아 있었다. 그는 모터를 멈추었다. "빌어먹을!" 그가 소리를 질렀다. "내가 그 베어링을 태운 건 아니야! 왜 내가 스프링을 또 부러뜨렸단 말야, 형!"

톰이 씩 웃었다. "흥분하지 마라. 너더러 잘못했다는 게 아니다. 다만 이 도랑을 조심해서 건너란 말이다." 그가 말했다.

앨은 차를 천천히 몰아내려 오면서 투덜거렸다. "내가 베어링을 망가뜨렸다는 소리는 하지도 마, 형!" 엔진에서는 이제 끔찍한 소리가 났다. 앨은 차를 그늘 속으로 끌어들이고 모터를 아주 꺼버렸다.

톰은 후드를 열어 젖히고 괴었다. "차가 식기 전에는 뜯지도 못하겠는 걸." 그가 말했다. 가족들이 두 차에서 모두 내려와 윌슨의 차 주위에 몰려 들었다.

아버지가 물었다. "고장이 심하냐?" 그리고 그는 쭈그리고 앉았다.

톰이 앨 쪽을 돌아보았다. "너 이런 거 고쳐 본 일이 있니?"

"아니, 한 번도 안 해보았어." 앨이 말했다. "물론 팬을 떼어본 일은 있지만."

톰이 말했다. "자, 우선 팬을 떼어내고 로드를 뜯어내야 한다. 그리고 새 부속을 사다가 두드려서 맞추어야 하지. 하루치 일감은 족히 되겠다. 아까 지나왔던 데까지 돌아가서 부속을 사와야겠다. 산타 로사 말야. 앨버커키는 약 75마일이나 된다. 게다가 또 내일은 일요일이구. 내일은 아무것도 못 산다." 가족들은 잠자코 서있었다. 루시가 살짝 기어 와서 열려진 후드 속을 들여다 보았다. 행여나 부서진 데를 볼 수 있을까 하고.

톰이 조용히 말을 이었다. "내일은 일요일이다. 월요일에 그 부속을 사다가 고친다고 해도 화요일 이전에는 다 고치지 못할 거다. 더군다나 작업을 제대로 할 만한 연장도 없으니 말야. 이거 참 만만치 않은 일인데." 말똥가리 매의 날아가는 그림자가 땅위를 스치고 지나갔다. 가족들이 모두 고개를 들고 그 까만 새를 올려다 보았다.

아버지가 말했다. "내가 걱정하는 건 말이다, 돈이 다 떨어져 버리면 우리는 거기까지 가보지도 못한다는 거다. 우리 식구들이 다 먹어야 하고 휘발유나 기름도 사야 하니까. 만약 돈이 다 떨어져 버리면 어떻게 해야 할지 모르겠구나."

윌슨이 말했다. "나 때문에 걱정거리군요. 이 빌어먹을 놈의 차가 여태까지 골치만 썩여 왔지요. 당신네들은 아주 고맙게 해주셨습니다. 자, 이제 당신들만이라도 짐을 꾸려서 어서 떠나세요. 저하고 집사람하고만 남겠으니. 우리는 또 무슨 수를 강구해 보지요. 당신네들까지 발을 묶어 두어서야 되겠습니까?"

아버지가 천천히 말했다. "우리도 그렇게는 못 하겠습니다. 우리는 이미 한 가족처럼 되어 버렸으니까요. 우리 집 어른이 당신내 천막 안에서 세상을 떠나시지 않았습니까?"

세리가 힘없이 말했다. "우리는 여태까지 폐만 끼쳐 왔어요. 너무 괴롭혀 드렸어요."

톰은 천천히 담배를 말아서 그것을 잠시 살펴보더니 불을 붙였다. 그는 망가진 모자를 벗어서 그걸로 이마를 훔쳤다. "한 가지 방법이 있습니다." 그가 말했다. "아마 아무도 좋아하지는 않겠지만 이렇게 하는 수는 있습니다. 우리 가족들이 캘리포니아에 조금이라도 가까이 가면 갈수록 돈을 벌 수 있는 길이 그만큼 가까워지는 거니까 말예요. 여기 이 작은 차는 제대로만 가면 저 트럭보다 두 배는 빨리 달릴 수 있습니다. 내 생각은 이래요. 저 트럭에 있는 물건들은 약간 덜어내 놓고, 설교사와 나 두 사람만 남겨 두고 다들 먼저 떠나세요. 나하고 설교사는 여기에 남아서 이 차를 고쳐 가지고 나중에 떠날 테니. 우리는 밤낮을 쉬지 않고 따라 가겠어요. 그러면 결국 우리가 트럭을 따라잡을 수 있을 거예요. 혹시 우리가 길에서 만나지 못하더라도 여하튼 가족들은 일을 하게 될 테니까. 그리고 만약 도중에 고장이 나면 길가에 야영을 하면서 우리가 갈 때까지 기다리세요. 어떻든 지금보다 더 곤란하지는 않을 거예요. 그리고 제대로 도착하면 다들 일을 하게 될 거고, 형편이 풀리잖겠어요?

케이시 아저씨는 내가 이 차를 고치는 데 도와 줄 것이고 우리는 같이 가면 되지요."

모여 있던 가족들은 이 제안을 고려해 보았다. 존 삼촌은 아버지의 옆에 쭈그리고 앉았다. 앨이 말했다. "그 콘 로드를 고치려면 나도 남아서 도와야 하지 않아?"

"넌 고쳐 본 일이 없다고 네 입으로 말했잖아?"

"그건 그렇지만, 차를 고치려면 조수가 잘해야 하니까 그렇지. 또 설교사 아저씨도 남고 싶지 않으실지도 모르고." 앨이 말했다.

"글쎄, 누가 남아도 난 상관없어." 톰이 말했다.

아버지는 마른 땅바닥을 손가락으로 긁적거렸다. "내 생각으로는 톰의 말에 일리가 있는 것 같다." 그가 말했다. "우리가 다 여기에 남아 있다고 해서 무슨 수가 있는 것도 아니고, 지금이라도 가면 어둡기 전까지 50마일을 갈지 1백 마일을 갈지 모르는 일이지."

어머니가 근심스럽게 말했다. "애 톰아, 우리를 어떻게 찾을래?"

"우리는 내내 같은 길을 가야 해요." 톰이 말했다. "끝까지 66호선만 따라가는 거예요. 베이커즈 필드라고 하는 데로 가세요. 내가 가진 지도에서 보았어요. 곧장 그쪽을 향해서만 가세요."

"그건 그렇지만 우리가 캘리포니아에 도착해서 이 길을 떠나 다른 데로 흩어지면 어쩌냐는 말이다."

"걱정 마세요." 톰이 그녀를 안심시켰다. "어떻게든지 찾을 수 있어요. 캘리포니아가 세상 전부는 아니니까요."

"지도에서 보니까 끔찍하게도 커보이더라." 어머니가 말했다.

아버지가 무언가 조언을 바라면서 물었다. "존은 어떻게 생각해."

"괜찮겠군." 존 삼촌이 말했다.

"윌슨 씨, 이건 당신 차니까요. 우리 애가 남아서 고쳐 가지고 나중에 오면 안 될까요?"

"왜 안 되겠습니까?" 윌슨이 말했다. "당신네들은 이미 우리를 위해서 너무도 친절을 베풀어 주셨습니다. 저한테는 그런 것 묻지도 마세요."

“혹시 우리가 따라가지 못하면 모두들 일을 하면서 돈을 조금씩 모으세요.” 톰이 말했다.

“그렇다고 우리가 모두 여기에 같이 있어 보세요. 여기에는 먹을 물도 없고 이 차는 움직이지도 않고, 어떻게 하겠어요? 하지만 모두들 거기에 도착해서 무엇이든 일을 한다고 해보세요. 돈도 생길 것이고, 그러다 보면 살 집도 생길 겁니다. 그렇지 않아요, 케이시 아저씨? 나하고 같이 남아서 좀 도와주실래요?”

“나는 여러분들이 가장 편리한 대로 하겠소.” 케이시가 말했다. “당신들이 나를 받아 주었고 데리고 왔으니 무엇이든지 하겠소.”

“하지만 당신은 여기에 남으면 땅바닥에 벌렁 누워서 얼굴에 기름을 뒤집어 쓰게 될 텐데요?” 톰이 말했다.

“그것도 좋지.”

아버지가 말했다. “일을 그런 식으로 결정하려면 우리는 지금이라도 어서 떠나야겠다. 어둡기 전에 한 1백 마일이라도 밀어 보자꾸나.”

어머니가 그의 앞을 가로막았다. “난 안 갈래요.”

“당신, 그게 무슨 소리요, 안 간다니? 당신은 가야 해. 가족들을 돌보아야지.” 아버지는 그녀의 반항에 당황했다.

어머니는 윌슨의 차에 다가가서 뒷자리 바닥에 손을 뻗어 넣었다. 그녀는 재크〔바퀴를 빼낼 때 차를 괴는 연장〕 손잡이를 꺼내 손에 가볍게 움켜쥐고서 말했다. “나는 안 가요.”

“이거 봐, 당신은 가야 돼. 우리가 다 결정을 한 거 아냐.”

그러자 그녀의 입이 단단히 꼭 다물어졌다. 그리고 조용히 말했다. “나를 가게 하려면 억지로 끌고 가는 수밖에 없어요.” 그녀는 재크의 손잡이를 다시 한번 가만히 흔들었다. “누가 끌려갈 줄 알아요? 당신도 나를 그렇게 쉽게 끌고 가지는 못할 걸요? 그러다가는 여보, 당신도 망신깨나 할 테니까 그런 줄 아세요. 울고불고 애원하고 할 줄 아세요? 당신이라도 이걸로 갈겨 줄 테예요. 그래도 나를 기어이 끌고 간다면 나는 꼭 기다릴 거예요. 당신 등허리가 꾸부러지든지 잠이 들어 버릴 때까지

기다릴 거라구요. 그랬다가 배가 뒤집힐 만큼 양동이로 갈겨줄 거예요. 하느님께 맹세코, 그렇게 할 거예요.”

아버지가 맥없이 주위를 둘러보았다. “저런 표독한 여자 보았나?” 그가 말했다. 루시가 소리를 내어 낄낄거렸다.

재크 손잡이는 어머니의 손에서 무언가 아쉽다는 듯 흔들리고 있었다. “자, 어서 해봐요.” 어머니가 말했다. “자, 하려거든 어서 나를 끌어가 보란 말예요. 어디 한번 해보세요. 내가 갈 줄 알아요? 설령 내가 끌려간다고 해도 당신은 잠을 못 잘 거예요. 나는 기다리고 또 기다렸다가 당신이 잠이 들어 고개를 떨구는 순간 장작을 들고 가서 당신을 갈겨줄 테니까요.”

“저렇게 독살스런 여편네 봤나!” 아버지가 중얼거렸다. “어디 나이나 젊어야지.”

모여 있는 사람들 모두가 이 광경을 지켜보고 있었다. 그들은 아버지가 버럭 화를 내기를 기다렸다. 그들은 그의 맥빠진 손이 주먹을 불끈 쥐는 것을 보려고 기다렸다. 그런데 아버지의 분노는 줌처럼 시작되지 않았다. 그리고 그의 두 손도 힘없이 그의 옆구리에 매달려 있을 뿐이었다. 이제 모든 사람들은 어머니가 승리했다는 사실을 알 수 있었다. 어머니 자신도 그걸 알았다.

톰이 말했다. “무엇 때문에 그렇게 흥분하고 그러세요? 또 무엇 때문에 그런 짓을 하시려는 거예요? 도대체 왜 그러세요? 우리 가족 전체에 대해서 그러시는 거예요?”

어머니의 얼굴이 부드러워졌다. 그러나 눈매는 아직도 사나웠다. “너는 별생각 없이 그런 말을 꺼냈을 것이다.” 어머니가 말했다. “우리가 이 세상에서 가진 거라곤 뭐가 있니? 우리 식구들밖에 아무것도 없잖니? 우리가 고향에서 쫓겨나서 여기까지 오다가 할아버지마저 땅에 묻어놓고, 이제 우리 식구들마저 풍지박산으로 갈라져야 한단 말이냐?”

톰이 소리를 질렀다. “어머니, 우리가 따라가서 만나려고 하는 거예요. 그렇게 여러 날 걸리지도 않아요.”

어머니는 재크 손잡이를 흔들었다. "가령 우리가 아무데나 야영을 하고 있는데 네가 모르고 그냥 앞질러 지나가 봐라. 우리도 그대로 간다고 하자. 어디에 대고 그런 말을 전하고, 너는 또 누구한테 물어 보겠니?" 그녀가 말했다. "우리는 그렇지 않아도 갈 길이 아득하다. 할머니는 저렇게 편찮으시지. 저렇게 짐꾸러미 위에 누우셔서 돌아가시기만 기다리시지 않니. 지칠 대로 지치셨다. 우리는 앞으로도 어려운 길을 가야 된다."

존 삼촌이 말했다. "하지만 우리는 돈을 좀 벌 것 아닙니까? 나중에 오는 사람들과 만날 때까지는 그래도 좀 저축을 할 수 있을 겁니다."

모든 가족들의 시선이 어머니에게 집중되었다. 어머니야말로 실권자였다. 그녀는 아까부터 무척 자제를 하고 있었다. "우리가 돈을 벌어 보았자 소용이 없어요." 그녀가 말했다. "우리한테 남은 것은 우리 식구들밖에 없어요. 마치 목장의 소떼처럼, 이리가 왔다갔다 서성거릴 때면 우린 서로 한데 붙어 있어야 해요. 우리가 다 살아서 이렇게 한데 있으면 나는 아무것도 두렵지 않아요. 하지만 우리가 흩어지는 꼴은 못 보겠어요. 윌슨 씨네가 여기 계시고 또 설교사도 계시지만, 그분들이 가시겠다면 나는 무어라고 할 말이 없어요. 하지만 내 식구가 하나라도 떨어진다면 나는 이 쇠몽둥이를 가지고 고양이처럼 날뛸 거예요." 그녀의 목소리는 차갑고 단호했다.

톰이 달래듯이 말했다. "어머니, 우리가 여기서 다 야영을 할 수도 없어요. 여기에는 우선 물도 없어요. 그늘도 별로 없고요. 할머니는 그늘이 있어야 해요."

"좋다." 어머니가 말했다. "좀더 가자. 가다가 물하고 그늘만 있으면 바로 거기서 자리를 잡자. 그런 다음에 트럭이 다시 돌아와서 부속을 사러 시내까지 너를 데리고 갔다가 다시 너를 데리고 오도록 하자. 이 땡볕에 네가 걸어갈 수도 없고 또 너만 혼자서 보내고 싶지도 않다. 만약 네가 어디로 끌려간다면 너를 도와줄 핏줄이라고는 아무도 없을 테니 말이다."

톰은 입술을 당겨 앞니를 덮었다가 입을 딱 벌렸다. 두 손을 힘없이 벌렸다가 양쪽 옆구리에 철썩 떨어뜨렸다. "아버지." 그가 말했다. "아버지가 한쪽에서 붙잡고 내가 다른 쪽에서 붙잡고 나머지 사람들이 어머니 위에 덮치고 또 그 위에 할머니까지 뛰어내리면, 우리 식구 두서너 사람이 저 쇠몽둥이에 맞아 죽지 않고도 어머니를 꼼짝 못 하게 할 수는 있어요. 아버지도 괜히 머리를 얻어맞고 싶지는 않을 테니까요. 어머니가 한번 저렇게 고집을 부리기 시작했으니 할 수 없잖아요? 한 사람이 여러 사람들의 결심을 마구 흔들어 버리니 어쩔 수 없어요. 자, 어머니가 이겼어요. 누가 다치기 전에 어서 그 쇠몽둥이를 치우세요."

어머니는 자기가 들고 있던 재크를 보더니 놀랐다. 그녀의 손이 덜덜 떨렸다. 그녀는 무기를 땅에 떨어뜨렸고 톰이 아주 조심스럽게 그것을 집어다가 다시 차 안에 집어넣었다. 그러고 나서 그는 말했다. "아버지. 이제 겨우 결말이 났어요. 야, 앨, 네가 식구들을 태우고 가서 야영할 자리를 보아주고 나서 트럭을 다시 이리로 몰고 오너라. 나하고 설교사하고 둘이서 팬을 뜯어놓을 테니. 그리고 시간만 맞으면 그 길로 산타 로사에 들어가서 콘 로드를 구해 보자. 오늘은 토요일 저녁이니 어쩌면 구할 수 있을 거다. 어서 빨리 갔다 와야 우리가 갈 수 있다. 트럭 안에 있는 멍키 스패너하고 프라이어 좀 갖다 다오." 그는 차 밑으로 손을 뻗어서 기름투성이가 된 팬을 만져 보았다. "옳지, 깡통 하나 다오. 기름 좀 담게 헌 양동이 좀 갖다 줘. 그거라도 절약해야지."

앨이 톰에게 양동이를 건네 주었고 톰은 그것을 차 아래에 갖다 놓더니 프라이어 두 개를 가지고 기름캡을 틀어 열었다. 그가 손가락으로 캡의 나사를 비틀어 열자 시커먼 기름이 그의 팔뚝 아래로 흘러 내렸다. 시커먼 기름 줄기가 양동이로 흘러들어 갔다. 양동이에 기름이 반쯤 찰 때에 앨은 가족들을 모두 차에 태웠다.

톰은 벌써 얼굴에 기름이 얼룩져서 차바퀴 사이로 내다 보면서 소리를 질렀다. "빨리 갔다 와!" 그가 팬 나사를 비틀고 있는 사이에 트럭은 도랑을 살살 넘어서 살금살금 굴러갔다. 톰은 가스켓트를 풀기 위해서 볼트 하나마다 한 번씩만 비틀었다.

설교사가 바퀴 옆에 무릎을 꿇고 물었다. "난 무엇을 하면 되나?" "아무것도, 지금은 아무것도 할 게 없어요. 기름이 다 빠지고 내가 이 볼트를 다 풀고 나서 팬을 뜯어낼 때 같이 좀 도와 주세요." 그는 차 밑에서 꿈틀거리면서 몸을 이동했다. 이동하면서 스패너로 볼트를 비틀고 손가락으로 그것들을 떼어 냈다. 양쪽 볼트를 헐겁게 틀어 놓고 팬이 땅에 떨어지지 않게 했다. "여긴 땅바닥이 아직도 뜨뜻한데요?" 톰이 말했다. "케이시 아저씨, 당신은 그런데 왜 요사이 며칠 동안 그렇게 말이 없었지요? 내가 처음 만났을 때에는 한 반 시간씩이나 일장 연설을 퍼붓더니 말이오. 왜 그래요? 뭐가 틀렸어요?"

케이시는 배를 쭉 깔고 엎드려 차 밑을 보고 있었다. 턱수염이 드문드문 돋아 있는 그의 턱은 한쪽 손등에 얹혀 있었다. 모자를 뒤로 젖혀 쓰고 있어서 그의 뒷덜미가 덮여 있었다. "나는 설교사를 할 때 내 일생 동안 할 말을 다 해버렸어." 그가 말했다.

"그래도 가끔 얘기는 좀 했잖아요?"

"나는 걱정이 되어 못 견디겠네." 케이시가 말했다. "나는 설교를 하고 돌아다닐 때에는 그런 걸 몰랐는데, 나도 여자 꽁무니를 꽤 따라다녔거든. 만약 이 이상 내가 더 설교를 안 하려면 이제라도 결혼을 해야 할 것 같아. 이봐 톰, 여자 생각이 나서 못 견디겠어."

"나도 그래요." 톰이 말했다. "그런데 내가 맥 알레스터 형무소에서 나오던 날 말이죠, 그날은 정말 못 견디겠더군요. 그래서 계집애를 하나 낚았지요. 매춘부였는데 꼭 토끼를 사냥하듯 낚았지요. 그 다음에 어떻게 했는지는 말하지 않기로 합시다. 그건 아무한테도 얘기하지 않을 거요."

케이시가 웃었다. "어떻게 되다니 뻔하지. 나도 한 번 벌판에 부흥회를 나갔다가 돌아올 때에 그런 미친 짓을 저질렀지."

"제기랄! 그랬을 거요." 톰이 말했다. "여하튼 나는 돈도 안 주었지요. 그 대신 그 계집애한테 잘해 주었지만. 나도 지독한 놈이구나 싶었지만 말이오. 물론 돈을 주었어야 했지만 내가 가진 돈이라고 해보았자 단돈 5달러밖에 없었거든요. 그애도 돈은 필요없다고 그러더군요. 자, 이쪽으로 들어와서 이걸 꼭 잡으세요. 내가 풀어줄 테니까. 그 다음에 그쪽 볼트를 비틀어 보세요, 나는 이쪽을 할 테니. 그래서 같이 들어서 내립시다. 그 가스켓트를 조심하세요. 한꺼번에 우르르 떨어지니까요. 이 구식 닷지에는 기통이 넷밖에 없어요. 한 번에 하나씩 뜯어내세요. 메인 베어링은 꼭 수박만큼이나 크지요. 자, 그걸 내려서 그대로 잡고 있어요. 손을 뻗어서 저 가스켓트를 끌어 내리세요. 살짝, 됐어요!"

기름 투성이의 팬이 그들 둘 사이의 땅바닥에 놓였다. 아직도 약간의 기름이 우묵한 곳에 남아 있었다. 톰은 한 구멍 속으로 손을 디밀어서 배비트의 부서진 조각들을 몇 개 꺼냈다. "이것 보세요." 그가 말했다. 그는 배비트 조각을 손가락 사이로 굴려 보았다. "샤프트[축대]가 나갔어요. 뒤쪽에 가서 크랭크를 빼오세요. 내가 그만 하라고 할 때까지 돌리세요."

케이시가 일어서서 크랭크를 찾아 그걸 디밀었다. "자, 됐나?"

"자, 해보세요. 힘 주지 말고 살살, 좀더, 조금만 더, 자 그만."

케이시가 무릎을 꿇고 다시 차 밑을 들여다 보았다. "톰은 샤프트에 달린 콘 로드 베어링을 만지작거리고 있었다. "자, 이거구나."

"그게 왜 나갔나?" 케이시가 물었다.

"어럽쇼, 내가 어떻게 알아요. 이 고물은 벌써 13년째나 굴러다녔을 텐데. 미터에 보니까 6만 마일이나 굴렀던데요? 6만 마일이라고 하면 16만 마일이라는 뜻이죠. 또 그 숫자를 몇 번째나 다시 틀었는지 누가 아나요? 이게 뜨거워지거든요. 그러다가 누가 기름이라도 좀 덜 먹이면 이렇게 나가 버리지요. 그는 비녀못을 뽑아서 렌치를 베어링에 갖다 댔다. 그가 너무 긴장했는지 렌치가 미끄러졌다. 그의 손등에 기다랗게 할퀸 자국이 생겨났다. 톰이 그것을 쳐다 보았다. 상처에서는 피가 고르게 돋아났다. 피는 기름과 섞여 팬속으로 떨어져 들어갔다.

"그거 어쩌다 그랬나?" 케이시가 말했다. "내가 좀 하고, 자네는 붕대라도 감겠나?"

"아아, 그럴 것 없어요! 여태까지 이 정도도 다치지 않고 차를 고쳐 본 역사가 없어요. 자, 이제 일단락되었으니까 걱정 없어요." 그는 렌치를 다시 맞추었다. "에이, 삼단 스패너가 있었더라면 좋을 텐데." 그는 이렇게 말하고 손으로 렌치 끝에 망치질을 했다. 나사가 비틀렸다. 나사를 다 뜯어내고 팬 나사와 함께 팬에다 담았다. 비녀못도 거기에 같이 담아 넣었다. 그런 다음 베어링 볼트를 풀어서 피스톤을 꺼냈다. 피스톤과 콘 로드를 팬에다 담았다.

"이것으로 끝났다, 이놈의 것!" 그는 차 밑으로부터 꿈틀거리며 몸을 이동해서 팬을 들고 밖으로 나왔다. 포대 조각에다 손을 훔치더니 상처가 난 자리를 살폈다. "피가 철철 나는데." 그가 말했다. "이까짓 것 멈추게 할 수 있지." 그는 땅에다 오줌을 갈겼다. 그러고 나서 오줌묻은 진흙을 한 줌 집어다가 그것을 상처에 싸발랐다. 피는 한참 동안 흐르다가 이윽고 멎었다. "이게 이 세상에서 최고로 좋은 지혈제지요." 그가 말했다.

"거미줄을 한 줌 발라도 잘 듣지." 케이시가 말했다.

"나도 알아요, 하지만 그놈의 거미줄이 어디 있어야지. 오줌이야 언제든지 싸면 나오는 거지만." 톰은 자동차의 발판에 걸터앉아 깨진 베어링을 살펴보았다. "인제 25년형 닷지 자동차의 고물 콘 로드와 비녀못만 구할 수 있으면 이 차를 제대로 고칠 수 있겠는데. 앨 녀석은 꽤 멀리 간 모양이군."

간판의 그림자는 이제 한 60자 가량이나 길게 뻗어 있었다. 오후 한나절은 이제 막 저녁때로 접어들고 있었다. 케이시는 자동차 발판에 앉아서 서쪽을 내다 보았다. "얼마 안 가서 높은 산악 지대에 접어들겠구먼." 그가 말했다.

그는 한참 말이 없다가 다시 입을 열었다. "여보게, 톰!"

"왜 그러슈."

"나는 국도에 지나가는 차들을 지켜보고 있었지. 우리가 지나오고 또 우리를 지나가는 차들을 말이네. 그 차들의 뒤를 쭉 추적해 보았네.”

“추적하다니요?”

“여보게, 톰. 우리처럼 서부로 가는 사람들이 수백 가족들도 넘을 것 같아. 내가 쭉 지켜 보았지만, 그 중에서 동쪽으로 가는 가족은 하나도 없었어. 수백 명의 가족들이 말이네. 자네도 그걸 알았나?”

“그래요, 나도 알았어요.”

“그걸 보면 말이네, 그 사람들이 마치 군대한테 쫓겨가는 사람들 같잖아? 온 세상이 다 몰려가고 있으니 말이네.”

“참, 온 세상이 발칵 뒤집히고 있군요. 우리도 그 중에 끼어서 움직이고 있고.” 톰이 말했다.

“그런데 그 모든 사람들이 말이네, 거기에 가서 일자리를 얻지 못하면 어떻게 되겠나?”

“빌어먹을 것!” 톰이 소리를 질렀다. “내가 압니까? 나는 그저 왼발을 디뎠으니까 그 다음에는 오른발을 디디고 있을 뿐이오. 형무소에서도 4년 동안을 꼭 그렇게 지내왔지요. 감방에 들어가서 자고 일어나서 나오고 또 사고를 내기도 하고 수습하기도 하고. 제기랄! 밖에 나오면 무언가 좀 달라질 줄 알았더니! 그 안에 있으면 아무 생각도 차분히 할 수가 없어요. 할 수 있다면 기꺼이 들어가 살게요? 나와 봐도 역시 생각을 정리할 수 없기는 마찬가지군요.”

그는 케이시 쪽으로 몸을 돌렸다. “여기 이 베어링이 나갔어요. 이것이 이렇게 나가고 있는 줄을 몰랐지요. 그러니까 걱정도 안 하고 있지 않았어요? 그런데 이게 나가고 나니까 우리는 그걸 고치는 거죠. 바로 이 자동차 전체가 그럴 거요. 그렇다고 그걸 걱정할 수는 없지요. 걱정하지도 않을 거고. 요 조그마한 쇠붙이 조각, 요 배비트 말이오. 이거 보세요? 내가 지금 걱정을 하는 것은 이 세상에서 요거 하나밖에 없어요. 그러나저러나 이 앨 녀석은 어디를 가서 이렇게 안 올까?”

케이시가 말했다. “여보게, 톰! 아아 빌어먹을, 왜 이렇게 답답할까! 말을 제대로 못 하겠네.”

톰은 손에 감았던 포대 조각을 떼어서 땅바닥에 던졌다. 상처가 난자리에 흙이 묻어 줄이 그어졌다. 그는 설교사를 건너다 보았다. "당신은 말을 하려고 폼을 잡고 있는 거죠?" 톰이 말했다. "어서 하세요. 나는 연설을 듣는 게 좋아요. 형무소에서도 간수가 늘 설교를 해댔는데, 뭐 그렇게 해롭지 않습디다. 되게 떠들어 대더군요. 당신은 무슨 말을 하려던 참이오?"

케이시는 그의 마디 굵은 손가락의 잔등을 어루만졌다. "지금은 무언가 일이 진행되고 있고 또 사람들이 무언가 하고 있는 것이 있네. 자네 말처럼 사람들은 한쪽 발을 디뎠으니까 그 다음에는 또 한쪽 발을 디디고 있을 뿐, 자기들이 어디를 향해서 가고 있는지 생각조차도 안 하고 있네. 하지만 그들이 어디로 가든지간에 모두가 같은 방향으로 가고 있는 것만은 확실한 거야. 자네도 귀를 기울여서 잘 들어 보면 사람들의 움직임과 설레임과 초조와 불안의 소리가 들릴 걸세. 사람들 자신이 알지도 못하고 행하고 있는 일들이 한참 진행중이란 말일세. 서부로 가고 있는 이 모든 사람들로부터, 그리고 그들이 홀연히 두고 떠나온 그들의 고향땅으로부터 그 무엇인가가 일어날 걸세. 이 나라 온 천지에 변화를 갖고 올 그런 어떤 일이 반드시 일어나고야 말 걸세."

톰이 말했다. "그래도 나는 한발 한발을 그저 디디고 있을 뿐이지요."

"그건 그렇지만 자네도 뛰어넘어야 할 벽에 부딪치면 그걸 뛰어넘게 될 거야."

"벽에 부딪치면 물론 뛰어넘어야지요."

케이시는 한숨을 쉬었다. "그게 가장 좋은 방법이야. 나도 그렇게 생각해. 하지만 벽에도 종류가 있다네. 나 같은 사람은 별로 이상하지도 않은 벽을 넘으려고 하니 말이야. 그걸 나 자신도 어쩔 수가 없어."

"저기 오는 게 앨 녀석 아녜요?" 톰이 물었다.

"응, 그런 거 같은데."

톰이 일어서서 콘 로드와 베어링 두 조각을 포대 조각에 쌌다. "이거와 똑같은 것을 확인하고 사야지." 그가 말했다.

트럭이 길 가장자리로 다가왔고, 앨이 창밖으로 몸을 내밀었다.

톰이 말했다. "야, 왜 그렇게 오래 걸렸니? 얼마나 멀리 갔었니?"

앨이 한숨을 쉬었다. "형, 그 배비트를 꺼냈어?"

"그래." 톰은 포대로 싼 것을 내밀어 보였다. "바로 배비트가 나갔더라."

"그래! 그건 내가 잘못한 건 아니야." 앨이 말했다.

"그래. 그런데 가족들을 어디다 데려다 놓았니?"

"말 마. 한바탕 난리가 났었어." 앨이 말했다. "할머니가 마구 야단을 쳤어. 그러는데 로자샤안까지 떠들어대고 야단을 떨더군. 머리를 매트리스 밑에 처박고 막 소리를 지르잖아? 할머니는 누운 채로 입만 쳐들고 마치 달밤에 짖어대는 사냥개처럼 떠들어대는 거야. 할머니는 이제 의식이 없는 것 같애. 꼭 갓난아기같이 말이야. 아무하고도 얘기도 안 하고 아무도 못 알아보셔. 꼭 할아버지한테 이야기를 하고 있는 것처럼 무어라고 계속 떠들어대기만 하셔."

"그래, 어디에 자리를 잡았니?"

"캠프를 하도록 되어 있는 곳인데, 그늘도 있고 파이프에서 물도 나오고 괜찮기는 한데 하루에 50센트씩 내야 해. 그래도 사람들이 너무 지치고 비참해서 할수없이 거기에 내리기로 했어. 어머니 말이 할머니가 너무 피로하시니까 돈을 내고라도 거기에서 묵어야 하겠대.   윌슨 씨네 천막을 꺼내서 치고, 우리는 천막 대신 방수 범포를 쳤어.   아마 할머니는 정신이 없으신가 봐."

톰은 뉘엿뉘엿 기울고 있는 해를 바라보았다. "케이시 아저씨." 그가 불렀다. "우리가 이 차를 좀 보고 있어야지, 그렇지 않으면 홀랑 털어갈 텐데, 좀 남아서 지켜 주실래요?"

"그러지."

앨이 운전석에서 종이 봉지 하나를 가져왔다. "빵하고 고기를 좀 가져왔어. 어머니가 보냈지. 여기 물통도 있고." 그가 말했다.

"참, 자상하신 분이야." 케이시가 말했다.

274

톰이 차에 올라 앨 옆에 앉았다. "보세요." 그가 말했다. "될 수 있는 대로 빨리 돌아오겠어요. 하지만 얼마나 걸릴지는 모르겠는데요."

"난 여기서 기다리고 있겠네."

"좋아요. 혼자서 너무 설교 많이 하지 마세요. 자, 가자, 앨."

트럭은 늦은 오후에야 길을 떠났다. "저 설교사는 참 좋은 사람이야." 톰이 말했다. "언제나 이런 저런 생각을 하고 있거든."

"하지만 형도 설교사였더라면 그래야 할걸. 아버지는 돈 때문에 노발 대발하고 계셔. 그까짓 나무 그늘 밑에서 야영을 좀 한다고 50센트씩 내 느냐고 말야. 세상이 아무리 각박하다고 해도 이해가 안 간다는 거야. 그 냥 앉아서 욕만 하고 계셔. 그러다가는 숨쉬는 공기도 한 바가지씩 돈을 받고 팔 거라고 말야. 그런데 어머니는 할머니 때문에 나무 그늘하고 물 이 가까운 데에 쉬어야 한다고 하시지 않아?"

트럭은 국도를 따라서 달렸다. 이제 짐이 없으니까 차의 모든 부분이 덜거덕거리고 소리를 냈다. 짐칸의 울타리와 반 토막으로 잘라 이은 자 리가 제일 요란했다. 트럭은 열심히 그리고 경쾌하게 달렸다. 앨은 시속 38마일을 놓았다. 엔진은 무거운 소리를 냈고 기름을 태우는 푸르스름한 연기가 바닥의 판자 사이에서 올라왔다.

"속력을 좀 늦추어라." 톰이 말했다. "그러다가 바퀴 속까지 태워 버 릴라. 할머니는 무엇 때문에 그렇게 속이 상하셨지?"

"모르겠어. 할머니는 요 며칠 동안 뚱하니 앉아서 아무하고도 얘기를 안 하시지 않았어? 그런데 이제 소리도 지르시고 말도 하시는데, 꼭 할 아버지하고 얘기를 하시는 것처럼 하는 거야. 할아버지한테 마구 소리를 지르고 을러 대는 것처럼 말야. 할아버지가 살아계셨을 때도 늘 그러셨 잖아? 그냥 앉아서 할머니한테 손가락질을 하시면서 웃곤 하셨잖아. 할 머니는 할아버지가 아직도 살아서 그러고 계신 줄로 착각하고 그전처럼 막 고함을 치시는 것 같애. 그런데 아버지가 20달러를 주면서 형한테 전 하래. 얼마나 필요할지 모르시는 모양이야. 형은 어머니가 오늘처럼 아 버지한테 대드는 것을 본 일 있어?"

"생각이 안 난다. 내가 가석방이라도 되길 참 잘했다. 나는 집에 돌아오면 빈둥빈둥 놀면서 늦잠이나 실컷 잘 줄 알았지. 춤도 추러가고 계집애들 꽁무니나 따라다니려고 했는데, 와서 보니 전혀 아니구나."

앨이 말했다. "내가 깜빡 잊었는데, 어머니가 형한테 여러 가지를 전하랬어. 술도 먹지 말고 남 싸우는 데 끼어 들지도 말고 남하고 다투지도 말래. 형이 도로 붙잡혀 들어갈까봐 걱정이래."

"어머니는 내 걱정 말고도 하실 걱정이 너무나 많으실 텐데 그러시는구나."

"그래도 우리는 맥주 한두어 잔은 할 수 있잖아, 형? 나는 맥주가 먹고 싶어서 몸살이 날 지경이야."

"모르겠다." 톰이 말했다. "우리가 맥주라도 사먹은 것을 아는 날이면 아버지가 펄펄 뛰고 야단이 날 거다."

"그런데 형, 나한테 6달러가 있어. 우리 둘이서 한 두어 잔씩 하고 색시집에도 갈 수 있잖아? 내가 6달러 가진 건 아무도 모른단 말이야. 제기랄, 우리 둘이서 한바탕 재미 좀 볼 수 있다구."

"그 돈 잘 가지고 있어라." 톰이 말했다. "우리가 태평양 쪽[캘리포니아를 말함]에 도착하면 너하고 나하고 같이 색시집에 가서 얼마든지 놀 수도 있다. 그때쯤에는 우리도 일자리가 생길 거고."

그는 자리에서 몸을 돌렸다. "그런데 너는 아직 색시집에 다니지는 않는 줄 알았는데? 너는 아직 계집애들이나 데리고 설교나 하는 줄 알았지."

"그래도 이렇게 객지에 나오니까 아는 여자가 있어야지. 나도 좀 쏘다니게 되면 바로 장가부터 들 테야. 캘리포니아에 가면 한번 실컷 돌아다닐 거라구."

"잘해 보아라." 톰이 말했다.

"형은 왜 그렇게 자신이 없어?"

"난 영 자신이 없다."

"형이 그 자식을 때려 죽였을 때, 그때 있었던 일 같은 것 혹시 꿈이라도 꾸어본 일 없었어? 그것 때문에 나중에 고민하지 않았어?”

“아니.”

“그 뒤에 그 생각 안 해보았어?”

“물론 마음이 안 좋더라. 그 녀석이 죽어 버렸으니까.”

“형 자신이 무슨 가책 같은 것으로 고민하지는 않았어?”

“그래서 형무소에서 살았고 형기를 다 마쳤잖니?”

“거기서는 아주 고생스러웠지?”

톰이 신경질적으로 말했다. “앨, 난 형기를 다 살고 마쳤다. 그걸 또 반복하고 싶지는 않다. 저쪽 앞에 강이 보인다. 거기가 바로 시내다. 우리는 어서 가서 콘 로드나 구하고 다른 일은 생각하지 말자.”

“어머니는 너무 형만 생각해.” 앨이 말했다. “형이 들어가게 되었을 때 어머니는 형이 죽은 것처럼 상심했어. 내색도 안 하고 혼자서만 그러는 거야. 혼자 목구멍 속으로만 우시는 것 같았어. 하지만 우리는 어머니가 무슨 생각을 하고 있는지 다 알 수 있었어.”

톰은 모자를 눈 위에 바싹 당겨 썼다. “애, 앨, 우리 다른 얘기나 좀 하자.”

“난 지금 형한테 어머니 얘기를 한 거야.”

“그래, 알고 있다. 그런데 그 얘기는 그만두자. 난 그저 한 발을 디디고 나면 또 한 발을 디디는 것밖에 모르겠다.”

앨이 좀 화가 났는지 시무룩해졌다. “난 단지 형한테 얘기나 좀 하려고 했을 뿐이야.”

얼마 뒤에 그가 다시 입을 열었다.

톰이 그를 쳐다 보았으나 그는 곧장 앞만 내다 보고 있었다. 짐을 벗은 트럭은 요란한 소리를 내며 경쾌하게 달려갔다. 톰은 기다란 입술을 젖히고 이를 드러내더니 가볍게 웃었다.

“그래 나도 알고 있었다, 앨. 난 말하자면 형무소의 사람이다. 나중에 너한테도 다 얘기해 줄 때가 있을 거다. 너는 그게 몹시 궁금하고 알고 싶겠지. 일종의 호기심으로 말이다. 하지만 나한테는 좀 이상한 생각이 자꾸 드는데……, 뭐냐 하면 되도록 그 일에 대해서 잊어버리고 싶단 말이다. 나중에는 또 생각이 달라지겠지만, 지금은 당분간이라도 그 생각을 안 하고 싶다. 지금 그 일을 생각하면 기가 막히고 감정이 끓어올라서 죽겠구나. 이봐라, 앨, 내가 한 가지만 얘기해 줄게. 형무소라는 곳은 말이다, 사람을 점점 돌아버리게 하는 곳이더라. 알겠니? 사람들이 점점 돌아버리는 거야. 그런 사람들을 보고 듣고 하다 보면 자기 자신도 돌았는지 안 돌았는지 나중에는 알 수가 없는 상태가 되고 마는 거야. 그 사람들이 한밤중에 소리를 지르면 그게 꼭 자기 자신이 지르는 소리 같단 말이야. 그러다 보면 결국 자기 자신도 그런 소리를 실제로 지르게 되더구나.”

앨이 말했다. “아이고! 인제 그 얘기는 안 할게, 형.”

“한 달 정도면 그것도 괜찮아.” 톰이 달했다. “반 년쯤만 해도 몰라. 하지만 1년이 넘으면 그때는 무슨 일이 일어날지 아무도 예측할 수 없지. 세상 어디에 가보아도 발견할 수 없는 어떤 묘한 요소가 거기에는 있단 말이다. 무언가 좀 뒤틀린 것 같은 그런 데가 있어. 사람을 가두어 놓는다는 사실 그 자체가 말이다. 무언가 좀 비꼬인 일 같단 말이야. 아아 지긋지긋하다! 그건 얘기만 해도 지긋지긋하다. 저 집들의 창에 번쩍이는 햇빛 좀 봐라.”

트럭은 서비스 공장 마을에 들어서고 있었다. 길가 오른쪽으로 폐차장이 있었다. 높은 철조망 울타리로 둘러싸인 1에이커 남짓한 공간으로, 앞에는 골진 함석판으로 세운 차고가 있었고 그 문간에는 중고 타이어를 높이 쌓아 놓고 가격 딱지를 붙여 놓고 있었다. 차고 뒤쪽으로는 함석 조각과 판자쪽으로 이어 붙인 판자집이 있고, 유리창은 자동차의 전면 유리창을 뜯어다 맞춘 것이었다. 풀이 무성한 마당에는 차의 폐품들이 깔려 있었다. 짜부라져서 코빼기에 구멍이 뚫린 차, 바퀴가 빠져 달아난 채로 부서져서 옆으로 누운 차들이었다. 엔진이 땅바닥에 깔리거나 벽에 기댄 채 아무렇게나 녹이 슬고 있었다. 산더미처럼 쌓인 폐차의 부속들이었다. 펜더, 트럭의 옆구리 판, 바퀴와 차축, 마당 전체에 아무렇게나 깔린 녹슬고 썩어 가는 분위기, 구부러진 쇠붙이들, 반 토막이 달아난 엔진 등등 폐기물 더미가 너저분했다.

앨은 트럭을 차고 앞 기름이 흥건하게 깔린 땅위에 세웠다. 톰이 내려서 어두컴컴한 문간 안쪽을 들여다 보았다. "아무도 없는데." 그가 말하더니 안에다 대고 소리를 질렀다.

"아무도 안 계시오?"

"제기랄, 25년형 닷지가 있어야 할 텐데."

차고 뒤에서 문이 쾅하는 소리가 났다. 어두운 차고 속에서 한 남자의 형상이 나타났다. 팽팽하게 달라붙은 근육에 더럽고 기름투성이가 된 피부가 앙상하게 덮여 있는 모습이었다. 한쪽 눈이 없는 애꾸였고 눈알을 굴릴 때마다 가리개로 덮지 않은 그의 애꾸눈이 꿈틀거리고 있었다.

청바지와 셔츠는 가죽처럼 두꺼운데다가 기름이 묻어서 번들번들했고 손은 갈라지고 주름에 상처투성이였다. 두툼한 아랫 입술이 퉁명스럽게 앞으로 불쑥 나와 있었다.

톰이 물었다. "당신이 주인이시오?"

그는 외눈을 한 번 굴리더니 "나는 종업원이오. 왜 그러쇼?" 하고 퉁명스럽게 대답했다.

"25년형 닷지 부서진 것 있소? 콘 로드가 하나 있어야겠는데요."

"모르겠는데요. 주인이 있었더라면 확실히 알 테지만. 그런데 주인은 벌써 집에 가고 여기 없다오."

"어디 좀 찾아볼까요?"

그 남자는 넓적한 손바닥에다 코를 풀더니 손을 바지춤에 썩썩 문질렀다. "이 근처에 사시오?"

"동쪽에서 왔어요. 서부로 가는 길이오."

"한번 찾아보시오. 아무데나 막 뒤져 보시오, 그까짓 것."

"왜 주인이 못마땅하쇼?"

그 남자는 비틀거리고 다가섰다. 그의 외눈이 번쩍였다. "우리 주인 놈은 죽일 놈이오." 그가 가만히 말했다. "그놈은 개새끼라구요. 벌써 집에 들어갔어요. 자기 집에 일찌감치 가버렸어요." 그의 말이 더듬더듬 이어졌다. "그 새끼는 사람을 지분대고 사람의 속을 쑤셔 놓는 버릇이 있지요. 그 개새끼한테 열 아홉 살 먹은 딸이 있는데 아주 예쁘게 생겼다오. 나한테 한다는 소리가 '우리 딸한테 장가들어 보겠나?' 그런 소리를 하는 거요. 그리고 바로 오늘 저녁은 또 뭐라고 하느냐면 '오늘 무도회가 있는데 자네 안 가려나?' 하는 거요. 바로 나한테 그런 소리를 하는 거라구요."

그의 눈에 눈물이 괴더니 빨간 눈망울 가장자리를 맴돌다가 굴러 떨어졌다. "언제든지 내 호주머니 속에 스패너를 넣어 두었다가, 그따위 소리를 하면서 내 눈을 쳐다볼 때 그 스패너를 꺼내 대가리를 부수어 줄 테요. 대가리를 한 조각 한 조각씩 부숴 줄 테요." 그는 분을 못 이겨 숨을 헐떡거렸다. "한 조각씩 부숴서 대가리를 깨버릴 테요."

해가 서산 너머로 숨었다. 앨은 바닥에 깔려 있는 폐품들을 하나하나 들여다 보았다. "저거야, 형. 저게 25년형이나 26년형 같은데, 안 그래?"

톰이 애꾸눈 쪽으로 돌아섰다. "좀 꺼내 보아도 되겠소?"

"그럼요, 아무거나 마음대로 가져가시오."

그들은 자동차의 시체 속을 뚫고 걸어가서 납작한 타이어를 디디고 서 있는 녹슨 세단차 쪽으로 다가갔다.

"바로 그거야. 25년형이야. 그 팬을 좀 뜯어내도 되겠소, 형씨?"

톰이 무릎을 꿇고 차 밑을 들여다 보았다. "팬은 벌써 뜯어냈는데, 로드도 하나 뜯어냈고. 로드가 하나 없어진 것 같아." 그는 몸을 꿈틀거려 차 밑으로 들어갔다. "크랭크를 가지고 한번 돌려 봐라, 앨." 그는 샤프트에서 로드를 떼려고 대들었다. "기름에 되게 덮였구먼."

앨이 크랭크를 천천히 돌렸다.

"천천히 해라." 톰이 말했다. 그는 땅바닥에서 나뭇조각을 하나 주워 그걸로 베어링과 베어링 볼트에 묻은 기름을 닦아내기 시작했다.

"얼마나 잘 죄어져 있어?" 앨이 물었다.

"좀 헐겁기는 해도 쓸 만하다."

“많이 닳았지?”

“꺾쇠가 많이 들어가 있는데 다 빼놓지도 않았구나. 자 됐다. 살살 돌려라. 천천히 내려, 그렇지. 트럭에 가서 연장 좀 갖고 오너라.”

애꾸눈이 말했다. “내가 연장 그릇을 갖다 드리지.” 그는 녹슨 차들의 틈을 헤치고 가더니, 금방 연장이 들어있는 양철통을 갖고 돌아왔다. 톰은 소켓 스패너를 꺼내서 그것을 앨에게 건네 주었다.

“야, 네가 떼어내라. 꺾쇠 하나라도 잃어버리지 말고 볼트도 다 잘 챙겨야 한다. 핀도 잘 보고. 빨리 해라. 날이 어두워진다.”

앨이 차 밑으로 기어들어 갔다. “형, 우리도 소켓 스패너를 한 벌 장만해 두어야지. 멍키 스패너만 갖고서는 일을 제대로 할 수가 없어.” 그가 소리쳤다.

“혼자 힘들면 소리 질러라.” 톰이 말했다.

애꾸눈은 옆에 어정쩡하게 서있다가 말했다. “필요하면 내가 도와 줄까요? 그 개새끼가 무어라고 했는지 아시오? 흰 바지를 쭉 뽑아 입고 와서는 하는 말이 ‘자, 우리, 내 요트를 타고 가서 뱃놀이나 하자’ 는 거요. 두고 보시오. 내 그놈을 가만두지 않을 테니!” 그는 가쁜 숨을 몰아 쉬었다. “나는 한쪽 눈을 잃고 난 이래로 여자하고 놀러 다녀 본 일이 없지요. 그런데 그 개새끼가 그따위 소리를 지껄이는 거요.” 닭똥 같은 눈물 방울이 굴러 떨어지면서 때묻은 그의 코 옆에 자국을 남겼다.

톰이 짜증스럽게 말했다. “그럼 왜 여기서 나가 버리지 그러시오? 못 가게 붙드는 사람도 없지 않소?”

“그렇소, 그게 말은 쉽지요, 허나 취직을 한다는 게 그리 쉬운 일이 아니라오. 누가 나 같은 애꾸를 써주어야 말이지요.”

톰이 그쪽을 돌아다 보았다. “이거 보시오. 당신이 그 눈을 그렇게 멀겋게 뜨고 있으니까 그런 거요. 더럽게 하고 냄새만 풍기니까 말이오. 당신은 괜히 사서 그런 꼴을 하고 있는 거요. 그게 그렇게 좋소? 자기 자신을 자꾸만 불쌍하게 생각하라고 하는 거란 말이오. 물론 그런 멀겋게 뜬 눈을 하고는 아무 여자도 낚을 수가 없을 거요. 거기에다 무어라도 좀 끼워넣고 얼굴도 좀 씻고 해보시오. 쓸데없이 스패너를 가지고 사람이나 때릴 생각만 하지 말고 말이오."

"애꾸 신세가 얼마나 비참한지 모를 거요." 그가 말했다. "모든 것을 성한 사람들처럼 볼 수가 없어요. 거리감도 없고 모든 것이 그저 평면으로밖에 안 보이지요."

톰이 말했다. "당신 너무 엄살이 심하군. 보시오. 내가 한쪽 다리밖에 없는 갈보를 한 번 만났는데, 그 여자를 한 25센트 정도의 싸구려인 줄 알았다가는 천만의 말씀이오. 오히려 다른 여자들보다 50센트를 더 받더라구요. 그 여자 하는 말이, '여태까지 한쪽 다리 여자하고 몇 번이나 자보았느냐는 거요. 그런 일 없지요? 좋아요. 그럼 당신은 오늘 아주 특별한 재미를 보았으니 그 대가로 50센트를 더 내놓으세요." 그러면서 그 여자는 태연히 50센트를 더 받았고, 그 집을 나오는 놈팽이도 재수가 좋았다고 흐뭇하게 생각하는 거요. 그 여자는 자기가 복이 있다고 생각하는 것 같더군. 또 내가 있던 곳에 곱사등이가 하나 있었는데, 자기 등을 문질러 보면 재수가 있다나? 그래서 사람들한테 자기 등을 문질러 보라고 하면서 그 대가로 먹고 사는 거요. 제기랄, 당신은 거기에 비하면 뭐요? 그까짓 눈 한쪽 없어졌다는 게!"

그 남자는 더듬더듬 말했다. "남들이 업신여기는 것이 얼마나 가슴에 사무치는 일인지 모르실 거요."

"빌어먹을! 그까짓 거 덮어버리면 되지 않소. 꼭 황소 엉덩이처럼 그렇게 내밀고 다니니깐 그렇지. 자기 자신을 불쌍하게 생각하고 싶어 하는 모양인데, 당신은 불쌍할 것이 하나도 없소, 내가 보기에는. 당신도 흰 바지를 사입어 보란 말이오. 틀림없이 술에 취해 가지고 혼자 이불 속에서 울고 그럴 것 같은데, 그러지만 말라구요. 야, 앨, 내가 좀 도와주랴?"

"아니, 괜찮아." 앨이 말했다. "베어링은 다 풀었어. 지금 피스톤을 내리는 중이야."

"피스톤에 깔리지 않도록 조심해라." 톰이 말했다.

애꾸눈이 부드럽게 말했다. "혹시 나 같은 놈도 좋아할 사람이 있겠소?"

"아, 그렇다마다!" 톰이 말했다. "오히려 눈을 잃고 나니까 기분이 더 어른스러워졌다고 말하라구요."

"당신들은 어디로 가는 길이오?"

"캘리포니아로 가오. 온 가족이 다 거기 가서 일자리를 얻을 거요."

"나 같은 놈도 거기에 가면 일자리를 구할 수 있을까요? 눈 위에다 까만 딱지를 붙이고 말이오."

"왜 못 구하겠소. 당신은 사지가 멀쩡한데."

"당신네 차에 좀 같이 타고 갈 수 있겠소?"

"그건 좀 어렵겠소. 우리 식구만 해도 지금 너무 꽉 차서 움직일 수 없어요. 좀 다른 방법을 연구하시오. 여기 고물차가 많은데 잘 조립하면 한 대가 훌륭하게 될 거 아니오? 그걸 혼자 몰고 가지 그러오?"

"어디 꼭 한 번 그렇게 해보아야지." 애꾸눈이 말했다.

쇠가 쨍그랑 하는 소리가 났다. "자, 꺼냈어." 앨이 말했다.

"어디 가지고 나와 봐라. 한 번 보자." 앨은 톰에게 피스톤과 콘 로드와 베어링의 아래쪽 반 토막을 건네 주었다.

톰은 배비트의 껍데기를 훔치더니 눈에다 비스듬히 대고 자세히 살폈다. "괜찮은 것 같다." 그가 말했다. "그런데 그놈의 회중전등만 있으면 오늘 밤에라도 이것을 끼워 넣을 수가 있겠는데."

"그런데 형." 앨이 말했다. "나도 생각해 보았는데 우리는 피스톤 링을 죄는 연장이 없어. 그 링을 죄어 넣으려면 골탕 좀 먹을 거야. 더군다나 차 밑에 들어가서."

톰이 말했다. "어떤 놈이 그러는데, 링 주위에다 구리 철사를 감아 두면 링이 떨어지지 않고 붙어 있다더라."

"그건 그런데 어떻게 그 철사를 떼어낼 거야?"

"그 구리 철사는 떼어내는 게 아니고 저절로 녹아서 떨어지는데, 아무 것도 다치지 않고 떨어져 버려."

"동선이 더 나을 텐데."

"동선은 힘이 없어, 든든하지 못해." 그러더니 톰은 애꾸눈 쪽으로 돌아섰다. "혹시 구리 철사 좀 있겠소?"

"잘 모르겠지만 어딘가 한 타래 감아놓은 것이 있을 거요. 그런데 애꾸눈 위에 붙일 가리개를 어디에 가면 구할 수 있을까요?"

"잘 모르겠소. 구리철사를 찾고 나서 생각해 봅시다." 톰이 말했다.

그들은 차고 속에 있는 상자들을 모조리 뒤지다가 드디어 구리철사 타래를 찾아냈다. 톰은 로드를 바이스에 물려 놓고 구리 철사를 피스톤 링의 주위에다 조심스럽게 감기 시작했다. 철사가 굽은 곳은 망치로 두들겨 펴서 홈 속에 쑤셔 넣었다. 피스톤을 돌리면서 거기에 감은 철사를 고루 두들겨 피스톤의 표면을 고르게 했다. 링과 철사가 그 표면에서 착달라붙을 만큼 평평한지를 확인하려고 손가락으로 골고루 더듬어 보았다. 차고 안은 어두워지고 있었다. 애꾸눈이 회중전등을 들고 나와 일하는 데를 비쳐 주었다.

"그거 됐군." 톰이 말했다. "여보시오, 그 회중전등 얼마면 팔겠소?"

"글쎄, 별로 좋지도 않소. 전지를 새로 끼우느라고 15 센트 들었소. 35 센트만 내시오."

"좋소. 그리고 이 콘 로드하고 피스톤 값은 얼마면 되겠소?"

애꾸눈은 손가락 마디로 이마를 긁적거렸다. 때묻은 자국이 한 가닥 돋아났다. "글쎄올시다, 얼마라고 해야 할지 모르겠는데요. 만약 주인이 있었더라면 부속품 가격표를 뒤져 보고 신품 값이 얼만지 알 수 있을 거요. 그리고 당신들이 작업을 하고 있는 동안, 당신들이 얼마나 급한지 그리고 얼마나 절실히 그 물건을 필요로 하는지 또 돈이 얼마나 있는 사람들인지 먼저 눈치부터 살필 거요. 그러고 나서 그는 가격표에 8달러로 나와 있다고 하면서 5달러만 내라고 하겠지요. 거기다가 당신들이 좀더 승강이를 하면 한 3달러쯤 내려갈지도 모르지요. 당신은 모든 것이 내 자신의 책임이라고 하지만 우리 주인놈은 진짜 개새끼라오. 당신들이 그 물건을 얼마나 절실히 필요로 하는지 그것부터 살핀단 말이오. 링 기어

하나를 차 한 대 값보다도 더 받아 먹는 걸 내 눈으로 본 일이 있을 정도니까.”

“여하튼 이 물건들 값이 얼마면 되겠소?”

“한 1달러만 내시오.”

“좋소. 그리고 이 소켓 스패너는 25센트 드리지요. 그게 있으면 일이 두 배는 쉽게 되겠소.”

그는 은화를 건네 주었다. “고맙소. 그나 저나 그놈의 눈이나 잘 가리고 다니시오.”

톰과 앨은 트럭에 올라탔다. 날이 아주 어두워져 있었다. 앨은 모터를 걸고 라이트를 켰다.

“잘 계시오.” 톰이 소리쳤다. “혹시 캘리포니아에서라도 만납시다.”

그들은 국도를 가로질러서 차를 돌려 대고 오던 길로 돌아서 달렸다.

애꾸눈은 그들이 떠나는 것을 한동안 지켜보고 있더니 차고를 통해서 자기 방으로 들어갔다. 안은 캄캄했다. 그는 어둠 속을 손으로 더듬어서 마룻바닥에 깔아놓은 자기의 매트리스를 찾아 벌렁 누워서 이불을 쓰고 울었다. 국도를 스치고 지나가는 차들의 요란한 소리가 그의 고독감의 장벽을 한층 높여 주고 있었다.

톰이 말했다. “이 부속들을 오늘 밤에 구해서 차를 다 고칠 수 있을 거라고 네가 생각했다면, 난 네가 좀 돌지 않았나 의심했을 거다.”

“인제는 오늘 밤 안으로 그걸 끼워 넣을 수 있어” 앨이 말했다. “하지만 그건 형이 해야 돼. 난 겁이 나서 못 하겠어. 너무 꽉 죄었다가 터져 버릴지도 모르고 또 너무 헐렁하게 했다가 부서져 버릴지도 모르니까.”

“그래, 내가 하마.” 톰이 말했다. “또 나가면 또 나갔지 어떻게 하겠니? 그까짓 것 밑져야 본전이지.”

앨은 어둠 속을 들여다 보았다. 바깥의 어둠은 아직 자동차의 헤드라이트가 켜지나마나 한 정도였다. 저만큼 앞에서 고양이 한 마리가 쥐 사냥을 하고 있다가 차의 불빛을 받아 눈에 파란 불을 반사시키고 있었다.

“아까 그 친구한테 형이 말 한번 잘했어. 자기 앞이라도 가릴 줄 알아야지." 앨이 말했다.

"그 친구 좀 모자라더라. 그런 녀석한테는 좀 따끔한 말을 해주어야 돼. 눈이 하나 없다고 모든 것에 눈 탓만 하면서 제 자신을 불쌍하게 생각한단 말이야. 아주 게으르고 더러운 녀석이야. 내 말이 옳은 줄을 알면 그 집에서 뛰쳐 나올 거다."

앨이 말했다. "형, 그 베어링이 나간 것은 뭐 내가 잘못해서 그런 건 아냐."

톰은 한동안 말이 없었다. 그러더니, "야, 앨. 너한테 한 가지 말해줄께. 넌 아무것도 아닌 일에 너무 신경을 쓰고 혹시 누가 너한테 무슨 책망이나 하지 않나 해서 겁을 집어먹고 있는데, 왜 그런지 내가 다 안다. 너만할 때는 누구나 좀 건방지고 제법 어른 행세를 하고 싶어하는 건데, 그게 생각대로 잘 안 되는 거야. 누가 너한테 치고 받고 덤벼들지 않는 한 그렇게 겁을 먹을 필요는 없는 거다. 그저 태연하게만 하고 있으면 아무 문제가 없단 말이다." 그가 점잖게 타일렀다.

앨은 대답을 하지 않았다. 앞만 똑바로 쳐다보고 있었다. 트럭은 뒤뚱거리고 덜거덕거리며 길을 달렸다. 고양이 한 마리가 길가에서 뛰어 나왔다. 앨은 고양이를 겨냥하고 핸들을 틀어 보았으나, 고양이는 바퀴에 걸리지 않고 풀밭으로 껑충 뛰어 들어가 버렸다.

"조금만 더 틀었으면 저놈을 잡을 뻔했는데." 앨이 말했다. "그런데 형, 코니가 밤에 공부를 하겠다는 얘기 들어 봤어? 나도 밤에 공부나 좀 해볼까 하고 생각중이었어. 라디오든지 텔레비전이든지 아니면 디젤 엔진 같은 것 말야. 우선 그런 식으로 시작하면 나중에 무엇이든지 할 수 있잖아?"

"그럴 수도 있겠지." 톰이 말했다. "우선 납부금이 얼마나 되는지부터 알아봐라. 그래서 네가 진짜 그것을 공부할 결심이 섰는지 생각해 보고. 맥 알레스터 형무소에서도 통신강좌를 받는 친구가 있었는데, 그놈들 치고 하나도 끝까지 제대로 하는 놈 없더라. 얼마 안 있다가 싫증을 내고 집어치우더라."

"어럽쇼. 이거 먹을 것을 깜빡 잊고 안 갖고 왔는데."

"걱정 없어. 어머니가 잔뜩 주셨으니까, 아마 설교사가 그걸 다 먹지는 못했을 거야. 좀 남겼겠지. 그나저나 캘리포니아까지 얼마나 걸리면 가게 될는지, 참."

"그러게 말야, 누가 알아? 그저 죽치고 가보는 수밖에."

그들은 조용해졌다. 사방에 어둠이 깃들었고 하얀 별들이 뾰족뾰족 돋아나고 있었다.

트럭이 와서 멎자 케이시는 닷지의 뒷자리에서 나와 길가로 어슬렁거리고 나왔다.

"이 사람들 이렇게 빨리 올 줄은 몰랐는데." 그가 말했다.

톰이 보따리에 싼 부속들을 바닥에 풀어 놓으면서 말했다. "우린 운이 좋았지요. 플래시 전등도 사왔으니까. 지금 당장에 수리 작업을 해야겠어요."

"자네들 저녁 안 먹었지?" 케이시가 물었다.

"일 마치고 먹지요. 자, 앨. 차를 좀더 길에서 끌어내려라. 그리고 와서 불 좀 들고 있거라." 그는 곧장 닷지 쪽으로 가서 땅에 누운 채로 차 밑에 기어들어 갔다.

앨은 엎드린 채 차밑으로 플래시를 들이댔다. "내 눈에다 비추지 말고 저쪽으로. 좀더 위로."

톰은 피스톤을 실린더에 끼웠다. 비틀고 돌리고 했다. 구리 철사가 실린더 벽에 약간 걸렸다. 잽싸게 밀어서 링 속으로 통과시켰다. "좀 헐거워서 잘됐다. 그렇지 않으면 콤프레션〔기통 속에 압축된 가스의 압력이 커지는 것〕으로 피스톤이 멎어 버리거든. 이만하면 제대로 돌아갈 거야."

"그 철사가 링에 걸리지 않아야 할 텐데." 앨이 말했다

"그러니까 내가 망치로 두들겨서 펴놓은 거야. 떨어져 나가지는 않을 거다. 틀림없이 녹아서 실린더의 벽에 구리칠을 발라 놓겠지."

"벽에 고장을 일으키지는 않을까?"

톰이 웃었다. "천만에. 벽에 가서 달라붙는 거야. 쥐구멍처럼 벌써 기름을 들이마시고 있는데? 조금만 더 해주면 아무 일 없어." 그는 로드를 샤프트에 끌어대고 하반 부분을 시험해 보았다. "좀더 빡빡하게 메워야겠군. 어이, 케이시 아저씨."

"응?"

"내가 지금 이 베어링을 들고 있으니까 저 탱크에 가서 내가 돌리라고 하면 천천히 돌려 보세요." 그는 볼트를 죄었다.

"자, 천천히 돌려요." 모가 난 샤프트가 돌아가자 그는 거기에 대고 베어링을 맞추었다.

"너무 빡빡한걸. 좀 기다리세요, 아저씨." 톰이 말했다. 그는 볼트를 꺼내서 양쪽에서 얇은 끼움쇠를 뽑아 내고 볼트를 다시 제자리에 맞추었다. "다시 해보세요, 아저씨!" 그는 다시 로드를 붙였다. "아직도 약간 헐거운데. 더이상 끼움쇠를 뽑으면 너무 죄어 버려서 곤란할지 모르겠는데. 그래도 한번 해본다?" 그는 다시 볼트를 떼어 얇은 조각을 두어 개 더 뜯어냈다. "자, 이제 해보세요."

"잘된 것 같애." 앨이 말했다.

톰이 소리쳤다. "돌리기가 더 빽빽해요, 아저씨?"

"아냐, 별로 그렇지도 않아."

"그럼, 그 정도가 맞는 거야. 제발 잘 맞았으면 좋겠다. 배비트 합금은 연장이 없으면 뜯지를 못하는 거야. 이 소켓 스패너를 갖고 온 덕택으로 일이 얼마나 쉽게 되었느냔 말이야."

앨이 말했다. "그 폐차장 주인이 나중에 이 사이즈의 스패너를 찾다가 없으면 화가 나서 미칠 거야."

"그건 그 친구 사정이야. 우린 훔쳐 온 것은 아니니까." 톰이 말했다. 그는 핀을 두들겨 넣고 양쪽 끝을 굽혔다. "이만하면 되겠다. 자, 아저씨, 나하고 앨하고 이 팬을 실어 올릴 테니까 이 불 좀 비춰 주시오."

케이시가 무릎을 끓고 앉아서 플래시를 들었다. 두 사람의 손이 조심스럽게 가스켓트를 다독거리고 팬 볼트를 볼트 구멍에 맞추고 있는 동안

288

그는 불을 비치고 있었다. 두 사람은 팬의 무게를 버티며 긴장하고 있었다. 끝의 볼트를 끼우고 나머지 볼트를 끼웠다. 볼트를 다 끼우자 톰은 팬이 고르게 가스켓에 붙어서 떨어지지 않을 만큼 늦추더니 너트를 꽉 죄어 버렸다.

"그만하면 됐을 거야." 톰이 말했다. 기름 꼭지를 꼭 잠그고 조심스럽게 팬을 올려다 보더니 플래시를 받아 들고 땅바닥을 비춰 보았다. "아, 여기 있구나. 자, 기름을 다시 부어 넣자."

그들은 밖으로 기어 나와서 양동이의 기름을 다시 크랭크 케이스에 부어 넣었다. 톰은 가스켓이 새지 않나 살폈다.

"오케이, 앨. 자, 엔진을 걸어 보아라." 그가 말했다. 앨이 차에 들어가서 시동기를 밟았다. 모터가 으르릉 소리를 냈다. 배기통이 푸른 연기를 뿜었다. "절기판을 좀 죄어봐!"

톰이 소리쳤다. "기름이 뜨거워져서 철사가 못 쓰게 되는구나. 점점 가늘어져서 말야." 그는 모터가 돌아가는 소리에 조심스레 귀를 기울였다. "스파크를 멈추고 그냥 헛돌게 해봐!" 그는 또 한번 귀를 기울였다.

"오케이, 앨. 엔진을 꺼라. 제대로 고쳤다. 그 고기는 어디다 두었지요?"

"형은 진짜 일류 정비산데?" 앨이 감탄했다.

"야 이래봬도 내가 공장에서 1년 일했다구. 한 2백 마일 정도는 좀 천천히 몰아 보자. 기계가 길이 잘 들게 말이다."

그들은 기름 묻은 손을 풀숲에 싹싹 닦고 나서 다시 바짓가랑이에다 문질렀다. 그리고는 걸신들린 사람처럼 대들어 삶은 돼지고기를 뜯으며 물병에서 물을 따랐다.

"배 고파서 죽을 뻔했어. 자, 인제 어떻게 할까? 캠프로 곧장 갈까?" 앨이 말했다.

"글쎄 모르겠다." 톰이 말했다. "혹시 우리가 가면 그놈들이 50센트를 추가로 내라고 할지도 몰라. 여하튼 어서 가서 가족들한테 알려 주자. 차를 다 고쳤다고 안심을 시켜 주어야겠다. 만약 그놈들이 돈을 더 뜯어

내려고 하면 다른 데로 가버리고. 가족들이 궁금해 할 거다.   어머니가 오늘 오후에 우리를 따로따로 떠나지 못하게 막기를 잘했다. 자, 앨. 불을 들고 사방을 잘 좀 찾아보아라. 혹시 무얼 빠뜨리고 갈라. 그 소켓 스패너도 챙겨 가야 한다. 나중에 또 필요할 거다.”

앨이 플래시를 들고 땅바닥을 살폈다. “아무것도 없어.”

“좋다. 그럼 이 차는 내가 운전하마. 넌 저 트럭을 몰고 가라.” 톰이 엔진을 걸었다. 설교사가 차 안에 올라탔다. 톰은 차를 천천히 움직여보았다. 엔진을 계속 낮은 속도로 유지시켰고 앨은 트럭을 타고 그 뒤를 따랐다. 그는 낮은 기어를 걸고 얕은 도랑을 건넜다. 톰이 말했다.

“이 닷지 차는 낮은 기어로 가면 집채라도 끌 수가 있을 거야. 이만하면 상태가 아주 좋군. 천만 다행이군. 저 베어링이 잘만 맞아 돌아갔으면 좋을 텐데.”

국도 위에 올라가서도 닷지는 천천히 달렸다. 12볼트짜리 헤드라이트가 길바닥 위에 누르스름한 불빛을 던졌다.

케이시가 톰 쪽으로 몸을 돌렸다. “자네 같은 사람들이 어떻게 차를 다 고칠 수 있는지 참 희한한 일이로군. 안에 잠깐 들어가 있는가 했더니 고쳐 버리니 말이야. 나는 차 같은 건 도저히 못 고치겠단 말이야. 자네들이 고치는 걸 보았지만, 지금 고치라고 해도 그대로 하지는 못할 거야.”

“어릴 때부터 차하고 같이 자라야 해요. 안다고만 되는 것도 아니니까. 요새 어린애들은 별로 생각도 안 하고 차를 다 뜯어내거든요.”

토끼 한 마리가 헤드라이트 속으로 뛰어들었다. 한 번 뛸 때마다 긴 귀를 펄럭거리면서 경쾌하게 앞으로 뛰어나갔다. 이따금씩 그놈은 길 밖으로 뛰어나가려고 하다가 너무 어두운지 다시 길 위로 올라섰다. 멀리 앞쪽에 헤드라이트가 하나 나타나더니 이쪽으로 불빛을 비춰댔다. 그 순간 토끼가 어쩔 줄을 모르고 머뭇거리더니 방향을 돌려서 불빛이 덜 밝은 닷지차 쪽으로 대들었다. 토끼가 바퀴 속으로 들어가자 차가 가볍게 꿈틀거렸다. 다가오던 차는 바람을 가르며 스치고 지나갔다.

"틀림없이 토끼를 치었지?" 케이시가 말했다.

톰이 말했다. "어떤 놈들은 일부러 짐승을 치고 싶어하더군요. 나는 그럴 때마다 기분이 좀 이상합디다. 여하튼 이 차는 정상상태가 됐어요. 이제는 링도 제대로 들어맞았을 거고. 연기도 그다지 심하게 나지 않지요?"

"자네 참 솜씨 한번 좋네." 케이시가 말했다.

자그마한 목조 건물 하나가 캠프장을 굽어보고 있었다. 집의 현관에는 기름 칸델라가 씩씩 소리를 내면서 커다랗게 원을 그리며 하얀 불빛을 던지고 있었다. 집 근처에는 천막이 대여섯 개 가량 쳐있었고 그 천막들 옆에 차들이 서있었다. 저녁밥들은 다 지어 먹었지만, 캠프 불은 타고 남은 석탄이 남아서 아직도 이글거리고 있었다. 한 무리의 남자들이 칸델라가 켜져 있는 현관 쪽에 모여 있었다. 그들의 얼굴은 하얗고 차가운 불빛을 받으면서 하나같이 억세고 힘줄이 돋아나 보였다. 그들의 모자는 불빛을 받아 이마와 눈 위에 시커먼 그림자를 던졌고 그들의 턱끝을 더욱 뾰족하게 비쳤다. 그들은 현관 계단에 앉아 있었고 몇몇은 땅에 선 채 현관 계단에 팔꿈치를 기대고 있었다. 주인인 듯한 야위고 무뚝뚝하게 생긴 남자가 현관 위에 있는 의자에 앉아 있었다. 그는 등을 뒤에 기댄 채 손가락으로 무릎 위를 치고 있었다. 집 안에서는 석유등이 타고 있었으나 그 희미한 불빛은 칸델라의 씩씩거리는 불빛 때문에 있으나마나했다. 사람들은 주인을 가운데 놓고 둘러앉아 있었다.

톰은 닷지를 길가로 몰고 가서 세웠다. 앨은 트럭을 몰고 대문 안으로 들어섰다. "차를 안에 몰고 들어갈 필요는 없어." 그렇게 말하면서 톰은 차에서 내려 대문을 통과해 칸델라의 하얀 불빛 속으로 걸어 들어 갔다.

주인은 의자 앞다리를 바닥에 떨구면서 몸을 앞으로 굽혔다. "당신들도 여기에서 캠프를 하실 거요?"

"아뇨, 우리 가족들이 여기에 와있어요. 아, 저기 계시는군. 아버지!" 톰이 말했다.

아버지가 계단 맨 아래에 앉아 있다가 말했다. "난 또 너희들이 한 일주일쯤 걸리는 줄 알았다. 차 다 고쳤니?"

"아주 운이 좋았어요. 가서 금방 부속을 구했지요. 날만 새면 바로 떠날 수 있어요." 톰이 말했다.

"그거 참 잘됐다. 너희 어머니가 몹시도 걱정을 하고 있더라. 할머니는 정신을 제대로 못 차리시는구나."

"예, 앨이 그러더군요. 지금은 좀 어떠세요?"

"글쎄 말이다. 여하튼 지금은 주무신다."

주인이 말했다. "차를 여기에 넣고 캠프를 하시려면 50센트 내시오. 캠프를 할 자리를 잡고 물과 나무를 쓰시오. 여기에서는 아무도 귀찮게 못할 거요."

"그게 무슨 소리요?" 톰이 말했다. "우린 길 옆에 있는 저 도랑에서 자면 될 거 아니오? 거긴 공짜겠지."

주인은 장구를 때리듯 손가락으로 무릎 위를 툭툭 쳤다. "밤이 되면 보안관보가 순찰을 나올 거요. 만약 발각이 되면 좀 성가시게 될 거요. 우리 주에서는 아무데서나 노숙을 하는 것을 법으로 금지하고 있소. 부랑자에 관한 법이라오."

"당신한테 50센트를 내면 부랑자가 안 되는 거요?"

"그렇소."

톰의 눈에 핏대가 솟았다. "혹시 그 보안관보가 당신의 의형제인 모양이구려?"

주인이 몸을 앞으로 기울였다. "의형제는 아니오. 하지만 우리 지방 사람들이 당신네 떠돌이 같은 사람들한테 설교를 들어야 할 때는 아직 아닌 줄 아는데."

"우리 같은 사람들한테 50센트씩 뜯어내서 기분이 편하겠소. 언제 우리가 떠돌이가 됐고 비렁뱅이가 됐단 말이오. 당신들한테 무얼 구걸한 적이 있단 말이오? 우리가 다 비렁뱅이로밖에 안 보이오? 그저 아무데나 누워서 하룻밤 자겠다는 것뿐이오. 그렇다고 당신한테 돈 한푼 구걸할 생각은 없다구요.”

현관에 있는 남자들의 얼굴이 굳어졌고 누구 하나 움직이거나 입을 여는 사람이 없었다. 그들의 얼굴은 표정을 잃고 있었다. 모자 차양 밑에 가려진 눈동자만이 슬금슬금 주인의 눈치를 살피고 있었다.

아버지가 고함을 쳤다. “애, 그만둬, 톰!”

“그래요, 그만두겠어요.”

둥글게 앉아 있는 사람들은 말이 없었다. 계단에 아무렇게나 앉아 있거나 팔꿈치를 기대고 서있었다. 그들의 눈은 칸델라의 썰렁한 가스 불빛 속에서 번쩍이고 있었다. 딱딱한 불빛 속에서 그들의 얼굴은 굳어져 있었고 까딱도 하지 않고 그냥 앉아 있었다. 말을 하는 사람을 따라, 그들의 시선만이 왔다갔다했다. 얼굴들은 그저 무표정하고 조용하기만 했다. 불나방 한 마리가 칸델라 속으로 뛰어들더니 불에 부딪쳤다가는 어둠 속으로 떨어져 버렸다.

한 천막 속에서 어린애가 떼를 쓰며 울어댔다. 여자의 부드러운 목소리가 어린애를 달래면서 나지막한 노래를 부르고 있었다. “하느님이 사랑하는 우리 아기, 자장자장 잘도 자네. 어둠 속에서 하느님이 살펴 주시네. 자장자장.”

칸델라가 현관에서 씩씩 소리를 냈다. 주인은 V자형으로 앞이 패인 셔츠 속을 긁적거렸다. 그의 가슴으로부터 하얀 털이 엉켜 있는 것이 드러나 보였다. 그는 눈치를 살피고 있었으며 뒤가 다소 켕기는 모양이었다. 그는 둘러앉은 사람들을 보면서 그들의 표정에서 무언가를 읽어 보려 했으나 어느 누구도 미동도 하지 않았다.

톰도 한참 동안 말이 없었다. 그의 시커먼 눈이 천천히 주인을 올려다 보았다. “나도 당신하고 이러니저러니 다투고 싶지 않소.” 그가 말했다. “하지만 떠돌이니 비렁뱅이니 한다면 그건 좀 곤란해요.” 그는 목소리를 누그려뜨렸다. “나는 당신이든 보안관보든간에 맨손으로 만날 수도 있소. 자, 그래 봤자 피차 이로울 게 뭐 있겠소?”

사람들이 몸을 꿈틀거리더니 앉음새를 바로 했다. 그들은 눈을 반짝거리면서 주인의 입을 천천히 올려다 보았다. 그들의 시선은 주인의 입술이 어떻게 움직이는가에 집중되었다.

주인은 다소 안심이 되었다. 자기가 이긴 것 같은 느낌이 들었으나 그렇다고 왈칵 돌격을 개시할 수 있을 만큼 결정적으로 이긴 것 같지는 않았다. "당신네도 한 50센트 정도는 있을 것 아니오?" 그가 물었다.

"물론 있소. 하지만 그건 쓸 데가 따로 있소. 그 돈을 잠자는 데다가 써버릴 수는 없다는 거요."

"그야 누구나 다 먹고 살아야 하는 건 마찬가지지요."

"그렇소. 먹고 살되 다른 사람의 것을 뺏지 않고 먹고 살고 싶다 이거요." 톰이 말했다.

사람들이 다시 움직였다. 그리고 아버지가 말했다. "어차피 우리는 일찍 출발할 거요. 이것 보세요, 주인. 우린 돈을 냈어요. 여기 애는 우리 가족이오. 같이 묵어야 할 것 아니오? 우리는 돈을 내지 않았소?"

"차 한 대에 50센트는 내셔야지요." 주인이 말했다.

"차를 넣지 않았잖소? 차는 저 바깥의 길에다 세워 놓았단 말이오."

"차를 타고 왔잖아요?" 주인이 말했다. "그렇게 하기로 하면, 누구나 차를 밖에 세워 놓고 와서 내 땅을 마음대로 사용하고 공짜로 떠나라구요?"

톰이 나섰다. "아버지, 우리가 먼저 갈께요. 아침에 길에서 만나기로 하지요. 우리가 뒤를 잘 살필 테니, 앨이 여기서 묵기로 하고 존 삼촌이 먼저 우리하고 같이 가시면 돼요." 그는 주인을 힐끗 돌아다 보았다. "그렇게 하면 당신한테는 지장이 없겠지요?"

주인은 약간 양보를 하면서 재빨리 결정을 내렸다. "일단 돈을 내고 똑같은 숫자의 사람만 잔다면 그건 좋소."

톰은 담배 쌈지를 꺼냈다. 쌈지는 이미 형편없이 쭈그러진 회색빛 누더기 봉지가 되어 있었고, 안에는 축축한 담뱃가루가 바닥에 약간 깔려 있을 뿐이었다. 그는 담배 한 대를 가늘게 말고는 쌈지를 공중에 던져버렸다. "조금 있다가 바로 떠납시다." 그가 말했다.

아버지는 둘러선 사람들에게 그저 막연하게 말했다. "가족들이 산산이 흩어져서 떠난다는 것은 참 어려운 일이군요. 우리같이 땅도 갖고 살던 사람들이 말이오. 원, 참, 우리도 콧대가 센 사람이지만 말이오. 트랙터 때문에 쫓겨나기 전까지만 해도 땅마지기나 가지고 있었지요."

몸집이 가늘고 누렇게 햇빛에 그을린 눈썹을 한 젊은이 하나가 천천히 고개를 돌리더니 물었다. "농사를 지으셨군요."

"그렇지요. 소작을 했지요. 땅도 꽤 있었고."

젊은이는 다시 앞쪽으로 고개를 돌리며 말했다. "우리하고 같군요."

"언제까지나 이런 식으로만 되어가지는 않겠지." 아버지가 말했다. "우리도 서부로 가서 일자리도 얻고 기름진 땅이라도 좀 장만해야지."

현관 끄트머리에 누더기를 걸친 남자가 하나 서있었다. 그의 까만 저고리는 다 해어져서 찢어진 조각들이 너울거렸다. 당가리〔인도제 면직물〕 천으로 된 그의 바지는 무릎이 나가 있었다. 얼굴은 먼지를 뒤집어 써서 시커멓고, 땀방울이 지나간 자리마다 줄이 그어져 있었다. 그는 고개를 휙 돌리더니 아버지 쪽을 보며 말했다. "그럼 당신들은 돈푼깨나 모으셨 겠구려."

"천만에, 우린 돈이 없소." 아버지가 말했다. "하지만 우리 집에는 일손이 많아요. 모두 장정 남자들이지요. 서부에 가면 품삯도 잘 받을 거고, 모두 한데 모을 거요. 꼭 한번 해볼 거요."

아버지가 말을 하고 있는 동안 지켜 보고 있던 그 남자는 피식 웃었다. 그의 웃음은 점점 껄껄거리는 소리로 변했다. 좌중의 시선은 모두 그에게로 쏠렸다. 그 남자의 껄껄거리는 소리는 점점 더 커지더니 마침내 기침으로 변해 갔다. 그가 이 발작을 간신히 억제했을 때 그의 눈은 벌겋게 상기되어 있었고 눈물까지 머금고 있었다.

"당신이 서부로 가신다구요, 어럽쇼!" 그의 껄껄거리는 웃음 소리가 다시 일었다. "거기에 가서 좋은 품삯을 받는다구요? 어림도 없어요." 그는 웃음을 멈추고는 짓궂게 말했다. "혹시 오렌지를 따실 거요? 아니 면 복숭아라도 따실 거요?"

아버지의 목소리는 위엄을 잃지 않았다. "그야 무얼하든지 되어가는 대로 해야지요. 일자리는 얼마든지 있을 테니까." 누더기를 입은 남자는 또 숨을 죽이고 껄껄거렸다.

마침내 톰이 벌컥 소리를 질렀다. "당신은 뭐가 그렇게 우스운 거요?"

그 누더기를 입은 남자는 입을 다물고 현관 바닥만 시무룩하게 내려다보았다. "당신네들은 다 캘리포니아로 가는 거죠, 틀림없이?"

"그렇다고 하지 않았소?" 아버지가 말했다. "당신은 남의 말을 아무것도 믿지 않는군."

그 누더기를 입은 남자가 천천히 입을 열었다. "저는요, 이거 보세요. 저는 지금 거기에서 돌아오는 길이오. 거기에 갔다 오는 길이라구요."

모든 얼굴들이 일시에 그에게로 쏠렸다. 모두가 굳어졌다. 칸델라의 씩씩거리는 소리가 한숨처럼 들렸다. 주인은 의자 앞다리를 현관 바닥에 내리더니 일어서서 칸델라에 펌프질을 했다. 씩씩거리는 소리가 다시 날카롭게 높아졌다. 그는 다시 의자로 돌아갔다. 그러나 아까처럼 뒤에 기대지는 않았다. 누더기의 남자는 사람들의 얼굴을 둘러보았다. "저는 돌아가서 굶어 죽을 겁니다. 한꺼번에 굶어 죽는 편이 나을 것 같아요."

아버지가 말했다. "당신은 도대체 무슨 말을 하는 거요? 나는 여기 광고 쪽지도 가지고 있지만, 품삯이 아주 좋다던데. 그리고 조금 전에도 신문에서 보았지만, 과일을 따는 일손이 많이 모자라는 모양이던데?"

누더기를 걸친 남자가 아버지 쪽을 돌아보았다. "당신도 혹시 돌아갈 데가 없어요? 고향 같은 데 말이오."

"없어요." 아버지가 말했다 " 우린 다 쫓겨났어요. 우리집도 트랙터로 쓸려 버렸다니까."

"그럼 이제라도 돌아가지 않을 거요?"

"물론 안 돌아가지요."

"그럼, 괜히 당신네들을 속상하게 만들진 않겠소." 누더기의 남자가 말했다.

"물론 그럴 수 없을 거요. 나는 광고지를 가지고 있소. 사람이 많이 필요한 모양이오. 일자리가 없다는 것은 말도 안 되오. 아, 그 사람들이 괜히 돈 들여서 광고를 찍겠소? 사람이 필요치도 않은데 광고를 뿌리겠느냐구요?"

"당신을 속상하게 하고 싶지 않소."

아버지가 노기를 띠고 말했다. "괜히 허튼 소리를 하고 이제 와서 아무 소리도 안 하겠다는 거요? 일자리가 얼마든지 있다는 광고가 여기 있단 말이오. 당신은 웃기만 하고 그렇지 않다고 하니, 어느 쪽이 거짓말이오?"

누더기를 걸친 남자는 아버지의 화난 눈을 내려다 보았다. "그 광고는 사실이오. 일손이 많이 필요하긴 하지요." 그가 말했다.

"그럼, 당신은 왜 쓸데없는 소리를 하면서 웃기만 하는 거요?"

"그건 당신이 모르기 때문이오. 거기에서 어떤 사람들을 필요로 하는지를 말이오."

"무슨 소리를 하는 거요?"

누더기의 남자는 결론을 짓듯 말했다. "이거 보세요. 그 광고에는 몇 사람이나 필요하다고 했습디까?"

"8백 명이오. 그것도 자그마한 농장 한 군데에서 말이오."

"오렌지 색깔의 쪽지요?"

"그렇소."

"그 친구의 이름 좀 말해 보시오. 노동 계약자인지 무언지 하는 자의 이름이 아무개라고 된 그 쪽지 아니오."

아버지가 호주머니에 손을 넣더니 쪽지를 꺼냈다. "그렇군. 당신 그건 어떻게 알았소?"

"이거 보세요. 그거 말짱 헛일이오." 그가 말했다. "그 친구가 8백 명을 필요로 했어요. 그래서 그 쪽지를 한 5천 장이나 뿌렸지요. 그러니 그걸 본 사람은 한 2만 명은 될 거요. 그리고 한 2, 3천 명쯤은 그 쪽지 때문에 멀리까지 헛걸음을 치는 거요. 모두들 먹고 사는 일 때문에 걱정스러운 사람들이지요."

"하지만 그런 맹랑한 소리가 어디 있소?" 아버지가 소리를 질렀다.

"이 쪽지를 찍어낸 그자를 볼 때까지는 그렇게 생각할 거요. 아니면 그자하고 같이 일을 꾸미고 있는 자라도 만나 보아야 알게 될 거요. 당신은 아마 도랑가 같은 곳에 캠프를 칠 거요. 당신 말고도 그런 천막이 한 50개는 더 늘어설 거요. 그러면 그 친구가 당신 천막에 찾아와서 당신들이 먹을 것이 있는지 없는지 살피고서, 만일 없다는 것을 알면 그럴 거요. '일하고 싶소?' 그럼 당신은 혹하고 달려들겠지요. '예, 예, 그렇습니다. 일자리만 주신다면 정말 감사하겠습니다.' 그러면 그 친구말이 뻔하지요. '그럼 당신 한번 시켜 볼까?' 물론 당신은 그러겠지요. '언제부터 시작할까요?' 그러면 그는 언제 어디로 나오라고 말하고서 가버릴 거요. 그가 사실은 한 2백 명쯤 필요할 거요. 그러면 그는 5백 명쯤한테 그런 수작을 걸어두는 거요. 그러면 그 5백 명이 또 다른 사람들한테 말을 옮기지요. 그래서 당신이 거기에 가보았을 때에는 한 천 명 가량이 모여 있게 되죠. 그래 놓고 그 친구가 한다는 소리가 걸작이지요. '한 시간에 20센트씩 주겠소.' 그제서야 모인 사람들 중에서 한 절반 가량이 되돌아설 거요. 그래도 한 5백 명쯤은 남지요. 그 사람들은 너무도 배가 고파서 비스킷 쪼가리만 얻어먹어도 감지덕지해서 공짜로라도 일을 할 사람들이라오. 그 친구는 이 사람들에게 복숭아를 따고 목화를 따는 일을 하도록 계약을 하는 거요. 당신 이제 내 말을 알아듣겠소? 그 친구가 사람을 더 많이 긁어 모으면 모을수록 당신은 그만큼 더 배고프고 품삯을 그만큼 덜 받게 되는 거요. 또 그 친구는 되도록이면 애들을 많이 거느린 일꾼을 구하려고 하지요. 왜냐구요? 글쎄, 당신을 속이 상하게 하는 이야기는 들려 주고 싶지 않대도 그러쇼."

둘러앉은 사람들의 얼굴이 그를 차갑게 쏘아보고 있었다. 눈초리들이 그의 말의 신빙성을 따지고 있다. 누더기를 걸친 남자는 다소 겸연쩍은 모양이었다. "나는 당신에게 속상한 이야기를 않겠다고 해놓고 이야기를 다 해버렸지만 어차피 당신들은 갈 거고 또 돌아오지 않을 테니까."

현관 위에 침묵이 흘렀다. 칸델라가 씩씩거렸고 나방들이 그림자를 어른거리면서 등불 주위를 맴돌았다. 누더기의 남자가 흥분해서 말을 이었다. "그자가 와서 일자리를 주겠다고 할 때에는 이렇게 말하시오. 우선 품삯이 얼만가 그것부터 따지라구요. 그 액수를 아예 종이에 써달라고 하세요. 그걸 꼭 하시라구요. 그렇게 해두지 않으면 당신들도 다 농락을 당할 테니 주의를 하라구요."

주인은 누더기를 걸친 남자를 좀더 자세히 보기 위해서 의자에서 몸을 일으켰다. 그는 가슴의 털을 긁으며 냉정한 말투로 이야기했다.

"혹시 당신은 이 근처에 있는 난동분자 아니오? 혹시 말이오, 그, 노동자를 속여서 문제를 일으키는 그런 인물은 아니오?"

누더기를 걸친 남자가 소리를 꽥 질렀다. "신에게 맹세코 그런 사람은 아니라오!"

"요새는 그런 사람이 하도 많으니까." 주인이 말했다. "돌아다디면서 사람들을 선동해서 문젯거리를 일으키는 그런 사람들 말이오. 사람들의 분노를 유발하도록 충동질을 하고 다니는 놈들이 많아요. 그 문젯거리 분자들을 모조리 색출해서 한 줄로 묶어 그런 놈들은 우리 나라에서 쫓아내야 되오. 사람이란 누구나 일을 하고 싶은 거요. 그러면 됐지요. 일을 하기 싫으연 볼장 다 본 거 아니오? 일도 안 하고 돌아다니면서 문제만 일으키도록 버려 둘 수는 없지 않소?"

누더기를 걸친 남자가 가까이 다가섰다. "나는 여러분들에게 한 가지 알려 주려고 했소." 그가 말했다. "그걸 알기까지 나는 1년이나 걸렸소. 그걸 알기까지 자식들을 둘씩이나 죽게 했고 마누라까지 죽여 버렸소. 하지만 그렇게 쉽게 말해 줄 수는 없는 일이오. 그걸 내가 좀더 일찍이 알았어야 했지요. 아무도 그런 걸 나한테 알려 주지 않았어요. 그렇다고 누구라도 그런 얘기를 쉽게 가르쳐 줄 수는 없었겠지요. 어린 새끼들이 천막 속에 누워 숨이 차서 배만 불룩해 가지고 뼈에는 가죽만 남아서 꼭 강아지 새끼처럼 끙끙 앓고 있고, 나는 일자리를 구하느라고 사방으로 뛰어다녔다오. 돈을 벌려고 다닌 것이 아니라오!" 그가 소리를 버럭 질렀다.

"빌어먹을! 오직 밀가루 한 공기하고 돼지 비계 기름 한 숟갈을 얻으려고 미쳐서 돌아다녔지요. 그때 검시관이 나타났소. '이애들은 심장마비로 죽었소' 하는 거예요. 그러더니 서류에 적더군요. 애들은 몸을 부들부들 떨고 있었소. 배는 꼭 돼지 방광처럼 불룩하게 튀어나와 가지고."

좌중이 조용했다. 입들을 조금씩 벌리고 있었다. 가쁜 숨들을 쉬면서 서로 지켜보고 있었다.

누더기의 남자는 둥그렇게 앉은 사람들을 둘러보더니 휙 돌아서서 재빨리 어둠 속으로 사라져 버렸다. 어둠이 그를 삼켜 버렸고 국도를 따라 걷는 그가 떠난 뒤에도 그의 발걸음 소리만 오랫 동안 들려 오고 있었다. 차 한 대가 국도 위를 지나갔다. 그 차의 라이트가 길을 따라 걷고 있는 누더기 남자의 모습을 비췄다. 그는 고개를 푹 수그린 채 두 손을 가만 저고리의 호주머니 속에 찌르고 있었다.

모여앉은 사람들의 마음이 불안해졌다. 누군가가 말했다. "어, 꽤 늦었군. 이제 그만 자야겠는걸."

주인이 말했다. "아마 병신 같은 사람일 거요. 요새는 저런 병신 같은 사람들이 어찌나 많은지, 길바닥에 그런 사람 천지라고요." 그러더니 그는 잠잠해졌다. 그는 의자를 끌고 다시 벽쪽에 기대고 손가락으로 목을 만지작 거렸다.

톰이 말했다. "가서 어머니 좀 만나 보고 가봐야겠군."

조우드 집안 사람들은 다 그 자리를 뜨기 시작했다.

아버지가 말했다. "아까 그 사람 말이 사실일까?"

설교사가 대답했다. "그 사람 말은 거짓말이 아닙니다. 적어도 자기 자신에 관한 한 사실대로의 이야기더군요. 아무것도 꾸며내고 있지 않습디다."

"그럼 우리에게는 어떨까요? 우리에게도 그대로 적용될 수 있는 이야기일까요?" 톰이 물었다.

"그야 알 수 없지." 케이시가 말했다.

"그야 알 수 없지." 아버지도 말했다.

그들은 천막 쪽으로 걸어갔다 밧줄을 쳐놓은 위에 방수 범포를 펴놓은 것이었다. 천막 안은 조용하고 깜깜했다. 그들이 가까이 다가가자 희끄무레한 형체가 움직이더니 사람의 키만큼 솟아올랐다. 어머니가 나와서 그들을 맞았다.

"다들 잠들었어요." 그녀가 말했다. "할머니도 겨우 잠이 드셨고요."

그러더니 그녀는 앞에 톰이 있는 것을 알았다. "너 어떻게 왔니?" 그녀가 걱정스럽게 물었다. "무슨 문제라도 생겼니?"

"차를 다 고쳤어요. 준비만 다 되면 아무때라도 떠날 수 있어요."

"아이고 하느님, 고맙습니다." 어머니가 말했다. "난 지금 빨리 떠나고 싶어서 몸이 달아 죽겠다. 모든 것이 푸르고 풍요한 거기에 한시라도 빨리 갔으면 좋겠다."

아버지가 목을 가다듬었다. "어떤 사람이 지금 막 그러는데."

톰이 아버지의 팔을 꼭 잡아당기면서 말을 막았다. "그 사람 참 우스운 얘기를 하더군요. 길바닥에 사람들이 굉장히 많더라나요?" 톰이 서둘러 둘러댔다.

어머니는 어둠 속에서 뭔가 이상하다는 듯이 그들을 한참 동안 쳐다보았다. 천막 안에서 루시가 재채기를 하더니 코를 골았다. "저것들을 깨끗이 씻어 주었다." 어머니가 말했다. "처음으로 물을 좀 마음껏 써보았다. 너하고 아버지하고 좀 씻으라고 양동이를 밖에 놓아 두었다. 길바닥에 나가면 아무것도 깨끗한 게 없더라."

"다들 들어왔소?" 아버지가 물었다.

"코니하고 로자사안만 빼놓고는 다 들어왔어요. 그애들은 밖에 나가서 자겠대요. 여기 천막 속이 너무 덥대요."

아버지가 다소 불만스럽게 말했다. "그애는 임신을 하더니 되게도 벌벌 떨고 신경을 곤두세우는구나."

"초산은 그런 거예요." 어머니가 말했다. "그애하고 코니는 유난히 벌벌 떨고 야단이지요. 당신은 뭐 안 그랬는 줄 아세요?"

“우린 인제 가겠어요.” 톰이 말했다. “조금 앞에 가있겠어요. 우리가 못 볼지 모르니까 우리를 잘 찾으세요 길 바른쪽으로요.”

“앨은 남아 있니?”

“존 삼촌이 같이 가시도록 했어요. 어머니, 그럼 안녕히 주무세요.” 그들은 캠프장을 걸어 나왔다. 한 천막 앞에는 아직도 불이 벌겋게 타고 있었다. 웬 부인이 혼자 앉아서 새벽밥을 짓는지 냄비를 지켜 보고 있었다. 콩이 익는 냄새가 구수하게 코를 자극했다.

“ 저거 한 접시만 먹었으면 좋겠다.” 지나가면서 톰이 점잖게 말했다.

여자가 생긋 웃었다. “아직 덜 되었어요. 되었더라면 좀 드릴 텐데. 아침에 들르세요.” 그녀가 말했다.

“고맙습니다, 아주머니.” 톰이 말했다. 그와 케이시와 존 삼촌은 현관 옆을 걸어 나갔다. 주인은 아직도 의자에 앉아 있었고 칸델라의 불에서는 씩씩 소리가 요란했다. 세 사람이 지나가자 그는 고개를 돌렸다.

“등불에 가스가 떨어져 가는군요.” 톰이 말했다

“인제 그만 끝낼 거요.”

“50센트짜리가 인제 더이상 굴러들어 오지 않을 것 같군요.” 톰이 말했다.

의자 다리가 현관 바닥에 부딪혔다. “사람한테 괜히 허튼 소리 작작하라구, 당신. 내가 다 기억하고 있다구. 당신도 문제아의 한 사람이 틀림없어.”

“그렇소, 맞았소.” 톰이 말했다. “ 나로 말하자면 과격파지.”

“저런 치들이 요새는 어찌 그렇게 많은지, 원.”

대문을 나서자 톰은 웃음보를 터뜨렸다. 그들은 다시 차에 올랐다.

톰은 흙덩어리를 한 줌 집어 들어 칸넬라 쪽으로 던졌다. 그것이 집에 부딪쳐 쾅 소리를 냈고 주인이 벌떡 일어나 어둠 속을 살펴보는 것이 보였다. 톰은 차에 발동을 걸고 길 가운데로 들어섰다. 모터가 돌아가자 그는 조심스럽게 귀를 기울였다. 기관에서 나는 소리를 들어 보았다.

차의 희미한 불빛 아래 도로가 펼쳐져 나갔다.

제 17 장

샛길에서 빠져 나온 무수히 많은 이주민의 차들이 대륙 횡단 국도 위에 접어들었고 그들은 모두 서부로 향한 이주 길에 올랐다. 낮에는 차들이 마치 빈대처럼 바삐 서쪽을 향해 허둥지둥 달렸으나 어둠이 깃들기 시작하면 마치 벌레처럼 옹기종기 모여서 물과 그늘 가까운 곳에 떼를 지었다. 그리고 그들은 고독했기 때문에, 괴로웠기 때문에, 슬픔과 걱정과 패배의 땅으로부터 떠나온 사람들이었기 때문에, 그들 모두가 신비스러운 신천지를 향하여 가고 있었기 때문에, 그들은 같이 모였고 같이 이야기를 나누었고 생활을 나누었고 먹을 것을 꿈꾸었고 신천지에서 그들이 하고자 하는 희망찬 일들을 같이 나누었다.

한 가족이 우물 가까이에 캠프를 치면 또 한 가족은 우물과 이웃을 얻기 위해서 그 자리를 찾았고, 또 다른 가족은 이미 두 가족들이 그곳을 개척하여 그곳이 좋다는 것을 알아냈기 때문에 그 자리에 찾아들었다. 해가 지게 될 때까지 아마 또 그곳에 20세대나 그 이상의 가족들과 세대 수 만큼의 차가 모여들게 될 것이다.

저녁이 되면 이상한 일이 일어났다. 많은 세대의 가족들이 모두 한 가족이 되는 것이었다. 아이들은 모두의 아이들이 되었다. 고향을 잃은 것도 모두의 같은 손실이었고, 서부에 가서 잘살아 보겠다는 꿈도 모두의 한결같은 꿈이 되었다. 또한 한 어린이가 아프면 20세대의 백 명이나 되는 사람들이 모두 같이 실망에 빠졌고, 한 천막 속에서 어린애를 낳으면 백 명의 사람들이 밤새도록 고요하고 경건한 마음을 간직하고 있다가 아침이 되면 모두 한결같은 마음으로 새 생명의 탄생을 기뻐해 주었다. 바로 전날 밤에 실의와 공포에 싸여 있던 가족이 갓난아이에게 온 선물이 무엇인지 알아보려고 부산하게 꾸러미를 뜯기도 했다.

저녁때에는 불가에 모여 앉아 백 명의 사람들이 하나가 되었다. 그들은 캠프의 한 집단이 되었고 저녁과 밤의 한 가족이 되었다. 담요에 말았던 기타를 꺼내 곡조를 뜯기도 했다. 모든 사람들이 함께 밤의 노래를 불렀다. 남자들은 가사까지 붙였고 여자들은 곡조만 콧노래로 맞추었다.

밤마다 하나의 세계가 탄생했다. 세간살이도 있고, 친구도 생기고, 원수도 생겼다. 펑펑대는 떠벌이도 있고, 겁쟁이도 있고, 말수가 적은 사람도 있고, 겸손한 사람도 있고, 친절한 사람도 있는 완전한 세계가 새로이 생겨나는 것이다. 하나의 세계를 이루는 모든 인간관계가 밤마다 이루어졌고, 그 세계는 아침마다 곡마단처럼 해산되었다.

처음에는 사람들도 이런 이합집산의 세계를 만들었다 부수었다 하는 것이 다소 서먹서먹하고 이상했으나, 점차 이런 세계를 만드는 데에 단련되었다.

그러면서 지도자가 나타났다. 법도 생기고 규율도 정해졌다. 이런 세계들이 서부로 이동함에 따라서 그들은 더욱 완전해졌고 더욱 이골이 났다. 점점 더 경험이 쌓여 갔기 때문이다.

모든 세대의 가족들은 어떤 법을 지키고 어떤 권리를 존중해야 하는가를 알게 되었다. 천막 속의 프라이버시를 보장받을 권리, 어두운 과거를 마음속에 묻어둘 수 있는 권리, 말을 하고 듣는 권리, 도움을 받거나 거절할 수 있는 권리, 도움을 주거나 사양할 수 있는 권리, 총각들이 구애를 하며 처녀들이 구애를 받을 수 있는 권리, 배고픈 사람이 먹을 수 있는 권리, 임신한 여자와 아픈 병자들은 모든 다른 권리에 우선하여 보호를 받을 수 있는 권리 등이었다.

또한 그들은, 비록 아무도 가르쳐 주지 않았지만 어떤 권리들이 해괴한 것이며 왜 없어져야 하는지를 알게 되었다. 즉 남의 프라이버시를 침해하는 권리, 캠프의 모든 사람들이 잘 때 소란을 피우는 권리, 유혹과 강간의 권리, 간통과 도둑질과 살인의 권리 등이었다. 이런 권리들은 모두 배척되었다. 왜냐하면, 이렇게 조그마한 세계도 이런 권리들을 그냥 놔두어서는 단 하룻밤도 건재할 수가 없기 때문이었다.

이 세계들이 서쪽으로 이동해 감에 따라 이 규칙들은 법으로 변했다. 물론 아무도 그런 것을 애써 가르쳐 주지는 않았다. 캠프 가까운 데를 더럽히는 것도 법에 어긋나는 일이었다. 어떤 방법에 의해서든 먹는 물을 더럽히는 것도 물론 법에 어긋나는 일이었다. 같이 먹자고 권하지도 않으면서 배고픈 사람 옆에서 진수성찬을 먹는 것도 법에 어긋나는 일이었다.

그리고 이런 법과 함께 벌칙도 생겼다. 벌칙은 단 두 가지밖에 없었다. 즉석에서 결판을 낼 수 있는 싸움과 추방이었다. 그 중에서도 추방은 가장 고약한 것이었다. 왜냐하면, 가령 한 사람이 법을 어겼을 경우 그의 얼굴과 이름은 언제나 그를 따라다니기 마련이었고, 그는 어느 다른 곳엘 가도 이런 세계에는 발을 붙일 수가 없기 때문이었다.

이런 세계에서는 사회적 행동이 엄격히 규제되어 있었다. 그래서 만일 한 여자와 같이 살게 되고 그녀의 아이들에게 아빠 노릇을 해주고 보호해 주게 되면, 그녀의 기분을 존중해 주기 위해서 필요할 경우에는 아침 인사를 깍듯이 해야 했다. 그러나 어느 남자도 하루는 이 여자, 그리고 또 하루는 다른 여자로 옮겨 가며 즐길 수는 없었다. 그랬다가는 이 세계의 존립 자체가 위태롭게 될 것이기 때문이었다.

또한 이 세계 안에서 정부 같은 것이 생겨나 지도자나 웃어른들이 나왔다. 세상일을 잘 아는 사람이 자기의 지혜가 이 캠프 안에서 필요하다는 것을 깨닫게 된 것이다. 어리석은 사람은 자기가 속해 있는 세계에서 어리석은 버릇을 고칠 수가 있었다.

이렇게 여러 밤을 지내는 동안 일종의 보험제도가 발달하게 되었다. 먹을 것이 있는 사람은 먹을 것이 없는 사람에게 밥을 먹여 줌으로써 자기가 배고프게 될 때에 대한 보장을 받는다. 갓난아기가 죽으면 천막의 문간에 은화가 산더미처럼 쌓였다. 갓난아기는 이 세상에 갓 태어났을 뿐 다른 생명과 하등의 관계도 갖지 않았던 것이다. 그러니까 묻히기라도 잘해야 하는 것이다. 노인 같으면 포터스 필드(무연고자 묘지)에 묻혀도 괜찮을지 모르지만 갓난아기를 그렇게 할 수는 없는 일이었다.

이런 세계를 구성하는 데에는 일종의 자연 요건이 필요했다. 물, 강과 둑, 우물 또는 지키는 사람이 없는 수도꼭지 같은 것들이었다. 그리고 천막을 칠 만한 꽤 넓은 평평한 땅과 불을 땔 만한 나무가 있는 작은 숲이나 산이 있어야 했다. 그다지 멀지 않은 곳에 쓰레기 버리는 곳이 있으면 그만큼 더 좋다. 거기에서 여러 가지 폐품이 발견될 수 있기 때문이다. 취사용 스토브의 뚜껑이라든지 불을 피울 때 바람을 가리는 펜더라든지 불에 올려놓고 음식을 끓일 수 있는 빈 깡통이라든지가 있기 때문이다.

이런 세계는 저녁때 이루어졌다. 국도에서 내려온 사람들은 천막과 머리와 인정으로 이런 세계를 만들었다.

아침이 되면 천막들이 걷혔다. 캔버스가 접히고 천막 장대는 차의 옆 발판에 묶이고 침대는 차의 바닥에 놓이고 그릇이나 단지 같은 물건들은 제자리로 돌아간다. 이들 가족들이 서부로 옮아감에 따라서 저녁에 집을 지었다가 아침에는 다시 뜯어내는 일에 점점 숙달되어 갔다. 그래서 접은 천막은 똑같은 자리에 다시 실렸고 음식을 담는 그릇도 제 상자 속에 자리를 잡았다.

그리고 그들이 서부로 이동함에 따라 가족들 한 사람 한 사람이 제 위치를 찾게 되었고 제 임무를 갖게 되었다. 가족들은 늙으나 젊으나 차 안에 일종의 지정석을 갖게 되었고, 더운 날 피곤한 저녁에도 차가 캠프장에 이르면 모든 가족들이 아무 지시를 받지 않고도 스스로 자기의 할 일을 찾아서 하게 되었다. 애들은 나무를 줍고 물을 길었으며, 남자들은 천막을 치고 침대를 끌어내렸고, 여자들은 밥을 짓고 가족들이 먹는 동안 뒷바라지를 했다. 그리고 이 모든 과정이 아무런 명령 없이도 진행되었다.

전에는 밤 낮의 활동 무대가 집안과 논밭이었던 이 가족들은 이제 그 무대를 바꾼 것이다. 지루하게 내리쬐는 따가운 햇볕 아래에서 그들은 묵묵히 서쪽으로 차를 몰았다. 그러나 밤이 되면 그들은 어떤 사람들과도 곧잘 한덩어리가 되어 어울렸다.

이와 같이 그들은 그들의 사회생활 형태를 바꾸었다. 이 삼라만상 가운데에서 오직 사람만이 가질 수 있는 변화였다. 그들은 이미 본토박이 농사꾼들이 아니었다. 이제는 이주민들이었다. 논밭에만 매달려 있던 그들의 생각과 계획과 시선은 이제 길바닥과 거리와 서부로 향하고 있었다. 몇 마지기의 땅에만 얽매여 있던 그들의 마음이 이제는 좁다란 콘크리트 도로에만 쏠리게 되었다. 그들의 생각과 걱정은 이제 비와 바람과 먼지와 농작물에 있지 않았다. 눈마다 타이어를 지켜 보았고, 귀마다 털털거리는 모터 소리에 귀기울였고, 마음마다 기름과 휘발유와 길바닥에 마찰되어 닳아가고 있는 고무에 매달렸다. 기어라도 나가면 그것은 비극이었다.

저녁이면 시원한 먹을 물과 불 위에 올려놓은 음식이 오직 동경하는 것의 전부였다. 계속 달릴 수 있는 건강이 필요했고 건강이야말로 계속 살아갈 수 있는 원동력이요 사기의 원천이었다. 그들의 의지는 서쪽을 향하여 앞길로 뻗쳐 있었고, 한때 가뭄과 홍수를 걱정했던 그들의 공포는 이제 그들의 서부 이주를 막을지도 모르는 어떤 미지의 장애물에게로 쏠려 있었다.

캠프를 하는 것은 이제 고정된 일과가 되어 버렸다 매일같이 얼마쯤 가다가는 멈추는 것이다.

국도 위에는 공포감에 사로잡힌 가족들도 있었다. 그래서 그들은 밤이고 낮이고 달렸다. 차를 세우고 차 안에서 잠깐 자다가 다시 서쪽으로 달렸다. 허둥지둥 달리고 움직였다. 그들은 빨리 정착하고 싶어서 얼굴마저 서쪽으로 들이대고 앞으로 앞으로 달렸다. 덜거덕거리는 엔진을 길바닥 위에 마구 몰아붙였다.

그러나 대개의 가족들은 방식을 바꾸어서 새로운 생활에 재빨리 적응해 나갔다. 그러다가 해가 지면……, 그때부터는 머무를 곳을 찾는 시간이었다.

아, 저기 천막이 몇 개 보이는군.

차가 길에서 벗어나 멎는다. 다른 사람들이 그곳에 먼저 와있기 때문에 약간의 의식 절차가 필요하다. 그래서 가족의 지휘자격인 남자가 차창 밖으로 몸을 내민다.

"우리도 좀 묵고 갈 수 있습니까?"

"그럼요. 어서 오십시오. 어느 주에서 오시는 겁니까?"

"알칸소에서 줄곧 달려왔지요."

"저쪽 네 번째 천막에 알칸소에서 온 분들이 있더군요."

"그래요?"

그런 다음 가장 중요한 질문이 나온다. "물은 어때요?"

"글쎄, 물맛이 별로 좋지는 않군요. 물이 많기는 한데."

"예, 감사합니다."

"저한테 감사하지 마십시오."

그러나 예의가 없을 순 없다. 차가 캠프장 바닥으로 굴러 내려 맨 끝 천막 쪽으로 가서 멎는다. 이윽고 피로에 찌든 사람들이 차에서 내려 뻣뻣한 몸으로 기지개를 켠다. 곧 새 천막이 쳐진다. 어린애들이 물을 길러 가고 조금 큰 아이들은 나무와 솔가지를 주우러 간다. 불이 피워지고 저녁을 지을 준비가 된다. 먼저 온 사람들이 건너오고 서로 출신 주를 물어 본다. 때로는 친구나 친척들을 만나게 되는 수도 없지 않다.

"응? 오클라호마요? 어느 읍이세요?"

"체로키예요."

"아, 저도 거기에 아는 사람이 있지요. 앨튼 씨네를 아세요, 혹시? 체로키에는 앨튼 성을 가진 사람이 많기는 합니다만. 윌리즈 씨네도 아시고요?"

"알고말고요."

이리하여 새로운 단체가 형성된다. 석양이 뉘엿거리는 시간이다. 어둠이 채 깔리기도 전에 새로 온 가족들은 그 캠프장의 일원이 되어 버린다. 천막에서 천막으로 한마디씩 전달되면, 그들은 전부터 알던 사람들처럼 되었고 다정한 사람이 되어 버렸다.

"저는 앨튼을 오래 전부터 알고 지냈지요. 시몬 앨튼 말이오. 그 사람 아버지 시몬은 첫번째 부인과 트러블이 있었어요. 여자에게 체로키 토인의 피가 좀 섞여 있었는데 좋은 여자였지요. 꼭 망아지같이 말이오."

"그럼요. 그리고 아들 시몬 말이오. 그 사람은 루돌프 집안에 장가를 들었던가 그랬지요? 아마 내 기억으로는 그런데, 그 사람들은 이니드에 가서 아주 잘하고 산답디다."

"앨튼 집안에서 잘 풀린 사람은 그 사람밖에 없지요. 차고를 경영하나 봅디다."

물을 길어 오고 나무를 패고 나면 꼬마들은 슬금슬금 조심스럽게 천막 사이를 걸어 다녔다. 그러면서 그들은 애써 친구를 사귀려 했다. 한 사내아이가 다른 아이 옆에 멈추어 서더니 돌멩이 하나를 집어 들고 유심히 살폈다. 거기에 침을 뱉더니 그것을 다시 깨끗이 닦았다. 다시 들여다 보고 있노라니까 다른 아이가 마침내 말을 걸었다. "너 무얼 주웠니?"

그러면 먼저 아이는 대수롭지 않게 대답했다. "응, 아무것도 아냐. 돌멩이야."

"그런데 너 왜 그렇게 자세히 들여다 보고 있니?"

"이 안에 금이 있는 것 같아서 그래."

"너 어떻게 아니? 금은 금색이 아냐. 돌 속에 들어있는 건 까만 색 이래."

"그래, 그런 걸 누가 모르니?"

"틀림없이 황철광인가보다. 그걸 네가 금인 줄 알고 그러는 거지?"

"그렇지 않아. 우리 아빠가 말야, 금을 참 많이 찾았어. 그래서 나한테 금을 알아내는 방법을 가르쳐 주었단 말야."

"큼직한 금덩어리를 발견하면 좀 좋겠니, 그렇지?"

"난 말야, 여태까지 본 중에서 제일 큰, 아주 사탕 덩어리만한 금을 꼭 발견해 낼 테야."

“그럴지 모르지만 애, 큰소리 치지 마.”

“나도 그래. 애, 저기 우물가에 가볼래, 우리?”

계집애들도 서로 만나서 은근히 자신의 평판을 자랑하기도 하고 앞으로의 목적이나 계획 같은 것을 떠들어댔다. 여자들은 불가에 매달려 가족들의 고픈 속에 음식을 채워 주려고 부산을 떨었다. 돈이 좀 넉넉하면 돼지고기에다가 감자와 양파 같은 것을 요리했다. 가마솥에 구운 비스킷이나 옥수수빵과 그 위에 듬뿍 끼얹은 고깃국물일 때도 있다. 불고기, 갈비, 그리고 설탕을 넣지 않아서 씁쓸한 끓인 차 한 깡통. 만일 돈이 달랑달랑해서 좀 불안하면 기름에 튀긴 도넛 정도로 때우는 것이다.

돈이 아주 많거나 또는 좀 어리석은 가족들은 통조림으로 된 콩이나 복숭아를 먹고 빵집에서 파는 포장된 빵을 먹는다. 그러나 그들은 이런 것을 남의 눈에 띄지 않게 먹었다. 왜냐하면, 이런 비싸고 좋은 음식을 내놓고 먹는 것은 남 보기에 좋지 않을 거라 생각했기 때문이다. 그래도 기름에 튀긴 도넛을 먹는 어린애들은 구수한 콩요리의 냄새를 맡으면 그걸 못 먹는 것이 불만이었다.

저녁 식사가 끝나고 접시가 닦이고 설겆이가 끝나면 벌써 어둠이 깔린 뒤였고 남자들은 땅에 쭈그리고 앉아서 이야기들을 나누었다.

그들은 두고 온 땅에 관한 이야기로 꽃을 피웠다. 그들은 흔히 이런 말을 했다.

“이 나라가 어떻게 되어가는 건지, 원. 땅이란 땅은 다 망가져 버리니 말이오.”

“하지만 도로 좋아지겠지요. 다만 우리가 다시 못 돌아간다는 것이 한이지요.”

“어쩌면 우리는 우리가 잘 모르는 어떤 방법으로 죄를 지었는지도 모르지.”

“어떤 친구가 그러더군요. 그 친구 관청에 있는 사람인데, 논밭이 몽땅 말라서 갈라져 버렸다는 거예요. 높은 땅 낮은 땅을 가리지 말고 똑바로 갈아 붙였더라면 그런 일은 없었을 것이라고 하더군요. 나는 땅 한

번 제대로 갈아 보지도 못했다오. 그런데 이번에 새로 온 토지 관리인은 말이오, 땅의 고저에 관계없이 똑바로 파나가며 4마일씩이나 기다란 이랑을 파고 있거든요. 도중에 무엇이 걸려도 이랑을 돌려 대지 않고 그저 똑바로 어디까지 뻗을지도 모르는 이랑을 파더라구요.”

그리고 그들은 자기네 고향 이야기를 조용히 나누었다.

고향집 풍차 밑에는 조그마한 냉동 창고가 있었다. 우유를 만들기 때문에 거기에는 언제나 우유를 넣고 있었고 수박도 넣어 두었다. 찌는 듯이 더운 날에도 그 안에 들어가면 아주 시원했다. 거기서 수박을 딱 잘라 먹으면 수박이 어찌나 찬지 이가 시렸다. 물탱크에서는 물방울이 뚝뚝 떨어지고 있었다. 그들은 또한 그들이 겪었던 슬픈 이야기를 나누었다.

찰리라는 동생이 있었다. 옥수수처럼 아주 노란 색깔의 머리카락을 지녔고 키는 다 큰 어른 같았다. 아코디온을 아주 잘 켰다. 하루는 써레질을 하다가 밭이랑을 고르며 올라갔다. 방울뱀 한 마리가 웅웅거리고 지나가자 말이 놀라서 뛰는 바람에 써레가 찰리의 몸 위로 지나가 버렸다. 써레 끝이 그의 배와 창자를 꿰뚫고 그의 얼굴을 걸고 끌어갔다. 아이, 끔찍한 일도 다 있지!

그들은 장래에 관한 이야기도 했다.

“거기에 가면 모든 일이 어떨는지.”

“글쎄, 그림에서 보면 참 아름답습디다만. 내가 본 사진에 의하면 아주 따뜻하고 아름다운 곳이더군요. 호두나무와 딸기나무가 있고, 바로 뒤에는 딱 붙어서 높은 산이 있는데 그 꼭대기엔 눈이 덮여 있구요. 아주 보기에도 멋있는 경치더군요.”

“우리도 만약 일자리만 얻는다면 괜찮을 거요. 겨울에도 춥지 않을 거고, 어린애들도 학교에 가느라고 몸이 얼진 않겠지. 인제 우리 애들이 한 번도 학교에 결석을 하지 않도록 해야겠군. 나도 글은 잘 읽을 줄 알지만, 늘 글을 읽는 사람들처럼 그렇게 재미있게 읽히지는 않는단 말씀이야.”

또 어떤 사람이 자기 천막 앞에 기타를 들고 나온 모양이었다. 그 사람은 상자를 깔고 앉아서 기타를 연주했고, 캠프장에 있는 모든 사람들이 하나씩 둘씩 슬금슬금 모여들기 시작했다. 그의 기타 소리에 끌린 것이다. 남자들은 대개 화음을 맞춰 기타를 연주하는데 한 남자는 툭툭 튀기는 독특한 연주법을 썼다. 거기에 무언가 색다른 묘미가 있다. 기타줄의 깊고 굵직한 소리가 울리고 또 울리는 것이다. 그러면 한쪽에서는 작고 경쾌한 발걸음 소리처럼 멜로디가 기타줄 위를 달음질쳤다. 두툼하고 마디 굵은 손가락이 현의 플랫 위를 달렸다.

그 남자는 계속 곡조를 연주했고 사람들은 점점 그에게로 모여들어 나중에는 둥그렇게 원을 그리고 빽빽히 붙어 섰다. 그러면 그 남자는 노래를 불렀다. '10센트의 목화와 40센트의 고기'라는 노래였다. 둥그렇게 모인 사람들이 가만히 노래를 따라서 불렀다. 그러면 그 남자는 다시 불렀다. "아가씨들아, 어째서 머리를 자르느냐?" 사람들이 또 따라 불렀다. "나는 내 고향 텍사스를 떠난답니다." 그 남자는 흐느끼는 투로 흥얼거렸다. 스페인 사람들이 이주해 들어오기 이전에 불렀던 좀 청승맞은 노래였는데 가사만은 인디언 말로 되어 있었다.

이제 여기에 모인 사람들은 한 무리 한 집단으로 결합되는 것이다. 그래서 어둠 속에 반짝이는 그 사람들의 눈초리는 자신들의 내면 깊숙이 마음을 향하고 있었고, 마음은 먼 옛날 속에서 움직였으며, 그들의 슬픔은 마치 휴식처럼 그리고 잠처럼 그들을 어루만져 주었다. 그는 또 '맥알레스터 블루스'를 불렀다. 그리고 나서 좀 나이 먹은 사람들을 의식했는지 '예수는 나를 곁에 부르시네'를 불렀다. 어린애들은 노랫소리를 들으며 꾸벅꾸벅 졸았고 하나씩 천막에 들어가 잤다. 그러면 노랫소리는 그들의 꿈결로 다시 찾아오는 것이다.

한참 뒤에 기타를 든 남자가 일어서서 하품을 했다. "여러분, 잘들 주무세요." 그가 말했다.

그러면 모두들 중얼거렸다. "안녕히 주무세요."

모두들 흩어지면서 자기도 기타를 뜯을 줄 알았으면 하고 아쉬워했다.

퍽 우아하게 보였기 때문이다. 사람들이 잠자리에 들었고 캠프장이 조용해졌다. 부엉이들이 머리 위를 날았다. 멀리서 늑대 우는 소리가 들렸다. 스컹크들이 캠프장에 기어들어 음식 찌꺼기를 찾았다. 아무것도 무서워할 줄 모르는 오만한 스컹크들이었다.

밤이 지나고 새벽이 밝아오자 아낙네들이 천막 밖으로 나와서 불을 피우고 커피를 끓였다. 이윽고 남자들도 나와서 새벽빛을 맞으며 도란도란 이야기를 나누었다.

"콜로라도 강을 건널 때에는, 그 근처에 사막이 있다고 합디다. 사막을 조심해서 살피세요. 어물어물하면 안 돼요. 혹시 모르니까 그럴 때를 대비해서 물을 듬뿍 준비하고 가세요."

"밤에 건너갈 생각이오."

"나도 그럴 셈이지요. 사막에서는 정신을 바짝 차리지 않으면 큰 변이 나요."

가족들은 빨리 조반을 마치고 접시를 대강 닦았다. 천막이 뜯어졌다. 갑자기 출발을 위한 소요가 일었다. 해가 떠올랐을 때쯤에는 캠프장이 텅 비어 버렸다. 사람들이 버리고 간 약간의 쓰레기가 있을 뿐이었다. 캠프장은 새로운 밤에 찾아올 새로운 세계를 맞을 준비를 하는 것이다.

국도 위에는 이주민들의 차가 마치 빈대떼처럼 까맣게 기어 갔고, 그 앞으로는 좁다란 콘크리트 길만이 펼쳐져 있었다.

제 18 장

　조우드 일가는 서쪽을 향해서 천천히 나아갔다. 뉴멕시코 주의 산악지대에 접어들자 높은 산봉우리들과 피라밋처럼 생긴 언덕들을 지나가야 했다. 애리조나 주의 고원 지대에 기어올라 빠끔히 뚫린 공간을 통해 아래에 펼쳐진 페인티드 데저트〔오색 사막〕를 굽어보았다. 주 경계선 감시원이 차를 세웠다.

　"어디로 가시오?"

　"캘리포니아에 갑니다." 톰이 말했다.

　"애리조나 주에는 얼마나 있을 거요?"

　"횡단해서 바로 빠져 나갈 거요."

　"혹시 나무나 식물을 가지고 가지 않소?"

　"식물이라고는 아무것도 없어요."

　"한번 물건을 검사해 보아야겠는데."

　"식물은 없다니까요."

　감시인은 조그마한 딱지를 차의 앞 유리창에 붙였다.

　"됐소. 가시오. 하지만 멈추지 말고 계속 가는 게 좋을 거요."

　"우리도 한시가 급한 사람들이라오."

　그들은 오르막길을 천천히 기어올랐다. 키가 나지막한 나무들이 비탈길 옆을 뒤덮고 있었다. 홀브룩, 조셉 시티, 윈스로우 등의 고을이었다. 이윽고 키가 큰 나무들이 다시 보였다. 차는 김을 푹푹 뿜어 내면서 비탈길을 오르느라고 진땀을 뺐다. 바로 여기가 프래그 스텝이라는 곳으로 이 근처에서 가장 높은 지대였다. 프래그 스텝에 내려서서 널따란 평

원을 건너갔다. 길이 저만큼 앞에서 없어져 버렸다.

이 근처는 물도 귀했다. 사마셔야 할 판이었다. 1갈론에 5센트, 10센트, 또는 15센트까지 했다. 태양은 건조한 바위밖에 없는 이 지대를 바싹 말려 놓고 있었다. 앞에는 톱니처럼 움푹움푹한 산봉우리들이 솟아나 애리조나 주의 서쪽 벽을 쌓고 있었다. 이제 그들은 태양볕과 가뭄으로부터 탈출하고 있는 것이다. 밤새도록 차를 몰아서 밤 사이에 이 산악지대에까지 이른 것이다. 그 톱니 같은 산간 지대를 밤중에 통과할 때면 그들의 파리한 헤드라이트 불빛이 길바닥가에 우뚝 서있는 절벽으로 펄럭거렸다. 산의 정상을 어둠 속에서 통과해서 밤늦게야 아래로 천천히 내려왔다. 오트맨의 부서진 바위틈을 빠져 나왔다. 아침 해가 떴을 때에는 그들의 발 아래에 콜로라도 강물이 보였다. 그들은 토포크로 차를 몰아 다리에 이르자 차를 세웠다. 감시관이 와서 앞 유리창에 붙은 쪽지를 뜯어냈다. 그런 다음 다리를 건너 부서진 바위가 깔린 황야에 들어섰다. 몸은 피로할 대로 피로했다. 아침 햇살이 따가워지고 있었다. 그들은 차를 멈추었다.

아버지가 소리쳤다. "야아, 다 왔구나, 캘리포니아에 도착했다!" 그들은 햇빛에 반짝이는 깨진 바윗돌들을 멍청히 쳐다 보았다. 그리고 그들이 통과해 온 애리조나의 무시무시하게 솟아 있는 절벽을 돌아보았다.

"사막이 있어요." 톰이 말했다. "우리는 빨리 물이 있는 곳을 찾아서 쉬어야 해요."

길은 강을 따라서 가지런히 뻗어 있었다. 달아오른 차가 니들즈에 도착한 것은 아침이 훨씬 지나서였다. 거기에서 강은 갈대밭 사이를 급히 흐르고 있었다.

조우드 일가와 윌슨 부부는 강가로 차를 몰았다. 그들은 차에 앉아서 아름답게 흐르는 강물과 그 물살에 나부끼고 있는 초록빛 잡초들을 내다 보았다. 강가에는 작은 캠프장이 마련되어 있었다. 물 가까이에 여남은 천막이 쳐있었고 땅바닥에는 수초들이 무성했다. 톰이 차창 밖으로 몸을 내밀고 말했다. "우리가 여기서 좀 묵고 가도 괜찮겠습니까?"

양동이 속에서 빨래를 비비고 있던 한 뚱뚱한 부인이 올려다 보더니 말했다. "이건 우리 땅이 아니오. 묵을 테면 묵으시오. 조금 있으면 순찰이 와서 당신들을 조사할 거요."

그러더니 그녀는 햇빛을 받으며 하던 빨래를 계속했다.

두 차는 수초가 깔린 깨끗한 곳에 가서 섰다. 천막이 차에서 내려졌다. 윌슨네 천막이 세워지고 조우드네 방수 범포가 밧줄 위에 펼쳐졌다.

윈필드와 루시는 버드나무 사이로 해서 잡초가 우거진 곳으로 슬슬 걸어 나갔다. 루시가 작은 목소리로 힘을 주며 말했다. "캘리포니아다. 바로 여기가 캘리포니아야. 우리가 여기에 온 거야!"

윈필드는 왕골대를 하나 꺾어서 그걸 배배 꼬았다. 그 안에서 하얀 줄기를 뽑아 입에 넣고 자근자근 씹었다. 그들은 물속에 들어가서 가만히 서있었다. 물은 그들의 종아리만큼 올라왔다.

"그런데 아직도 사막이 있대." 루시가 말했다.

"사막이 어떻게 생긴 건데?"

"나도 몰라. 사막이라고 하는 데를 그림으로 한번 본 일이 있는데 말야, 사방에 뼈다귀가 깔려 있더라."

"사람 뼈다귀야?"

"사람 뼈다귀도 있을 거야. 하지만 대개 소 뼈다귀래."

"그럼, 우리도 그 뼈다귀를 보게 되겠구나, 응?"

"그럴 거야. 나도 잘 모르겠어. 밤중에 거기를 통과한대. 톰 오빠가 그랬어. 거기를 대낮에 지나가면 말야. 사람이 타서 죽어버린대."

"아이, 참 시원하다." 윈필드가 말하면서 발가락을 모래 바닥 속에 파묻었다.

그들은 어머니가 부르는 소리를 들었다. "얘들아! 루시! 윈필드! 어서 오너라." 그들은 돌아서서 버드나무와 잡초 사이를 천천히 걸어갔다.

다른 천막들은 조용했다. 이들 두 차가 들어올 때에는 여기저기 천막 문틈으로 사람들이 고개를 내밀었으나 이제는 모두 들어가 버렸다. 두 집 천막이 세워지고 이제 남자들만이 모여 앉았다.

톰이 말했다. "난 좀 내려가서 목욕이나 하겠어요. 목욕을 못 해서 죽겠어요. 자기 전에 꼭 해야지. 할머니가 천막에 들어가신 뒤에 좀 어떠신지 모르겠네."

"글쎄 말이다." 아버지가 말했다. "깨시지 않게 해야지." 그는 고개를 천막 쪽으로 돌렸다. 범포 밑에서 우는 듯한 중얼거리는 소리가 들려 왔다. 어머니가 재빨리 안으로 들어갔다.

"할머니가 깨신 거야. 괜찮아." 노아가 말했다. "밤새도록 트럭 안에서 무어라고 중얼중얼하셨어. 이제 전혀 의식이 없으신가봐."

톰이 말했다. "그래 맞아, 할머니가 너무 지치셨어. 지금이라도 좀 쉬게 해드리지 않으면 오래 못 가시겠군. 아주 기진맥진하셨나 봐. 누가 나하고 같이 안 가겠어? 난 가서 목욕이나 하고 그늘에 들어가서 잠이나 잘래. 하루종일 말이야." 그는 일어나 걸어갔다. 다른 사람들이 그를 따라갔다.

그들은 버드나무 옆에서 옷을 벗고 물속에 들어가 앉았다. 한참 동안이나 그들은 그대로 앉아서 발꿈치를 모래 바닥에 묻고 고개들만 물 위로 내밀고 있었다.

"정말이지, 목욕이 하고 싶어서 죽을 뻔했어." 앨이 말했다. 그는 바닥에서 모래를 한 줌 긁어 자기 몸뚱이에 문질렀다.

그들은 물속에 누워서 니들즈〔바늘이라는 뜻〕라고 불리는 산봉우리들을 쳐다 보았다. 멀리 애리조나의 하얀 돌산이 보였다.

"우리가 저 사이를 뚫고 왔구나." 아버지가 놀랍다는 듯이 경이스런 표정을 지으며 멀리로 눈길을 돌렸다.

존 삼촌은 물 속에 머리를 처박았다. "자, 인제 우리가 여기까지 왔구나. 여기가 캘리포니안데 별로 그렇게 번창해 보이지는 않는데?"

"아직도 사막을 건너야 해요. 그런데 그 사막이 아주 고약한가 봐요?" 톰이 말했다.

노아가 물었다. "그럼, 오늘밤에 떠나는 거니?"

"아버지는 어떻게 생각하세요?" 톰이 물었다.

"글쎄 말이다. 가족들이 조금 쉬는 게 좋긴 좋겠는데. 특히 할머니가 말이다. 하지만 어차피 갈 바에는 하루라도 빨리 가서 일자리를 얻고 정착하고 싶다. 인제 돈도 한 40달러밖에 남지 않았다. 모두가 나가서 일을 하고 돈을 조금씩이라도 벌어야 마음이 놓이겠구나."

그들은 물속에 앉아 물살이 끌어당기는 힘을 느끼고 있었다. 설교사는 팔과 손을 물위에 둥둥 뜨게 하고 있었다. 사람들의 몸뚱이는 목덜미와 팔목까지는 새하얗고, 손과 얼굴과 앞가슴에 파인 V자는 흑갈색으로 그을러 있었다. 그들은 모래를 집어서 몸을 문질렀다.

노아가 게으른 소리를 했다. "이렇게만 하고 있었으면 좋겠다. 언제까지나 여기서 이렇게만 있고 싶다. 배고프지도 않고, 슬프지도 않으며, 죽을 때까지 이 물속에만 누워서. 우리 안의 돼지처럼 말이야."

톰이 강 건너에 있는 험한 산봉우리와 니들즈의 하류 쪽 산들을 바라보면서 말했다. "이렇게 험한 산은 정말 처음 보는데. 사람 잡을 고장이로구먼. 해골 같은 산이야. 죽을 것을 각오하고 대들지 않으면 안 되는 산이야. 나도 그림에서 보았지만, 넓은 목장에 파란 풀밭이 깔리고 어머니가 얘기하는 것처럼 군데군데 작은 하얀 집들이 서있는 거 말야. 어머니는 그 하얀 집에 마음이 팔려 있어. 하지만 그런 고장은 어쩌면 아무 데를 가도 없을지 몰라. 그런 그림은 수없이 보았지만 말야."

아버지가 말했다. "캘리포니아에 갈 때까지만 기다려라. 거기 가면 살기 좋은 데가 있을 게다."

"아버지도 참! 여기가 캘리포니아라구요."

청바지에다 땀에 젖은 파란 셔츠를 입고 있는 두 남자가 버드나무 사이로 걸어오더니 발가벗고 있는 남자들을 쳐다 보았다. 그들이 소리쳤다. "수영할 만합니까?"

"글쎄요." 톰이 말했다. "우린 수영은 안 하고 그냥 이렇게 앉아만 있는데 시원해서 괜찮군요."

"우리가 들어가도 괜찮겠지요?"

"이건 우리가 산 것이 아니라오. 조금 빌려 드리지요."

두 남자가 바지를 벗고 셔츠를 벗어 젖히더니 물속으로 저벅저벅 걸어왔다. 먼지가 그들의 무릎까지 덮여 있었고 발은 땀이 나서 부드럽고 미끈했다. 그들은 천천히 물속에 앉더니 아무렇게나 옆구리를 씻기 시작했다.

그들은 햇볕에 그을려 있었고 부자지간으로 보였다. 물을 뒤집어 쓰면서 끙끙거리기도 하고 중얼거리기도 했다.

아버지가 점잖게 물었다. "서부로 가시는 길이오?"

"천만에요. 우린 거기서 돌아오는 길이지요. 고향으로 돌아가는 길이라구요. 거기서는 먹고 살 수가 없습디다."

"고향이 어디시오?" 톰이 물었다.

"팬핸들이오. 팜파 근처지요."

아버지가 물었다. "우리도 가면 먹고 살 수 없을까요?"

"글쎄요. 하지만 우리는 최소한 굶어 죽더라도 우리가 아는 사람들하고 같이 모여서 굶어 죽을 거요. 우리하고 같이 굶어 죽기를 싫어하는 그런 놈들이 많은 곳에서 죽고 싶지는 않으니까요."

아버지가 말했다. "나는 당신하고 똑같은 소리를 하는 사람을 하나 만난 일이 있는데, 도대체 무엇 때문에 그 사람들이 당신을 미워하지요?"

"알 수 없지요." 그 남자가 말했다. 그는 손바닥으로 물을 퍼서 얼굴을 닦았다. 푸푸 불기도 하고 거품을 내기도 했다. 땟국물이 그의 머리에서 흘러 목덜미로 줄을 그으며 내려갔다.

"그 얘기 조금 더 들려 주시구려." 아버지가 말했다.

"나도 듣고 싶어요." 톰이 말했다. "그 서부놈들은 왜 당신 같은 사람을 미워한답니까?"

그 남자는 날카롭게 톰을 쏘아보았다. "당신들도 서부로 가는 길이오?"

"바로 그렇소만."

"캘리포니아에 가본 적 없어요?"

"없어요."

“글쎄, 내 말을 그대로 믿지는 마시오. 가서 직접 부딪혀 보시오.”

“그러지요.” 톰이 말했다. “하지만 가서 무얼 어떻게 해야 할지 궁금하니까 물어보는 거 아니오?”

“글쎄, 꼭 알고 싶으시다면, 나도 좀 경험이 있는 편이니까 말해 드리지요. 캘리포니아는 정말 좋은 곳이오. 그런데 그 땅은 오래 전에 이미 도둑 맞은 땅이라오. 당신들도 사막을 건너서 베이커즈필드 근처의 고장에 가게 될 거요. 그렇게 아름다운 고장은 일찍이 본 적이 없을 거요, 아마. 사방이 온통 과수원이고 포도밭이고 그렇게 아름다울 수가 없지요. 30척 땅 밑에서 지하수가 펑펑 쏟아지는 편평한 들판을 가로질러 갈 거요. 그런데 그 땅이 공한지라 이거지요. 그렇지만 당신들은 그 땅을 마음대로 못 씁니다. 그건 ‘토지가축회사’ 것이지요. 그놈들은 땅을 갈고 싶지 않으면 그냥 놓아 두는 거요. 만약 당신들이 거기에 들어가서 땅을 조금이라도 갈면 당장에 감옥에 들어가는 거요.”

“땅이 좋다면서 그 땅을 안 갈아요?”

“그렇다니까요. 땅이야 기름지고 좋지요. 그런데 그걸 그냥 묵혀 두는 거요! 그걸 보면 화가 나서 미칠 지경이지요. 하지만 당신들은 안 보았으니까 모를 거요. 그 사람들은 눈으로 말을 하지요. 당신들을 쳐다보고 나서 그 사람들의 표정이 어떻게 되는지 아시오? ‘너 같은 놈 보기도 싫다, 이 개새끼야!’ 혹시 그 녀석이 보안관보라도 되면 당신들은 더 골탕을 먹지요. 당신들이 길가에 캠프를 치면 그놈이 와서 다른 데로 가라고 밀어붙인다오. 사람들의 얼굴을 들여다 보면 당신들이 얼마나 미움을 받고 있는지를 알게 될 거요. 내가 한 가지 알려드리지. 그놈들은 말이오, 무언가 겁이 나니까 사람을 미워하는 거요. 배고픈 사람은 먹을 것을 먹어야 하니까 여하튼 먹을 것을 찾아서 무슨 짓이라도 한다 이거요. 또 그놈들은 그것을 잘 알고 있지요. 그놈들도 공한지를 놓아 두는 것이 죄악이라는 것을 알 정도로는 양심이 있으니까, 누가 와서 그걸 빼앗을까 봐 겁을 내는 거요. 제기랄, 망할 놈의 세상! 당신들은 아직 오키라는 별명으로 불려 본 일이 없소?”

톰이 물었다. "오키라니요? 그게 무슨 말이오?"

"그건 말이오. 오클라호마에서 온 사람을 부르는 별명이었다오. 이제는 그게 단순히 오클라호마 출신이라는 뜻으로 쓰이는 게 아니라 더러운 개새끼라는 욕으로 발전했다오. '오키'라면 더러운 놈, 병신…… 여하튼 제일 고약한 욕이 되었지요. 그 자체는 별다른 뜻이 있는 말이 아니지요. 그렇게 불러도 괜찮은 이름이지요. 하지만 내가 그걸 다 말로 설명해 줄 수는 없으니까 가서 직접 부딪혀 보시구려. 거기에는 우리 같은 사람들이 한 30만 명이나 가있다고 하더군요. 모두들 개돼지처럼 살고 있다오. 무엇이든지 다 주인이 있고, 다 차지하고 있으니까. 남은 것은 아무것도 없어요. 그걸 차지하고 있는 놈들은 그걸 안 빼앗기기 위해서라면 이 세상 사람들을 모조리라도 죽여 버릴 거요. 그러니까 그놈들은 속으로 겁이 나고, 그래서 그놈들은 더 악랄해지는 거요. 가서 직접 들어야 해요. 아마 그렇게 아름다운 고장은 없을 거요. 하지만 그 아름다운 땅이 당신들한테는 아무 소용이 없어요. 그놈들은 너무 겁이 나서 저희들끼리도 잘 지내지 못한다오."

톰은 물속을 내려다 보았다. 그는 발뒤꿈치를 모래 속에 박았다. "그럼, 가령 일을 하면서 돈을 좀 저축하면 땅이라도 좀 살 수 없을까요?"

그 남자는 웃었다. 그리고 자기 아들을 쳐다 보았다. 아무 말도 하지 않고 있는 아들은 거의 의기양양해져 피식 웃고 있었다. 그 남자가 말했다. "당신은 절대로 꾸준히 할 수 있는 일자리를 얻을 수가 없을 거요. 매일매일 그날 저녁거리를 구하느라고 발버둥을 쳐야 할 거요. 더군다나 그런 일도 당신을 업신여기는 놈들하고 같이 해야 하는 거요. 목화를 따 보시오. 아마 틀림없이 그놈들은 저울을 속일 거요. 제대로 된 저울도 있지만 대개가 엉터리라오. 저울이 다 엉터리라고 생각해 보았자 어느 것이 진짜고 어느 것이 가짠지 알 수가 있어야지. 여하튼 이럴 수도 저럴 수도 없는 노릇이라니까요."

아버지가 침울한 목소리로 물었다. "거기는 무엇이나 다 그런 식으로 좋은 일이라고는 하나도 없는 곳이오?"

"물론 겉으로 보기에는 훌륭하지요. 하지만 당신은 그런 모든 것을 한 조각도 가질 수가 없다 이거요. 노란 오렌지의 동산이 있지요. 거기에는 총을 들고 있는 놈이 있는데, 그놈은 당신이 만약 오렌지에 손만 대면 당신을 쏘아 죽일 권리가 있어요. 해변 근처에는 신문사를 경영하는 놈이 있는데, 그놈은 백만 에이커의 땅을 가지고 있다오."

케이시가 놀랍다는 듯 머리를 휙 돌렸다. "백만 에이커? 그래 그 사람은 그렇게 많은 땅을 가지고 무얼 한답디까?"

"그야 모르지요. 여하튼 그 사람이 소유하고 있는 거니까. 가축이나 몇 마리 기를 테지요. 그놈들은 사람들이 못 들어오도록 사방에 땅지기를 두고서 방탄 자동차를 타고 돌아다니지요. 나도 그 사람의 사진을 본 일이 있어요. 뚱뚱하고 미끈하게 생긴 놈이 야비하게 생긴 눈을 하고, 입은 꼭 똥구멍같이 생겼더군요. 죽을까봐 되게 겁은 나는 모양이지요. 백만 에이커나 가지고 죽을까봐 벌벌 떨고 있다오."

케이시가 물었다. "도대체 백만 에이커나 가지고 무슨 짓을 하려는 거지요? 무엇 때문에 땅을 그렇게 많이 가지고 있을까?"

그 남자는 하얗게 핏기가 빠져 쭈글쭈글해진 손을 물 위에 치켜들고 펼쳐 보이더니 아랫입술에다 힘을 주면서 고개를 한쪽 어깨 쪽으로 까딱 숙였다. "모르지요. 아마 좀 정신이 돌았겠지요. 돈 게 틀림없어요. 그 놈 사진을 보았는데 꼭 미친놈 같아요. 게다가 아주 야비하게 생겼더군요."

"그런데 그 친구가 죽을까봐 겁을 낸다구요?" 케이시가 물었다.

"그렇다고들 합디다."

"하느님에게 부름을 받는 것이 두렵다 이거요?"

"그거야 모르지만 여하튼 겁을 내고 있다고 합디다."

"그 사람은 무슨 재미로 사는 거요? 그런 사람은 아무런 오락도 모르는 모양이군요?" 아버지가 말했다.

"우리 할아버지는 아무것도 무서워하시지 않았지요." 톰이 말했다. "할아버지는 당신이 가장 즐기시는 일을 하실 때에는 거의 붙잡혀 죽을 일만 하셨어요. 한 번은 할아버지하고 또 한 사람이 밤중에 나바호 토인〔애리조나, 뉴멕시코, 유타 등 각 주에 살고 있음〕촌을 습격해 들어갔지요. 두 사람 다 어찌나 신이 났는지 눈이 반짝반짝하더군요. 그때의 광경을 본 사람은 아무도 그가 살아서 돌아오리라고는 상상도 못했을 거예요.”

케이시가 말했다. “그게 바로 사람이 사는 방식이란 말이야. 신나게 재미를 보고 다른 것은 일절 신경을 쓰지 않는 사람도 있고, 또 어떤 사람은 혼자서 인색하고 고독하게 살면서 늙어 외롭게 죽을까봐 벌벌 떨고!”

아버지가 물었다. “백만 에이커나 있는 사람이 어째서 실망을 하겠어요?”

설교사가 빙긋이 웃었다. 그리고는 난처한 표정을 지었다. 그는 물장군이 한 마리 떠오는 것을 물탕을 쳐서 멀리 밀어 버렸다. “만약 그가 자신이 부자라고 느끼기 위해서 백만 에이커를 가지고 있을 필요가 있다면, 그는 틀림없이 정신적으로 굉장히 가난하기 때문일 거요. 그리고 정신적으로 가난하다면 아무리 백만 에이커를 가졌더라도 자기가 부자라는 느낌을 못 갖는 법이지요. 그러니 어떤 것도 자기를 부자로 느끼게 해주는 것이 없기 때문에 그런 사람은 실망을 하는 거지요. 할아버지가 돌아가셨을 때 자기의 천막을 내준 윌슨 부인보다도 더 가난한 사람이지요. 나는 무슨 설교를 하려는 것은 아니오. 다만 말하고 싶은 것은, 미친 개처럼 돌아다니면서 재물을 긁어 모은 사람치고 실망하지 않는 사람을 못 보았다는 거요.” 그는 피식 웃었다. “좀 설교같이 들릴지 모르겠는데요?”

이젠 해가 제법 맹위를 떨쳤다. 아버지가 말했다. “물속으로 들어가야겠군. 어찌나 해가 뜨거운지 혼을 빼겠어.” 그러면서 그는 뒤로 물러앉아 자기의 목덜미 주위까지 물이 흐르게 했다.

“사람이란 열심히 일을 하고 싶은 욕망이 있는 법인데, 그 욕망이야 누군들 꺾을 수 있겠소?” 아버지가 물었다.

그 남자가 자세를 고쳐 앉더니 아버지를 정면으로 바라보았다. “이거 보세요. 나는 아무것도 모르는 사람이오. 혹시 당신은 거기에 가서 일정한 안정된 일자리를 구할지도 모르고 그렇게 되면 내가 거짓말쟁이가 될 거요. 그리고 당신은 또 아무런 일자리도 못 구할지도 모르지요. 그러면 내가 당신한테 충고를 하지 않은 셈이 되지요. 여하튼 대부분의 사람들이 아주 비참한 생활을 하고 있다는 것만 알아 두시오." 그는 물속에 벌렁 누워 버렸다. "모든 것을 다 아는 사람은 없으니까." 그가 덧붙였다.

아버지는 고개를 돌려 존 삼촌을 쳐다 보았다. "왜 존은 아무 말이 없지? 우리가 고향을 떠난 뒤에 존의 말은 단 두 마디도 못 들었을 거야. 이 문제를 어떻게 생각해?"

존 삼촌은 얼굴을 찡그렸다. "난 아무 생각도 없어. 어차피 우리는 거기에 가는 거야, 안 그래? 이런 얘기를 아무리 해보았자 우리가 안 갈 바도 아니고, 우리가 거기에 도착하면 도착하는 거고, 일자리를 얻으면 얻는 거고, 또 못 얻으면 꼬리를 틀고 주저앉는 거지 뭐, 별수가 있겠어? 이런 얘기 아무리 해보았자 무슨 소용이 있어?"

톰은 누워 있다가 갑자기 웃음을 터뜨리는 바람에 입에 담긴 물을 분수처럼 내뿜고 말았다. "존 삼촌은 말은 안 하지만 일단 말을 했다 하면 옳은 말만 하셔. 그럼요! 삼촌 말이 열 번 맞아요. 우리는 오늘 밤에 떠나는 거죠, 아버지?"

"그게 좋겠다. 사막을 건너 두는 게 나을 것 같다."

"그럼 난 숲속에 들어가서 잠이나 좀 자두어야겠어요."

톰이 일어나서 모래가 깔린 물가로 걸어 나갔다. 그는 젖은 몸 위에 옷을 그대로 걸쳐 입더니 햇볕에 옷이 뜨거워졌는지 몸을 부르르 떨었다. 다른 사람들도 톰을 따라 일어섰다.

물속에 남은 두 부자가 조우드네 가족들이 사라져 가는 것을 지켜 보고 있었다. 아들 쪽이 말했다. "한 반년만 지내 보라지, 제기랄!"

그 남자는 손가락 끝으로 한쪽 눈구석을 닦았다. "내가 괜한 소리를 해준 모양이다. 사람은 누구나 아는 체를 하고 싶어한단 말이야. 그래서 남들한테 이런 저런 쓸데없는 이야기를 지껄이거든." 그가 말했다.

"그런 얘기 하면 어때, 아버지? 그 사람들이 해달랬잖아?"

"그건 그렇지만 말이다. 하지만 아까 그 사람들 말처럼, 그 사람들은 어차피 갈 사람들이니까 말이다. 내가 말했다고 해서 아무것도 달라질 것이 없잖으냐. 다만 그 사람들의 마음을 미리부터 비참하게 해주었을 뿐이지."

톰은 버드나무 속으로 들어가 그늘진 자리를 찾아 누웠다. 노아도 그를 따라갔다.

"난 여기서 좀 잘래."

"야, 톰!"

"응?"

"야, 톰, 나는 안 가련다."

톰이 벌떡 일어나 앉았다. "그게 무슨 소리야?"

"야, 나는 이 물을 떠나지 않으련다. 나는 이 물가를 왔다갔다하면서 남아 있으련다."

"형 돌았구먼." 톰이 말했다.

"낚싯줄이나 하나 구해서 고기나 잡아야겠다. 강물이 있으면 굶어 죽지는 않는다."

톰이 말했다. "가족들은 어떻게 하고? 또 어머니는 어떻게 하라고?"

"할수없지. 나는 이 물을 떠나고 싶지 않다." 노아의 큼직한 눈이 반쯤 감겼다. "너는 알 거다, 톰. 가족들이 나한테 얼마나 신경을 써서 잘 해주는지 너도 알 거다. 하지만 다들 나를 별로 좋아하지 않는 모양이더라."

"형, 돌았어?"

"아냐, 그런 게 아냐. 나는 나를 잘 안다. 사람들이 나를 안됐다고 생각한다는 걸 알고 있어. 하지만, 여하튼 나는 안 간다. 톰, 네가 어머니한테 이야기해라." 그는 걸어가 버렸다.

톰이 강둑 쪽으로 그의 뒤를 따랐다. "내 말 좀 들어봐, 이 바보야."

“소용없어.” 노아가 말했다. “나도 슬프다. 하지만 도리가 없어. 나는 나대로 가야겠다.” 그는 갑자기 몸을 휙 돌리더니 강가를 따라 하류 쪽으로 걸어갔다.

톰이 따라가려고 몸을 일으켰으나 다음 순간 멈추어 섰다. 그는 노아가 숲속으로 사라졌다가 강줄기의 끝을 따라 다시 나타나는 것을 지켜보았다. 노아가 점점 작아졌다. 마침내 그는 버드나무 숲속으로 아주 사라져 버렸다. 톰은 모자를 벗고 머리를 긁었다. 그는 버드나무 그늘 속으로 돌아가서 잠을 청하고 누웠다.

방수 범포를 쳐놓은 아래에 할머니가 매트리스를 깔고 누웠고 어머니가 그 옆에 앉아 있었다. 공기는 숨이 막힐 정도로 더웠고 파리들이 천막 그늘 속에서 웅웅거리고 있었다. 할머니는 기다란 보라색 휘장을 덮고 발가벗은 채였다. 하얗게 된 머리를 좌우로 흔들면서 그녀는 무어라고 중얼거렸다. 가끔 숨이 차는 모양이었다. 어머니는 그녀 곁의 땅바닥에 앉아 있었다. 빳빳한 종이 쪽지 하나를 들고 파리를 쫓으면서 그 딱딱한 늙은 얼굴 위에 가느다란 바람을 일으키고 있었다. 로쟈샤안은 맞은편에 앉아서 어머니가 하는 일을 지켜보고 있었다.

할머니가 명령하는 말투로 불렀다. “윌! 윌! 너 이리 오너라, 윌!” 그러더니 그녀는 눈을 뜨고 사방을 사납게 둘러보았다. “이리 오라고 해! 내가 가서 잡아야겠다. 그놈 대가리의 머리채를 붙잡아야겠다.” 그녀는 눈을 감고 고개를 앞뒤로 저으면서 볼멘소리로 중얼거렸다. 어머니는 종이로 부채질을 했다.

로쟈샤안은 기가 막히다는 듯 할머니를 내려다 보았다. 그녀가 가만히 말했다. “할머니는 몹시 아프신가봐.”

어머니가 눈을 들어 딸의 얼굴을 쳐다 보았다. 어머니의 얼굴은 긴장되어 있었으며 이마에는 주름살이 그어져 있었다. 어머니는 계속 부채질을 했고 그 종이 쪽지가 파리들을 쫓아주었다.

“애야, 로쟈샤안, 사람이 젊었을 때에는 이 세상에 일어나는 모든 일이 그저 그 자체로서 끝나고 만다. 그건 쓸쓸한 일이지. 그건 이미 알고 있는 일이고, 나도 젊었을 때의 기억이 있다. 얘, 로자샤안." 그녀는 딸의 이름을 좋아했다. "너도 이제 애를 낳게 된다. 그 사실 자체가 너에게는 쓸쓸하고 조금은 남의 일처럼 느껴질는지도 모른다. 그것은 네 마음에 상처를 입힐 것이고 그 상처는 외로운 상처가 될 것이야. 로자샤안, 이 천막도 이 세상에서는 하나밖에 없는 외로운 물건이지." 그녀는 잠시 쇠파리를 내쫓느라고 손으로 공중을 휘저었다.

큼직한 파리가 날개를 번쩍거리면서 천막 속을 두어 번 맴돌더니 눈부신 햇빛 속으로 날아가 버렸다.

어머니가 말을 이었다. "그러다가 커다란 변화가 올 때가 있다. 그 변화가 올 때에는, 사람이 죽는 것도 결국 모든 사람이 죽으니까 죽는 것이 되고, 사람이 태어나는 것도 그런 것이 되는 것이다. 사람이 낳고 죽는다는 것은 결국 한 가지 일의 두 가지 면에 불과하다. 그때가 되면 모든 것이 외롭지 않게 된다. 상처도 그다지 아프지 않게 된다. 왜냐하면, 이제 더 이상 외로운 상처가 아니기 때문이다. 얘, 로자샤안, 나는 네가 알아듣게 말을 하고 싶었는데 그게 잘 안되는구나." 그녀의 목소리는 너무도 부드러웠고 애정이 넘쳤으므로 그녀의 말을 듣고 있던 로자샤안의 눈에는 눈물이 괴었고 그 눈물이 흘러 넘쳐 앞이 보이지 않을 정도였다.

"이걸 들고 할머니한테 부채질을 해드려라." 어머니가 말했다. 그녀는 딸에게 종이 쪽지를 건네 주었다. "그렇게 했으면 좋겠는데, 너한테 알아들을 수 있게끔 잘 이야기해 줄 수 있었으면 말이다."

할머니는 감은 눈 바로 위까지 이맛살을 찌푸리면서 소리를 질렀다. "월! 넌 왜 그렇게 더럽게 하고 있니? 너 가서 씻지 못하겠니?" 그녀의 주름진 작은 손톱들이 움직이더니 뺨을 긁적거렸다. 빨간 개미 한 마리가 범포 위를 달려가다가 할머니의 목 위 부드러운 살에 떨어졌다.

어머니가 재빨리 손을 뻗어서 그것을 집어 들고 엄지와 첫째 손가락 사이로 비벼 버린 다음 손가락을 옷에 닦았다.

로자샤안은 종이 쪽지로 부채질을 했다. 그녀는 어머니를 올려다 보았다. "할머니는……?" 말이 나오다 말고 그녀의 목에서 달라 붙었다.

"발 좀 닦아라, 월. 이 더러운 놈아!" 할머니가 소리를 질렀다.

어머니가 말했다. "글쎄, 모르겠다. 이렇게 덥지 않은 곳으로만 모시고 간다면 되겠는데, 어떻게 될지 모르겠구나. 걱정 마라, 로자샤안. 숨을 들이마실 필요가 있을 때에는 들이마시고 또 내쉬고 싶을 때에는 그렇게 하는 거다."

다 떨어진 까만 드레스를 걸친 덩치 큰 여자 하나가 천막 안을 들여다보았다. 눈이 맑은 편이나 초점이 뚜렷하지 않은 그녀는, 턱밑에 군살이 부풀어 주렁주렁 매달려 있었다. 입술이 벌쭉하게 벌어져 있었다. 윗입술은 이빨 위에 커튼처럼 덮여 있었고 아랫입술은 그 자체가 무거워서인지 밖으로 내밀려 아랫잇몸을 드러내고 있었다. "안녕하세요, 아주머니?" 그녀가 인사를 했다. "안녕하세요? 찬미 예수!"

어머니가 돌아다 보았다. "안녕하세요?"

그 여자는 천막 안으로 몸을 굽혀 들어오더니 할머니 앞에 고개를 수그렸다. "여기에 곧 하느님께 돌아가실 분이 있다기에 들렀어요. 찬미 예수!"

어머니의 얼굴이 굳어지고 눈이 날카로워졌다. "아뇨, 몹시 지치셨을 뿐이에요." 어머니가 말했다. "뙤약볕을 맞고 먼길에 오시느라고 몹시 지치셨지요. 그냥 피로하셔서 그래요. 좀 쉬시면 괜찮으실 거예요."

그 여자는 할머니의 얼굴 위로 몸을 굽혔다. 거의 코로 냄새를 맡는 시늉을 했다. 그러더니 그녀는 어머니에게 돌아서서 고개를 까딱거리고 있었다. 그녀의 입술이 떨리고 턱밑 살이 흔들렸다. "한 사람의 귀한 영혼이 하느님께 가까이 가려 하고 있어요." 그녀가 말했다.

어머니가 소리를 질렀다. "그렇지 않아요!"

그 여자는 고개를 끄덕이면서 할머니의 이마에 두툼한 손을 얹었다. 어머니가 그 손을 잡아채려고 손을 뻗었다가 얼른 도로 집어넣었다. "예, 그렇군요, 자매여!" 그 여자가 말했다. "우리 천막 안에는 신도가 여섯 사람이 있어요. 내가 가서 모두 데리고 오지요. 모여서 기도를 드려야겠어요. 모두 여호와교의 신도들이지요. 나까지 해서 모두 여섯이 있어요. 내가 가서 얼른 데려올께요.”

어머니는 굳은 표정이 되었다. “안 돼요.” 그녀가 말했다. “어머님은 지금 너무 피로하신 거예요. 그렇게 시끄럽게 하시면 안 돼요.”

그 여자가 말했다. “그거 무슨 소리를 하시는 거요? 은총을 받을 수가 없다구요? 예수의 평화로운 숨결을 못 받으세요?”

어머니가 애원하듯 말했다. “여기서는 안 돼요. 지금은 너무 피곤하세요.”

그 여자는 책망이라도 하듯이 어머니를 쳐다 보았다. “아주머니는 신도가 아니세요?”

“우리도 언제나 믿어 왔어요.” 어머니가 말했다. “하지만 어머님은 지금 몹시 피곤하신 상태예요. 우리는 밤새도록 차를 타고 왔어요. 당신네들을 괴롭게 해드리지 않겠어요.”

“그건 괴로운 게 아니라오. 설사 괴로운 일이라고 해도 천당에 오르시는 영혼을 위해서 우리는 그렇게 하고 싶은 거요.”

어머니가 무릎을 꿇고 일어섰다. “아주머니 감사합니다.” 그녀는 공손한 태도로 그러나 차갑게 말했다. “우리는 이 천막에서 기도회 같은 것은 안 하겠어요.”

그 여자는 어머니를 오랫동안 쳐다보고 있었다. “하지만 우리는 한 자매를 아무런 기도나 찬송도 없이 보내 드리지는 않겠어요. 그럼, 우리는 기도회를 우리 천막 속에서라도 해야겠어요. 그리고 우리는 당신의 무정한 마음을 용서하겠어요.”

어머니는 다시 주저앉아서 고개를 할머니 쪽으로 돌렸다. 그녀의 얼굴은 아직도 딱딱하게 굳어 있었다. “할머니는 지치셨다. 지치신 것 뿐이다.” 그녀가 말했다. 할머니는 고개를 좌우로 흔들면서 가쁜 숨으로 무어라고 중얼거렸다.

왔던 여자는 뻣뻣하게 걸어 나갔다. 어머니는 계속 할머니의 주름진 얼굴을 내려다 보고 있었다.

로자샤안은 종이로 부채질을 하면서 더운 공기라도 열심히 부쳐 주었다. 그러다가 그녀가 말했다. "어머니!"

"왜 그러니?"

"왜 그 사람들한테 기도를 못 하게 했어요?"

"글쎄, 모르겠다." 어머니가 말했다. "나도 모르겠다. 여호와 사람들은 좋은 사람들이다. 하지만 무언가 이상한 생각이 드는구나. 소리를 지르고 깡충깡충 뛰기도 한단다. 그걸 참고서는 도저히 보지 못할 것 같더라. 모두들 마구 쫓아내 버릴 것만 같았다."

멀지 않은 곳에서 집회를 시작하는 소리가 들렸다. 계고를 노래하는 찬송이었다. 가사는 뚜렷하지 않았지만 곡조는 잘 들렸다. 목소리가 오르락내리락하다가 올라갈 때마다 점점 더 높아졌다. 그러면 거기에 답해서 다른 목소리가 노래와 노래 사이를 메꾸었고, 계고의 기도 소리는 의기양양해서 높아졌으며 힘을 넣은 큰소리가 노랫소리에 섞였다. 노랫소리가 부풀었다가는 멎었고 커다란 목소리가 거기에 응답했다.

점차 계고의 말들이 짧아지고 더 날카로워져서 마침내 명령처럼 들려왔다. 그리고 응답하는 소리에는 무언가 꾸짖는 듯한 음조가 섞였다. 리듬이 빨라졌다. 남자와 여자의 목소리가 한덩어리를 이루었다. 응답하는 목소리 가운데에 한 여자의 목소리가 울부짖는 듯 솟아올랐다. 하도 사납고 맹렬해서 마치 짐승의 포효같이 들렸다. 그 목소리를 따라서 더 깊고 더 굵은 여자의 목소리가 솟아올랐다. 짐승이 짖는 듯한 소리였다. 또 남자의 목소리가 마치 늑대의 울음처럼 높이 치솟았다. 계고가 끝났다. 다만 듣기 흉한 울음 소리만이 천막에서 들려왔다. 그와 함께 땅바닥을 쿵쿵 찧는 발걸음 소리가 들려왔다.

어머니가 몸을 부르르 떨었다. 로자샤안의 숨이 가쁘게 헐떡였다. 울부짖는 합창이 하도 오래 계속되기 때문에 허파가 터져 나가는 듯했다.

어머니가 말했다. "저 소리에 신경이 곤두서는구나. 무언가 이상한 기분이 든다."

이제 그들의 높은 목소리는 히스테리로 변해서 열광했다. 하이에나가 울부짖는 소리와 흡사했다. 쿵쿵 찧는 발 소리도 높아졌다. 목소리들이 째지고 갑자기 터지고 하다가 합창은 흐느낌으로 변했고 투덜거리는 듯한 소리가 되었으며 몸뚱어리를 찰싹 때리는 듯한 소리가 났고 쿵쿵 구르는 소리도 났다. 흐느낌은 작은 울음으로 변했고, 마치 한 밥그릇에 매달린 여러 마리의 강아지들이 끙끙거리는 것 같은 소리를 냈다.

로자샤안은 흥분을 못 이겨 가만히 울고 있었다. 할머니는 덮고 있던 커튼을 발로 걷어찼다. 할머니의 두 다리는 마치 공이가 박힌 잿빛 막대기 같았다. 멀리서 들리는 울음 소리를 따라서 할머니도 우는 소리를 냈다. 어머니가 커튼을 도로 할머니에게 덮어드렸다. 할머니는 깊은 한숨을 몰아쉬고 나더니 숨을 좀 고른 듯 편안해졌다. 감고 있는 눈꺼풀의 가느다란 떨림이 있었다. 그녀는 깊이 잠들었고 벌어진 입으로 코고는 소리를 흘렸다. 멀리에서 들리던 울음 소리는 점점 작아지더니 마침내 전혀 들리지 않게 되어 버렸다.

로자샤안이 어머니를 쳐다 보았다. 그녀의 눈은 눈물로 휑하니 맥이 없었다. "잘됐어요." 로자샤안이 말했다. "할머니한테 잘 되었어요. 깊이 잠이 드셨나봐요."

어머니는 고개를 떨구고 있었다. 그녀는 부끄러운 모양이었다. "혹시 내가 그 좋은 사람들한테 잘못했는지 모르겠구나. 할머니가 잠이 드셨구나."

"어머니, 혹시 죄를 지었으면 왜 우리 설교사한테 물어보지 그래요?" 딸이 물었다.

"그래야겠다. 그런데 그 사람은 좀 이상하더라. 아마 저 사람들을 못 오게 한 것도 그 설교사의 영향 때문이었는지 모른다. 그 설교사 말이다. 그 사람은 무엇이든지 사람이 하는 일은 다 옳다고 믿게 만드는 것 같더라." 어머니는 자기의 손을 쳐다 보더니 다시 말했다. "애, 로자샤안, 우리도 좀 자야겠다. 혹시 우리가 오늘밤에 떠나게 되면, 우리는 좀 자두어야 한다."

그녀는 매트리스 옆 땅다닥에 쭉 뻗고 드러누웠다.

로자샤안이 물었다. "할머니 부채질은 어떻게 하고?"

"할머니도 인제 잠이 드셨어. 너도 누워서 쉬어라."

"아이 참, 코니는 어디 갔을까?" 딸이 투덜거렸다. "한참 동안이나 못 본 것 같은데."

어머니가 말했다. "쉿! 어서 좀 쉬어라."

"어머니, 코니가 밤에 공부를 해서 무얼 해보겠대요."

"그래, 그 얘기도 너한테 들었다. 어서 좀 쉬어라."

딸은 할머니의 메트리스 끝에 누웠다. "코니는 새 계획을 생각하고 있어요. 늘 궁리만 하고 있어요. 전기 기술을 다 배우면 혼자서 가게를 차리겠대요. 그러면 우리는 무얼 하는지 아세요?"

"무얼 하니?"

"얼음이에요. 얼음을 만들 거예요. 냉장고를 만들어서 그 안에 먹을 것을 잔뜩 채울 거예요. 얼음이 있으면 아무것도 안 상하거든요."

"코니는 늘 궁리만 하더라." 어머니가 재미있다는 듯 킬킬거리고 웃었다. "인제 그만 좀 쉬어두는 게 좋을 거다."

로자샤안은 눈을 감았다. 어머니는 돌아누우면서 두 손으로 머리를 고였다. 그녀는 할머니의 숨소리에 귀를 기울이다가 로자샤안의 숨소리를 들어 보았다. 그러다가 이마에 앉은 파리를 쫓느라고 한 손을 휘저었다. 캠프장은 찌는 듯한 더위 속에 고요했다. 뜨거운 뙤약볕을 맞고 있는 풀, 귀뚜라미 소리, 그리고 윙윙거리며 나는 파리 소리, 이 모든 것이 어우러져 또 하나의 고요를 이루고 있었다. 어머니가 긴 한숨을 쉬더니 하품을 하면서 눈을 감았다. 선잠 속에서 그녀는 가까이 다가오는 발자국 소리를 들었다. 그러나 그녀를 깨운 것은 한 남자의 목소리였다.

"안에 누구 계십니까?"

어머니가 얼른 일어나 앉았다. 거무스름한 얼굴을 한 남자가 몸을 굽혀 안을 들여다 보았다. 그는 장화를 신었고 카키색 바지에 견장이 달린 카키색 셔츠를 입었다. 샘 브라운식 벨트에 권총집이 달려 있었다. 왼쪽 가슴에는 큼직한 은색 별이 핀으로 꽂혀 있었다. 군모가 그의 뒷머리에 아무렇게나 얹혀 있었다. 그는 한 손으로 천막을 툭툭 쳤다. 빳빳하게 처있던 천막이 마치 북처럼 울렸다.

"누가 계십니까?" 그가 또 물었다.

어머니가 당황하는 기색을 애써 감추며 물었다. "누구신데 왜 그러시죠?"

" 제가 왜 그러겠습니까? 여기에 누가 오셨나 알아보러 왔습니다."

"예, 지금 여기에는 우리 세 사람밖에 없어요. 저하고 할머니하고 딸하고예요."

"남자분들은 어디 계시죠?"

"강으로 목욕을 하러 갔지요. 밤새도록 차를 몰고 왔으니까요."

"어디서 오셨습니까?"

"오클라호마의 샐리소 근처에서 왔어요."

"그러세요? 당신들은 여기에 머무르실 수가 없는데요."

"그러지 않아도 오늘밤에 떠나려고 해요. 그래서 사막을 횡단할 거예요."

"그게 좋으실 겁니다. 만약 내일 이 시간에도 여기에 그냥 계시면 다 가두어 버릴 겁니다. 이런 데에 오래 계시면 곤란합니다."

어머니의 얼굴이 화가 나서 까맣게 일그러졌다. 그녀가 벌떡 일어섰다. 그리고는 연장 상자 위에 몸을 굽히더니 닥치는 대로 프라이팬을 집어 들었다. "여보시오, 나리!" 그녀가 말했다. "당신은 쇠단추를 달고 권총도 가지고 있군요. 내가 어디서 왔든지 당신 말 좀 고분고분하게 하라구."

그녀는 프라이팬을 들고 그에게로 접근했다.

그는 벨트의 권총집을 풀었다.

"어서 쏘아봐. 여자한테 겁을 주려구? 우리집에 남자들이 없기를 다행이군. 있었더라면 당신 하나쯤은 눈 깜짝할 사이에 해치웠을 거야. 우리 고장에서는 경찰이란 모름지기 말을 조심해야 돼." 그녀가 대들었다.

그 남자는 당황한 듯 두어 걸음 뒤로 물러섰다. "당신들은 지금 당신네 고장에 있는 게 아니오. 여기는 캘리포니아란 말이오. 우리는 당신네

오키들이 여기에 정착하는 것을 환영하지 않는단 말이오."

어머니의 발걸음이 멈추어졌다. 그녀는 어리둥절한 표정이 되었다.

"오키라고?" 그녀가 가만히 중얼거렸다. "오키?"

"그렇소, 오키들이란 말이오! 내일 또 순찰 올 테니 그때까지 안 가고 있었다가는 다 집어넣어 버릴 거요." 그는 돌아서서 다음 천막으로 걸어 가더니 천막을 쿵쿵 두들겼다. "여기 누가 계시오?"

어머니가 천천히 천막 안으로 되돌아왔다. 그녀는 프라이팬을 연장상 자 안에다 집어넣었다. 그리고 천천히 주저앉았다. 로자샤안은 몰래 그 녀를 지켜보고 있었다. 어머니의 얼굴이 아직도 펴지지 않고 있는 것을 보고 그녀는 눈을 감은 채 자는 척했다.

저녁 나절이 되자 해는 낮게 가라앉았으나 더위는 조금도 가시지 않았 다. 톰은 버드나무 밑에서 잠을 깼다. 입이 바싹 말라붙었고 몸은 땀으 로 흥건히 젖어 있었으며 선잠을 깼는지 머리가 개운치 않았다. 그는 비 틀비틀 일어서서 물가로 갔다. 옷을 벗어 놓고 물속으로 걸어 들어 갔 다. 물속에 들자 갈증이 가셨다. 얕은 곳에 벌렁 누워 몸을 둥둥 뜨게 했다. 적당한 깊이에서 팔꿈치를 모래에 박고 누워 있었다. 발가락이 물 위에 드러나 보였다.

바싹 마른 창백하게 생긴 소년 하나가 짐승처럼 갈대 사이를 기어 오 더니 옷을 홀랑 벗었다. 꼭 사향쥐처럼 물속으로 기어들더니 눈과 코만 물위에 내놓고 헤엄을 쳐왔다. 그는 갑자기 톰의 머리를 발견하고 톰이 자기를 지켜보고 있다는 것을 알았다. 그는 장난을 그치고 일어나 앉았 다.

톰이 말했다. "어이!"

"왜 그래요?"

"너 사향쥐 놀이를 하는 거지?"

"예." 그는 천천히 물가 쪽으로 물러갔다. 몸을 일으켜 뛰어 나가더니 팔로 옷을 휘어 감은 채 버드나무 속으로 사라져 버렸다.

톰이 속으로 웃었다. 마침 그때 누군가 자기의 이름을 크게 부르고 있는 것이 들렸다.

"톰! 오, 톰!" 그는 물속에서 일어나 앉았다. 손가락으로 둥그렇게 고리를 만들어 이 사이에 끼워 넣고 휙 하니 휘파람을 불었다. 버드나무가 흔들리더니 루시가 나타나서 그를 쳐다 보았다.

"엄마가 오빠 불러 오래. 지금 바로." 그녀가 말했다.

"알았다." 그는 일어나서 물가로 걸어 나왔다. 루시는 의아함과 호기심에 차서 그의 벌거벗은 몸뚱이를 쳐다 보았다.

톰은 그녀의 시선을 느끼면서 말했다. "자, 먼저 빨리 뛰어가거라." 루시가 뛰었다. 뛰어가면서 크게 윈필드를 부르는 소리가 들렸다.

그는 젖어 있는 시원한 몸에 뜨거운 옷을 걸쳐 입고 천천히 버드나무 사이를 지나 천막을 향해 걸어갔다.

어머니는 마른 버드나무로 불을 피워 놓고 있었다. 냄비에 물을 끓이고 있다가 아들을 보더니 그녀는 안도의 표정을 지었다.

"어머니, 왜 그래요?" 그가 물었다.

"무서워서 그런다." 그녀가 말했다. "경찰이 왔더라. 우리보고 여기 있으면 안 된다더라. 그 사람이 너더러 무어라고 했을까봐 걱정했다. 네가 그 사람을 또 때리지나 않았나 해서 말이다."

톰이 말했다. "내가 왜 괜히 경찰을 때리겠어요?"

어머니가 웃었다. "글쎄, 그 사람은 말을 굉장히 거칠게 하더라. 그래서 나도 그 사람을 때릴 뻔했다."

톰이 그녀의 팔뚝을 움켜잡고 마구 흔들더니 껄껄거렸다. 웃음을 참지 못한 채 그가 땅에 주저앉았다. "어이구, 어머니도. 그전에는 그렇게 얌전하시더니, 요즈음에는 뭐가 좀 못마땅하세요?"

그녀의 표정이 좀 무거워졌다. "왜 그런지 모르겠다, 톰."

"요전에는 쇠몽둥이로 우리를 꼼짝 못 하게 하시더니 이번에는 경찰을 때리려고 했어요?"

그가 가만히 미소를 지었다. 그러더니 손을 뻗어서 그녀의 벗은 발을 쓰다듬으면서 말했다. "참, 대단하시네!"

“애, 톰!”

“왜요?”

그녀는 한참 동안이나 망설였다. “그 경찰 녀석이 우리보고 오키라고 하더라, 톰.” 그녀가 말했다. “그 녀석 말이 ‘당신들 같은 지저분한 오키들이 여기에 정착하는 것을 환영하지 않는다’고 말이다.”

톰이 그녀의 눈치를 살폈다. 그의 손은 아직도 그녀의 발에 얹혀 있었다. “어떤 사람한테서 그런 얘기를 들은 적이 있었어요. 그게 무슨 뜻인지 설명하더군요.” 그는 말을 하면서 곰곰 생각해 보았다.

“어머니, 어머니도 내가 나쁜 놈이었다고 생각하세요? 그렇게 감옥에 갇혀야 할 놈이었다고?”

“그게 무슨 소리!” 그녀가 펄쩍 뛰었다. “너는 괜히 시련을 당했다. 그런데 왜 그런 소리를 하니?”

“글쎄, 모르겠어요. 내가 있었더라면 그 경찰 녀석을 녹초가 되게 두들겨 주었을 것 같아요.”

어머니가 재미있다는 듯 웃었다. “그건 내가 너한테 물어 보아야 할 말이다. 저 프라이팬을 가지고 그 녀석을 후려칠 뻔했다니까.”

“왜 우리가 여기에 있으면 안 된대요, 어머니?”

“그냥 오키들이 여기에 정착하는 게 싫다는구나. 우리가 내일까지 안 가고 여기에 그냥 있으면 모조리 집어넣겠다더라.”

“하지만 우리가 경찰한테 쫓겨다니는 사람들은 아니잖아요?”

“나도 그 녀석한테 그렇게 얘기했다. 그 녀석 말이, 우리는 지금 고향에 있는 것이 아니고 캘리포니아에 와있다는 거야. 그러니까 자기들 마음대로 할 수 있다는구나.”

톰이 불안하게 말을 꺼냈다. “어머니, 한 가지 얘기할 게 있어요. 노아 형이 강을 따라 하류 쪽으로 가버렸어요. 같이 안 가겠대요.”

어머니는 한참이 걸려서야 그 말의 뜻을 알아듣는 듯했다. “왜 그런다니?” 그녀가 가만히 물었다.

“모르겠어요, 꼭 그래야만 되겠대요. 여기에 꼭 남아 있어야겠대요.

나보고 어머니한테 얘기하랬어요.”

“어떻게 먹고 살지?” 그녀가 물었다.

“모르지요. 고기를 잡는대요.”

어머니는 오랫동안 말이 없었다. “가족들이 흩어지는구나.” 그녀가 입을 열었다. “나도 모르겠다. 난 더이상 골치를 썩일 수가 없을 것 같다. 더 이상 생각을 못 하겠다. 너무 벅차서 말이다.”

톰이 맥없이 말했다. “형은 아무 일 없을 거예요, 어머니. 형은 좀 이상하지요?”

어머니는 정신 나간 듯한 표정이 되어 시선을 강 쪽으로 돌렸다. “나는 더이상 아무 생각도 못 하겠다.”

톰은 늘어서 있는 천막들을 내려다 보았다. 한 천막 앞에서 루시와 윈필드가 천막 안의 누군가와 얌전을 빼며 이야기를 하고 나누는 것이 보였다. 루시는 손으로 치마를 비틀고 있었고 윈필드는 발가락으로 땅바닥에 구멍을 파며 서있었다.

톰이 불렀다. “애, 루시야!”

그녀가 고개를 들고 쳐다보더니 또박또박 다가왔다. 윈필드가 뒤따라 왔다. 그녀가 가까이 오자 톰이 말했다. “너 얼른 가서 다들 오시라고 해라. 저쪽 버드나무 밑에서 자고 있을 거다. 가서 데려오너라. 그리고 윈필드야! 너는 가서 윌슨 씨보고 인제 곧 떠날 채비를 하라고 해라.”

아이들이 돌아서서 달려갔다.

톰이 말했다. “어머니, 할머니는 좀 어떠세요?”

“글쎄, 오늘은 좀 주무셨다. 좀 괜찮아지셨을 거다. 아직도 주무신다.”

“그거 잘됐군요. 돼지고기가 얼마나 남았지요?”

“얼마 없더라. 통에 한 4분의 1이나 남았을까?”

“그럼 다른 그릇으로 옮기고 통에다 물을 가득 채우세요. 무엇보다도 물을 가져가야 해요.”

가족들을 찾는 루시의 날카로운 목소리가 버드나무 숲 쪽에서 메아리지듯 들려왔다.

어머니는 버드나무 가지들을 불속에 지폈다. 불이 까만 냄비를 둘러싸고 펄럭거렸다. "제발 하느님 은덕으로 우리가 어디 가서 좀 편히 쉬게 되어야 할 텐데. 좋은 곳에 가서 다리를 뻗을 수 있어야 할 텐데."

해가 서쪽 산 너머로 지고 있었다. 불 위에 올려놓은 냄비가 요란한 소리를 냈다. 어머니가 천막 안으로 들어가더니 앞치마에 감자를 한아름 가지고 나와서 그것을 끓는 물에 담궜다.

"어디 가서 옷이라도 좀 빨아 입어야 할 텐데. 우리 꼴이 말이 아니구나. 언제 이렇게 더러운 옷을 입은 적이 있었니? 왜 그래야 하는지 알 수가 없구나. 감자를 끓이기 전에 씻지도 않다니, 얼이 빠져 버린 모양이다."

남자들이 버드나무 쪽으로부터 몰려왔다. 눈에는 아직도 잠이 가득 들어 있었다. 얼굴은 벌겋게 상기되어 있었고, 낮잠을 자고 난 끝이라 그런지 부어 있었다.

아버지가 말했다. "무슨 일이야?"

"떠나야겠어요." 톰이 말했다. "경찰이 와서 가래요. 사막을 빨리 빠져나가는 게 좋겠어요. 일찍 떠나면 통과할 수 있을 거예요. 한 3백 마일 정도니까."

아버지가 말했다. "좀 쉬려고 했는데."

"그럴 시간이 없겠어요." 톰이 말했다. "떠나야겠어요, 아버지. 노아 형은 같이 안 가겠대요. 강 하류 쪽으로 가버렸어요."

"같이 안 가? 그 녀석은 왜 그러는 거야?" 그러더니 아버지는 무언가 자책감이 드는 듯한 눈치였다. "내가 잘못했지. 그애는 전적으로 내가 잘못한 탓이야." 아버지가 비통하게 말했다.

"아녜요."

"그 얘기는 더 하기도 싫다. 할 수도 없고. 모두 내 잘못이다." 아버지가 말했다.

"빨리 떠나야겠어요." 톰이 말했다.

윌슨이 마지막으로 한마디 하려고 다가섰다. "여러분, 우리는 못 갈 것 같군요. 집사람이 다 죽어갑니다. 좀 쉬게 해주어야겠어요. 이대로 가다가는 살아서 사막을 건너가지 못할 거예요."

윌슨의 말에 모두들 조용해졌다. 한참 만에 톰이 말했다. "우리가 만일 내일까지 여기 있으면 다 집어넣겠다더군요, 아까 그 경찰 녀석 말이."

윌슨이 고개를 흔들었다. 그의 눈은 근심으로 잔뜩 충혈되어 있었다. 그의 얇은 얼굴에 창백한 그늘이 서렸다. "어쩔 수 없지요. 우리 집사람은 어차피 갈 수가 없어요, 집어넣을 테면 집어넣으라지요. 어쨌든 아픈 사람은 좀 쉬어야겠고 좀 기운을 차리게 해주어야지 도리가 없지요."

아버지가 말했다. "우리도 기다렸다가 다 같이 가야 할 것 같다."

"아닙니다." 윌슨이 말했다. 당신들은 정말로 친절히 해주셨습니다. 하지만 당신들까지 더 지체할 수는 없습니다. 어서 가셔서 일자리를 얻으세요. 당신들까지 못 가게 붙들어서야 되겠습니까?"

아버지가 흥분해서 말했다. "하지만 당신들은 아무것도 가진 것이 없잖습니까?"

윌슨이 미소를 지었다. "당신들을 따라 나설 때부터 아무것도 없었어요. 그건 댁들이 걱정할 문제가 아니지요. 자꾸 곤란하게 그러지 마십시오. 자꾸 그러시면 제 마음만 상하고 아프게 하시는 겁니다."

어머니가 고갯짓으로 아버지를 천막 안으로 불러들였다. 그리고 무엇인가 가만히 말했다.

윌슨이 케이시를 돌아보았다. "집사람이 당신을 좀 보고 싶어합니다."

"그러지요." 설교사가 말했다. 그는 윌슨의 천막 쪽으로 걸어가서 조그마한 회색빛 천막 문을 열었다. 안은 어둡고 후덥지근했다. 땅바닥에 매트리스가 깔렸고 세간살이들이 아침에 차에서 내렸을 때처럼 그대로 사방에 흩어져 있었다.

세리는 메트리스에 누워 있었다. 초롱초롱한 눈빛이었지만 눈을 멀겋

게 뜨고 있었다. 그는 서서 그녀를 조용히 내려다 보았다. 그의 커다란
머리가 숙여지면서 목줄기가 한쪽으로 빳빳하게 일어났다. 그는 모자를
벗어서 한쪽 손에 들었다.

그녀가 말했다. "우리 주인이 우리가 같이 못 떠난다고 했나요?"

"그러시더군요."

그녀의 나지막하고 아름다운 목소리가 말을 이었다. "저는 그냥 가자
고 했어요. 저는 살아서 사막을 건너가지 못할 거라는 것을 알고 있어
요. 하지만 그이만이라도 건너갈 거 아녜요? 그런데 그이는 안 가겠대
요. 그이는 모르고 있어요. 제가 나을 줄 아나 봐요. 그이가 몰라서 그
래요."

"안 가겠다고 하시더군요."

"저도 알아요." 그녀가 말했다. "그이는 고집이 참 세요. 아저씨가 기
도 좀 해주셨으면 해서 오시라고 했어요."

"저는 설교사가 아닙니다." 그가 부드럽게 말했다. "제 기도는 이제
아무 힘도 없어요."

그녀는 입술에 침을 발랐다. "그 영감님이 돌아가셨을 때 저도 거기
에 있었어요. 그때에도 기도를 하셨잖아요?"

"그건 기도가 아니었지요."

"기도였어요." 그녀가 말했다.

"그건 설교사의 기도는 아니었습니다."

"아주 훌륭한 기도였어요. 저를 위해서도 그런 기도를 한 번 해주셨으
면 좋겠어요."

"무어라고 기도를 해야 할지 모르겠는데요."

그녀는 잠시 눈을 감았다가 다시 떴다. "그럼, 혼자서 속으로 해주세
요, 아무 말도 하시지 말고. 그래도 좋겠어요."

"저에게는 하느님이 없어요." 그가 말했다.

"아저씨에게는 하느님이 있으세요. 하느님이 어떻게 생겼는지 몰라도
상관없어요."

설교사는 고개를 숙였다. 그녀는 불안스럽게 그를 쳐다 보았다. 그리고 그가 다시 고개를 들자 그녀는 홀가분해지는 표정이 되었다. "됐어요." 그녀가 말했다. "저는 그걸 바랐어요. 누군가 가까이에서 기도를 해주었으면 했어요."

그는 정신이 깨어나려는 사람처럼 고개를 흔들었다. "도대체 뭐가 뭔지 모르겠군요." 그가 말했다.

그녀가 대답했다. "아녜요. 다 알고 계세요. 그렇지요?"

"예, 알기는 압니다. 하지만 도무지 이해가 안 가는군요. 며칠 푹 쉬다가 나중에 오십시오." 그가 말했다.

그녀는 천천히 고개를 좌우로 흔들었다. "저는 전신이 고통스러워 죽겠어요. 저는 그것이 무슨 병인지 알아요. 하지만 그이에게는 알리지 않겠어요. 그이가 너무 슬퍼할 거예요. 어쩔 줄을 모를 거예요. 혹시 밤중에나 아니면 그이가 잠들어 있을 때, 그래서 잠을 깨었을 때, 그런 때는 좀 덜하겠지요."

"그럼 제가 가지 않고 같이 남아 있기를 바라세요?"

"아녜요." 그녀가 말했다. "그렇지 않아요. 제가 어렸을 때에 저는 곧잘 노래를 불렀어요. 주위에 있는 사람들이 저보고 제니 린드만큼 노래를 잘한다고 했어요. 사람들이 몰려와서 제 노래를 듣곤 했지요. 제가 노래를 부르고 그 사람들이 서서 듣고 있으면 저와 그 사람들과는 더없이 가까워지는 것 같았어요. 그럴 때면 여간 감사한 생각이 들지 않았어요. 노래를 하고 있는 저와 서서 듣고 있는 그 사람들과 그렇게 가슴 뿌듯하게 친밀감을 느낄 수 있는 것도 쉬운 일은 아니지요. 그래서 저는 극장에라도 진출해서 노래를 해볼까 했어요. 결국 못하고 말았지만. 저는 오히려 기뻐요. 그 사람들하고 저하고 사이에 아무런 특별한 일도 없었으니까요. 그래서 저는 아저씨에게 기도를 부탁했던 거예요. 옛날 그때의 친밀감을 다시 한번 느껴 보고 싶었어요. 노래하는 것과 기도하는 것은 한 가지 일 같아요. 아저씨도 제 노래를 들어 보셨더라면 좋았을 텐데요."

그는 그녀를 둘러보며 그녀의 눈을 빤히 들여다 보았다. "안녕히 계세요." 그가 말했다.

그녀는 천천히 고개를 끄덕거리더니 입술을 꼭 다물었다. 설교사는 어두컴컴한 천막을 나와서 눈부시게 밝은 밖으로 나갔다.

남자들이 트럭에 짐을 싣고 있었다. 존 삼촌이 꼭대기에 올라가 있고 다른 사람들이 짐을 날라다 올려 주고 있었다. 그는 짐을 차근차근 쟁이면서 표면을 고르게 했다. 어머니는 소금에 절인 돼지고기가 들어 있던 통을 비우고 그것을 냄비에 옮겼다. 톰과 앨이 통 두 개를 강에 가져가 물로 닦았다. 그들은 그 통들을 차의 발판에다 붙들어 매 놓고 양동이로 물을 퍼다 가득 부었다. 통 주둥이에 물이 넘치지 않도록 캔버스로 덮었다. 이제 천막으로 쓰고 있는 범포와 할머니의 메트리스만이 남았다.

톰이 말했다. "짐을 이렇게 실었으니 이 고물차의 엔진이 타 버리겠어. 물을 충분히 가지고 가야겠어."

어머니는 삶은 감자를 자루에 반쯤 넣어서 천막으로부터 가지고 나오더니 그것을 돼지고기 냄비와 같이 놓았다. 가족들은 선 채로 그것을 먹었다. 발을 구르며 감자가 식도록 감자를 한 쪽 손에서 다른 손으로 옮기면서 입을 놀리고 있었다.

어머니가 윌슨 씨네 천막으로 가더니 한 10분 가량 있다가 조용히 나왔다. "자 떠날 시간이다." 그녀가 말했다.

남자들이 천막 밑으로 들어갔다. 할머니는 입을 딱 벌린 채 아직도 잠에 빠져 있었다. 그들은 매트리스째로 조심스럽게 들어 그대로 트럭 위에 올려놓았다. 할머니는 가죽이 쭈글쭈글한 두 다리를 올려 세우고 얼굴을 찌푸렸으나 잠을 깨지는 않았다.

존 삼촌과 아버지가 옆으로 질러 놓은 나무 위에 범포를 묶어서 짐꾸러미 꼭대기에 조그맣고 단단한 천막을 만들었다. 그런 다음 그것을 차 옆구리의 빗장에다 붙들어 맸다. 이제 모든 준비가 끝났다. 아버지는 지갑을 꺼내더니 구겨진 지폐 두 장을 꺼냈다. 그는 윌슨한테 가더니 그것을 내밀었다. "이것을 받아 주시오." 그리고 그는 돼지고기와 감자를 손가락으로 가리키며 조심스럽게 말했다. "그리고 저거하고."

윌슨은 고개를 떨구더니 세차게 흔들었다. "그건 못 하겠습니다. 당신들도 넉넉하지 못하신데." 그가 말했다.

"목적지에 도착할 만큼은 충분히 있습니다." 아버지가 말했다. "우리가 다 드리고 가는 것도 아니고 또 우리는 곧 일자리를 구할 테니까요."

"저는 못 받겠습니다." 윌슨이 말했다. "자꾸 그러시면 제 마음만 고약해집니다."

어머니가 아버지의 손에서 지폐를 빼앗았다. 그녀는 그것을 얌전하게 접더니 땅바닥에 놓고 그 위에다 돼지고기 냄비를 얹어 놓았다. "여기다 놓고 갑니다." 그녀가 말했다. "당신이 그걸 안 가져가시면 다른 사람들이 가져가 버릴 거예요."

윌슨은 아직도 고개를 떨구고 있더니 돌아서서 자기의 천막으로 걸어 갔다. 그가 안으로 들어가고 문 포장이 뒤에서 펄럭하고 닫혔다.

잠시 동안 가족들은 그대로 기다려 보았다. 그러다가 톰이 말했다. "인제 가야 해요. 아마 네 시 가까이 되었을걸."

가족들이 트럭 위로 기어올랐다. 어머니는 할머니 옆 맨 꼭대기에 올라갔다. 톰과 앨과 아버지가 운전대 쪽 앞자리에 앉았다. 윈필드는 아버지의 무릎 위에 앉았다. 코니와 로자샤안은 운전대 쪽으로 등을 기대고 자리를 잡았다. 설교사와 존 삼촌 그리고 루시는 짐꾸러미 위에 아무렇게나 엉켜 있었다.

아버지가 소리쳤다. "안녕히 계시오, 윌슨 씨 내외분!" 천막 안에서는 아무 대답이 없다.

톰은 엔진을 걸었다. 트럭이 소리를 내며 움직였다. 그들이 니들즈 쪽을 향해서 거친 길을 기어오르자 어머니가 뒤를 돌아다 보았다.

윌슨이 자기네 천막 앞에 나와서 손에 모자를 들고 사라져 가는 트럭을 응시하고 있었다. 태양이 그의 얼굴 가득히 떨어지고 있었다. 어머니가 그에게 손을 흔들어 보였다. 그러나 그는 그 모습을 보았는지 못 보았는지 아무런 반응이 없었다.

톰은 스프링을 보호하려고 길바닥이 좋지 않은 데는 2단 기어를 걸고 있었다. 니들즈에서 그는 서비스 공장에 들러 낡은 타이어와 뒤에 매어 놓은 스페어 타이어를 점검했다. 휘발유 탱크를 가득 채우고 5갈론짜리 두 통을 따로 샀다. 기름도 2갈론짜리 깡통을 하나 샀다. 라디에이터를 채우고 나서 지도를 빌어 열심히 살펴보았다.

하얀 작업복을 입은 공장 종업원 녀석이 돈을 다 받을 때까지 불안한 표정을 하고 있었다. 그가 말했다. "당신들은 참 간도 크시오."

톰이 지도에서 고개를 들었다. "그게 무슨 소리지?"

"이런 고물차를 가지고 사막을 건너가다니요."

"자네는 건너 보았나?"

"그럼요. 여러 번 갔다왔지요. 하지만 이런 고물차로 가보진 않았어요."

톰이 말했다. "혹시 우리 차가 고장이 나면 누가 도와 주겠지."

"글쎄, 그럴지도 모르지요. 하지만 사람들은 밤에 차를 멈추기를 좀 꺼려하거든요. 저부터도 그런 짓은 안 하겠어요. 굉장한 용기가 필요한 일이거든요."

톰이 씩 웃었다. "달리 도리가 없을 때에는 용기고 뭐고 없잖나? 자, 고맙네. 어서 가봐야지." 그러더니 그는 차에 올라타고 시동을 걸었다.

하얀 작업복을 입은 소년이 철근 빌딩 안으로 들어갔다. 거기에는 같은 또래의 종업원이 출납 장부를 들여다 보고 있었다. "저 사람들 되게 험상궂게 생겼더군."

"아까 그 사람들 오키지? 고약하게 생겼던데."

"제기랄, 나 같으면 저런 고물차로는 못 가겠다."

"우리야 제정신이지만 저 오키들을 제정신이라고 볼 수 있겠냐? 저것들은 사람도 아니야. 사람이라면 그런 생활은 못 하지. 그렇게 더럽고 비참한 생활은 못 참을 거야. 그놈들은 고릴라보다 더 나을 게 없단 말이야."

"나도 저런 고물 허드슨 슈퍼 식스를 타고 사막을 건너가지는 않겠어.

꼭 방앗간의 탈곡기 같은 소리가 나더라."

또 한 소년이 장부를 들여다 보았다. 큼직한 땀방울이 그의 손가락으로 굴러 가다 보라색의 계산서 위로 떨어졌다. "저 사람들은 말야, 별로 걱정도 안 한다구. 하도 멍청하니까 말야, 그게 무서운 줄도 모른다구. 자기들이 가지고 있는 것보다 더 좋은 것이 있는지 어쩐지도 모른다니까. 그런데 네가 왜 쓸데없는 걱정을 하고 있니?"

"내가 걱정하는 게 아냐. 다만 나 같으면 저런 짓은 안 하겠다는 거지."

"그건 네가 멍청하지 않으니까 그렇지. 그 사람들은 멍청하기가 이루 말할 수 없을 정도란 말이야."

그러더니 그는 계산서 위의 땀방울을 소매로 훔쳤다.

트럭은 국도로 접어들어 언덕을 올라갔다. 부서지고 쪼개진 바위를 통과하면서 엔진은 곧 뜨거워졌다. 톰은 속도를 늦추고 조심스럽게 몰았다. 죽음의 땅속으로 꼬불꼬불 틀어올라 가는 기다란 비탈길 너머엔 하얗고 잿빛으로 반사되는 모래만 있을 뿐 아무런 생명의 흔적도 없는 것 같았다.

톰은 엔진을 식히기 위해서 한 번 잠시 멈추었다가 다시 달렸다. 그들은 아직 해가 떠있는 동안에 사막으로 이르는 통로를 거쳐 사막을 내려다 보았다. 멀리에 시커먼 석탄 껍데기 같이 보이는 산들이 솟아 있었다. 노란 태양이 잿빛 사막 위로 이글거리며 타는 듯한 열기를 내뿜고 있었다. 조그맣게 말라붙은 관목들이 모래와 바위 조각 위에 또렷한 그림자를 던지고 있었다. 톰은 앞을 두루 내다보면서 강렬한 햇빛 때문에 손으로 이마를 가린 채 시야를 좁혔다. 정상을 지나자 엔진을 식히기 위해서 엔진을 끄고 미끄러져 내려갔다. 사막의 바닥까지 미끄러져 내려가서 라디에이터의 물을 식히기 위해 팬을 돌렸다.

운전석에 앉은 톰과 앨, 아버지, 아버지의 무릎에 앉은 윈필드는 멀리 가라앉고 있는 찬란한 태양을 바라보았다. 그들의 눈은 돌덩어리처럼 굳어져 있었고 거무튀튀한 얼굴들은 땀으로 축축했다. 바싹바싹 타오르는 땅과 숯덩이처럼 시커먼 산들이 평탄한 거리를 깨고 벌겋게 타고 있는 석양빛 속에서 끔찍한 모습을 하고 있었다.

앨이 말했다. "뭐 이런 데가 다 있어? 걸어서 가면 어떨까?"

"옛날에는 사람들이 그렇게도 했지." 톰이 말했다. "사람들이 그랬단다. 그 사람들이 그랬으니까 우리라고 못 하란 법도 없겠지."

"많이 죽었겠네." 앨이 말했다.

"글쎄, 우리는 아직도 다 빠져 나오지 못했어."

앨이 잠시 조용해졌다. 벌겋게 달아 있는 사막이 뒤로 스쳐 갔다. "혹시 우리가 그 윌슨 씨네를 또 만나게 될까?" 앨이 물었다.

톰이 눈을 깜빡이면서 기름 계기판을 내려다 보았다. "나는 이상한 예감이 든다. 윌슨 아주머니는 아마 아무도 못 보게 될 것만 같애. 그냥 그런 느낌이 들었단 말이야."

윈필드가 말했다. "아빠, 나 내리고 싶어."

톰이 윈필드 쪽을 건너다 보았다. "오늘 밤 아주 본격적으로 달리기 전에 한 번 모두들 내려보는 게 좋겠는데." 그는 속력을 늦추더니 차를 아주 세웠다. 윈필드가 비틀거리고 내리더니 길가로 가서 오줌을 눴다.

톰이 몸을 밖으로 내밀었다. "누가 또 내리겠어요?"

"우리는 물을 여기에 올려놓고 있다." 존 삼촌이 말했다.

아버지가 피곤이 섞인 목소리로 말했다. "애, 윈필드야. 넌 저 꼭대기로 올라가거라. 네가 깔고 앉아 아빠 다리가 저려 죽겠다." 어린애는 고분고분하게 작업복 단추를 채우고 손과 무릎으로 기어서 할머니가 누워 있는 매트리스 쪽으로 가더니 루시가 있는 데까지 갔다.

트럭은 황혼의 사막 속을 계속 달려갔다. 해의 한쪽 모서리가 뾰족뾰족한 지평선에 걸려 사막을 벌겋게 물들였다.

루시가 말했다. "널 거기에 태워 주지 않던?"

"나도 거긴 싫어. 드러누울 수도 없고 말야. 여기가 더 좋아."

"그래, 그렇지만 너 자꾸 얘기시키고 소리 지르고 해서 날 귀찮게 하지마." 루시가 말했다. "난 이제 자고 싶단 말야. 자고 깨면 거기에 도착할 거 아냐! 톰 오빠가 그랬어! 아름다운 곳에 가보면 참 신날 거야, 그지?"

해가 꼴깍 넘어가면서 하늘에 커다란 후광을 남겼다. 천막 밑은 아주 깜깜해졌다. 양쪽 끝에만 빛이 드는 동굴이 되어 버렸다. 평면 삼각형의 빛이었다.

코니와 로자샤안은 운전대 뒷벽에 등을 기대고 있었다. 천막 안으로 휘말리는 더운 공기가 그들의 뒤통수에 닿았고 머리 위의 천막은 펄럭거리면서 북처럼 울렸다. 천막이 펄럭펄럭 소리를 내는 틈을 타서 그들은 아무도 들리지 않게 작은 목소리로 이야기를 주고받았다. 코니가 말을 할 때에는 그는 고개를 돌려 대고 그녀의 귓속에다 속삭였고 그녀도 똑같이 했다. 그녀가 말했다. "우리는 언제까지나 차만 타고 갈 모양이야. 아이, 피곤해 죽겠어요."

그가 그녀의 귀 쪽으로 고개를 돌렸다. "아침까지만 가면 될 거야. 인제 우리끼리만 있으면 좋겠지?" 어둠 속에서 그의 손이 뻗어 오더니 그녀의 엉덩이를 쓰다듬었다.

그녀가 말했다. "그러지 마세요. 그러면 난 바보처럼 기분이 이상해져요. 하지 마세요."

그리고는 그녀는 그의 반응을 살피기 위해서 고개를 돌렸다.

"그래, 곧 다들 잠들겠지"

"그럴 거예요." 그녀가 말했다. "다들 잠들 때까지 기다리세요. 자꾸 기분이 이상해져요. 다들 자지 않을지도 몰라요."

"난 못 참겠어." 그가 말했다.

"알아요. 나도 그래요. 우리 언제쯤 도착하게 될지 그런 얘기나 해요. 아이, 미치겠어요. 저만큼 가세요."

그가 조금 비켜 앉았다. "그렇지. 나는 바로 공부를 시작할 테야." 그가 말했다.

그녀는 깊은 한숨을 내쉬었다.

"그에 관한 서적을 바로 구해서 쿠폰을 잘라 신청을 해야지."

"얼마나 걸릴 것 같아요?" 그녀가 물었다.

"무어가?"

"공부를 다 마치고 큰돈을 벌어서 얼음을 만들 때까지 말예요."

"그야 알 수 없지." 그는 의젓하게 말했다. "지금 당장에는 알 수 없어. 크리스마스 때까지는 그래도 상당히 공부를 하겠지."

"당신이 공부만 다 마치면 우리는 바로 얼음도 만들고 뭐든지 다 살 수 있게 되겠죠?"

그가 킬킬거리고 웃었다. 지금은 하도 더우니까 그렇지. 크리스마스 때쯤에 가서 얼음을 만들어서 무얼 하겠어?" 그가 말했다.

그녀도 쿡쿡 하고 웃었다. "그래요. 하지만 난 아무때나 얼음이 좋아요. 아이 자꾸 이러지 마세요. 사람 미치겠네, 정말."

어두워져 가던 사막이 이제는 깜깜해졌다. 별들이 고요한 하늘에 나타났다. 찌르는 듯한 날카로운 별들이었지만 그들에게는 마치 비로드처럼 부드러운 감촉이었다. 더운 것도 달라졌다. 해가 하늘에 떠 있을 때에는 보리 타작을 하는 것처럼 두들겨 패는 더위였으나 이제는 더위가 아래에서부터 올라왔다. 땅에서 솟아나는 더위는 한층더 탁하고 숨을 막히게 했다. 트럭의 라이트가 켜졌다. 길바닥의 앞을 약간 비쳐주었고 길 양쪽의 사막을 가느다랗게 한 줄기로 비쳤다. 이따금씩 라이트가 반사된 듯 무엇인지 눈동자 같은 것이 반짝 비치기도 했으나 라이트 속에 잡히는 짐승은 없었다. 천막 밑은 이제 칠흑같이 깜깜했다.

존 삼촌과 설교사는 트럭 한가운데에 몸을 꼬고 있었다. 팔꿈치에 몸을 기대고 뒤쪽의 삼각형 밖을 내다 보고 있었다. 그들은 짐꾸러미 위에 두 개의 불룩하게 솟은 부분을 볼 수가 있었다. 할머니와 어머니였다.

어머니가 이따금씩 몸을 꿈틀거렸다. 그녀의 시커먼 팔뚝이 허공을 휘젓는 것이 보였다.

존 삼촌이 설교사에게 말을 걸었다. "여보시오, 케이시, 당신 같은 이는 알 수 있겠지요. 어떻게 해야 할지 말이요."

"무엇을 어떻게 한단 말이오?"

"글쎄요." 존 삼촌이 말했다.

케이시가 말했다. "당신이 글쎄면 난들 어떻게 알겠어요?"

"그래도 당신은 설교사였지 않소?"

"보세요, 존 . 내가 설교사였다고 해서 사람들은 누구나 하고 싶은 말을 다 나한테 하지만 설교사도 결국은 인간이지 그 외는 아무것도 아니라구요."

"그야 그렇지요. 허나 설교사란 어떤 특수한 종류의 인간이겠지요. 그렇지 않고서는 어떻게 설교사가 되겠어요? 당신한테 꼭 한 가지 물어보고 싶은 게 있는데, 사람에 따라서는 남에게 불운을 갖다 주는 그런 사람도 있소?"

"난 모르겠는데요." 케이시가 말했다. "내가 어떻게 알겠소?"

"이거 보세요. 나도 결혼을 했었소. 내 아낸 아주 착한 여자였지요. 그런데 어느 날 밤 그 사람이 복통을 일으켰다오. 그러면서 하는 말이, '얼른 의사 좀 불러오셔야겠어요.' 하길래 나는 '당신 너무 과식해서 그래' 하고 가볍게 생각했지요." 존 삼촌은 자기의 손을 케이시의 무릎에 얹으면서 어둠 속에서 그의 얼굴을 들여다 보았다. "마누라는 아무 말도 않고 나를 힐끗 쳐다보더니 밤새도록 신음하다가 그 다음날 오후에 죽어 버렸다오."

설교사는 무언가 입 안에서 중얼거렸다.

"아시겠소?" 존 삼촌이 말을 이었다. "내가 그 사람을 죽인 거요. 그 때 이후로 나는 그 죄를 갚으려고 생각했지요. 주로 어린애들한테 말이오. 좀 선량하게 살아보려고 애를 썼지만 잘 안 되더군요. 그러면 술만 퍼마시고 취해 버리지요."

"술주정이야 누구나 하는 거 아니오? 나도 한다오." 케이시가 말했다.

"그렇소. 하지만 당신은 나같이 영혼에 죄를 짊어지고 있지는 않지요."

케이시가 부드럽게 말했다. "천만에요. 나도 죄가 많다오. 죄 없는 사람이 어디 있겠소? 죄가 있는지 없는지는 누구도 자신 있게 느낄 수 없는 것이지요. 무엇이나 다 자신 있게 알고 있고 자기만큼은 죄가 없다고 으스대는 그런 놈들은 말이오, 난 구역질이 나서 못 보겠어요. 내가 만약 하느님이라면 그런 놈들의 엉덩이를 발길로 한 대씩 질러 줄 거요."

존 삼촌이 말했다. "나는 왜 그런지 내 집안 사람들에게 무언가 안좋은 일을 갖다 주는 것 같은 기분이 들어요. 그래서 나 같은 사람은 다른 데로 가버리고 다른 사람들을 그들대로 버려 두는 게 좋을 것 같아요. 그렇게 하는 편이 오히려 마음 편하고 좋지요."

케이시가 재빨리 대답했다. "그건 내가 알지요. 사람은 누구나 자기가 할 일은 자기가 해야지요. 나도 확실히 말할 수는 없지만 무슨 행운이나 악운 같은 것이 있다고는 생각하지 않소. 내가 이 세상에서 한 가지 자신 있게 말할 수 있는 것은 어느 누구에게도 다른 사람의 인생을 망칠 권리는 없다는 거지요. 자기 일은 자기가 해야지요. 남을 도와 줄 수는 있어도 이렇게 해라 저렇게 해라 하고 말할 수는 없는 일이오."

존 삼촌은 실망해서 말했다. "그럼 당신도 모른단 말이오?"

"모르지요."

"여편네가 죽은 것이 내 죄라고 생각하시오?"

"글쎄요." 케이시가 말했다. "다른 사람의 경우 그것은 하나의 실수였다고 하겠지요. 그러나 당신이 그것을 죄라고 생각하면 그것은 죄가 되지요. 죄란 누구나 자기 자신이 땅위에 쌓아 올리는 거니까."

"그 일을 다시 한번 잘 생각해 보아야겠는걸." 존 삼촌은 그렇게 말하고 벌렁 드러누워 무릎을 치켜 세웠다.

트럭은 뜨거운 땅위를 달렸고 또 얼마간의 시간이 흘렀다. 루시와 윈필드는 잠에 떨어졌다. 코니는 짐보따리에서 담요를 한 장 꺼내 로자샨과 함께 덮었다. 그들은 더위 속에서 같이 참으면서 숨을 가누었다.

한참 만에 코니는 담요를 걷어치웠다. 굴속 같은 더운 공기도 땀에 젖은 그들의 몸뚱이에는 시원하게 느껴졌다.

350

트럭 뒤쪽에는 어머니가 매트리스 위의 할머니 옆에 누워 있었다. 어머니는 눈으로는 확인할 수 없었지만, 할머니가 감당하고 있는 정신적 육체적인 힘겨운 그 투쟁을 느낄 수가 있었고 할머니의 흐느끼는 듯한 숨소리를 귀로 들을 수가 있었다. 어머니는 거듭 중얼거렸다. "괜찮겠지. 아무 일도 없겠지." 그녀의 거친 목소리가 이렇게 말했다. "가족들이 무사히 사막을 건너야 할 텐데."

존 삼촌이 소리를 질렀다. "괜찮으시우?"

그녀는 잠깐 뜸을 들였다가 대답했다. "괜찮아요. 잠깐 잠이 들었던 모양이에요." 얼마 뒤에 할머니가 조용해졌다. 어머니는 할머니 옆에 바싹 달라붙어 있었다.

밤 시간이 자꾸 흘렀다. 어둠이 트럭 안에 밀려들었다. 이따금씩 차들이 그들을 지나쳐 갔다. 대개 서쪽으로 가는 차들이었다. 커다란 트럭들 중에는 서쪽에서 동쪽으로 가는 것도 있었다. 별들이 천천히 흐르는 폭포수처럼 서쪽 지평선 위로 떨어지고 있었다.

그들이 도착지에 가까워졌을 때에는 자정이 다 되어 있었다. 거기에는 검문소가 있었다. 조명이 휘황하게 밝혀져 있었고 '우측으로 정지'라는 간판이 걸려 있었다. 검사관들이 사무실 안에서 쉬고 있다가 톰이 들어서자 밖으로 나와서 기다란 검문소 막사 앞에 섰다. 검사관 하나가 면허증 번호를 적더니 차의 후드를 들쳐 보았다.

"여기는 무엇입니까?" 톰이 물었다.

"농산물 검사소요. 당신네 짐을 좀 검사해야겠소. 야채나 무슨 씨앗 같은 것 싣고 있지 않소?"

"없습니다." 톰이 말했다.

그러자 어머니가 트럭에서 무겁게 내려왔다. 그녀의 얼굴이 붓기 때문에 푸석푸석했고 눈초리가 굳어 있었다.

"여보세요, 나리. 우리에겐 아픈 노인이 계세요. 빨리 의사한테 모시고 가야 해요. 시간이 없습니다." 그녀는 신경질적으로 대들었다. "우리를 지체하게 하지 마세요."

"그래요? 당신들 조사 좀 해야겠는데."

"아무것도 없다니까 그래요." 어머니가 소리를 질렀다. "정말 없어요. 그리고 할머니가 몹시 편찮으세요."

"아주머니도 별로 건강하시지는 않은가 본데요." 검사관이 말했다.

어머니는 자기가 직접 가서 트럭의 뒤쪽을 열어젖혔다. 그녀는 안간힘을 쓰고 있었다.

"자, 보시오." 그녀가 말했다.

검사관은 플래시를 휘두르더니 쭈글쭈글하게 늙은 할머니의 얼굴을 비춰 보았다. "옳아. 진짜 그렇군." 그가 말했다. "당신들 정말로 무슨 씨앗이나 과일이나 야채나 옥수수나 오렌지 같은 것이 하나도 없어요?"

"정말로 없습니다."

"그럼, 가시오. 바스토우엔 의사가 있어요. 여기서 8마일밖에 안 돼요. 어서 가시오."

톰이 차에 올라탔고 차가 움직였다.

검사관이 그의 동료에게로 돌아섰다. "저 사람들 붙들 수가 없더군."

"괜히 허풍을 떨었는지도 모르잖아?" 동료가 말했다.

"천만에! 그건 아닐 거야. 자네도 노파의 얼굴을 보았더라면 기절했을 거야. 절대로 허풍은 아니야."

톰은 바스토우를 향해서 속력을 올렸다. 그 작은 고을에 도착하자 그는 차를 세우고 내려서 트럭 뒤로 돌아갔다. 어머니가 몸을 내밀고 말했다.

"괜찮다. 거기서 기다리고 싶지 않아서 그랬다. 혹시 사막을 못 건너갈까봐서."

"그런데 할머니는 좀 어떠세요?"

"괜찮으시겠다. 어서 가자. 어서 건너가야지." 톰은 고개를 끄덕이고는 운전석으로 돌아왔다. "야, 앨. 기름이랑 가득 채워 줄 테니 네가 좀 몰아 보아라."

그가 이렇게 말하고 차를 야간 주유소에 세웠다. 기름 탱크와 라디에이터 그리고 크랭크 케이스를 가득 채웠다. 앨이 핸들 밑으로 들어가고 아버지를 사이에 두고 톰이 바깥 쪽으로 갔다. 그들은 어둠 속을 달렸다.

바스토우 근처의 작은 산들이 뒤로 물러섰다.

톰이 말했다. "어머니는 왜 그렇게 저돌적인지 몰라, 귓속에 벼룩이 들어간 개같이 마구 대들거든. 그까짓 거 짐 검사를 해보았자 시간이 얼마나 걸리겠어? 그런데도 할머니가 아프시다고 대들었다가는 또 인제 할머니가 괜찮으시다고 하니 말야. 알 수가 없군. 암만 해도 좀 이상해. 여행을 하도 오래 하다 보니까 좀 머리가 피곤하신가봐."

아버지가 말했다. "너희 어머니는 꼭 처녀 때같이 행동하는구나. 그때도 아주 말괄량이였지. 아무것도 무서운 게 없었다. 어린애도 많이 낳고 일을 많이 하다 보면 좀 나아질 줄 알았는데 그렇지도 않은 모양이다. 정말이지, 요전에도 쇠몽둥이를 들고 나와서 야단을 치는데, 차마 그것을 빼앗지는 못하겠더구나."

"어머니가 무슨 생각을 하시는지 모르겠어. 아마 좀 피곤하신 게 아닐까?" 톰이 말했다.

앨이 말했다. "난 사막을 건너겠다고 울고불고하지는 않겠어. 이 차는 낡았지만 내가 보고 골랐으니까."

톰이 말했다. "그래, 너 차는 참 잘 골랐다. 이 차는 한 번도 골치를 썩인 일이 없었으니 말야."

밤새도록 그들은 복사열로 후끈거리는 암흑 속을 뚫고 달렸다. 토끼들이 라이트 속에 어른거렸다가는 깡총거리고 뛰어나갔다. 모하베 지방의 불빛이 전방에 나타나기 시작할 무렵 그들의 뒤쪽에서 동이 트기 시작했다. 새벽빛은 서쪽의 높은 산들을 어렴풋이 보여주기 시작했다. 새벽이 밝았다.

톰이 좀이 쑤신 듯 몸을 비틀며 말했다. "어이구! 그놈의 사막도 이제 다 빠져 나왔구나. 아버지, 앨, 사막을 다 통과했어!"

"나는 너무 피곤해서 뭐가 뭔지 모르겠어." 앨이 말했다.

"내가 좀 몰아 줄까?"

"아냐. 조금만 더 하고."

그들이 아침 햇살을 뚫고 테하차피 산간 지대를 통과하고 나니 해가 그들의 뒷덜미 위에 와있었다. 갑자기 그들은 눈 아래에 펼쳐진 골짜기를 보았다.

앨은 브레이크를 밟고 길 한가운데에 차를 멈추었다. "야아! 저기 좀 봐!" 그가 소리쳤다. 포도밭, 과수원, 널따랗고 편평한 골짜기, 푸르고 아름다운 나무들이 줄을 지어 늘어서 있고 농가들이 드문드문 보였다.

그러자 어버지가 말했다. "아이고, 하느님!"

멀리 도시의 시가지가 보이고 과수원 지대에는 작은 마을들이 어울려 있었다. 아침 햇살이 골짜기 위를 금빛으로 물들이고 있었다. 차 한 대가 뒤에서 경적을 울렸다. 앨은 트럭을 한쪽 길가로 몰고 가서 세웠다.

"어디 좀 보자." 아침 햇살을 받아 금빛으로 물들어 있는 보리밭, 줄지은 버드나무들, 그리고 유칼리나무들!

아버지가 한숨을 내쉬었다. "정말 이런 데가 있는 줄은 꿈에도 몰랐구나." 복숭아나무들과 호도나무의 숲, 그리고 검푸른 오렌지 나무의 밭들, 그리고 나무들 사이로 보이는 빨간 지붕과 곳간들! 앨은 차에서 내려 다리를 펴고 기지개를 켰다.

루시와 윈필드가 차에서 내려왔다. 그러더니 그들은 기가 막힌지 말도 못하고 어리둥절해서 선 채로 커다란 골짜기를 내려다 보았다. 멀리 저쪽으로는 아지랑이가 끼어 희미했고, 땅은 멀리 갈수록 더 부드러워 보였다. 풍차가 햇빛을 받아 번뜩였다. 빙글빙글 돌아가는 풍차의 날개가 마치 멀리에서 보는 일광 반사 신호기처럼 보였다. 루시와 윈필드가 그것을 보고 있더니 루시가 소곤거렸다. "이게 캘리포니아야."

윈필드가 그 말을 따라 하느라고 입술을 씰룩거렸다. "저기 과일이 있다!" 그가 큰소리를 질렀다.

케이시와 존 삼촌, 그리고 코니와 로자샤안이 차에서 내렸다. 그들은 묵묵히 서있었다. 골짜기가 보이기 시작했을 때 로자샤안은 이미 머리에

빗질을 하고 있었으나, 이제 그녀의 손은 서서히 옆구리로 떨어지고 있었다.

톰이 말했다. "어머니 어디 가셨지? 어머니가 좀 보셔야 할 텐데. 어머니! 이리 와서 좀 보세요!" 어머니가 천천히 뻣뻣하게 뒤쪽에서 내려오고 있었다. 톰이 그녀를 쳐다 보았다. "어? 어머니 어디 편찮으세요?" 그녀의 얼굴은 뻣뻣하고 파리했으며 누렇게 떠있었다. 눈은 움푹 들어가서 가장자리가 벌겋게 충혈되어 있었다. 땅에 발을 디디고 서서 트럭의 옆구리를 한 손으로 잡고 몸을 가누었다.

그녀는 쉰 듯한 목소리를 냈다. "사막을 다 건넜단 말이냐?"

톰이 골짜기 쪽을 손가락으로 가리켰다. "보세요!"

그녀는 고개를 돌렸다. 그녀의 입이 살짝 열렸다. 손가락을 목에 가져가더니 살점을 집어 가볍게 꼬집었다. "하느님! 우리 가족들이 무사히 왔군요!" 그녀가 말했다. 그녀는 무릎을 굽혀서 차의 발판 위에 걸터 앉았다.

"어머니, 어디 편찮으세요?"

"아니다. 좀 피곤해서 그런다."

"잠을 하나도 못 주무셨군요?"

"그래."

"할머니가 몹시 불편하세요?"

어머니는 자기의 손을 내려다 보았다. 두 손이 마치 피곤한 한 쌍의 연인들처럼 그녀 무릎 위에 힘없이 포개져 있었다. "아직 좀더 기다렸다가 얘기하려고 했다만……, 다 무사하게 될 줄 알았는데."

아버지가 말했다. "그럼……."

어머니는 눈을 들어 골짜기를 내려다 보았다. "어머님은 돌아가셨어요."

그들은 모두 그녀를 쳐다 보았다. 아버지가 물었다. "언제?"

"간밤에 검문소에서 멈추기 전에요."

"그래서 그 사람들한테 짐을 안 보이려고 했구먼."

"거기에서 알려지게 되면 사막을 못 건너올까봐 겁이 났어요." 그녀가 말했다. "어머님께도 말씀드렸어요. 가족들이 우선 사막을 건너야 하기 때문에 어찌 할 도리가 없다고요. 어머님이 숨을 거두실 때 말씀을 드렸어요. 우리는 사막에서 멈출 수는 없고, 또 어린애들도 있고 로자샤안이 무거운 몸을 하고 있다고 말씀드렸어요." 그녀는 두 손으로 얼굴을 가렸다. "어머님을 아름답고 푸른 동산에다 잘 모셔 드릴 수 있겠어요. 주위에 나무도 있고 아름다운 곳에다가요. 어머님은 캘리포니아에서 머리를 내리고 쉬셔야 해요." 그녀가 부드럽게 말했다.

가족들은 어머니를 쳐다보면서 그녀에게 저항할 수 없는 어떤 힘을 다시 한번 느꼈다.

톰이 말했다. "어머니도 참! 아, 그래 밤새도록 돌아가신 분하고 같이 누워 계셨어요?"

"가족들이 사막을 건너야지 어떡 하니?" 그녀가 비통하게 말했다.

톰이 가까이 다가가서 그녀의 어깨에 손을 얹었다.

"날 건드리지 마라." 그녀가 말했다. "건드리지만 않으면 난 괜찮다. 네 손이 닿으면 나는 못 참을 거다."

아버지가 말했다. "인제 어서 가야겠다. 어서 내려가자."

어머니가 그를 올려다 보았다. "제가 앞에 좀 타도 괜찮겠어요? 인제 뒤에는 그만 타겠어요. 말도 못 하게 몸이 피곤해요."

모두들 뒷칸의 짐꾸러미 위에 기어올라 갔다. 그들은 덧이불에 둘둘 말아 덮여 있는 기다랗고 뻣뻣한 형체를 모두 피했다. 머리까지 덮여 있었다. 각자 제자리에 들어가서 그쪽으로는 시선을 주지 않으려 했다. 덧이불이 불룩 나와 있는 부분은 아마 코일 것이고 아래로 축 처진 곳은 아마 턱밑일 것이다. 모두들 눈을 피하려 했으나 그렇게 되지 않았다.

루시와 윈필드는 맨 앞쪽 구석에 처박혀서 시체로부터 되도록 멀리 떨어지려고 했고 멀리서 그 덧이불을 응시하고 있었다.

그러다가 루시가 소곤거렸다. "저게 할머니야. 할머니가 죽었대."

윈필드가 엄숙하게 고개를 끄덕거렸다. "할머니는 숨을 하나도 안 쉬고 있는 거야. 아주 완전히 죽은 거야."

로자샤안이 가만히 코니에게 말했다. 할머니는 바로 그때 돌아가신 거야, 그때 왜 우리가……."

"그걸 어떻게 알아?" 그는 그녀를 안심시켰다.

앨은 어머니에게 자리를 양보하기 위해 짐꾸러미 위로 기어올라 갔다. 앨은 슬퍼서인지 어깨를 들먹거렸다. 케이시와 존 삼촌 옆에 가서 털석 주저앉았다. "워낙 나이가 많으시니까. 인제 다 사셨나 봐." 앨이 중얼거렸다. "누구나 다 죽는 거니까요." 케이시와 존 삼촌은 무표정하게 앨 쪽을 돌아다 보면서 마치 묘한 소리를 곧잘 지껄이는 건방진 애송이라도 보는 듯이 그를 보고 있었다.

"그렇지 않아요?" 그가 반응을 요구하듯 다그쳐 물었다. 두 어른들은 시선을 피했고 앨만이 혼자 시무룩해져서 몸을 떨었다.

케이시가 경탄하듯 말했다. "밤새도록, 그것도 혼자서. 보세요, 존. 저 부인은 얼마나 위대한 사랑을 간직하고 있는지. 거기에 비하면 나같은 사람은 오히려 비천하고 용기가 없지요."

존이 물었다. "그것도 죄요? 그것도 죄라고 부를 수 있는 그런 어떤 것이오?"

케이시가 깜짝 놀라서 그를 돌아보았다. "죄라니요? 천만에. 털끝만큼도 죄가 되지 않지요."

"나는 조금이라도 죄가 되는 것 이외에는 한 일이라곤 없어요." 존 삼촌이 말을 하면서 그 기다랗게 말려 싸인 시체를 쳐다 보았다.

톰과 어머니와 아버지가 앞의 운전석 옆자리에 올라갔다. 톰은 트럭을 굴리더니 엔진도 안 걸고 굴러가게 했다. 육중한 트럭이 움직였다. 씩씩거리고 털털털 흔들리면서 언덕길을 내려갔다. 해는 등뒤에 와있었고 금빛과 초록색을 섞어 놓은 골짜기가 눈앞에 널따랗게 펼쳐지고 있었다.

어머니가 천천히 고개를 좌우로 흔들었다. "정말 아름답다." 그녀가 말했다. "그분들이 저걸 보셨더라면 좋았을걸."

"누가 아니래." 아버지가 말했다.

톰은 손 아래에 있는 핸들을 쓰다듬었다. "두 분 다 너무 늙으셨어요." 그가 말했다. "그분들은 여기에 있는 아무것도 제대로 보려고 하시지 않았을 거예요. 할아버지는 젊었을 때의 인디언들이나 대초원 지대만 생각하고 계실 거고, 할머니는 처음에 들어가 살던 집만 생각하실 거거든요. 두 분 다 너무 늙으셨어요. 이걸 진짜 제대로 보고 있는 것은 루시와 윈필드밖에 없군요."

아버지가 말했다. "야, 이 톰 녀석 좀 보게. 아주 의젓하게 어른 같은 소리를 하네. 너 꼭 설교사 같구나."

어머니도 쏩쓸히 웃었다. "예, 많이 컸어요. 톰은 이제 다 컸어요. 얼마나 컸는지 이젠 다루기가 어려울 때가 있어요."

그들은 산고개를 내려오고 있었다. 꼬불탕하고 뺑 도는 길을 따라가다가 때로는 골짜기가 안 보이게 되기도 했다.

그러나 곧 다시 나타났다. 골짜기의 더운 훈김이 그들에게로 올라왔다. 뜨겁고 푸른 냄새와 쑥이나 타위드 풀 냄새가 한데 섞여 올라왔다. 길을 따라가며 곳곳에 귀뚜라미가 울어댔다. 방울뱀 한 마리가 길을 가로질러 가고 있었다. 톰은 그것에다 바퀴를 명중시켜서 두 동강을 냈다. 동강난 몸뚱이들이 꿈틀거렸다.

톰이 말했다. "우리는 검시관한테 가야겠는데요. 어디에 가면 있을까요? 할머니를 정중하게 모셔 드려야지요. 아버지, 돈이 얼마나 남았지요?"

"한 40달러쯤 되겠다." 아버지가 말했다.

톰이 웃었다. "제기랄, 우리는 무일푼으로 출발해야겠군요! 이제는 아무것도 가진 것이 없는 셈이군요." 그는 잠시 킬킬거리더니 얼굴을 다시 긴장시켰다. 모자의 차양을 눈위에 나지막하게 끌어당겼다.

트럭은 산고개를 미끄러져서 골짜기 속으로 굴러갔다.

— (하)권에 계속

▨ 옮긴이 소개

1934년 전북 전주 출생.
서울대 문리대 영문학과 동 대학원 영문학과 졸업.
현재 한양대학교 영문학과 교수.
역서로는 《시스터 캐리》·《분노의 포도》(범우가 刊) 외 다수.

분노의 포도 (상)

1985년	5월 10일	초판	1쇄	발행
1992년	10월 20일	초판	11쇄	발행
1997년	8월 11일	2판	1쇄	발행
2008년	5월 16일	2판	3쇄	발행

지은이　　존 스 타 인 벡
옮긴이　　전　형　기
펴낸이　　윤　형　두
펴낸데　　범　우　사

출판 등록　1966. 8. 3. 제 406-2003-048호
413-756 경기도 파주시 교하읍 문발리 525-2
대표 전화　031) 955-6900 / FAX 031) 955-6905

＊파본은 교환해 드립니다.
ISBN 89-08-07136-9 04840　　(홈페이지) http://www.bumwoosa.co.kr
ISBN 89-08-07000-1 (세트)　　(E-mail) bumwoosa@chollian.net

汎友古典選

범우사 서울시 마포구 구수동 21-1
전화 717-2121 FAX 717-0429

범우학술·평론·예술

한자 디자인 한편집센터 엮음
독서의 기술 모티머 J. / 민병덕 옮김
한국 정치론 장을병
여론 선전론 이상철
전환기의 한국정치 장을병
사뮤엘슨 경제학 해설 김유송
현대 화학의 세계 일본화학회 엮음
신저작권법 축조개설 허희성
방송저널리즘 신현응
독서와 출판문화론 이정춘·이종국 편저
잡지출판론 안춘근
인쇄커뮤니케이션 입문 오경호 편저
출판물 유통론 윤형두
통합적 마케팅 커뮤니케이션 김광수(외) 옮김
'83~'95 출판학 연구 한국출판학회
자아커뮤니케이션 최창섭
현대신문방송보도론 팽원순
국제출판개발론 미노와 / 안춘근 옮김
민족문학의 모색 윤병로
변혁운동과 문학 임헌영
조선사회경제사 백남운
한국정치의 이해 장을병
조선경제사 탐구 전석담(외)
한국전적인쇄사 천혜봉
한국서지학원론 안춘근
현대매스커뮤니케이션의 제문제 이강수
한국상고사연구 김정학
중국현대문학발전사 황수기
광복전후사의 재인식 Ⅰ, Ⅱ 이현희
한국의 고지도 이 찬
하나되는 한국사 고준환
조선후기의 활자와 책 윤병태
신한국사의 탐구 김용덕
독립운동사의 제문제 윤병석(외)

한국현실 한국사회학 한완상
아동문학교육론 B. 화이트헤드
한국의 청동기문화 국립중앙박물관
겸재정선 진경산수화 최완수
한국 서지의 전개과정 안춘근
독일 현대작가와 문학이론 박환덕(외)
정도 600년 서울지도 허영환
신선사상과 도교 도광순(한국도교학회)
언론학 원론 한국언론학회 편
한국방송사 이범경
카프카문학연구 박환덕
한국민족운동사 김창수
비교텔레콤論 질힐 / 금동호 옮김
북한산 역사지리 김윤우
한국회화소사 이동주
출판학원론 범우사 편집부
한국과거제도사 연구 조좌호
독문학과 현대성 정규화교수간행위원회편
겸제진경산수 최완수
한국미술사대요 김용준
한국목활자본 천혜봉
한국금속활자본 천혜봉
한국기독교 청년운동사 전택부
한시로 엮은 한국사 기행 심경호
출판물 판매기술 윤형두
우루과이라운드와 한국의 미래 허신행
기사 취재에서 작성까지 김숙현
세계의 문자 세계문자연구회 / 김승일 옮김
불조직지심체요절 백운선사 / 박문열 옮김
임시정부와 이시영 이은우
매스미디어와 여성 김선남
눈으로 보는 책의 역사 안춘근·윤형두 편저
현대노어학 개론 조남신

범우사 서울시 마포구 구수동 21-1
전화 717-2121 FAX 717-0429

범우한국문예신서

범우사 　서울시 마포구 구수동 21-1
전화 717-2121 FAX 717-0429

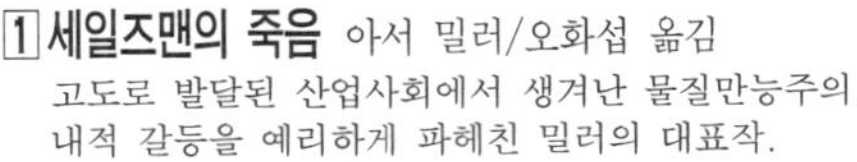

범우희곡선

연극으로 느낄 수 없는 시나리오의
진한 카타르시스, 오랜 감동 …!

범우사 서울시 마포구 구수동 21-1
전화 717-2121 FAX 717-0429